Petits Classiques
LAROUSSE

Collection fondée par Félix Guirand,
Agrégé des Lettres

Madame
Bovary

Flaubert

D1569417

Roman

Édition présentée,
annotée et commentée
par Romain LANCREY-JAVAL,
professeur au lycée Fénelon, à Paris

© Éditions Larousse 2007
ISBN : 978-2-03-586600-4

SOMMAIRE

Avant d'aborder l'œuvre

6   Fiche d'identité de l'auteur
8   Repères chronologiques
10 Fiche d'identité de l'œuvre
12 L'œuvre dans son siècle
16 Lire l'œuvre aujourd'hui

Madame Bovary

Flaubert

21   Première partie
82   Deuxième partie
220 Troisième partie

Pour approfondir

326 Clefs de lecture
338 Genre, action, personnages
362 L'œuvre : origines et prolongements
372 L'œuvre : son courant, ses tendances
376 Vers le bac
393 Outils de lecture
395 Bibliographie et filmographie

AVANT D'ABORDER
L'ŒUVRE

Fiche d'identité de l'auteur

Flaubert

Famille : père chirurgien en chef de l'hôtel-Dieu de Rouen ; un frère aîné de huit ans, Achille, le préféré, qui sera aussi chirurgien ; une sœur cadette et chérie, Caroline, née en 1824. Enfance triste

Nom : Gustave Flaubert.

Naissance : 12 décembre 1821, à l'hôtel-Dieu de Rouen.

dans le cadre austère de l'hôpital où le jeune Flaubert côtoie la mort, observe les cadavres et assiste à des dissections.

Formation : scolarité au Collège royal de Rouen. Élève moyen. Études de droit commencées à Paris, puis délaissées au profit de la littérature.

Début de sa carrière : en 1836, rencontre coup de foudre avec Élisa Schlésinger, femme mariée et idolâtrée ; premiers écrits en 1837 ; *Mémoires d'un fou*, première version de *L'Éducation sentimentale*, en 1839 ; première version de *La Tentation de Saint Antoine* en 1848.

Premiers succès : 1856, *Madame Bovary* (roman), publié à l'issue de cinq ans de rédaction. En 1857, procès pour offense à la morale publique et à la morale religieuse. Acquittement de Flaubert et notoriété immédiate de l'écrivain.

Évolution de sa carrière littéraire : 1862, *Salammbô* (roman historique), succès ; 1869, *L'Éducation sentimentale* (roman), échec ; 1874, *La Tentation de saint Antoine* (roman), échec ; 1877, *Trois Contes* ; 1881, accueil favorable de *Bouvard et Pécuchet* (roman inachevé et posthume).

Mort : le 8 mai 1880, d'une hémorragie cérébrale, dans sa propriété de Croisset.

Portrait de Flaubert par Nadar.

Repères chronologiques

Vie et œuvre de Flaubert	Événements politiques et culturels
1821 **Naissance de Flaubert à Rouen.**	**1821** Mort de Napoléon Ier. Naissance de Baudelaire.
1832 Études au Collège royal. Se lie avec Louis Bouilhet.	**1824** Mort de Louis XVIII. Avènement de Charles X.
1836 Rencontre Élisa Schlésinger.	**1830** Révolution de Juillet. Avènement de Louis-Philippe. Victor Hugo, *Hernani*. Stendhal, *Le Rouge et le Noir*.
1837 Premiers écrits : *Passion et vertu*.	
1839 *Mémoires d'un fou*.	**1832** George Sand, *Indiana*.
1840 **Obtient son baccalauréat.**	**1836** Musset, *La Confession d'un enfant du siècle*.
1841 Commence ses études de droit à Paris.	**1839** Stendhal, *La Chartreuse de Parme*.
1842 *Novembre*.	**1848** **Révolution de février.** **Avènement de la IIe république.**
1843 Se lie d'amitié avec Maxime Du Camp.	**1850** Courbet, *L'Enterrement à Ornans*.
1844 Premiers accès de maladie nerveuse.	**1851** Plébiscite en faveur de Louis Napoléon. Nerval, *Les Filles du feu*.
1846 Mort de son père et de sa sœur. S'installe à Croisset. **Début de sa liaison avec Louise Colet.**	**1852** **Début du second Empire.**
1848 À Paris, il assiste aux journées révolutionnaires.	**1857** Baudelaire, *Les Fleurs du mal*. Procès et condamnation.
1849 Première version de *La Tentation de saint Antoine*.	**1863** Manet, *Le Déjeuner sur l'herbe*.
	1864 **Ire Internationale.**

Vie et œuvre de Flaubert	Événements politiques et culturels
1850 Voyage en Orient avec Maxime Du Camp.	**1867** Zola, *Thérèse Raquin*. Karl Marx, *Le Capital* (I).
1851 Commence *Madame Bovary*.	**1869** Inauguration du canal de Suez.
1854 Rupture avec Louise Colet.	**1870** Guerre franco-allemande. Défaite française de Sedan. Chute de l'Empire. Proclamation de la République. Siège de Paris.
1856 Publication avec coupures de *Madame Bovary* dans la *Revue de Paris*.	**1871** Armistice. Commune de Paris (mars-mai). IIIᵉ République.
1857 Procès et acquittement. Publication de *Madame Bovary*.	**1873** Présidence de Mac-Mahon. Coalition de l'Ordre moral.
1862 *Salammbô*.	**1874** Exposition des Impressionnistes.
1869 *L'Éducation sentimentale*.	**1875** Constitution de la IIIᵉ République.
1872 Mort de sa mère. Début de *Bouvard et Pécuchet*.	**1877** Zola, *L'Assommoir*
1874 *La Tentation de saint Antoine*.	**1879** Remplacement de Mac-Mahon par Jules Grévy.
1876 Mort de Louise Colet. Mort de George Sand.	**1880** Lois scolaires de Jules Ferry. Maupassant, *Boule de suif*. Zola, *Le Roman expérimental*.
1877 *Trois contes*.	
1880 Meurt d'une hémorragie cérébrale.	
1881 *Bouvard et Pécuchet* (inachevé).	

Fiche d'identité de l'œuvre

Madame Bovary

Genre : roman.

Auteur : Gustave Flaubert, en 1856.

Objets d'étude : le roman et ses personnages : vision de l'homme et du monde ; les réécritures ; écrire, publier, lire.

Registres : comique, satirique, pathétique, lyrique, ironique.

Structure : 3 parties, 35 chapitres.

Forme : récit en prose.

Principaux personnages : Emma Bovary, née Rouault ; Charles Bovary, son mari ; le pharmacien Homais ; Léon, clerc de notaire ; Rodolphe Boulanger, gentilhomme campagnard.

Sujet : après une enfance et une jeunesse laborieuses, Charles Bovary devient médecin de campagne. Il perd sa première femme et s'éprend d'Emma Rouault, fille d'un gros fermier normand. Ils se marient et le roman épouse alors le point de vue de la jeune femme, vite déçue par son mariage. Le couple quitte le petit village de Tostes pour Yonville-l'Abbaye, dominé par le prétentieux pharmacien Homais (première partie). Emma accouche d'une fille, Berthe, et se lie d'amitié avec Léon, un clerc de notaire qui part pour Paris. La jeune femme sombre alors dans la dépression, puis s'éprend de Rodolphe Boulanger, un séducteur invétéré. Après plusieurs mois de liaison, Rodolphe, lassé, rompt brusquement. Emma tombe malade. Une fois rétablie, elle rencontre à nouveau Léon à Rouen (deuxième partie) et devient sa maîtresse. Endettée, désespérée, elle s'empoisonne avec l'arsenic dérobé chez le pharmacien et meurt dans d'atroces souffrances. Charles meurt à son tour, ruiné. Homais, lui, poursuit son ascension sociale (troisième partie).

Lectures de l'œuvre : chef-d'œuvre de réalisme et d'ironie, ce roman de la médiocrité a réinventé le genre romanesque.

Madame Bovary.
Gravure de Daniel Mordant.

L'œuvre dans son siècle

Un succès de scandale

Madame BOVARY est ce roman curieux, devenu LE livre à lire à tout prix, alors qu'à sa parution il était question d'en interdire la lecture. En 1857, son audience est celle qui entoure un scandale et un procès pour « délit d'outrage à la morale publique et religieuse et aux bonnes mœurs ». Ce n'est pas tant le thème du roman – une femme mal mariée, infidèle et dépressive – qui pouvait choquer le public, mais le refus de condamner la nature même des émotions de l'héroïne, jusqu'à une forme d'adhésion à sa cause. C'était la conséquence d'un choix audacieux de Flaubert, qui avait pris le parti de s'attacher à ce sujet trivial de la vie manquée d'une femme de province, en considérant que le style seul justifiait l'entreprise littéraire, et non pas la noblesse de la question abordée. De plus, le défi était de ne pas prendre parti ouvertement et de cultiver cette « impersonnalité » à laquelle le romancier était attaché. Le choix de l'écriture « impersonnelle » a exposé Flaubert à l'accusation de toutes les indifférences – à la religion, à la morale publique – et de toutes les complaisances pour des personnages indéfendables.

Un reflet de la province française au XIXe siècle

Madame BOVARY est une représentation de la société. Le roman, sous-titré « mœurs de province », se situe dans la lignée de Balzac et de ses « scènes de la vie de province ». Mais, à la différence de l'univers balzacien, ici rien ne se fait et tout se défait. Flaubert décrit ce qui se passe quand il ne se passe pas grand-chose dans une province morne où les jours s'écoulent, monotones, pas grand-chose dans la vie d'une femme, qui va de déceptions en désespérances. Le récit se situe sous la monarchie de Juillet et le règne bourgeois de Louis-Philippe (1830-1848). Mais c'est le second Empire qui accueille ce roman en 1857, comme un témoignage sur la France du milieu du siècle. Celle-ci se développe économiquement, sans que la province, engluée dans ses pesanteurs et ses routines, puisse se satisfaire ni de ses notables, ni de ses pseudo-savants – comme Homais – , ni de son clergé conservateur – à l'image de l'abbé Bournisien. Emma Bovary devient non seulement un type moral mais aussi social de l'insatisfaction ; dans une lettre de 1853, Flaubert insiste sur la vérité historique et insoupçonnée de sa fiction : « Ma pauvre Bovary, sans doute, souffre et pleure dans vingt villages de France à la fois, à cette heure même ».

La lecture en question

DANS UN ÉLAN DE COLÈRE contre Emma Bovary, sa belle-mère s'écrie : « Ah ! elle s'occupe ! À quoi donc ? À lire des romans, de mauvais livres... » L'acte d'accusation est lancé : l'héroïne est la victime type de « mauvaises fréquentations livresques », dont la vie est une somme de frustrations mises en éveil par la lecture de romans peu recommandables. Au XIXe siècle, l'accès à la lecture est un fait historique : les cabinets de lecture se multiplient, l'alphabétisation des classes moyennes se développe grâce aux lois scolaires – loi Guizot en 1833, loi Falloux en 1851. L'héroïne découvre le goût des livres au couvent, et ceux-ci incarnent tout naturellement la matière de ses rêves, ce que Flaubert exprime dans une image graisseuse : « Emma se graissa donc les mains à cette poussière des vieux cabinets de lecture ». Le mal d'Emma naît du décalage entre ce que disent les livres et ce qu'offre le monde. Là réside le paradoxe de *Madame Bovary*, qui consiste à montrer la perversité de la lecture, tout en provoquant son public incarné par une héroïne prise au piège de ses lectures. C'est le vertige moderne de lire le roman d'un être plongé dans la lecture...

La mise en cause du roman et de l'héritage romantique

UNE IDÉE REÇUE nous fait croire que l'héroïne de Flaubert n'a lu que des romans roses, des livres de second ordre. Or cette sévérité est à nuancer ; dans les premières lectures d'Emma, on note quelques grands romans de la littérature européenne : *Paul et Virginie* de Bernardin de Saint-Pierre – éloge romanesque de la vie naturelle et idylle célèbre de deux jeunes gens –, romans historiques de Walter Scott – si influent sur Balzac et l'ensemble du roman du XIXe siècle. « Mauvais livres » ? Non, mais le genre romanesque est frappé de soupçon, surtout quand il conte de belles aventures et célèbre de grands sentiments. Car *Madame Bovary* est bien ce roman qui relate une petite aventure et brocarde les épanchements sentimentaux. C'est moins un réquisitoire contre la sous-littérature qui est livré ici qu'une remise en question d'un genre, le roman : peut-il représenter le réel ? Il ne cesse de dégénérer en clichés et en visions fausses de la réalité... La déroute de l'héroïne signe aussi l'acte de décès d'un mouvement artistique et littéraire, le romantisme, qui s'éteint au milieu du XIXe siècle sous le feu des critiques contre le caractère

L'œuvre dans son siècle

stéréotypé de son lyrisme, de ses passions, de son exaltation de l'imaginaire. Cette littérature qui s'était voulue neuve – contre la tradition « classique » – semble soudain bien convenue et factice. L'héroïne est ainsi « empoisonnée » par des images périmées de la vie, qui appartiennent à une autre époque.

Un travail ironique sur les lieux communs

Ridicule cette héroïne envoûtée par ses lectures et qui passe dès lors à côté de sa vie ? Elle a au moins le mérite de son idéal et de sa révolte – là où les autres se satisfont d'une médiocrité accablante. Chercher une autre vie pour Emma consiste à chercher une correspondance avec d'autres mots, avec les beaux mots qui l'ont fait rêver, ceux qui sont saisis avec les pincettes des italiques par le romancier : « les mots de *félicité*, de *passion* et d'*ivresse* qui lui avaient paru si beaux dans les livres ». Les mots lyriques du bonheur qu'on ne trouve pas dans la vie. Ces clichés font sourire, moins peut-être que les lieux communs médiocres, brassés par tous les autres personnages du livre : lieux communs du savoir chez Homais, lieux communs du sentiment chez les piètres séducteurs, lieux communs de la foi chez l'abbé Bournisien. Nulle valeur – ni la connaissance, ni l'amour, ni la religion – ne résistent à ce jeu de massacre. La virtuosité de Flaubert est de faire une œuvre originale de langage avec tous les mots les plus usés de ses personnages. L'auteur résume cette contradiction dans sa correspondance en 1853 : « sous une forme *aristocratique*, une histoire commune et dont le fond est à tout le monde. Et, c'est pour moi, la vraie marque de la force en littérature. Le lieu commun n'est manié que par les imbéciles ou par les plus grands ».

Un tournant dans l'œuvre de Flaubert

Flaubert ne s'est engagé qu'à contrecœur dans ce roman de la tristesse et de l'ennui. De son propre aveu, il l'a vécu comme un « pensum ». La critique s'est tout de suite plu à reconnaître, selon une métaphore qui est devenue elle-même un cliché, l'art du scalpel et de la dissection chez ce romancier fils et frère de médecin, expert en anatomie des corps et des cœurs par l'écriture. Mais Flaubert ne s'est jamais senti bien intégré dans une famille dont il ne parlait pas le langage – « idiot de la famille », selon l'expression de Sartre. Décalé par rapport à son milieu d'origine, il s'est senti d'abord porté vers les hautes régions de la littérature, « épris de gueulades, de lyrisme, de grands vols d'aigle... » de son propre aveu. Auteur proche, somme toute, des goûts d'Emma, d'une exaltation du cœur, des images et des mots, mais sentant aussi leur fausseté possible. Ses premières tentatives vont dans ce sens. Avant *Madame Bovary*, il venait d'écrire La Tentation de Saint-Antoine qui correspondait à son goût lyrique. Ce sont ses amis qui le dissuadent de persister dans cette voie ; ils le persuadent de s'attacher plutôt au « vrai », à un sujet prosaïque, terre-à-terre, où il trouve une autre couleur qui lui convienne mieux, celle de la Normandie, de la « couleur grise des cloportes ». *Madame Bovary* est né d'un effort du romancier contre lui-même. Mais jamais Flaubert ne s'est reconnu dans l'étiquette de « réaliste », ni de chef de file d'une école nouvelle que sa postérité, de Maupassant à Zola, a voulu trouver en lui. Prompt à combattre tous les stéréotypes, le romancier a dû lutter contre les nouveaux stéréotypes qui ont entouré son entreprise romanesque. Suprême ironie que ce chef-d'œuvre de dénonciation des idées reçues qu'est *Madame Bovary* soit devenu le roman français qui a peut-être alimenté le plus... d'« idées reçues » ! Un exemple parmi d'autres : la phrase considérée comme la plus célèbre de Flaubert « Madame Bovary, c'est moi »... n'a jamais été écrite par Flaubert ! Elle lui a simplement été prêtée après coup...

Un « livre sur rien » ?

DANS UNE PHRASE CÉLÈBRE de sa correspondance, en 1852, Flaubert a rêvé de faire « un livre sur rien » : « un livre sans attache extérieure, qui se tiendrait de lui-même, par la force interne de son style ». On a compris, depuis lors, ce qui signifiait cet anéantissement du sujet : la promotion de la littérature comme seule compréhension et rédemption du monde. Le critique Thierry Laget peut ainsi démentir la formule et définir ce « livre sur rien » : « un livre sur l'homme, sur la femme, sur leurs songes, sur la société qu'ils ont édifiée pour les y enterrer, sur ses codes et ses usages, sur leurs souffrances, un livre sur la passion et sur le néant, sur le corps, sur les choses, sur le monde, sur la mort, un livre sur la littérature même... ». Ce « livre sur rien » est donc, paradoxalement, « un livre sur tout »...

Lire l'œuvre aujourd'hui

Au XXe siècle, puis au XXIe, on sait l'efficacité de l'obscénité ou de la provocation, parfois gratuites, pour faire parler de soi. Mais ce n'est pas avec l'intention de défrayer la chronique que Flaubert a écrit le premier roman à scandale et à succès de notre histoire littéraire, *Madame Bovary*. Il a ouvert la voie à une autre conception de la littérature, qui n'est plus là pour édifier le public ou pour entretenir de belles illusions divertissantes.

Le refus du « politiquement correct »

Madame Bovary est d'abord un roman qui tranche parce qu'il montre une femme qui ne se conforme pas à son rôle attendu de bonne bourgeoise, bonne mère, bonne épouse, sans la condamner pour autant. Il la raconte sans la juger. Ou plutôt il entoure cette femme d'un environnement masculin tellement affligeant que le lecteur peut se prendre de sympathie pour cette héroïne décalée. Les échecs de cette femme trop vulnérable sont finalement plus émouvants que le succès scandaleux des imbéciles, comme la « croix d'honneur » finale attribuée à l'imposteur Homais. Contre toute une tradition manichéenne qui fait triompher les bons et punir les méchants, Flaubert fait le portrait d'une société où les victimes manquent leur rendez-vous idéalisé avec l'existence, et où les plus médiocres triomphent. Voici un double message salubre : ne pas confondre les vraies qualités et la réussite ; ne pas confondre surtout l'ambition littéraire et l'édification morale. L'art et la littérature sont du domaine de l'esthétique, du beau, et non du bien et de la vertu. Ce constat décisif s'impose pendant l'année 1857, où Flaubert pour *Madame Bovary* et Baudelaire pour *Les Fleurs du mal* sont attaqués par une société qui croit encore à la valeur d'édification des textes. Aujourd'hui nous savons que ces auteurs mis au banc des accusés étaient simplement du côté de l'art et de l'insoumission. Au début du XXIe siècle, par temps de goût du « politiquement correct », d'actions sournoises de propagande, de risques d'autres censures économiques ou fanatiques, *Madame Bovary* reste le modèle d'un grand roman, c'est-à-dire d'un roman libre.

La première des « desperate housewives » ?

Pourquoi Emma est-elle devenue à ce point exemplaire ? Elle représente une figure inoubliable de femme prisonnière de son mariage et de son univers étriqué, des conventions de son temps, de ses

Lire l'œuvre aujourd'hui

rêves de pacotille, de ses exutoires factices. Emma, fille d'un riche paysan, bourgeoise provinciale, mère et épouse insatisfaite, serait la première des femmes au foyer désespérées, des « desperate housewives » comme disent aujourd'hui les séries américaines. Misère d'une condition de femme, d'une condition d'époque – l'homme ayant encore tous les droits –, d'une condition de médiocrité mal acceptée : Emma rêve du luxe de la vie parisienne, des grandes aventures livresques et illusoires... Si elle est devenue un type universel, c'est qu'elle ne représente pas seulement la femme de province dans la France du XIXe siècle, mais peut-être toute femme dont les aspirations s'écrasent contre la réalité, mais peut-être tout être humain qui voit défiler sa vie, et ne l'avait pas imaginée ainsi. « Tu ne la voyais pas comme ça, ta vie... » Ces paroles d'une chanson populaire résument une prise de conscience de plus en plus douloureuse de l'héroïne – et peut-être, dans les moments de lucidité douloureuse, de chacun d'entre nous.

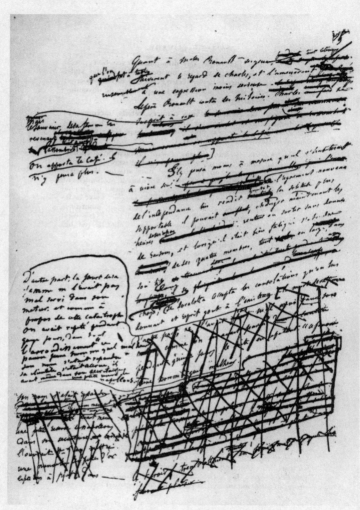

Page du manuscrit définitif de Madame Bovary.

Madame Bovary

Mœurs de province

Flaubert

Roman (1857)

À Marie-Antoine-Jules Senard[1]
MEMBRE DU BARREAU DE PARIS, EX-PRÉSIDENT DE L'ASSEMBLÉE NATIONALE ET ANCIEN MINISTRE DE L'INTÉRIEUR

Cher et illustre ami,
Permettez-moi d'inscrire votre nom en tête de ce livre et au-dessus même de sa dédicace ; car c'est à vous, surtout, que j'en dois la publication. En passant par votre magnifique plaidoirie, mon œuvre a acquis pour moi-même comme une autorité imprévue. Acceptez donc ici l'hommage de ma gratitude, qui, si grande qu'elle puisse être, ne sera jamais à la hauteur de votre éloquence et de votre dévouement.
GUSTAVE FLAUBERT
Paris, 12 avril 1857

---

1. **Marie-Antoine-Jules Senard :** il s'agit de l'avocat qui défendit la cause de Flaubert lors du procès intenté à l'auteur et à la *Revue de Paris* au début de l'année 1857.

À Louis Bouilhet[1]

Première partie

I

Nous étions à l'Étude, quand le Proviseur entra, suivi d'un *nouveau* habillé en bourgeois[2] et d'un garçon de classe qui portait un grand pupitre[3]. Ceux qui dormaient se réveillèrent, et chacun se leva comme surpris dans son travail.

5   Le Proviseur nous fit signe de nous rasseoir ; puis, se tournant vers le maître d'études :

– Monsieur Roger, lui dit-il à demi-voix, voici un élève que je vous recommande, il entre en cinquième. Si son travail et sa conduite sont méritoires, il passera *dans les grands*, où l'appelle son âge.

10   Resté dans l'angle, derrière la porte, si bien qu'on l'apercevait à peine, le *nouveau* était un gars de la campagne, d'une quinzaine d'années environ, et plus haut de taille qu'aucun de nous tous. Il avait les cheveux coupés droit sur le front, comme un chantre[4] de village, l'air raisonnable et fort embarrassé. Quoiqu'il ne fût pas large

15   des épaules, son habit-veste[5] de drap vert à boutons noirs devait le gêner aux entournures et laissait voir, par la fente des parements[6], des poignets rouges habitués à être nus. Ses jambes, en bas bleus, sortaient d'un pantalon jaunâtre très tiré par les bretelles. Il était chaussé de souliers forts, mal cirés, garnis de clous.

20   On commença la récitation des leçons. Il les écouta de toutes ses oreilles, attentif comme au sermon, n'osant même croiser les cuisses, ni s'appuyer sur le coude, et, à deux heures, quand la cloche sonna, le maître d'études fut obligé de l'avertir, pour qu'il se mît avec nous dans les rangs.

---

1. **Louis Bouilhet (1821-1869) :** poète et auteur dramatique, ami intime de Flaubert. Dédicace de la première édition du roman en volume, en avril 1857.
2. **Habillé en bourgeois :** en tenue de ville, et non avec l'uniforme de l'école.
3. **Pupitre :** ici, pupitre de table, petit meuble dont on se sert soit pour écrire, soit pour poser des livres ou des cahiers.
4. **Chantre :** personne chargée de chanter ou de diriger les chants à l'église, pendant la messe.
5. **Habit-veste :** habit à basques très courtes.
6. **Parements :** revers de manches.

Première partie

Nous avions l'habitude, en entrant en classe, de jeter nos casquettes par terre, afin d'avoir ensuite nos mains plus libres ; il fallait, dès le seuil de la porte, les lancer sous le banc, de façon à frapper contre la muraille en faisant beaucoup de poussière ; c'était là le genre.

Mais, soit qu'il n'eût pas remarqué cette manœuvre ou qu'il n'eut osé s'y soumettre, la prière était finie que le *nouveau* tenait encore sa casquette sur ses deux genoux. C'était une de ces coiffures d'ordre composite, où l'on retrouve les éléments du bonnet à poil, du chapska[1], du chapeau rond, de la casquette de loutre et du bonnet de coton, une de ces pauvres choses, enfin, dont la laideur muette a des profondeurs d'expression comme le visage d'un imbécile. Ovoïde et renflée de baleines[2], elle commençait par trois boudins circulaires ; puis s'alternaient, séparés par une bande rouge, des losanges de velours et de poils de lapin ; venait ensuite une façon de sac qui se terminait par un polygone cartonné, couvert d'une broderie en soutache[3] compliquée, et d'où pendait, au bout d'un long cordon trop mince, un petit croisillon de fils d'or, en manière de gland. Elle était neuve ; la visière brillait.

– Levez-vous, dit le professeur.

Il se leva ; sa casquette tomba. Toute la classe se mit à rire.

Il se baissa pour la reprendre. Un voisin la fit tomber d'un coup de coude, il la ramassa encore une fois.

– Débarrassez-vous donc de votre casque, dit le professeur, qui était un homme d'esprit.

Il y eut un rire éclatant des écoliers qui décontenança le pauvre garçon, si bien qu'il ne savait s'il fallait garder sa casquette à la main, la laisser par terre ou la mettre sur sa tête. Il se rassit et la posa sur ses genoux.

– Levez-vous, reprit le professeur, et dites-moi votre nom.

Le *nouveau* articula, d'une voix bredouillante, un nom inintelligible.

– Répétez !

Le même bredouillement de syllabes se fit entendre, couvert par les huées de la classe.

– Plus haut ! cria le maître, plus haut !

Le *nouveau*, prenant alors une résolution extrême, ouvrit une bouche démesurée et lança à pleins poumons, comme pour appeler quelqu'un, ce mot : *Charbovari*.

---

1. **Chapska :** coiffure des lanciers du second Empire (mot d'origine polonaise).
2. **Baleines :** tiges constituées à l'origine de fanons de baleine et cousues dans les vêtements pour leur donner une forme définie.
3. **Soutache :** galon, ganse servant à orner un uniforme ou un vêtement de femme.

Ce fut un vacarme qui s'élança d'un bond, monta en *crescendo*, avec des éclats de voix aigus (on hurlait, on aboyait, on trépignait, on répétait : *Charbovari ! Charbovari !*), puis qui roula en notes isolées, se calmant à grand-peine, et parfois qui reprenait tout à coup sur la ligne d'un banc où saillissait encore çà et là, comme un pétard mal éteint, quelque rire étouffé.

Cependant, sous la pluie des pensums[1], l'ordre peu à peu se rétablit dans la classe, et le professeur, parvenu à saisir le nom de Charles Bovary, se l'étant fait dicter, épeler et relire, commanda tout de suite au pauvre diable d'aller s'asseoir sur le banc de paresse[2], au pied de la chaire. Il se mit en mouvement, mais, avant de partir, hésita.

– Que cherchez-vous ? demanda le professeur.

– Ma cas..., fit timidement le nouveau, promenant autour de lui des regards inquiets.

– Cinq cents vers à toute la classe ! exclamé d'une voix furieuse, arrêta, comme le *Quos ego*[3], une bourrasque nouvelle. – Restez donc tranquilles ! continuait le professeur indigné, et s'essuyant le front avec son mouchoir qu'il venait de prendre dans sa toque : Quant à vous, le nouveau, vous me copierez vingt fois le verbe *ridiculus sum*[4].

Puis, d'une voix plus douce :

– Eh ! vous la retrouverez, votre casquette ; on ne vous l'a pas volée !

Tout reprit son calme. Les têtes se courbèrent sur les cartons[5], et le *nouveau* resta pendant deux heures dans une tenue exemplaire, quoiqu'il y eût bien, de temps à autre, quelque boulette de papier lancée d'un bec de plume qui vînt s'éclabousser sur sa figure. Mais il s'essuyait avec la main, et demeurait immobile, les yeux baissés.

Le soir, à l'Étude, il tira ses bouts de manches[6] de son pupitre, mit en ordre ses petites affaires, régla[7] soigneusement son papier. Nous

---

1. **Pensums :** punitions.
2. **Banc de paresse :** banc où l'on consignait les paresseux pour que le maître puisse plus facilement les surveiller.
3. *Quos ego :* début d'un vers de l'*Énéide* de Virgile (1, 135), où Neptune rappelle à l'ordre les vents déchaînés.
4. *Ridiculus sum :* « je suis ridicule » (en latin).
5. **Cartons :** sous-main.
6. **Bouts de manches :** pièces de tissu utilisées pour protéger les manches.
7. **Régla :** traça des lignes sur son papier à l'aide de sa règle.

le vîmes qui travaillait en conscience, cherchant tous les mots dans le dictionnaire et se donnant beaucoup de mal. Grâce, sans doute,
90 à cette bonne volonté dont il fit preuve, il dut de ne pas descendre dans la classe inférieure ; car, s'il savait passablement ses règles, il n'avait guère d'élégance dans les tournures. C'était le curé de son village qui lui avait commencé le latin, ses parents, par économie, ne l'ayant envoyé au collège que le plus tard possible.
95 Son père, M. Charles-Denis-Bartholomé Bovary, ancien aide-chirurgien-major[1], compromis, vers 1812, dans des affaires de conscription[2], et forcé, vers cette époque, de quitter le service, avait alors profité de ses avantages personnels pour saisir au passage une dot de soixante mille francs, qui s'offrait en la fille d'un marchand bonnetier, devenue amoureuse de sa
100 tournure. Bel homme, hâbleur, faisant sonner haut ses éperons, portant des favoris rejoints aux moustaches, les doigts toujours garnis de bagues et habillé de couleurs voyantes, il avait l'aspect d'un brave, avec l'entrain facile d'un commis voyageur. Une fois marié, il vécut deux ou trois ans sur la fortune de sa femme, dînant bien, se levant tard, fumant dans de
105 grandes pipes en porcelaine, ne rentrant le soir qu'après le spectacle et fré-quentant les cafés. Le beau-père mourut et laissa peu de chose ; il en fut indigné, se lança *dans la fabrique*[3], y perdit quelque argent, puis se retira dans la campagne, où il voulut *faire valoir*[4]. Mais, comme il ne s'entendait guère plus en culture[5] qu'en indienne[6], qu'il montait ses chevaux au
110 lieu de les envoyer au labour, buvait son cidre en bouteilles au lieu de le vendre en barriques, mangeait les plus belles volailles de sa cour et grais-sait ses souliers de chasse avec le lard de ses cochons, il ne tarda point à s'apercevoir qu'il valait mieux planter là toute spéculation.
Moyennant deux cents francs par an, il trouva donc à louer dans
115 un village, sur les confins du pays de Caux et de la Picardie, une sorte de logis moitié ferme, moitié maison de maître ; et, chagrin, rongé de regrets, accusant le ciel, jaloux contre tout le monde, il s'enferma dès l'âge de quarante-cinq ans, dégoûté des hommes, disait-il, et décidé à vivre en paix.

---

1. **Aide-chirurgien-major :** grade modeste dans l'armée.
2. **Conscription :** enrôlement des soldats, ici pour la campagne de Russie engagée par Napoléon.
3. *Dans la fabrique :* dans la fabrique de tissus.
4. *Faire valoir :* exploiter des terres.
5. **Culture :** agriculture.
6. **Indienne :** toile de coton, peinte ou imprimée.

120 Sa femme avait été folle de lui autrefois ; elle l'avait aimé avec
mille servilités qui l'avaient détaché d'elle encore davantage.
Enjouée jadis, expansive et tout aimante, elle était, en vieillis-
sant, devenue (à la façon du vin éventé qui se tourne en vinaigre)
d'humeur difficile, piaillarde, nerveuse. Elle avait tant souffert, sans
125 se plaindre, d'abord, quand elle le voyait courir après toutes les
gotons[1] de village et que vingt mauvais lieux le lui renvoyaient le
soir, blasé et puant l'ivresse ! Puis l'orgueil s'était révolté. Alors elle
s'était tué, avalant sa rage dans un stoïcisme muet, qu'elle garda
jusqu'à sa mort. Elle était sans cesse en courses, en affaires. Elle
130 allait chez les avoués[2], chez le président[3], se rappelait l'échéance
des billets[4], obtenait des retards[5] ; et, à la maison, repassait, cousait,
blanchissait, surveillait les ouvriers, soldait les mémoires[6], tandis
que, sans s'inquiéter de rien, Monsieur, continuellement engourdi
dans une somnolence boudeuse dont il ne se réveillait que pour lui
135 dire des choses désobligeantes, restait à fumer au coin du feu, en
crachant dans les cendres.
Quand elle eut un enfant, il le fallut mettre en nourrice. Rentré
chez eux, le marmot fut gâté comme un prince. Sa mère le nourrissait
de confitures ; son père le laissait courir sans souliers, et, pour faire
140 le philosophe, disait même qu'il pouvait bien aller tout nu, comme
les enfants des bêtes. À l'encontre des tendances maternelles, il avait
en tête un certain idéal viril de l'enfance, d'après lequel il tâchait de
former son fils, voulant qu'on l'élevât durement, à la spartiate, pour
lui faire une bonne constitution. Il l'envoyait se coucher sans feu, lui
145 apprenait à boire de grands coups de rhum et à insulter les proces-
sions. Mais, naturellement paisible, le petit répondait mal à ses efforts.
Sa mère le traînait toujours après elle ; elle lui découpait des cartons,
lui racontait des histoires, s'entretenait avec lui dans des monologues
sans fin, pleins de gaietés mélancoliques et de chatteries babillardes.
150 Dans l'isolement de sa vie, elle reporta sur cette tête d'enfant toutes

---

1. **Gotons :** terme populaire (diminutif de Margotton, dérivé de Marguerite) désignant
des femmes de mauvaise vie, des filles de ferme ou de cuisine mal tenues.
2. **Avoués :** officiers de justice.
3. **Président :** de tribunal.
4. **L'échéance des billets :** le moment où il faut s'acquitter de ses promesses de
paiement.
5. **Retards :** délais de paiement supplémentaires.
6. **Soldait les mémoires :** payait les sommes dues aux marchands, artisans ou autres.

ses vanités éparses, brisées. Elle rêvait de hautes positions, elle le
voyait déjà grand, beau, spirituel, établi, dans les ponts et chaussées
ou dans la magistrature. Elle lui apprit à lire, et même lui enseigna,
sur un vieux piano qu'elle avait, à chanter deux ou trois petites
155 romances. Mais, à tout cela, M. Bovary, peu soucieux des lettres, disait
que *ce n'était pas la peine* ! Auraient-ils jamais de quoi l'entretenir
dans les écoles du gouvernement, lui acheter une charge ou un fonds
de commerce ? D'ailleurs, *avec du toupet, un homme réussit toujours
dans le monde.* Madame Bovary se mordait les lèvres, et l'enfant vaga-
160 bondait dans le village.

Il suivait les laboureurs, et chassait, à coups de motte de terre, les
corbeaux qui s'envolaient. Il mangeait des mûres le long des fossés,
gardait les dindons avec une gaule, fanait à la moisson, courait dans
le bois, jouait à la marelle sous le porche de l'église les jours de
165 pluie, et, aux grandes fêtes, suppliait le bedeau[1] de lui laisser sonner
les cloches, pour se pendre de tout son corps à la grande corde et se
sentir emporter par elle dans sa volée.

Aussi poussa-t-il comme un chêne. Il acquit de fortes mains, de
belles couleurs.

170 À douze ans, sa mère obtint que l'on commençât ses études. On en
chargea le curé. Mais les leçons étaient si courtes et si mal suivies,
qu'elles ne pouvaient servir à grand-chose. C'était aux moments perdus qu'elles se donnaient, dans la sacristie, debout, à la hâte, entre
un baptême et un enterrement ; ou bien le curé envoyait chercher
175 son élève après l'*Angélus*[2], quand il n'avait pas à sortir. On montait
dans sa chambre, on s'installait : les moucherons et les papillons de
nuit tournoyaient autour de la chandelle. Il faisait chaud, l'enfant
s'endormait ; et le bonhomme, s'assoupissant les mains sur son
ventre, ne tardait pas à ronfler, la bouche ouverte. D'autres fois,
180 quand M. le curé, revenant de porter le viatique[3] à quelque malade
des environs, apercevait Charles qui polissonnait dans la campagne,
il l'appelait, le sermonnait un quart d'heure et profitait de l'occasion pour lui faire conjuguer son verbe au pied d'un arbre. La pluie
venait les interrompre, ou une connaissance qui passait. Du reste,
185 il était toujours content de lui, disait même que le *jeune homme* avait
beaucoup de mémoire.

---

1. **Bedeau :** personne qui assiste les prêtres à l'église.
2. **Angélus :** sonnerie qui rythme la vie de la campagne. Ici, Angélus du soir, à 18 heures.
3. **Viatique :** sacrement administré aux mourants.

Charles ne pouvait en rester là. Madame fut énergique. Honteux, ou fatigué plutôt, Monsieur céda sans résistance, et l'on attendit encore un an que le gamin eût fait sa première communion.

190 Six mois se passèrent encore ; et, l'année d'après, Charles fut définitivement envoyé au collège de Rouen, où son père l'amena lui-même, vers la fin d'octobre, à l'époque de la foire Saint-Romain[1].

Il serait maintenant impossible à aucun de nous de se rien rappeler de lui. C'était un garçon de tempérament modéré, qui jouait aux récréa-
195 tions, travaillait à l'étude, écoutant en classe, dormant bien au dortoir, mangeant bien au réfectoire. Il avait pour correspondant un quincaillier en gros de la rue Ganterie, qui le faisait sortir une fois par mois, le dimanche, après que sa boutique était fermée, l'envoyait se promener sur le port à regarder les bateaux, puis le ramenait au collège dès sept heures,
200 avant le souper. Le soir de chaque jeudi, il écrivait une longue lettre à sa mère, avec de l'encre rouge et trois pains à cacheter[2] ; puis il repassait ses cahiers d'histoire, ou bien lisait un vieux volume d'*Anacharsis*[3] qui traînait dans l'étude. En promenade, il causait avec le domestique, qui était de la campagne comme lui.

205 À force de s'appliquer, il se maintint toujours vers le milieu de la classe ; une fois même, il gagna un premier accessit d'histoire naturelle. Mais à la fin de sa troisième, ses parents le retirèrent du collège pour lui faire étudier la médecine, persuadés qu'il pourrait se pousser seul jusqu'au baccalauréat.

210 Sa mère lui choisit une chambre, au quatrième, sur l'Eau-de-Robec[4], chez un teinturier de sa connaissance : Elle conclut les arrangements pour sa pension, se procura des meubles, une table et deux chaises, fit venir de chez elle un vieux lit en merisier, et acheta de plus un petit poêle en fonte, avec la provision de bois qui devait

---

1. **Foire Saint-Romain :** lors de cette grande foire annuelle, qui se tenait pendant la fête du saint patron de Rouen, on venait faire commerce de bestiaux, s'approvisionner en vêtements, en meubles ou en ustensiles avant l'hiver, et voir des spectacles de théâtres ambulants.
2. **Pains à cacheter :** sortes de petits pains sans levain et très minces, dont on se sert pour cacheter des lettres.
3. *Anacharsis :* Le *Voyage du jeune Anacharsis en Grèce au IVe siècle, de l'ère vulgaire* (1779) est un ouvrage d'éducation de l'abbé Barthélemy, très à la mode au XIXe siècle.
4. **Sur l'Eau-de-Robec :** dans la rue Eau-de-Robec, du nom de la rivière qui traverse Rouen en charriant les eaux usées des fabriques de la ville, et qui donne un aspect sordide à la rue.

215 chauffer son pauvre enfant. Puis elle partit au bout de la semaine, après mille recommandations de se bien conduire, maintenant qu'il allait être abandonné à lui-même.

Le programme des cours, qu'il lut sur l'affiche, lui fit un effet d'étourdissement : cours d'anatomie, cours de pathologie, cours de
220 physiologie, cours de pharmacie, cours de chimie, et de botanique, et de clinique, et de thérapeutique, sans compter l'hygiène ni la matière médicale, tous noms dont il ignorait les étymologies et qui étaient comme autant de portes de sanctuaires pleins d'augustes ténèbres.

Il n'y comprit rien ; il avait beau écouter, il ne saisissait pas. Il tra-
225 vaillait pourtant, il avait des cahiers reliés, il suivait tous les cours ; il ne perdait pas une seule visite. Il accomplissait sa petite tâche quotidienne à la manière du cheval de manège, qui tourne en place les yeux bandés, ignorant de la besogne qu'il broie.

Pour lui épargner de la dépense, sa mère lui envoyait chaque
230 semaine, par le messager, un morceau de veau cuit au four, avec quoi il déjeunait le matin ; quand il était rentré de l'hôpital, tout en battant la semelle contre le mur. Ensuite il fallait courir aux leçons, à l'amphithéâtre, à l'hospice, et revenir chez lui, à travers toutes les rues. Le soir, après le maigre dîner de son propriétaire, il remontait
235 à sa chambre et se remettait au travail, dans ses habits mouillés qui fumaient sur son corps, devant le poêle rougi.

Dans les beaux soirs d'été ; à l'heure où les rues tièdes sont vides, quand les servantes, jouent au volant sur le seuil des portes, il ouvrait sa fenêtre et s'accoudait. La rivière, qui fait de ce quartier
240 de Rouen comme une ignoble petite Venise, coulait en bas, sous lui, jaune, violette ou bleue, entre ses ponts et ses grilles. Des ouvriers, accroupis au bord, lavaient leurs bras dans l'eau. Sur des perches partant du haut des greniers, des écheveaux de coton séchaient à l'air. En face, au-delà des toits, le grand ciel pur s'étendait, avec le soleil rouge
245 se couchant. Qu'il devait faire bon là-bas ! Quelle fraîcheur sous la hêtrée ! Et il ouvrait les narines pour aspirer les bonnes odeurs de la campagne, qui ne venaient pas jusqu'à lui.

Il maigrit, sa taille s'allongea, et sa figure prit une sorte d'expression dolente qui la rendit presque intéressante.

250 Naturellement, par nonchalance ; il en vint à se délier de toutes les résolutions qu'il s'était faites. Une fois, il manqua la visite, le lendemain son cours, et, savourant la paresse, peu à peu, n'y retourna plus.

Il prit l'habitude du cabaret, avec la passion des dominos. S'enfermer chaque soir dans un sale appartement public, pour y taper sur des tables
255 de marbre de petits os de mouton marqués de points noirs, lui semblait un

acte précieux de sa liberté, qui le rehaussait d'estime vis-à-vis de lui-même. C'était comme l'initiation au monde, l'accès des plaisirs défendus ; et, en entrant, il posait la main sur le bouton de la porte avec une joie presque sensuelle. Alors, beaucoup de choses comprimées en lui, se dilatèrent ;
260 il apprit par cœur des couplets qu'il chantait aux bienvenues, s'enthousiasma pour Béranger[1], sut faire du punch et connut enfin l'amour.

Grâce à ces travaux préparatoires, il échoua complètement à son examen d'officier de santé[2]. On l'attendait le soir même à la maison pour fêter son succès.

265 Il partit à pied et s'arrêta vers l'entrée du village, où il fit demander sa mère, lui conta tout. Elle l'excusa, rejetant l'échec sur l'injustice des examinateurs, et le raffermit un peu, se chargeant d'arranger les choses. Cinq ans plus tard seulement, M. Bovary connut la vérité ; elle était vieille, il l'accepta, ne pouvant d'ailleurs supposer qu'un
270 homme issu de lui fût un sot.

Charles se remit donc au travail et prépara sans discontinuer les matières de son examen, dont il apprit d'avance toutes les questions par cœur. Il fut reçu avec une assez bonne note. Quel beau jour pour sa mère ! On donna un grand dîner.

275 Où irait-il exercer son art ? À Tostes. Il n'y avait là qu'un vieux médecin. Depuis longtemps madame Bovary guettait sa mort, et le bonhomme n'avait point encore plié bagage, que Charles était installé en face, comme son successeur.

Mais ce n'était pas tout que d'avoir élevé son fils, de lui avoir fait
280 apprendre la médecine et découvert Tostes pour l'exercer : il lui fallait une femme. Elle lui en trouva une : la veuve d'un huissier de Dieppe, qui avait quarante-cinq ans et douze cents livres de rente.

Quoiqu'elle fût laide, sèche comme un cotret[3], et bourgeonnée comme un printemps, certes madame Dubuc ne manquait pas de
285 partis à choisir. Pour arriver à ses fins, la mère Bovary fut obligée de les évincer tous, et elle déjoua même fort habilement les intrigues d'un charcutier qui était soutenu par les prêtres.

Charles avait entrevu dans le mariage l'avènement d'une condition meilleure, imaginant qu'il serait plus libre et pourrait disposer

---

1. **Béranger (1780-1857) :** chansonnier révolutionnaire, très populaire au XIXe siècle
2. **Officier de santé :** médecin de second ordre, n'ayant pas à être titulaire du baccalauréat, ayant le droit d'exercer seulement dans le département où il a obtenu son diplôme et dont les interventions sont limitées.
3. **Cotret :** fagot ou brindille de bois servant à faire des fagots.

290 de sa personne et de son argent. Mais sa femme fut le maître ;
il devait devant le monde dire ceci, ne pas dire cela, faire maigre
tous les vendredis, s'habiller comme elle l'entendait, harceler par
son ordre les clients qui ne payaient pas. Elle décachetait ses lettres,
épiait ses démarches, et l'écoutait, à travers la cloison, donner ses
295 consultations dans son cabinet, quand il y avait des femmes.

Il lui fallait son chocolat tous les matins, des égards à n'en plus
finir. Elle se plaignait sans cesse de ses nerfs, de sa poitrine, de ses
humeurs. Le bruit des pas lui faisait mal ; on s'en allait, la solitude
lui devenait odieuse ; revenait-on près d'elle, c'était pour la voir
300 mourir, sans doute. Le soir, quand Charles rentrait, elle sortait de
dessous ses draps ses longs bras maigres, les lui passait autour du
cou, et, l'ayant fait asseoir au bord du lit, se mettait à lui parler de
ses chagrins : il l'oubliait, il en aimait une autre ! On lui avait bien
dit qu'elle serait malheureuse ; et elle finissait en lui demandant
305 quelque sirop pour sa santé et un peu plus d'amour.

II

Une nuit, vers onze heures, ils furent réveillés par le bruit d'un
cheval qui s'arrêta juste à la porte. La bonne ouvrit la lucarne du
grenier et parlementa quelque temps avec un homme resté en
bas, dans la rue. Il venait chercher le médecin ; il avait une lettre.
310 Nastasie descendit les marches en grelottant, et alla ouvrir la serrure et les verrous, l'un après l'autre. L'homme laissa son cheval, et,
suivant la bonne, entra tout à coup derrière elle. Il tira de dedans
son bonnet de laine à houppes[1] grises, une lettre enveloppée dans
un chiffon, et la présenta délicatement à Charles, qui s'accouda sur
315 l'oreiller pour la lire. Nastasie, près du lit, tenait la lumière. Madame,
par pudeur, restait tournée vers la ruelle[2] et montrait le dos.

Cette lettre, cachetée d'un petit cachet de cire bleue, suppliait
M. Bovary de se rendre immédiatement à la ferme des Bertaux, pour
remettre une jambe cassée. Or il y a, de Tostes aux Bertaux, six bonnes

---

1. **Houppes :** brins de laine ou de coton liés à une extrémité et servant d'ornement.
2. **Ruelle :** espace compris entre le lit et le mur.

320 lieues[1] de traverse[2], en passant par Longueville et Saint-Victor. La nuit était noire. Madame Bovary jeune redoutait les accidents pour son mari. Donc il fut décidé que le valet d'écurie prendrait les devants. Charles partirait trois heures plus tard, au lever de la lune. On enverrait un gamin à sa rencontre, afin de lui montrer le chemin de la ferme et d'ouvrir les 325 clôtures devant lui.

Vers quatre heures du matin, Charles, bien enveloppé dans son manteau, se mit en route pour les Bertaux. Encore endormi par la chaleur du sommeil, il se laissait bercer au trot pacifique de sa bête. Quand elle s'arrêtait d'elle-même devant ces trous entourés d'épines 330 que l'on creuse au bord des sillons, Charles se réveillant en sursaut, se rappelait vite la jambe cassée, et il tâchait de se remettre en mémoire toutes les fractures qu'il savait. La pluie ne tombait plus ; le jour commençait à venir, et, sur les branches des pommiers sans feuilles, des oiseaux se tenaient immobiles, hérissant leurs petites 335 plumes au vent froid du matin. La plate campagne s'étalait à perte de vue, et les bouquets d'arbres autour des fermes faisaient, à intervalles éloignés, des taches d'un violet noir sur cette grande surface grise, qui se perdait à l'horizon dans le ton morne du ciel. Charles, de temps à autre, ouvrait les yeux ; puis, son esprit se fatiguant et 340 le sommeil revenant de soi-même, bientôt il entrait dans une sorte d'assoupissement où, ses sensations récentes se confondant avec des souvenirs, lui-même se percevait double, à la fois étudiant et marié, couché dans son lit comme tout à l'heure, traversant une salle d'opérés comme autrefois. L'odeur chaude des cataplasmes se mêlait 345 dans sa tête à la verte odeur de la rosée ; il entendait rouler sur leur tringle les anneaux de fer des lits et sa femme dormir... Comme il passait par Vassonville, il aperçut, au bord d'un fossé, un jeune garçon assis sur l'herbe.

– Êtes-vous le médecin ? demanda l'enfant.

350 Et, sur la réponse de Charles, il prit ses sabots à ses mains et se mit à courir devant lui.

L'officier de santé, chemin faisant, comprit aux discours de son guide que M. Rouault devait être un cultivateur des plus aisés. Il s'était cassé la jambe, la veille au soir, en revenant de faire les Rois, chez un voisin. 355 Sa femme était morte depuis deux ans. Il n'avait avec lui que sa demoiselle, qui l'aidait à tenir la maison.

---

1. **Six bonnes lieues :** six fois quatre kilomètres environ.
2. **Traverse :** petite route.

Les ornières devinrent plus profondes. On approchait des Bertaux. Le petit gars, se coulant alors par un trou de haie, disparut, puis, il revint au bout d'une cour en ouvrir la barrière. Le cheval glissait sur l'herbe
360 mouillée ; Charles se baissait pour passer sous les branches. Les chiens de garde à la niche aboyaient en tirant sur leur chaîne. Quand il entra dans les Bertaux, son cheval eut peur et fit un grand écart.

C'était une ferme de bonne apparence. On voyait dans les écuries, par le dessus des portes ouvertes, de gros chevaux de labour qui
365 mangeaient tranquillement dans des râteliers neufs. Le long des bâtiments s'étendait un large fumier, de la buée s'en élevait, et, parmi les poules et les dindons, picoraient dessus cinq ou six paons, luxe des basses-cours cauchoises. La bergerie était longue, la. grange était haute, à murs lisses comme la main. Il y avait
370 sous le hangar deux grandes charrettes et quatre charrues, avec leurs fouets, leurs colliers, leurs équipages complets, dont les toisons de laine bleue se salissaient à la poussière fine qui tombait des greniers. La cour allait en montant ; plantée d'arbres symétriquement espacés, et le bruit gai d'un troupeau d'oies retentissait près de la mare.
375 Une jeune femme, en robe de mérinos[1] bleu garnie de trois volants, vint sur le seuil de la maison pour recevoir M. Bovary, qu'elle fit entrer dans la cuisine, où flambait un grand feu. Le déjeuner des gens bouillonnait alentour, dans des petits pots de taille inégale. Des vêtements humides séchaient dans l'intérieur de la cheminée. La pelle, les
380 pincettes et le bec du soufflet, tous de proportion colossale, brillaient comme de l'acier poli, tandis que le long des murs s'étendait une abondante batterie de cuisine, où miroitait inégalement la flamme claire du foyer, jointe aux premières lueurs du soleil arrivant par les carreaux.

Charles monta, au premier, voir le malade. Il le trouva dans son
385 lit, suant sous ses couvertures et ayant rejeté bien loin son bonnet de coton. C'était un gros petit homme de cinquante ans, à la peau blanche, à l'œil bleu, chauve sur le devant de la tête, et qui portait des boucles d'oreilles[2]. Il avait à ses côtés, sur une chaise, une grande carafe d'eau-de-vie, dont il se versait de temps à autre pour se don-
390 ner du cœur au ventre ; mais, dès qu'il vit le médecin, son exaltation tomba, et, au lieu de sacrer comme il faisait depuis douze heures, il se prit à geindre faiblement.

---

1. **Mérinos :** étoffe tissée avec de la laine de mérinos, sorte de mouton.
2. **Boucles d'oreilles :** anneaux que les paysans normands portaient souvent, selon un usage hérité des marins.

La fracture était simple, sans complication d'aucune espèce. Charles n'eût osé en souhaiter de plus facile. Alors, se rappelant les allures
395 de ses maîtres auprès du lit des blessés, il réconforta le patient avec toutes sortes de bons mots ; caresses chirurgicales qui sont comme l'huile dont on graisse les bistouris. Afin d'avoir des attelles, on alla chercher, sous la charretterie, un paquet de lattes. Charles en choisit une, la coupa en morceaux et la polit avec un éclat de vitre, tandis
400 que la servante déchirait des draps pour faire des bandes, et que mademoiselle Emma tâchait à coudre des coussinets. Comme elle fut longtemps avant de trouver son étui, son père s'impatienta ; elle ne répondit rien ; mais, tout en cousant, elle se piquait les doigts, qu'elle portait ensuite à sa bouche pour les sucer.
405 Charles fut surpris de la blancheur de ses ongles. Ils étaient brillants, fins du bout, plus nettoyés que les ivoires de Dieppe[1], et taillés en amande. Sa main pourtant n'était pas belle, point assez pâle peut-être, et un peu sèche aux phalanges ; elle était trop longue aussi, et sans molles inflexions de lignes sur les contours. Ce qu'elle
410 avait de beau, c'étaient les yeux ; quoiqu'ils fussent bruns, ils sem-blaient noirs à cause des cils, et son regard arrivait franchement à vous avec une hardiesse candide.
Une fois le pansement fait, le médecin fut invité, par M. Rouault lui-même, à prendre un morceau avant de partir.
415 Charles descendit dans la salle, au rez-de-chaussée. Deux cou-verts, avec des timbales d'argent, y étaient mis sur une petite table, au pied d'un grand lit à baldaquin revêtu d'une indienne à personnages représentant des Turcs. On sentait une odeur d'iris et de draps humides, qui s'échappait de la haute armoire en bois de
420 chêne, faisant face à la fenêtre. Par terre, dans les angles, étaient rangés, debout, des sacs de blé. C'était le trop-plein du grenier proche, où l'on montait par trois marches de pierre. Il y avait, pour décorer l'appartement, accrochée à un clou, au milieu du mur dont la pein-ture verte s'écaillait sous le salpêtre, une tête de Minerve au crayon
430 noir, encadrée de dorure, et qui portait au bas, écrit en lettres gothi-ques : « À mon cher papa. »
On parla d'abord du malade, puis du temps qu'il faisait, des grands froids, des loups[2] qui couraient les champs, la nuit. Mademoiselle Rouault ne s'amusait guère à la campagne, maintenant surtout

---

1. **Ivoires de Dieppe :** l'industrie de l'ivoire était importante à Dieppe au XIXᵉ siècle.
2. **Loups :** ils étaient encore nombreux dans les campagnes au XIXᵉ siècle.

435 qu'elle était chargée presque à elle seule des soins de la ferme. Comme la salle était fraîche, elle grelottait tout en mangeant, ce qui découvrait un peu ses lèvres charnues, qu'elle avait coutume de mordillonner à ses moments de silence.

Son cou sortait d'un col blanc, rabattu. Ses cheveux, dont les deux
440 bandeaux noirs semblaient chacun d'un seul morceau, tant ils étaient lisses, étaient séparés sur le milieu de la tête par une raie fine, qui s'enfonçait légèrement selon la courbe du crâne ; et, laissant voir à peine le bout de l'oreille, ils allaient se confondre par derrière en un chignon abondant, avec un mouvement ondé vers les tempes, que le
445 médecin de campagne remarqua là pour la première fois de sa vie. Ses pommettes étaient roses. Elle portait, comme un homme, passé entre deux boutons de son corsage, un lorgnon d'écaille.

Quand Charles, après être monté dire adieu au père Rouault, rentra dans la salle avant de partir, il la trouva debout, le front contre la fenêtre,
450 et qui regardait dans le jardin, où les échalas[1] des haricots avaient été renversés par le vent. Elle se retourna.
– Cherchez-vous quelque chose ? demanda-t-elle.
– Ma cravache, s'il vous plaît, répondit-il.

Et il se mit à fureter sur le lit, derrière les portes, sous les chaises ;
455 elle était tombée à terre, entre les sacs et la muraille. Mademoiselle Emma l'aperçut ; elle se pencha sur les sacs de blé. Charles, par galanterie, se précipita et, comme il allongeait aussi son bras dans le même mouvement, il sentit sa poitrine effleurer le dos de la jeune fille, courbée sous lui. Elle se redressa toute rouge et le regarda par-
460 dessus l'épaule, en lui tendant son nerf de bœuf.

Au lieu de revenir aux Bertaux trois jours après, comme il l'avait promis, c'est le lendemain même qu'il y retourna, puis deux fois la semaine régulièrement, sans compter les visites inattendues qu'il faisait de temps à autre, comme par mégarde.
465 Tout, du reste, alla bien ; la guérison s'établit selon les règles, et quand, au bout de quarante-six jours, on vit le père Rouault qui s'essayait à marcher seul dans sa *masure*[2], on commença à considérer M. Bovary comme un homme de grande capacité. Le père Rouault disait qu'il n'aurait pas été mieux guéri par les premiers médecins d'Yvetot ou même de Rouen.
470 Quant à Charles, il ne chercha point à se demander pourquoi il venait aux Bertaux avec plaisir. Y eût-il songé, qu'il aurait sans

---

1. **Échalas :** étais en bois servant à soutenir les plantes grimpantes.
2. *Masure :* basse-cour (terme normand).

doute attribué son zèle à la gravité du cas, ou peut-être au profit qu'il en espérait. Était-ce pour cela, cependant, que ses visites à la ferme faisaient, parmi les pauvres occupations de sa vie, une excep-
475 tion charmante ? Ces jours-là il se levait de bonne heure, partait au galop, poussait sa bête, puis il descendait pour s'essuyer les pieds sur l'herbe, et passait ses gants noirs avant d'entrer. Il aimait à se voir arriver dans la cour, à sentir contre son épaule la barrière qui tournait, et le coq qui chantait sur le mur, les garçons qui venaient
480 à sa rencontre. Il aimait la grange et les écuries ; il aimait le père Rouault ; qui lui tapait dans la main en l'appelant son sauveur ; il aimait les petits sabots de mademoiselle Emma sur les dalles lavées de la cuisine ; ses talons hauts la grandissaient un peu, et, quand elle marchait devant lui, les semelles de bois, se relevant vite,
485 claquaient avec un bruit sec contre le cuir de la bottine.

Elle le reconduisait toujours jusqu'à la première marche du perron. Lorsqu'on n'avait pas encore amené son cheval, elle restait là. On s'était dit adieu, on ne parlait plus ; le grand air l'entourait, levant pêle-mêle les petits cheveux follets de sa nuque, ou secouant
490 sur sa hanche les cordons de son tablier, qui se tortillaient comme des banderoles. Une fois, par un temps de dégel, l'écorce des arbres suintait dans la cour, la neige sur les couvertures des bâtiments se fondait. Elle était sur le seuil ; elle alla chercher son ombrelle, elle l'ouvrit. L'ombrelle, de soie gorge de pigeon, que traversait le soleil,
495 éclairait de reflets mobiles la peau blanche de sa figure. Elle souriait là-dessous à la chaleur tiède ; et on entendait les gouttes d'eau, une à une, tomber sur la moire tendue.

Dans les premiers temps que Charles fréquentait les Bertaux, madame Bovary jeune ne manquait pas de s'informer du malade, et
500 même sur le livre qu'elle tenait en partie double[1], elle avait choisi pour M. Rouault une belle page blanche. Mais quand elle sut qu'il avait une fille, elle alla aux informations ; et elle apprit que made-moiselle Rouault, élevée au couvent, chez les Ursulines, avait reçu, comme on dit, une belle éducation, qu'elle savait, en conséquence,
505 la danse, la géographie, le dessin, faire de la tapisserie et toucher du piano. Ce fut le comble !

– C'est donc pour cela, se disait-elle, qu'il a la figure si épanouie quand il va la voir, et qu'il met son gilet neuf, au risque de l'abîmer à la pluie ? Ah ! cette femme ! cette femme !...

---

1. **Livre [...] en partie double :** livre de comptes.

510   Et elle la détesta, d'instinct. D'abord, elle se soulagea par des allusions, Charles ne les comprit pas ; ensuite, par des réflexions inci-
dentes qu'il laissait passer de peur de l'orage ; enfin, par des apostro-
phes à brûle-pourpoint auxquelles il ne savait que répondre.

    – D'où vient qu'il retournait aux Bertaux, puisque M. Rouault était
515 guéri et que ces gens-là n'avaient pas encore payé ? Ah ! c'est qu'il
y avait là-bas une *personne*, quelqu'un qui savait causer, une bro-
deuse, un bel esprit. C'était là ce qu'il aimait : il lui fallait des demoiselles de ville ! – Et elle reprenait :

    – La fille au père Rouault, une demoiselle de ville ! Allons donc ! leur
520 grand-père était berger, et ils ont un cousin qui a failli passer par les
assises pour un mauvais coup, dans une dispute. Ce n'est pas la
peine de faire tant de fla-fla[1], ni de se montrer le dimanche à l'église
avec une robe de soie, comme une comtesse. Pauvre bonhomme,
d'ailleurs, qui sans les colzas de l'an passé, eût été bien embarrassé
525 de payer ses arrérages[2] !

    Par lassitude, Charles cessa de retourner aux Bertaux. Héloïse
lui avait fait jurer qu'il n'irait plus, la main sur son livre de messe,
après beaucoup de sanglots et de baisers, dans une grande explosion d'amour. Il obéit donc ; mais la hardiesse de son désir protesta
530 contre la servilité de sa conduite, et, par une sorte d'hypocrisie naïve,
il estima que cette défense de la voir était pour lui comme un droit
de l'aimer. Et puis la veuve était maigre ; elle avait les dents longues ; elle portait en toute saison un petit châle noir dont la pointe
lui descendait entre les omoplates ; sa taille dure était engainée dans
535 des robes en façon de fourreau, trop courtes, qui découvraient ses
chevilles, avec les rubans de ses souliers larges s'entrecroisant sur
des bas gris.

    La mère de Charles venait les voir de temps à autre ; mais,
au bout de quelques jours, la bru semblait l'aiguiser à son fil ;
540 et alors, comme deux couteaux, elles étaient à le scarifier[3] par
leurs réflexions et leurs observations. Il avait tort de tant manger !
Pourquoi toujours offrir la goutte au premier venu ? Quel entête-
ment que de ne pas vouloir porter de flanelle !

    Il arriva qu'au commencement du printemps, un notaire
545 d'Ingouville, détenteur de fonds à la veuve Dubuc, s'embarqua,

---

1. **Faire tant de fla-fla :** chercher à faire de l'effet.
2. **Arrérages :** redevances en retard.
3. **Le scarifier :** littéralement, lui inciser légèrement la peau.

par une belle marée, emportant avec lui tout l'argent de son étude. Héloïse, il est vrai, possédait encore, outre une part de bateau évaluée six mille francs, sa maison de la rue Saint-François ; et cependant, de toute cette fortune que l'on avait fait sonner si haut, rien, si ce n'est un peu de mobilier et quelques nippes[1], n'avait paru dans le ménage. Il fallut tirer la chose au clair. La maison de Dieppe se trouva vermoulue d'hypothèques jusque dans ses pilotis ; ce qu'elle avait mis chez le notaire, Dieu seul le savait, et la part de barque n'excéda point mille écus. Elle avait donc menti, la bonne dame ! Dans son exaspération, M. Bovary père, brisant une chaise contre les pavés, accusa sa femme d'avoir fait le malheur de leur fils en l'attelant à une haridelle[2] semblable, dont les harnais ne valaient pas la peau. Ils vinrent à Tostes. On s'expliqua. Il y eut des scènes. Héloïse, en pleurs, se jetant dans les bras de son mari, le conjura de la défendre de ses parents. Charles voulut parler pour elle. Ceux-ci se fâchèrent, et ils partirent.

Mais *le coup était porté*. Huit jours après, comme elle étendait du linge dans sa cour, elle fut prise d'un crachement de sang, et le lendemain, tandis que Charles avait le dos tourné pour fermer le rideau de la fenêtre, elle dit : « Ah ! mon Dieu ! » poussa un soupir et s'évanouit. Elle était morte ! Quel étonnement !

Quand tout fut fini au cimetière, Charles rentra chez lui. Il ne trouva personne en bas ; il monta au premier, dans la chambre, vit sa robe encore accrochée au pied de l'alcôve ; alors, s'appuyant contre le secrétaire, il resta jusqu'au soir perdu dans une rêverie douloureuse. Elle l'avait aimé, après tout.

III

UN MATIN, le père Rouault vint apporter à Charles le payement de sa jambe remise : soixante et quinze francs en pièces de quarante sous, et une dinde. Il avait appris son malheur, et l'en consola tant qu'il put. – Je sais ce que c'est ! disait-il en lui frappant sur l'épaule ; j'ai été comme vous, moi aussi ! Quand j'ai eu perdu ma pauvre défunte,

---

1. **Nippes :** pauvres vêtements usés.
2. **Haridelle :** littéralement, cheval efflanqué.

j'allais dans les champs pour être tout seul ; je tombais au pied d'un
arbre, je pleurais, j'appelais le bon Dieu, je lui disais des sottises ;
j'aurais voulu être comme les taupes, que je voyais aux branches, qui
avaient des vers leur grouillant dans le ventre, crevé, enfin. Et quand
580   je pensais que d'autres, à ce moment-là, étaient avec leurs bonnes
petites femmes à les tenir embrassées contre eux, je tapais de grands
coups par terre avec mon bâton ; j'étais quasiment fou, que je ne
mangeais plus ; l'idée d'aller seulement au café me dégoûtait, vous
ne croiriez pas. Eh bien, tout doucement, un jour chassant l'autre, un
585   printemps sur un hiver et un automne par-dessus un été, ça a coulé
brin à brin, miette à miette ; ça s'en est allé, c'est parti, c'est descendu,
je veux dire, car il vous reste toujours quelque chose au fond, comme
qui dirait... un poids, là, sur la poitrine ! Mais, puisque c'est notre sort
à tous, on ne doit pas non plus se laisser dépérir, et, parce que d'autres
590   sont morts, vouloir mourir... Il faut vous secouer, monsieur Bovary ;
ça se passera ! Venez nous voir ; ma fille pense à vous de temps à
autre, savez-vous bien, et elle dit comme ça que vous l'oubliez. Voilà
le printemps bientôt ; nous vous ferons tirer un lapin dans la garenne,
pour vous dissiper[1] un peu.

595   Charles suivit son conseil. Il retourna aux Bertaux ; il retrouva
tout comme la veille, comme il y avait cinq mois, c'est-à-dire. Les
poiriers déjà étaient en fleur, et le bonhomme Rouault, debout maintenant, allait et venait, ce qui rendait la ferme plus animée.

    Croyant qu'il était de son devoir de prodiguer au médecin le plus
600   de politesses possible, à cause de sa position douloureuse, il le pria
de ne point se découvrir la tête, lui parla à voix basse, comme s'il
eût été malade, et même fit semblant de se mettre en colère de ce
que l'on n'avait pas apprêté à son intention quelque chose d'un peu
plus léger que tout le reste, tels que des petits pots de crème ou des
605   poires cuites. Il conta des histoires. Charles se surprit à rire ; mais le
souvenir de sa femme, lui revenant tout à coup, l'assombrit.

    On apporta le café ; il n'y pensa plus.

    Il y pensa moins, à mesure qu'il s'habituait à vivre seul. L'agrément
nouveau de l'indépendance lui rendit bientôt la solitude plus suppor-
610   table. Il pouvait changer maintenant les heures de ses repas, rentrer ou
sortir sans donner de raisons, et, lorsqu'il était bien fatigué, s'étendre
de ses quatre membres, tout en large, dans son lit. Donc, il se choya,
se dorlota et accepta les consolations qu'on lui donnait. D'autre part, la

---

1. **Vous dissiper :** vous distraire.

mort de sa femme ne l'avait pas mal servi dans son métier, car on avait
615 répété durant un mois : « Ce pauvre jeune homme ! quel malheur ! »
Son nom s'était répandu, sa clientèle s'était accrue ; et puis il allait aux
Bertaux tout à son aise. Il avait un espoir sans but, un bonheur vague ;
il se trouvait la figure plus agréable en brossant ses favoris devant
son miroir.

620 Il arriva un jour vers trois heures ; tout le monde était aux
champs ; il entra dans la cuisine, mais n'aperçut point d'abord
Emma ; les auvents[1] étaient fermés. Par les fentes du bois, le soleil
allongeait sur les pavés de grandes raies minces, qui se brisaient à
l'angle des meubles et tremblaient au plafond. Des mouches, sur la
625 table, montaient le long des verres qui avaient servi, et bourdonnaient en se noyant au fond, dans le cidre resté. Le jour qui descendait par la cheminée, veloutant la suie de la plaque, bleuissait un
peu les cendres froides. Entre la fenêtre et le foyer, Emma cousait ;
elle n'avait point de fichu, on voyait sur ses épaules nues de petites
630 gouttes de sueur.

Selon la mode de la campagne, elle lui proposa de boire quelque
chose. Il refusa, elle insista, et enfin lui offrit, en riant, de prendre
un verre de liqueur avec elle. Elle alla donc chercher dans l'armoire
une bouteille de curaçao[2], atteignit deux petits verres, emplit l'un
635 jusqu'au bord, versa à peine dans l'autre, et, après avoir trinqué, le
porta à sa bouche. Comme il était presque vide, elle se renversait
pour boire ; et, la tête en arrière, les lèvres avancées, le cou tendu,
elle riait de ne rien sentir, tandis que le bout de sa langue, passant
entre ses dents fines, léchait à petits coups le fond du verre.

640 Elle se rassit et elle reprit son ouvrage, qui était un bas de coton
blanc où elle faisait des reprises ; elle travaillait le front baissé ; elle
ne parlait pas, Charles non plus. L'air, passant par le dessous de la
porte, poussait un peu de poussière sur les dalles ; il la regardait se
traîner, et il entendait seulement le battement intérieur de sa tête,
645 avec le cri d'une poule, au loin, qui pondait dans les cours. Emma,
de temps à autre, se rafraîchissait les joues en y appliquant la paume
de ses mains ; qu'elle refroidissait après cela sur la pomme de fer des
grands chenets.

Elle se plaignit d'éprouver, depuis le commencement de la saison,
650 des étourdissements ; elle demanda si les bains de mer lui seraient

---

1. **Auvents :** volets.
2. **Curaçao :** liqueur à base de zeste d'oranges amères.

utiles ; elle se mit à causer du couvent, Charles de son collège, les
phrases leur vinrent. Ils montèrent dans sa chambre. Elle lui fit
voir ses anciens cahiers de musique, les petits livres qu'on lui avait
donnés en prix et les couronnes en feuilles de chêne, abandonnées
655 dans un bas d'armoire. Elle lui parla encore de sa mère, du cimetière,
et même lui montra dans le jardin la plate-bande dont elle cueillait
les fleurs, tous les premiers vendredis de chaque mois, pour les
aller mettre sur sa tombe. Mais le jardinier qu'ils avaient n'y entendait rien ; on était si mal servi ! Elle eût bien voulu, ne fût-ce au
660 moins que pendant l'hiver, habiter la ville, quoique la longueur des
beaux jours rendît peut-être la campagne plus ennuyeuse encore
durant l'été ; – et, selon ce qu'elle disait, sa voix était claire, aiguë,
ou se couvrant de langueur tout à coup, traînait des modulations
qui finissaient presque en murmures, quand elle se parlait à elle-
665 même, – tantôt joyeuse, ouvrant des yeux naïfs, puis les paupières à
demi closes, le regard noyé d'ennui, la pensée vagabondant.

Le soir, en s'en retournant, Charles reprit une à une les phrases
qu'elle avait dites, tâchant de se les rappeler, d'en compléter le
sens, afin de se faire[1] la portion d'existence qu'elle avait vécu dans
670 le temps qu'il ne la connaissait pas encore. Mais jamais il ne put la
voir en sa pensée, différemment qu'il ne l'avait vue la première fois,
ou telle qu'il venait de la quitter tout à l'heure. Puis il se demanda
ce qu'elle deviendrait, si elle se marierait, et à qui ? hélas ! le père
Rouault était bien riche, et elle !... si belle ! Mais la figure d'Emma
675 revenait toujours se placer devant ses yeux, et quelque chose de
monotone comme le ronflement d'une toupie bourdonnait à ses
oreilles : « Si tu te mariais, pourtant ! si tu te mariais ! » La nuit,
il ne dormit pas, sa gorge était serrée, il avait soif ; il se leva pour
aller boire à son pot à l'eau et il ouvrit la fenêtre ; le ciel était cou-
680 vert d'étoiles, un vent chaud passait, au loin des chiens aboyaient. Il
tourna la tête du côté des Bertaux.

Pensant qu'après tout l'on ne risquait rien, Charles se promit de
faire la demande quand l'occasion s'en offrirait ; mais, chaque fois
qu'elle s'offrit, la peur de ne point trouver les mots convenables lui
685 collait les lèvres.

Le père Rouault n'eût pas été fâché qu'on le débarrassât de sa fille,
qui ne lui servait guère dans sa maison. Il l'excusait intérieurement,
trouvant qu'elle avait trop d'esprit pour la culture, métier maudit

---

1. **Se faire** : se représenter.

du ciel, puisqu'on n'y voyait jamais de millionnaire. Loin d'y avoir
690 fait fortune, le bonhomme y perdait tous les ans ; car, s'il excellait
dans les marchés, où il se plaisait aux ruses du métier, en revanche
la culture proprement dite, avec le gouvernement intérieur de la
ferme, lui convenait moins qu'à personne. Il ne retirait pas volontiers ses mains de dedans ses poches, et n'épargnait point la dépense
695 pour tout ce qui regardait sa vie, voulant être bien nourri, bien
chauffé, bien couché. Il aimait le gros cidre, les gigots saignants, les
glorias[1] longuement battus. Il prenait ses repas dans la cuisine, seul,
en face du feu, sur une petite table qu'on lui apportait toute servie,
comme au théâtre.
700   Lorsqu'il s'aperçut donc que Charles avait les pommettes rouges
près de sa fille, ce qui signifiait qu'un de ces jours on la lui demande-
rait en mariage, il rumina d'avance toute l'affaire. Il le trouvait bien
un peu gringalet, et ce n'était pas là un gendre comme il l'eût souhaité ; mais on le disait de bonne conduite, économe, fort instruit, et
705 sans doute qu'il ne chicanerait pas trop sur la dot. Or, comme le père
Rouault allait être forcé de vendre vingt-deux acres[2] *de son bien*,
qu'il devait beaucoup au maçon, beaucoup au bourrelier, que l'arbre
du pressoir était à remettre :
    – S'il me la demande, se dit-il ; je la lui donne.
710   À l'époque de la Saint-Michel[3], Charles était venu passer trois
jours aux Bertaux. La dernière journée s'était écoulée comme les
précédentes, à reculer de quart d'heure en quart d'heure. Le père
Rouault lui fit la conduite ; ils marchaient dans un chemin creux, ils
s'allaient quitter ; c'était le moment. Charles se donna jusqu'au coin
715 de la haie, et enfin, quand on l'eut dépassée :
    – Maître Rouault, murmura-t-il, je voudrais bien vous dire quelque
chose.
    Ils s'arrêtèrent. Charles se taisait.
    – Mais contez-moi votre histoire ! est-ce que je ne sais pas tout ? dit
720 le père Rouault, en riant doucement.
    – Père Rouault..., père Rouault..., balbutia Charles.
    – Moi, je ne demande pas mieux, continua le fermier. Quoique sans
doute la petite soit de mon idée, il faut pourtant lui demander son
avis. Allez-vous-en donc ; je m'en vais retourner chez nous. Si c'est

---

1. *Glorias :* cafés sucrés mélangés d'eau-de-vie.
2. **Vingt-deux acres :** un peu plus de 11 hectares.
3. **La Saint-Michel :** le 29 septembre, époque du paiement des loyers agricoles.

725 oui, entendez-moi bien, vous n'aurez pas besoin de revenir, à cause
du monde, et, d'ailleurs, ça la saisirait trop. Mais pour que vous ne
vous mangiez pas le sang, je pousserai tout grand l'auvent de la
fenêtre contre le mur : vous pourrez le voir par derrière, en vous
penchant sur la haie.

730 Et il s'éloigna.

Charles attacha son cheval à un arbre. Il courut se mettre dans
le sentier ; il attendit. Une demi-heure se passa, puis il compta dix-
neuf minutes à sa montre. Tout à coup un bruit se fit contre le mur ;
l'auvent s'était rabattu, la cliquette[1] tremblait encore.

735 Le lendemain, dès neuf heures, il était à la ferme. Emma rougit
quand il entra, tout en s'efforçant de rire un peu ; par contenance.
Le père Rouault embrassa son futur gendre. On remit à causer des
arrangements d'intérêt ; on avait, d'ailleurs, du temps devant soi,
puisque le mariage ne pouvait décemment avoir lieu avant la fin du

740 deuil de Charles, c'est-à-dire vers le printemps de l'année prochaine.

L'hiver se passa dans cette attente. Mademoiselle Rouault s'occupa
de son trousseau. Une partie en fut commandée à Rouen, et elle se
confectionna des chemises et des bonnets de nuit, d'après des dessins de modes qu'elle emprunta. Dans les visites que Charles faisait

745 à la ferme, on causait des préparatifs de la noce ; on se demandait
dans quel appartement[2] se donnerait le dîner ; on rêvait à la quantité
de plats qu'il faudrait et quelles seraient les entrées.

Emma eût, au contraire, désiré se marier à minuit, aux flambeaux ;
mais le père Rouault ne comprit rien à cette idée. Il y eut donc une

750 noce, où vinrent quarante-trois personnes, où l'on resta seize heures
à table, qui recommença le lendemain et quelque peu les jours suivants.

IV

LES CONVIÉS arrivèrent de bonne heure dans des voitures, carrioles à
un cheval, chars à bancs à deux roues, vieux cabriolets sans capote,
tapissières à rideaux de cuir, et les jeunes gens des villages les plus

---

1. **Cliquette** : crochet.
2. **Appartement** : partie de la ferme.

755 voisins dans des charrettes[1] où ils se tenaient debout, en rang, les
mains appuyées sur les ridelles[2] pour ne pas tomber, allant au trot et
secoués dur. Il en vint de dix lieues loin, de Goderville, de Normanville,
et de Cany. On avait invité tous les parents des deux familles, on s'était
raccommodé avec les amis brouillés, on avait écrit à des connaissances
760 perdues de vue depuis longtemps.

De temps à autre, on entendait des coups de fouet derrière la haie ;
bientôt la barrière s'ouvrait : c'était une carriole qui entrait. Galopant
jusqu'à la première marche du perron, elle s'y arrêtait court, et vidait
son monde, qui sortait par tous les côtés en se frottant les genoux et en
765 s'étirant les bras. Les dames, en bonnet, avaient des robes à la façon de
la ville, des chaînes de montre en or, des pèlerines à bouts croisés dans
la ceinture, ou de petits fichus de couleur attachés dans le dos avec une
épingle, et qui leur découvraient le cou par derrière. Les gamins, vêtus
pareillement à leurs papas, semblaient incommodés par leurs habits
770 neufs (beaucoup même étrennèrent ce jour-là la première paire de
bottes de leur existence), et l'on voyait à côté d'eux, ne soufflant mot
dans la robe blanche de sa première communion rallongée pour la
circonstance ; quelque grande fillette de quatorze ou seize ans, leur
cousine ou leur sœur aînée sans doute, rougeaude, ahurie, les che-
775 veux gras de pommade à la rose, et ayant bien peur de salir ses gants.
Comme il n'y avait point assez de valets d'écurie pour dételer toutes
les voitures, les messieurs retroussaient leurs manches et s'y mettaient
eux-mêmes. Suivant leur position sociale différente, ils avaient des
habits, des redingotes, des vestes, des habits-vestes : – bons habits,
780 entourés de toute la considération d'une famille, et qui ne sortaient de
l'armoire que pour les solennités ; redingotes à grandes basques flottant
au vent, à collet cylindrique, à poches larges comme des sacs ; vestes
de gros drap, qui accompagnaient ordinairement quelque casquette
cerclée de cuivre à sa visière ; habits-vestes très courts, ayant dans le
785 dos deux boutons rapprochés comme une paire d'yeux, et dont les
pans semblaient avoir été coupés à même un seul bloc, par la hache
du charpentier. Quelques-uns encore (mais ceux-là, bien sûr, devaient
dîner au bas bout de la table) portaient des blouses de cérémonie, c'est-
à-dire dont le col était rabattu sur les épaules, le dos froncé à petits plis
790 et la taille attachée très bas par une ceinture cousue.

---

1. **Carrioles** [...] **charrettes :** moyens de transport, des plus luxueuses aux plus
rustiques.
2. **Ridelles :** châssis latéraux disposés de part et d'autre pour maintenir la charge.

Première partie

Et les chemises sur les poitrines bombaient comme des cuirasses !
Tout le monde était tondu à neuf, les oreilles s'écartaient des têtes,
on était rasé de près ; quelques-uns même qui s'étaient levés dès
avant l'aube, n'ayant pas vu clair à se faire la barbe, avaient des bala-
795 fres en diagonale sous le nez, ou, le long des mâchoires, des pelu-
res d'épiderme larges comme des écus de trois francs, et qu'avait
enflammées le grand air pendant la route, ce qui marbrait un peu de
plaques roses toutes ces grosses faces blanches épanouies.
La mairie se trouvant à une demi-lieue de la ferme, on s'y ren-
800 dit à pied, et l'on revint de même, une fois la cérémonie faite à
l'église. Le cortège, d'abord uni comme une seule écharpe de couleur, qui ondulait dans la campagne, le long de l'étroit sentier ser-
pentant entre les blés verts, s'allongea bientôt et se coupa en groupes
différents, qui s'attardaient à causer. Le ménétrier allait en tête, avec son
805 violon empanaché de rubans à la coquille ; les mariés venaient ensuite,
les parents, les amis tout au hasard, et les enfants restaient derrière,
s'amusant à arracher les clochettes des brins d'avoine, ou à se jouer entre
eux, sans qu'on les vît. La robe d'Emma, trop longue, traînait un peu par
le bas ; de temps à autre, elle s'arrêtait pour la tirer, et alors délicatement,
810 de ses doigts gantés, elle enlevait les herbes rudes avec les petits dards
des chardons, pendant que Charles, les mains vides, attendait qu'elle eût
fini. Le père Rouault, un chapeau de soie neuf sur la tête et les parements
de son habit noir lui couvrant les mains jusqu'aux ongles, donnait le bras
à madame Bovary mère. Quant à M. Bovary père, qui, méprisant au fond
815 tout ce monde-là, était venu simplement avec une redingote à un rang
de boutons d'une coupe militaire, il débitait des galanteries d'estaminet
à une jeune paysanne blonde. Elle saluait, rougissait, ne savait que
répondre. Les autres gens de la noce causaient de leurs affaires
ou se faisaient des niches dans le dos, s'excitant d'avance à la gaieté ; et,
820 en y prêtant l'oreille, on entendait toujours le crin-crin du ménétrier[1] qui
continuait à jouer dans la campagne. Quand il s'apercevait qu'on était
loin derrière lui, il s'arrêtait à reprendre haleine, cirait longuement de
colophane[2] son archet, afin que les cordes grinçassent mieux, et puis il
se remettait à marcher, abaissant et levant tour à tour le manche de son
825 violon, pour se bien marquer la mesure à lui-même. Le bruit de l'instrument faisait partir de loin les petits oiseaux.

---

1. **Ménétrier :** violoniste qui accompagnait les noces villageoises.
2. **Colophane :** sorte de résine faite à partir de térébenthine, utilisée pour frotter les
crins d'archet.

C'était sous le hangar de la charretterie que la table était dressée. Il y avait dessus quatre aloyaux, six fricassées de poulets, du veau à la casserole, trois gigots, et, au milieu, un joli cochon
830 de lait rôti, flanqué de quatre andouilles à l'oseille. Aux angles, se dressait l'eau-de-vie dans des carafes. Le cidre doux en bouteilles poussait sa mousse épaisse autour des bouchons, et tous les verres, d'avance, avaient été remplis de vin jusqu'au bord. De grands plats de crème jaune, qui flottaient d'eux-mêmes au moindre choc de la
835 table, présentaient, dessinés sur leur surface unie, les chiffres des nouveaux époux en arabesques de nonpareille[1]. On avait été chercher un pâtissier à Yvetot, pour les tourtes et les nougats. Comme il débutait dans le pays, il avait soigné les choses ; et il apporta, lui-même, au dessert, une pièce montée qui fit pousser des cris.
840 À la base, d'abord, c'était un carré de carton bleu figurant un temple avec portiques, colonnades et statuettes de stuc tout autour, dans des niches constellées d'étoiles en papier doré ; puis se tenait au second étage un donjon en gâteau de Savoie, entouré de menues fortifications en angélique, amandes, raisins secs, quartiers
845 d'oranges ; et enfin, sur la plate-forme supérieure, qui était une prairie verte où il y avait des rochers avec des lacs de confitures et des bateaux en écales de noisettes, on voyait un petit Amour, se balançant à une escarpolette de chocolat, dont les deux poteaux étaient terminés par deux boutons de rose naturels, en guise de boules, au
850 sommet.
Jusqu'au soir, on mangea. Quand on était trop fatigué d'être assis, on allait se promener dans les cours ou jouer une partie de bouchon[2] dans la grange ; puis on revenait à table. Quelques-uns, vers la fin, s'y endormirent et ronflèrent. Mais, au café, tout se ranima ;
855 alors on entama des chansons, on fit des tours de force, on portait des poids, on passait sous son pouce, on essayait à soulever les charrettes sur ses épaules, on disait des gaudrioles ; on embrassait les dames. Le soir, pour partir, les chevaux gorgés d'avoine jusqu'aux naseaux, eurent du mal à entrer dans les brancards ; ils ruaient, se
860 cabraient, les harnais se cassaient, leurs maîtres juraient ou riaient ; et toute la nuit, au clair de la lune, par les routes du pays, il y eut des carrioles emportées qui couraient au grand galop, bondissant

---

1. **Nonpareille :** dragée de petite taille.
2. **Bouchon :** jeu d'adresse où, avec un palet que l'on jette de loin, l'on doit renverser un bouchon sur lequel est placée une mise.

dans les saignées[1], sautant par-dessus les mètres de cailloux[2], s'accrochant aux talus, avec des femmes qui se penchaient en dehors de la portière pour saisir les guides.

Ceux qui restèrent aux Bertaux passèrent la nuit à boire dans la cuisine. Les enfants s'étaient endormis sous les bancs.

La mariée avait supplié son père qu'on lui épargnât les plaisanteries d'usage. Cependant, un mareyeur[3] de leurs cousins (qui même avait apporté, comme présent de noces, une paire de soles) commençait à souffler de l'eau avec sa bouche par le trou de la serrure, quand le père Rouault arriva juste à temps pour l'en empêcher, et lui expliqua que la position grave de son gendre ne permettait pas de telles inconvenances. Le cousin, toutefois, céda difficilement à ces raisons. En dedans de lui-même, il accusa le père Rouault d'être fier, et il alla se joindre dans un coin à quatre ou cinq autres des invités qui, ayant eu par hasard plusieurs fois de suite à table les bas morceaux des viandes, trouvaient aussi qu'on les avait mal reçus, chuchotaient sur le compte de leur hôte et souhaitaient sa ruine à mots couverts.

Madame Bovary mère n'avait pas desserré les dents de la journée. On ne l'avait consultée ni sur la toilette de la bru, ni sur l'ordonnance du festin ; elle se retira de bonne heure. Son époux, au lieu de la suivre, envoya chercher des cigares à Saint-Victor et fuma jusqu'au jour, tout en buvant des grogs au kirsch, mélange inconnu à la compagnie, et qui fut pour lui comme la source d'une considération plus grande encore.

Charles n'était point de complexion facétieuse, il n'avait pas brillé pendant la noce. Il répondit médiocrement aux pointes, calembours, mots à double entente, compliments et gaillardises que l'on se fit un devoir de lui décocher dès le potage.

Le lendemain, en revanche, il semblait un autre homme. C'est lui plutôt que l'on eût pris pour la vierge de la veille, tandis que la mariée ne laissait rien découvrir où l'on pût deviner quelque chose. Les plus malins ne savaient que répondre, et ils la considéraient, quand elle passait près d'eux, avec des tensions d'esprit démesurées. Mais Charles ne dissimulait rien. Il l'appelait ma femme, la tutoyait, s'informait d'elle à chacun, la cherchait partout, et souvent il l'entraînait dans les cours,

---

1. **Saignées :** rigoles creusées pour faciliter l'écoulement des eaux.
2. **Cailloux :** tas de cailloux constitués à l'usage des cantonniers.
3. **Mareyeur :** grossiste en poissons.

où on l'apercevait de loin, entre les arbres, qui lui passait le bras sous
la taille et continuait à marcher à demi penché sur elle, en lui chiffon-
nant avec sa tête la guimpe[1] de son corsage.

Deux jours après la noce, les époux s'en allèrent : Charles, à
cause de ses malades, ne pouvait s'absenter plus longtemps. Le
père Rouault les fit reconduire dans sa carriole et les accompagna
lui-même jusqu'à Vassonville. Là, il embrassa sa fille une dernière
fois, mit pied à terre et reprit sa route. Lorsqu'il eut fait cent pas
environ, il s'arrêta, et, comme il vit la carriole s'éloignant, dont les
roues tournaient dans la poussière, il poussa un gros soupir. Puis
il se rappela ses noces, son temps d'autrefois, la première grossesse
de sa femme ; il était bien joyeux, lui aussi, le jour qu'il l'avait
emmenée de chez son père dans sa maison, quand il la portait
en croupe en trottant sur la neige ; car on était aux environs de
Noël et la campagne était toute blanche ; elle le tenait par un bras,
à l'autre était accroché son panier ; le vent agitait les longues dentelles de sa coiffure cauchoise, qui lui passaient quelquefois sur la
bouche, et, lorsqu'il tournait la tête, il voyait près de lui, sur son
épaule, sa petite mine rosée qui souriait silencieusement, sous la
plaque d'or de son bonnet. Pour se réchauffer les doigts, elle les lui
mettait, de temps en temps, dans la poitrine. Comme c'était vieux
tout cela ! Leur fils, à présent, aurait trente ans ! Alors il regarda derrière lui, il n'aperçut rien sur la route. Il se sentit triste comme une
maison démeublée ; et, les souvenirs tendres se mêlant aux pensées
noires dans sa cervelle obscurcie par les vapeurs de la bombance,
il eut bien envie un moment d'aller faire un tour du côté de l'église.
Comme il eut peur, cependant, que cette vue ne le rendît plus triste
encore, il s'en revint tout droit chez lui.

M. et madame Charles arrivèrent à Tostes, vers six heures. Les voisins
se mirent aux fenêtres pour voir la nouvelle femme de leur médecin.

La vieille bonne se présenta, lui fit ses salutations, s'excusa de ce
que le dîner n'était pas prêt, et engagea Madame, en attendant, à
prendre connaissance de sa maison.

---

1. **Guimpe :** sorte de plastron que l'on porte au dos d'une robe décolletée.

V

LA FAÇADE de briques était juste à l'alignement de la rue, ou de la route plutôt. Derrière la porte se trouvaient accrochés un manteau à petit collet, une bride, une casquette de cuir noir, et, dans un coin,
935 à terre, une paire de houseaux[1] encore couverts de boue sèche. À droite était la salle, c'est-à-dire l'appartement où l'on mangeait et où l'on se tenait. Un papier jaune-serin, relevé dans le haut par une guirlande de fleurs pâles, tremblait tout entier sur sa toile mal tendue ; des rideaux de calicot[2] blanc, bordés d'un galon rouge,
940 s'entrecroisaient le long des fenêtres, et sur l'étroit chambranle de la cheminée resplendissait une pendule à tête d'Hippocrate[3], entre deux flambeaux d'argent plaqué, sous des globes de forme ovale. De l'autre côté du corridor était le cabinet de Charles, petite pièce de six pas de large environ, avec une table, trois chaises et un fauteuil
945 de bureau. Les tomes du Dictionnaire des sciences médicales, non coupés[4], mais dont la brochure avait souffert dans toutes les ventes successives par où ils avaient passé, garnissaient presque à eux seuls, les six rayons d'une bibliothèque en bois de sapin. L'odeur des roux[5] pénétrait à travers la muraille, pendant les consultations, de même
950 que l'on entendait de la cuisine, les malades tousser dans le cabinet et débiter toute leur histoire. Venait ensuite, s'ouvrant immédiatement sur la cour, où se trouvait l'écurie, une grande pièce délabrée qui avait un four, et qui servait maintenant de bûcher, de cellier, de garde-magasin, pleine de vieilles ferrailles, de tonneaux vides, d'ins-
955 truments de culture hors de service, avec quantité d'autres choses poussiéreuses dont il était impossible de deviner l'usage.

Le jardin, plus long que large, allait, entre deux murs de bauge[6] couverts d'abricots en espalier, jusqu'à une haie d'épines qui le sépa-

---

1. **Houseaux :** sortes de jambières que l'on adapte aux chaussures pour tenir lieu de bottes.
2. **Calicot :** grossière toile de coton.
3. **Hippocrate :** fameux médecin de l'Antiquité et patron des médecins.
4. **Non coupés :** dont les feuillets étaient pliés de telle façon qu'on ne pouvait lire le livre sans les couper.
5. **Roux :** préparations utilisées pour épaissir les sauces.
6. **Bauge :** mortier fait de terre et de paille.

rait des champs. Il y avait au milieu un cadran solaire en ardoise, sur
960 un piédestal de maçonnerie ; quatre plates-bandes garnies d'églantiers maigres entouraient symétriquement le carré plus utile des
végétations sérieuses. Tout au fond, sous les sapinettes, un curé de
plâtre lisait son bréviaire.

Emma monta dans les chambres. La première n'était point meu-
965 blée ; mais la seconde, qui était la chambre conjugale, avait un
lit d'acajou dans une alcôve à draperie rouge. Une boîte en coquil-
lages décorait la commode ; et, sur le secrétaire, près de la fenêtre,
il y avait, dans une carafe, un bouquet de fleurs d'oranger, noué par
des rubans de satin blanc. C'était un bouquet de mariée, le bouquet
970 de l'autre ! Elle le regarda. Charles s'en aperçut, il le prit et l'alla
porter au grenier, tandis qu'assise dans un fauteuil (on disposait ses
affaires autour d'elle), Emma songeait à son bouquet de mariage, qui
était emballé dans un carton, et se demandait, en rêvant, ce qu'on en
ferait ; si par hasard elle venait à mourir.

975 Elle s'occupa, les premiers jours, à méditer des changements dans
sa maison. Elle retira les globes des flambeaux, fit coller des papiers
neufs, repeindre l'escalier et faire des bancs dans le jardin, tout
autour du cadran solaire ; elle demanda même comment s'y prendre
pour avoir un bassin à jet d'eau avec des poissons. Enfin son mari,
980 sachant qu'elle aimait à se promener en voiture, trouva un *boc*[1]
d'occasion, qui, ayant une fois des lanternes neuves et des garde-
crotte en cuir piqué, ressembla presque à un tilbury[2].

Il était donc heureux et sans souci de rien au monde. Un repas en
tête-à-tête, une promenade le soir sur la grande route, un geste de
985 sa main sur ses bandeaux, la vue de son chapeau de paille accroché
à l'espagnolette d'une fenêtre, et bien d'autres choses encore où
Charles n'avait jamais soupçonné de plaisir, composaient maintenant la continuité de son bonheur. Au lit, le matin, et côte à côte
sur l'oreiller, il regardait la lumière du soleil passer parmi le duvet
990 de ses joues blondes, que couvraient à demi les pattes escalopées[3]
de son bonnet. Vus de si près, ses yeux lui paraissaient agrandis,
surtout quand elle ouvrait plusieurs fois de suite ses paupières en
s'éveillant ; noirs à l'ombre et bleu foncé au grand jour, ils avaient
comme des couches de couleurs successives, et qui plus épaisses

1. *Boc :* petit cabriolet à deux roues.
2. **Tilbury :** très élégant cabriolet à deux places.
3. **Escalopées :** repliées sur la tête.

995 dans le fond, allaient en s'éclaircissant vers la surface de l'émail. Son œil, à lui, se perdait dans ces profondeurs, et il s'y voyait en petit jusqu'aux épaules, avec le foulard qui le coiffait et le haut de sa chemise entr'ouvert. Il se levait. Elle se mettait à la fenêtre pour le voir partir ; et elle restait accoudée sur le bord, entre deux pots de géra-
1000 niums, vêtue de son peignoir, qui était lâche autour d'elle. Charles, dans la rue, bouclait ses éperons sur la borne ; et elle continuait à lui parler d'en haut, tout en arrachant avec sa bouche quelque bribe de fleur ou de verdure qu'elle soufflait vers lui, et qui voltigeant, se soutenant, faisant dans l'air des demi-cercles comme un oiseau,
1005 allait, avant de tomber, s'accrocher aux crins mal peignés de la vieille jument blanche, immobile à la porte. Charles, à cheval, lui envoyait un baiser ; elle répondait par un signe, elle refermait la fenêtre, il partait. Et alors, sur la grande route qui étendait sans en finir son long ruban de poussière, par les chemins creux où les arbres se courbaient
1010 en berceaux, dans les sentiers dont les blés lui montaient jusqu'aux genoux, avec le soleil sur ses épaules et l'air du matin à ses narines, le cœur plein des félicités de la nuit, l'esprit tranquille, la chair contente, il s'en allait ruminant son bonheur, comme ceux qui mâchent encore, après dîner, le goût des truffes qu'ils digèrent.

1015 Jusqu'à présent, qu'avait-il eu de bon dans l'existence ? Était-ce son temps de collège, où il restait enfermé entre ces hauts murs, seul au milieu de ses camarades plus riches ou plus forts que lui dans leurs classes, qu'il faisait rire par son accent, qui se moquaient de ses habits, et dont les mères venaient au parloir avec des pâtisseries
1020 dans leur manchon ? Était-ce plus tard, lorsqu'il étudiait la médecine et n'avait jamais la bourse assez ronde pour payer la contredanse[1] à quelque petite ouvrière qui fût devenue sa maîtresse ? Ensuite il avait vécu pendant quatorze mois avec la veuve, dont les pieds, dans le lit, étaient froids comme des glaçons. Mais, à présent, il possédait pour la
1025 vie cette jolie femme qu'il adorait. L'univers, pour lui, n'excédait pas le tour soyeux de son jupon ; et il se reprochait de ne pas l'aimer, il avait envie de la revoir ; il s'en revenait vite, montait l'escalier ; le cœur battant. Emma, dans sa chambre, était à faire sa toilette ; il arrivait à pas muets, il la baisait dans le dos, elle poussait un cri.

1030 Il ne pouvait se retenir de toucher continuellement à son peigne, à ses bagues, à son fichu ; quelquefois, il lui donnait sur les joues

---

1. **Contredanse :** danse villageoise où les couples de danseurs, placés face à face, exécutent diverses figures.

de gros baisers à pleine bouche, ou c'étaient de petits baisers à la file tout le long de son bras nu, depuis le bout des doigts jusqu'à l'épaule ; et elle le repoussait, à demi souriante et ennuyée, comme
1035 on fait à un enfant qui se pend après vous.

Avant qu'elle se mariât, elle avait cru avoir de l'amour ; mais le bonheur qui aurait dû résulter de cet amour n'étant pas venu, il fallait qu'elle se fût trompée, songeait-elle. Et Emma cherchait à savoir ce que l'on entendait au juste dans la vie par les mots de félicité, de pas-
1040 sion et d'ivresse, qui lui avaient paru si beaux dans les livres.

VI

Elle avait lu *Paul et Virginie*[1] et elle avait rêvé la maisonnette de bambous, le nègre Domingo, le chien Fidèle, mais surtout l'amitié douce de quelque bon petit frère, qui va chercher pour vous des fruits rouges dans des grands arbres plus hauts que des clochers, ou
1045 qui court pieds nus sur le sable, vous apportant un nid d'oiseau.

Lorsqu'elle eut treize ans, son père l'amena lui-même à la ville, pour la mettre au couvent. Ils descendirent dans une auberge du quartier Saint-Gervais, où ils eurent à leur souper des assiettes peintes qui représentaient l'histoire de mademoiselle de La Vallière[2]. Les
1050 explications légendaires[3], coupées çà et là par l'égratignure des couteaux, glorifiaient toutes la religion, les délicatesses du cœur et les pompes de la Cour.

Loin de s'ennuyer au couvent les premiers temps, elle se plut dans la société des bonnes sœurs, qui, pour l'amuser, la conduisaient dans
1055 la chapelle, où l'on pénétrait du réfectoire par un long corridor. Elle jouait fort peu durant les récréations, comprenait bien le catéchisme,

---

1. ***Paul et Virginie :*** le roman de Bernardin de Saint-Pierre (1737-1814), paru en 1787, fut très populaire pendant la première moitié du XIXe siècle.
2. **Mademoiselle de La Vallière :** Louise de La Vallière (1644-1710), un temps favorite de Louis XIV, se retira au Carmel lorsque Mme de Montespan l'eût supplantée, en 1674. Son édifiante histoire, souvent racontée et représentée, devint très populaire au début du XIXe siècle.
3. **Explications légendaires :** légendes des illustrations.

et c'est elle qui répondait toujours à M. le vicaire dans les questions difficiles. Vivant donc sans jamais sortir de la tiède atmosphère des classes et parmi ces femmes au teint blanc portant des chapelets à
1060 croix de cuivre, elle s'assoupit doucement à la langueur mystique qui s'exhale des parfums de l'autel, de la fraîcheur des bénitiers et du rayonnement des cierges. Au lieu de suivre la messe, elle regardait dans son livre les vignettes pieuses bordées d'azur, et elle aimait la brebis malade, le Sacré-Cœur percé de flèches aiguës, ou le pau-
1065 vre Jésus, qui tombe en marchant sur sa croix. Elle essaya, par mortification, de rester tout un jour sans manger. Elle cherchait dans sa tête quelque vœu à accomplir.

Quand elle allait à confesse, elle inventait de petits péchés afin de rester là plus longtemps, à genoux dans l'ombre, les mains jointes, le
1070 visage à la grille sous le chuchotement du prêtre. Les comparaisons de fiancé, d'époux, d'amant céleste et de mariage éternel qui reviennent dans les sermons lui soulevaient au fond de l'âme des douceurs inattendues.

Le soir, avant la prière, on faisait dans l'étude une lecture reli-
1075 gieuse. C'était, pendant la semaine, quelque résumé d'Histoire sainte ou les *Conférences* de l'abbé Frayssinous[1], et, le dimanche, des passages du *Génie du christianisme*[2], par récréation. Comme elle écouta, les premières fois, la lamentation sonore des mélancolies romantiques se répétant à tous les échos de la terre et de l'éternité !
1080 Si son enfance se fût écoulée dans l'arrière-boutique d'un quartier marchand, elle se serait peut-être ouverte alors aux envahissements lyriques de la nature, qui, d'ordinaire, ne nous arrivent que par la traduction des écrivains. Mais elle connaissait trop la campagne ; elle savait le bêlement des troupeaux, les laitages, les charrues. Habituée
1085 aux aspects calmes, elle se tournait, au contraire, vers les accidentés. Elle n'aimait la mer qu'à cause de ses tempêtes, et la verdure seulement lorsqu'elle était clairsemée parmi les ruines. Il fallait qu'elle pût retirer des choses une sorte de profit personnel ; et elle rejetait comme inutile tout ce qui ne contribuait pas à la consommation
1090 immédiate de son cœur, – étant de tempérament plus sentimentale qu'artiste, cherchant des émotions et non des paysages.

---

1. *Conférences* **de l'abbé Frayssinous** : discours en faveur de la religion et contre la Révolution, commencés sous l'Empire et publiés en 1825.
2. *Génie du christianisme* : *Le Génie du christianisme* (1802) de Chateaubriand est une apologie de la religion chrétienne.

Il y avait au couvent une vieille fille qui venait tous les mois, pendant huit jours, travailler à la lingerie. Protégée par l'archevêché comme appartenant à une ancienne famille de gentilshommes ruinés
1095 sous la Révolution, elle mangeait au réfectoire à la table des bonnes sœurs, et faisait avec elles, après le repas, un petit bout de causette avant de remonter à son ouvrage. Souvent les pensionnaires s'échappaient de l'étude pour l'aller voir. Elle savait par cœur des chansons galantes du siècle passé, qu'elle chantait à demi-voix, tout en poussant
1100 son aiguille. Elle contait des histoires, vous apprenait des nouvelles, faisait en ville vos commissions, et prêtait aux grandes, en cachette, quelque roman qu'elle avait toujours dans les poches de son tablier, et dont la bonne demoiselle elle-même avalait de longs chapitres, dans les intervalles de sa besogne. Ce n'étaient qu'amours, amants,
1105 amantes, dames persécutées s'évanouissant dans des pavillons solitaires, postillons qu'on tue à tous les relais, chevaux qu'on crève à toutes les pages, forêts sombres, troubles du cœur, serments, sanglots, larmes et baisers, nacelles[1] au clair de lune, rossignols dans les bosquets, messieurs braves comme des lions, doux comme des agneaux,
1110 vertueux comme on ne l'est pas, toujours bien mis, et qui pleurent comme des urnes. Pendant six mois, à quinze ans, Emma se graissa donc les mains à cette poussière des vieux cabinets de lecture[2]. Avec Walter Scott[3], plus tard, elle s'éprit de choses historiques, rêva bahuts, salle des gardes et ménestrels. Elle aurait voulu vivre dans quelque
1115 vieux manoir, comme ces châtelaines au long corsage, qui, sous le trèfle des ogives, passaient leurs jours, le coude sur la pierre et le menton dans la main, à regarder venir du fond de la campagne un cavalier à plume blanche qui galope sur un cheval noir. Elle eut dans ce temps-là le culte de Marie Stuart[4], et des vénérations enthousiastes
1120 à l'endroit des femmes illustres ou infortunées. Jeanne d'Arc, Héloïse,

---

1. **Nacelles :** petits bateaux à rames.
2. **Cabinets de lecture :** bibliothèques publiques.
3. **Walter Scott (1771-1832) :** auteur écossais de romans historiques (parmi lesquels *Ivanhoé*, 1819), il connut un immense succès en France. Il exerça une influence considérable sur le mouvement romantique et constitua un modèle pour de nombreux romanciers, notamment Balzac.
4. **Marie Stuart (1542-1587) :** reine d'Écosse et reine de France, elle mourut décapitée sur ordre de la reine d'Angleterre Élisabeth Ire. Sa vie inspira de nombreuses œuvres littéraires et musicales, notamment un roman de Walter Scott et une tragédie de Schiller.

Première partie

Agnès Sorel, la belle Ferronnière et Clémence Isaure[1], pour elle, se
détachaient comme des comètes sur l'immensité ténébreuse de l'histoire, où saillissaient encore çà et là, mais plus perdus dans l'ombre
et sans aucun rapport entre eux, saint Louis avec son chêne, Bayard
mourant, quelques férocités de Louis XI, un peu de Saint-Barthélemy,
le panache du Béarnais[2], et toujours le souvenir des assiettes peintes
où Louis XIV était vanté.

À la classe de musique, dans les romances qu'elle chantait, il n'était
question que de petits anges aux ailes d'or, de madones, de lagunes,
de gondoliers, pacifiques compositions qui lui laissaient entrevoir, à
travers la niaiserie du style et les imprudences de la note, l'attirante
fantasmagorie des réalités sentimentales. Quelques-unes de ses camarades apportaient au couvent les keepsakes[3] qu'elles avaient reçus en
étrennes. Il les fallait cacher, c'était une affaire ; on les lisait au dortoir.
Maniant délicatement leurs belles reliures de satin, Emma fixait ses
regards éblouis sur le nom des auteurs inconnus qui avaient signé, le
plus souvent, comtes ou vicomtes, au bas de leurs pièces.

Elle frémissait, en soulevant de son haleine le papier de soie des
gravures, qui se levait à demi plié et retombait doucement contre la
page. C'était, derrière la balustrade d'un balcon, un jeune homme
en court manteau qui serrait dans ses bras une jeune fille en robe
blanche, portant une aumônière[4] à sa ceinture ; ou bien les portraits anonymes des ladies anglaises à boucles blondes, qui, sous
leur chapeau de paille rond, vous regardent avec leurs grands yeux
clairs. On en voyait d'étalées dans des voitures, glissant au milieu
des parcs, où un lévrier sautait devant l'attelage que conduisaient
au trot deux petits postillons en culotte blanche. D'autres, rêvant
sur des sofas près d'un billet décacheté, contemplaient la lune, par la
fenêtre entr'ouverte, à demi drapée d'un rideau noir. Les naïves, une

---

1. **Jeanne d'Arc [...] Clémence Isaure :** Jeanne d'Arc (1412-1431) est l'héroïne mar-
tyre de la lutte de la France contre les Anglais ; Héloïse (1101-1164) est célèbre
pour sa correspondance amoureuse et philosophique avec le théologien Abélard ;
Agnès Sorel (1422-1450) fut la favorite de Charles VII, et la belle Ferronnière, la
maîtresse de François Ier ; Clémence Isaure est la poétesse légendaire à qui l'on
attribuait la création des jeux Floraux de Toulouse au XIVe siècle.
2. **Panache du Béarnais :** panache blanc du cheval d'Henri IV.
3. **Keepsakes :** livres-albums contenant des textes en vers et en prose, illustrés de
gravures, très à la mode en Angleterre puis en France à l'époque romantique.
4. **Aumônière :** bourse en tissu fermée par des cordons coulissants.

1150 larme sur la joue, becquetaient[1] une tourterelle à travers les barreaux d'une cage gothique, ou, souriant la tête sur l'épaule, effeuillaient une marguerite de leurs doigts pointus, retroussés comme des souliers à la poulaine[2]. Et vous y étiez aussi, sultans à longues pipes, pâmés sous des tonnelles, aux bras des bayadères[3], djiaours[4], 1155 sabres turcs, bonnets grecs, et vous surtout, paysages blafards des contrées dithyrambiques[5], qui souvent nous montrez à la fois des palmiers, des sapins, des tigres à droite, un lion à gauche, des minarets tartares à l'horizon, au premier plan des ruines romaines, puis des chameaux accroupis ; – le tout encadré d'une forêt vierge bien 1160 nettoyée, et avec un grand rayon de soleil perpendiculaire tremblotant dans l'eau, où se détachent en écorchures blanches, sur un fond d'acier gris, de loin en loin, des cygnes qui nagent.

Et l'abat-jour du quinquet[6], accroché dans la muraille au-dessus de la tête d'Emma, éclairait tous ces tableaux du monde, qui passaient devant 1165 elle les uns après les autres, dans le silence du dortoir et au bruit lointain de quelque fiacre attardé qui roulait encore sur les boulevards.

Quand sa mère mourut, elle pleura beaucoup les premiers jours. Elle se fit faire un tableau funèbre avec les cheveux de la défunte, et, dans une lettre qu'elle envoyait aux Bertaux, toute pleine de 1170 réflexions tristes sur la vie, elle demandait qu'on l'ensevelît plus tard dans le même tombeau. Le bonhomme la crut malade et vint la voir. Emma fut intérieurement satisfaite de se sentir arrivée du premier coup à ce rare idéal des existences pâles, où ne parviennent jamais les cœurs médiocres. Elle se laissa donc glisser dans les méandres 1175 lamartiniens[7], écouta les harpes sur les lacs, tous les chants de cygnes mourants, toutes les chutes de feuilles, les vierges pures qui montent au ciel, et la voix de l'Éternel discourant dans les vallons. Elle s'en ennuya, n'en voulut point convenir, continua par habitude, ensuite par vanité, et fut enfin surprise de se sentir apaisée, et sans 1180 plus de tristesse au cœur que de rides sur son front.

---

1. **Becquetaient :** donnaient la becquée à.
2. **Souliers à la poulaine :** souliers allongés et recourbés au bout, à la mode médiévale.
3. **Bayadères :** danseuses sacrées de l'Inde.
4. **Djiaours :** incroyants, pour les Turcs.
5. **Contrées dithyrambiques :** pays qui font l'objet de représentations très flatteuses.
6. **Quinquet :** sorte de lampe à huile.
7. **Méandres lamartiniens :** allusions au recueil poétique de Lamartine, *Les Méditations* et à quelques-uns de ses poèmes en particulier : « Le lac », « Le poète », « L'isolement », « Le vallon ».

Première partie

Les bonnes religieuses, qui avaient si bien présumé de sa vocation, s'aperçurent avec de grands étonnements que mademoiselle
Rouault semblait échapper à leur soin. Elles lui avaient, en effet,
tant prodigué les offices, les retraites, les neuvaines[1] et les sermons,
si bien prêché le respect que l'on doit aux saints et aux martyrs, et
donné tant de bons conseils pour la modestie du corps et le salut
de son âme, qu'elle fit comme les chevaux que l'on tire par la bride :
elle s'arrêta court et le mors lui sortit des dents. Cet esprit, positif au
milieu de ses enthousiasmes, qui avait aimé l'église pour ses fleurs,
la musique pour les paroles des romances, et la littérature pour ses
excitations passionnelles, s'insurgeait devant les mystères de la foi,
de même qu'elle s'irritait davantage contre la discipline, qui était
quelque chose d'antipathique à sa constitution. Quand son père la
retira de pension, on ne fut point fâché de la voir partir. La supérieure trouvait même qu'elle était devenue, dans les derniers temps,
peu révérencieuse envers la communauté.

Emma, rentrée chez elle, se plut d'abord au commandement des
domestiques, prit ensuite la campagne en dégoût et regretta son
couvent. Quand Charles vint aux Bertaux pour la première fois, elle
se considérait comme fort désillusionnée, n'ayant plus rien à apprendre, ne devant plus rien sentir.

Mais l'anxiété d'un état nouveau, ou peut-être l'irritation causée
par la présence de cet homme, avait suffi à lui faire croire qu'elle
possédait enfin cette passion merveilleuse qui jusqu'alors s'était
tenue comme un grand oiseau au plumage rose planant dans la
splendeur des ciels poétiques ; – et elle ne pouvait s'imaginer à présent que ce calme où elle vivait fût le bonheur qu'elle avait rêvé.

VII

ELLE SONGEAIT quelquefois que c'étaient là pourtant les plus beaux jours de
sa vie, la lune de miel, comme on disait. Pour en goûter la douceur, il eût
fallu, sans doute, s'en aller vers ces pays à noms sonores où les lendemains
de mariage ont de plus suaves paresses ! Dans des chaises de poste[2], sous

---

1. **Neuvaines :** prières et exercices de piété que l'on faisait neuf jours de suite.
2. **Chaises de poste :** voitures à deux ou quatre roues utilisées dans le service public
d'acheminement des voyageurs et du courrier.

des stores de soie bleue, on monte au pas des routes escarpées, écoutant la chanson du postillon, qui se répète dans la montagne avec les clochettes des chèvres et le bruit sourd de la cascade. Quand le soleil se
1215 couche, on respire au bord des golfes le parfum des citronniers ; puis, le soir, sur la terrasse des villas, seuls et les doigts confondus, on regarde les étoiles en faisant des projets. Il lui semblait que certains lieux sur la terre devaient produire du bonheur, comme une plante particulière au sol et qui pousse mal tout autre part. Que ne pouvait-elle s'accouder sur le
1220 balcon des chalets suisses ou enfermer sa tristesse dans un cottage écossais, avec un mari vêtu d'un habit de velours noir à longues basques, et qui porte des bottes molles, un chapeau pointu et des manchettes !

Peut-être aurait-elle souhaité faire à quelqu'un la confidence de toutes ces choses. Mais comment dire un insaisissable malaise, qui
1225 change d'aspect comme les nuées, qui tourbillonne comme le vent ? Les mots lui manquaient donc, l'occasion, la hardiesse.

Si Charles l'avait voulu cependant, s'il s'en fût douté, si son regard, une seule fois, fût venu à la rencontre de sa pensée, il lui semblait qu'une abondance subite se serait détachée de son cœur, comme
1230 tombe la récolte d'un espalier quand on y porte la main. Mais, à mesure que se serrait davantage l'intimité de leur vie, un détachement intérieur se faisait qui la déliait de lui.

La conversation de Charles était plate comme un trottoir de rue, et les idées de tout le monde y défilaient dans leur costume ordinaire,
1235 sans exciter d'émotion, de rire ou de rêverie. Il n'avait jamais été curieux, disait-il, pendant qu'il habitait Rouen, d'aller voir au théâtre les acteurs de Paris. Il ne savait ni nager, ni faire des armes, ni tirer le pistolet, et il ne put, un jour, lui expliquer un terme d'équitation qu'elle avait rencontré dans un roman.

1240 Un homme, au contraire, ne devait-il pas, tout connaître, exceller en des activités multiples, vous initier aux énergies de la passion, aux raffinements de la vie, à tous les mystères ? Mais il n'enseignait rien, celui-là, ne savait rien, ne souhaitait rien. Il la croyait heureuse ; et elle lui en voulait de ce calme si bien assis, de cette pesan-
1245 teur sereine, du bonheur même qu'elle lui donnait.

Elle dessinait quelquefois ; et c'était pour Charles un grand amusement que de rester là, tout debout à la regarder penchée sur son carton, clignant des yeux afin de mieux voir son ouvrage, ou arrondissant, sur son pouce, des boulettes de mie de pain. Quant au
1250 piano, plus les doigts y couraient vite, plus il s'émerveillait. Elle frappait sur les touches avec aplomb, et parcourait du haut en bas tout le clavier sans s'interrompre. Ainsi secoué par elle, le vieil instru-

ment, dont les cordes frisaient[1], s'entendait jusqu'au bout du village si la fenêtre était ouverte, et souvent le clerc de l'huissier qui passait
1255 sur la grande route, nu-tête et en chaussons, s'arrêtait à l'écouter, sa feuille de papier à la main.

Emma, d'autre part ; savait conduire sa maison. Elle envoyait aux malades le compte des visites, dans des lettres bien tournées, qui ne sentaient pas la facture. Quand ils avaient, le dimanche, quelque
1260 voisin à dîner, elle trouvait moyen d'offrir un plat coquet, s'entendait à poser sur des feuilles de vigne les pyramides de reines-claudes, servait renversés les pots de confitures dans une assiette, et même elle parlait d'acheter des rince-bouche pour le dessert. Il rejaillissait de tout cela beaucoup de considération sur Bovary.

1265 Charles finissait par s'estimer davantage de ce qu'il possédait une pareille femme. Il montrait avec orgueil, dans la salle, deux petits croquis d'elle, à la mine de plomb, qu'il avait fait encadrer de cadres très larges et suspendus contre le papier de la muraille à de longs cordons verts. Au sortir de la messe, on le voyait sur sa porte avec
1270 de belles pantoufles en tapisserie.

Il rentrait tard, à dix heures, minuit quelquefois. Alors il demandait à manger, et, comme la bonne était couchée, c'était Emma qui le servait. Il retirait sa redingote pour dîner plus à son aise. Il disait les uns après les autres tous les gens qu'il avait rencontrés, les villages où il avait été,
1275 les ordonnances qu'il avait écrites, et satisfait de lui-même, il mangeait le reste du miroton sur fromage, croquait une pomme, vidait sa carafe, puis s'allait mettre au lit, se couchait sur le dos et ronflait.

Comme il avait eu longtemps l'habitude du bonnet de coton, son foulard[2] ne lui tenait pas aux oreilles ; aussi ses cheveux, le matin,
1280 étaient rabattus pêle-mêle sur sa figure et blanchis par le duvet de son oreiller, dont les cordons se dénouaient pendant la nuit. Il portait toujours de fortes bottes, qui avaient au cou-de-pied deux plis épais obliquant vers les chevilles, tandis que le reste de l'empeigne se continuait en ligne droite, tendu comme par un pied de bois.
1285 Il disait que *c'était bien assez bon pour la campagne.*

Sa mère l'approuvait en cette économie ; car elle le venait voir comme autrefois, lorsqu'il y avait eu chez elle quelque bourrasque un peu violente ; et cependant madame Bovary mère semblait prévenue contre sa bru. Elle lui trouvait *un genre trop relevé pour leur*
1290 *position de fortune* ; le bois, le sucre et la chandelle *filaient comme*

---

1. **Frisaient** : rendaient un son tremblé.
2. **Foulard** : étoffe de soie, plus élégante que le bonnet de coton, de tradition paysanne.

dans une grande maison, et la quantité de braise qui se brûlait à la cuisine aurait suffi pour vingt-cinq plats ! Elle rangeait son linge dans les armoires et lui apprenait à surveiller le boucher quand il apportait la viande. Emma recevait ces leçons ; madame Bovary les prodiguait ; et les mots de *ma fille* et de *ma mère* s'échangeaient tout le long du jour, accompagnés d'un petit frémissement des lèvres, chacune lançant des paroles douces d'une voix tremblante de colère.

Du temps de madame Dubuc, la vieille femme se sentait encore la préférée ; mais, à présent, l'amour de Charles pour Emma lui semblait une désertion de sa tendresse, un envahissement sur ce qui lui appartenait ; et elle observait le bonheur de son fils avec un silence triste, comme quelqu'un de ruiné qui regarde, à travers les carreaux, des gens attablés dans son ancienne maison. Elle lui rappelait, en manière de souvenirs, ses peines et ses sacrifices, et, les comparant aux négligences d'Emma, concluait qu'il n'était point raisonnable de l'adorer d'une façon si exclusive.

Charles ne savait que répondre ; il respectait sa mère, et il aimait infiniment sa femme ; il considérait le jugement de l'une comme infaillible, et cependant il trouvait l'autre irréprochable. Quand madame Bovary était partie, il essayait de hasarder timidement, et dans les mêmes termes, une ou deux des plus anodines observations qu'il avait entendu faire à sa maman ; Emma, lui prouvant d'un mot qu'il se trompait, le renvoyait à ses malades.

Cependant, d'après des théories qu'elle croyait bonnes, elle voulut se donner de l'amour. Au clair de lune, dans le jardin, elle récitait tout ce qu'elle savait par cœur de rimes passionnées et lui chantait en soupirant des adagios mélancoliques ; mais elle se trouvait ensuite aussi calme qu'auparavant, et Charles n'en paraissait ni plus amoureux ni plus remué.

Quand elle eut ainsi un peu battu le briquet sur son cœur sans en faire jaillir une étincelle, incapable, du reste, de comprendre ce qu'elle n'éprouvait pas, comme de croire à tout ce qui ne se manifestait point par des formes convenues, elle se persuada sans peine que la passion de Charles n'avait plus rien d'exorbitant. Ses expansions étaient devenues régulières ; il l'embrassait à de certaines heures. C'était une habitude parmi les autres, et comme un dessert prévu d'avance, après la monotonie du dîner.

Un garde-chasse, guéri par Monsieur, d'une fluxion de poitrine, avait donné à Madame une petite levrette d'Italie[1] ; elle la prenait

---

1. **Levrette d'Italie :** chien à la mode au XIXe siècle.

1330 pour se promener, car elle sortait quelquefois, afin d'être seule un instant et de n'avoir plus sous les yeux l'éternel jardin avec la route poudreuse.

Elle allait jusqu'à la hêtrée de Banneville, près du pavillon abandonné qui fait l'angle du mur, du côté des champs. Il y a dans le saut-
1335 de-loup[1], parmi les herbes, de longs roseaux à feuilles coupantes.

Elle commençait par regarder tout alentour, pour voir si rien n'avait changé depuis la dernière fois qu'elle était venue. Elle retrouvait aux mêmes places les digitales et les ravenelles[2], les bouquets d'orties entourant les gros cailloux, et les plaques de lichen le long
1340 des trois fenêtres, dont les volets toujours clos s'égrenaient de pourriture, sur leurs barres de fer rouillées. Sa pensée, sans but d'abord, vagabondait au hasard, comme sa levrette, qui faisait des cercles dans la campagne, jappait après les papillons jaunes, donnait la chasse aux musaraignes ; ou mordillait les coquelicots sur le bord
1345 d'une pièce de blé. Puis ses idées peu à peu se fixaient, et, assise sur le gazon, qu'elle fouillait à petits coups avec le bout de son ombrelle, Emma se répétait :

– Pourquoi, mon Dieu ! me suis-je mariée ?

Elle se demandait s'il n'y aurait pas eu moyen, par d'autres combi-
1350 naisons du hasard, de rencontrer un autre homme ; et elle cherchait à imaginer quels eussent été ces événements non survenus, cette vie différente, ce mari qu'elle ne connaissait pas. Tous, en effet, ne ressemblaient pas à celui-là. Il aurait pu être beau, spirituel, distingué, attirant, tels qu'ils étaient sans doute, ceux qu'avaient épousés ses
1355 anciennes camarades du couvent. Que faisaient-elles maintenant ? À la ville, avec le bruit des rues, le bourdonnement des théâtres et les clartés du bal, elles avaient des existences où le cœur se dilate, où les sens s'épanouissent. Mais elle, sa vie était froide comme un grenier dont la lucarne est au nord, et l'ennui, araignée silencieuse,
1360 filait sa toile dans l'ombre à tous les coins de son cœur. Elle se rappelait les jours de distribution de prix, où elle montait sur l'estrade pour aller chercher ses petites couronnes. Avec ses cheveux en tresse, sa robe blanche et ses souliers de prunelle[3] découverts, elle avait une façon gentille, et les messieurs, quand elle regagnait sa
1365 place, se penchaient pour lui faire des compliments ; la cour était

---

1. **Saut-de-loup :** large fossé creusé au bout des allées d'un parc pour les fermer.
2. **Les digitales et les ravenelles :** fleurs vénéneuses et giroflées des jardins.
3. **Prunelle :** solide étoffe de laine.

pleine de calèches, on lui disait adieu par les portières, le maître de musique passait en saluant, avec sa boîte à violon. Comme c'était loin, tout cela ! comme c'était loin !

1370 Elle appelait Djali[1], la prenait entre ses genoux, passait ses doigts sur sa longue tête fine et lui disait :

— Allons, baisez maîtresse, vous qui n'avez pas de chagrins.

Puis, considérant la mine mélancolique du svelte animal qui bâillait avec lenteur, elle s'attendrissait, et, le comparant à elle-même, lui parlait tout haut, comme à quelqu'un d'affligé que l'on console.

1375 Il arrivait parfois des rafales de vent, brises de la mer qui, roulant d'un bond sur tout le plateau du pays de Caux, apportaient, jusqu'au loin dans les champs, une fraîcheur salée. Les joncs sifflaient à ras de terre, et les feuilles des hêtres bruissaient en un frisson rapide, tandis que les cimes, se balançant toujours, continuaient leur grand

1380 murmure. Emma serrait son châle contre ses épaules et se levait.

Dans l'avenue, un jour vert rabattu par le feuillage éclairait la mousse rase qui craquait doucement sous ses pieds. Le soleil se couchait ; le ciel était rouge entre les branches, et les troncs pareils des arbres plantés en ligne droite semblaient une colonnade brune se

1385 détachant sur un fond d'or ; une peur la prenait, elle appelait Djali, s'en retournait vite à Tostes par la grande route, s'affaissait dans un fauteuil, et de toute la soirée ne parlait pas.

Mais, vers la fin de septembre, quelque chose d'extraordinaire tomba dans sa vie : elle fut invitée à la Vaubyessard, chez le marquis

1390 d'Andervilliers.

Secrétaire d'État sous la Restauration, le Marquis, cherchant à rentrer dans la vie politique, préparait de longue main sa candidature à la Chambre des députés. Il faisait, l'hiver, de nombreuses distributions de fagots, et, au Conseil général, réclamait avec exaltation toujours

1395 des routes pour son arrondissement. Il avait eu, lors des grandes chaleurs, un abcès dans la bouche, dont Charles l'avait soulagé comme par miracle, en y donnant à point un coup de lancette. L'homme d'affaires, envoyé à Tostes pour payer l'opération, conta, le soir, qu'il avait vu dans le jardinet du médecin des cerises superbes. Or, les ceri-

1400 siers poussaient mal à la Vaubyessard, M. le Marquis demanda quelques boutures à Bovary, se fit un devoir de l'en remercier lui-même, aperçut Emma, trouva qu'elle avait une jolie taille et qu'elle ne saluait

---

1. **Djali** : nom de la chèvre d'Esmeralda, dans *Notre-Dame de Paris* (1831) de Victor Hugo.

point en paysanne ; si bien qu'on ne crut pas au château outrepasser
les bornes de la condescendance, ni d'autre part commettre une maladresse, en invitant le jeune ménage.

Un mercredi, à trois heures, M. et madame Bovary, montés dans
leur boc, partirent pour la Vaubyessard, avec une grande malle attachée par derrière et une boîte à chapeau qui était posée devant le
tablier[1]. Charles avait, de plus, un carton entre les jambes.

Ils arrivèrent à la nuit tombante, comme on commençait à allumer
des lampions dans le parc, afin d'éclairer les voitures.

VIII

LE CHÂTEAU, de construction moderne, à l'italienne, avec deux ailes
avançant et trois perrons, se déployait au bas d'une immense pelouse
où paissaient quelques vaches, entre des bouquets de grands arbres
espacés, tandis que des bannettes[2] d'arbustes, rhododendrons, seringas et boules-de-neige bombaient leurs touffes de verdure inégales
sur la ligne courbe du chemin sablé. Une rivière passait sous un pont ;
à travers la brume, on distinguait des bâtiments à toit de chaume,
éparpillés dans la prairie, que bordaient en pente douce deux coteaux
couverts de bois, et par derrière, dans les massifs, se tenaient, sur
deux lignes parallèles, les remises et les écuries, restes conservés de
l'ancien château démoli.

Le *boc* de Charles s'arrêta devant le perron du milieu ; des domestiques parurent ; le Marquis s'avança, et, offrant son bras à la femme
du médecin, l'introduisit dans le vestibule.

Il était pavé de dalles en marbre, très haut, et le bruit des pas,
avec celui des voix, y retentissait comme dans une église. En face
montait un escalier droit, et à gauche une galerie donnant sur le
jardin conduisait à la salle de billard dont on entendait, dès la porte,
caramboler les boules d'ivoire. Comme elle la traversait pour aller
au salon, Emma vit autour du jeu des hommes à figure grave, le
menton posé sur de hautes cravates, décorés tous, et qui souriaient

---

1. **Tablier :** protection en cuir, à l'avant du *boc*.
2. **Bannettes :** paniers en osier.

silencieusement, en poussant leur queue. Sur la boiserie sombre du lambris, de grands cadres dorés portaient, au bas de leur bordure, des noms écrits en lettres noires. Elle lut : « Jean-Antoine d'Andervilliers d'Yverbonville, comte de la Vaubyessard et baron de la Fresnaye, tué à la bataille de Coutras[1], le 20 octobre 1587. » Et sur un autre : « Jean-Antoine-Henry-Guy d'Andervilliers de la Vaubyessard, amiral de France et chevalier de l'ordre de Saint-Michel, blessé au combat de la Hougue-Saint-Vaast[2], le 29 mai 1692, mort à la Vaubyessard le 23 janvier 1693. » Puis on distinguait à peine ceux qui suivaient, car la lumière des lampes, rabattue sur le tapis vert du billard, laissait flotter une ombre dans l'appartement. Brunissant les toiles horizontales, elle se brisait contre elles en arêtes fines, selon les craquelures du vernis ; et de tous ces grands carrés noirs bordés d'or sortaient, çà et là, quelque portion plus claire de la peinture, un front pâle, deux yeux qui vous regardaient, des perruques se déroulant sur l'épaule poudrée des habits rouges, ou bien la boucle d'une jarretière au haut d'un mollet rebondi.

Le Marquis ouvrit la porte du salon ; une des dames se leva (la Marquise elle-même), vint à la rencontre d'Emma et la fit asseoir près d'elle, sur une causeuse, où elle se mit à lui parler amicalement, comme si elle la connaissait depuis longtemps. C'était une femme de la quarantaine environ, à belles épaules, à nez busqué, à la voix traînante, et portant, ce soir-là, sur ses cheveux châtains, un simple fichu de guipure[3] qui retombait par derrière, en triangle. Une jeune personne blonde se tenait à côté, dans une chaise à dossier long ; et des messieurs, qui avaient une petite fleur à la boutonnière de leur habit, causaient avec les dames, tout autour de la cheminée.

À sept heures, on servit le dîner. Les hommes, plus nombreux, s'assirent à la première table, dans le vestibule, et les dames à la seconde, dans la salle à manger, avec le Marquis et la Marquise.

Emma se sentit, en entrant, enveloppée par un air chaud, mélange du parfum des fleurs et du beau linge, du fumet des viandes et de l'odeur des truffes. Les bougies des candélabres allongeaient des flammes sur les cloches d'argent ; les cristaux à facettes, couverts d'une buée mate,

---

1. **Bataille de Coutras** : première grande victoire d'Henri de Navarre, futur Henri IV, sur les troupes du duc de Joyeuse, général en chef de l'armée catholique.
2. **Combat de la Hougue-Saint-Vaast** : combat où la flotte française, dirigée par Tourville, fut battue par les flottes anglaise et hollandaise.
3. **Guipure** : sorte de dentelle.

se renvoyaient des rayons pâles ; des bouquets étaient en ligne sur toute la longueur de la table, et, dans les assiettes à large bordure, les serviettes, arrangées en manière de bonnet d'évêque, tenaient entre le bâillement de leurs deux plis chacune un petit pain de forme ovale. Les pattes rouges des homards dépassaient les plats ; de gros fruits dans des corbeilles à jour s'étageaient sur la mousse ; les cailles avaient leurs plumes, des fumées montaient ; et, en bas de soie, en culotte courte, en cravate blanche, en jabot, grave comme un juge, le maître d'hôtel, passant entre les épaules des convives les plats tout découpés, faisait d'un coup de sa cuiller sauter pour vous le morceau qu'on choisissait. Sur le grand poêle de porcelaine à baguette de cuivre, une statue de femme drapée jusqu'au menton regardait immobile la salle pleine de monde.

Madame Bovary remarqua que plusieurs dames n'avaient pas mis leurs gants dans leur verre[1].

Cependant, au haut bout de la table[2], seul parmi toutes ces femmes, courbé sur son assiette remplie, et la serviette nouée dans le dos comme un enfant, un vieillard mangeait, laissant tomber de sa bouche des gouttes de sauce. Il avait les yeux éraillés et portait une petite queue enroulée d'un ruban noir[3]. C'était le beau-père du marquis, le vieux duc de Laverdière, l'ancien favori du comte d'Artois[4], dans le temps des parties de chasse au Vaudreuil, chez le marquis de Conflans, et qui avait été, disait-on, l'amant de la reine Marie-Antoinette entre MM. de Coigny et de Lauzun. Il avait mené une vie bruyante de débauches, pleine de duels, de paris, de femmes enlevées, avait dévoré sa fortune et effrayé toute sa famille. Un domestique, derrière sa chaise, lui nommait tout haut, dans l'oreille, les plats qu'il désignait du doigt en bégayant ; et sans cesse les yeux d'Emma revenaient d'eux-mêmes sur ce vieil homme à lèvres pendantes comme sur quelque chose d'extraordinaire et d'auguste. Il avait vécu à la Cour et couché dans le lit des reines !

On versa du vin de Champagne à la glace. Emma frissonna de toute sa peau en sentant ce froid dans sa bouche. Elle n'avait jamais vu de grenades ni mangé d'ananas. Le sucre en poudre même lui parut plus blanc et plus fin qu'ailleurs.

Les dames, ensuite, montèrent dans leurs chambres s'apprêter pour le bal.

---

1. **N'avaient pas mis leurs gants dans leur verre :** lorsqu'on ne souhaitait pas prendre de vin, l'usage voulait qu'on mît ses gants dans son verre.
2. **Au haut bout de la table :** à la place d'honneur.
3. **Une petite queue enroulée d'un ruban noir :** coiffure en usage sous l'Ancien Régime.
4. **Comte d'Artois (1757-1836) :** frère de Louis XVI.

Emma fit sa toilette avec la conscience méticuleuse d'une actrice à son début. Elle disposa ses cheveux d'après les recommandations du coiffeur, et elle entra dans sa robe de barège[1], étalée sur le lit. Le pantalon de Charles le serrait au ventre.

1505 — Les sous-pieds[2] vont me gêner pour danser, dit-il.

— Danser ? reprit Emma.

— Oui !

— Mais tu as perdu la tête ! on se moquerait de toi, reste à ta place. D'ailleurs, c'est plus convenable pour un médecin, ajouta-t-elle.

1510 Charles se tut. Il marchait de long en large, attendant qu'Emma fût habillée.

Il la voyait par derrière, dans la glace, entre deux flambeaux. Ses yeux noirs semblaient plus noirs. Ses bandeaux, doucement bombés vers les oreilles, luisaient d'un éclat bleu ; une rose à son chignon

1515 tremblait sur une tige mobile, avec des gouttes d'eau factices au bout de ses feuilles. Elle avait une robe de safran pâle, relevée par trois bouquets de roses pompon mêlées de verdure.

Charles vint l'embrasser sur l'épaule.

— Laisse-moi ! dit-elle, tu me chiffonnes.

1520 On entendit une ritournelle de violon et les sons d'un cor. Elle descendit l'escalier, se retenant de courir.

Les quadrilles[1] étaient commencés. Il arrivait du monde. On se poussait. Elle se plaça près de la porte, sur une banquette.

Quand la contredanse fut finie, le parquet resta libre pour les

1525 groupes d'hommes causant debout et les domestiques en livrée qui apportaient de grands plateaux. Sur la ligne des femmes assises, les éventails peints s'agitaient, les bouquets cachaient à demi le sourire des visages, et les flacons à bouchon d'or tournaient dans des mains entr'ouvertes dont les gants blancs marquaient la forme des ongles

1530 et serraient la chair au poignet. Les garnitures de dentelles, les broches de diamants, les bracelets à médaillon frissonnaient aux corsages, scintillaient aux poitrines, bruissaient sur les bras nus. Les chevelures, bien collées sur les fronts et tordues à la nuque, avaient, en couronnes, en grappes ou en rameaux, des myosotis, du jasmin,

1535 des fleurs de grenadier, des épis ou des bleuets. Pacifiques à leurs places, des mères à figure renfrognée portaient des turbans rouges.

---

1. **Barège :** modeste étoffe de laine légère.

2. **Sous-pieds :** bandes que l'on passe sous les pieds, au bas du pantalon, pour le maintenir tendu.

3. **Quadrilles :** version noble de la contredanse, à la mode au XIXe siècle.

Première partie

Le cœur d'Emma lui battit un peu lorsque, son cavalier la tenant par le bout des doigts, elle vint se mettre en ligne et attendit le coup d'archet pour partir. Mais bientôt l'émotion disparut ; et, se balan
1540 çant au rythme de l'orchestre, elle glissait en avant, avec des mouvements légers du cou. Un sourire lui montait aux lèvres à certaines délicatesses du violon, qui jouait seul, quelquefois, quand les autres instruments se taisaient ; on entendait le bruit clair des louis d'or qui se versaient à côté, sur le tapis des tables ; puis tout reprenait à
1545 la fois, le cornet à pistons lançait un éclat sonore, les pieds retombaient en mesure, les jupes se bouffaient et frôlaient, les mains se donnaient, se quittaient ; les mêmes yeux, s'abaissant devant vous, revenaient se fixer sur les vôtres.

Quelques hommes (une quinzaine) de vingt-cinq à quarante ans,
1550 disséminés parmi les danseurs ou causant à l'entrée des portes, se distinguaient de la foule par un air de famille, quelles que fussent leurs différences d'âge, de toilette ou de figure.

Leurs habits, mieux faits, semblaient d'un drap plus souple, et leurs cheveux, ramenés en boucles vers les tempes, lustrés par des pom
1555 mades plus fines. Ils avaient le teint de la richesse, ce teint blanc que rehaussent la pâleur des porcelaines, les moires du satin, le vernis des beaux meubles, et qu'entretient dans sa santé un régime discret de nourritures exquises. Leur cou tournait à l'aise sur des cravates basses ; leurs favoris longs tombaient sur des cols rabattus ; ils s'essuyaient les
1560 lèvres à des mouchoirs brodés d'un large chiffre, d'où sortait une odeur suave. Ceux qui commençaient à vieillir avaient l'air jeune, tandis que quelque chose de mûr s'étendait sur le visage des jeunes. Dans leurs regards indifférents flottait la quiétude de passions journellement assouvies ; et, à travers leurs manières douces, perçait cette brutalité
1565 particulière que communique la domination de choses à demi faciles, dans lesquelles la force s'exerce et où la vanité s'amuse, le maniement des chevaux de race et la société des femmes perdues.

À trois pas d'Emma, un cavalier en habit bleu causait Italie avec une jeune femme pâle, portant une parure de perles. Ils vantaient la
1570 grosseur des piliers de Saint-Pierre, Tivoli, le Vésuve, Castellamare et les Cassines, les roses de Gênes, le Colisée au clair de lune. Emma écoutait de son autre oreille une conversation pleine de mots qu'elle ne comprenait pas. On entourait un tout jeune homme qui avait battu, la semaine d'avant, Miss Arabelle et Romulus, et gagné deux
1575 mille louis à sauter un fossé, en Angleterre. L'un se plaignait de ses coureurs qui engraissaient ; un autre, des fautes d'impression qui avaient dénaturé le nom de son cheval.

L'air du bal était lourd ; les lampes pâlissaient. On refluait dans la salle de billard. Un domestique monta sur une chaise et cassa deux vitres ; au bruit des éclats de verre, madame Bovary tourna la tête et aperçut dans le jardin, contre les carreaux, des faces de paysans qui regardaient. Alors le souvenir des Bertaux lui arriva. Elle revit la ferme, la mare bourbeuse, son père en blouse sous les pommiers, et elle se revit elle-même, comme autrefois, écrémant avec son doigt les terrines de lait dans la laiterie. Mais, aux fulgurations de l'heure présente, sa vie passée, si nette jusqu'alors, s'évanouissait tout entière, et elle doutait presque de l'avoir vécue. Elle était là ; puis autour du bal, il n'y avait plus que de l'ombre, étalée sur tout le reste. Elle mangeait alors une glace au marasquin[1], qu'elle tenait de la main gauche dans une coquille de vermeil, et fermait à demi les yeux, la cuiller entre les dents.

Une dame, près d'elle, laissa tomber son éventail. Un danseur passait.

– Que vous seriez bon, monsieur, dit la dame, de vouloir bien ramasser mon éventail, qui est derrière ce canapé !

Le monsieur s'inclina, et, pendant qu'il faisait le mouvement d'étendre son bras, Emma vit la main de la jeune dame qui jetait dans son chapeau quelque chose de blanc, plié en triangle. Le monsieur, ramenant l'éventail, l'offrit à la dame, respectueusement ; elle le remercia d'un signe de tête et se mit à respirer son bouquet.

Après le souper, où il y eut beaucoup de vins d'Espagne et de vins du Rhin, des potages à la bisque et au lait d'amandes, des puddings à la Trafalgar et toutes sortes de viandes froides avec des gelées alentour qui tremblaient dans les plats, les voitures, les unes après les autres, commencèrent à s'en aller. En écartant du coin le rideau de mousseline[2], on voyait glisser dans l'ombre la lumière de leurs lanternes. Les banquettes s'éclaircirent ; quelques joueurs restaient encore ; les musiciens rafraîchissaient, sur leur langue, le bout de leurs doigts ; Charles dormait à demi, le dos appuyé contre une porte.

À trois heures du matin, le cotillon[3] commença. Emma ne savait pas valser. Tout le monde valsait, mademoiselle d'Andervilliers elle-même et la marquise ; il n'y avait plus que les hôtes du château, une douzaine de personnes à peu près.

---

1. **Marasquin :** liqueur de cerise.
2. **Mousseline :** fin tissu de coton ou de soie.
3. **Cotillon :** ensemble de danses et de jeux qui clôturent habituellement les bals.

Première partie

Cependant, un des valseurs, qu'on appelait familièrement vicomte, et dont le gilet très ouvert semblait moulé sur la poitrine, vint une seconde fois encore inviter madame Bovary, l'assurant qu'il la guiderait et qu'elle s'en tirerait bien.

Ils commencèrent lentement, puis allèrent plus vite. Ils tournaient : tout tournait autour d'eux, les lampes, les meubles, les lambris, et le parquet, comme un disque sur un pivot. En passant auprès des portes, la robe d'Emma, par le bas, s'ériflait[1] au pantalon ; leurs jambes entraient l'une dans l'autre ; il baissait ses regards vers elle, elle levait les siens vers lui ; une torpeur la prenait, elle s'arrêta. Ils repartirent ; et, d'un mouvement plus rapide, le vicomte, l'entraînant, disparut avec elle jusqu'au bout de la galerie, où, haletante, elle faillit tomber, et, un instant, s'appuya la tête sur sa poitrine. Et puis, tournant toujours, mais plus doucement, il la reconduisit à sa place ; elle se renversa contre la muraille et mit la main devant ses yeux.

Quand elle les rouvrit, au milieu du salon, une dame assise sur un tabouret avait devant elle trois valseurs agenouillés. Elle choisit le Vicomte, et le violon recommença.

On les regardait. Ils passaient et revenaient, elle immobile du corps et le menton baissé, et lui toujours dans sa même pose, la taille cambrée, le coude arrondi, la bouche en avant. Elle savait valser, celle-là ! Ils continuèrent longtemps et fatiguèrent tous les autres.

On causa quelques minutes encore, et, après les adieux ou plutôt le bonjour, les hôtes du château s'allèrent coucher.

Charles se traînait à la rampe, les genoux lui rentraient dans le corps. Il avait passé cinq heures de suite, tout debout devant les tables, à regarder jouer au whist sans y rien comprendre. Aussi poussa-t-il un grand soupir de satisfaction lorsqu'il eut retiré ses bottes.

Emma mit un châle sur ses épaules, ouvrit la fenêtre et s'accouda.

La nuit était noire. Quelques gouttes de pluie tombaient. Elle aspira le vent humide qui lui rafraîchissait les paupières. La musique du bal bourdonnait encore à ses oreilles, et elle faisait des efforts pour se tenir éveillée, afin de prolonger l'illusion de cette vie luxueuse qu'il lui faudrait tout à l'heure abandonner.

Le petit jour parut. Elle regarda les fenêtres du château, longuement, tâchant de deviner quelles étaient les chambres de tous ceux qu'elle avait remarqués la veille. Elle aurait voulu savoir leurs existences, y pénétrer, s'y confondre.

---

1. **S'ériflait** : s'éraflait.

Mais elle grelottait de froid. Elle se déshabilla et se blottit entre les draps, contre Charles qui dormait.

Il y eut beaucoup de monde au déjeuner. Le repas dura dix minutes ; on ne servit aucune liqueur, ce qui étonna le médecin. Ensuite mademoiselle d'Andervilliers ramassa des morceaux de brioche dans une bannette, pour les porter aux cygnes sur la pièce d'eau, et on s'alla promener dans la serre chaude, où des plantes bizarres, hérissées de poils, s'étageaient en pyramides sous des vases suspendus, qui, pareils à des nids de serpents trop pleins, laissaient retomber, de leurs bords, de longs cordons verts entrelacés. L'orangerie, que l'on trouvait au bout, menait à couvert jusqu'aux communs du château. Le Marquis, pour amuser la jeune femme, la mena voir les écuries. Au-dessus des râteliers en forme de corbeille, des plaques de porcelaine portaient en noir le nom des chevaux. Chaque bête s'agitait dans sa stalle, quand on passait près d'elle, en claquant de la langue. Le plancher de la sellerie luisait à l'œil comme le parquet d'un salon. Les harnais de voiture étaient dressés dans le milieu sur deux colonnes tournantes, et les mors, les fouets, les étriers, les gourmettes rangés en ligne tout le long de la muraille.

Charles, cependant, alla prier un domestique d'atteler son *boc*. On l'amena devant le perron, et, tous les paquets y étant fourrés, les époux Bovary firent leurs politesses au Marquis et à la Marquise, et repartirent pour Tostes.

Emma, silencieuse, regardait tourner les roues. Charles, posé sur le bord extrême de la banquette, conduisait les deux bras écartés, et le petit cheval trottait l'amble[1] dans les brancards, qui étaient trop larges pour lui. Les guides molles battaient sur sa croupe en s'y trempant d'écume, et la boîte ficelée derrière le boc donnait contre la caisse de grands coups réguliers.

Ils étaient sur les hauteurs de Thibourville, lorsque devant eux, tout à coup, des cavaliers passèrent en riant, avec des cigares à la bouche. Emma crut reconnaître le Vicomte : elle se détourna, et n'aperçut à l'horizon que le mouvement des têtes s'abaissant et montant, selon la cadence inégale du trot ou du galop.

Un quart de lieue plus loin, il fallut s'arrêter pour raccommoder, avec de la corde, le reculement[2] qui était rompu.

---

1. **L'amble :** sorte de trot où le cheval lève en même temps les deux jambes du même côté.
2. **Reculement :** pièce du harnais.

Première partie

Mais Charles, donnant au harnais un dernier coup d'œil, vit quelque chose par terre, entre les jambes de son cheval ; et il ramassa un porte-cigares tout bordé de soie verte et blasonné à son milieu comme la portière d'un carrosse.

– Il y a même deux cigares dedans, dit-il ; ce sera pour ce soir, après dîner.

– Tu fumes donc ? demanda-t-elle.

– Quelquefois, quand l'occasion se présente.

Il mit sa trouvaille dans sa poche et fouetta le bidet.

Quand ils arrivèrent chez eux, le dîner n'était point prêt. Madame s'emporta. Nastasie répondit insolemment.

– Partez ! dit Emma. C'est se moquer, je vous chasse.

Il y avait pour dîner de la soupe à l'oignon, avec un morceau de veau à l'oseille. Charles, assis devant Emma, dit en se frottant les mains d'un air heureux :

– Cela fait plaisir de se retrouver chez soi !

On entendait Nastasie qui pleurait. Il aimait un peu cette pauvre fille. Elle lui avait, autrefois, tenu société pendant bien des soirs, dans les désœuvrements de son veuvage. C'était sa première pratique[1], sa plus ancienne connaissance du pays.

– Est-ce que tu l'as renvoyée pour tout de bon ? dit-il enfin.

– Oui. Qui m'en empêche ? répondit-elle.

Puis ils se chauffèrent dans la cuisine, pendant qu'on apprêtait leur chambre. Charles se mit à fumer. Il fumait en avançant les lèvres, crachant à toute minute, se reculant à chaque bouffée.

– Tu vas te faire mal, dit-elle dédaigneusement.

Il déposa son cigare, et courut avaler, à la pompe, un verre d'eau froide. Emma, saisissant le porte-cigares, le jeta vivement au fond de l'armoire.

La journée fut longue, le lendemain ! Elle se promena dans son jardinet, passant et revenant par les mêmes allées, s'arrêtant devant les plates-bandes, devant l'espalier, devant le curé de plâtre, considérant avec ébahissement toutes ces choses d'autrefois qu'elle connaissait si bien. Comme le bal déjà lui semblait loin ! Qui donc écartait, à tant de distance, le matin d'avant-hier et le soir d'aujourd'hui ? Son voyage à la Vaubyessard avait fait un trou dans sa vie, à la manière de ces grandes crevasses qu'un orage, en une seule nuit, creuse quelquefois dans les montagnes. Elle se résigna pourtant ; elle serra

---

1. **Pratique :** patiente.

70

pieusement dans la commode sa belle toilette et jusqu'à ses souliers de satin, dont la semelle s'était jaunie à la cire glissante du parquet. Son cœur était comme eux : au frottement de la richesse, il s'était placé dessus quelque chose qui ne s'effacerait pas.

1730   Ce fut donc une occupation pour Emma que le souvenir de ce bal. Toutes les fois que revenait le mercredi, elle se disait en s'éveillant : « Ah ! il y a huit jours… il y a quinze jours…, il y a trois semaines, j'y étais ! » Et peu à peu, les physionomies se confondirent dans sa mémoire, elle oublia l'air des contredanses, elle ne vit plus si nette-
1735 ment les livrées et les appartements ; quelques détails s'en allèrent ; mais le regret lui resta.

IX

SOUVENT, lorsque Charles était sorti, elle allait prendre dans l'armoire, entre les plis du linge où elle l'avait laissé, le porte-cigares en soie verte.
Elle le regardait, l'ouvrait, et même elle flairait l'odeur de sa
1740 doublure, mêlée de verveine et de tabac. À qui appartenait-il ?… Au Vicomte. C'était peut-être un cadeau de sa maîtresse. On avait brodé cela sur quelque métier de palissandre, meuble mignon que l'on cachait à tous les yeux, qui avait occupé bien des heures et où s'étaient penchées les boucles molles de la travailleuse pensive. Un
1745 souffle d'amour avait passé parmi les mailles du canevas ; chaque coup d'aiguille avait fixé là une espérance ou un souvenir, et tous ces fils de soie entrelacés n'étaient que la continuité de la même passion silencieuse. Et puis le Vicomte, un matin, l'avait emporté avec lui. De quoi avait-on parlé, lorsqu'il restait sur les cheminées à large
1750 chambranle, entre les vases de fleurs et les pendules Pompadour[1] ? Elle était à Tostes. Lui, il était à Paris, maintenant ; là-bas ! Comment était ce Paris ? Quel nom démesuré ! Elle se le répétait à demi-voix, pour se faire plaisir ; il sonnait à ses oreilles comme un bourdon de cathédrale, il flamboyait à ses yeux jusque sur l'étiquette de ses pots
1755 de pommade.

---

1. **Pendules Pompadour :** dans le style « Pompadour » ou style « rocaille », du XVIIIe siècle.

Première partie

La nuit, quand les mareyeurs, dans leurs charrettes, passaient sous ses fenêtres en chantant la Marjolaine, elle s'éveillait ; et écoutant le bruit des roues ferrées, qui, à la sortie du pays, s'amortissait vite sur la terre :

1760 — Ils y seront demain ! se disait-elle.

Et elle les suivait dans sa pensée, montant et descendant les côtes, traversant les villages, filant sur la grande route à la clarté des étoiles. Au bout d'une distance indéterminée, il se trouvait toujours une place confuse où expirait son rêve.

1765 Elle s'acheta un plan de Paris, et, du bout de son doigt, sur la carte, elle faisait des courses dans la capitale. Elle remontait les boulevards, s'arrêtant à chaque angle, entre les lignes des rues, devant les carrés blancs qui figurent les maisons. Les yeux fatigués à la fin, elle fermait ses paupières, et elle voyait dans les ténèbres se tordre

1770 au vent des becs de gaz, avec des marche-pieds de calèches, qui se déployaient à grand fracas devant le péristyle des théâtres.

Elle s'abonna à *la Corbeille*, journal des femmes, et au *Sylphe des salons*[2]. Elle dévorait, sans en rien passer, tous les comptes rendus de premières représentations, de courses et de soirées, s'intéres-

1775 sait au début d'une chanteuse, à l'ouverture d'un magasin. Elle savait les modes nouvelles, l'adresse des bons tailleurs, les jours de Bois ou d'Opéra. Elle étudia, dans Eugène Sue, des descriptions d'ameublements[3] ; elle lut Balzac et George Sand, y cherchant des assouvissements imaginaires pour ses convoitises personnelles.

1780 À table même, elle apportait son livre, et elle tournait les feuillets, pendant que Charles mangeait en lui parlant. Le souvenir du Vicomte revenait toujours dans ses lectures. Entre lui et les personnages inventés, elle établissait des rapprochements. Mais le cercle dont il était le centre peu à peu s'élargit autour de lui, et cette auréole

1785 qu'il avait, s'écartant de sa figure, s'étala plus au loin, pour illuminer d'autres rêves.

Paris, plus vague que l'Océan, miroitait donc aux yeux d'Emma dans une atmosphère vermeille. La vie nombreuse qui s'agitait en ce tumulte y était cependant divisée par parties, classée en tableaux

1790 distincts. Emma n'en apercevait que deux ou trois qui lui cachaient

---

1. *Sylphe des salons* : journal bihebdomadaire d'information sur les événements culturels et mondains de Paris.
2. **Dans Eugène Sue [...] ameublements** : certains des romans de mœurs à succès d'Eugène Sue (1804-1857) offraient des descriptions très précises et réalistes d'intérieurs.

tous les autres, et représentaient à eux seuls l'humanité complète. Le monde des ambassadeurs marchait sur des parquets luisants, dans des salons lambrissés de miroirs, autour de tables ovales couvertes d'un tapis de velours à crépines[1] d'or. Il y avait là des robes à queue, de grands mystères, des angoisses dissimulées sous des sourires. Venait ensuite la société des duchesses ; on y était pâle ; on se levait à quatre heures ; les femmes, pauvres anges ! portaient du point d'Angleterre au bas de leur jupon, et les hommes, capacités méconnues sous des dehors futiles, crevaient leurs chevaux par partie de plaisir, allaient passer à Bade[2] la saison d'été, et, vers la quarantaine enfin, épousaient des héritières. Dans les cabinets de restaurant où l'on soupe après minuit riait, à la clarté des bougies, la foule bigarrée des gens de lettres et des actrices. Ils étaient, ceux-là, prodigues comme des rois, pleins d'ambitions idéales et de délires fantastiques. C'était une existence au-dessus des autres, entre ciel et terre, dans les orages, quelque chose de sublime. Quant au reste du monde, il était perdu, sans place précise, et comme n'existant pas. Plus les choses, d'ailleurs, étaient voisines, plus sa pensée s'en détournait. Tout ce qui l'entourait immédiatement, campagne ennuyeuse, petits bourgeois imbéciles, médiocrité de l'existence, lui semblait une exception dans le monde, un hasard particulier où elle se trouvait prise, tandis qu'au delà s'étendait à perte de vue l'immense pays des félicités et des passions. Elle confondait, dans son désir, les sensualités du luxe avec les joies du cœur, l'élégance des habitudes et les délicatesses du sentiment. Ne fallait-il pas à l'amour, comme aux plantes indiennes, des terrains préparés, une température particulière ? Les soupirs au clair de lune, les longues étreintes, les larmes qui coulent sur les mains qu'on abandonne, toutes les fièvres de la chair et les langueurs de la tendresse ne se séparaient donc pas du balcon des grands châteaux qui sont pleins de loisirs, d'un boudoir à stores de soie avec un tapis bien épais, des jardinières remplies, un lit monté sur une estrade, ni du scintillement des pierres précieuses et des aiguillettes[3] de la livrée.

Le garçon de la poste, qui, chaque matin, venait panser la jument, traversait le corridor avec ses gros sabots ; sa blouse avait des trous, ses pieds étaient nus dans des chaussons. C'était là le groom

---

1. **Crépines :** franges tissées.
2. **Bade :** élégante ville thermale en Allemagne.
3. **Aiguillettes :** petit cordon servant à fermer un vêtement.

en culotte courte dont il fallait se contenter ! Quand son ouvrage était fini, il ne revenait plus de la journée ; car Charles, en rentrant, mettait lui-même son cheval à l'écurie, retirait la selle et passait le
1830 licou, pendant que la bonne apportait une botte de paille et la jetait, comme elle le pouvait, dans la mangeoire.

Pour remplacer Nastasie (qui enfin partit de Tostes, en versant des ruisseaux de larmes), Emma prit à son service une jeune fille de quatorze ans, orpheline et de physionomie douce. Elle lui interdit
1835 les bonnets de coton, lui apprit qu'il fallait vous parler à la troisième personne, apporter un verre d'eau dans une assiette, frapper aux portes avant d'entrer, et à repasser, à empeser, à l'habiller, voulut en faire sa femme de chambre. La nouvelle bonne obéissait sans murmure pour n'être point renvoyée ; et, comme Madame, d'habitude,
1840 laissait la clef au buffet, Félicité, chaque soir prenait une petite provision de sucre qu'elle mangeait toute seule, dans son lit, après avoir fait sa prière.

L'après-midi, quelquefois, elle allait causer en face avec les postillons. Madame se tenait en haut, dans son appartement.
1845 Elle portait une robe de chambre tout ouverte, qui laissait voir, entre les revers à châle du corsage, une chemisette plissée avec trois boutons d'or. Sa ceinture était une cordelière à gros glands, et ses petites pantoufles de couleur grenat avaient une touffe de rubans larges, qui s'étalait sur le cou-de-pied. Elle s'était acheté un buvard[1],
1850 une papeterie[2], un porte-plume et des enveloppes, quoiqu'elle n'eût personne à qui écrire ; elle époussetait son étagère, se regardait dans la glace, prenait un livre, puis, rêvant entre les lignes, le laissait tomber sur ses genoux. Elle avait envie de faire des voyages ou de retourner vivre à son couvent. Elle souhaitait à la fois mourir et
1855 habiter Paris.

Charles, à la neige, à la pluie, chevauchait par les chemins de traverse. Il mangeait des omelettes sur la table des fermes, entrait son bras dans des lits humides, recevait au visage le jet tiède des saignées, écoutait des râles, examinait des cuvettes, retroussait bien du
1860 linge sale ; mais il trouvait, tous les soirs, un feu flambant, la table servie, des meubles souples, et une femme en toilette fine, charmante et sentant frais, à ne savoir même d'où venait cette odeur, ou si ce n'était pas sa peau qui parfumait sa chemise.

---

1. **Buvard :** sous-main garnie de papier buvard.
2. **Papeterie :** boîte contenant tout ce qui est nécessaire pour écrire.

Elle le charmait par quantité de délicatesses : c'était tantôt une
manière nouvelle de façonner pour les bougies des bobèches[1] de
papier, un volant qu'elle changeait à sa robe, ou le nom extraordinaire d'un mets bien simple, et que la bonne avait manqué, mais
que Charles, jusqu'au bout, avalait avec plaisir. Elle vit à Rouen des
dames qui portaient à leur montre un paquet de breloques ; elle
acheta des breloques. Elle voulut sur sa cheminée deux grands vases
de verre bleu, et, quelque temps après, un nécessaire d'ivoire, avec
un dé de vermeil. Moins Charles comprenait ces élégances, plus il
en subissait la séduction. Elles ajoutaient quelque chose au plaisir de
ses sens et à la douceur de son foyer. C'était comme une poussière
d'or qui sablait tout du long le petit sentier de sa vie.

Il se portait bien, il avait bonne mine ; sa réputation était établie
tout à fait. Les campagnards le chérissaient parce qu'il n'était pas
fier. Il caressait les enfants, n'entrait jamais au cabaret, et, d'ailleurs,
inspirait de la confiance par sa moralité. Il réussissait particulièrement dans les catarrhes[2] et maladies de poitrine. Craignant beaucoup de tuer son monde, Charles, en effet, n'ordonnait guère que
des potions calmantes, de temps à autre de l'émétique[3], un bain de
pieds ou des sangsues. Ce n'est pas que la chirurgie lui fît peur ;
il vous saignait les gens largement, comme des chevaux, et il avait
pour l'extraction des dents *une poigne d'enfer.*

Enfin, pour *se tenir au courant,* il prit un abonnement à *la Ruche
médicale,* journal nouveau dont il avait reçu le prospectus. Il en
lisait, un peu après son dîner ; mais la chaleur de l'appartement,
jointe à la digestion, faisait qu'au bout de cinq minutes il s'endormait ; et il restait là, le menton sur ses deux mains, et les cheveux
étalés comme une crinière jusqu'au pied de la lampe. Emma le
regardait en haussant les épaules. Que n'avait-elle, au moins, pour
mari un de ces hommes d'ardeurs taciturnes qui travaillent la nuit
dans les livres, et portent enfin, à soixante ans, quand vient l'âge des
rhumatismes, une brochette de croix, sur leur habit noir, mal fait.
Elle aurait voulu que ce nom de Bovary, qui était le sien, fût illustre,
le voir étalé chez les libraires, répété dans les journaux, connu par
toute la France. Mais Charles n'avait point d'ambition ! Un médecin

---

1. **Bobèches** : petits disques placés sur les chandeliers pour recueillir la cire des bougies.
2. **Catarrhes** : inflammation des muqueuses donnant lieu à une hypersécrétion.
3. **Émétique** : vomitif.

d'Yvetot, avec qui dernièrement il s'était trouvé en consultation,
1900 l'avait humilié quelque peu, au lit même du malade, devant les
parents assemblés. Quand Charles lui raconta, le soir, cette anec-
dote, Emma s'emporta bien haut contre le confrère. Charles en fut
attendri. Il la baisa au front avec une larme. Mais elle était exaspérée
de honte, elle avait envie de le battre, elle alla dans le corridor ouvrir
1905 la fenêtre et huma l'air frais pour se calmer.
– Quel pauvre homme ! quel pauvre homme ! disait-elle tout bas, en
se mordant les lèvres.

Elle se sentait, d'ailleurs, plus irritée de lui. Il prenait, avec l'âge,
des allures épaisses ; il coupait, au dessert, le bouchon des bouteilles
1910 vides ; il se passait, après manger, la langue sur les dents ; il faisait,
en avalant sa soupe, un gloussement à chaque gorgée, et, comme il
commençait d'engraisser, ses yeux, déjà petits, semblaient remontés
vers les tempes par la bouffissure de ses pommettes.

Emma, quelquefois, lui rentrait dans son gilet la bordure rouge de
1915 ses tricots, rajustait sa cravate, ou jetait à l'écart les gants déteints
qu'il se disposait à passer ; et ce n'était pas, comme il croyait, pour
lui ; c'était pour elle-même, par expansion d'égoïsme, agacement nerveux. Quelquefois aussi, elle lui parlait des choses qu'elles avait lues,
comme d'un passage de roman, d'une pièce nouvelle, ou de l'anec-
1920 dote du grand monde que l'on racontait dans le feuilleton ; car, enfin,
Charles était quelqu'un, une oreille toujours ouverte, une approbation
toujours prête. Elle faisait bien des confidences à sa levrette ! Elle en
eût fait aux bûches de la cheminée et au balancier de la pendule.

Au fond de son âme, cependant, elle attendait un événement.
1925 Comme les matelots en détresse, elle promenait sur la solitude de
sa vie des yeux désespérés, cherchant au loin quelque voile blanche
dans les brumes de l'horizon. Elle ne savait pas quel serait ce hasard,
le vent qui le pousserait jusqu'à elle, vers quel rivage il la mènerait,
s'il était chaloupe ou vaisseau à trois ponts, chargé d'angoisses ou
1930 plein de félicités jusqu'aux sabords. Mais, chaque matin, à son réveil,
elle l'espérait pour la journée, et elle écoutait tous les bruits, se levait
en sursaut, s'étonnait qu'il ne vînt pas ; puis, au coucher du soleil,
toujours plus triste, désirait être au lendemain.

Le printemps reparut. Elle eut des étouffements aux premières
1935 chaleurs, quand les poiriers fleurirent.

Dès le commencement de juillet, elle compta sur ses doigts combien de semaines lui restaient pour arriver au mois d'octobre, pensant
que le marquis d'Andervilliers, peut-être, donnerait encore un bal à la
Vaubyessard. Mais tout septembre s'écoula sans lettres ni visites.

Après l'ennui de cette déception, son cœur de nouveau resta vide, et alors la série des mêmes journées recommença.

Elles allaient donc maintenant se suivre ainsi à la file, toujours pareilles, innombrables, et n'apportant rien ! Les autres existences, si plates qu'elles fussent, avaient du moins la chance d'un événement. Une aventure amenait parfois des péripéties à l'infini, et le décor changeait. Mais, pour elle, rien n'arrivait, Dieu l'avait voulu ! L'avenir était un corridor tout noir, et qui avait au fond sa porte bien fermée.

Elle abandonna la musique. Pourquoi jouer ? qui l'entendrait ? Puisqu'elle ne pourrait jamais, en robe de velours à manches courtes, sur un piano d'Érard[1], dans un concert, battant de ses doigts légers les touches d'ivoire, sentir, comme une brise, circuler autour d'elle un murmure d'extase, ce n'était pas la peine de s'ennuyer à étudier. Elle laissa dans l'armoire ses cartons à dessin et la tapisserie. À quoi bon ? à quoi bon ? La couture l'irritait.

– J'ai tout lu, se disait-elle.

Et elle restait à faire rougir les pincettes, ou regardant la pluie tomber.

Comme elle était triste le dimanche, quand on sonnait les vêpres ! Elle écoutait, dans un hébétement attentif, tinter un à un les coups fêlés de la cloche. Quelque chat sur les toits, marchant lentement, bombait son dos aux rayons pâles du soleil. Le vent, sur la grande route, soufflait des traînées de poussière. Au loin, parfois, un chien hurlait : et la cloche, à temps égaux, continuait sa sonnerie monotone qui se perdait dans la campagne.

Cependant on sortait de l'église. Les femmes en sabots cirés, les paysans en blouse neuve, les petits enfants qui sautillaient nu-tête devant eux, tout rentrait chez soi. Et, jusqu'à la nuit, cinq ou six hommes, toujours les mêmes, restaient à jouer au bouchon, devant la grande porte de l'auberge.

L'hiver fut froid. Les carreaux, chaque matin, étaient chargés de givre, et la lumière, blanchâtre à travers eux, comme par des verres dépolis, quelquefois ne variait pas de la journée. Dès quatre heures du soir, il fallait allumer la lampe.

Les jours qu'il faisait beau, elle descendait dans le jardin. La rosée avait laissé sur les choux des guipures d'argent avec de longs fils clairs qui s'étendaient de l'un à l'autre. On n'entendait pas d'oiseaux, tout semblait dormir, l'espalier couvert de paille et la vigne comme

---

1. **Érard** : célèbre marque de piano.

un grand serpent malade sous le chaperon du mur, où l'on voyait, en
s'approchant, se traîner des cloportes à pattes nombreuses. Dans les
1980 sapinettes ; près de la haie, le curé en tricorne qui lisait son bréviaire
avait perdu le pied droit et même le plâtre, s'écaillant à la gelée,
avait fait des gales blanches sur sa figure.

Puis elle remontait, fermait la porte, étalait les charbons, et,
défaillant à la chaleur du foyer, sentait l'ennui plus lourd qui retom-
1985 bait sur elle. Elle serait bien descendue causer avec la bonne, mais
une pudeur la retenait.

Tous les jours, à la même heure, le maître d'école, en bonnet de soie
noire, ouvrait les auvents de sa maison, et le garde-champêtre passait,
portant son sabre sur sa blouse. Soir et matin, les chevaux de la poste,
1990 trois par trois, traversaient la rue pour aller boire à la mare. De temps à
autre, la porte d'un cabaret faisait tinter sa sonnette, et, quand il y avait
du vent ; l'on entendait grincer sur leurs deux tringles les petites cuvettes
en cuivre du perruquier, qui servaient d'enseigne à sa boutique. Elle avait
pour décoration une vieille gravure de modes collée contre un carreau
1995 et un buste de femme en cire, dont les cheveux étaient jaunes. Lui aussi,
le perruquier, il se lamentait de sa vocation arrêtée, de son avenir perdu,
et, rêvant quelque boutique dans une grande. ville, comme à Rouen par
exemple, sur le port, près du théâtre, il restait toute la journée à se promener en long, depuis la mairie jusqu'à l'église, sombre, et attendant la
2000 clientèle. Lorsque madame Bovary levait les yeux, elle le voyait toujours
là, comme une sentinelle en faction, avec son bonnet grec sur l'oreille et
sa veste de lasting[1].

Dans l'après-midi, quelquefois, une tête d'homme apparaissait derrière les vitres de la salle, tête hâlée, à favoris noirs, et qui souriait len-
2005 tement d'un large sourire doux à dents blanches. Une valse aussitôt
commençait, et, sur l'orgue, dans un petit salon, des danseurs hauts
comme le doigt, femmes en turban rose, Tyroliens en jaquette, singes
en habit noir, messieurs en culotte courte, tournaient, tournaient
entre les fauteuils, les canapés, les consoles, se répétant dans les mor-
2010 ceaux de miroir que raccordait à leurs angles un filet de papier doré.
L'homme faisait aller sa manivelle, regardant à droite, à gauche et
vers les fenêtres. De temps à autre, tout en lançant contre la borne un
long jet de salive brune, il soulevait du genou son instrument, dont la
bretelle dure lui fatiguait l'épaule ; et, tantôt dolente et traînarde, ou
2015 joyeuse et précipitée, la musique de la boîte s'échappait en bourdon-

1. **Lasting :** solide étoffe de laine peignée.

nant à travers un rideau de taffetas rose, sous une grille de cuivre en arabesque. C'étaient des airs que l'on jouait ailleurs sur les théâtres ; que l'on chantait dans les salons, que l'on dansait le soir sous des lustres éclairés, échos du monde qui arrivaient jusqu'à Emma. Des sarabandes à n'en plus finir se déroulaient dans sa tête ; et, comme une bayadère sur les fleurs d'un tapis, sa pensée bondissait avec les notés, se balançait de rêve en rêve, de tristesse en tristesse. Quand l'homme avait reçu l'aumône dans sa casquette, il rabattait une vieille couverture de laine bleue, passait son orgue sur son dos et s'éloignait d'un pas lourd. Elle le regardait partir.

Mais c'était surtout aux heures des repas qu'elle n'en pouvait plus, dans cette petite salle au rez-de-chaussée, avec le poêle qui fumait, la porte qui criait, les murs qui suintaient, les pavés humides ; toute l'amertume de l'existence, lui semblait servie sur son assiette, et, à la fumée du bouilli, il montait du fond de son âme comme d'autres bouffées d'affadissement. Charles était long à manger ; elle grigno-tait quelques noisettes, ou bien, appuyée du coude, s'amusait, avec la pointe de son couteau, à faire des raies sur la toile cirée.

Elle laissait maintenant tout aller dans son ménage, et madame Bovary mère, lorsqu'elle vint passer à Tostes une partie du carême, s'étonna fort de ce changement. Elle, en effet, si soigneuse autrefois et délicate, elle restait à présent des journées entières sans s'habiller, portait des bas de coton gris, s'éclairait à la chandelle[1]. Elle répétait qu'il fallait économiser, puisqu'ils n'étaient pas riches, ajoutant qu'elle était très contente, très heureuse, que Tostes lui plaisait beaucoup, et autres discours nouveaux qui fermaient la bouche à la belle-mère. Du reste, Emma ne semblait plus disposée à suivre ses conseils ; une fois même, madame Bovary s'étant avisée de prétendre que les maî-tres devaient surveiller la religion de leurs domestiques, elle lui avait répondu d'un œil si colère et avec un sourire tellement froid, que la bonne femme ne s'y frotta plus.

Emma devenait difficile, capricieuse. Elle se commandait des plats pour elle, n'y touchait point, un jour ne buvait que du lait pur, et, le lendemain, des tasses de thé à la douzaine. Souvent elle s'obstinait à ne pas sortir, puis elle suffoquait, ouvrait les fenêtres, s'habillait en robe légère. Lorsqu'elle avait bien rudoyé sa servante, elle lui faisait des cadeaux ou l'envoyait se promener chez les voisines, de même qu'elle jetait parfois aux pauvres toutes les pièces blanches de

---

1. **Chandelle :** moins chère que la bougie ou l'huile.

sa bourse, quoiqu'elle ne fût guère tendre cependant, ni facilement accessible à l'émotion d'autrui, comme la plupart des gens issus de campagnards, qui gardent toujours à l'âme quelque chose de la callosité des mains paternelles.

Vers la fin de février, le père Rouault, en souvenir de sa guérison, apporta lui-même à son gendre une dinde superbe, et il resta trois jours à Tostes. Charles étant à ses malades, Emma lui tint compagnie. Il fuma dans la chambre, cracha sur les chenets, causa culture, veaux, vaches, volailles et conseil municipal ; si bien qu'elle referma la porte, quand il fut parti, avec un sentiment de satisfaction qui la surprit elle-même. D'ailleurs, elle ne cachait plus son mépris pour rien, ni pour personne ; et elle se mettait quelquefois à exprimer des opinions singulières, blâmant ce que l'on approuvait, et approuvant des choses perverses ou immorales : ce qui faisait ouvrir de grands yeux à son mari.

Est-ce que cette misère durerait toujours ? est-ce qu'elle n'en sortirait pas ? Elle valait bien cependant toutes celles qui vivaient heureuses ! Elle avait vu des duchesses à la Vaubyessard qui avaient la taille plus lourde et les façons plus communes, et elle exécrait l'injustice de Dieu ; elle s'appuyait la tête aux murs pour pleurer ; elle enviait les existences tumultueuses, les nuits masquées, les insolents plaisirs avec tous les éperduments qu'elle ne connaissait pas et qu'ils devaient donner.

Elle pâlissait et avait des battements de cœur. Charles lui administra de la valériane et des bains de camphre. Tout ce que l'on essayait semblait l'irriter davantage.

En de certains jours, elle bavardait avec une abondance fébrile ; à ces exaltations succédaient tout à coup des torpeurs où elle restait sans parler, sans bouger. Ce qui la ranimait alors, c'était de se répandre sur les bras un flacon d'eau de Cologne.

Comme elle se plaignait de Tostes continuellement, Charles imagina que la cause de sa maladie était sans doute dans quelque influence locale, et, s'arrêtant à cette idée, il songea sérieusement à aller s'établir ailleurs.

Dès lors, elle but du vinaigre pour se faire maigrir, contracta une petite toux sèche et perdit complètement l'appétit.

Il en coûtait à Charles d'abandonner Tostes après quatre ans de séjour et au moment où il commençait à s'y poser. S'il le fallait, cependant ! Il la conduisit à Rouen voir son ancien maître. C'était une maladie nerveuse : on devait la changer d'air.

Après s'être tourné de côté et d'autre, Charles apprit qu'il y avait dans l'arrondissement de Neufchâtel, un fort bourg nommé Yonville-

2095 l'Abbaye, dont le médecin, qui était un réfugié polonais, venait de décamper la semaine précédente. Alors il écrivit au pharmacien de l'endroit pour savoir quel était le chiffre de la population, la distance où se trouvait le confrère le plus voisin, combien par année gagnait son prédécesseur, etc. ; et, les réponses ayant été satisfaisantes, il se résolut
2100 à déménager vers le printemps, si la santé d'Emma ne s'améliorait pas.

Un jour qu'en prévision de son départ elle faisait des rangements dans un tiroir, elle se piqua les doigts à quelque chose. C'était un fil de fer de son bouquet de mariage. Les boutons d'oranger étaient jaunes de poussière, et les rubans de satin, à liséré d'argent, s'effiloquaient
2105 par le bord. Elle le jeta dans le feu. Il s'enflamma plus vite qu'une paille sèche. Puis ce fut comme un buisson rouge sur les cendres, et qui se rongeait lentement. Elle le regarda brûler. Les petites baies de carton éclataient, les fils d'archal[1] se tordaient, le galon se fondait ; et les corolles de papier, racornies, se balançant le long de la plaque
2110 comme des papillons noirs, enfin s'envolèrent par la cheminée.

Quand on partit de Tostes, au mois de mars, madame Bovary était enceinte.

---

1. **Archal :** laiton.

Deuxième partie

I

YONVILLE-L'ABBAYE (ainsi nommé à cause d'une ancienne abbaye de Capucins dont les ruines n'existent même plus) est un bourg à huit lieues de Rouen, entre la route d'Abbeville et celle de Beauvais, au fond d'une vallée qu'arrose la Rieule, petite rivière qui se jette dans l'Andelle, après avoir fait tourner trois moulins vers son embouchure, et où il y a quelques truites, que les garçons, le dimanche, s'amusent à pêcher à la ligne.

On quitte la grande route à la Boissière et l'on continue à plat jusqu'au haut de la côte des Leux, d'où l'on découvre la vallée. La rivière qui la traverse en fait comme deux régions de physionomie distincte : tout ce qui est à gauche est en herbage, tout ce qui est à droite est en labour. La prairie s'allonge sous un bourrelet de collines basses pour se rattacher par derrière aux pâturages du pays de Bray, tandis que, du côté de l'est, la plaine, montant doucement, va s'élargissant et étale à perte de vue ses blondes pièces de blé. L'eau qui court au bord de l'herbe sépare d'une raie blanche la couleur des prés et celle des sillons, et la campagne ainsi ressemble à un grand manteau déplié qui a un collet de velours vert, bordé d'un galon d'argent.

Au bout de l'horizon, lorsqu'on arrive, on a devant soi les chênes de la forêt d'Argueil, avec les escarpements de la côte Saint-Jean, rayés du haut en bas par de longues traînées rouges, inégales ; ce sont les traces des pluies, et ces tons de brique, tranchant en filets minces sur la couleur grise de la montagne, viennent de la quantité de sources ferrugineuses qui coulent au delà, dans le pays d'alentour.

On est ici sur les confins de la Normandie, de la Picardie et de l'Ile-de-France, contrée bâtarde où le langage est sans accentuation, comme le paysage sans caractère. C'est là que l'on fait les pires fromages de Neufchâtel de tout l'arrondissement, et, d'autre part, la culture y est coûteuse, parce qu'il faut beaucoup de fumier pour engraisser ces terres friables pleines de sable et de cailloux.

Jusqu'en 1835, il n'y avait point de route praticable pour arriver à Yonville ; mais on a établi vers cette époque un chemin *de grande*

82

35   *vicinalité*[1] qui relie la route d'Abbeville à celle d'Amiens, et sert quelquefois aux rouliers[2] allant de Rouen dans les Flandres. Cependant,
Yonville-l'Abbaye est demeuré stationnaire, malgré ses *débouchés
nouveaux*. Au lieu d'améliorer les cultures, on s'y obstine encore
aux herbages, quelque dépréciés qu'ils soient, et le bourg paresseux,
40   s'écartant de la plaine, a continué naturellement à s'agrandir vers la
rivière. On l'aperçoit de loin, tout couché en long sur la rive, comme
un gardeur de vaches qui fait la sieste au bord de l'eau.

    Au bas de la côte, après le pont, commence une chaussée plantée
de jeunes trembles, qui vous mène en droite ligne jusqu'aux premiè-
45   res maisons du pays. Elles sont encloses de haies, au milieu de cours
pleines de bâtiments épars, pressoirs, charretteries et bouilleries[3], disséminés sous les arbres touffus portant des échelles, des gaules ou des
faux accrochées dans leur branchage. Les toits de chaume, comme
des bonnets de fourrure rabattus sur des yeux, descendent jusqu'au
50   tiers à peu près des fenêtres basses, dont les gros verres bombés sont
garnis d'un nœud dans le milieu, à la façon des culs de bouteilles. Sur
le mur de plâtre que traversent en diagonale des lambourdes[4] noires,
s'accroche parfois quelque maigre poirier, et les rez-de-chaussée ont à
leur porte une petite barrière tournante pour les défendre des pous-
55   sins, qui viennent picorer, sur le seuil, des miettes de pain bis trempé
de cidre. Cependant les cours se font plus étroites, les habitations se
rapprochent, les haies disparaissent ; un fagot de fougères se balance
sous une fenêtre au bout d'un manche à balai ; il y a la forge d'un
maréchal et ensuite un charron avec deux ou trois charrettes neuves,
60   en dehors, qui empiètent sur la route. Puis, à travers une claire-voie,
apparaît une maison blanche au delà d'un rond de gazon que décore
un Amour, le doigt posé sur la bouche ; deux vases en fonte sont à
chaque bout du perron ; des panonceaux brillent à la porte ; c'est la
maison du notaire, et la plus belle du pays.

65   L'église est de l'autre côté de la rue, vingt pas plus loin, à l'entrée
de la place. Le petit cimetière qui l'entoure, clos d'un mur à hauteur
d'appui, est si bien rempli de tombeaux, que les vieilles pierres à ras
du sol font un dallage continu, où l'herbe a dessiné de soi-même des

---

1. **Chemin *de grande vicinalité*** : chemin qui rattache ici les villages aux routes dépar-
tementales et nationales.
2. **Rouliers :** transporteurs de marchandises.
3. **Bouilleries :** bâtiments où l'on distillait l'eau-de-vie.
4. **Lambourdes :** poutres apparentes, qui font l'armature des murs.

carrés verts réguliers. L'église a été rebâtie à neuf dans les dernières
années du règne de Charles X. La voûte en bois commence à se pourrir
par le haut, et, de place en place, a des enfonçures noires dans sa couleur
bleue. Au-dessus de la porte, où seraient les orgues, se tient un jubé[1]
pour les hommes, avec un escalier tournant qui retentit sous les sabots.

Le grand jour, arrivant par les vitraux tout unis, éclaire obliquement
les bancs rangés en travers de la muraille, que tapisse çà et là quelque
paillasson cloué, ayant au-dessous de lui ces mots en grosses lettres :
« Banc de M. un tel. » Plus loin, à l'endroit où le vaisseau se rétrécit,
le confessionnal fait pendant à une statuette de la Vierge, vêtue d'une
robe de satin, coiffée d'un voile de tulle semé d'étoiles d'argent, et tout
empourprée aux pommettes comme une idole des îles Sandwich ; enfin
une copie de *la Sainte Famille, envoi du ministre de l'intérieur*, dominant
le maître-autel entre quatre chandeliers, termine au fond la perspective.
Les stalles du chœur, en bois de sapin, sont restées sans être peintes.

Les halles, c'est-à-dire un toit de tuiles supporté par une vingtaine
de poteaux, occupent à elles seules la moitié environ de la grande
place d'Yonville. La mairie, construite *sur les dessins d'un architecte
de Paris*, est une manière de temple grec qui fait l'angle, à côté de
la maison du pharmacien. Elle a, au rez-de-chaussée, trois colonnes
ioniques et, au premier étage, une galerie à plein cintre, tandis que le
tympan qui la termine est rempli par un coq gaulois, appuyé d'une
patte sur la Charte et tenant de l'autre les balances de la justice.

Mais ce qui attire le plus les yeux, c'est, en face de l'auberge du
Lion d'or, la pharmacie de M. Homais ! Le soir, principalement,
quand son quinquet est allumé et que les bocaux rouges et verts qui
embellissent sa devanture allongent au loin, sur le sol, leurs deux
clartés de couleur ; alors, à travers elles, comme dans des feux du
Bengale, s'entrevoit l'ombre du pharmacien, accoudé sur son pupitre. Sa maison, du haut en bas, est placardée d'inscriptions écrites
en anglaise, en ronde, en moulée[2] : « Eaux de Vichy, de Seltz et de
Barèges, robs[3] dépuratifs, médecine Raspail, racahout[4] des Arabes,
pastilles Darcet, pâte Regnault, bandages ; bains, chocolats de santé,
etc. » Et l'enseigne, qui tient toute la largeur de la boutique, porte
en lettres d'or : *Homais, pharmacien*. Puis, au fond de la boutique,

---

1. **Jubé :** galerie servant de tribune.
2. **En anglaise, en ronde, en moulée :** diverses formes d'écriture.
3. **Robs :** sirops épais à base de sucs de fruit.
4. **Racahout :** produit à base de cacoao, de glands de fécules et de farines : spécialités
pharmaceutiques nouvelles

derrière les grandes balances scellées sur le comptoir, le mot *labora-*
105 *toire* se déroule au-dessus d'une porte vitrée qui, à moitié de sa hauteur, répète encore une fois *Homais*, en lettres d'or, sur un fond noir.

Il n'y a plus ensuite rien à voir dans Yonville. La rue (la seule), longue
d'une portée de fusil et bordée de quelques boutiques, s'arrête court au
tournant de la route. Si on la laisse sur la droite et que l'on suive le bas
110 de la côte Saint-Jean, bientôt on arrive au cimetière.

Lors du choléra[1], pour l'agrandir, on a abattu un pan de mur et
acheté trois acres de terre à côté ; mais toute cette portion nouvelle est presque inhabitée, les tombes, comme autrefois, continuant à s'entasser vers la porte. Le gardien, qui est en même temps
115 fossoyeur et bedeau à l'église (tirant ainsi des cadavres de la paroisse
un double bénéfice), a profité, du terrain vide pour y semer des
pommes de terre. D'année en année, cependant, son petit champ se
rétrécit, et, lorsqu'il survient une épidémie, il ne sait pas s'il doit se
réjouir des décès ou s'affliger des sépultures.

120 – Vous vous nourrissez des morts, Lestiboudois ! lui dit enfin un
jour, M. le curé.

Cette parole sombre le fit réfléchir ; elle l'arrêta pour quelque
temps ; mais, aujourd'hui encore, il continue la culture de ses tuber-
cules, et même soutient avec aplomb qu'ils poussent naturellement.

125 Depuis les événements que l'on va raconter, rien, en effet, n'a
changé à Yonville. Le drapeau tricolore de fer-blanc tourne toujours
au haut du clocher de l'église ; la boutique du marchand de nouveautés agite encore au vent ses deux banderoles d'indienne ; les
fœtus du pharmacien, comme des paquets d'amadou blanc, se pour-
130 rissent de plus en plus dans leur alcool bourbeux, et, au-dessus de
la grande porte de l'auberge, le vieux *Lion d'or*, déteint par les pluies,
montre toujours aux passants sa frisure de caniche.

Le soir que les époux Bovary devaient arriver à Yonville, madame
veuve Lefrançois, la maîtresse de cette auberge, était si fort affairée, qu'elle
135 suait à grosses gouttes en remuant ses casseroles. C'était le lendemain
jour de marché dans le bourg. Il fallait d'avance tailler les viandes, vider
les poulets, faire de la soupe et du café. Elle avait, de plus, le repas de
ses pensionnaires, celui du médecin, de sa femme et de leur bonne ; le
billard retentissait d'éclats de rire ; trois meuniers, dans la petite salle,
140 appelaient pour qu'on leur apportât de l'eau-de-vie ; le bois flambait,

---

1. **Choléra :** en 1832, la maladie fit de nombreuses victimes. Une nouvelle épidémie
sévit en 1849.

la braise craquait, et, sur la longue table de la cuisine, parmi les quartiers de mouton cru, s'élevaient des piles d'assiettes qui tremblaient aux secousses du billot où l'on hachait des épinards. On entendait, dans la basse-cour, crier les volailles que la servante poursuivait pour leur
145 couper le cou.
Un homme en pantoufles de peau verte, quelque peu marqué de petite vérole et coiffé d'un bonnet de velours à gland d'or, se chauffait le dos contre la cheminée. Sa figure n'exprimait rien que la satisfaction de soi-même, et il avait l'air aussi calme dans la vie que le
150 chardonneret suspendu au-dessus de sa tête, dans une cage d'osier : c'était le pharmacien.
– Artémise ! criait la maîtresse d'auberge, casse de la bourrée[1], emplis les carafes, apporte de l'eau-de-vie, dépêche-toi ! Au moins, si je savais quel dessert offrir à la société que vous attendez ! Bonté
155 divine ! les commis du déménagement recommencent leur tintamarre dans le billard ! Et leur charrette qui est restée sous la grande porte ! *L'Hirondelle* est capable de la défoncer en arrivant ! Appelle Polyte pour qu'il la remise !... Dire que, depuis le matin, monsieur Homais, ils ont peut-être fait quinze parties et bu huit pots de
160 cidre !... Mais ils vont me déchirer le tapis, continuait-elle en les regardant de loin, son écumoire à la main.
– Le mal ne serait pas grand, répondit M. Homais vous en achèteriez un autre.
– Un autre billard ! exclama la veuve.
165 – Puisque celui-là ne tient plus, madame Lefrançois ; je vous le répète, vous vous faites tort ! vous vous faites grand tort ! Et puis les amateurs, à présent, veulent des blouses[2] étroites et des queues lourdes. On ne joue plus la bille ; tout est changé ! Il faut marcher avec son siècle ! Regardez Tellier, plutôt...
170 L'hôtesse devint rouge de dépit. Le pharmacien ajouta :
– Son billard, vous avez beau dire, est plus mignon que le vôtre ; et qu'on ait l'idée, par exemple de monter une poule[3] patriotique pour la Pologne ou les inondés de Lyon[4]...

---

1. **Bourrée :** menu fagot.
2. **Blouses :** trous avec des poches ménagés aux angles et sur les côtés du billard pour recueillir les billes.
3. **Poule :** somme constituée par le total des mises, qui revient au gagnant.
4. **Pour la Pologne ou le inondés de Lyon :** pour les insurgés polonais contre la Russie, que les Français soutenaient, en 1830-1831 ; Lyon fut inondée en 1840.

– Ce ne sont pas des gueux comme lui qui nous font peur ! interrompit l'hôtesse, en haussant ses grosses épaules. Allez ! allez ! monsieur Homais, tant que le *Lion d'or* vivra, on y viendra. Nous avons du foin dans nos bottes[1], nous autres ! Au lieu qu'un de ces marins vous verrez le *Café français* fermé, et avec une belle affiche sur les auvents !... Changer mon billard, continuait-elle en se parlant à elle-même, lui qui m'est si commode pour ranger ma lessive, et sur lequel, dans le temps de la chasse, j'ai mis coucher jusqu'à six voyageurs !... Mais ce lambin d'Hivert qui n'arrive pas !

– L'attendez-vous pour le dîner de vos messieurs ? demanda le pharmacien.

– L'attendre ? Et M. Binet donc ! À six heures battant vous allez le voir entrer, car son pareil n'existe pas sur la terre pour l'exactitude. Il lui faut toujours sa place dans la petite salle ! On le tuerait plutôt que de le faire dîner ailleurs ! et dégoûté qu'il est ! et si difficile pour le cidre ! Ce n'est pas comme M. Léon ; lui, il arrive quelquefois à sept heures, sept heures et demie même ; il ne regarde seulement pas à ce qu'il mange. Quel bon jeune homme ! jamais un mot plus haut que l'autre.

– C'est qu'il y a bien de la différence, voyez-vous, entre quelqu'un qui a reçu de l'éducation et un ancien carabinier qui est percepteur.

Six heures sonnèrent. Binet entra.

Il était vêtu d'une redingote bleue, tombant droit d'elle-même tout autour de son corps maigre, et sa casquette de cuir, à pattes nouées par des cordons sur le sommet de sa tête, laissait voir, sous la visière relevée, un front chauve, qu'avait déprimé l'habitude du casque. Il portait un gilet de drap noir, un col de crin, un pantalon gris, et, en toute saison, des bottes bien cirées qui avaient deux renflements parallèles, à cause de la saillie de ses orteils. Pas un poil ne dépassait la ligne de son collier blond, qui, contournant la mâchoire, encadrait comme la bordure d'une plate-bande sa longue figure terne, dont les yeux étaient petits et le nez busqué. Fort à tous les jeux de cartes, bon chasseur et possédant une belle écriture, il avait chez lui un tour[2], où il s'amusait à tourner des ronds de serviette dont il encombrait sa maison, avec la jalousie d'un artiste et l'égoïsme d'un bourgeois.

Il se dirigea vers la petite salle ; mais il fallut d'abord en faire sortir les trois meuniers ; et, pendant tout le temps que l'on fut à mettre son couvert, Binet resta silencieux à sa place, auprès du poêle ; puis il ferma la porte et retira sa casquette, comme d'usage.

---

1. **Nous avons du foin dans nos bottes :** nous sommes à l'abri du besoin.
2. **Un tour :** tour d'artisan. C'était la mode alors, dans la bourgeoisie, d'en avoir un chez soi.

Deuxième partie

— Ce ne sont pas les civilités qui lui useront la langue ! dit le pharmacien, dès qu'il fut seul avec l'hôtesse.

— Jamais il ne cause davantage, répondit-elle ; il est venu ici, la semaine dernière, deux voyageurs en draps, des garçons pleins d'esprit qui contaient, le soir, un tas de farces que j'en pleurais de rire ; eh bien, il restait là, comme une alose[1], sans dire un mot.

— Oui, fit le pharmacien, pas d'imagination, pas de saillies, rien de ce qui constitue l'homme de société !

— On dit pourtant qu'il a des moyens, objecta l'hôtesse.

— Des moyens ? répliqua M. Homais ; lui ! des moyens ? Dans sa partie, c'est possible, ajouta-t-il d'un ton plus calme.

Et il reprit :

— Ah ! qu'un négociant qui a des relations considérables, qu'un jurisconsulte, un médecin, un pharmacien soient tellement absorbés qu'ils en deviennent fantasques et bourrus même, je le comprends ; on en cite des traits dans les histoires ! Mais, au moins, c'est qu'ils pensent à quelque chose. Moi, par exemple, combien de fois m'est-il arrivé de chercher ma plume sur mon bureau pour écrire une étiquette, et de trouver, en définitive, que je l'avais placée à mon oreille !

Cependant, madame Lefrançois alla sur le seuil regarder si *l'Hirondelle* n'arrivait pas. Elle tressaillit. Un homme vêtu de noir entra tout à coup dans la cuisine. On distinguait, aux dernières lueurs du crépuscule, qu'il avait la figure rubiconde et le corps athlétique.

— Qu'y a-t-il pour votre service, monsieur le curé ? demanda la maîtresse d'auberge, tout en atteignant sur la cheminée un des flambeaux de cuivre qui s'y trouvaient rangés en colonnade avec leurs chandelles ; voulez-vous prendre quelque chose ? un doigt de cassis, un verre de vin ?

L'ecclésiastique refusa fort civilement. Il venait chercher son parapluie, qu'il avait oublié l'autre jour au couvent d'Ernemont, et, après avoir prié madame Lefrançois de le lui faire remettre au presbytère dans la soirée, il sortit pour se rendre à l'église, où l'on sonnait *l'Angélus*.

Quand le pharmacien n'entendit plus sur la place le bruit de ses souliers, il trouva fort inconvenante sa conduite de tout à l'heure. Ce refus d'accepter un rafraîchissement lui semblait une hypocrisie des plus odieuses ; les prêtres godaillaient[1] tous sans qu'on les vît, et cherchaient à ramener le temps de la dîme.

---

1. **Alose :** poisson marin, qui remonte les rivières.
2. **Godaillaient :** se goinfraient.

L'hôtesse prit la défense de son curé :

– D'ailleurs, il en plierait quatre comme vous sur son genou. Il
250 a, l'année dernière, aidé nos gens à rentrer la paille ; il en portait
jusqu'à six bottes à la fois, tant il est fort !

– Bravo ! dit le pharmacien. Envoyez donc vos filles en confesse à des
gaillards d'un tempérament pareil ! Moi, si j'étais le gouvernement,
je voudrais qu'on saignât les prêtres une fois par mois. Oui, madame
255 Lefrançois, tous les mois, une large phlébotomie[1], dans l'intérêt de la
police et des mœurs !

– Taisez-vous donc, monsieur Homais ! vous êtes un impie ! vous
n'avez pas de religion !

Le pharmacien répondit :

260 – J'ai une religion, ma religion, et même j'en ai plus qu'eux tous, avec
leurs momeries et leurs jongleries ! J'adore Dieu, au contraire ! je
crois en l'Être suprême, à un Créateur, quel qu'il soit, peu m'importe,
qui nous a placés ici-bas pour y remplir nos devoirs de citoyen et de
père de famille ; mais je n'ai pas besoin d'aller, dans une église, baiser
265 des plats d'argent, et engraisser de ma poche un tas de farceurs qui
se nourrissent mieux que nous ! Car on peut l'honorer aussi bien
dans un bois, dans un champ, ou même en contemplant la voûte
éthérée, comme les anciens. Mon Dieu, à moi, c'est le Dieu de Socrate,
de Franklin, de Voltaire et de Béranger ! Je suis pour la *Profession de
270 foi du vicaire savoyard* et les immortels principes de 89[2] ! Aussi,
je n'admets pas un bonhomme de bon Dieu qui se promène dans son
parterre la canne à la main, loge ses amis dans le ventre des baleines, meurt en poussant un cri et ressuscite au bout de trois jours :
choses absurdes en elles-mêmes et complètement opposées, d'ailleurs,
275 à toutes les lois de la physique ; ce qui nous démontre, en passant,
que les prêtres ont toujours croupi dans une ignorance turpide, où
ils s'efforcent d'engloutir avec eux les populations.

Il se tut, cherchant des yeux un public autour de lui, car, dans son
effervescence, le pharmacien un moment s'était cru en plein conseil
280 municipal. Mais la maîtresse d'auberge ne l'écoutait plus ; elle tendait son oreille à un roulement éloigné. On distingua le bruit d'une
voiture mêlé à un claquement de fers lâches qui battaient la terre, et
l'Hirondelle enfin s'arrêta devant la porte.

---

1. **Phlébotomie :** appellation savante de la saignée.
2. **Socrate [...] principes de 89 :** mélange de références hétéroclites à une religion « naturelle » et non dogmatique.

Deuxième partie

C'était un coffre jaune porté par deux grandes roues qui, montant jusqu'à la hauteur de la bâche, empêchaient les voyageurs de voir la route et leur salissaient les épaules. Les petits carreaux de ses vasistas[1] étroits tremblaient dans leurs châssis quand la voiture était fermée, et gardaient des taches de boue, çà et là, parmi leur vieille couche de poussière, que les pluies d'orage même ne lavaient pas tout à fait. Elle était attelée de trois chevaux, dont le premier en arbalète, et, lorsqu'on descendait les côtes, elle touchait du fond en cahotant.

Quelques bourgeois d'Yonville arrivèrent sur la place ; ils parlaient tous à la fois, demandant des nouvelles, des explications et des bourriches[2] ; Hivert ne savait auquel répondre. C'était lui qui faisait à la ville les commissions du pays. Il allait dans les boutiques, rapportait des rouleaux de cuir au cordonnier, de la ferraille au maréchal, un baril de harengs pour sa maîtresse, des bonnets de chez la modiste, des toupets[3] de chez le coiffeur ; et, le long de la route, en s'en revenant, il distribuait ses paquets, qu'il jetait par-dessus les clôtures des cours, debout sur son siège, et criant à pleine poitrine, pendant que ses chevaux allaient tout seuls.

Un accident l'avait retardé : la levrette de madame Bovary s'était enfuie à travers champs. On l'avait sifflée un grand quart d'heure. Hivert même était retourné d'une demi-lieue en arrière, croyant l'apercevoir à chaque minute ; mais il avait fallu continuer la route. Emma avait pleuré, s'était emportée ; elle avait accusé Charles de ce malheur. M. Lheureux, marchand d'étoffes, qui se trouvait avec elle dans la voiture, avait essayé de la consoler par quantité d'exemples de chiens perdus, reconnaissant leur maître au bout de longues années. On en citait un, disait-il, qui était revenu de Constantinople à Paris. Un autre avait fait cinquante lieues en ligne droite et passé quatre rivières à la nage ; et son père à lui-même avait possédé un caniche qui, après douze ans d'absence, lui avait tout à coup sauté sur le dos, un soir, dans la rue, comme il allait dîner en ville.

---

1. **Vasistas :** petite partie d'une porte ou d'une fenêtre, laquelle s'ouvre et se ferme à volonté.
2. **Bourriches :** paniers utilisés pour transporter gibier, poisson ou huîtres.
3. **Toupets :** cheveux postiches.

II

EMMA DESCENDIT la première, puis Félicité, M. Lheureux, une nourrice, et l'on fut obligé de réveiller Charles dans son coin, où il s'était endormi complètement dès que la nuit était venue.

Homais se présenta ; il offrit ses hommages à Madame, ses civilités à Monsieur, dit qu'il était charmé d'avoir pu leur rendre quelque service, et ajouta d'un air cordial qu'il avait osé s'inviter lui-même, sa femme d'ailleurs étant absente.

Madame Bovary, quand elle fut dans la cuisine, s'approcha de la cheminée. Du bout de ses deux doigts, elle prit sa robe à la hauteur du genou, et, l'ayant ainsi remontée jusqu'aux chevilles, elle tendit à la flamme, par-dessus le gigot qui tournait, son pied chaussé d'une bottine noire. Le feu l'éclairait en entier, pénétrant d'une lumière crue la trame de sa robe, les pores égaux de sa peau blanche et même les paupières de ses yeux qu'elle clignait de temps à autre. Une grande couleur rouge passait sur elle, selon le souffle du vent qui venait par la porte entr'ouverte.

De l'autre côté de la cheminée, un jeune homme à chevelure blonde la regardait silencieusement.

Comme il s'ennuyait beaucoup à Yonville, où il était clerc chez maître Guillaumin, souvent M. Léon Dupuis (c'était lui, le second habitué du *Lion d'or*) reculait l'instant de son repas, espérant qu'il viendrait quelque voyageur à l'auberge avec qui causer dans la soirée. Les jours que sa besogne était finie il lui fallait bien, faute de savoir que faire, arriver à l'heure exacte, et subir depuis la soupe jusqu'au fromage le tête-à-tête de Binet. Ce fut donc avec joie qu'il accepta la proposition de l'hôtesse de dîner en la compagnie des nouveaux venus, et l'on passa dans la grande salle, où madame Lefrançois, par pompe, avait fait dresser les quatre couverts.

Homais demanda la permission de garder son bonnet grec, de peur des coryzas.

Puis, se tournant vers sa voisine :

– Madame, sans doute, est un peu lasse ? on est si épouvantablement cahoté dans notre *Hirondelle* !

– Il est vrai, répondit Emma ; mais le dérangement m'amuse toujours ; j'aime à changer de place.

– C'est une chose si maussade, soupira le clerc, que de vivre cloué aux mêmes endroits !

– Si vous étiez comme moi, dit Charles, sans cesse obligé d'être à cheval...

Deuxième partie

— Mais, reprit Léon. s'adressant à madame Bovary, rien n'est plus
355 agréable, il me semble ; quand on le peut, ajouta-t-il.

— Du reste, disait l'apothicaire, l'exercice de la médecine n'est
pas fort pénible en nos contrées ; car l'état de nos routes permet
l'usage du cabriolet, et, généralement, l'on paye assez bien,
les cultivateurs étant aisés. Nous avons, sous le rapport médical,
360 à part les cas ordinaires d'entérite, bronchite, affections bilieuses,
etc., de temps à autre quelques fièvres intermittentes à la moisson,
mais, en somme, peu de choses graves, rien de spécial à noter, si
ce n'est beaucoup d'humeurs froides[1], et qui tiennent sans doute
aux déplorables conditions hygiéniques de nos logements de
365 paysan. Ah ! vous trouverez bien des préjugés à combattre, monsieur
Bovary ; bien des entêtements de la routine, où se heurteront quotidiennement tous les efforts de votre science ; car on a recours encore
aux neuvaines, aux reliques, au curé, plutôt que de venir naturellement chez le médecin ou chez le pharmacien. Le climat, pourtant, n'est
370 point, à vrai dire, mauvais, et même nous comptons dans la commune
quelques nonagénaires. Le thermomètre (j'en ai fait les observations)
descend en hiver jusqu'à quatre degrés, et, dans la forte saison, touche vingt-cinq, trente centigrades tout au plus, ce qui nous donne
vingt-quatre Réaumur au maximum, ou autrement cinquante-quatre
375 Fahrenheit (mesure anglaise), pas davantage ! – et, en effet, nous sommes abrités des vents du nord par la forêt d'Argueil d'une part, des
vents d'ouest par la côte Saint-Jean de l'autre, et cette chaleur, cependant, qui à cause de la vapeur d'eau dégagée par la rivière et la présence
considérable de bestiaux dans les prairies, lesquels exhalent, comme
380 vous savez, beaucoup d'ammoniaque, c'est-à-dire azote, hydrogène et
oxygène (non, azote et hydrogène seulement), et qui, pompant à elle
l'humus de la terre, confondant toutes ces émanations différentes, les
réunissant en un faisceau, pour ainsi dire, et se combinant de soi-même
avec l'électricité répandue dans l'atmosphère, lorsqu'il y en a, pourrait à
385 la longue, comme dans les pays tropicaux, engendrer des miasmes insa-
lubres ; – cette chaleur, dis-je, se trouve justement tempérée du côté où
elle vient, ou plutôt d'où elle viendrait, c'est-à-dire du côté sud, par les
vents de sud-est, lesquels, s'étant rafraîchis d'eux-mêmes en passant sur
la Seine, nous arrivent quelquefois tout d'un coup, comme des brises
390 de Russie !

---

1. **Humeurs froides :** ou écrouelles, maladie des glandes du cou, liée à la pauvreté et
à l'indigence.

– Avez-vous du moins quelques promenades dans les environs ? continuait madame Bovary parlant au jeune homme.

– Oh ! fort peu, répondit-il. Il y a un endroit que l'on nomme la Pâture, sur le haut de la côte, à la lisière de la forêt. Quelquefois, le dimanche, 395 je vais là, et j'y reste avec un livre, à regarder le soleil couchant.

– Je ne trouve rien d'admirable comme les soleils couchants, reprit-elle, mais au bord de la mer, surtout.

– Oh ! j'adore la mer, dit M. Léon.

– Et puis ne vous semble-t-il pas, répliqua madame Bovary, que 400 l'esprit vogue plus librement sur cette étendue sans limites, dont la contemplation vous élève l'âme et donne des idées d'infini, d'idéal ?

– Il en est de même des paysages de montagnes, reprit Léon. J'ai un cousin qui a voyagé en Suisse l'année dernière, et qui me disait qu'on ne peut se figurer la poésie des lacs, le charme des cascades, l'effet 405 gigantesque des glaciers. On voit des pins d'une grandeur incroyable, en travers des torrents, des cabanes suspendues sur des précipices, et, à mille pieds sous vous, des vallées entières, quand les nuages s'entrouvrent. Ces spectacles doivent enthousiasmer, disposer à la prière, à l'extase ! Aussi je ne m'étonne plus de ce musicien célèbre 410 qui, pour exciter mieux son imagination, avait coutume d'aller jouer du piano devant quelque site imposant.

– Vous faites de la musique ? demanda-t-elle.

– Non, mais je l'aime beaucoup, répondit-il.

– Ah ! ne l'écoutez pas, madame Bovary, interrompit Homais en se 415 penchant sur son assiette, c'est modestie pure. – Comment, mon cher ! Eh ! l'autre jour, dans votre chambre, vous chantiez *l'Ange gardien*[1] à ravir. Je vous entendais du laboratoire ; vous détachiez cela comme un acteur.

Léon, en effet, logeait chez le pharmacien, où il avait une petite 420 pièce au second étage, sur la place. Il rougit à ce compliment de son propriétaire, qui déjà s'était tourné vers le médecin et lui énumérait les uns après les autres les principaux habitants d'Yonville. Il racontait des anecdotes, donnait des renseignements ; on ne savait pas au juste la fortune du notaire, et il y avait la maison Tuvache qui faisait 425 beaucoup d'embarras.

Emma reprit :

– Et quelle musique préférez-vous ?

– Oh ! la musique allemande, celle qui porte à rêver.

---

1. *L'Ange gardien :* romance populaire.

Deuxième partie

— Connaissez-vous les Italiens[1] ?

430 — Pas encore ; mais je les verrai l'année prochaine, quand j'irai habiter Paris, pour finir mon droit.

— C'est comme j'avais l'honneur, dit le pharmacien, de l'exprimer à M. votre époux, à propos de ce pauvre Yanoda qui s'est enfui ; vous vous trouverez, grâce aux folies qu'il a faites, jouir d'une des mai-

435 sons les plus confortables d'Yonville. Ce qu'elle a principalement de commode pour un médecin, c'est une porte sur *l'Allée*, qui permet d'entrer et de sortir sans être vu. D'ailleurs, elle est fournie de tout ce qui est agréable à un ménage : buanderie, cuisine avec office, salon de famille, fruitier[2], etc. C'était un gaillard qui n'y regardait pas ! Il

440 s'était fait construire, au bout du jardin, à côté de l'eau, une tonnelle tout exprès pour boire de la bière en été, et si Madame aime le jardinage, elle pourra…

— Ma femme ne s'en occupe guère, dit Charles ; elle aime mieux, quoiqu'on lui recommande l'exercice, toujours rester dans sa chambre, à lire.

445 — C'est comme moi, répliqua Léon ; quelle meilleure chose, en effet, que d'être le soir au coin du feu avec un livre, pendant que le vent bat les carreaux, que la lampe brûle ?…

— N'est-ce pas ? dit-elle, en fixant sur lui ses grands yeux noirs tout ouverts.

450 — On ne songe à rien, continuait-il, les heures passent. On se promène immobile dans des pays que l'on croit voir, et votre pensée, s'enlaçant à la fiction, se joue dans les détails ou poursuit le contour des aventures. Elle se mêle aux personnages ; il semble que c'est vous qui palpitez sous leurs costumes.

455 — C'est vrai ! c'est vrai ! disait-elle.

— Vous est-il arrivé parfois, reprit Léon, de rencontrer dans un livre une idée vague que l'on a eue, quelque image obscurcie qui revient de loin, et comme l'exposition entière de votre sentiment le plus délié ?

— J'ai éprouvé cela, répondit-elle.

460 — C'est pourquoi, dit-il, j'aime surtout les poètes. Je trouve les vers plus tendres que la prose, et qu'ils font bien mieux pleurer.

— Cependant ils fatiguent à la longue, reprit Emma ; et maintenant, au contraire, j'adore les histoires qui se suivent tout d'une haleine, où l'on a peur. Je déteste les héros communs et les sentiments tem-

465 pérés, comme il y en a dans la nature.

---

1. **Les Italiens :** le Théâtre des Italiens, à Paris. On y jouait un répertoire de *bel canto* italien à la mode.
2. **Fruitier :** local où l'on conserve les fruits.

– En effet, observa le clerc, ces ouvrages ne touchant pas le cœur,
s'écartent, il me semble, du vrai but de l'Art. Il est si doux, parmi les
désenchantements de la vie, de pouvoir se reporter en idée sur de
nobles caractères, des affections pures et des tableaux de bonheur.
470 Quant à moi, vivant ici, loin du monde, c'est ma seule distraction ;
mais Yonville offre si peu de ressources !
– Comme Tostes, sans doute, reprit Emma ; aussi j'étais toujours
abonnée à un cabinet de lecture.
– Si Madame veut me faire l'honneur d'en user, dit le pharmacien, qui
475 venait d'entendre ces derniers mots, j'ai moi-même à sa disposition
une bibliothèque composée des meilleurs auteurs : Voltaire, Rousseau,
Delille[1], Walter Scott, *l'Écho des feuilletons*[2], etc., et je reçois, de plus,
différentes feuilles périodiques, parmi lesquelles *le Fanal de Rouen*,
quotidiennement, ayant l'avantage d'en être le correspondant pour les
480 circonscriptions de Buchy, Forges, Neufchâtel, Yonville et les alentours.
Depuis deux heures et demie, on était à table ; car la servante
Artémise, traînant nonchalamment sur les carreaux ses savates
de lisière[3], apportait les assiettes les unes après les autres, oubliait
tout, n'entendait à rien et sans cesse laissait entrebâillée la porte du
485 billard, qui battait contre le mur du bout de sa clenche[4].
Sans qu'il s'en aperçût, tout en causant, Léon avait posé son pied
sur un des barreaux de la chaise où madame Bovary était assise.
Elle portait une petite cravate de soie bleue, qui tenait droit comme
une fraise un col de batiste[5] tuyauté[6] ; et, selon les mouvements
490 de tête qu'elle faisait, le bas de son visage s'enfonçait dans le linge
ou en sortait avec douceur. C'est ainsi, l'un près de l'autre, pendant
que Charles et le pharmacien devisaient, qu'ils entrèrent dans une
de ces vagues conversations où le hasard des phrases vous ramène
toujours au centre fixe d'une sympathie commune. Spectacles de
495 Paris, titres de romans, quadrilles nouveaux, et le monde qu'ils ne
connaissaient pas, Tostes où elle avait vécu, Yonville où ils étaient,
ils examinèrent tout, parlèrent de tout jusqu'à la fin du dîner.

---

1. **Delille (1738-1813) :** poète lyrique et pittoresque, très célèbre jusqu'au début du
   XIXe siècle.
2. *L'Écho des feuilletons :* journal périodique qui publiait à part les romans parus en
   feuilletons dans les journaux.
3. **Lisière :** chute de tissu tressée.
4. **Clenche :** petit bras de levier, dans le loquet d'une porte.
5. **Batiste :** fine toile de lin.
6. **Tuyauté :** avec des plis en forme de tuyaux.

Deuxième partie

Quand le café fut servi, Félicité s'en alla préparer la chambre dans la nouvelle maison, et les convives bientôt levèrent le siège. Madame Lefrançois dormait auprès des cendres, tandis que le garçon d'écurie, une lanterne à la main, attendait M. et madame Bovary pour les conduire chez eux. Sa chevelure rouge était entremêlée de brins de paille, et il boitait de la jambe gauche. Lorsqu'il eut pris de son autre main le parapluie de M. le curé, l'on se mit en marche.

Le bourg était endormi. Les piliers des halles allongeaient de grandes ombres. La terre était toute grise, comme par une nuit d'été.

Mais, la maison du médecin se trouvant à cinquante pas de l'auberge, il fallut presque aussitôt se souhaiter le bonsoir, et la compagnie se dispersa.

Emma, dès le vestibule, sentit tomber sur ses épaules, comme un linge humide, le froid du plâtre. Les murs étaient neufs, et les marches de bois craquèrent. Dans la chambre, au premier, un jour blanchâtre passait par les fenêtres sans rideaux. On entrevoyait des cimes d'arbres, et plus loin la prairie, à demi noyée dans le brouillard, qui fumait au clair de la lune, selon le cours de la rivière. Au milieu de l'appartement, pêle-mêle, il y avait des tiroirs de commode, des bouteilles, des tringles, des bâtons dorés avec des matelas sur des chaises et des cuvettes sur le parquet, – les deux hommes qui avaient apporté les meubles ayant tout laissé là, négligemment.

C'était la quatrième fois qu'elle couchait dans un endroit inconnu. La première avait été le jour de son entrée au couvent, la seconde celle de son arrivée à Tostes, la troisième à la Vaubyessard, la quatrième était celle-ci ; et chacune s'était trouvée faire dans sa vie comme l'inauguration d'une phase nouvelle. Elle ne croyait pas que les choses pussent se représenter les mêmes à des places différentes, et, puisque la portion vécue avait été mauvaise, sans doute ce qui restait à consommer serait meilleur.

III

LE LENDEMAIN, à son réveil, elle aperçut le clerc sur la place. Elle était en peignoir. Il leva la tête et la salua. Elle fit une inclination rapide et referma la fenêtre.

Léon attendit pendant tout le jour que six heures du soir fussent arrivées ; mais, en entrant à l'auberge, il ne trouva personne que M. Binet, attablé.

Ce dîner de la veille était pour lui un événement considérable ; jamais, jusqu'alors, il n'avait causé pendant deux heures de suite avec une *dame*. Comment donc avoir pu lui exposer, et en un tel langage,
535 quantité de choses qu'il n'aurait pas si bien dites auparavant ? il était timide d'habitude et gardait cette réserve qui participe à la fois de la pudeur et de la dissimulation. On trouvait à Yonville qu'il avait des manières *comme il faut*. Il écoutait raisonner les gens mûrs, et ne paraissait point exalté en politique, chose remarquable pour un jeune
540 homme. Puis il possédait des talents, il peignait à l'aquarelle, savait lire la clef de sol, et s'occupait volontiers de littérature après son dîner, quand il ne jouait pas aux cartes. M. Homais le considérait pour son instruction ; madame Homais l'affectionnait pour sa complaisance, car souvent il accompagnait au jardin les petits Homais, marmots
545 toujours barbouillés, fort mal élevés et quelque peu lymphatiques, comme leur mère. Ils avaient pour les soigner, outre la bonne, Justin, l'élève en pharmacie, un arrière-cousin de M. Homais que l'on avait pris dans la maison par charité, et qui servait en même temps de domestique.
550 L'apothicaire se montra le meilleur des voisins. Il renseigna madame Bovary sur les fournisseurs, fit venir son marchand de cidre tout exprès, goûta la boisson lui-même, et veilla dans la cave à ce que la futaille fut bien placée ; il indiqua encore la façon de s'y prendre pour avoir une provision de beurre à bon marché, et conclut un arrange-
555 ment avec Lestiboudois, le sacristain, qui, outre ses fonctions sacerdo-tales et mortuaires, soignait les principaux jardins d'Yonville à l'heure ou à l'année, selon le goût des personnes.
Le besoin de s'occuper d'autrui ne poussait pas seul le pharmacien à tant de cordialité obséquieuse, et il y avait là-dessous un plan.
560 Il avait enfreint la loi du 19 ventôse an XI, article Iᵉʳ, qui défend à tout individu non porteur de diplôme l'exercice de la médecine ; si bien que, sur des dénonciations ténébreuses, Homais avait été mandé à Rouen, près M. le procureur du roi, en son cabinet par-ticulier. Le magistrat l'avait reçu debout, dans sa robe, hermine
565 à l'épaule et toque en tête. C'était le matin, avant l'audience. On entendait dans le corridor passer les fortes bottes des gendarmes, et comme un bruit lointain de grosses serrures qui se fermaient. Les oreilles du pharmacien lui tintèrent à croire qu'il allait tomber d'un coup de sang ; il entrevit des culs de basse-fosse[1], sa famille en

---

1. **Culs de basse-fosse :** cachots souterrains.

570 pleurs, la pharmacie vendue, tous les bocaux disséminés ; et il fut obligé d'entrer dans un café prendre un verre de rhum avec de l'eau de Seltz, pour se remettre les esprits.

Peu à peu, le souvenir de cette admonition[1] s'affaiblit, et il continuait, comme autrefois, à donner des consultations anodines dans 575 son arrière-boutique. Mais le maire lui en voulait, des confrères étaient jaloux, il fallait tout craindre ; en s'attachant M. Bovary par des politesses, c'était gagner sa gratitude, et empêcher qu'il ne parlât plus tard, s'il s'apercevait de quelque chose. Aussi, tous les matins, Homais lui apportait *le journal*, et souvent, dans l'après-midi, quittait 580 un instant la pharmacie pour aller chez l'officier de santé faire la conversation.

Charles était triste : la clientèle n'arrivait pas. Il demeurait assis pendant de longues heures, sans parler, allait dormir dans son cabinet ou regardait coudre sa femme. Pour se distraire, il s'employa 585 chez lui comme homme de peine, et même il essaya de peindre le grenier avec un reste de couleur que les peintres avaient laissé. Mais les affaires d'argent le préoccupaient. Il en avait tant dépensé pour les réparations de Tostes, pour les toilettes de Madame et pour le déménagement, que toute la dot, plus de trois mille écus, s'était 590 écoulée en deux ans. Puis, que de choses endommagées ou perdues dans le transport de Tostes à Yonville, sans compter le curé de plâtre, qui, tombant de la charrette à un cahot trop fort, s'était écrasé en mille morceaux sur le pavé de Quincampoix !

Un souci meilleur vint le distraire, à savoir la grossesse de sa 595 femme. À mesure que le terme en approchait, il la chérissait davantage. C'était un autre lien de la chair s'établissant et comme le sentiment continu d'une union plus complexe. Quand il voyait de loin sa démarche paresseuse et sa taille tourner mollement sur ses hanches sans corset, quand vis-à-vis l'un de l'autre il la contemplait 600 tout à l'aise et qu'elle prenait, assise, des poses fatiguées dans son fauteuil, alors son bonheur ne se tenait plus ; il se levait, il l'embrassait, passait ses mains sur sa figure, l'appelait petite maman, voulait la faire danser, et débitait, moitié riant, moitié pleurant, toutes sortes de plaisanteries caressantes qui lui venaient à l'esprit. L'idée d'avoir 605 engendré le délectait. Rien ne lui manquait à présent. Il connaissait l'existence humaine tout du long, et il s'y attablait sur les deux coudes avec sérénité.

---

1. **Admonition :** avertissement (terme juridique).

Emma d'abord sentit un grand étonnement, puis eut envie d'être délivrée, pour savoir quelle chose c'était que d'être mère. Mais, ne pouvant faire les dépenses qu'elle voulait, avoir un berceau en nacelle avec des rideaux de soie rose et des béguins[1] brodés, elle renonça au trousseau dans un accès d'amertume, et le commanda d'un seul coup à une ouvrière du village, sans rien choisir ni discuter. Elle ne s'amusa donc pas à ces préparatifs où la tendresse des mères se met en appétit, et son affection, dès l'origine, en fut peut-être atténuée de quelque chose.

Cependant, comme Charles, à tous les repas, parlait du marmot, bientôt elle y songea d'une façon plu continue.

Elle souhaitait un fils ; il serait fort et brun, elle l'appellerait Georges ; et cette idée d'avoir pour enfant un mâle était comme la revanche en espoir de toutes ses impuissances passées. Un homme, au moins, est libre ; il peut parcourir les passions et les pays, traverser les obstacles, mordre aux bonheurs les plus lointains. Mais une femme est empêchée continuellement. Inerte et flexible à la fois, elle a contre elle les mollesses de la chair avec les dépendances de la loi. Sa volonté, comme le voile de son chapeau retenu par un cordon, palpite à tous les vents ; il y a toujours quelque désir qui entraîne, quelque convenance qui retient.

Elle accoucha un dimanche, vers six heures, au soleil levant..

– C'est une fille ! dit Charles.

Elle tourna la tête et s'évanouit.

Presque aussitôt, madame Homais accourut et l'embrassa, ainsi que la mère Lefrançois, du *Lion d'or*. Le pharmacien, en homme discret, lui adressa seulement quelques félicitations provisoires, par la porte entrebâillée. Il voulut voir l'enfant, et le trouva bien conformé.

Pendant sa convalescence, elle s'occupa beaucoup à chercher un nom pour sa fille. D'abord, elle passa en revue tous ceux qui avaient des terminaisons italiennes, tels que Clara, Louisa, Amanda, Atala ; elle aimait assez Galsuinde, plus encore Yseult ou Léocadie. Charles désirait qu'on appelât l'enfant comme sa mère ; Emma s'y opposait. On parcourut le calendrier d'un bout à l'autre, et l'on consulta les étrangers.

– M. Léon ; disait le pharmacien, avec qui j'en causais l'autre jour, s'étonne que vous ne choisissiez point Madeleine, qui est excessivement à la mode maintenant.

---

1. **Béguins :** petites coiffes.

Deuxième partie

Mais la mère Bovary se récria bien fort sur ce nom de pécheresse. M. Homais, quant à lui, avait en prédilection tous ceux qui rappelaient un grand homme, un fait illustre ou une conception généreuse, et c'est dans ce système-là qu'il avait baptisé ses quatre enfants. Ainsi, Napoléon représentait la gloire et Franklin la liberté ; Irma, peut-être, était une concession au romantisme ; mais Athalie[1], un hommage au plus immortel chef-d'œuvre de la scène française. Car ses convictions philosophiques n'empêchaient pas ses admirations artistiques, le penseur chez lui n'étouffait point l'homme sensible ; il savait établir des différences, faire la part de l'imagination et celle du fanatisme. De cette tragédie, par exemple, il blâmait les idées, mais il admirait le style ; il maudissait la conception, mais il applaudissait à tous les détails, et s'exaspérait contre les personnages, en s'enthousiasmant de leurs discours. Lorsqu'il lisait les grands morceaux, il était transporté ; mais, quand il songeait que les calotins[2] en tiraient avantage pour leur boutique, il était désolé, et dans cette confusion de sentiments où il s'embarrassait, il aurait voulu tout à la fois pouvoir couronner Racine de ses deux mains et discuter avec lui pendant un bon quart d'heure.

Enfin, Emma se souvint qu'au château de la Vaubyessard elle avait entendu la marquise appeler Berthe une jeune femme ; dès lors ce nom-là fut choisi, et, comme le père Rouault ne pouvait venir, on pria M. Homais d'être parrain. Il donna pour cadeaux tous produits de son établissement, à savoir : six boîtes de jujubes, un bocal entier de racahout, trois coffins[3] de pâte à la guimauve, et, de plus, six bâtons de sucre candi qu'il avait retrouvés dans un placard. Le soir de la cérémonie, il y eut un grand dîner ; le curé s'y trouvait ; on s'échauffa. M. Homais, vers les liqueurs, entonna *le Dieu des bonnes gens*[4]. M. Léon chanta une barcarolle[5], et madame Bovary mère, qui était la marraine, une romance du temps de l'Empire ; enfin M. Bovary père exigea que l'on descendît l'enfant, et se mit à le baptiser avec un verre de champagne qu'il lui versait de haut sur la tête. Cette dérision du premier des sacrements indigna l'abbé Bournisien ; le père Bovary répondit par une citation de *la Guerre des dieux*[6], le

---

1. **Athalie :** héroïne de la tragédie à sujet religieux de Racine (1691).
2. **Calotins :** partisans de la « calote », c'est-à-dire du parti de l'Église.
3. **Coffins :** petits paniers.
4. *Le Dieu des bonnes gens :* chanson de Béranger.
5. **Barcarolle :** chanson italienne.
6. *La Guerre des dieux :* poème violemment antichrétien du chevalier de Parny (1799).

curé voulut partir ; les dames suppliaient ; Homais s'interposa ; et
680 l'on parvint à faire rasseoir l'ecclésiastique, qui reprit tranquillement,
dans sa soucoupe, sa demi-tasse[1] de café à moitié bue.

M. Bovary père resta encore un mois à Yonville, dont il éblouit
les habitants par un superbe bonnet de police à galons d'argent,
qu'il portait le matin, pour fumer sa pipe sur la place. Ayant aussi
685 l'habitude de boire beaucoup d'eau-de-vie, souvent il envoyait la
servante au *Lion d'or* lui en acheter une bouteille, que l'on inscrivait
au compte de son fils ; et il usa, pour parfumer ses foulards, toute la
provision d'eau de Cologne qu'avait sa bru.

Celle-ci ne se déplaisait point dans sa compagnie. Il avait couru le
690 monde : il parlait de Berlin, de Vienne, de Strasbourg, de son temps
d'officier, des maîtresses qu'il avait eues, des grands déjeuners qu'il
avait faits ; puis il se montrait aimable, et parfois même, soit dans
l'escalier ou au jardin, il lui saisissait la taille en s'écriant :
– Charles, prends garde à toi !
695 Alors la mère Bovary s'effraya pour le bonheur de son fils, et,
craignant que son époux, à la longue, n'eût une influence immorale
sur les idées de la jeune femme, elle se hâta de presser le départ.
Peut-être avait-elle des inquiétudes plus sérieuses. M. Bovary était
homme à ne rien respecter.
700 Un jour, Emma fut prise tout à coup du besoin de voir sa petite fille,
qui avait été mise en nourrice chez la femme du menuisier ; et, sans
regarder à l'almanach si les six semaines de la Vierge[2] duraient encore,
elle s'achemina vers la demeure de Rolet, qui se trouvait à l'extrémité
du village, au bas de la côte, entre la grande route et les prairies.
705 Il était midi ; les maisons avaient leurs volets fermés, et les
toits d'ardoises, qui reluisaient sous la lumière âpre du ciel bleu,
semblaient à la crête de leurs pignons faire pétiller des étincelles.
Un vent lourd soufflait. Emma se sentait faible en marchant ; les
cailloux du trottoir la blessaient ; elle hésita si elle ne s'en retourne-
710 rait pas chez elle, ou entrerait quelque part pour s'asseoir.
À ce moment, M. Léon sortit d'une porte voisine avec une liasse
de papiers sous son bras. Il vint la saluer et se mit à l'ombre devant
la boutique de Lheureux, sous la tente grise qui avançait.

---

1. **Demi-tasse** : tasse de petite taille.
2. **Six semaines de la Vierge** : période pendant laquelle, traditionnellement, la jeune
accouchée ne devait pas sortir. Période correspondant à la période qui va de la
Nativité (25 décembre) à la Purification (2 février) dans le Nouveau Testament.

Deuxième partie

Madame Bovary dit qu'elle allait voir son enfant, mais qu'elle commençait à être lasse.
715 – Si..., reprit Léon, n'osant poursuivre.
– Avez-vous affaire quelque part ? demanda-t-elle.
Et, sur la réponse du clerc, elle le pria de l'accompagner. Dès le soir, cela fut connu dans Yonville, et madame Tuvache, la femme du maire,
720 déclara devant sa servante que *madame Bovary se compromettait.*
Pour arriver chez la nourrice il fallait, après la rue, tourner à gauche, comme pour gagner le cimetière, et suivre, entre des maisonnettes et des cours, un petit sentier que bordaient des troènes. Ils étaient en fleur et les véroniques aussi, les églantiers, les orties,
725 et les ronces légères qui s'élançaient des buissons. Par le trou des haies, on apercevait, dans les masures, quelque pourceau sur un fumier, ou des vaches embricolées[1], frottant leurs cornes contre le tronc des arbres. Tous les deux, côte à côte, ils marchaient doucement, elle s'appuyant sur lui et lui retenant son pas qu'il mesurait
730 sur les siens ; devant eux, un essaim de mouches voltigeait, en bourdonnant dans l'air chaud.
Ils reconnurent la maison à un vieux noyer qui l'ombrageait. Basse et couverte de tuiles brunes, elle avait en dehors, sous la lucarne de son grenier, un chapelet d'oignons suspendu. Des bourrées[2], debout
735 contre la clôture d'épines, entouraient un carré de laitues, quelques pieds de lavande et des pots à fleurs montés sur des rames. De l'eau sale coulait en s'éparpillant sur l'herbe, et il y avait tout autour plusieurs guenilles indistinctes, des bas de tricot, une camisole[3] d'indienne rouge, et un grand drap de toile épaisse étalé en long
740 sur la haie. Au bruit de la barrière, la nourrice parut, tenant sur son bras un enfant qui tétait. Elle tirait de l'autre main un pauvre marmot chétif, couvert de scrofules[4] au visage, le fils d'un bonnetier de Rouen, que ses parents trop occupés de leur négoce laissaient à la campagne.
745 – Entrez, dit-elle ; votre petite est là qui dort.
La chambre, au rez-de-chaussée, la seule du logis, avait au fond contre la muraille un large lit sans rideaux, tandis que le pétrin

---

1. **Embricolées :** affublées d'un collier de bois qui les empêche de brouter les feuilles des arbres.
2. **Bourrées :** fagots de petites branches.
3. **Camisole :** chemise.
4. **Scrofules :** lésions de la peau, ganglions.

III

occupait le côté de la fenêtre, dont une vitre était raccommodée
avec un soleil de papier bleu. Dans l'angle, derrière la porte, des
750 brodequins à clous luisants étaient rangés sous la dalle du lavoir,
près d'une bouteille pleine d'huile qui portait une plume à son
goulot ; un *Mathieu Laensberg*[1] traînait sur la cheminée poudreuse,
parmi des pierres à fusil, des bouts de chandelle et des morceaux
d'amadou. Enfin la dernière superfluité de cet appartement était
755 une Renommée soufflant dans des trompettes, image découpée sans
doute à même quelque prospectus de parfumerie, et que six pointes
à sabot clouaient au mur.

L'enfant d'Emma dormait à terre, dans un berceau d'osier. Elle la
prit avec la couverture qui l'enveloppait, et se mit à chanter douce-
760 ment en se dandinant.

Léon se promenait dans la chambre ; il lui semblait étrange de voir
cette belle dame en robe de nankin[2], tout au milieu de cette misère.
Madame Bovary devint rouge ; il se détourna, croyant que ses yeux
peut-être avaient eu quelque impertinence. Puis elle recoucha la
765 petite, qui venait de vomir sur sa collerette. La nourrice aussitôt vint
l'essuyer, protestant qu'il n'y paraîtrait pas.

— Elle m'en fait bien d'autres, disait-elle, et je ne suis occupée qu'à la
rincer continuellement ! Si vous aviez donc la complaisance de commander à Camus l'épicier, qu'il me laisse prendre un peu de savon
770 lorsqu'il m'en faut ? ce serait même plus commode pour vous, que je
ne dérangerais pas.

— C'est bien, c'est bien ! dit Emma. Au revoir, mère Rolet !

Et elle sortit, en essuyant ses pieds sur le seuil.

La bonne femme l'accompagna jusqu'au bout de la cour, tout en
775 parlant du mal qu'elle avait à se relever la nuit.

— J'en suis si rompue quelquefois, que je m'endors sur ma chaise ;
aussi, vous devriez pour le moins me donner une petite livre de café
moulu qui me ferait un mois et que je prendrais le matin avec du lait.

Après avoir subi ses remerciements, madame Bovary s'en alla ; et
780 elle était quelque peu avancée dans le sentier, lorsqu'à un bruit de
sabots elle tourna la tête : c'était la nourrice !

— Qu'y a-t-il ?

Alors la paysanne, la tirant à l'écart, derrière un orme, se mit à lui parler
de son mari, qui, avec son métier et six francs par an que le capitaine…

1. **Un *Mathieu Laensberg*** : nom d'un almanach liégeois, très populaire au XIXᵉ siècle.
2. **Nankin** : solide toile de coton jaune.

Deuxième partie

⁷⁸⁵ — Achevez plus vite, dit Emma.

— Eh bien, reprit la nourrice poussant des soupirs entre chaque mot, j'ai peur qu'il ne se fasse une tristesse de me voir prendre du café toute seule ; vous savez, les hommes...

— Puisque vous en aurez, répétait Emma, je vous en donnerai !...
⁷⁹⁰ Vous m'ennuyez !

— Hélas ! ma pauvre chère dame, c'est qu'il a, par suite de ses blessures, des crampes terribles à la poitrine. Il dit même que le cidre l'affaiblit.

— Mais dépêchez-vous, mère Rolet !

— Donc, reprit celle-ci faisant une révérence, si ce n'était pas trop vous
⁷⁹⁵ demander..., – elle salua encore une fois, – quand vous voudrez, – et son regard suppliait, – un cruchon d'eau-de-vie, dit-elle enfin, et j'en frotterai les pieds de votre petite, qui les a tendres comme la langue.

Débarrassée de la nourrice, Emma reprit le bras de M. Léon. Elle marcha rapidement pendant quelque temps ; puis elle se ralentit, et
⁸⁰⁰ son regard qu'elle promenait devant elle rencontra l'épaule du jeune homme, dont la redingote avait un collet de velours noir. Ses cheveux châtains tombaient dessus, plats et bien peignés. Elle remarqua ses ongles, qui étaient plus longs qu'on ne les portait à Yonville. C'était une des grandes occupations du clerc que de les entretenir ; et il gardait, à
⁸⁰⁵ cet usage, un canif tout particulier dans son écritoire. Ils s'en revinrent à Yonville en suivant le bord de l'eau. Dans la saison chaude, la berge plus élargie découvrait jusqu'à leur base les murs des jardins, qui avaient un escalier de quelques marches descendant à la rivière. Elle coulait sans bruit, rapide et froide à l'œil ; de grandes herbes minces s'y courbaient
⁸¹⁰ ensemble, selon le courant qui les poussait, et comme des chevelures vertes abandonnées s'étalaient dans sa limpidité. Quelquefois, à la pointe des joncs ou sur la feuille des nénuphars, un insecte à pattes fines marchait ou se posait. Le soleil traversait d'un rayon les petits globules bleus des ondes qui se succédaient en se crevant ; les vieux saules ébranchés
⁸¹⁵ miraient dans l'eau leur écorce grise ; au delà, tout alentour, la prairie semblait vide. C'était l'heure du dîner dans les fermes, et la jeune femme et son compagnon n'entendaient en marchant que la cadence de leurs pas sur la terre du sentier, les paroles qu'ils se disaient, et le frôlement de la robe d'Emma qui bruissait tout autour d'elle.

⁸²⁰ Les murs des jardins, garnis à leur chaperon de morceaux de bouteilles, étaient chauds comme le vitrage d'une serre. Dans les briques, des ravenelles[1] avaient poussé ; et, du bord de son ombrelle

---

1. **Ravenelles :** fleurs vénéneuses des jardins.

déployée, madame Bovary, tout en passant, faisait s'égrener en poussière jaune un peu de leurs fleurs flétries, ou bien quelque branche
825 des chèvrefeuilles et des clématites qui pendaient en dehors traînait un moment sur la soie, en s'accrochant aux effilés.

Ils causaient d'une troupe de danseurs espagnols, que l'on attendait bientôt sur le théâtre de Rouen.

— Vous irez ? demanda-t-elle.
830 — Si je le peux, répondit-il.

N'avaient-ils rien autre chose à se dire ? Leurs yeux pourtant étaient pleins d'une causerie plus sérieuse ; et, tandis qu'ils s'efforçaient à trouver des phrases banales, ils sentaient une même langueur les envahir tous les deux ; c'était comme un murmure de l'âme, profond,
835 continu, qui dominait celui des voix. Surpris d'étonnement à cette suavité nouvelle, ils ne songeaient pas à s'en raconter la sensation ou à en découvrir la cause. Les bonheurs futurs, comme les rivages des tropiques, projettent sur l'immensité qui les précède leurs mollesses natales, une brise parfumée, et l'on s'assoupit dans cet enivrement
840 sans même s'inquiéter de l'horizon que l'on n'aperçoit pas.

La terre, à un endroit, se trouvait effondrée par le pas des bestiaux, il fallut marcher sur de grosses pierres vertes, espacées dans la boue. Souvent elle s'arrêtait une minute à regarder où poser sa bottine, — et, chancelant sur le caillou qui tremblait, les coudes en
845 l'air, la taille penchée, l'œil indécis, elle riait alors, de peur de tomber dans les flaques d'eau.

Quand ils furent arrivés devant son jardin, madame Bovary poussa la petite barrière, monta les marches en courant et disparut.

Léon rentra à son étude. Le patron était absent ; il jeta un coup
850 d'œil sur les dossiers, puis se tailla une plume, prit enfin son chapeau et s'en alla.

Il alla sur la Pâture, au haut de la côte d'Argueil, à l'entrée de la forêt ; il se coucha par terre sous les sapins, et regarda le ciel à travers ses doigts.

— Comme je m'ennuie ! se disait-il, comme je m'ennuie !
855 Il se trouvait à plaindre de vivre dans ce village, avec Homais pour ami et M. Guillaumin pour maître.

Ce dernier, tout occupé d'affaires, portant des lunettes à branches d'or et favoris rouges sur cravate blanche, n'entendait rien aux délicatesses de l'esprit, quoiqu'il affectât un genre raide et anglais
860 qui avait ébloui le clerc dans les premiers temps. Quant à la femme du pharmacien, c'était la meilleure épouse de Normandie, douce comme un mouton, chérissant ses enfants, son père, sa mère, ses cousins, pleurant aux maux d'autrui, laissant tout aller dans son

ménage, et détestant les corsets ; – mais si lente à se mouvoir, si
865 ennuyeuse à écouter, d'un aspect si commun et d'une conversation
si restreinte, qu'il n'avait jamais songé, quoiqu'elle eût trente ans,
qu'il en eût vingt, qu'ils couchassent porte à porte, et qu'il lui parlât
chaque jour, qu'elle pût être une femme pour quelqu'un, ni qu'elle
possédât de son sexe autre chose que la robe.

870   Et ensuite, qu'y avait-il ? Binet, quelques marchands, deux ou trois
cabaretiers, le curé, et enfin M. Tuvache, le maire, avec ses deux fils,
gens cossus, bourrus, obtus, cultivant leurs terres eux-mêmes, faisant
des ripailles en famille, dévots d'ailleurs, et d'une société tout à fait
insupportable.

875   Mais, sur le fond commun de tous ces visages humains, la figure
d'Emma se détachait isolée et plus lointaine cependant ; car il sentait
entre elle et lui comme de vagues abîmes.

Au commencement, il était venu chez elle plusieurs fois dans la compagnie du pharmacien. Charles n'avait point paru extrêmement curieux
880 de le recevoir ; et Léon ne savait comment s'y prendre entre la peur d'être
indiscret et le désir d'une intimité qu'il estimait presque impossible.

IV

Dès les premiers froids, Emma quitta sa chambre pour habiter la
salle, longue pièce à plafond bas où il y avait, sur la cheminée, un
polypier[1] touffu s'étalant contre la glace. Assise dans son fauteuil,
885 près de la fenêtre, elle voyait passer les gens du village sur le trottoir.

Léon, deux fois par jour, allait de son étude au *Lion d'or*. Emma,
de loin, l'entendait venir ; elle se penchait en écoutant, et le jeune
homme glissait derrière le rideau, toujours vêtu de même façon et
sans détourner la tête. Mais au crépuscule, lorsque, le menton dans sa
890 main gauche, elle avait abandonné sur ses genoux sa tapisserie com-
mencée, souvent elle tressaillait à l'apparition de cette ombre glissant
tout à coup. Elle se levait et commandait qu'on mît le couvert.

M. Homais arrivait pendant le dîner. Bonnet grec à la main, il entrait
à pas muets pour ne déranger personne et toujours en répétant la

---

1. **Polypier :** sorte de corail arborescent.

895 même phrase : « Bonsoir la compagnie ! » Puis, quand il s'était posé à sa place, contre la table, entre les deux époux, il demandait au médecin des nouvelles de ses malades, et celui-ci le consultait sur la probabilité des honoraires. Ensuite, on causait de ce qu'il y avait *dans le journal*. Homais, à cette heure-là, le savait presque par cœur ; et il le rapportait

900 intégralement, avec les réflexions du journaliste et toutes les histoires des catastrophes individuelles arrivées en France ou à l'étranger. Mais, le sujet se tarissant, il ne tardait pas à lancer quelques observations sur les mets qu'il voyait. Parfois même, se levant à demi, il indiquait délicatement à Madame le morceau le plus tendre, ou, se tournant vers la

905 bonne, lui adressait des conseils pour la manipulation des ragoûts et l'hygiène des assaisonnements ; il parlait arôme, osmazôme[1], sucs et gélatine d'une façon à éblouir. La tête d'ailleurs plus remplie de recettes que sa pharmacie ne l'était de bocaux, Homais excellait à faire quantité de confitures, vinaigres et liqueurs douces, et il connaissait aussi toutes

910 les inventions nouvelles de caléfacteurs[2] économiques, avec l'art de conserver les fromages et de soigner les vins malades.

À huit heures, Justin venait le chercher pour fermer la pharmacie. Alors M. Homais le regardait d'un œil narquois, surtout si Félicité se trouvait là, s'étant aperçu que son élève affectionnait la maison du médecin.

915 – Mon gaillard, disait-il, commence à avoir des idées, et je crois, diable m'emporte, qu'il est amoureux de votre bonne !

Mais un défaut plus grave, et qu'il lui reprochait, c'était d'écouter continuellement les conversations. Le dimanche, par exemple, on ne pouvait le faire sortir du salon, où madame Homais l'avait appelé

920 pour prendre les enfants, qui s'endormaient dans les fauteuils, en tirant avec leurs dos les housses de calicot, trop larges.

Il ne venait pas grand monde à ces soirées du pharmacien, sa médisance et ses opinions politiques ayant écarté de lui successivement différentes personnes respectables. Le clerc ne man-

925 quait pas de s'y trouver. Dès qu'il entendait la sonnette, il courait au-devant de madame Bovary, prenait son châle, et posait à l'écart, sous le bureau de la pharmacie, les grosses pantoufles de lisière qu'elle portait sur sa chaussure, quand il y avait de la neige.

On faisait d'abord quelques parties de trente-et-un ; ensuite

930 M. Hornais jouait à l'écarté[3] avec Emma ; Léon, derrière elle, lui

---

1. **Osmazôme :** substance contenue dans la viande rouge et qui lui donne son goût.
2. **Caléfacteurs :** mode de cuisson des aliments.
3. **Trente-et-un, écarté :** jeux de cartes.

donnait des avis. Debout et les mains sur le dossier de sa chaise, il regardait les dents de son peigne qui mordaient son chignon. À chaque mouvement qu'elle faisait pour jeter les cartes, sa robe du côté droit remontait. De ses cheveux retroussés, il descendait une
935 couleur brune sur son dos, et qui, s'apâlissant graduellement, peu à peu se perdait dans l'ombre. Son vêtement, ensuite, retombait des deux côtés sur le siège, en bouffant, plein de plis, et s'étalait jusqu'à terre. Quand Léon parfois sentait la semelle de sa botte poser dessus, il s'écartait, comme s'il eût marché sur quelqu'un.
940 Lorsque la partie de cartes était finie, l'apothicaire et le médecin jouaient aux dominos, et Emma changeant de place, s'accoudait sur la table, à feuilleter l'*Illustration*[1]. Elle avait apporté son journal de modes. Léon se mettait près d'elle ; ils regardaient ensemble les gravures et s'attendaient au bas des pages. Souvent elle le priait de
945 lui lire des vers ; Léon les déclamait d'une voix traînante et qu'il faisait expirer soigneusement aux passages d'amour. Mais le bruit des dominos le contrariait ; M. Homais y était fort, il battait Charles à plein double-six. Puis, les trois centaines terminées, ils s'allongeaient tous deux devant le foyer et ne tardaient pas à s'endormir. Le feu se
950 mourait dans les cendres ; la théière était vide ; Léon lisait encore. Emma l'écoutait, en faisant tourner machinalement l'abat-jour de la lampe, où étaient peints sur la gaze des pierrots dans des voitures et des danseuses de corde, avec leurs balanciers. Léon s'arrêtait, désignant d'un geste son auditoire endormi, alors ils se parlaient à voix
955 basse, et la conversation qu'ils avaient leur semblait plus douce, parce qu'elle n'était pas entendue.

Ainsi s'établit entre eux une sorte d'association, un commerce continuel de livres et de romances[2] ; M. Bovary, peu jaloux, ne s'en étonnait pas.
960 Il reçut pour sa fête une belle tête phrénologique[3], toute marquetée de chiffres jusqu'au thorax et peinte en bleu. C'était une attention du clerc. Il en avait bien d'autres, jusqu'à lui faire, à Rouen, ses commissions ; et le livre d'un romancier ayant mis à la mode

---

1. *L'Illustration* : grand hebdomadaire illustré de qualité, lancé en 1843.
2. **Romances** : histoires écrites en petits vers simples et naïfs, dont le sujet est ordinairement touchant, et qui sont faites pour être chantées.
3. **Tête phrénologique** : tête de bois ou de cire sur laquelle les aspérités du crâne sont identifiées à des facultés particulières, selon la théorie de Gall (1758-1828), souvent évoquée par Balzac.

la manie des plantes grasses, Léon en achetait pour Madame, qu'il rapportait sur ses genoux, dans *l'Hirondelle*, tout en se piquant les doigts à leurs poils durs.

Elle fit ajuster, contre sa croisée, une planchette à balustrade pour tenir ses potiches. Le clerc eut aussi son jardinet suspendu ; ils s'apercevaient soignant leurs fleurs à leur fenêtre.

Parmi les fenêtres du village, il y en avait une encore plus souvent occupée ; car, le dimanche, depuis le matin jusqu'à la nuit, et chaque après-midi, si le temps était clair, on voyait à la lucarne d'un grenier le profil maigre de M. Binet penché sur son tour, dont le ronflement monotone s'entendait jusqu'au *Lion d'or*.

Un soir, en rentrant, Léon trouva dans sa chambre un tapis de velours et de laine avec des feuillages sur fond pâle, il appela madame Homais, M. Homais, Justin, les enfants, la cuisinière, il en parla à son patron ; tout le monde désira connaître ce tapis ; pourquoi la femme du médecin faisait-elle au clerc des *générosités* ? Cela parut drôle, et l'on pensa définitivement qu'elle devait être *sa bonne amie*.

Il le donnait à croire, tant il vous entretenait sans cesse de ses charmes et de son esprit, si bien que Binet lui répondit une fois fort brutalement :

– Que m'importe, à moi, puisque je ne suis pas de sa société !

Il se torturait à découvrir par quel moyen lui *faire sa déclaration* ; et, toujours hésitant entre la crainte de lui déplaire et la honte d'être si pusillanime, il en pleurait de découragement et de désirs. Puis il prenait des décisions énergiques ; il écrivait des lettres qu'il déchirait, s'ajournait à des époques qu'il reculait. Souvent il se mettait en marche, dans le projet de tout oser ; mais cette résolution l'abandonnait bien vite en la présence d'Emma, et, quand Charles, survenant, l'invitait à monter dans son *boc* pour aller voir ensemble quelque malade aux environs, il acceptait aussitôt, saluait Madame et s'en allait. Son mari, n'était-ce pas quelque chose d'elle ?

Quant à Emma, elle ne s'interrogea point pour savoir si elle l'aimait. L'amour, croyait-elle, devait arriver tout à coup, avec de grands éclats et des fulgurations, – ouragan des cieux qui tombe sur la vie, la bouleverse, arrache les volontés comme des feuilles et emporte à l'abîme le cœur entier. Elle ne savait pas que, sur la terrasse des maisons, la pluie fait des lacs quand les gouttières sont bouchées, et elle fût ainsi demeurée en sa sécurité, lorsqu'elle découvrit subitement une lézarde dans le mur.

Deuxième partie

V

CE FUT un dimanche de février, une après-midi qu'il neigeait.

Ils étaient tous, M. et madame Bovary, Homais et M. Léon, partis voir, à une demi-lieue d'Yonville, dans la vallée, une filature de lin que l'on établissait. L'apothicaire avait emmené avec lui Napoléon et Athalie, pour leur faire faire de l'exercice, et Justin les accompagnait, portant des parapluies sur son épaule.

Rien pourtant n'était moins curieux que cette curiosité Un grand espace de terrain vide, où se trouvaient pêle-mêle, entre des tas de sable et de cailloux, quelques roues d'engrenage déjà rouillées, entourait un long bâtiment quadrangulaire que perçaient quantité de petites fenêtres. Il n'était pas achevé d'être bâti, et l'on voyait le ciel à travers les lambourdes de la toiture. Attaché à la poutrelle du pignon, un bouquet de paille entremêlé d'épis[1] faisait claquer au vent ses rubans tricolores.

Homais parlait. Il expliquait *à la compagnie* l'importance future de cet établissement, supputait la force des planchers, l'épaisseur des murailles, et regrettait beaucoup de n'avoir pas de canne métrique, comme M. Binet en possédait une pour son usage particulier.

Emma, qui lui donnait le bras, s'appuyait un peu sur son épaule, et elle regardait le disque du soleil irradiant au loin, dans la brume, sa pâleur éblouissante ; mais elle tourna la tête : Charles était là. Il avait sa casquette enfoncée sur ses sourcils, et ses deux grosses lèvres tremblotaient, ce qui ajoutait à son visage quelque chose de stupide ; son dos même, son dos tranquille était irritant à voir, et elle y trouvait étalée sur la redingote toute la platitude du personnage.

Pendant qu'elle le considérait, goûtant ainsi dans son irritation une sorte de volupté dépravée, Léon s'avança d'un pas. Le froid qui le pâlissait semblait déposer sur sa figure une langueur plus douce ; entre sa cravate et son cou, le col de la chemise, un peu lâche, laissait voir la peau ; un bout d'oreille dépassait sous une mèche de cheveux, et son grand œil bleu, levé vers les nuages, parut à Emma plus limpide et plus beau que ces lacs des montagnes où le ciel se mire.

– Malheureux ! s'écria tout à coup l'apothicaire.

---

1. **Bouquet de paille entremêlé d'épis :** bouquet que l'on accrochait traditionnellement au sommet de la charpente lorsque celle-ci était achevée.

Et il courut à son fils, qui venait de se précipiter dans un tas de chaux pour peindre ses souliers en blanc. Aux reproches dont on l'accablait, Napoléon se prit à pousser des hurlements, tandis que Justin lui essuyait ses chaussures avec un torchis[1] de paille. Mais il
1040 eût fallu un couteau ; Charles offrit le sien.

– Ah ! se dit-elle, il porte un couteau dans sa poche, comme un paysan !

Le givre tombait ; et l'on s'en retourna vers Yonville.

Madame Bovary, le soir, n'alla pas chez ses voisins, et, quand Charles fut parti, lorsqu'elle se sentit seule, le parallèle recommença
1045 dans la netteté d'une sensation presque immédiate et avec cet allongement de perspective que le souvenir donne aux objets. Regardant de son lit le feu clair qui brûlait, elle voyait encore, comme là-bas, Léon debout, faisant plier d'une main sa badine et tenant de l'autre Athalie, qui suçait tranquillement un morceau de glace. Elle le trou-
1050 vait charmant ; elle ne pouvait s'en détacher ; elle se rappela ses autres attitudes en d'autres jours, des phrases qu'il avait dites, le son de sa voix, toute sa personne ; et elle répétait, en avançant ses lèvres comme pour un baiser :

– Oui, charmant ! charmant !... N'aime-t-il pas ? se demanda-t-elle.
1055 Qui donc ?... mais c'est moi !

Toutes les preuves à la fois s'en étalèrent, son cœur bondit. La flamme de la cheminée faisait trembler au plafond une clarté joyeuse ; elle se tourna sur le dos en s'étirant les bras.

Alors commença l'éternelle lamentation : « Oh ! si le ciel l'avait
1060 voulu ! Pourquoi n'est-ce pas ? Qui empêchait donc ?... »

Quand Charles, à minuit, rentra, elle eut l'air de s'éveiller, et, comme il fit du bruit en se déshabillant, elle se plaignit de la migraine ; puis demanda nonchalamment ce qui s'était passé dans la soirée.
1065 – M. Léon, dit-il, est remonté de bonne heure.

Elle ne put s'empêcher de sourire, et elle s'endormit l'âme remplie d'un enchantement nouveau.

Le lendemain, à la nuit tombante, elle reçut la visite du sieur Lheureux, marchand de nouveautés. C'était un homme habile que
1070 ce boutiquier.

Né Gascon, mais devenu Normand, il doublait sa faconde méridionale de cautèle cauchoise. Sa figure grasse, molle et sans barbe, semblait teinte par une décoction de réglisse claire, et sa chevelure

1. **Un torchis :** une poignée.

blanche rendait plus vif encore l'éclat rude de ses petits yeux noirs.
1075 On ignorait ce qu'il avait été jadis : porteballe[1], disaient les uns,
banquier à Routot, selon les autres. Ce qu'il y a de sûr, c'est qu'il faisait, de tête, des calculs compliqués, à effrayer Binet lui-même. Poli
jusqu'à l'obséquiosité, il se tenait toujours les reins à demi courbés,
dans la position de quelqu'un qui salue ou qui invite.
1080 Après avoir laissé à la porte son chapeau garni d'un crêpe, il posa sur
la table un carton vert, et commença par se plaindre à Madame, avec
force civilités, d'être resté jusqu'à ce jour sans obtenir sa confiance.
Une pauvre boutique comme la sienne n'était pas faite pour attirer une
élégante ; il appuya sur le mot. Elle n'avait pourtant, qu'à commander,
1085 et il se chargerait de lui fournir ce qu'elle voudrait, tant en mercerie
que lingerie, bonneterie ou nouveautés ; car il allait à la ville quatre fois
par mois, régulièrement. Il était en relation avec les plus fortes maisons.
On pouvait parler de lui aux *Trois Frères*, à *la Barbe d'or* ou au *Grand
Sauvage*, tous ces messieurs le connaissaient comme leur poche !
1090 Aujourd'hui donc, il venait montrer à Madame, en passant, différents
articles qu'il se trouvait avoir, grâce à une occasion des plus rares. Et il
retira de la boîte une demi-douzaine de cols brodés.
Madame Bovary les examina.
– Je n'ai besoin de rien, dit-elle.
1095 Alors M. Lheureux exhiba délicatement trois écharpes algérien-
nes, plusieurs paquets d'aiguilles anglaises, une paire de pantoufles
en paille, et, enfin, quatre coquetiers en coco, ciselés à jour par des
forçats. Puis, les deux mains sur la table, le cou tendu, la taille penchée ; il suivait, bouche béante, le regard d'Emma, qui se promenait
1100 indécis parmi ces marchandises. De temps à autre comme pour
en chasser la poussière, il donnait un coup d'ongle sur la soie des
écharpes, dépliées, dans toute leur longueur ; et elles frémissaient
avec un bruit léger, en faisant, à la lumière verdâtre du crépuscule,
scintiller, comme de petites étoiles, les paillettes d'or de leur tissu.
1105 – Combien coûtent-elles ?
– Une misère, répondit-il, une, misère ; mais rien ne presse ; quand
vous voudrez ; nous ne sommes pas des juifs[2] !
Elle réfléchit quelques instants, et finit encore, par remercier
M. Lheureux, qui répliqua sans s'émouvoir.

---

1. **Porteballe :** vendeur ambulant de mercerie.
2. **Nous ne sommes pas des juifs :** cliché antisémite signifiant « nous ne sommes pas
des commerçants âpres au gain ».

— Eh bien ; nous nous entendrons plus tard ; avec les dames je me suis toujours arrangé, si ce n'est avec la mienne, cependant !

Emma sourit.

— C'était pour vous dire, reprit-il d'un air bonhomme après sa plaisanterie, que ce n'est pas l'argent qui m'inquiète... Je vous en donnerais, s'il le fallait.

Elle eut un geste de surprise.

— Ah ! fit-il vivement et à voix basse, je n'aurais pas besoin d'aller loin pour vous en trouver ; comptez-y !

Et il se mit à demander des nouvelles du père Tellier, le maître du *Café Français*, que M. Bovary soignait alors.

— Qu'est-ce qu'il a donc, le père Tellier ?... Il tousse qu'il en secoue toute sa maison, et j'ai bien peur que prochainement il ne lui faille plutôt un paletot de sapin qu'une camisole de flanelle ? Il a fait tant de bamboches[1] quand il était jeune ! Ces gens-là, madame, n'avaient pas le moindre ordre ! il s'est calciné avec l'eau-de-vie ! Mais c'est fâcheux tout de même de voir une connaissance s'en aller.

Et, tandis qu'il rebouclait son carton, il discourait ainsi sur la clientèle du médecin.

— C'est le temps, sans doute, dit-il en regardant les carreaux avec une figure rechignée, qui est la cause de ces maladies-là ! Moi aussi, je ne me sens pas en mon assiette ; il faudra même un de ces jours que je vienne consulter Monsieur, pour une douleur que j'ai dans le dos. Enfin, au revoir, madame Bovary ; à votre disposition ; serviteur très humble !

Et il referma la porte doucement

Emma se fit servir à dîner dans sa chambre, au coin du feu, sur un plateau ; elle fut longue à manger ; tout lui sembla bon.

— Comme j'ai été sage ! se disait-elle en songeant aux écharpes.

Elle entendit des pas dans l'escalier : c'était Léon. Elle se leva, et prit sur la commode ; parmi des torchons à ourler, le premier de la pile. Elle semblait fort occupée quand il parut.

La conversation fut languissante, madame Bovary l'abandonnant à chaque minute, tandis qu'il demeurait lui-même comme tout embarrassé. Assis sur une chaise basse, près de la cheminée, il faisait tourner dans ses doigts l'étui d'ivoire ; elle poussait son aiguille, ou, de temps à autre, avec son ongle, fronçait les plis de la toile. Elle ne parlait pas ; il se taisait, captivé par son silence, comme il l'eût été par ses paroles.

— Pauvre garçon ! pensait-elle.

— En quoi lui déplais-je ? se demandait-il.

---

1. **Bamboches** : ripailles.

Léon, cependant, finit par dire qu'il devait, un de ces jours, aller à
1150 Rouen, pour une affaire de son étude...
– Votre abonnement de musique est terminé, dois-je le reprendre ?
– Non, répondit-elle.
– Pourquoi ?
– Parce que...
1155 Et, pinçant ses lèvres, elle tira lentement une longue aiguillée de fil gris.
Cet ouvrage irritait Léon. Les doigts d'Emma semblaient s'y écor-
cher par le bout ; il lui vint en tête une phrase galante, mais qu'il ne
risqua pas.
– Vous l'abandonnez donc ? reprit-il.
1160 – Quoi ? dit-elle vivement ; la musique ? Ah ! mon Dieu, oui ! n'ai-je
pas ma maison à tenir, mon mari à soigner, mille choses enfin, bien
des devoirs qui passent auparavant !
Elle regarda la pendule. Charles était en retard. Alors elle fit la
soucieuse. Deux ou trois fois même elle répéta :
1165 – Il est si bon !
Le clerc affectionnait M. Bovary. Mais cette tendresse à son endroit
l'étonna d'une façon désagréable ; néanmoins il continua son éloge,
qu'il entendait faire à chacun, disait-il, et surtout au pharmacien.
– Ah ! c'est un brave homme, reprit Emma.
1170 – Certes, reprit le clerc :
Et il se mit à parler de madame Homais, dont la tenue fort négli-
gée leur apprêtait à rire ordinairement.
– Qu'est-ce que cela fait ? interrompit Emma. Une bonne mère de
famille ne s'inquiète pas de sa toilette.
1175 Puis elle retomba dans son silence.
Il en fut de même les jours suivants ; ses discours, ses manières,
tout changea. On la vit prendre à cœur son ménage, retourner à
l'église régulièrement et tenir sa servante avec plus de sévérité.
Elle retira Berthe de nourrice. Félicité l'amenait quand il venait des
1180 visites, et madame Bovary la déshabillait afin de faire voir ses membres.
Elle déclarait adorer les enfants ; c'était sa consolation, sa joie, sa folie,
et elle accompagnait ses caresses d'expansions lyriques, qui, à d'autres
qu'à des Yonvillais, eussent rappelé la Sachette[1] de *Notre-Dame de Paris*.

---

1. **La Sachette :** prostituée de Reims, la Sachette eut une ravissante petite fille, qu'elle
ne cessa de cajoler et de gâter, jusqu'à ce que des Égyptiens la lui enlèvent. À la fin
du roman, la Sachette retrouve sa fille, qui n'est autre qu'Esmeralda, mais celle-ci
est bientôt pendue.

Quand Charles rentrait, il trouvait auprès des cendres ses pantoufles à chauffer. Ses gilets maintenant ne manquaient plus de
doublure, ni ses chemises de boutons, et même il y avait plaisir à
considérer dans l'armoire tous les bonnets de coton rangés par piles
égales. Elle ne rechignait plus, comme autrefois, à faire des tours
dans le jardin ; ce qu'il proposait était toujours consenti, bien qu'elle
ne devinât pas les volontés auxquelles elle se soumettait sans un
murmure ; – et lorsque Léon le voyait au coin du feu, après le dîner,
les deux mains sur son ventre, les deux pieds sur les chenets, la joue
rougie par la digestion, les yeux humides de bonheur, avec l'enfant
qui se traînait sur le tapis, et cette femme à taille mince qui par-
dessus le dossier du fauteuil venait le baiser au front :

– Quelle folie ! se disait-il, et comment arriver jusqu'à elle ?

Elle lui parut donc si vertueuse et inaccessible, que toute espérance, même la plus vague, l'abandonna.

Mais, par ce renoncement, il la plaçait en des conditions extraordinaires. Elle se dégagea, pour lui, des qualités charnelles dont il
n'avait rien à obtenir ; et elle alla, dans son cœur, montant toujours
et s'en détachant, à la manière magnifique d'une apothéose qui
s'envole. C'était un de ces sentiments purs qui n'embarrassent pas
l'exercice de la vie, que l'on cultive parce qu'ils sont rares ; et dont la
perte affligerait plus que la possession n'est réjouissante.

Emma maigrit, ses joues pâlirent, sa figure s'allongea. Avec
ses bandeaux noirs, ses grands yeux, son nez droit, sa démarche
d'oiseau, et toujours silencieuse maintenant, ne semblait-elle pas
traverser l'existence en y touchant à peine, et porter au front la
vague empreinte de quelque prédestination sublime ? Elle était si
triste et si calme, si douce à la fois et si réservée, que l'on se sentait
près d'elle pris par un charme glacial, comme l'on frissonne dans
les églises sous le parfum des fleurs mêlé au froid des marbres. Les
autres même n'échappaient point à cette séduction. Le pharmacien
disait :

– C'est une femme de grands moyens et qui ne serait pas déplacée
dans une sous-préfecture.

Les bourgeoises admiraient son économie, les clients sa politesse,
les pauvres sa charité.

Mais elle était pleine de convoitises, de rage, de haine. Cette robe
aux plis droits cachait un cœur bouleversé, et ces lèvres si pudiques
n'en racontaient pas la tourmente. Elle était amoureuse de Léon, et
elle recherchait la solitude, afin de pouvoir plus à l'aise se délecter
en son image. La vue de si personne troublait la volupté de cette

1225 méditation. Emma palpitait au bruit de ses pas ; puis, en sa présence, l'émotion tombait, et il ne lui restait ensuite qu'un immense étonnement qui se finissait en tristesse.

Léon ne savait pas, lorsqu'il sortait de chez elle désespéré, qu'elle se levait derrière lui afin de le voir dans la rue. Elle s'inquiétait de
1230 ses démarches, elle épiait son visage ; elle inventa toute une histoire pour trouver prétexte à visiter si chambre. La femme du pharmacien lui semblait bien heureuse de dormir sous le même toit ; et ses pensées continuellement s'abattaient sur cette maison, comme les pigeons du *Lion d'or* qui venaient tremper là, dans les gouttières,
1235 leurs pattes roses et leurs ailes blanches. Mais plus Emma s'apercevait de son amour, plus elle le refoulait, afin qu'il ne parût pas, et pour le diminuer. Elle aurait voulu que Léon s'en doutât ; et elle imaginait des hasards, des catastrophes qui l'eussent facilité. Ce qui la retenait, sans doute, c'était la paresse ou l'épouvante, et la pudeur
1240 aussi. Elle songeait qu'elle l'avait repoussé trop loin, qu'il n'était plus temps, que tout était perdu. Puis l'orgueil, la joie de se dire : « je suis vertueuse », et de se regarder dans la glace en prenant des poses résignées, la consolait un peu du sacrifice qu'elle croyait faire.

Alors, les appétits de la chair, les convoitises d'argent et les mélanco-
1245 lies de la passion, tout se confondit dans une même souffrance ; – et, au lieu d'en détourner si pensée ; elle l'y attachait davantage, s'excitant à la douleur et en cherchant partout les occasions. Elle s'irritait d'un plat mal servi ou d'une porte entrebâillée, gémissait du velours qu'elle n'avait pas, du bonheur qui lui manquait, de ses rêves trop
1250 hauts, de sa maison trop étroite.

Ce qui l'exaspérait, c'est que Charles n'avait pas l'air de se douter de son supplice : La conviction où il était de la rendre heureuse lui semblait une insulte imbécile, et sa sécurité : là-dessus de l'ingratitude. Pour qui donc était-elle sage ? N'était-il pas, lui, obstacle à
1255 toute félicité, la cause de toute misère, et comme l'ardillon[1] pointu de cette courroie complexe qui la bouclait de tous côtés ?

Donc, elle reporta sur lui seul la haine nombreuse qui résultait de ses ennuis, et chaque effort pour l'amoindrir ne servait qu'à l'augmenter ; car cette peine inutile s'ajoutait aux autres motifs de déses-
1260 poir et contribuait encore plus à l'écartement Sa propre douceur à elle-même lui donnait des rébellions. La médiocrité domestique la

---

1. **Ardillon :** pointe d'une ceinture ou d'une sangle qui entre dans les trous de la courroie pour la bloquer.

116

poussait à des fantaisies luxueuses, la tendresse matrimoniale en des désirs adultères. Elle aurait voulu que Charles la battît, pour pouvoir plus justement le détester, s'en venger. Elle s'étonnait parfois des conjectures atroces qui lui arrivaient à la pensée ; et il fallait continuer à sourire, s'entendre répéter qu'elle était heureuse, faire semblant de l'être, le laisser croire !

Elle avait des dégoûts, cependant, de cette hypocrisie. Des tentations la prenaient de s'enfuir avec Léon, quelque part, bien loin, pour essayer une destinée nouvelle ; mais aussitôt il s'ouvrait dans son âme un gouffre vague, plein d'obscurité.

– D'ailleurs, il ne m'aime plus, pensait-elle ; que devenir ? quel secours attendre, quelle consolation, quel allégement ?

Elle restait brisée, haletante, inerte, sanglotant à voix basse et avec des larmes qui coulaient.

– Pourquoi ne point le dire à Monsieur ? lui demandait la domestique, lorsqu'elle entrait pendant ces crises.

– Ce sont les nerfs, répondait Emma ; ne lui en parle pas, tu l'affligerais.

– Ah ! oui, reprenait Félicité, vous êtes justement comme la Guérine, la fille au père Guérin, le pêcheur du Pollet[1], que j'ai connue à Dieppe, avant de venir chez vous. Elle était si triste, si triste, qu'à la voir debout sur le seuil de sa maison, elle vous faisait l'effet d'un drap d'enterrement tendu devant la porte. Son mal, à ce qu'il paraît, était une manière de brouillard qu'elle avait dans la tête, et les médecins n'y pouvaient rien, ni le curé non plus. Quand ça la prenait trop fort, elle s'en allait toute seule sur le bord de la mer, si bien que le lieutenant de la douane, en faisant sa tournée, souvent la trouvait étendue à plat ventre et pleurant sur les galets. Puis, après son mariage, ça lui a passé, dit-on.

– Mais, moi, reprenait Emma, c'est après le mariage que ça m'est venu.

VI

UN SOIR que la fenêtre était ouverte, et que, assise au bord, elle venait de regarder Lestiboudois, le bedeau, qui taillait le buis, elle entendit tout à coup sonner *l'Angélus.*

---

1. **Du Pollet :** d'un faubourg de Dieppe.

Deuxième partie

On était au commencement d'avril, quand les primevères sont
1295 écloses ; un vent tiède se roule sur les plates-bandes labourées, et
les jardins, comme des femmes, semblent faire leur toilette pour
les fêtes de l'été. Par les barreaux de la tonnelle et au delà tout
alentour, on voyait la rivière dans la prairie, où elle dessinait sur
l'herbe des sinuosités vagabondes. La vapeur du soir passait entre
1300 les peupliers sans feuilles, estompant leurs contours d'une teinte
violette, plus pâle et plus transparente qu'une gaze subtile arrêtée sur leurs branchages. Au loin, des bestiaux marchaient ; on
n'entendait ni leurs pas, ni leurs mugissements ; et la cloche, sonnant toujours, continuait dans les airs sa lamentation pacifique.
1305 À ce tintement répété, la pensée de la jeune femme s'égarait dans
ses vieux souvenirs de jeunesse et de pension. Elle se rappela les
grands chandeliers, qui dépassaient sur l'autel les vases pleins de
fleurs et le tabernacle à colonnettes. Elle aurait voulu, comme autrefois, être encore confondue dans la longue ligne des voiles blancs,
1310 que marquaient de noir çà et là les capuchons raides des bonnes
sœurs inclinées sur leur prie-Dieu ; le dimanche, à la messe, quand
elle relevait sa tête, elle apercevait le doux visage de la Vierge parmi
les tourbillons bleuâtres de l'encens qui montait. Alors un attendrissement la saisit ; elle se sentit molle et tout abandonnée, comme un
1315 duvet d'oiseau qui tournoie dans la tempête ; et ce fut sans en avoir
conscience qu'elle s'achemina vers l'église, disposée à n'importe
quelle dévotion, pourvu qu'elle y absorbât son âme et que l'existence entière y disparût.
Elle rencontra, sur la place, Lestiboudois, qui s'en revenait ; car,
1320 pour ne pas rogner la journée, il préférait interrompre sa besogne
puis la reprendre, si bien qu'il tintait l'*Angélus* selon sa commodité.
D'ailleurs, la sonnerie, faite plus tôt, avertissait les gamins de l'heure
du catéchisme.
Déjà quelques-uns, qui se trouvaient arrivés, jouaient aux billes
1325 sur les dalles du cimetière. D'autres, à califourchon sur le mur, agitaient leurs jambes, en fauchant avec leurs sabots les grandes orties
poussées entre la petite enceinte et les dernières tombes. C'était la
seule place qui fût verte ; tout le reste n'était que pierres, et couvert
continuellement d'une poudre fine, malgré le balai de la sacristie.
1330 Les enfants en chaussons couraient là comme sur un parquet
fait pour eux, et on entendait les éclats de leurs voix à travers le
bourdonnement de la cloche. Il diminuait avec les oscillations de la
grosse corde qui, tombant des hauteurs du clocher, traînait à terre
par le bout. Des hirondelles passaient en poussant de petits cris, cou-

paient l'air au tranchant de leur vol, et rentraient vite dans leurs nids jaunes, sous les tuiles du larmier[1]. Au fond de l'église, une lampe brûlait, c'est-à-dire une mèche de veilleuse dans un verre suspendu. Sa lumière, de loin, semblait une tache blanchâtre qui tremblait sur l'huile. Un long rayon de soleil traversait toute la nef et rendait plus sombres encore les bas-côtés et les angles.

– Où est le curé ? demanda madame Bovary à un jeune garçon qui s'amusait à secouer le tourniquet dans son trou trop lâche.

– Il va venir, répondit-il.

En effet, la porte du presbytère grinça, l'abbé Bournisien parut ; les enfants, pêle-mêle, s'enfuirent dans l'église.

– Ces polissons-là ! murmura l'ecclésiastique, toujours les mêmes !

Et, ramassant un catéchisme en lambeaux qu'il venait de heurter avec son pied :

– Ça ne respecte rien !

Mais, dès qu'il aperçut madame Bovary :

– Excusez-moi, dit-il, je ne vous remettais pas.

Il fourra le catéchisme dans sa poche et s'arrêta, continuant à balancer entre deux doigts la lourde clef de la sacristie.

La lueur du soleil couchant qui frappait, en plein son visage pâlissait le lasting de sa soutane, luisante sous les coudes, effiloquée par le bas. Des taches de graisse et de tabac suivaient sur sa poitrine large la ligne des petits boutons, et elles devenaient plus nombreuses en s'écartant de son rabat, où reposaient les plis abondants de sa peau rouge ; elle était semée de macules[2] jaunes qui disparaissaient dans les poils rudes de sa barbe grisonnante. Il venait de dîner et respirait bruyamment.

– Comment vous portez-vous ? ajouta-t-il.

– Mal, répondit Emma ; je souffre.

– Eh bien, moi aussi, reprit l'ecclésiastique. Ces premières chaleurs, n'est-ce pas, vous amollissent étonnamment ? Enfin, que voulez-vous ! nous sommes nés pour souffrir, comme dit saint Paul. Mais, M. Bovary, qu'est-ce qu'il en pense ?

– Lui ! fit-elle avec un geste de dédain.

– Quoi ! répliqua le bonhomme tout étonné, il ne vous ordonne pas quelque chose ?

– Ah ! dit Emma, ce ne sont pas les remèdes de la terre qu'il me faudrait.

---

1. **Larmier :** partie saillante d'une corniche qui permet à l'eau de pluie de s'écouler goutte à goutte en évitant la paroi de l'édifice.
2. **Macules :** taches de la peau.

Deuxième partie

Mais le curé, de temps à autre, regardait dans l'église, où tous les gamins agenouillés se poussaient de l'épaule, et tombaient comme des capucins de cartes.

– Je voudrais savoir…, reprit-elle.

1375 – Attends, attends, Riboudet, cria l'ecclésiastique d'une voix colère, je m'en vas aller te chauffer les oreilles, mauvais galopin !

Puis, se tournant vers Emma :

– C'est le fils de Boudet le charpentier ; ses parents sont à leur aise et lui laissent faire ses fantaisies. Pourtant il apprendrait vite, s'il le 1380 voulait, car il est plein d'esprit. Et moi quelquefois, par plaisanterie, je l'appelle donc Riboudet (comme la côte que l'on prend pour aller à Maromme), et je dis même : mon Riboudet. Ah ! ah ! Mont-Riboudet ! L'autre jour, j'ai rapporté ce mot-là à Monseigneur, qui en a ri… il a daigné en rire. – Et M. Bovary, comment va-t-il ?

1385 Elle semblait ne pas entendre. Il continua :

– Toujours fort occupé, sans doute ? car nous sommes certainement, lui et moi, les deux personnes de la paroisse qui avons le plus à faire. Mais lui, il est le médecin des corps, ajouta-t-il avec un rire épais, et moi, je le suis des âmes !

1390 Elle fixa sur le prêtre des yeux suppliants.

– Oui…, dit-elle, vous soulagez toutes les misères.

– Ah ! ne m'en parlez pas, madame Bovary ! Ce matin même, il a fallu que j'aille dans le Bas-Diauville pour une vache qui avait *l'enfle*[1] ; ils croyaient que c'était un sort. Toutes leurs vaches, je ne sais comment… Mais, 1395 pardon ! Longuermarre et Boudet ! sac à papier ! voulez-vous bien finir !

Et, d'un bond, il s'élança dans l'église.

Les gamins, alors, se pressaient autour du grand pupitre, grimpaient sur le tabouret du chantre, ouvraient le missel ; et d'autres ; à pas de loup, allaient se hasarder bientôt jusque dans le confessionnal. Mais le 1400 curé, soudain, distribua sur tous une grêle de soufflets. Les prenant par le collet de la veste, il les enlevait de terre et les reposait à deux genoux sur les pavés du chœur, fortement, comme s'il eût voulu les y planter.

– Allez, dit-il quand il fut revenu près d'Emma, et en déployant son large mouchoir d'indienne, dont il mit un angle entre ses dents, les 1405 cultivateurs sont bien à plaindre !

– Il y en a d'autres, répondit-elle.

– Assurément ! les ouvriers des villes, par exemple.

– Ce ne sont pas eux…

---

1. *L'enfle* ou enflure : gonflement du ventre, maladie des vaches.

120

– Pardonnez-moi ! j'ai connu là de pauvres mères de famille, des
1410 femmes vertueuses, je vous assure, de véritables saintes, qui manquaient même de pain.

– Mais celles, reprit Emma (et les coins de sa bouche se tordaient en
parlant), celles, monsieur le curé, qui ont du pain, et qui n'ont pas...

– De feu l'hiver, dit le prêtre.

1415 – Eh ! qu'importe ?

– Comment ! qu'importe ? Il me semble, à moi, que lorsqu'on est
bien chauffé, bien nourri..., car enfin...

– Mon Dieu ! mon Dieu ! soupirait-elle.

– Vous vous trouvez gênée ? fit-il, en s'avançant d'un air inquiet ;
1420 c'est la digestion, sans doute ? Il faut rentrer chez vous, madame
Bovary, boire un peu de thé ; ça vous fortifiera, ou bien un verre
d'eau fraîche avec de la cassonade.

– Pourquoi ?

Et elle avait l'air de quelqu'un qui se réveille d'un songe.

1425 – C'est que vous passiez la main sur votre front. J'ai cru qu'un étourdissement vous prenait.

Puis, se ravisant :

– Mais vous me demandiez quelque chose ? Qu'est-ce donc ? Je ne
sais plus.

1430 – Moi ? Rien..., rien..., répétait Emma.

Et son regard, qu'elle promenait autour d'elle, s'abaissa lentement
sur le vieillard à soutane. Ils se considéraient tous les deux, face à
face, sans parler.

– Alors, madame Bovary, dit-il enfin, faites excuse, mais le devoir
1435 avant tout, vous savez ; il faut que j'expédie mes garnements. Voilà
les premières communions qui vont venir. Nous serons encore surpris, j'en ai peur ! Aussi, à partir de l'Ascension, je les tiens recta tous
les mercredis une heure de plus. Ces pauvres enfants ! on ne saurait
les diriger trop tôt dans la voie du Seigneur, comme, du reste, il nous
1440 l'a recommandé lui-même par la bouche de son divin Fils... Bonne
santé, madame ; mes respects à monsieur votre mari !

Et il entra dans l'église, en faisant dès la porte une génuflexion.

Emma le vit qui disparaissait entre la double ligne des bancs, marchant à pas lourds, la tête un peu penchée sur l'épaule, et avec ses
1445 deux mains entr'ouvertes, qu'il portait en dehors.

Puis elle tourna sur ses talons, tout d'un bloc comme une statue
sur un pivot, et prit le chemin de sa maison. Mais la grosse voix
du curé, la voix claire des gamins arrivaient encore à son oreille et
continuaient derrière elle :

Deuxième partie

1450 — Êtes-vous chrétien ?
— Oui, je suis chrétien.
— Qu'est-ce qu'un chrétien ?
— C'est celui qui, étant baptisé..., baptisé..., baptisé.

Elle monta les marches de son escalier en se tenant à la rampe, et,
1455 quand elle fut dans sa chambre, se laissa tomber dans un fauteuil.

Le jour blanchâtre des carreaux s'abaissait doucement avec des
ondulations. Les meubles à leur place semblaient devenus plus
immobiles et se perdre dans l'ombre comme dans un océan téné-
breux. La cheminée était éteinte, la pendule battait toujours, et
1460 Emma vaguement s'ébahissait à ce calme des choses, tandis qu'il y
avait en elle-même tant de bouleversements. Mais, entre la fenêtre
et la table à ouvrage, la petite Berthe était là, qui chancelait sur ses
bottines de tricot, et essayait de se rapprocher de sa mère, pour lui
saisir, par le bout, les rubans de son tablier.
1465 — Laisse-moi ! dit celle-ci en l'écartant avec la main.

La petite fille bientôt revint plus près encore contre ses genoux ;
et, s'y appuyant des bras, elle levait vers elle son gros œil bleu, pendant qu'un filet de salive pure découlait de sa lèvre sur la soie du
tablier.
1470 — Laisse-moi ! répéta la jeune femme tout irritée.

Sa figure épouvanta l'enfant, qui se mit à crier.
— Eh ! laisse-moi donc ! fit-elle en la repoussant du coude.

Berthe alla tomber au pied de la commode, contre la patère de
cuivre ; elle s'y coupa la joue, le sang sortit. Madame Bovary se
1475 précipita pour la relever, cassa le cordon de la sonnette, appela la
servante de toutes ses forces, et elle allait commencer à se maudire,
lorsque Charles parut. C'était l'heure du dîner, il rentrait.
— Regarde donc, cher ami, lui dit Emma d'une voix tranquille : voilà
la petite qui, en jouant, vient de se blesser par terre.
1480 Charles la rassura, le cas n'était point grave, et il alla chercher du
diachylum[1].

Madame Bovary ne descendit, pas dans la salle ; elle voulut demeurer
seule à garder son enfant. Alors, en la contemplant dormir, ce qu'elle
conservait d'inquiétude se dissipa par degrés, et elle se parut à elle-
1485 même bien sotte et bien bonne de s'être troublée tout à l'heure pour, si
peu de chose. Berthe, en effet, ne sanglotait plus. Sa respiration, maintenant, soulevait insensiblement la couverture de coton. De grosses

---

1. **Diachylum :** sorte de sparadrap.

larmes s'arrêtaient au coin de ses paupières à demi closes, qui laissaient voir entre les cils deux prunelles pâles, enfoncées ; le sparadrap, collé sur sa joue, en tirait obliquement la peau tendue.

— C'est une chose étrange, pensait Emma, comme cette enfant est laide !

Quand Charles, à onze heures du soir, revint de la pharmacie (où il avait été remettre, après le dîner, ce qui lui restait du diachylum), il trouva sa femme debout auprès du berceau.

— Puisque je t'assure que ce ne sera rien, dit-il en la baisant au front ; ne te tourmente pas, pauvre chérie, tu te rendras malade !

Il était resté longtemps chez l'apothicaire. Bien qu'il ne s'y fût pas montré fort ému, M. Homais, néanmoins, s'était efforcé de le raffermir, de lui *remonter le moral.*

Alors on avait causé des dangers divers qui menaçaient l'enfance et de l'étourderie des domestiques. Madame Homais en savait quelque chose, ayant encore sur la poitrine les marques d'une écuellée de braise qu'une cuisinière, autrefois, avait laissée tomber dans son sarrau[1]. Aussi ces bons parents prenaient-ils quantité de précautions. Les couteaux jamais n'étaient affilés, ni les appartements cirés. Il y avait aux fenêtres des grilles en fer et aux chambranles de fortes barres. Les petits Homais, malgré leur indépendance, ne pouvaient remuer sans un surveillant derrière eux ; au moindre rhume, leur père les bourrait de pectoraux[2], et jusqu'à plus de quatre ans ils portaient tous, impitoyablement, des bourrelets matelassés. C'était, il est vrai, une manie de madame Homais ; son époux en était intérieurement affligé, redoutant pour les organes de l'intellect les résultats possibles d'une pareille compression, et il s'échappait jusqu'à lui dire :

— Tu prétends donc en faire des Caraïbes ou des Botocudos[3] ?

Charles, cependant, avait essayé plusieurs fois d'interrompre la conversation.

— J'aurais à vous entretenir, avait-il soufflé bas à l'oreille du clerc, qui se mit à marcher devant lui dans l'escalier.

— Se douterait-il de quelque chose ? se demandait Léon. Il avait des battements de cœur et se perdait en conjectures.

Enfin Charles, ayant fermé la porte, le pria de voir lui-même à Rouen quels pouvaient être les prix d'un beau daguerréotype[4] ; c'était une

---

1. **Sarrau :** blouse.
2. **Pectoraux :** médicaments pour les bronches.
3. **Des Caraïbes ou des Botocudos :** Indiens des Antilles et tribu du Brésil, réputés anthropophages.
4. **Daguerréotype :** photographie, invention toute récente.

surprise sentimentale qu'il réservait à sa femme, une attention fine, son portrait en habit noir. Mais il voulait auparavant *savoir à quoi s'en tenir* ; ces démarches ne devaient pas embarrasser M. Léon, puisqu'il allait à la ville toutes les semaines, à peu près.

Dans quel but ? Homais soupçonnait là-dessous quelque *histoire de jeune homme*, une intrigue. Mais il se trompait ; Léon ne poursuivait aucune amourette. Plus que jamais il était triste, et madame Lefrançois s'en apercevait bien à la quantité de nourriture qu'il laissait maintenant sur son assiette. Pour en savoir plus long, elle interrogea le percepteur ; Binet répliqua, d'un ton rogue, qu'il n'était point payé par la police.

Son camarade, toutefois, lui paraissait fort singulier ; car souvent Léon se renversait sur sa chaise en écartant les bras, et se plaignait vaguement de l'existence.

— C'est que vous ne prenez point assez de distractions, disait le percepteur.

— Lesquelles ?

— Moi, à votre place, j'aurais un tour !

— Mais je ne sais pas tourner, répondait le clerc.

— Oh ! c'est vrai ! faisait l'autre en caressant sa mâchoire, avec un air de dédain mêlé de satisfaction.

Léon était las d'aimer sans résultat ; puis il commençait à sentir cet accablement que vous cause la répétition de la même vie, lorsque aucun intérêt ne la dirige et qu'aucune espérance ne la soutient. Il était si ennuyé d'Yonville et des Yonvillais, que la vue de certaines gens, de certaines maisons l'irritait à n'y pouvoir tenir ; et le pharmacien, tout bonhomme qu'il était, lui devenait complètement insupportable. Cependant, la perspective d'une situation nouvelle l'effrayait autant qu'elle le séduisait.

Cette appréhension se tourna vite en impatience, et Paris alors agita pour lui, dans le lointain, la fanfare de ses bals masqués avec le rire de ses grisettes. Puisqu'il devait y terminer son droit, pourquoi ne partait-il pas ? qui l'empêchait ? Et il se mit à faire des préparatifs intérieurs : il arrangea d'avance ses occupations. Il se meubla, dans sa tête, un appartement. Il y mènerait une vie d'artiste ! Il y prendrait des leçons de guitare ! Il aurait une robe de chambre, un béret basque, des pantoufles de velours bleu ! Et même il admirait déjà sur sa cheminée deux fleurets en sautoir, avec une tête de mort et la guitare au-dessus.

La chose difficile était le consentement de sa mère ; rien pourtant ne paraissait plus raisonnable. Son patron même l'engageait à visiter une autre étude, où il pût se développer davantage. Prenant donc un parti moyen, Léon chercha quelque place de second clerc à Rouen, n'en trouva pas, et écrivit enfin à sa mère une longue lettre détaillée, où il exposait les raisons d'aller habiter Paris immédiatement. Elle y consentit.

Il ne se hâta point. Chaque jour, durant tout un mois, Hivert transporta pour lui d'Yonville à Rouen, de Rouen à Yonville, des coffres, des valises, des paquets ; et, quand Léon eut remonté sa garde-robe, fait rembourrer ses trois fauteuils, acheté une provision de foulards, pris en un mot plus de dispositions que pour un voyage autour du monde, il s'ajourna de semaine en semaine, jusqu'à ce qu'il reçût une seconde lettre maternelle où on le pressait de partir, puisqu'il désirait, avant les vacances passer son examen.

Lorsque le moment fut venu des embrassades, madame Homais pleura ; Justin sanglotait ; Homais, en homme fort, dissimula son émotion ; il voulut lui-même porter le paletot de son ami jusqu'à la grille du notaire, qui emmenait Léon à Rouen dans sa voiture. Ce dernier avait juste le temps de faire ses adieux à M. Bovary.

Quand il fut au haut de l'escalier, il s'arrêta, tant il se sentait hors d'haleine. À son entrée, madame Bovary se leva vivement.

– C'est encore moi ! dit Léon.

– J'en étais sûre !

Elle se mordit les lèvres, et un flot de sang lui courut sous la peau, qui se colora tout en rose, depuis la racine des cheveux jusqu'au bord de sa collerette. Elle restait debout, s'appuyant de l'épaule contre la boiserie.

– Monsieur n'est donc pas là ? reprit-il.

– Il est absent.

Elle répéta :

– Il est absent.

Alors il y eut un silence. Ils se regardèrent ; et leurs pensées, confondues dans la même angoisse, s'étreignaient étroitement, comme deux poitrines palpitantes.

– Je voudrais bien embrasser Berthe, dit Léon.

Emma descendit quelques marches, et elle appela Félicité.

Il jeta vite autour de lui un large coup d'œil qui s'étala sur les murs, les étagères, la cheminée, comme pour pénétrer tout, emporter tout.

Mais elle rentra, et la servante amena Berthe, qui secouait au bout d'une ficelle un moulin à vent la tête en bas.

Léon la baisa sur le cou à plusieurs reprises.

– Adieu, pauvre enfant ! adieu, chère petite, adieu ! Et il la remit à sa mère.

– Emmenez-la, dit celle-ci.

Ils restèrent seuls.

Deuxième partie

1605   Madame Bovary, le dos tourné, avait la figure posée contre un carreau ; Léon tenait sa casquette à la main et la battait doucement le long de sa cuisse.

– Il va pleuvoir, dit Emma.

– J'ai un manteau, répondit-il.

1610 – Ah !

Elle se détourna, le menton baissé et le front en avant. La lumière y glissait comme sur un marbre, jusqu'à la courbe des sourcils, sans que l'on pût savoir ce qu'Emma regardait à l'horizon ni ce qu'elle pensait au fond d'elle-même.

1615 – Allons, adieu ! soupira-t-il.

Elle releva sa tête d'un mouvement brusque :

– Oui, adieu…, partez !

Ils s'avancèrent l'un vers l'autre ; il tendit la main, elle hésita.

– À l'anglaise¹ donc, fit-elle abandonnant la sienne tout en s'effor-
1620 çant de rire.

Léon la sentit entre ses doigts, et la substance même de tout son être lui semblait descendre dans cette paume humide.

Puis il ouvrit la main ; leurs yeux se rencontrèrent encore, et il disparut.

1625   Quand il fut sous les halles, il s'arrêta, et il se cacha derrière un pilier, afin de contempler une dernière fois cette maison blanche avec ses quatre jalousies vertes. Il crut voir une ombre derrière la fenêtre, dans la chambre ; mais le rideau, se décrochant de la patère comme si personne n'y touchait, remua lentement ses longs plis
1630 obliques, qui d'un seul bond s'étalèrent tous, et il resta droit, plus immobile qu'un mur de plâtre. Léon se mit à courir.

Il aperçut de loin, sur la route, le cabriolet de son patron, et à côté un homme en serpillière² qui tenait le cheval. Homais et M. Guillaumin causaient ensemble. On l'attendait.

1635 – Embrassez-moi, dit l'apothicaire les larmes aux yeux. Voilà votre paletot, mon bon ami ; prenez garde au froid ! Soignez-vous ! ménagez-vous !

– Allons, Léon, en voiture ! dit le notaire.

Homais se pencha sur le garde-crotte, et d'une voix entrecoupée
1640 par les sanglots, laissa tomber ces deux mots tristes :

– Bon voyage !

---

1. **À l'anglaise :** le baisemain aurait été plus « français », plus courant et moins élégant.
2. **En serpillière :** en tablier de toile grossière.

126

– Bonsoir, répondit M. Guillaumin. Lâchez tout ! Ils partirent, et Homais s'en retourna.

Madame Bovary avait ouvert sa fenêtre sur le jardin, et elle regar-
1645 dait les nuages.

Ils s'amoncelaient au couchant du côté de Rouen, et roulaient vite leurs volutes noires, d'où dépassaient par derrière les grandes lignes du soleil, comme les flèches d'or d'un trophée suspendu, tandis que le reste du ciel vide avait la blancheur d'une porcelaine. Mais une
1650 rafale de vent fit se courber les peupliers, et tout à coup la pluie tomba ; elle crépitait sur les feuilles vertes. Puis le soleil reparut, les poules chantèrent, des moineaux battaient des ailes dans les buissons humides, et les flaques d'eau sur le sable emportaient en s'écoulant les fleurs roses d'un acacia.
1655 – Ah ! qu'il doit être loin déjà ! pensa-t-elle.

M. Homais, comme de coutume, vint à six heures et demie, pendant le dîner.

– Eh bien, dit-il en s'asseyant, nous avons donc tantôt embarqué notre jeune homme ?
1660 – Il paraît ! répondit le médecin.

Puis, se tournant sur sa chaise :

– Et quoi de neuf chez vous ?

– Pas grand-chose. Ma femme, seulement, a été, cette après-midi, un peu émue. Vous savez, les femmes, un rien les trouble ! la mienne
1665 surtout ! Et l'on aurait tort de se révolter là contre, puisque leur organisation nerveuse est beaucoup plus malléable que la nôtre.

– Ce pauvre Léon ! disait Charles, comment va-t-il vivre à Paris ?... S'y accoutumera-t-il ?

Madame Bovary soupira.
1670 – Allons donc ! dit le pharmacien en claquant de la langue, les par-ties fines chez le traiteur ! les bals masqués ! le champagne ! tout cela va rouler, je vous assure.

– Je ne crois pas qu'il se dérange[1], objecta Bovary.

– Ni moi ! reprit vivement M. Homais, quoiqu'il lui faudra pourtant
1675 suivre les autres, au risque de passer pour un jésuite. Et vous ne savez pas la vie que mènent ces farceurs-là, dans le quartier Latin, avec les actrices ! Du reste, les étudiants sont fort bien vus à Paris. Pour peu qu'ils aient quelque talent d'agrément, on les reçoit dans

---

1. **Qu'il se dérange :** qu'il cesse de mener une vie rangée.

les meilleures sociétés, et il y a même des dames du faubourg Saint-
1680 Germain qui en deviennent amoureuses, ce qui leur fournit, par la
suite, les occasions de faire de très beaux mariages.

– Mais, dit le médecin, j'ai peur pour lui que… là-bas…

– Vous avez raison, interrompit l'apothicaire, c'est le revers de
la médaille ! et l'on y est obligé continuellement d'avoir la main
1685 posée sur son gousset[1]. Ainsi, vous êtes dans un jardin public,
je suppose ; un quidam se présente, bien mis, décoré même, et
qu'on prendrait pour un diplomate ; il vous aborde ; vous causez ;
il s'insinue, vous offre une prise ou vous ramasse votre chapeau.
Puis on se lie davantage ; il vous mène au café, vous invite à venir
1690 dans sa maison de campagne, vous fait faire, entre deux vins,
toutes sortes de connaissances, et, les trois quarts du temps ce n'est
que pour flibuster votre bourse ou vous entraîner en des démarches
pernicieuses.

– C'est vrai, répondit Charles ; mais je pensais surtout aux maladies,
1695 à la fièvre typhoïde, par exemple, qui attaque les étudiants de la
province.

Emma tressaillit.

– À cause du changement de régime, continua le pharmacien, et
de la perturbation qui en résulte dans l'économie générale. Et puis,
1700 l'eau de Paris, voyez-vous ! les mets de restaurateurs, toutes ces
nourritures épicées finissent par vous échauffer le sang et ne valent
pas, quoi qu'on en dise, un bon pot-au-feu. J'ai toujours, quant à
moi, préféré la cuisine bourgeoise : c'est plus sain ! Aussi, lorsque
j'étudiais à Rouen la pharmacie, je m'étais mis en pension dans une
1705 pension ; je mangeais avec les professeurs.

Et il continua donc à exposer ses opinions générales et ses sympathies personnelles, jusqu'au moment où Justin vint le chercher pour
un lait de poule[2] qu'il fallait faire.

– Pas un instant de répit ! s'écria-t-il, toujours à la chaîne ! Je ne
1710 peux sortir une minute ! Il faut, comme un cheval de labour, être à
suer sang et eau ! Quel collier de misère !

Puis, quand il fut sur la porte :

– À propos, dit-il, savez-vous la nouvelle ?

– Quoi donc ?

---

1. **Gousset :** bourse ou petite poche où l'on met de l'argent.
2. **Lait de poule :** boisson reconstituante, composée de jaune d'œuf battu avec du lait
   et aromatisée.

1715   – C'est qu'il est fort probable, reprit Homais en dressant ses sourcils et en prenant une figure des plus sérieuses, que les comices agricoles de la Seine-Inférieure se tiendront cette année à Yonville-l'Abbaye. Le bruit, du moins, en circule. Ce matin, le journal en touchait quelque chose. Ce serait pour notre arrondissement de la dernière impor-
1720 tance ! Mais nous en causerons plus tard. J'y vois, je vous remercie ; Justin a la lanterne.

VII

LE LENDEMAIN fut, pour Emma, une journée funèbre. Tout lui parut enveloppé par une atmosphère noire qui flottait confusément sur l'extérieur des choses, et le chagrin s'engouffrait dans son âme avec
1725 des hurlements doux, comme fait le vent d'hiver dans les châteaux abandonnés. C'était cette rêverie que l'on a sur ce qui ne reviendra plus, la lassitude qui vous prend après chaque fait accompli, cette douleur enfin que vous apportent l'interruption de tout mouvement accoutumé, la cessation brusque d'une vibration prolongée.
1730   Comme au retour de la Vaubyessard, quand les quadrilles tour-billonnaient dans sa tête, elle avait une mélancolie morne, un déses-poir engourdi. Léon réapparaissait plus grand, plus beau, plus suave, plus vague ; quoiqu'il fût séparé d'elle, il ne l'avait pas quittée, il était là, et les murailles de la maison semblaient garder son ombre.
1735 Elle ne pouvait détacher sa vue de ce tapis où il avait marché, de ces meubles vides où il s'était assis. La rivière coulait toujours, et poussait lentement ses petits flots le long de la berge glissante. Ils s'y étaient promenés bien des fois, à ce même murmure des ondes, sur les cailloux couverts de mousse. Quels bons soleils ils avaient
1740 eus ! quelles bonnes après-midi, seuls, à l'ombre, dans le fond du jardin ! Il lisait tout haut, tête nue, posé sur un tabouret de bâtons secs ; le vent frais de la prairie faisait trembler les pages du livre et les capucines de la tonnelle… Ah ! il était parti, le seul charme de sa vie, le seul espoir possible d'une félicité ! Comment n'avait-elle pas
1745 saisi ce bonheur-là, quand il se présentait ! Pourquoi ne l'avoir pas retenu à deux mains, à deux genoux, quand il voulait s'enfuir ? Et elle se maudit de n'avoir pas aimé Léon ; elle eut soif de ses lèvres. L'envie la prit de courir le rejoindre, de se jeter dans ses bras, de lui

dire : « C'est moi, je suis à toi ! » Mais Emma s'embarrassait d'avance
1750 aux difficultés de l'entreprise, et ses désirs, s'augmentant d'un regret,
n'en devenaient que plus actifs.

Dès lors, ce souvenir de Léon fut comme le centre de son ennui ;
il y pétillait plus fort que, dans un steppe de Russie, un feu de voyageurs abandonné sur la neige. Elle se précipitait vers lui, elle se blottis-
1755 sait contre, elle remuait délicatement ce foyer près de s'éteindre, elle
allait cherchant tout autour d'elle ce qui pouvait l'aviver davantage ;
et les réminiscences les plus lointaines comme les plus immédiates
occasions, ce qu'elle éprouvait avec ce qu'elle imaginait, ses envies
de volupté qui se dispersaient, ses projets de bonheur qui craquaient
1760 au vent comme des branchages morts, sa vertu stérile, ses espérances
tombées, la litière domestique, elle ramassait tout, prenait tout, et faisait servir tout à réchauffer sa tristesse.

Cependant les flammes s'apaisèrent, soit que la provision d'elle-
même s'épuisât, ou que l'entassement fût trop considérable. L'amour,
1765 peu à peu, s'éteignit par l'absence, le regret s'étouffa sous l'habitude ; et cette lueur d'incendie qui empourprait son ciel pâle se
couvrit de plus d'ombre et s'effaça par degrés. Dans l'assoupissement
de sa conscience, elle prit même les répugnances du mari pour des
aspirations vers l'amant, les brûlures de la haine pour des réchauffe-
1770 ments de la tendresse ; mais, comme l'ouragan soufflait toujours, et
que la passion se consuma jusqu'aux cendres, et qu'aucun secours
ne vint, qu'aucun soleil ne parut, il fut de tous côtés nuit complète,
et elle demeura perdue dans un froid horrible qui la traversait.

Alors les mauvais jours de Tostes recommencèrent. Elle s'estimait
1775 à présent beaucoup plus malheureuse : car elle avait l'expérience du
chagrin, avec la certitude qu'il ne finirait pas.

Une femme qui s'était imposé de si grands sacrifices pouvait bien
se passer des fantaisies. Elle s'acheta un prie-Dieu gothique, et elle
dépensa en un mois pour quatorze francs de citrons à se nettoyer
1780 les ongles ; elle écrivit à Rouen, afin d'avoir une robe en cachemire
bleu ; elle choisit chez Lheureux la plus belle de ses écharpes ; elle
se la nouait à la taille par-dessus sa robe de chambre ; et, les volets
fermés, avec un livre à la main, elle restait étendue sur un canapé
dans cet accoutrement.

1785 Souvent, elle variait sa coiffure : elle se mettait à la chinoise, en
boucles molles, en nattes tressées ; elle se fit une raie sur le côté de
la tête et roula ses cheveux en dessous, comme un homme.

Elle voulut apprendre l'italien : elle acheta des dictionnaires, une
grammaire, une provision de papier blanc. Elle essaya des lectures

sérieuses, de l'histoire et de la philosophie. La nuit, quelquefois, Charles se réveillait en sursaut, croyant qu'on venait le chercher pour un malade :

– J'y vais, balbutiait-il.

Et c'était le bruit d'une allumette qu'Emma frottait afin de rallumer la lampe. Mais il en était de ses lectures comme de ses tapisseries, qui, toutes commencées encombraient son armoire ; elle les prenait, les quittait, passait à d'autres.

Elle avait des accès, où on l'eût poussée facilement à des extravagances. Elle soutint un jour, contre son mari, qu'elle boirait bien un grand demi-verre d'eau-de-vie, et, comme Charles eut la bêtise de l'en défier, elle avala l'eau-de-vie jusqu'au bout.

Malgré ses airs évaporés (c'était le mot des bourgeoises d'Yonville), Emma pourtant ne paraissait pas joyeuse, et, d'habitude, elle gardait aux coins de la bouche cette immobile contraction qui plisse la figure des vieilles filles et celle des ambitieux déchus. Elle était pâle partout, blanche comme du linge ; la peau du nez se tirait vers les narines, ses yeux vous regardaient d'une manière vague. Pour s'être découvert trois cheveux gris sur les tempes, elle parla beaucoup de sa vieillesse.

Souvent des défaillances la prenaient. Un jour même, elle eut un crachement de sang, et, comme Charles s'empressait, laissant apercevoir son inquiétude :

– Ah bah ! répondit-elle, qu'est-ce que cela fait ?

Charles s'alla réfugier dans son cabinet ; et il pleura, les deux coudes sur la table, assis dans son fauteuil de bureau, sous la tête phrénologique.

Alors il écrivit à sa mère pour la prier de venir, et ils eurent ensemble de longues conférences au sujet d'Emma.

À quoi se résoudre ? que faire, puisqu'elle se refusait à tout traitement ?

– Sais-tu ce qu'il faudrait à ta femme ? reprenait la mère Bovary. Ce seraient des occupations forcées, des ouvrages manuels ! Si elle était comme tant d'autres, contrainte à gagner son pain, elle n'aurait pas ces vapeurs-là, qui lui viennent d'un tas d'idées qu'elle se fourre dans la tête, et du désœuvrement où elle vit.

– Pourtant elle s'occupe, disait Charles.

– Ah ! elle s'occupe ! À quoi donc ? À lire des romans, de mauvais livres, des ouvrages qui sont contre la religion et dans lesquels on se moque des prêtres par des discours tirés de Voltaire. Mais tout cela va loin, mon pauvre enfant, et quelqu'un qui n'a pas de religion finit toujours par tourner mal.

Donc, il fut résolu que l'on empêcherait Emma de lire des romans. L'entreprise ne semblait point facile. La bonne dame s'en chargea : elle devait quand elle passerait par Rouen, aller en personne chez le loueur de livres et lui représenter qu'Emma cessait ses abonne-
1835 ments. N'aurait-on pas le droit d'avertir la police, si le libraire persis-
tait quand même dans son métier d'empoisonneur ?

Les adieux de la belle-mère et de la bru furent secs. Pendant les trois semaines qu'elles étaient restées ensemble, elles n'avaient pas échangé quatre paroles, à part les informations et compliments quand
1840 elles se rencontraient à table, et le soir avant de se mettre au lit.

Madame Bovary mère partit un mercredi, qui était jour de marché à Yonville.

La Place, dès le matin, était encombrée par une file de charrettes qui, toutes à cul et les brancards en l'air, s'étendaient le long des
1845 maisons depuis l'église, jusqu'à l'auberge. De l'autre côté, il y avait des baraques de toile où l'on vendait des cotonnades, des couver-
tures et des bas de laine, avec des licous pour les chevaux et des paquets de rubans bleus, qui par le bout s'envolaient au vent. De la grosse quincaillerie s'étalait par terre, entre les pyramides d'œufs
1850 et les bannettes de fromages, d'où sortaient des pailles gluantes ; près des machines à blé, des poules qui gloussaient dans des cages plates passaient leurs cous par les barreaux. La foule, s'encombrant au même endroit sans en vouloir bouger, menaçait quelquefois de rompre la devanture de la pharmacie. Les mercredis, elle ne désem-
1855 plissait pas et l'on s'y poussait, moins pour acheter des médicaments que pour prendre des consultations, tant était fameuse la réputation du sieur Homais dans les villages circonvoisins. Son robuste aplomb avait fasciné les campagnards. Ils le regardaient comme un plus grand médecin que tous les médecins.
1860 Emma était accoudée à sa fenêtre (elle s'y mettait souvent : la fenêtre, en province, remplace les théâtres et la promenade), et elle s'amusait à considérer la cohue des rustres[1], lorsqu'elle aperçut un monsieur vêtu d'une redingote de velours vert. Il était ganté de gants jaunes, quoiqu'il fût chaussé de fortes guêtres ; et il se diri-
1865 geait vers la maison du médecin, suivi d'un paysan marchant la tête basse d'un air tout réfléchi.

– Puis-je voir Monsieur ? demanda-t-il à Justin, qui causait sur le seuil avec Félicité.

---

1. **Rustres** : gens de la campagne, sans connotation péjorative.

Et, le prenant pour le domestique de la maison :

370 — Dites-lui que M. Rodolphe Boulanger de la Huchette est là.

Ce n'était point par vanité territoriale que le nouvel arrivant avait ajouté à son nom la particule, mais afin de se faire mieux connaître. La Huchette, en effet, était un domaine près d'Yonville, dont il venait d'acquérir le château, avec deux fermes qu'il cultivait lui-même,

375 sans trop se gêner cependant. Il vivait, en garçon[1], et passait pour avoir *au moins quinze mille livres de rentes* !

Charles entra dans la salle. M. Boulanger lui présenta son homme, qui voulait être saigné parce qu'il éprouvait *des fourmis le long du corps*.

— Ça me purgera, objectait-il à tous les raisonnements.

380 Bovary commanda donc d'apporter une bande et une cuvette, et pria Justin de la soutenir. Puis, s'adressant au villageois déjà blême :

— N'ayez point peur, mon brave.

— Non, non, répondit l'autre, marchez toujours !

Et, d'un air fanfaron, il tendit son gros bras. Sous la piqûre de la

385 lancette, le sang jaillit et alla s'éclabousser contre la glace.

— Approche le vase ! exclama Charles.

— *Guête*[2] ! disait le paysan, on jurerait une petite fontaine qui coule ! Comme j'ai le sang rouge ! ce doit être bon signe, n'est-ce pas ?

— Quelquefois, reprit l'officier de santé, l'on n'éprouve rien au com-

390 mencement, puis la syncope se déclare, et plus particulièrement chez les gens bien constitués, comme celui-ci.

Le campagnard, à ces mots, lâcha l'étui qu'il tournait entre ses doigts. Une saccade de ses épaules fit craquer le dossier de la chaise. Son chapeau tomba.

395 — Je m'en doutais, dit Bovary en appliquant son doigt sur la veine.

La cuvette commençait à trembler aux mains de Justin ; ses genoux chancelèrent, il devint pâle.

— Ma femme ! ma femme ! appela Charles.

D'un bond, elle descendit l'escalier.

900 — Du vinaigre ! cria-t-il. Ah ! mon Dieu, deux à la fois !

Et, dans son émotion, il avait peine à poser la compresse.

— Ce n'est rien, disait tout tranquillement M. Boulanger, tandis qu'il prenait Justin entre ses bras.

Et il l'assit sur la table, lui appuyant le dos contre la muraille.

905 Madame Bovary se mit à lui retirer sa cravate. Il y avait un nœud aux cordons de la chemise ; elle resta quelques minutes à remuer

---

1. **En garçon** : en célibataire.
2. *Guête* : regarde.

ses doigts légers dans le cou du jeune garçon ; ensuite elle versa du vinaigre sur son mouchoir de batiste ; elle lui en mouillait les tempes à petits coups et elle soufflait dessus, délicatement.

1910   Le charretier se réveilla ; mais la syncope de Justin durait encore, et ses prunelles disparaissaient dans leur sclérotique[1] pâle, comme des fleurs bleues dans du lait.

– Il faudrait, dit Charles, lui cacher cela.

Madame Bovary prit la cuvette. Pour la mettre sous la table, dans le
1915   mouvement qu'elle fit en s'inclinant, sa robe (c'était une robe d'été à quatre volants, de couleur jaune, longue de taille, large de jupe), sa robe s'évasa autour d'elle sur les carreaux de la salle ; – et, comme Emma, baissée ; chancelait un peu en écartant les bras, le gonflement de l'étoffe se crevait de place en place, selon les inflexions de son corsage. Ensuite
1920   elle alla prendre une carafe d'eau, et elle faisait fondre des morceaux de sucre lorsque le pharmacien arriva. La servante l'avait été chercher dans l'algarade[2] ; en apercevant son élève les yeux ouverts, il reprit haleine. Puis, tournant autour de lui, il le regardait de haut en bas.

– Sot ! disait-il ; petit sot, vraiment ! sot en trois lettres ! Grand-chose,
1925   après tout, qu'une phlébotomie ! et un gaillard qui n'a peur de rien ! une espèce d'écureuil, tel que vous le voyez, qui monte locher[3] des noix à des hauteurs vertigineuses. Ah ! oui, parle, vante-toi ! voilà de belles dispositions à exercer plus tard la pharmacie ; car tu peux te trouver appelé en des circonstances graves, par-devant les tribunaux, afin d'y éclairer la
1930   conscience des magistrats ; et il faudra pourtant garder son sang-froid, raisonner, se montrer homme, ou bien passer pour un imbécile !

Justin ne répondait pas. L'apothicaire continuait :

– Qui t'a prié de venir ? Tu importunes toujours monsieur et madame ! Les mercredis, d'ailleurs, ta présence m'est plus indispen-
1935   sable. Il y a maintenant vingt personnes à la maison. J'ai tout quitté à cause de l'intérêt que je te porte. Allons, va-t'en ! cours ! attends-moi, et surveille les bocaux !

Quand Justin, qui se rhabillait, fut parti, l'on causa quelque peu des évanouissements. Madame Bovary n'en avait jamais eu.

1940   – C'est extraordinaire pour une dame ! dit M. Boulanger. Du reste, il y a des gens bien délicats. Ainsi j'ai vu, dans une rencontre, un témoin perdre connaissance rien qu'au bruit des pistolets que l'on chargeait.

---

1. **Sclérotique :** membrane qui englobe l'arrière du globe oculaire.
2. **Algarade :** action brusquée (terme militaire).
3. **Locher :** attraper en secouant les branches de l'arbre.

– Moi, dit l'apothicaire, la vue du sang des autres ne me fait rien du tout ; mais l'idée seulement du mien qui coule suffirait à me causer des défaillances, si j'y réfléchissais trop.

Cependant M. Boulanger congédia son domestique, en l'engageant à se tranquilliser l'esprit, puisque sa fantaisie était passée.

– Elle m'a procuré l'avantage de votre connaissance, ajouta-t-il.

Et il regardait Emma durant cette phrase.

Puis il déposa trois francs sur le coin de la table, salua négligemment et s'en alla.

Il fut bientôt de l'autre côté de la rivière (c'était son chemin pour s'en retourner à la Huchette) ; et Emma l'aperçut dans la prairie, qui marchait sous les peupliers, se ralentissant de temps à autre, comme quelqu'un qui réfléchit.

– Elle est fort gentille ! se disait-il ; elle est fort gentille, cette femme du médecin ! De belles dents, les yeux noirs, le pied coquet, et de la tournure comme une Parisienne. D'où diable sort-elle ? Où donc l'a-t-il trouvée, ce gros garçon-là ?

M. Rodolphe Boulanger avait trente-quatre ans ; il était de tempérament brutal et d'intelligence perspicace, ayant d'ailleurs beaucoup fréquenté les femmes, et s'y connaissant bien. Celle-là lui avait paru jolie ; il y rêvait donc, et à son mari.

– Je le crois très bête. Elle en est fatiguée sans doute. Il porte des ongles sales et une barbe de trois jours. Tandis qu'il trottine à ses malades, elle reste à ravauder des chaussettes. Et on s'ennuie ! on voudrait habiter la ville, danser la polka tous les soirs ! Pauvre petite femme ! Ça bâille après l'amour, comme une carpe après l'eau sur une table de cuisine. Avec trois mots de galanterie, cela vous adorerait ; j'en suis sûr ! ce serait tendre ! charmant !... Oui, mais comment s'en débarrasser ensuite ?

Alors les encombrements du plaisir, entrevus en perspective, le firent, par contraste, songer à sa maîtresse. C'était une comédienne de Rouen, qu'il entretenait ; et, quand il se fut arrêté sur cette image, dont il avait, en souvenir même, des rassasiements :

– Ah ! madame Bovary, pensa-t-il, est bien plus jolie qu'elle, plus fraîche surtout. Virginie, décidément, commence à devenir trop grosse. Elle est si fastidieuse avec ses joies. Et, d'ailleurs, quelle manie de salicoques[1] !

La campagne était déserte, et Rodolphe n'entendait autour de lui que le battement régulier des herbes qui fouettaient sa chaussure, avec le cri des grillons tapis au loin sous les avoines ; il revoyait Emma dans la salle, habillée comme il l'avait vue, et il la déshabillait.

---

1. **Salicoques** : crevettes roses.

Deuxième partie

– Oh ! je l'aurai ! s'écria-t-il en écrasant, d'un coup de bâton, une motte de terre devant lui.

Et aussitôt il examina la partie politique de l'entreprise. Il se demandait :
– Où se rencontrer ? par quel moyen ? On aura continuellement le marmot sur les épaules, et la bonne, les voisins, le mari, toute sorte de tracasseries considérables. Ah bah ! dit-il, on y perd trop de temps !

Puis il recommença :
– C'est qu'elle a des yeux qui vous entrent au cœur comme des vrilles. Et ce teint pâle !... Moi, qui adore les femmes pâles !

Au haut de la côte d'Argueil, sa résolution était prise
– Il n'y a plus qu'à chercher les occasions. Eh bien, j'y passerai quelquefois, je leur enverrai du gibier, de la volaille ; je me ferai saigner, s'il le faut ; nous deviendrons amis, je les inviterai chez moi... Ah ! parbleu ! ajouta-t-il, voilà les comices[1] bientôt ; elle y sera, je la verrai. Nous commencerons, et hardiment, car c'est le plus sûr.

VIII

ILS ARRIVÈRENT, en effet, ces fameux comices ! Dès le matin de la solennité, tous les habitants, sur leurs portes, s'entretenaient des préparatifs ; on avait enguirlandé de lierres le fronton de la mairie ; une tente dans un pré était dressée pour le festin, et, au milieu de la Place, devant l'église, une espèce de bombarde[2] devait signaler l'arrivée de M. le préfet et le nom des cultivateurs lauréats. La garde nationale de Buchy (il n'y en avait point à Yonville) était venue s'adjoindre au corps des pompiers, dont Binet était le capitaine. Il portait ce jour-là un col encore plus haut que de coutume ; et, sanglé dans sa tunique, il avait le buste si roide et immobile, que toute la partie vitale de sa personne semblait être descendue dans ses deux jambes, qui se levaient en cadence, à pas marqués, d'un seul mouvement. Comme une rivalité subsistait entre le percepteur et le colonel, l'un et l'autre, pour montrer leurs talents, faisaient à

---

1. **Comices :** ici, réunions formées par les cultivateurs d'une région, en vue d'améliorer les procédés de culture et d'élevage.
2. **Bombarde :** petit canon ancien.

part manœuvrer leurs hommes. On voyait alternativement passer et repasser les épaulettes rouges et les plastrons noirs. Cela ne finissait pas et toujours recommençait ! Jamais il n'y avait eu pareil déploiement de pompe ! Plusieurs bourgeois, dès la veille, avaient lavé leurs
2015 maisons ; des drapeaux tricolores pendaient aux fenêtres entr'ouvertes ; tous les cabarets étaient pleins ; et, par le beau temps qu'il faisait, les bonnets empesés, les croix d'or et les fichus de couleur paraissaient plus blancs que neige, miroitaient au soleil clair, et relevaient de leur bigarrure éparpillée la sombre monotonie des redin
2020 gotes et des bourgerons[1] bleus. Les fermières des environs retiraient, en descendant de cheval, la grosse épingle qui leur serrait autour du corps leur robe retroussée de peur des taches ; et les maris, au contraire, afin de ménager leurs chapeaux, gardaient par-dessus des mouchoirs de poche, dont ils tenaient un angle entre les dents.
2025 La foule arrivait dans la grande rue par les deux bouts du village. Il s'en dégorgeait des ruelles, des allées, des maisons, et l'on entendait de temps à autre retomber le marteau des portes, derrière les bourgeoises en gants de fil, qui sortaient pour aller voir la fête. Ce que l'on admirait surtout, c'étaient deux longs ifs couverts de lam
2030 pions qui flanquaient une estrade où s'allaient tenir les autorités ; et il y avait de plus, contre les quatre colonnes de la mairie, quatre manières de gaules, portant chacune un petit étendard de toile verdâtre, enrichi d'inscriptions en lettres d'or. On lisait sur l'un : « Au Commerce » ; sur l'autre : « À l'Agriculture » ; sur le troisième :
2035 « À l'Industrie » ; et sur le quatrième : « Aux Beaux-Arts ».
Mais la jubilation qui épanouissait tous les visages paraissait assombrir madame Lefrançois, l'aubergiste. Debout sur les marches de sa cuisine, elle murmurait dans son menton :
– Quelle bêtise ! quelle bêtise avec leur baraque de toile !
2040 Croient-ils que le préfet sera bien aise de dîner là-bas, sous une tente, comme un saltimbanque ? Ils appellent ces embarras-là, faire le bien du pays ! Ce n'était pas la peine, alors, d'aller chercher un gargotier à Neufchâtel ! Et pour qui ? pour des vachers ! des va-nu-pieds !...
2045 L'apothicaire passa. Il portait un habit noir, un pantalon de nankin, des souliers de castor, et par extraordinaire un chapeau, – un chapeau bas de forme.
– Serviteur ! dit-il ; excusez-moi, je suis pressé.

---

1. **Bourgerons :** habits de campagne, par opposition aux redingotes.

Deuxième partie

Et comme la grosse veuve lui demanda où il allait :

2050 – Cela vous semble drôle, n'est-ce pas ? moi qui reste toujours plus confiné dans mon laboratoire que le rat du bonhomme dans son fromage[1].

– Quel fromage ? fit l'aubergiste.

– Non, rien ! ce n'est rien ! reprit Homais. Je voulais vous exprimer
2055 seulement, madame Lefrançois, que je demeure d'habitude tout reclus chez moi. Aujourd'hui cependant, vu la circonstance, il faut bien que…

– Ah ! vous allez là-bas ? dit-elle avec un air de dédain.

– Oui, j'y vais, répliqua l'apothicaire étonné ; ne fais-je point partie
2060 de la commission consultative ?

La mère Lefrançois le considéra quelques minutes, et finit par répondre en souriant :

– C'est autre chose ! Mais qu'est-ce que la culture vous regarde ? vous vous y entendez donc ?

2065 – Certainement, je m'y entends, puisque je suis pharmacien, c'est-à-dire chimiste ! et la chimie, madame Lefrançois, ayant pour objet la connaissance de l'action réciproque et moléculaire de tous les corps de la nature, il s'ensuit que l'agriculture se trouve comprise dans son domaine ! Et, en effet, composition des engrais, fermenta-
2070 tion des liquides, analyse des gaz et influence des miasmes, qu'est-ce que tout cela, je vous le demande, si ce n'est de la chimie pure et simple ?

L'aubergiste ne répondit rien. Homais continua :

– Croyez-vous qu'il faille, pour être agronome, avoir soi-même
2075 labouré la terre ou engraissé des volailles ? Mais il faut connaître plutôt la constitution des substances dont il s'agit, les gise-
ments géologiques, les actions atmosphériques, la qualité des ter-
rains, des minéraux, des eaux, la densité des différents corps et leur capillarité ! que sais-je ? Et il faut posséder à fond tous ses
2080 principes d'hygiène, pour diriger, critiquer la construction des bâti-
ments, le régime des animaux, l'alimentation des domestiques ! il faut encore, madame Lefrançois, posséder la botanique ; pouvoir discerner les plantes, entendez-vous, quelles sont les salutaires d'avec les délétères, quelles les improductives et quelles les nutritives, s'il
2085 est bon de les arracher par-ci et de les ressemer par-là, de propager

---

1. **Le rat du bonhomme dans son fromage :** allusion à la fable de La Fontaine intitulée « Le rat qui s'est retiré du monde », VII, 3.

138

les unes, de détruire les autres ; bref, il faut se tenir au courant de la science par les brochures et papiers publics, être toujours en haleine, afin d'indiquer les améliorations...

L'aubergiste ne quittait point des yeux la porte du *café Français*, et le pharmacien poursuivit :

– Plût à Dieu que nos agriculteurs fussent des chimistes, ou que du moins ils écoutassent davantage les conseils de la science ! Ainsi, moi, j'ai dernièrement écrit un fort opuscule, un mémoire de plus de soixante et douze pages, intitulé : *Du cidre, de sa fabrication et de ses effets ; suivi de quelques réflexions nouvelles* à ce sujet, que j'ai envoyé à la Société agronomique de Rouen ; ce qui m'a même valu l'honneur d'être reçu parmi ses membres, section d'agriculture, classe de pomologie[1] ; eh bien, si mon ouvrage avait été livré à la publicité...

Mais l'apothicaire s'arrêta, tant madame Lefrançois paraissait préoccupée.

– Voyez-les donc ! disait-elle, on n'y comprend rien ! une gargote semblable !

Et, avec des haussements d'épaules qui tiraient sur sa poitrine les mailles de son tricot, elle montrait des deux mains le cabaret de son rival, d'où sortaient alors des chansons.

– Du reste, il n'en a pas pour longtemps, ajouta-t-elle ; avant huit jours, tout est fini.

Homais se recula de stupéfaction. Elle descendit ses trois marches, et, lui parlant à l'oreille :

– Comment ! vous ne savez pas cela ? On va le saisir cette semaine. C'est Lheureux qui le fait vendre. Il l'a assassiné de billets[2].

– Quelle épouvantable catastrophe ! s'écria l'apothicaire, qui avait toujours des expressions congruantes à toutes les circonstances imaginables.

L'hôtesse donc se mit à lui raconter cette histoire, qu'elle savait par Théodore, le domestique de M. Guillaumin, et, bien qu'elle exécrât Tellier, elle blâmait Lheureux. C'était un enjôleur, un rampant...

– Ah ! tenez, dit-elle, le voilà sous les halles ; il salue madame Bovary, qui a un chapeau vert. Elle est même au bras de M. Boulanger.

– Madame Bovary ! fit Homais. Je m'empresse d'aller lui offrir mes hommages. Peut-être qu'elle sera bien aise d'avoir une place dans l'enceinte, sous le péristyle.

1. **Pomologie :** science des fruits à pépin.
2. **Billets :** pour *billets à ordre*, reconnaissances de dettes.

Deuxième partie

Et, sans écouter la mère Lefrançois, qui le rappelait pour lui en conter plus long, le pharmacien s'éloigna d'un pas rapide, sourire aux lèvres et jarret tendu, distribuant de droite et de gauche quantité de salutations et emplissant beaucoup d'espace avec les grandes basques de son habit noir, qui flottaient au vent derrière lui.

Rodolphe, l'ayant aperçu de loin, avait pris un train rapide ; mais madame Bovary s'essouffla ; il se ralentit donc et lui dit en souriant, d'un ton brutal :

– C'est pour éviter ce gros homme : vous savez, l'apothicaire.

Elle lui donna un coup de coude.

– Qu'est-ce que cela signifie ? se demanda-t-il.

Et il la considéra du coin de l'œil, tout en continuant à marcher.

Son profil était si calme, que l'on n'y devinait rien. Il se détachait en pleine lumière, dans l'ovale de sa capote[1] qui avait des rubans pâles ressemblant à des feuilles de roseau. Ses yeux aux longs cils courbes regardaient devant elle, et, quoique bien ouverts, ils semblaient un peu bridés par les pommettes, à cause du sang, qui battait doucement sous sa peau fine. Une couleur rose traversait la cloison de son nez. Elle inclinait la tête sur l'épaule, et l'on voyait entre ses lèvres le bout nacré de ses dents blanches.

– Se moque-t-elle de moi ? songeait Rodolphe.

Ce geste d'Emma pourtant n'avait été qu'un avertissement ; car M. Lheureux les accompagnait, et il leur parlait de temps à autre, comme pour entrer en conversation :

– Voici une journée superbe ! tout le monde est dehors ! les vents sont à l'est.

Et madame Bovary, non plus que Rodolphe, ne lui répondait guère, tandis qu'au moindre mouvement qu'ils faisaient, il se rapprochait en disant : « Plaît-il ? » et portait la main à son chapeau.

Quand ils furent devant la maison du maréchal, au lieu de suivre la route jusqu'à la barrière, Rodolphe, brusquement, prit un sentier, entraînant madame Bovary ; il cria :

– Bonsoir, M. Lheureux ! au plaisir !

– Comme vous l'avez congédié ! dit-elle en riant.

– Pourquoi, reprit-il, se laisser envahir par les autres ? et, puisque, aujourd'hui, j'ai le bonheur d'être avec vous...

Emma rougit. Il n'acheva point sa phrase. Alors il parla du beau temps et du plaisir de marcher sur l'herbe. Quelques marguerites étaient repoussées.

---

1. **Capote :** chapeau en tissu plissé, tenu par un ruban noué sous le cou.

– Voici de gentilles pâquerettes, dit-il, et de quoi fournir bien des oracles à toutes les amoureuses du pays.

Il ajouta :

– Si j'en cueillais. Qu'en pensez-vous ?

– Est-ce que vous êtes amoureux ? fit-elle en toussant un peu.

– Eh ! eh ! qui sait ? répondit Rodolphe.

Le pré commençait à se remplir, et les ménagères vous heurtaient avec leurs grands parapluies, leurs paniers et leurs bambins. Souvent il fallait se déranger devant une longue file de campagnardes, servantes en bas bleus, à souliers plats, à bagues d'argent, et qui sentaient le lait, quand on passait près d'elles. Elles marchaient en se tenant par la main, et se répandaient ainsi sur toute la longueur de la prairie, depuis la ligne des trembles jusqu'à la tente du banquet. Mais c'était le moment de l'examen, et les cultivateurs, les uns après les autres, entraient dans une manière d'hippodrome que formait une longue corde portée sur des bâtons.

Les bêtes étaient là, le nez tourné vers la ficelle, et alignant confusément leurs croupes inégales. Des porcs assoupis enfonçaient en terre leur groin ; des veaux beuglaient ; des brebis bêlaient ; les vaches, un jarret replié, étalaient leur ventre sur le gazon, et, ruminant lentement, clignaient leurs paupières lourdes, sous les moucherons qui bourdonnaient autour d'elles. Des charretiers, les bras nus, retenaient par le licou des étalons cabrés, qui hennissaient à pleins naseaux du côté des juments. Elles restaient paisibles, allongeant la tête et la crinière pendante, tandis que leurs poulains se reposaient à leur ombre, ou venaient les téter quelquefois ; et, sur la longue ondulation de tous ces corps tassés, on voyait se lever au vent, comme un flot, quelque crinière blanche, ou bien saillir des cornes aiguës, et des têtes d'hommes qui couraient. À l'écart, en dehors des lices[1], cent pas plus loin, il y avait un grand taureau noir muselé, portant un cercle de fer à la narine, et qui ne bougeait pas plus qu'une bête de bronze. Un enfant en haillons le tenait par une corde.

Cependant, entre les deux rangées, des messieurs s'avançaient d'un pas lourd, examinant chaque animal, puis se consultaient à voix basse. L'un d'eux, qui semblait plus considérable, prenait, tout en marchant, quelques notes sur un album. C'était le président du jury : M. Derozerays de la Panville. Sitôt qu'il reconnut Rodolphe, il s'avança vivement, et lui dit en souriant d'un air aimable :

---

1. **Lices :** clôtures.

Deuxième partie

2200 – Comment, monsieur Boulanger, vous nous abandonnez ?

Rodolphe protesta qu'il allait venir, Mais quand le président eut disparu :

– Ma foi, non, reprit-il, je n'irai pas ; votre compagnie vaut bien la sienne.

Et, tout en se moquant des comices, Rodolphe, pour circuler plus à l'aise, montrait au gendarme sa pancarte bleue, et même il s'arrêtait 2205 parfois devant quelque beau sujet, que madame Bovary n'admirait guère. Il s'en aperçut, et alors se mit à faire des plaisanteries sur les dames d'Yonville, à propos de leur toilette ; puis il s'excusa lui-même du négligé de la sienne. Elle avait cette incohérence de choses communes et recherchées, où le vulgaire, d'habitude, croit entrevoir la 2210 révélation d'une existence excentrique, les désordres du sentiment, les tyrannies de l'art, et toujours un certain mépris des conventions sociales, ce qui le séduit ou l'exaspère. Ainsi sa chemise de batiste à manchettes plissées bouffait au hasard du vent, dans l'ouverture de son gilet, qui était de coutil gris, et son pantalon à larges raies 2215 découvrait aux chevilles ses bottines de nankin, claquées de cuir[1] verni. Elles étaient si vernies, que l'herbe s'y reflétait. Il foulait avec elles les crottins de cheval, une main dans la poche de sa veste et son chapeau de paille mis de côté.

– D'ailleurs, ajouta-t-il, quand on habite la campagne…

2220 – Tout est peine perdue, dit Emma.

– C'est vrai ! répliqua Rodolphe. Songer que pas un seul de ces braves gens n'est capable de comprendre même la tournure d'un habit !

Alors ils parlèrent de la médiocrité provinciale, des existences qu'elle étouffait, des illusions qui s'y perdaient.

2225 – Aussi, disait Rodolphe, je m'enfonce dans une tristesse…

– Vous ! fit-elle avec étonnement. Mais je vous croyais très gai ?

– Ah ! oui, d'apparence, parce qu'au milieu du monde je sais mettre sur mon visage un masque railleur ; et cependant que de fois, à la vue d'un cimetière, au clair de lune, je me suis demandé si je ne 2230 ferais pas mieux d'aller rejoindre ceux qui sont à dormir…

– Oh ! Et vos amis ? dit-elle. Vous n'y pensez pas.

– Mes amis ? lesquels donc ? en ai-je ? Qui s'inquiète de moi ?

Et il accompagna ces derniers mots d'une sorte de sifflement entre ses lèvres.

2235 Mais ils furent obligés de s'écarter l'un de l'autre, à cause d'un grand échafaudage de chaises qu'un homme portait derrière eux. Il en était

---

1. **Claquées de cuir :** recouvertes de cuir sur la claque, partie de la chaussure recouvrant l'avant-pied.

si surchargé, que l'on apercevait seulement la pointe de ses sabots, avec le bout de ses deux bras, écartés droit. C'était Lestiboudois, le fossoyeur, qui charriait dans la multitude les chaises de l'église. Plein d'imagination pour tout ce qui concernait ses intérêts, il avait découvert ce moyen de tirer parti des comices ; et son idée lui réussissait, car il ne savait plus auquel entendre[1]. En effet, les villageois, qui avaient chaud, se disputaient ces sièges dont la paille sentait l'encens, et s'appuyaient contre leurs gros dossiers salis par la cire des cierges, avec une certaine vénération.

Madame Bovary reprit le bras de Rodolphe ; il continua comme se parlant à lui-même :

– Oui ! tant de choses m'ont manqué ! toujours seul ! Ah ! si j'avais eu un but dans la vie, si j'eusse rencontré une affection, si j'avais trouvé quelqu'un... Oh ! comme j'aurais dépensé toute l'énergie dont je suis capable, j'aurais surmonté tout, brisé tout !

– Il me semble pourtant, dit Emma, que vous n'êtes guère à plaindre.

– Ah ! vous trouvez ? fit Rodolphe.

– Car enfin..., reprit-elle, vous êtes libre.

Elle hésita :

– Riche.

– Ne vous moquez pas de moi, répondit-il.

Et elle jurait qu'elle ne se moquait pas, quand un coup de canon retentit ; aussitôt, on se poussa, pêle-mêle, vers le village.

C'était une fausse alerte. M. le préfet n'arrivait pas ; et les membres du jury se trouvaient fort embarrassés, ne sachant s'il fallait commencer la séance ou bien attendre encore.

Enfin, au fond de la Place, parut un grand landau de louage, traîné par deux chevaux maigres, que fouettait à tour de bras un cocher en chapeau blanc. Binet n'eut que le temps de crier : « Aux armes ! » et le colonel de l'imiter. On courut vers les faisceaux. On se précipita. Quelques-uns même oublièrent leur col. Mais l'équipage préfectoral sembla deviner cet embarras, et les deux rosses accouplées, se dandinant sur leur chaînette, arrivèrent au petit trot devant le péristyle de la mairie, juste au moment où la garde nationale et les pompiers s'y déployaient, tambour battant, et marquant le pas.

– Balancez[2] ! cria Binet.

– Halte ! cria le colonel. Par file à gauche !

---

1. **Auquel entendre :** lequel satisfaire (tournure ancienne).
2. **Balancez :** marquez le pas.

Deuxième partie

Et, après, un port d'armes où le cliquetis des capucines[1], se déroulant, sonna comme un chaudron de cuivre qui dégringole les escaliers, tous les fusils retombèrent.

Alors on vit descendre du carrosse un monsieur vêtu d'un habit court à broderie d'argent, chauve sur le front, portant toupet à l'occiput, ayant le teint blafard et l'apparence des plus bénignes. Ses deux yeux, fort gros et couverts de paupières épaisses, se fermaient à demi pour considérer la multitude, en même temps qu'il levait son nez pointu et faisait sourire sa bouche rentrée. Il reconnut le maire à son écharpe, et lui exposa que M. le préfet n'avait pu venir. Il était, lui, un conseiller de préfecture ; puis il ajouta quelques excuses. Tuvache y répondit par des civilités, l'autre s'avoua confus ; et ils restaient ainsi, face à face, et leurs fronts se touchant presque, avec les membres du jury tout alentour, le conseil municipal, les notables, la garde nationale et la foule. M. le conseiller, appuyant contre sa poitrine son petit tricorne noir, réitérait ses salutations, tandis que Tuvache, courbé comme un arc, souriait aussi, bégayait, cherchait ses phrases, protestait de son dévouement à la monarchie, et de l'honneur que l'on faisait à Yonville.

Hippolyte, le garçon de l'auberge, vint prendre par la bride les chevaux du cocher, et tout en boitant de son pied bot, il les conduisit sous le porche du *Lion d'or*, où beaucoup de paysans s'amassèrent à regarder la voiture. Le tambour battit, l'obusier tonna, et les messieurs à la file montèrent s'asseoir sur l'estrade, dans les fauteuils en utrecht[2] rouge qu'avait prêtés madame Tuvache.

Tous ces gens-là se ressemblaient. Leurs molles figures blondes, un peu hâlées par le soleil, avaient la couleur du cidre doux, et leurs favoris bouffants s'échappaient de grands cols roides, que maintenaient des cravates blanches à rosette[3] bien étalée. Tous les gilets étaient de velours, à châle[4] ; toutes les montres portaient au bout d'un long ruban quelque cachet ovale en cornaline ; et l'on appuyait ses deux mains sur ses deux cuisses, en écartant avec soin la fourche du pantalon, dont le drap non décati reluisait plus brillamment que le cuir des fortes bottes.

Les dames de la société se tenaient derrière, sous le vestibule, entre les colonnes, tandis que le commun de la foule était en face,

---

1. **Capucines :** anneaux de métal qui relient le canon et le bois des armes à feu.
2. **Utrecht :** velours d'Utrecht, tissu d'ameublement.
3. **Rosette :** nœud de tissu, en boucles.
4. **À châle :** gilets croisés, à revers.

debout, ou bien assis sur des chaises. En effet, Lestiboudois avait
apporté là toutes celles qu'il avait déménagées de la prairie, et même
il courait à chaque minute en chercher d'autres dans l'église, et causait un tel encombrement par son commerce, que l'on avait grand-
peine à parvenir jusqu'au petit escalier de l'estrade.

– Moi, je trouve, dit M. Lheureux (s'adressant au pharmacien, qui
passait pour gagner sa place), que l'on aurait dû planter là deux mâts
vénitiens : avec quelque chose d'un peu sévère et de riche comme
nouveautés, c'eût été d'un fort joli coup d'œil.

– Certes, répondit Homais. Mais, que voulez-vous ! c'est le maire qui a
tout pris sous son bonnet. Il n'a pas grand goût, ce pauvre Tuvache, et
il est même complètement dénué de ce qui s'appelle le génie des arts.

Cependant Rodolphe, avec madame Bovary, était monté au premier étage
de la mairie, dans la salle des délibérations, et, comme elle était vide, il avait
déclaré que l'on y serait bien pour jouir du spectacle plus à son aise. Il prit
trois tabourets autour de la table ovale, sous le buste du monarque, et, les
ayant approchés de l'une des fenêtres, ils s'assirent l'un près de l'autre.

Il y eut une agitation sur l'estrade, de longs chuchotements, des
pourparlers. Enfin, M. le Conseiller se leva. On savait maintenant qu'il
s'appelait Lieuvain, et l'on se répétait son nom de l'un à l'autre, dans
la foule. Quand il eut donc collationné quelques feuilles et appliqué
dessus son œil pour y mieux voir, il commença :

« Messieurs,

Qu'il me soit permis d'abord (avant de vous entretenir de l'objet de
cette réunion d'aujourd'hui, et ce sentiment, j'en suis sûr, sera partagé
par vous tous), qu'il me soit permis, dis-je de rendre justice à l'adminis-
tration supérieure ; au gouvernement, au monarque, messieurs, à notre
souverain, à ce roi bien-aimé à qui aucune branche de la prospérité
publique ou particulière n'est indifférente, et qui dirige à la fois d'une
main si ferme et si sage le char de l'État parmi les périls incessants
d'une mer orageuse, sachant d'ailleurs faire respecter la paix comme la
guerre, l'industrie, le commerce, l'agriculture et les beaux-arts. »

– Je devrais, dit Rodolphe, me reculer un peu.

– Pourquoi ? dit Emma.

Mais, à ce moment, la voix du Conseiller s'éleva d'un ton extraordinaire. Il déclamait :

« Le temps n'est plus, messieurs, où la discorde civile ensanglantait
nos places publiques, où le propriétaire, le négociant, l'ouvrier lui-
même, en s'endormant le soir d'un sommeil paisible ; tremblaient de
se voir réveillés tout à coup au bruit des tocsins incendiaires, où les
maximes les plus subversives sapaient audacieusement les bases… »

2350   — C'est qu'on pourrait, reprit Rodolphe, m'apercevoir d'en bas ; puis j'en aurais pour quinze jours à donner des excuses, et, avec ma mauvaise réputation...

— Oh ! vous vous calomniez, dit Emma.

— Non, non, elle est exécrable, je vous jure.

2355   « Mais messieurs, poursuivait le Conseiller, que si, écartant de mon souvenir ces sombres tableaux, je reporte mes yeux sur la situation actuelle de notre belle patrie : qu'y vois-je ? Partout fleurissent le commerce et les arts ; partout des voies nouvelles de communication, comme autant d'artères nouvelles dans le corps de l'État, y établissent

2360 des rapports nouveaux ; nos grands centres manufacturiers ont repris leur activité ; la religion, plus affermie, sourit à tous les cœurs ; nos ports sont pleins, la confiance renaît, et enfin la France respire !... »

— Du reste, ajouta Rodolphe, peut-être, au point de vue du monde, a-t-on raison ?

2365   — Comment cela ? fit-elle.

— Eh quoi ! dit-il, ne savez-vous pas qu'il y a des âmes sans cesse tourmentées ? Il leur faut tour à tour le rêve et l'action, les passions les plus pures, les jouissances les plus furieuses, et l'on se jette ainsi dans toutes sortes de fantaisies, de folies.

2370   Alors elle le regarda comme on contemple un voyageur qui a passé par des pays extraordinaires, et elle reprit :

— Nous n'avons pas même cette distraction, nous autres pauvres femmes !

— Triste distraction car on n'y trouve pas le bonheur.

2375   — Mais le trouve-t-on jamais ? demanda-t-elle.

— Oui, il se rencontre un jour, répondit-il.

« Et c'est là ce que vous avez compris, disait le Conseiller. Vous, agriculteurs et ouvriers des campagnes ; vous, pionniers pacifiques d'une œuvre toute de civilisation ! vous, hommes de progrès et de moralité !

2380 vous avez compris, dis-je, que les orages politiques sont encore plus redoutables vraiment que les désordres de l'atmosphère... »

— Il se rencontre un jour, répéta Rodolphe, un jour, tout à coup, et quand on en désespérait. Alors des horizons s'entrouvrent, c'est comme une voix qui crie : « Le voilà ! » Vous sentez le besoin de

2385 faire à cette personne la confidence de votre vie ; de lui donner tout, de lui sacrifier tout ! On ne s'explique pas, on se devine. On s'est entrevu dans ses rêves. (Et il la regardait.) Enfin, il est là, ce trésor que l'on a tant cherché, là, devant vous ; il brille, il étincelle. Cependant on en doute encore, on n'ose y croire ; on en reste ébloui,

2390 comme si l'on sortait des ténèbres à la lumière.

Et, en achevant ces mots ; Rodolphe ajouta la pantomime a sa phrase. Il se passa la main sur le visage, tel qu'un homme pris d'étourdissement ; puis il la laissa retomber sur celle d'Emma. Elle retira la sienne. Mais le Conseiller lisait toujours :

2395 « Et qui s'en étonnerait, messieurs ? Celui-là seul qui serait assez aveugle, assez plongé (je ne crains pas de le dire), assez plongé dans les préjugés d'un autre âge pour méconnaître encore l'esprit des populations agricoles. Où trouver, en effet, plus de patriotisme que dans les campagnes, plus de dévouement à la cause publique, 2400 plus d'intelligence en un mot ? Et je n'entends pas, messieurs, cette intelligence superficielle, vain ornement des esprits oisifs, mais plus de cette intelligence profonde et modérée, qui s'applique par-dessus toute chose à poursuivre des buts utiles, contribuant ainsi au bien de chacun, à l'amélioration commune et au soutien des États, fruit 2405 du respect des lois et de la pratique des devoirs... »

– Ah ! encore, dit Rodolphe. Toujours les devoirs, je suis assommé de ces mots-là. Ils sont un tas de vieilles ganaches en gilet de fla- nelle, et de bigotes à chaufferette et à chapelet, qui continuellement nous chantent aux oreilles : « Le devoir ! le devoir ! » Eh ! parbleu ! 2410 le devoir, c'est de sentir ce qui est grand, de chérir ce qui est beau, et non pas d'accepter toutes les conventions de la société, avec les ignominies qu'elle nous impose.

– Cependant..., cependant..., objectait madame Bovary.

– Eh non ! pourquoi déclamer contre les passions ? Ne sont-elles pas 2415 la seule belle chose qu'il y ait sur la terre, la source de l'héroïsme, de l'enthousiasme, de la poésie, de la musique, des arts, de tout enfin ?

– Mais il faut bien, dit Emma, suivre un peu l'opinion du monde et obéir à sa morale.

– Ah ! c'est qu'il y en a deux, répliqua-t-il. La petite, la convenue, 2420 celle des hommes, celle qui varie sans cesse et qui braille si fort, s'agite en bas, terre à terre, comme ce rassemblement d'imbéciles que vous voyez. Mais l'autre, l'éternelle, elle est tout autour et au-dessus, comme le paysage qui nous environne et le ciel bleu qui nous éclaire.

M. Lieuvain venait de s'essuyer la bouche avec son mouchoir de 2425 poche. Il reprit :

« Et qu'aurais-je à faire, messieurs, de vous démontrer ici l'utilité de l'agriculture ? Qui donc pourvoit à nos besoins ? qui donc fournit à notre subsistance ? N'est-ce pas l'agriculteur ? L'agriculteur, mes- sieurs, qui, ensemençant d'une main laborieuse les sillons féconds 2430 des campagnes, fait naître le blé, lequel broyé est mis en poudre au moyen d'ingénieux appareils, en sort sous le nom de farine, et, de là, transporté dans les cités, est bientôt rendu chez le boulanger, qui en confectionne un aliment pour le pauvre comme pour le riche. N'est-ce pas l'agriculteur encore qui engraisse, pour nos vêtements, ses abondants troupeaux dans les pâturages ? Car comment nous vêtirions-nous, car comment nous nourririons-nous sans l'agriculteur ? Et même, messieurs, est-il besoin d'aller si loin chercher des exemples ? Qui n'a souvent réfléchi à toute l'importance que l'on retire de ce modeste animal, ornement de nos basses-cours, qui fournit à la fois un oreiller mœlleux pour nos couches, sa chair succulente pour nos tables, et des œufs ? Mais je n'en finirais pas, s'il fallait énumérer les uns après les autres les différents produits que la terre bien cultivée, telle qu'une mère généreuse, prodigue à ses enfants. Ici, c'est la vigne ; ailleurs, ce sont les pommiers à cidre ; là, le colza ; plus loin, les fromages ; et le lin ; messieurs, n'oublions pas le lin ! qui a pris dans ces dernières années un accroissement considérable et sur lequel j'appellerai plus parti-culièrement votre attention. »

Il n'avait pas besoin de l'appeler : car toutes les bouches de la multitude se tenaient ouvertes, comme pour boire ses paroles. Tuvache, à côté de lui, l'écoutait en écarquillant les yeux ; M. Derozerays, de temps à autre, fermait doucement les paupières ; et, plus loin, le pharmacien, avec son fils Napoléon entre ses jambes, bombait sa main contre son oreille pour ne pas perdre une seule syllabe. Les autres membres du jury balançaient lentement leur menton dans leur gilet, en signe d'approbation. Les pompiers, au bas de l'estrade, se reposaient sur leurs baïonnettes ; et Binet, immobile, restait le coude en dehors, avec la pointe du sabre en l'air. Il entendait peut-être, mais il ne devait rien apercevoir, à cause de la visière de son casque qui lui descendait sur le nez. Son lieutenant, le fils cadet du sieur Tuvache, avait encore exagéré le sien ; car il en portait un énorme et qui lui vacillait sur la tête, en laissant dépasser un bout de son foulard d'indienne. Il souriait là-dessous avec une douceur tout enfantine, et sa petite figure pâle, où des gouttes ruisselaient, avait une expression de jouissance, d'accablement et de sommeil

La place jusqu'aux maisons était comble de monde. On voyait des gens accoudés à toutes les fenêtres, d'autres debout sur toutes les portes, et Justin, devant la devanture de la pharmacie, paraissait tout fixé dans la contemplation de ce qu'il regardait. Malgré le silence, la voix de M. Lieuvain se perdait dans l'air. Elle vous arrivait par lambeaux de phrases, qu'interrompait, çà et là le bruit des chaises dans la foule ; puis on entendait, tout à coup, partir derrière soi un long mugissement de bœuf, ou bien les bêlements des agneaux qui se répondaient au coin des rues. En effet, les vachers et les bergers avaient poussé leurs bêtes jusque-là, et elles beuglaient de temps à autre, tout en arrachant avec leur langue quelque bribe de feuillage qui leur pendait sur le museau.

Rodolphe s'était rapproché d'Emma, et il disait d'une voix basse, en parlant vite :

– Est-ce que cette conjuration du monde ne vous révolte pas ? Est-il un seul sentiment qu'il ne condamne ? Les instincts les plus nobles, les sympathies les plus pures sont persécutés, calomniés, et, s'il se rencontre enfin deux pauvres âmes, tout est organisé pour qu'elles ne puissent se joindre. Elles essayeront cependant, elles battront des ailes, elles s'appelleront. Oh ! n'importe, tôt ou tard, dans six mois, dix ans, elles se réuniront, s'aimeront, parce que la fatalité l'exige et qu'elles sont nées l'une pour l'autre.

Il se tenait les bras croisés sur ses genoux, et, ainsi levant la figure vers Emma, il la regardait de près, fixement. Elle distinguait dans ses yeux des petits rayons d'or s'irradiant tout autour de ses pupilles noires, et même elle sentait le parfum de la pommade qui lustrait sa chevelure. Alors une mollesse la saisit, elle se rappela ce vicomte qui l'avait fait valser à la Vaubyessard, et dont la barbe exhalait, comme ces cheveux-là, cette odeur de vanille et de citron ; et, machinalement, elle entreferma les paupières pour le mieux respirer : Mais, dans ce geste qu'elle fit en se cambrant sur sa chaise, elle aperçut au loin, tout au fond de l'horizon, la vieille diligence *l'Hirondelle*, qui descendait lentement la côte des Leux, en traînant après soi un long panache de poussière. C'était dans cette voiture jaune que Léon, si souvent, était revenu vers elle ; et par cette route là-bas qu'il était parti pour toujours ! Elle crut le voir en face, à sa fenêtre ; puis tout se confondit, des nuages passèrent ; il lui sembla qu'elle tournait encore dans la valse, sous le feu des lustres, au bras du vicomte, et que Léon n'était pas loin, qui allait venir ... et cependant elle sentait toujours la tête de Rodolphe à côté d'elle. La douceur de cette sensation pénétrait ainsi ses désirs d'autrefois, et comme des grains de sable sous un coup de vent, ils tourbillonnaient dans la bouffée subtile du parfum qui se répandait sur son âme. Elle ouvrit les narines à plusieurs reprises, fortement, pour aspirer la fraîcheur des lierres autour des chapiteaux. Elle retira ses gants, elle s'essuya les mains ; puis, avec son mouchoir, elle s'éventait la figure, tandis qu'à travers le battement de ses tempes elle entendait la rumeur de la foule et la voix du Conseiller qui psalmodiait ses phrases.

Il disait :

« Continuez ! persévérez ! n'écoutez ni les suggestions de la routine, ni les conseils trop hâtifs d'un empirisme téméraire ! Appliquez-

vous surtout à l'amélioration du sol, aux bons engrais, au déve-
loppement des races chevalines, bovines, ovines et porcines ! Que
ces comices soient pour vous comme des arènes pacifiques où le
vainqueur, en en sortant, tendra la main au vaincu et fraternisera
avec lui, dans l'espoir d'un succès meilleur ! Et vous, vénérables ser-
viteurs ! humbles domestiques, dont aucun gouvernement jusqu'à
ce jour n'avait pris en considération les pénibles labeurs, venez recevoir la récompense de vos vertus silencieuses, et soyez convaincus
que l'état, désormais, a les yeux fixés sur vous, qu'il vous encourage,
qu'il vous protège, qu'il fera droit à vos justes réclamations et allé-
gera, autant qu'il est en lui, le fardeau de vos pénibles sacrifices ! ».

M. Lieuvain se rassit alors ; M. Derozerays se leva, commençant un
autre discours. Le sien peut-être, ne fut point aussi fleuri que celui
du Conseiller ; mais il se recommandait par un caractère de style plus
positif, c'est-à-dire par des connaissances plus spéciales et des considérations plus relevées. Ainsi, l'éloge du gouvernement y tenait moins de
place ; la religion et l'agriculture en occupaient davantage. On y voyait
le rapport de l'une et de l'autre, et comment elles avaient concouru
toujours à la civilisation. Rodolphe, avec madame Bovary, causait rêves,
pressentiments, magnétisme. Remontant au berceau des sociétés, l'ora-
teur vous dépeignait ces temps farouches où les hommes vivaient de
glands, au fond des bois. Puis ils avaient quitté la dépouille des bêtes ;
endossé le drap, creusé des sillons, planté la vigne. Était-ce un bien, et
n'y avait-il pas dans cette découverte plus d'inconvénients que d'avantages ? M. Derozerays se posait ce problème. Du magnétisme, peu à
peu, Rodolphe en était venu aux affinités, et, tandis que M. le président
citait Cincinnatus à sa charrue, Dioclétien plantant ses choux[1], et les
empereurs de la Chine inaugurant l'année par des semailles, le jeune
homme expliquait à la jeune femme que ces attractions irrésistibles
tiraient leur cause de quelque existence antérieure.

– Ainsi, nous, disait-il, pourquoi nous sommes-nous connus ? quel
hasard l'a voulu ? C'est qu'à travers l'éloignement, sans doute,
comme deux fleuves qui coulent pour se rejoindre, nos pentes particulières nous avaient poussés l'un vers l'autre.

---

1. **Cincinnatus à sa charrue, Dioclétien plantant ses choux :** Cincinnatus, patricien
du Vᵉ siècle av. J.-C., héros légendaire de Rome, que les sénateurs seraient venus
chercher pour prendre le pouvoir alors qu'il labourait son champ, et qui renonça à
tout honneur après sa victoire ; Dioclétien (245-313), empereur romain, qui abdi-
qua en 305 et se retira pour cultiver son jardin.

Et il saisit sa main ; elle ne la retira pas.

« Ensemble de bonnes cultures ! » cria le président.

2550 – Tantôt, par exemple, quand je suis venu chez vous...

« À M. Bizet, de Quincampoix. »

– Savais-je que je vous accompagnerais ?

« Soixante et dix francs ! »

– Cent fois même j'ai voulu partir, et je vous ai suivie, je suis resté.

2555 « Fumiers. »

– Comme je resterais ce soir, demain, les autres jours, toute ma vie !

« À M. Caron, d'Argueil, une médaille d'or ! »

– Car jamais je n'ai trouvé dans la société de personne un charme aussi complet.

2560 « À M. Bain, de Givry-Saint-Martin ! »

– Aussi, moi, j'emporterai votre souvenir.

« Pour un bélier mérinos... »

– Mais vous m'oublierez, j'aurai passé comme une ombre.

« À M. Belot, de Notre-Dame... »

2565 – Oh ! non, n'est-ce pas, je serai quelque chose dans votre pensée, dans votre vie ?

« Race porcine, prix ex aequo : à MM. Lehérissé et Cullembourg ; soixante francs ! »

Rodolphe lui serrait la main, et il la sentait toute chaude et frémis-
2570 sante comme une tourterelle captive qui veut reprendre sa volée ;
mais, soit qu'elle essayât de la dégager ou bien qu'elle répondît à
cette pression, elle fit un mouvement des doigts ; il s'écria :

– Oh ! merci ! Vous ne me repoussez pas ! Vous êtes bonne ! vous
comprenez que je suis à vous ! Laissez que je vous voie, que je vous
2575 contemple !

Un coup de vent qui arriva par les fenêtres fronça le tapis de la
table, et, sur la Place, en bas, tous les grands bonnets des paysannes
se soulevèrent, comme des ailes de papillons blancs qui s'agitent.

« Emploi de tourteaux[1] de graines oléagineuses », continua le président.

2580 Il se hâtait :

« Engrais flamand, – culture du lin, – drainage, – baux à longs
termes, – services de domestiques. »

Rodolphe ne parlait plus. Ils se regardaient. Un désir suprême faisait frissonner leurs lèvres sèches ; et mollement, sans effort, leurs
2585 doigts se confondirent.

---

1. **Tourteaux** : pâtes utilisées principalement pour l'alimentation des animaux.

Deuxième partie

« Catherine-Nicaise-Élisabeth Leroux, de Sassetot-la-Guerrière, pour cinquante-quatre ans de service dans la même ferme, une médaille d'argent – du prix de vingt-cinq francs ! »

« Où est-elle, Catherine Leroux ? » répéta le Conseiller.

2590 Elle ne se présentait pas, et l'on entendait des voix qui chuchotaient :

– Vas-y !

– Non.

– À gauche !

– N'aie pas peur !

2595 – Ah ! qu'elle est bête !

– Enfin y est-elle ? s'écria Tuvache.

– Oui !... la voilà !

– Qu'elle approche donc !

Alors on vit s'avancer sur l'estrade une petite vieille femme de
2600 maintien craintif, et qui paraissait se ratatiner dans ses pauvres
vêtements. Elle avait aux pieds de grosses galoches de bois, et, le
long des hanches, un grand tablier bleu. Son visage maigre, entouré
d'un béguin[1] sans bordure, était plus plissé de rides qu'une pomme
de reinette flétrie, et des manches de sa camisole rouge dépassaient
2605 deux longues mains, à articulations noueuses. La poussière des
granges, la potasse des lessives et le suint des laines les avaient
si bien encroûtées, éraillées, durcies, qu'elles semblaient sales
quoiqu'elles fussent rincées d'eau claire ; et, à force d'avoir servi,
elles restaient entr'ouvertes, comme pour présenter d'elles-mêmes
2610 l'humble témoignage de tant de souffrances subies. Quelque chose
d'une rigidité monacale relevait l'expression de sa figure. Rien de
triste ou d'attendri n'amollissait ce regard pâle. Dans la fréquen-
tation des animaux, elle avait pris leur mutisme et leur placidité.
C'était la première fois qu'elle se voyait au milieu d'une compagnie
2615 si nombreuse ; et, intérieurement effarouchée par les drapeaux, par
les tambours, par les messieurs en habit noir et par la croix d'honneur du Conseiller, elle demeurait tout immobile, ne sachant s'il
fallait s'avancer ou s'enfuir, ni pourquoi la foule la poussait et pourquoi les examinateurs lui souriaient. Ainsi se tenait, devant ces
2620 bourgeois épanouis, ce demi-siècle de servitude.

– Approchez, vénérable Catherine-Nicaise-Élisabeth Leroux ! dit
M. le Conseiller, qui avait pris des mains du président la liste des
lauréats.

---

1. **Béguin :** coiffe paysanne attachée sous le menton.

Et tour à tour examinant la feuille de papier, puis la
2625 vieille femme, il répétait d'un ton paternel :

– Approchez, approchez !

– Êtes-vous sourde ? dit Tuvache, en bondissant sur son fauteuil.

Et il se mit là lui crier dans l'oreille :

– Cinquante-quatre ans de service ! Une médaille d'argent ! Vingt-
2630 cinq francs ! C'est pour vous.

Puis, quand elle eut sa médaille, elle la considéra. Alors un sourire
de béatitude se répandit sur sa figure, et on l'entendit qui marmottait en s'en allant :

– Je la donnerai au curé de chez nous, pour qu'il me dise des messes.

2635 – Quel fanatisme ! exclama le pharmacien, en se penchant vers le notaire.

La séance était finie ; la foule se dispersa ; et, maintenant que des
discours étaient lus, chacun reprenait son rang et tout rentrait dans
la coutume : les maîtres rudoyaient les domestiques, et ceux-ci frappaient les animaux, triomphateurs indolents qui s'en retournaient à
2640 l'étable, une couronne verte entre les cornes.

Cependant les gardes nationaux étaient montés au premier étage
de la mairie, avec des brioches embrochées à leurs baïonnettes, et le
tambour du bataillon qui portait un panier de bouteilles. Madame
Bovary prit le bras de Rodolphe ; il la reconduisit chez elle ; ils se
2645 séparèrent devant sa porte ; puis il se promena seul dans la prairie,
tout en attendant l'heure du banquet.

Le festin fut long, bruyant, mal servi ; l'on était si tassé, que l'on avait
peine à remuer les coudes, et les planches étroites qui servaient de
bancs faillirent se rompre sous le poids des convives. Ils mangeaient
2650 abondamment. Chacun s'en donnait pour sa quote-part. La sueur coulait sur tous les fronts ; et une vapeur blanchâtre, comme la buée d'un
fleuve par un matin d'automne, flottait au-dessus de la table, entre les
quinquets suspendus. Rodolphe, le dos appuyé contre le calicot de la
tente, pensait si fort à Emma, qu'il n'entendait rien. Derrière lui, sur le
2655 gazon, des domestiques empilaient des assiettes sales ; ses voisins parlaient, il ne leur répondait pas ; on lui emplissait son verre, et un silence
s'établissait dans sa pensée, malgré les accroissements de la rumeur. Il
rêvait à ce qu'elle avait dit et à la forme de ses lèvres ; sa figure, comme
en un miroir magique, brillait sur la plaque des shakos[1] ; les plis de sa
2660 robe descendaient le long des murs, et des journées d'amour se déroulaient à l'infini dans les perspectives de l'avenir.

---

1. **Shakos :** coiffures militaires rigides.

Deuxième partie

Il la revit le soir, pendant le feu d'artifice ; mais elle était avec son mari, madame Homais et le pharmacien, lequel se tourmentait beaucoup sur le danger des fusées perdues ; et, à chaque moment, il quittait la compagnie pour aller faire à Binet des recommandations.

Les pièces pyrotechniques envoyées à l'adresse du sieur Tuvache avaient, par excès de précaution, été enfermées dans sa cave ; aussi la poudre humide ne s'enflammait guère, et le morceau principal, qui devait figurer un dragon se mordant la queue, rata complètement. De temps à autre, il partait une pauvre chandelle romaine ; alors la foule béante poussait une clameur où se mêlait le cri des femmes à qui l'on chatouillait la taille pendant l'obscurité. Emma, silencieuse, se blottissait doucement contre l'épaule de Charles ; puis, le menton levé, elle suivait dans le ciel noir le jet lumineux des fusées. Rodolphe la contemplait à la lueur des lampions qui brûlaient.

Ils s'éteignirent peu à peu. Les étoiles s'allumèrent. Quelques gouttes de pluie vinrent à tomber. Elle noua son fichu sur sa tête nue.

À ce moment, le fiacre du Conseiller sortit de l'auberge. Son cocher, qui était ivre, s'assoupit tout à coup ; et l'on apercevait de loin, pardessus la capote, entre les deux lanternes, la masse de son corps qui se balançait de droite et de gauche selon le tangage des soupentes[1].

– En vérité, dit l'apothicaire, on devrait bien sévir contre l'ivresse ! Je voudrais que l'on inscrivît, hebdomadairement, à la porte de la mairie, sur un tableau ad hoc, les noms de tous ceux qui, durant la semaine, se seraient intoxiqués avec des alcools. D'ailleurs, sous le rapport de la statistique, on aurait là comme des annales patentes qu'on irait au besoin... Mais excusez.

Et il courut encore vers le capitaine.

Celui-ci rentrait à sa maison. Il allait revoir son tour.

– Peut-être ne feriez-vous pas mal, lui dit Homais, d'envoyer un de vos hommes ou d'aller vous-même...

– Laissez-moi donc tranquille, répondit le percepteur, puisqu'il n'y a rien !

– Rassurez-vous, dit l'apothicaire, quand il fut revenu près de ses amis. M. Binet m'a certifié que les mesures étaient prises. Nulle flammèche ne sera tombée. Les pompes sont pleines. Allons dormir.

– Ma foi ! j'en ai besoin, fit madame Homais qui bâillait considérablement ; mais, n'importe, nous avons eu pour notre fête une bien belle journée.

---

1. **Soupentes :** courroies de cuir sur lesquelles est suspendue la voiture.

2700 Rodolphe répéta d'une voix basse et avec un regard tendre :
— Oh ! oui, bien belle !

Et, s'étant salués, on se tourna le dos.

Deux jours après, dans *le Fanal de Rouen* il y avait un grand article
sur les comices. Homais l'avait composé, de verve, dès le lendemain :

2705 « Pourquoi ces festons, ces fleurs, ces guirlandes ? Où courait cette
foule comme les flots d'une mer en furie, sous les torrents d'un soleil
tropical qui répandait sa chaleur sur nos guérets ? »

Ensuite, il parlait de la condition des paysans. Certes, le gouvernement faisait beaucoup, mais, pas assez ! « Du courage ! lui criait-il ;
2710 mille réformes sont indispensables, accomplissons-les. » Puis, abordant
l'entrée du Conseiller, il n'oubliait point « l'air martial de notre milice »,
ni « nos plus sémillantes villageoises », ni « les vieillards à tête chauve,
sorte de patriarches qui étaient là, et dont quelques-uns, débris de nos
immortelles phalanges[1], sentaient encore battre leurs cœurs au son
2715 mâle des tambours. » Il se citait des premiers parmi les membres du
jury, et même il rappelait, dans une note, que M. Homais, pharmacien,
avait envoyé un mémoire sur le cidre à la Société d'agriculture. Quand
il arrivait à la distribution des récompenses, il dépeignait la joie des
lauréats en traits dithyrambiques. « Le père embrassait son fils, le frère
2720 le frère, l'époux l'épouse. Plus d'un montrait avec orgueil son humble
médaille, et sans doute, revenu chez lui, près de sa bonne ménagère,
il l'aura suspendue en pleurant aux murs discrets de sa chaumine.

« Vers six heures, un banquet, dressé dans l'herbage de M. Liégeard,
a réuni les principaux assistants de la fête. La plus grande cordialité
2725 n'a cessé d'y régner. Divers toasts ont été portés : M. Lieuvain, au
monarque ! M. Tuvache, au préfet ! M. Derozerays, à l'agriculture !
M. Homais, à l'industrie et aux beaux-arts, ces deux sœurs !
M. Leplichey, aux améliorations ! Le soir, un brillant feu d'artifice a tout
à coup illuminé les airs. On eût dit un véritable kaléidoscope, un vrai
2730 décor d'Opéra, et un moment notre petite localité, a pu se croire trans-
portée au milieu d'un rêve des *Mille et une Nuits*.

« Constatons qu'aucun événement fâcheux n'est venu troubler
cette réunion de famille. »

Et il ajoutait : « On y a seulement remarqué l'absence du clergé.
2735 Sans doute les sacristies entendent le progrès d'une autre manière.
Libre à vous, messieurs de Loyola ! »

---

1. **Phalanges :** armées (napoléoniennes).

IX

SIX SEMAINES s'écoulèrent. Rodolphe ne revint pas. Un soir, enfin, il parut.

Il s'était dit, le lendemain des comices :

2740 — N'y retournons pas de sitôt, ce serait une faute.

Et, au bout de la semaine, il était parti pour la chasse. Après la chasse, il avait songé qu'il était trop tard, puis il fit ce raisonnement :

— Mais, si du premier jour elle m'a aimé, elle doit, par l'impatience de me revoir, m'aimer davantage. Continuons donc !

2745 Et il comprit que son calcul avait été bon lorsque, en entrant dans la salle, il aperçut Emma pâlir.

Elle était seule. Le jour tombait. Les petits rideaux de mousseline, le long des vitres, épaississaient le crépuscule, et la dorure du baro-mètre, sur qui frappait un rayon de soleil, étalait des feux dans la

2750 glace, entre les découpures du polypier.

Rodolphe resta debout ; et à peine si Emma répondit à ses premières phrases de politesse.

— Moi, dit-il, j'ai eu des affaires. J'ai été malade.

— Gravement ? s'écria-t-elle.

2755 — Eh bien, fit Rodolphe en s'asseyant à ses côtés sur un tabouret, non !... C'est que je n'ai pas voulu revenir.

— Pourquoi ?

— Vous ne devinez pas ?

Il la regarda encore une fois, mais d'une façon si violente qu'elle

2760 baissa la tête en rougissant. Il reprit :

— Emma...

— Monsieur ! fit-elle en s'écartant un peu.

— Ah ! vous voyez bien, répliqua-t-il d'une voix mélancolique, que j'avais raison de vouloir ne pas revenir ; car ce nom, ce nom qui rem-

2765 plit mon âme et qui m'est échappé, vous me l'interdisez ! Madame Bovary !... Eh ! tout le monde vous appelle comme cela !... Ce n'est pas votre nom, d'ailleurs ; c'est le nom d'un autre !

Il répéta :

— D'un autre !

2770 Et il se cacha la figure entre les mains.

— Oui, je pense à vous continuellement !... Votre souvenir me déses-père ! Ah ! pardon !... Je vous quitte... Adieu !... J'irai loin..., si loin, que vous n'entendrez plus parler de moi !... Et cependant...,

aujourd'hui…, je ne sais quelle force encore m'a poussé vers vous !
Car on ne lutte pas contre le ciel, on ne résiste point au sourire des
anges ! on se laisse entraîner par ce qui est beau, charmant, adorable !

C'était la première fois qu'Emma s'entendait dire ces choses ; et
son orgueil, comme quelqu'un qui se délasse dans une étuve, s'éti-
rait mollement et tout entier à la chaleur de ce langage.

— Mais, si je ne suis pas venu, continua-t-il, si je n'ai pu vous voir, ah !
du moins j'ai bien contemplé ce qui vous entoure. La nuit, toutes les
nuits, je me relevais, j'arrivais jusqu'ici, je regardais votre maison, le
toit qui brillait sous la lune, les arbres du jardin qui se balançaient à
votre fenêtre, et une petite lampe, une lueur, qui brillait à travers les
carreaux, dans l'ombre. Ah ! vous ne saviez guère qu'il y avait là, si
près et si loin, un pauvre misérable…

Elle se tourna vers lui avec un sanglot.

— Oh ! vous êtes bon ! dit-elle.

— Non, je vous aime, voilà tout ! Vous n'en doutez pas ! Dites-le-
moi ; un mot ! un seul mot !

Et Rodolphe, insensiblement, se laissa glisser du tabouret jusqu'à
terre ; mais on entendit un bruit de sabots dans la cuisine, et la
porte de la salle, il s'en aperçut, n'était pas fermée.

— Que vous seriez charitable, poursuivit-il en se relevant, de satisfaire une fantaisie !

C'était de visiter sa maison ; il désirait la connaître ; et, madame
Bovary n'y voyant point d'inconvénient, ils se levaient tous les deux,
quand Charles entra.

— Bonjour, docteur, lui dit Rodolphe.

Le médecin, flatté de ce titre inattendu, se répandit en obséquiosités,
et l'autre en profita pour se remettre un peu.

— Madame m'entretenait, fit-il donc, de sa santé…

Charles l'interrompit : il avait mille inquiétudes, en effet ; les
oppressions de sa femme recommençaient. Alors Rodolphe demanda
si l'exercice du cheval ne serait pas bon.

— Certes ! excellent, parfait !… Voilà une idée ! Tu devrais la suivre.

Et, comme elle objectait qu'elle n'avait point de cheval, M. Rodolphe
en offrit un ; elle refusa ses offres ; il n'insista pas ; puis, afin de motiver
sa visite, il conta que son charretier, l'homme à la saignée, éprouvait
toujours des étourdissements.

— J'y passerai, dit Bovary.

— Non, non, je vous l'enverrai ; nous viendrons, ce sera plus commode pour vous.

— Ah ! fort bien. Je vous remercie.

Deuxième partie

2815 Et, dès qu'ils furent seuls :
– Pourquoi n'acceptes-tu pas les propositions de M. Boulanger, qui sont si gracieuses ?

Elle prit un air boudeur, chercha mille excuses, et déclara finalement *que cela peut-être semblerait drôle.*

2820 – Ah ! je m'en moque pas mal ! dit Charles en faisant une pirouette. La santé avant tout ! Tu as tort !
– Eh ! comment veux-tu que je monte à cheval, puisque je n'ai pas d'amazone[1] ?
– Il faut t'en commander une ! répondit-il.

2825 L'amazone la décida.

Quand le costume fut prêt, Charles écrivit à M. Boulanger que sa femme était à sa disposition, et qu'ils comptaient sur sa complaisance.

Le lendemain, à midi, Rodolphe arriva devant la porte de Charles avec deux chevaux de maître. L'un portait des pompons roses aux 2830 oreilles et une selle de femme en peau de daim.

Rodolphe avait mis de longues bottes molles, se disant que sans doute elle n'en avait jamais vu de pareilles ; en effet, Emma fut charmée, de sa tournure, lorsqu'il apparut sur le palier avec son grand habit de velours et sa culotte de tricot blanc. Elle était prête, elle l'attendait.

2835 Justin s'échappa de la pharmacie pour la voir, et l'apothicaire aussi se dérangea. Il faisait à M. Boulanger des recommandations :
– Un malheur arrive si vite !, Prenez garde ! Vos chevaux peut-être sont fougueux !

Elle entendit du bruit au-dessus de sa tête : c'était Félicité qui tam-2840 bourinait contre les carreaux pour divertir la petite Berthe. L'enfant envoya de loin un baiser ; sa mère lui répondit d'un signe avec le pommeau de sa cravache.
– Bonne promenade ! cria M. Homais. De la prudence, surtout ! de la prudence !

2845 Et il agita son journal en les regardant s'éloigner.

Dès qu'il sentit la terre, le cheval d'Emma prit le galop. Rodolphe galopait à côté d'elle. Par moments ils échangeaient une parole. La figure un peu baissée, la main haute et le bras droit déployé, elle s'abandonnait à la cadence du mouvement qui la berçait sur la selle.

2850 Au bas de la côte, Rodolphe lâcha les rênes ; ils partirent ensemble, d'un seul bond ; puis, en haut, tout à coup, les chevaux s'arrêtèrent, et son grand voile bleu retomba.

---

1. **Amazone :** jupe longue et ample portée par les femmes pour monter à cheval.

On était aux premiers jours d'octobre. Il y avait du brouillard sur la campagne. Des vapeurs s'allongeaient à l'horizon, entre le contour des collines ; et d'autres, se déchirant, montaient, se perdaient. Quelquefois, dans un écartement des nuées, sous un rayon de soleil, on apercevait au loin les toits d'Yonville, avec les jardins au bord de l'eau, les cours, les murs, et le clocher de l'église. Emma fermait à demi les paupières pour reconnaître sa maison, et jamais ce pauvre village où elle vivait ne lui avait semblé si petit. De la hauteur où ils étaient, toute la vallée paraissait un immense lac pâle, s'évaporant à l'air. Les massifs d'arbres, de place en place, saillissaient comme des rochers noirs ; et les hautes lignes des peupliers, qui dépassaient la brume, figuraient des grèves que le vent remuait.

À côté, sur la pelouse, entre les sapins, une lumière brune circulait dans l'atmosphère tiède. La terre, roussâtre comme de la poudre de tabac, amortissait le bruit des pas ; et, du bout de leurs fers, en marchant, les chevaux poussaient devant eux des pommes de pin tombées.

Rodolphe et Emma suivirent ainsi la lisière du bois. Elle se détournait de temps à autre afin d'éviter son regard, et alors elle ne voyait que les troncs des sapins alignés, dont la succession continue l'étourdissait un peu. Les chevaux soufflaient. Le cuir des selles craquait.

Au moment où ils entrèrent dans la forêt, le soleil parut.

– Dieu nous protège ! dit Rodolphe.

– Vous croyez ? fit-elle.

– Avançons ! avançons ! reprit-il.

Il claqua de la langue. Les deux bêtes couraient.

De longues fougères, au bord du chemin, se prenaient dans l'étrier d'Emma. Rodolphe, tout en allant, se penchait et il les retirait à mesure. D'autres fois, pour écarter les branches, il passait près d'elle, et Emma sentait son genou lui frôler la jambe. Le ciel était devenu bleu. Les feuilles ne remuaient pas. Il y avait de grands espaces pleins de bruyères tout en fleurs ; et des nappes de violettes s'alternaient avec le fouillis des arbres, qui étaient gris, fauves ou dorés, selon la diversité des feuillages. Souvent on entendait, sous les buissons, glisser un petit battement d'ailes, ou bien le cri rauque et doux des corbeaux, qui s'envolaient dans les chênes.

Ils descendirent. Rodolphe attacha les chevaux. Elle allait devant, sur la mousse, entre les ornières.

Mais sa robe trop longue l'embarrassait, bien qu'elle la portât relevée par la queue, et Rodolphe, marchant derrière elle, contemplait entre ce drap noir et la bottine noire, la délicatesse de son bas blanc, qui lui semblait quelque chose de sa nudité.

Elle s'arrêta.

2895 — Je suis fatiguée, dit-elle.

— Allons, essayez encore ! reprit-il. Du courage !

Puis, cent pas plus loin, elle s'arrêta de nouveau ; et, à travers son voile, qui de son chapeau d'homme descendait obliquement sur ses hanches, on distinguait son visage dans une transparence bleuâtre,

2900 comme si elle eût nagé sous des flots d'azur.

— Où allons-nous donc ?

Il ne répondit rien. Elle respirait d'une façon saccadée. Rodolphe jetait les yeux autour de lui et il se mordait la moustache.

Ils arrivèrent à un endroit plus large, où l'on avait abattu des bali-

2905 veaux[1]. Ils s'assirent sur un tronc d'arbre renversé, et Rodolphe se mit à lui parler de son amour.

Il ne l'effraya point d'abord par des compliments. Il fut calme, sérieux, mélancolique.

Emma l'écoutait la tête basse, et tout en remuant, avec la pointe

2910 de son pied, des copeaux par terre.

Mais, à cette phrase :

— Est-ce que nos destinées maintenant ne sont pas communes.

— Eh non ! répondit-elle. Vous le savez bien. C'est impossible.

Elle se leva pour partir. Il la saisit au poignet. Elle s'arrêta. Puis,

2915 l'ayant considéré quelques minutes d'un œil amoureux et tout humide, elle dit vivement :

— Ah ! tenez, n'en parlons plus… Où sont les chevaux ? Retournons.

Il eut un geste de colère et d'ennui. Elle répéta :

— Où sont les chevaux ? où sont les chevaux ?

2920 Alors, souriant d'un sourire étrange et la prunelle fixe, les dents serrées, il s'avança en écartant les bras. Elle se recula tremblante. Elle balbutiait :

— Oh ! vous me faites peur ! vous me faites mal ! Partons.

— Puisqu'il le faut, reprit-il en changeant de visage.

Et il redevint aussitôt respectueux, caressant, timide. Elle lui

2925 donna son bras. Ils s'en retournèrent. Il disait :

— Qu'aviez-vous donc ? Pourquoi ? Je n'ai pas compris ! Vous vous méprenez, sans doute ? Vous êtes dans mon âme comme une madone sur un piédestal, à une place haute, solide et immaculée. Mais j'ai besoin de vous pour vivre ! J'ai besoin de vos yeux, de votre

2930 voix, de votre pensée. Soyez mon amie, ma sœur, mon ange !

---

1. **Baliveaux :** arbres qu'on réserve, lors de la coupe d'un bois taillis, afin qu'ils puissent devenir arbres de haute futaie.

Et il allongeait son bras et lui en entourait la taille. Elle tâchait de se dégager mollement. Il la soutenait ainsi, en marchant.

Mais ils entendirent les deux chevaux qui broutaient le feuillage.

– Oh ! encore, dit Rodolphe. Ne partons pas ! Restez !

2935 Il l'entraîna plus loin, autour d'un petit étang, où des lentilles d'eau faisaient une verdure sur les ondes. Des nénuphars flétris se tenaient immobiles entre les joncs. Au bruit de leurs pas dans l'herbe, des grenouilles sautaient pour se cacher.

– J'ai tort, j'ai tort, disait-elle. Je suis folle de vous entendre.

2940 – Pourquoi ?... Emma ! Emma !

– Oh ! Rodolphe !... fit lentement la jeune femme en se penchant sur son épaule.

Le drap de sa robe s'accrochait au velours de l'habit. Elle renversa son cou blanc, qui se gonflait d'un soupir ; et, défaillante, tout en pleurs,
2945 avec un long frémissement et se cachant la figure, elle s'abandonna.

Les ombres du soir descendaient ; le soleil horizontal, passant entre les branches, lui éblouissait les yeux. Çà et là, tout autour d'elle, dans les feuilles ou par terre, des taches lumineuses trem-blaient, comme si des colibris, en volant, eussent éparpillé leurs
2950 plumes. Le silence était partout ; quelque chose de doux semblait sortir des arbres ; elle sentait son cœur, dont les battements recom-mençaient, et le sang circuler dans sa chair comme un fleuve de lait. Alors, elle entendit tout au loin, au delà du bois, sur les autres collines, un cri vague et prolongé, une voix qui se traînait, et elle
2955 l'écoutait silencieusement, se mêlant comme une musique aux der-nières vibrations de ses nerfs émus. Rodolphe, le cigare aux dents, raccommodait avec son canif une des deux brides cassée.

Ils s'en revinrent à Yonville, par le même chemin. Ils revirent sur la boue les traces de leurs chevaux, côte à côte, et les mêmes buissons,
2960 les mêmes cailloux dans l'herbe. Rien autour d'eux n'avait changé ; et pour elle, cependant, quelque chose était survenu de plus consi-dérable que si les montagnes se fussent déplacées. Rodolphe, de temps à autre, se penchait et lui prenait sa main pour la baiser.

Elle était charmante, à cheval ! Droite, avec sa taille mince, le
2965 genou plié sur la crinière de sa bête et un peu colorée par le grand air, dans la rougeur du soir.

En entrant dans Yonville, elle caracola sur les pavés. On la regar-dait des fenêtres.

Son mari, au dîner, lui trouva bonne mine ; mais elle eut l'air de ne
2970 pas l'entendre lorsqu'il s'informa de sa promenade ; et elle restait le coude au bord de son assiette, entre les deux bougies qui brûlaient.

Deuxième partie

– Emma ! dit-il.

– Quoi ?

2975 – Eh bien, j'ai passé cette après-midi chez M. Alexandre ; il a une ancienne pouliche encore fort belle, un peu couronnée[1] seulement, et qu'on aurait, je suis sûr, pour une centaine d'écus...

Il ajouta :

– Pensant même que cela te serait agréable, je l'ai retenue..., je l'ai achetée... Ai-je bien fait ? Dis-moi donc.

2980 Elle remua la tête en signe d'assentiment ; puis, un quart d'heure après :

– Sors-tu ce soir ? demanda-t-elle.

– Oui. Pourquoi ?

– Oh ! rien, rien, mon ami.

Et, dès qu'elle fut débarrassée de Charles, elle monta s'enfermer
2985 dans sa chambre.

D'abord, ce fut comme un étourdissement ; elle voyait les arbres, les chemins, les fossés, Rodolphe, et elle sentait encore l'étreinte de ses bras, tandis que le feuillage frémissait et que les joncs sifflaient.

Mais, en s'apercevant dans la glace, elle s'étonna de son visage.
2990 Jamais elle n'avait eu les yeux si grands, si noirs, ni d'une telle profondeur. Quelque chose de subtil épandu sur sa personne la transfigurait.

Elle se répétait : « J'ai un amant ! un amant ! » se délectant à cette idée comme à celle d'une autre puberté qui lui serait survenue. Elle allait donc posséder enfin ces joies de l'amour, cette fièvre du bon-
2995 heur dont elle avait désespéré. Elle entrait dans quelque chose de merveilleux où tout serait passion, extase, délire ; une immensité bleuâtre l'entourait, les sommets du sentiment étincelaient sous sa pensée, et l'existence ordinaire n'apparaissait qu'au loin, tout en bas, dans l'ombre, entre les intervalles de ces hauteurs.

3000 Alors elle se rappela les héroïnes des livres qu'elle avait lus, et la légion lyrique de ces femmes adultères se mit à chanter dans sa mémoire avec des voix de sœurs qui la charmaient. Elle devenait elle-même comme une partie véritable de ces imaginations et réali-sait la longue rêverie de sa jeunesse, en se considérant dans ce type
3005 d'amoureuse qu'elle avait tant envié. D'ailleurs, Emma éprouvait une satisfaction de vengeance. N'avait-elle pas assez souffert ! Mais elle triomphait maintenant, et l'amour, si longtemps contenu, jaillissait tout entier avec des bouillonnements joyeux. Elle le savourait sans remords, sans inquiétude, sans trouble.

---

1. **Couronnée :** qui a été blessée aux genoux, ce qui lui ôte de sa valeur.

La journée du lendemain se passa dans une douceur nouvelle. Ils se firent des serments. Elle lui raconta ses tristesses. Rodolphe l'interrompait par ses baisers ; et elle lui demandait, en le contemplant les paupières à demi closes, de l'appeler encore par son nom et de répéter qu'il l'aimait. C'était dans la forêt, comme la veille, sous une hutte de sabotiers. Les murs en étaient de paille et le toit descendait si bas, qu'il fallait se tenir courbé. Ils étaient assis l'un contre l'autre, sur un lit de feuilles sèches.

À partir de ce jour-là, ils s'écrivirent régulièrement tous les soirs. Emma portait sa lettre au bout du jardin, près de la rivière, dans une fissure de la terrasse. Rodolphe venait l'y chercher et en plaçait une autre, qu'elle accusait toujours d'être trop courte.

Un matin, que Charles était sorti dès avant l'aube, elle fut prise par la fantaisie de voir Rodolphe à l'instant. On pouvait arriver promptement à la Huchette, y rester une heure et être rentré dans Yonville que tout le monde encore serait endormi. Cette idée la fit haleter de convoitise, et elle se trouva bientôt au milieu de la prairie, où elle marchait à pas rapides, sans regarder derrière elle.

Le jour commençait à paraître. Emma, de loin, reconnut la maison de son amant, dont les deux girouettes à queue-d'aronde[1] se découpaient en noir sur le crépuscule pâle.

Après la cour de la ferme, il y avait un corps de logis qui devait être le château. Elle y entra, comme si les murs, à son approche, se fussent écartés d'eux-mêmes. Un grand escalier droit montait vers un corridor. Emma tourna la clenche d'une porte, et tout à coup, au fond de la chambre, elle aperçut un homme qui dormait. C'était Rodolphe. Elle poussa un cri.
– Te voilà ! te voilà ! répétait-il. Comment as-tu fait pour venir ?... Ah ! ta robe est mouillée !
– Je t'aime ! répondit-elle en lui passant les bras autour du cou.

Cette première audace lui ayant réussi, chaque fois maintenant que Charles sortait de bonne heure, Emma s'habillait vite et descendait à pas de loup le perron qui conduisait au bord de l'eau.

Mais, quand la planche aux vaches était levée[2], il fallait suivre les murs qui longeaient la rivière ; la berge était glissante ; elle s'accrochait de la main, pour ne pas tomber, aux bouquets de ravenelles[3] flétries. Puis elle prenait à travers des champs en labour, où elle enfon-

---

1. **Aronde :** hirondelle.
2. **Levée :** enlevée.
3. **Ravenelles :** fleurs du jardin.

çait, trébuchait et empêtrait ses bottines minces. Son foulard, noué sur sa tête, s'agitait au vent dans les herbages ; elle avait peur des bœufs, elle se mettait à courir ; elle arrivait essoufflée, les joues roses, et exhalant de toute sa personne un frais parfum de sève, de verdure et de grand air. Rodolphe, à cette heure-là, dormait encore. C'était comme une matinée de printemps qui entrait dans sa chambre.

Les rideaux jaunes, le long des fenêtres laissaient passer doucement une lourde lumière blonde. Emma tâtonnait en clignant des yeux, tandis que les gouttes de rosée suspendues à ses bandeaux faisaient comme une auréole de topazes tout autour de sa figure. Rodolphe, en riant, l'attirait à lui et il la prenait sur son cœur.

Ensuite, elle examinait l'appartement, elle ouvrait les tiroirs des meubles, elle se peignait avec son peigne et se regardait dans le miroir à barbe. Souvent même, elle mettait entre ses dents le tuyau d'une grosse pipe qui était sur la table de nuit, parmi des citrons et des morceaux de sucre, près d'une carafe d'eau.

Il leur fallait un bon quart d'heure pour les adieux. Alors Emma pleurait ; elle aurait voulu ne jamais abandonner Rodolphe. Quelque chose de plus fort qu'elle la poussait vers lui, si bien qu'un jour, la voyant survenir à l'improviste, il fronça le visage comme quelqu'un de contrarié.

– Qu'as-tu donc ? dit-elle. Souffres-tu ? Parle-moi !

Enfin il déclara, d'un air sérieux, que ses visites devenaient imprudentes et qu'elle se compromettait.

X

PEU À PEU, ces craintes de Rodolphe la gagnèrent. L'amour l'avait enivrée d'abord, et elle n'avait songé à rien au delà. Mais, à présent qu'il était indispensable à sa vie, elle craignait d'en perdre quelque chose, ou même qu'il ne fût troublé. Quand elle s'en revenait de chez lui, elle jetait tout alentour des regards inquiets, épiant chaque forme qui passait à l'horizon et chaque lucarne du village d'où l'on pouvait l'apercevoir. Elle écoutait les pas, les cris, le bruit des charrues ; et elle s'arrêtait plus blême et plus tremblante que les feuilles des peupliers qui se balançaient sur sa tête.

X

Un matin, qu'elle s'en retournait ainsi, elle crut distinguer tout
à coup le long canon d'une carabine qui semblait la tenir en joue.
Il dépassait obliquement le bord d'un petit tonneau, à demi enfoui
entre les herbes, sur la marge d'un fossé. Emma, prête à défaillir de
terreur, avança cependant, et un homme sortit du tonneau, comme
ces diables à boudin qui se dressent du fond des boîtes. Il avait des
guêtres bouclées jusqu'aux genoux, sa casquette enfoncée jusqu'aux
yeux, les lèvres grelottantes et le nez rouge. C'était le capitaine
Binet, à l'affût des canards sauvages.
– Vous auriez dû parler de loin ! s'écria-t-il. Quand on aperçoit un
fusil, il faut toujours avertir.
Le percepteur, par là, tâchait de dissimuler la crainte qu'il venait
d'avoir ; car, un arrêté préfectoral ayant interdit la chasse aux
canards autrement qu'en bateau, M. Binet, malgré son respect pour
les lois, se trouvait en contravention. Aussi croyait-il à chaque
minute entendre arriver le garde champêtre. Mais cette inquiétude
irritait son plaisir, et, tout seul dans son tonneau, il s'applaudissait
de son bonheur et de sa malice.
À la vue d'Emma, il parut soulagé d'un grand poids, et aussitôt,
entamant la conversation :
– Il ne fait pas chaud, ça pique !
Emma ne répondit rien. Il poursuivit :
– Et vous voilà sortie de bien bonne heure ?
– Oui, dit-elle en balbutiant ; je viens de chez la nourrice où est
mon enfant.
– Ah ! fort bien ! fort bien ! Quant à moi, tel que vous me voyez, dès
la pointe du jour je suis là ; mais le temps est si crassineux[1], qu'à
moins d'avoir la plume juste au bout...
– Bonsoir, monsieur Binet, interrompit-elle en lui tournant les talons.
– Serviteur, madame, reprit-il d'un ton sec.
Et il rentra dans son tonneau.
Emma se repentit d'avoir quitté si brusquement le percepteur.
Sans doute, il allait faire des conjectures défavorables. L'histoire
de la nourrice était la pire excuse, tout le monde sachant bien à
Yonville que la petite Bovary, depuis un an, était revenue chez ses
parents. D'ailleurs, personne n'habitait aux environs ; ce chemin
ne conduisait qu'à la Huchette ; Binet donc avait deviné d'où elle
venait, et il ne se tairait pas, il bavarderait, c'était certain ! Elle resta

---

1. **Crassineux** : pluvieux. Vient de « crassin », mis pour « crachin ».

Deuxième partie

jusqu'au soir à se torturer l'esprit dans tous les projets de mensonges imaginables, et ayant sans cesse devant les yeux cet imbécile à carnassière[1].

3120   Charles, après le dîner, la voyant soucieuse, voulut, par distraction, la conduire chez le pharmacien ; et la première personne qu'elle aperçut dans la pharmacie, ce fut encore lui, le percepteur ! Il était debout devant le comptoir, éclairé par la lumière du bocal rouge, et il disait :

– Donnez-moi, je vous prie, une demi-once de vitriol.

3125   – Justin, cria l'apothicaire, apporte-nous l'acide sulfurique.

Puis, à Emma, qui voulait monter dans l'appartement de madame Homais :

– Non, restez, ce n'est pas la peine, elle va descendre. Chauffez-vous au poêle en attendant... Excusez-moi... Bonjour, docteur (car

3130 le pharmacien se plaisait beaucoup à prononcer ce mot docteur, comme si en l'adressant à un autre, il eût fait rejaillir sur lui-même quelque chose de la pompe qu'il y trouvait)... Mais prends garde de renverser les mortiers ! va plutôt chercher les chaises de la petite salle ; tu sais bien qu'on ne dérange pas les fauteuils du salon.

3135   Et, pour remettre en place son fauteuil, Homais se précipitait hors du comptoir, quand Binet lui demanda une demi-once d'acide de sucre.

– Acide de sucre ? fit le pharmacien dédaigneusement. Je ne connais pas, j'ignore ! Vous voulez peut-être de l'acide oxalique[2] ? C'est oxalique, n'est-il pas vrai ?

3140   Binet expliqua qu'il avait besoin d'un mordant pour composer lui-même une eau de cuivre avec quoi dérouiller diverses garnitures de chasse. Emma tressaillit. Le pharmacien se mit à dire :

– En effet, le temps n'est pas propice, à cause de l'humidité.

– Cependant, reprit le percepteur d'un air finaud, il y a des personnes

3145 qui s'en arrangent.

Elle étouffait.

– Donnez-moi encore...

– Il ne s'en ira donc jamais ! pensait-elle.

– Une demi-once d'arcanson[3] et de térébenthine, quatre onces de

3150 cire jaune, et trois demi-onces de noir animal[4], s'il vous plaît, pour nettoyer les cuirs vernis de mon équipement.

---

1. **Carnassière :** gibecière, sac pour porter le gibier.
2. **Oxalique :** qui provient de plantes comme l'oseille.
3. **Arcanson :** résine provenant de la distillation de la térébenthine.
4. **Noir animal :** colorant issu de matières animales.

L'apothicaire commençait à tailler de la cire, quand madame Homais parut avec Irma dans ses bras, Napoléon à ses côtés et Athalie qui la suivait. Elle alla s'asseoir sur le banc de velours contre la fenêtre, et le gamin s'accroupit sur un tabouret, tandis que sa sœur aînée rôdait autour de la boîte à jujube, près de son petit papa. Celui-ci emplissait des entonnoirs et bouchait des flacons, il collait des étiquettes, il confectionnait des paquets. On se taisait autour de lui ; et l'on entendait seulement de temps à autre tinter les poids dans les balances, avec quelques paroles basses du pharmacien donnant des conseils à son élève.

– Comment va votre jeune personne ? demanda tout à coup madame Homais.

– Silence ! exclama son mari, qui écrivait des chiffres sur le cahier de brouillons.

– Pourquoi ne l'avez-vous pas amenée ? reprit-elle à demi-voix.

– Chut ! chut ! fit Emma en désignant du doigt l'apothicaire.

Mais Binet, tout entier à la lecture de l'addition, n'avait rien entendu probablement. Enfin il sortit. Alors Emma, débarrassée, poussa un grand soupir.

– Comme vous respirez fort ! dit madame Homais.

– Ah ! c'est qu'il fait un peu chaud, répondit-elle.

Ils avisèrent donc, le lendemain, à organiser leurs rendez-vous ; Emma voulait corrompre sa servante par un cadeau ; mais il eût mieux valu découvrir à Yonville quelque maison discrète. Rodolphe promit d'en chercher une.

Pendant tout l'hiver, trois ou quatre fois la semaine, à la nuit noire, il arrivait dans le jardin. Emma, tout exprès, avait retiré la clef de la barrière, que Charles crut perdue.

Pour l'avertir, Rodolphe jetait contre les persiennes une poignée de sable. Elle se levait en sursaut ; mais quelquefois il lui fallait attendre, car Charles avait la manie de bavarder au coin du feu, et il n'en finissait pas. Elle se dévorait d'impatience ; si ses yeux l'avaient pu, ils l'eussent fait sauter par les fenêtres. Enfin, elle commençait sa toilette de nuit ; puis, elle prenait un livre et continuait à lire fort tranquillement, comme si la lecture l'eût amusée. Mais Charles, qui était au lit, l'appelait pour se coucher.

– Viens donc, Emma, disait-il, il est temps.

– Oui, j'y vais ! répondait-elle.

Cependant, comme les bougies l'éblouissaient, il se tournait vers le mur et s'endormait. Elle s'échappait en retenant son haleine, souriante, palpitante, déshabillée.

Rodolphe avait un grand manteau ; il l'en enveloppait tout entière, et, passant le bras autour de sa taille, il l'entraînait sans parler jusqu'au fond du jardin.

C'était sous la tonnelle, sur ce même banc de bâtons pourris où autrefois Léon la regardait si amoureusement, durant les soirs d'été. Elle ne pensait guère à lui maintenant.

Les étoiles brillaient à travers les branches du jasmin sans feuilles. Ils entendaient derrière eux la rivière qui coulait, et, de temps à autre, sur la berge, le claquement des roseaux secs. Des massifs d'ombre, çà et là, se bombaient dans l'obscurité, et parfois, frissonnant tous d'un seul mouvement, ils se dressaient et se penchaient comme d'immenses vagues noires qui se fussent avancées pour les recouvrir. Le froid de la nuit les faisait s'étreindre davantage ; les soupirs de leurs lèvres leur semblaient plus forts ; leurs yeux, qu'ils entrevoyaient à peine, leur paraissaient plus grands, et, au milieu du silence, il y avait des paroles dites tout bas qui tombaient sur leur âme avec une sonorité cristalline et qui s'y répercutaient en vibrations multipliées.

Lorsque la nuit était pluvieuse, ils s'allaient réfugier dans le cabinet aux consultations, entre le hangar et l'écurie. Elle allumait un des flambeaux de la cuisine, qu'elle avait caché derrière les livres. Rodolphe s'installait là comme chez lui. La vue de la bibliothèque et du bureau, de tout l'appartement enfin, excitait sa gaieté ; et il ne pouvait se retenir de faire sur Charles quantité de plaisanteries qui embarrassaient Emma. Elle eût désiré le voir plus sérieux, et même plus dramatique à l'occasion, comme cette fois où elle crut entendre dans l'allée un bruit de pas qui s'approchaient.

— On vient ! dit-elle.

Il souffla la lumière.

— As-tu tes pistolets ?

— Pourquoi ?

— Mais… pour te défendre, reprit Emma.

— Est-ce de ton mari Ah ! le pauvre garçon !

Et Rodolphe acheva sa phrase avec un geste qui signifiait : « Je l'écraserais d'une chiquenaude. »

Elle fut ébahie de sa bravoure, bien qu'elle y sentît une sorte d'in-délicatesse et de grossièreté naïve qui la scandalisa.

Rodolphe réfléchit beaucoup à cette histoire de pistolets. Si elle avait parlé sérieusement, cela était fort ridicule, pensait-il, odieux même, car il n'avait, lui, aucune raison de haïr ce bon Charles, n'étant pas ce qui s'appelle dévoré de jalousie ; — et, à ce propos, Emma lui avait fait un grand serment qu'il ne trouvait pas non plus du meilleur goût.

D'ailleurs, elle devenait bien sentimentale. Il avait fallu échanger des
miniatures, on s'était coupé des poignées de cheveux, et elle demandait
à présent une bague, un véritable anneau de mariage, en signe d'alliance
éternelle. Souvent elle lui parlait des cloches du soir ou des voix de la
nature ; puis elle l'entretenait de sa mère, à elle, et de sa mère, à lui.
Rodolphe l'avait perdue depuis vingt ans. Emma, néanmoins, l'en consolait avec des mièvreries de langage, comme on eût fait à un marmot
abandonné, et même lui disait quelquefois, en regardant la lune :
– Je suis sûre que là-haut, ensemble, elles approuvent notre amour.
Mais elle était si jolie ! il en avait possédé si peu d'une candeur
pareille ! Cet amour sans libertinage était pour lui quelque chose
de nouveau, et qui, le sortant de ses habitudes faciles, caressait à la
fois son orgueil et sa sensualité. L'exaltation d'Emma, que son bon
sens bourgeois dédaignait, lui semblait au fond du cœur charmante,
puisqu'elle s'adressait à sa personne. Alors, sûr d'être aimé, il ne se
gêna pas, et insensiblement ses façons changèrent.
Il n'avait plus, comme autrefois, de ces mots si doux qui la faisaient pleurer, ni de ces véhémentes caresses qui la rendaient folle ;
si bien que leur grand amour, où elle vivait plongée, parut se diminuer sous elle, comme l'eau d'un fleuve qui s'absorberait dans son
lit, et elle aperçut la vase. Elle n'y voulut pas croire ; elle redoubla de
tendresse ; et Rodolphe, de moins en moins, cacha son indifférence.
Elle ne savait pas si elle regrettait de lui avoir cédé, ou si elle ne
souhaitait point, au contraire, le chérir davantage. L'humiliation de
se sentir faible se tournait en une rancune que les voluptés tempé-
raient. Ce n'était pas de l'attachement, c'était comme une séduction
permanente. Il la subjuguait. Elle en avait presque peur.
Les apparences, néanmoins, étaient plus calmes que jamais,
Rodolphe ayant réussi à conduire l'adultère selon sa fantaisie ; et, au
bout de six mois, quand le printemps arriva, ils se trouvaient, l'un
vis-à-vis de l'autre, comme deux mariés qui entretiennent tranquillement une flamme domestique.
C'était l'époque où le père Rouault envoyait son dinde[1], en souvenir
de sa jambe remise. Le cadeau arrivait toujours avec une lettre. Emma
coupa la corde qui la retenait au panier, et lut les lignes suivantes :
« Mes chers enfants,
J'espère que la présente vous trouvera en bonne santé et que
celui-là vaudra bien les autres ; car il me semble un peu plus mollet,

---

1. **Son dinde :** sa dinde (tournure normande).

si j'ose dire, et plus massif. Mais, la prochaine fois, par changement, je vous donnerai un coq, à moins que vous ne teniez de préférence aux *picots*[1] ; et renvoyez-moi la bourriche, s'il vous plaît, avec les
3275 deux anciennes. J'ai eu un malheur à ma charretterie, dont la couverture, une nuit qu'il ventait fort, s'est envolée dans les arbres. La récolte non plus n'a pas été trop fameuse. Enfin ; je ne sais pas quand j'irai vous voir. Ça m'est tellement difficile de quitter maintenant la maison, depuis que je suis seul, ma pauvre Emma !
3280 Et il y avait ici un intervalle entre les lignes, comme si le bonhomme eût laissé tomber sa plume pour rêver quelque temps.
Quant à moi, je vais bien, sauf un rhume que j'ai attrapé l'autre jour à la foire d'Yvetot, où j'étais parti pour retenir un berger, ayant mis le mien dehors, par suite de sa trop grande délicatesse de bouche.
3285 Comme on est à plaindre avec tous ces brigands-là ! Du reste, c'était aussi un malhonnête.
J'ai appris d'un colporteur qui, voyageant cet hiver par votre pays, s'est fait arracher une dent, que Bovary travaillait toujours dur. Ça ne m'étonne pas, et il m'a montré sa dent ; nous avons pris un café
3290 ensemble. Je lui ai demandé s'il t'avait vue, il m'a dit que non, mais qu'il avait vu dans l'écurie deux animaux, d'où je conclus que le métier roule. Tant mieux, mes chers enfants, et que le bon Dieu vous envoie tout le bonheur imaginable.
Il me fait deuil de ne pas connaître encore ma bien-aimée petite-fille
3295 Berthe Bovary. J'ai planté pour elle, dans le jardin, sous ta chambre, un prunier de prunes d'avoine, et je ne veux pas qu'on y touche, si ce n'est pour lui faire plus tard des compotes, que je garderai dans l'armoire, à son intention, quand elle viendra.
Adieu, mes chers enfants. Je t'embrasse, ma fille ; vous aussi, mon
3300 gendre, et la petite, sur les deux joues.
Je suis, avec bien des compliments,
Votre tendre père,
THÉODORE ROUAULT. »
Elle resta quelques minutes à tenir entre ses doigts ce gros papier.
3305 Les fautes d'orthographe s'y enlaçaient les unes aux autres, et Emma poursuivait la pensée douce qui caquetait tout au travers comme une poule à demi cachée dans une haie d'épines. On avait séché l'écriture avec les cendres du foyer, car un peu de poussière grise glissa de la lettre sur sa robe, et elle crut presque apercevoir son

---

1. *Picots :* dindons.

3310 père se courbant vers l'âtre pour saisir les pincettes. Comme il y avait longtemps qu'elle n'était plus auprès de lui, sur l'escabeau, dans la cheminée¹, quand elle faisait brûler le bout d'un bâton à la grande flamme des joncs marins qui pétillaient !...

3315 Elle se rappela des soirs d'été tout pleins de soleil. Les poulains hennissaient quand on passait, et galopaient, galopaient... Il y avait sous sa fenêtre une ruche à miel, et quelquefois les abeilles, tournoyant dans la lumière, frappaient contre les carreaux comme des balles d'or rebondissantes. Quel bonheur dans ce temps-là ! quelle liberté ! quel espoir ! quelle abondance d'illusions ! Il n'en restait 3320 plus maintenant ! Elle en avait dépensé à toutes les aventures de son âme, par toutes les conditions successives, dans la virginité, dans le mariage et dans l'amour ; – les perdant ainsi continuellement le long de sa vie, comme un voyageur qui laisse quelque chose de sa richesse à toutes les auberges de la route.

3325 Mais qui donc la rendait si malheureuse ? où était la catastrophe extraordinaire qui l'avait bouleversée ? Et elle releva la tête, regardant autour d'elle, comme pour chercher la cause de ce qui la faisait souffrir.

Un rayon d'avril chatoyait sur les porcelaines de l'étagère ; le feu 3330 brûlait ; elle sentait sous ses pantoufles la douceur du tapis ; le jour était blanc, l'atmosphère tiède, et elle entendit son enfant qui poussait des éclats de rire.

En effet, la petite fille se roulait alors sur le gazon, au milieu de l'herbe qu'on fanait. Elle était couchée à plat ventre, au haut d'une 3335 meule. Sa bonne la retenait par la jupe. Lestiboudois ratissait à côté, et, chaque fois qu'il s'approchait, elle se penchait en battant l'air de ses deux bras.

– Amenez-la-moi ! dit sa mère se précipitant pour l'embrasser. Comme je t'aime, ma pauvre enfant ! comme je t'aime !

340 Puis, s'apercevant qu'elle avait le bout des oreilles un peu sale, elle sonna vite pour avoir de l'eau chaude, et la nettoya, la changea de linge, de bas, de souliers, fit mille questions sur sa santé, comme au retour d'un voyage, et enfin, la baisant encore et pleurant un peu, elle la remit aux mains de la domestique, qui restait fort ébahie 345 devant cet excès de tendresse.

Rodolphe, le soir, la trouva plus sérieuse que d'habitude.

– Cela se passera, jugea-t-il, c'est un caprice.

---

1. **Dans la cheminée** : près du foyer de la cheminée.

Deuxième partie

Et il manqua consécutivement à trois rendez-vous. Quand il revint, elle se montra froide et presque dédaigneuse.

3350 – Ah ! tu perds ton temps, ma mignonne...

Et il eut l'air de ne point remarquer ses soupirs mélancoliques, ni le mouchoir qu'elle tirait.

C'est alors qu'Emma se repentit !

Elle se demanda même pourquoi donc elle exécrait Charles, et 3355 s'il n'eût pas été meilleur de le pouvoir aimer. Mais il n'offrait pas grande prise à ces retours du sentiment, si bien qu'elle demeurait fort embarrassée dans sa velléité de sacrifice, lorsque l'apothicaire vint à propos lui fournir une occasion.

XI

IL AVAIT lu dernièrement l'éloge d'une nouvelle méthode pour la 3360 cure des pieds-bots ; et comme il était partisan du progrès, il conçut cette idée patriotique que Yonville, pour *se mettre au niveau*, devait avoir des opérations de stréphopodie[1].

– Car, disait-il à Emma, que risque-t-on ? Examinez (et il énumérait, sur ses doigts, les avantages de la tentative) ; succès presque certain, 3365 soulagement et embellissement du malade, célébrité vite acquise à l'opérateur. Pourquoi votre mari, par exemple, ne voudrait-il pas débarrasser ce pauvre Hippolyte, du *Lion d'or* ? Notez qu'il ne manquerait pas de raconter sa guérison à tous les voyageurs, et puis (Homais baissait la voix et regardait autour de lui) qui donc 3370 m'empêcherait d'envoyer au journal une petite note là-dessus ? Eh ! mon Dieu ! un article circule..., on en parle..., cela finit par faire la boule de neige ! Et qui sait ? qui sait ?

En effet, Bovary pouvait réussir ; rien n'affirmait à Emma qu'il ne fût pas habile, et quelle satisfaction pour elle que de l'avoir engagé 3375 à une démarche d'où sa réputation et sa fortune se trouveraient accrues ? Elle ne demandait qu'à s'appuyer sur quelque chose de plus solide que l'amour.

---

1. **Stréphopodie** : nom savant du pied bot.

Charles, sollicité par l'apothicaire et par elle, se laissa convaincre. Il fit venir de Rouen le volume du docteur Duval, et, tous les soirs, se prenant la tête entre les mains, il s'enfonçait dans cette lecture.

Tandis qu'il étudiait les équins, les varus et les valgus, c'est-à-dire la stréphocatopodie, la stréphendopodie et la stréphexopodie (ou, pour parler mieux, les différentes déviations du pied, soit en bas, en dedans ou en dehors), avec la stréphypopodie et la stréphano-podie (autrement dit torsion en dessous et redressement en haut), M. Homais par toute sorte de raisonnements, exhortait le garçon d'auberge à se faire opérer.

– À peine sentiras-tu, peut-être, une légère douleur ; c'est une simple piqûre comme une petite saignée, moins que l'extirpation de certains cors.

Hippolyte, réfléchissant, roulait des yeux stupides.

– Du reste, reprenait le pharmacien, ça ne me regarde pas ! c'est pour toi ! par humanité pure ! Je voudrais te voir, mon ami, débar-rassé de ta hideuse claudication, avec ce balancement de la région lombaire, qui, bien que tu prétendes, doit te nuire considérablement dans l'exercice de ton métier.

Alors Homais lui représentait combien il se sentirait ensuite plus gaillard et plus ingambe, et même lui donnait à entendre qu'il s'en trouverait mieux pour plaire aux femmes ; et le valet d'écurie se pre-nait à sourire lourdement. Puis il l'attaquait par la vanité :

– N'es-tu pas un homme, saprelotte ? Que serait-ce donc, s'il t'avait fallu servir, aller combattre sous les drapeaux ?... Ah ! Hippolyte !

Et Homais s'éloignait, déclarant qu'il ne comprenait pas cet entête-ment, cet aveuglement à se refuser aux bienfaits de la science.

Le malheureux céda, car ce fut comme une conjuration. Binet, qui ne se mêlait jamais des affaires d'autrui, madame Lefrançois, Artémise, les voisins, et jusqu'au maire, M. Tuvache, tout le monde l'engagea, le sermonna, lui faisait honte ; mais ce qui acheva de le décider, c'est que ça ne lui coûterait rien. Bovary se chargeait même de fournir la machine pour l'opération. Emma avait eu l'idée de cette générosité ; et Charles y consentit, se disant au fond du cœur que sa femme était un ange.

Avec les conseils du pharmacien, et en recommençant trois fois, il fit donc construire par le menuisier, aidé du serrurier, une manière de boîte pesant huit livres environ, et où le fer, le bois, la tôle, le cuir, les vis et les écrous ne se trouvaient point épargnés.

Cependant, pour savoir quel tendon couper à Hippolyte, il fallait connaître d'abord quelle espèce de pied-bot il avait.

Deuxième partie

Il avait un pied faisant avec la jambe une ligne presque droite, ce
qui ne l'empêchait pas d'être tourné en dedans, de sorte que c'était
un équin mêlé d'un peu de varus, ou bien un léger varus fortement
accusé d'équin. Mais, avec cet équin, large en effet comme un pied
de cheval, à peau rugueuse, à tendons secs, à gros orteils, et où les
ongles noirs figuraient les clous d'un fer, le stréphopode, depuis le
matin jusqu'à la nuit, galopait comme un cerf. On le voyait continuellement sur la place, sautiller tout autour des charrettes, en
jetant en avant son support inégal. Il semblait même plus vigou-
reux de cette jambe-là que de l'autre. À force d'avoir servi, elle avait
contracté comme des qualités morales de patience et d'énergie, et
quand on lui donnait quelque gros ouvrage, il s'écorait[1] dessus,
préférablement.

Or, puisque c'était un équin, il fallait couper le tendon d'Achille,
quitte à s'en prendre plus tard au muscle tibial antérieur pour se
débarrasser du varus ; car le médecin n'osait d'un seul coup risquer
deux opérations, et même il tremblait déjà, dans la peur d'attaquer
quelque région importante qu'il ne connaissait pas.

Ni Ambroise Paré, appliquant pour la première fois depuis Celse,
après quinze siècles d'intervalle, la ligature immédiate d'une artère ;
ni Dupuytren allant ouvrir un abcès à travers une couche épaisse
d'encéphale ; ni Gensoul[2], quand il fit la première ablation de maxil-
laire supérieur, n'avaient certes le cœur si palpitant, la main si frémissante, l'intellect aussi tendu que M. Bovary quand il approcha
d'Hippolyte, son ténotome[3] entre les doigts. Et, comme dans les hôpitaux, on voyait à côté, sur une table, un tas de charpie, des fils cirés,
beaucoup de bandes, une pyramide de bandes, tout ce qu'il y avait de
bandes chez l'apothicaire. C'était M. Homais qui avait organisé dès le
matin tous ces préparatifs, autant pour éblouir la multitude que pour
s'illusionner lui-même. Charles piqua la peau ; on entendit un craquement sec. Le tendon était coupé, l'opération était finie. Hippolyte n'en
revenait pas de surprise ; il se penchait sur les mains de Bovary pour
les couvrir de baisers.

– Allons, calme-toi, disait l'apothicaire, tu témoigneras plus tard ta
reconnaissance envers ton bienfaiteur !

---

1. **S'écorait** : s'appuyait.
2. **Ambroise Paré (1509-1590), Celse (Ier siècle av. J.-C.), Dupuytren (1777-1835), Gensoul
   (1797-1858) :** chirurgiens et médecins ayant marqué l'histoire de la médecine.
3. **Ténotome** : instrument médical servant à sectionner les tendons.

Et il descendit conter le résultat à cinq ou six curieux qui stationnaient dans la cour, et qui s'imaginaient qu'Hippolyte allait reparaître marchant droit. Puis Charles, ayant bouclé son malade dans le moteur mécanique, s'en retourna chez lui, où Emma, tout anxieuse, l'attendait sur la porte. Elle lui sauta au cou ; ils se mirent à table ; il mangea beaucoup, et même il voulut, au dessert, prendre une tasse de café, débauche qu'il ne se permettait que le dimanche lorsqu'il y avait du monde.

La soirée fut charmante, pleine de causeries, de rêves en commun. Ils parlèrent de leur fortune future, d'améliorations à introduire dans leur ménage, il voyait sa considération s'étendant, son bien-être s'augmentant, sa femme l'aimant toujours ; et elle se trouvait heureuse de se rafraîchir dans un sentiment nouveau, plus sain, meilleur, enfin d'éprouver quelque tendresse pour ce pauvre garçon qui la chérissait. L'idée de Rodolphe, un moment, lui passa par la tête ; mais ses yeux se reportèrent sur Charles : elle remarqua même avec surprise qu'il n'avait point les dents vilaines.

Ils étaient au lit lorsque M. Homais, malgré la cuisinière, entra tout à coup dans la chambre, en tenant à la main une feuille de papier fraîche écrite. C'était la réclame qu'il destinait au *Fanal de Rouen*. Il la leur apportait à lire.

– Lisez vous-même, dit Bovary.

Il lut :

– « Malgré les préjugés qui recouvrent encore une partie de la face de l'Europe comme un réseau, la lumière cependant commence à pénétrer dans nos campagnes. C'est ainsi que, mardi, notre petite cité d'Yonville s'est vue le théâtre d'une expérience chirurgicale qui est en même temps un acte de haute philanthropie. M. Bovary, un de nos praticiens les plus distingués... »

– Ah ! c'est trop ! c'est trop ! disait Charles, que l'émotion suffoquait.

– Mais non, pas du tout ! comment donc !... « A opéré d'un pied-bot... » Je n'ai pas mis le terme scientifique, parce que, vous savez, dans un journal..., tout le monde peut-être ne comprendrait pas ; il faut que les masses...

– En effet, dit Bovary. Continuez.

– Je reprends, dit le pharmacien. « M. Bovary, un de nos praticiens les plus distingués, a opéré d'un pied-bot le nommé Hippolyte Tautain, garçon d'écurie depuis vingt-cinq ans à l'hôtel du *Lion d'or*, tenu par madame veuve Lefrançois, sur la place d'Armes. La nouveauté de la tentative et l'intérêt qui s'attachait au sujet avaient attiré un tel concours de population, qu'il y avait véritablement encombrement au seuil de l'établissement. L'opération, du reste, s'est

3495 pratiquée comme par enchantement, et à peine si quelques gouttes de sang sont venues sur la peau, comme pour dire que le tendon rebelle venait enfin de céder sous les efforts de l'art. Le malade, chose étrange (nous l'affirmons *de visu*) n'accusa point de douleur. Son état, jusqu'à présent, ne laisse rien à désirer. Tout porte à croire
3500 que la convalescence sera courte ; et qui sait même si, à la prochaine fête villageoise, nous ne verrons pas notre brave Hippolyte figurer dans des danses bachiques[1], au milieu d'un chœur de joyeux drilles, et ainsi prouver à tous les yeux, par sa verve et ses entrechats, sa complète guérison ? Honneur donc aux savants généreux ! honneur
3505 à ces esprits infatigables qui consacrent leurs veilles à l'amélioration ou bien au soulagement de leur espèce ! Honneur ! trois fois honneur ! N'est-ce pas le cas de s'écrier que les aveugles verront, les sourds entendront et les boiteux marcheront ! Mais ce que le fanatisme autrefois promettait à ses élus, la science maintenant l'accom-
3510 plit pour tous les hommes ! Nous tiendrons nos lecteurs au courant des phases successives de cette cure si remarquable. »

Ce qui n'empêcha pas que, cinq jours après, la mère Lefrançois n'arrivât tout effarée en s'écriant :

– Au secours ! il se meurt !… J'en perds la tête !

3515 Charles se précipita vers le *Lion d'or*, et le pharmacien qui l'aperçut passant sur la place, sans chapeau, abandonna la pharmacie. Il parut lui-même, haletant, rouge, inquiet, et demandant à tous ceux qui montaient l'escalier :

– Qu'a donc notre intéressant stréphopode ?

3520 Il se tordait, le stréphopode, dans des convulsions atroces, si bien que le moteur mécanique où était enfermée sa jambe frappait contre la muraille à la défoncer.

Avec beaucoup de précautions, pour ne pas déranger la position du membre, on retira donc la boîte, et l'on vit un spectacle affreux.
3525 Les formes du pied disparaissaient dans une telle bouffissure, que la peau tout entière semblait près de se rompre, et elle était couverte d'ecchymoses occasionnées par la fameuse machine. Hippolyte déjà s'était plaint d'en souffrir ; on n'y avait pris garde ; il fallut reconnaître qu'il n'avait pas eu tort complètement ; et on le laissa libre quelques
3530 heures. Mais à peine l'œdème eut-il un peu disparu, que les deux savants jugèrent à propos de rétablir le membre dans l'appareil, et en l'y serrant davantage, pour accélérer les choses. Enfin, trois jours

---

1. **Bachiques :** liées à Bacchus, dieu du Vin, dans la mythologie antique ; endiablées.

après, Hippolyte n'y pouvant plus tenir, ils retirèrent encore une fois la mécanique, tout en s'étonnant beaucoup du résultat qu'ils aperçurent. Une tuméfaction livide s'étendait sur la jambe, et avec des phlyctènes[1] de place en place, par où suintait un liquide noir. Cela prenait une tournure sérieuse. Hippolyte commençait à s'ennuyer, et la mère Lefrançois l'installa dans la petite salle, près de la cuisine, pour qu'il eût au moins quelque distraction.

Mais le percepteur, qui tous les jours y dînait, se plaignit avec amertume d'un tel voisinage. Alors on transporta Hippolyte dans la salle de billard.

Il était là, geignant sous ses grosses couvertures, pâle, la barbe longue, les yeux caves, et, de temps à autre, tournant sa tête en sueur sur le sale oreiller où s'abattaient les mouches. Madame Bovary le venait voir. Elle lui apportait des linges pour ses cataplasmes, et le consolait, l'encourageait. Du reste, il ne manquait pas de compagnie, les jours de marché surtout, lorsque les paysans autour de lui poussaient les billes du billard, escrimaient avec les queues, fumaient, buvaient, chantaient, braillaient.

– Comment vas-tu ? disaient-ils en lui frappant sur l'épaule. Ah ! tu n'es pas fier, à ce qu'il paraît ! mais c'est ta faute. Il faudrait faire ceci, faire cela.

Et on lui racontait des histoires de gens qui avaient tous été guéris par d'autres remèdes que les siens ; puis, en manière de consolation, ils ajoutaient :

– C'est que tu t'écoutes trop ! lève-toi donc ! tu te dorlotes comme un roi ! Ah ! n'importe, vieux farceur ! tu ne sens pas bon !

La gangrène, en effet, montait de plus en plus. Bovary en était malade lui-même. Il venait à chaque heure, à tout moment. Hippolyte le regardait avec des yeux pleins d'épouvante et balbutiait en sanglotant :

– Quand est-ce que je serai guéri ?... Ah ! sauvez-moi !... Que je suis malheureux ! que je suis malheureux !

Et le médecin s'en allait, toujours en lui recommandant la diète.

– Ne l'écoute point, mon garçon, reprenait la mère Lefrançois ; ils t'ont déjà bien assez martyrisé ? tu vas t'affaiblir encore. Tiens, avale !

Et elle lui présentait quelque bon bouillon, quelque tranche de gigot, quelque morceau de lard, et parfois des petits verres d'eau-de-vie qu'il n'avait pas le courage de porter à ses lèvres.

---

1. **Phlyctènes :** pustules ou petites vessies qui s'élèvent sur la superficie de la peau, dans certaines maladies.

Deuxième partie

3470 L'abbé Bournisien, apprenant qu'il empirait, fit demander à le voir. Il commença par le plaindre de son mal, tout en déclarant qu'il fallait s'en réjouit, puisque c'était la volonté du Seigneur, et profiter vite de l'occasion pour se réconcilier avec le ciel.

– Car, disait l'ecclésiastique d'un ton paterne, tu négligeais un peu
3475 tes devoirs ; on te voyait rarement à l'office divin ; combien y a-t-il d'années que tu ne t'es approché de la sainte table ? Je comprends que tes occupations, que le tourbillon du monde aient pu t'écarter du soin de ton salut. Mais à présent, c'est l'heure d'y réfléchir. Ne désespère pas cependant ; j'ai connu de grands coupables qui, près de compa-
3480 raître devant Dieu (tu n'en es point encore là, je le sais bien), avaient imploré sa miséricorde, et qui certainement sont morts dans les meilleures dispositions. Espérons que, tout comme eux, tu nous don-neras de bons exemples ! Ainsi, par précaution, qui donc t'empêche-rait de réciter matin et soir un « Je vous salue, Marie, pleine de grâce »,
3485 et un « Notre Père, qui êtes aux cieux » ? Oui fais cela ! pour moi, pour m'obliger. Qu'est-ce que ça coûte ?… Me le promets-tu ?

Le pauvre diable promit. Le curé revint les jours suivants. Il causait avec l'aubergiste et même racontait des anecdotes entremêlées de plaisanteries, de calembours qu'Hippolyte ne comprenait pas. Puis,
3490 dès que la circonstance le permettait, il retombait sur les matières de religion, en prenant une figure convenable.

Son zèle parut réussir ; car bientôt le stréphopode témoigna l'envie d'aller en pèlerinage à Bon-Secours, s'il se guérissait : à quoi M. Bournisien répondit qu'il ne voyait pas d'inconvénient ; deux
3495 précautions valaient mieux qu'une. On ne risquait rien.

L'apothicaire s'indigna contre ce qu'il appelait les manœuvres du prêtre ; elles nuisaient, prétendait-il, à la convalescence d'Hippolyte, et il répétait à madame Lefrançois :

– Laissez-le ! Laissez-le ! vous lui perturbez le moral avec votre
3500 mysticisme !

Mais la bonne femme ne voulait plus l'entendre. Il était la cause de tout. Par esprit de contradiction, elle accrocha même au chevet du malade un bénitier tout plein, avec une branche de buis.

Cependant la religion pas plus que la chirurgie ne paraissait le
3505 secourir, et l'invincible pourriture allait montant toujours des extré-mités vers le ventre. On avait beau varier les potions et changer les cataplasmes, les muscles chaque jour se décollaient davantage, et enfin Charles répondit par un signe de tête affirmatif quand la mère Lefrançois lui demanda si elle ne pourrait point, en désespoir de
3510 cause, faire venir M. Canivet, de Neufchâtel, qui était une célébrité.

Docteur en médecine, âgé de cinquante ans, jouissant d'une bonne position et sûr de lui-même, le confrère ne se gêna pas pour rire dédaigneusement lorsqu'il découvrit cette jambe gangrenée jusqu'au genou. Puis, ayant déclaré net qu'il la fallait amputer, il s'en alla chez
3515 le pharmacien déblatérer contre les ânes qui avaient pu réduire un malheureux homme en un tel état. Secouant M. Homais par le bouton de sa redingote, il vociférait dans la pharmacie :
– Ce sont là des inventions de Paris ! Voilà les idées de ces messieurs de la Capitale ! c'est comme le strabisme, le chloroforme et la lithotritie[1],
3520 un tas de monstruosités que le gouvernement devrait défendre ! Mais on veut faire le malin, et l'on vous fourre des remèdes sans s'inquiéter des conséquences. Nous ne sommes pas si forts que cela, nous autres ; nous ne sommes pas des savants, des mirliflores, des jolis cœurs ; nous sommes des praticiens, des guérisseurs, et nous n'imaginerions pas
3525 d'opérer quelqu'un qui se porte à merveille ! Redresser des pieds-bots ! est-ce qu'on peut redresser les pieds bots ? c'est comme si l'on voulait, par exemple, rendre droit un bossu !
Homais souffrait en écoutant ce discours, et il dissimulait son malaise sous un sourire de courtisan, ayant besoin de ménager
3530 M. Canivet, dont les ordonnances quelquefois arrivaient jusqu'à Yonville ; aussi ne prit-il pas la défense de Bovary, ne fit-il même aucune observation, et, abandonnant ses principes, il sacrifia sa dignité aux intérêts plus sérieux de sort négoce.
Ce fut dans le village un événement considérable que cette
3535 amputation de cuisse par le docteur Canivet ! Tous les habitants, ce jour-là, s'étaient levés de meilleure heure, et la Grande-Rue, bien que pleine de monde, avait quelque chose de lugubre comme s'il se fût agi d'une exécution capitale. On discutait chez l'épicier sur la maladie d'Hippolyte ; les boutiques ne vendaient rien, et madame
3540 Tuvache, la femme du maire, ne bougeait pas de sa fenêtre, par l'impatience où elle était de voir venir l'opérateur.
Il arriva dans son cabriolet, qu'il conduisait lui-même. Mais, le ressort du coté droit s'étant à la longue affaissé sous le poids de sa corpulence, il se faisait que la voiture penchait un peu tout en allant, et l'on apercevait
3545 sur l'autre coussin près de lui une vaste boîte, recouverte de basane[2] rouge, dont les trois fermoirs de cuivre brillaient magistralement.

---

1. **Lithotritie :** traitement qui consiste à broyer les calculs rénaux pour permettre leur évacuation.
2. **Basane :** peau de mouton tannée.

Deuxième partie

Quand il fut entré comme un tourbillon sous le porche du *Lion d'or*, le docteur, criant très haut, ordonna de dételer son cheval, puis il alla dans l'écurie voir s'il mangeait bien l'avoine ; car, en arri-
3550 vant chez ses malades, il s'occupait d'abord de sa jument et de son cabriolet. On disait même à ce propos : « Ah ! M. Canivet, c'est un original ! » Et on l'estimait davantage pour cet inébranlable aplomb. L'univers aurait pu crever jusqu'au dernier homme, qu'il n'eût pas failli à la moindre de ses habitudes.
3555 Homais se présenta.
– Je compte sur vous, fit le docteur. Sommes-nous prêts ? En marche !
Mais l'apothicaire, en rougissant, avoua qu'il était trop sensible pour assister à une pareille opération.
3560 – Quand on est simple spectateur, disait-il, l'imagination, vous savez, se frappe ! Et puis j'ai le système nerveux tellement...
– Ah bah ! interrompit Canivet, vous me paraissez, au contraire, porté à l'apoplexie. Et, d'ailleurs, cela ne m'étonne pas ; car, vous autres, messieurs les pharmaciens, vous êtes continuellement fourrés
3565 dans votre cuisine, ce qui doit finir par altérer votre tempérament. Regardez-moi, plutôt : tous les jours, je me lève à quatre heures, je fais ma barbe à l'eau froide (je n'ai jamais froid), et je ne porte pas de flanelle, je n'attrape aucun rhume, le coffre est bon ! Je vis tantôt d'une manière, tantôt d'une autre, en philosophe, au hasard de la
3570 fourchette. C'est pourquoi je ne suis point délicat comme vous, et il m'est aussi parfaitement égal de découper un chrétien que la pre- mière volaille venue. Après ça, direz-vous, l'habitude..., l'habitude !...
Alors, sans aucun égard pour Hippolyte, qui suait d'angoisse entre ses draps, ces messieurs engagèrent une conversation où l'apothi-
3575 caire compara le sang-froid d'un chirurgien à celui d'un général ; et ce rapprochement fut agréable à Canivet, qui se répandit en paroles sur les exigences de son art. Il le considérait comme un sacerdoce, bien que les officiers de santé le déshonorassent. Enfin, revenant au malade, il examina les bandes apportées par Homais, les mêmes qui
3580 avaient comparu lors du pied-bot, et demanda quelqu'un pour lui tenir le membre. On envoya chercher Lestiboudois, et M. Canivet, ayant retroussé ses manches, passa dans la salle de billard, tandis que l'apothicaire restait avec Artémise et l'aubergiste, plus pâles toutes les deux que leur tablier, et l'oreille tendue contre la porte.
3585 Bovary, pendant ce temps-là, n'osait bouger de sa maison. Il se tenait en bas, dans la salle, assis au coin de la cheminée sans feu, le menton sur sa poitrine, les mains jointes, les yeux fixes. Quelle mésaventure !

pensait-il, quel désappointement ! Il avait pris pourtant toutes les précautions imaginables. La fatalité s'en était mêlée. N'importe ! si Hippolyte plus tard venait à mourir, c'est lui qui l'aurait assassiné. Et puis, quelle raison donnerait-il dans les visites, quand on l'interrogerait ? Peut-être, cependant, s'était-il trompé en quelque chose ? Il cherchait, ne trouvait pas. Mais les plus fameux chirurgiens se trompaient bien. Voilà ce qu'on ne voudrait jamais croire ! on allait rire, au contraire, clabauder ! Cela se répandrait jusqu'à Forges ! jusqu'à Neufchâtel ! jusqu'à Rouen ! partout ! Qui sait si des confrères n'écriraient pas contre lui ? Une polémique s'ensuivrait, il faudrait répondre dans les journaux. Hippolyte même pouvait lui faire un procès. Il se voyait déshonoré, ruiné, perdu ! Et son imagination, assaillie par une multitude d'hypothèses, ballottait au milieu d'elles comme un tonneau vide emporté à la mer et qui roule sur les flots.

Emma, en face de lui, le regardait ; elle ne partageait pas son humiliation, elle en éprouvait une autre : c'était de s'être imaginé qu'un pareil homme pût valoir quelque chose, comme si vingt fois déjà elle n'avait pas suffisamment aperçu sa médiocrité.

Charles se promenait de long en large, dans la chambre. Ses bottes craquaient sur le parquet.

– Assieds-toi, dit-elle, tu m'agaces !

Il se rassit.

Comment donc avait-elle fait (elle qui était si intelligente !) pour se méprendre encore une fois ? Du reste, par quelle déplorable manie avoir ainsi abîmé son existence en sacrifices continuels ? Elle se rappela tous ses instincts de luxe, toutes les privations de son âme, les bassesses du mariage, du ménage, ses rêves tombant dans la boue comme des hirondelles blessées, tout ce qu'elle avait désiré, tout ce qu'elle s'était refusé, tout ce qu'elle aurait pu avoir ! et pourquoi ? pourquoi ?

Au milieu du silence qui emplissait le village, un cri déchirant traversa l'air. Bovary devint pâle à s'évanouir. Elle fronça les sourcils d'un geste nerveux, puis continua. C'était pour lui cependant, pour cet être, pour cet homme qui ne comprenait rien, qui ne sentait rien ! car il était là, tout tranquillement, et sans même se douter que le ridicule de son nom allait désormais la salir comme lui. Elle avait fait des efforts pour l'aimer, et elle s'était repentie en pleurant d'avoir cédé à un autre.

– Mais c'était peut-être un valgus ! exclama soudain Bovary, qui méditait.

Au choc imprévu de cette phrase tombant sur sa pensée comme une balle de plomb clins un plat d'argent, Emma tressaillant leva la

tête pour deviner ce qu'il voulait dire ; et ils se regardèrent silencieusement, presque ébahis de se voir, tant ils étaient par leur conscience
éloignés l'un de l'autre. Charles la considérait avec le regard trouble
d'un homme ivre, tout en écoutant, immobile, les derniers cris de
l'amputé qui se suivaient en modulations traînantes, coupées de saccades aiguës, comme le hurlement lointain de quelque bête qu'on
égorge. Emma mordait ses lèvres blêmes, et, roulant entre ses doigts
un des brins du polypier qu'elle avait cassé, elle fixait sur Charles la
pointe ardente de ses prunelles, comme deux flèches de feu prêtes
à partir. Tout en lui l'irritait maintenant, sa figure, son costume, ce
qu'il ne disait pas, sa personne entière, son existence enfin. Elle se
repentait, comme d'un crime, de sa vertu passée, et ce qui en restait encore s'écroulait sous les coups furieux de son orgueil. Elle se
délectait dans toutes les ironies mauvaises de l'adultère triomphant.
Le souvenir de son amant revenait à elle avec des attractions vertigineuses : elle y jetait son âme, emportée vers cette image par un
enthousiasme nouveau ; et Charles lui semblait aussi détaché de sa
vie, aussi absent pour toujours, aussi impossible et anéanti, que s'il
allait mourir et qu'il eût agonisé sous ses yeux.

Il se fit un bruit de pas sur le trottoir. Charles regarda ; et, à travers la jalousie baissée, il aperçut au bord des halles, en plein soleil,
le docteur Canivet qui s'essuyait le front avec son foulard. Homais,
derrière lui, portait à la main une grande boîte rouge, et ils se diri-
geaient tous les deux du côté de la pharmacie.

Alors, par tendresse subite et découragement, Charles se tourna
vers sa femme en lui disant :

— Embrasse-moi donc, ma bonne !

— Laisse-moi ! fit-elle, toute rouge de colère.

— Qu'as-tu ? qu'as-tu ? répétait-il stupéfait. Calme-toi ! reprends-toi !...
Tu sais bien que je t'aime ! ... viens !

— Assez ! s'écria-t-elle d'un air terrible.

Et s'échappant de la salle, Emma ferma la porte si fort, que le baro-
mètre bondit de la muraille et s'écrasa par terre.

Charles s'affaissa dans son fauteuil, bouleversé, cherchant ce
qu'elle pouvait avoir, imaginant une maladie nerveuse, pleurant, et
sentant vaguement circuler autour de lui quelque chose de funeste
et d'incompréhensible.

Quand Rodolphe, le soir, arriva dans le jardin, il trouva sa maîtresse qui l'attendait au bas du perron, sur la première marche. Ils
s'étreignirent, et toute leur rancune se fondit comme une neige sous
la chaleur de ce baiser.

XII

3670 ILS RECOMMENCÈRENT à s'aimer. Souvent même, au milieu de la journée, Emma lui écrivait tout à coup ; puis, à travers les carreaux, faisait un signe à Justin, qui, dénouant vite sa serpillière, s'envolait à la
Huchette. Rodolphe arrivait ; c'était pour lui dire qu'elle s'ennuyait,
que son mari était odieux et son existence affreuse !

3675 – Est-ce que j'y peux quelque chose ? s'écria-t-il un jour, impatienté.
– Ah ! si tu voulais ! …
Elle était assise par terre, entre ses genoux, les bandeaux dénoués,
le regard perdu.
– Quoi donc ? fit Rodolphe.

3680 Elle soupira.
– Nous irions vivre ailleurs…, quelque part…
– Tu es folle, vraiment ! dit-il en riant. Est-ce possible ?
Elle revint là-dessus ; il eut l'air de ne pas comprendre et détourna
la conversation.

3685 Ce qu'il ne comprenait pas, c'était tout ce trouble dans une chose
aussi simple que l'amour. Elle avait un motif, une raison, et comme
un auxiliaire à son attachement.
Cette tendresse, en effet, chaque jour s'accroissait davantage
sous la répulsion du mari. Plus elle se livrait à l'un, plus elle exé-

3690 crait l'autre ; jamais Charles ne lui paraissait aussi désagréable,
avoir les doigts aussi carrés, l'esprit aussi lourd, les façons si communes qu'après ses rendez-vous avec Rodolphe, quand ils se trouvaient ensemble. Alors, tout en faisant l'épouse et la vertueuse, elle
s'enflammait à l'idée de cette tête dont les cheveux noirs se tour-

3695 naient en une boucle vers le front hâlé, de cette taille à la fois si
robuste et si élégante, de cet homme enfin qui possédait tant d'expérience dans la raison, tant d'emportement dans le désir ! C'était pour
lui qu'elle se limait les ongles avec un soin de ciseleur, et qu'il n'y
avait jamais assez de *cold-cream*[1] sur sa peau, ni de patchouli dans

3700 ses mouchoirs. Elle se chargeait de bracelets, de bagues, de colliers.
Quand il devait venir, elle emplissait de roses ses deux grands vases
de verre bleu, et disposait son appartement et sa personne comme
une courtisane qui attend un prince. Il fallait que la domestique fût

---

1. *Cold-cream :* crème adoucissante.

sans cesse à blanchir du linge ; et, de toute la journée, Félicité ne
3705 bougeait de la cuisine, où le petit Justin, qui souvent lui tenait compagnie, la regardait travailler.

Le coude sur la longue planche où elle repassait, il considérait
avidement toutes ces affaires de femmes étalées autour de lui : les
jupons de basin, les fichus, les collerettes, et les pantalons à coulisse,
3710 vastes de hanches et qui se rétrécissaient par le bas.

– À quoi cela sert-il ? demandait le jeune garçon en passant sa main
sur la crinoline ou les agrafes.

– Tu n'as donc jamais rien vu ? répondait en riant Félicité ; comme si
ta patronne, madame Homais, n'en portait pas de pareils.

3715 – Ah bien oui ! madame Homais !

Et il ajoutait d'un ton méditatif :

– Est-ce que c'est une dame comme Madame ?

Mais Félicité s'impatientait de le voir tourner ainsi tout autour
d'elle. Elle avait six ans de plus, et Théodore, le domestique de
3720 M. Guillaumin, commençait à lui faire la cour.

– Laisse-moi tranquille ! disait-elle en déplaçant son pot d'empois[1].
Va-t'en plutôt piler des amandes ; tu es toujours à fourrager du côté
des femmes ; attends pour te mêler de ça, méchant mioche, que tu
aies de la barbe au menton.

3725 – Allons, ne vous fâchez pas, je m'en vais vous *faire ses bottines*.

Et aussitôt, il atteignait sur le chambranle les chaussures d'Emma,
tout empâtées de crotte – la crotte des rendez-vous – qui se détachait en poudre sous ses doigts, et qu'il regardait monter doucement
dans un rayon de soleil.

3730 – Comme tu as peur de les abîmer ! disait la cuisinière, qui n'y mettait pas tant de façons quand elle les nettoyait elle-même, parce que
Madame, dès que l'étoffe n'était plus fraîche, les lui abandonnait.

Emma en avait une quantité dans son armoire, et qu'elle gaspillait
à mesure, sans que jamais Charles se permît la moindre observation.

3735 C'est ainsi qu'il déboursa trois cents francs pour une jambe de bois
dont elle jugea convenable de faire cadeau à Hippolyte. Le pilon en était
garni de liège, et il y avait des articulations à ressort, une mécanique
compliquée recouverte d'un pantalon noir, que terminait une botte
vernie. Mais Hippolyte, n'osant à tous les jours se servir d'une si belle
3740 jambe, supplia madame Bovary de lui en procurer une autre plus commode. Le médecin, bien entendu, fit encore les frais de cette acquisition.

---

1. **Empois :** sorte d'amidon.

Donc, le garçon d'écurie peu à peu recommença son métier. On le voyait comme autrefois parcourir le village, et quand Charles entendait de loin, sur les pavés, le bruit sec de son bâton, il prenait bien vite une autre route.

C'était M. Lheureux, le marchand, qui s'était chargé de la commande ; cela lui fournit l'occasion de fréquenter Emma. Il causait avec elle des nouveaux déballages de paris, de mille curiosités féminines, se montrait fort complaisant, et jamais ne réclamait d'argent. Emma s'abandonnait à cette facilité de satisfaire tous ses caprices. Ainsi, elle voulut avoir, pour la donner à Rodolphe, une fort belle cravache qui se trouvait à Rouen dans un magasin de parapluies. M. Lheureux, la semaine d'après, la lui posa sur sa table.

Mais le lendemain il se présenta chez elle avec une facture de deux cent soixante et dix francs, sans compter les centimes. Emma fut très embarrassée : tous les tiroirs du secrétaire étaient vides ; on devait plus de quinze jours à Lestiboudois, deux trimestres à la servante, quantité d'autres choses encore, et Bovary attendait impatiemment l'envoi de M. Derozerays, qui avait coutume, chaque année, de le payer vers la Saint-Pierre.

Elle réussit d'abord à éconduire Lheureux ; enfin il perdit patience ; on le poursuivait, ses capitaux étaient absents, et, s'il ne rentrait dans quelques-uns, il serait forcé de lui reprendre toutes les marchandises qu'elle avait.

– Eh ! reprenez-les ! dit Emma.

– Oh ! c'est pour rire ! répliqua-t-il. Seulement, je ne regrette que la cravache. Ma foi ! je la redemanderai à Monsieur.

– Non ! non ! fit-elle.

– Ah ! je te tiens ! pensa Lheureux.

Et, sûr de sa découverte, il sortit en répétant à demi-voix et avec son petit sifflement habituel :

– Soit ! nous verrons ! nous verrons !

Elle rêvait comment se tirer de là, quand la cuisinière entrant, déposa sur la cheminée un petit rouleau de papier bleu, de la part de M. Derozerays. Emma sauta dessus, l'ouvrit. Il y avait quinze napoléons. C'était le compte. Elle entendit Charles dans l'escalier ; elle jeta l'or au fond de son tiroir et prit la clef.

Trois jours après, Lheureux reparut.

– J'ai un arrangement à vous proposer, dit-il ; si, au lieu de la somme convenue, vous vouliez prendre…

– La voilà, fit-elle en lui plaçant dans la main quatorze napoléons.

Le marchand fut stupéfait. Alors, pour dissimuler son désappointement, il se répandit en excuses et en offres de service qu'Emma refusa toutes ; puis elle resta quelques minutes palpant dans la poche de son tablier les deux pièces de cent sous qu'il lui avait rendues. Elle se promettait d'économiser, afin de rendre plus tard...

— Ah bah ! songea-t-elle, il n'y pensera plus.

Outre la cravache à pommeau de vermeil, Rodolphe avait reçu un cachet avec cette devise : Amor nel cor ; de plus, une écharpe pour se faire un cache-nez, et enfin un porte-cigares tout pareil à celui du Vicomte, que Charles avait autrefois ramassé sur la route et qu'Emma conservait. Cependant ces cadeaux l'humiliaient. Il en refusa plusieurs ; elle insista, et Rodolphe finit par obéir, la trouvant tyrannique et trop envahissante.

Puis elle avait d'étranges idées :

— Quand minuit sonnera, disait-elle, tu penseras à moi !

Et, s'il avouait n'y avoir point songé, c'étaient des reproches en abondance, et qui se terminaient toujours par l'éternel mot :

— M'aimes-tu ?

— Mais oui, je t'aime ! répondait-il.

— Beaucoup ?

— Certainement !

— Tu n'en as pas aimé d'autres, hein ?

— Crois-tu m'avoir pris vierge ? exclamait-il en riant.

Emma pleurait, et il s'efforçait de la consoler, enjolivant de calembours ses protestations.

— Oh ! c'est que je t'aime ! reprenait-elle, je t'aime à ne pouvoir me passer de toi, sais-tu bien ? J'ai quelquefois des envies de te revoir où toutes les colères de l'amour me déchirent. Je me demande : « Où est-il ? Peut-être il parle à d'autres femmes ? Elles lui sourient, il s'approche... » Oh ! non, n'est-ce pas, aucune ne te plaît ? Il y en a de plus belles ; mais, moi, je sais mieux aimer ! Je suis ta servante et ta concubine ! Tu es mon roi, mon idole ! tu es bon ! tu es beau ! tu es intelligent ! tu es fort !

Il s'était tant de fois entendu dire ces choses, qu'elles n'avaient pour lui rien d'original. Emma ressemblait à toutes les maîtresses ; et le charme de la nouveauté, peu à peu tombant comme un vêtement, laissait voir à nu l'éternelle monotonie de la passion, qui a toujours les mêmes formes et le même langage. Il ne distinguait pas, cet homme si plein de pratique, la dissemblance des sentiments sous la parité des expressions. Parce que des lèvres libertines ou vénales lui avaient murmuré des phrases pareilles, il ne croyait que faiblement à la candeur de celles-là ; on en devait rabattre, pensait-il, les discours exagérés cachant les affections médiocres ; comme si la plénitude de l'âme ne débordait pas quelquefois par les métaphores les plus vides, puisque personne, jamais, ne peut donner l'exacte mesure de ses besoins, ni de ses conceptions, ni de ses douleurs, et que la parole humaine est comme un chaudron fêlé où nous battons des mélodies à faire danser les ours, quand on voudrait attendrir les étoiles.

Mais, avec cette supériorité de critique appartenant à celui qui, dans n'importe quel engagement, se tient en arrière, Rodolphe aperçut en cet amour d'autres jouissances à exploiter. Il jugea toute pudeur incommode. Il la traita sans façon. Il en fit quelque chose de souple et de corrompu. C'était une sorte d'attachement idiot plein d'admiration pour lui, de voluptés pour elle, une béatitude qui l'engourdissait ; et son âme s'enfonçait en cette ivresse et s'y noyait, ratatinée, comme le duc de Clarence[1] dans son tonneau de malvoisie.

Par l'effet seul de ses habitudes amoureuses, madame Bovary changea d'allures. Ses regards devinrent plus hardis, ses discours plus libres ; elle eut même l'inconvenance de se promener avec M. Rodolphe, une cigarette à la bouche, *comme pour narguer le monde* ; enfin, ceux qui doutaient encore ne doutèrent plus quand on la vit, un jour, descendre de *l'Hirondelle*, la taille serrée dans un gilet, à la façon d'un homme ; et madame Bovary mère, qui, après une épouvantable scène avec son mari, était venue se réfugier chez son fils, ne fut pas la bourgeoise la moins scandalisée. Bien d'autres choses lui déplurent : d'abord Charles n'avait point écouté ses conseils pour l'interdiction des romans ; puis, *le genre de la maison* lui déplaisait ; elle se permit des observations, et l'on se fâcha, une fois surtout, à propos de Félicité.

Madame Bovary mère, la veille au soir, en traversant le corridor, l'avait surprise dans la compagnie d'un homme, un homme à collier brun, d'environ quarante ans, et qui, au bruit de ses pas, s'était vite échappé de la cuisine. Alors Emma se prit à rire ; mais la bonne dame s'emporta, déclarant qu'à moins de se moquer des mœurs, on devait surveiller celles des domestiques.

— De quel monde êtes-vous ? dit la bru, avec un regard tellement impertinent que madame Bovary lui demanda si elle ne défendait point sa propre cause.

— Sortez ! fit la jeune femme se levant d'un bond.

— Emma !… maman !… s'écriait Charles pour les rapatrier[2].

---

1. **Duc de Clarence :** le frère aîné d'Édouard IV, roi d'Angleterre, accusé de conspiration et condamné à mort, fut, à sa demande, noyé en 1478 dans un tonneau de malvoisie (liqueur).
2. **Rapatrier :** réconcilier.

Mais elles s'étaient enfuies toutes les deux dans leur exaspération.

3860 Emma trépignait en répétant :

– Ah ! quel savoir-vivre ! quelle paysanne !

Il courut à sa mère ; elle était hors des gonds, elle balbutiait :

– C'est une insolente ! une évaporée ! pire, peut-être !

Et elle voulait partir immédiatement, si l'autre ne venait lui faire

3865 des excuses. Charles retourna donc vers sa femme et la conjura de

céder ; il se mit à genoux ; elle finit par répondre :

– Soit ! j'y vais.

En effet, elle tendit la main à sa belle-mère avec une dignité de marquise, en lui disant :

3870 – Excusez-moi, madame.

Puis, remontée chez elle, Emma se jeta tout à plat ventre sur son
lit, et elle y pleura comme un enfant, la tête enfoncée dans l'oreiller.

Ils étaient convenus, elle et Rodolphe, qu'en cas d'événement
extraordinaire, elle attacherait à la persienne un petit chiffon de

3875 papier blanc, afin que, si par hasard il se trouvait à Yonville, il
accourût dans la ruelle, derrière la maison. Emma fit le signal ; elle
attendait depuis trois quarts d'heure, quand tout à coup elle aperçut
Rodolphe au coin des halles. Elle fut tentée d'ouvrir la fenêtre, de
l'appeler ; mais déjà il avait disparu. Elle retomba désespérée.

3880 Bientôt pourtant il lui sembla que l'on marchait sur le trottoir.
C'était lui, sans doute ; elle descendit l'escalier, traversa la cour. Il
était là, dehors. Elle se jeta dans ses bras.

– Prends donc garde, dit-il.

– Ah ! si tu savais ! reprit-elle.

3885 Et elle se mit à lui raconter tout, à la hâte, sans suite, exagérant les
faits, en inventant plusieurs, et prodiguant les parenthèses si abondamment qu'il n'y comprenait rien.

– Allons, mon pauvre ange, du courage, console-toi, patience !

– Mais voilà quatre ans que je patiente et que je souffre !... Un

3890 amour comme le nôtre devrait s'avouer à la face du ciel ! Ils sont à
me torturer. Je n'y tiens plus ! Sauve-moi !

Elle se serrait contre Rodolphe. Ses yeux, pleins de larmes, étincelaient comme des flammes sous l'onde ; sa gorge haletait à coups
rapides ; jamais il ne l'avait tant aimée ; si bien qu'il en perdit la tête

3895 et qu'il lui dit :

– Que faut-il faire ? que veux-tu ?

– Emmène-moi ! s'écria-t-elle. Enlève-moi !... Oh ! je t'en supplie !

Et elle se précipita sur sa bouche, comme pour y saisir le consentement inattendu qui s'en exhalait dans un baiser.

3900   – Mais… reprit Rodolphe.
– Quoi donc ?
– Et ta fille ?
Elle réfléchit quelques minutes, puis répondit :
– Nous la prendrons, tant pis !
3905   – Quelle femme ! se dit-il en la regardant s'éloigner.
Car elle venait de s'échapper dans le jardin. On l'appelait.
La mère Bovary, les jours suivants, fut très étonnée de la méta-
morphose de sa bru. En effet, Emma se montra plus docile, et même
poussa la déférence jusqu'à lui demander une recette pour faire
3910   mariner des cornichons.
Était-ce afin de les mieux duper l'un et l'autre ? ou bien voulait-
elle, par une sorte de stoïcisme voluptueux, sentir plus profondément
l'amertume des choses qu'elle allait abandonner ? Mais elle n'y prenait
garde, au contraire ; elle vivait comme perdue dans la dégustation
3915   anticipée de son bonheur prochain. C'était avec Rodolphe un éternel
sujet de causeries. Elle s'appuyait sur son épaule, elle murmurait :
– Hein ! quand nous serons dans la malle-poste !… Y songes-tu ?
Est-ce possible ? Il me semble qu'au moment où je sentirai la voiture
s'élancer, ce sera comme si nous montions en ballon, comme si nous
3920   partions vers les nuages. Sais-tu que je compte les jours ?… Et toi ?
Jamais madame Bovary ne fut aussi belle qu'à cette époque ; elle
avait cette indéfinissable beauté qui résulte de la joie, de l'enthousiasme, du succès, et qui n'est que l'harmonie du tempérament avec
les circonstances. Ses convoitises, ses chagrins, l'expérience du plaisir
3925   et ses illusions toujours jeunes, comme font aux fleurs le fumier, la
pluie, les vents et le soleil, l'avaient par gradations développée, et elle
s'épanouissait enfin dans la plénitude de sa nature. Ses paupières
semblaient taillées tout exprès pour ses longs regards amoureux où la
prunelle se perdait, tandis qu'un souffle fort écartait ses narines minces
3930   et relevait le coin charnu de ses lèvres, qu'ombrageait à la lumière un
peu de duvet noir. On eût dit qu'un artiste habile en corruptions avait
disposé sur sa nuque la torsade de ses cheveux : ils s'enroulaient en
une masse lourde, négligemment, et selon les hasards de l'adultère, qui
les dénouait tous les jours. Sa voix maintenant prenait des inflexions
3935   plus molles, sa taille aussi ; quelque chose de subtil qui vous pénétrait
se dégageait même des draperies de sa robe et de la cambrure de son
pied. Charles, comme aux premiers temps de son mariage, la trouvait
délicieuse et tout irrésistible.
Quand il rentrait au milieu de la nuit, il n'osait pas la réveiller.
3940   La veilleuse de porcelaine arrondissait au plafond une clarté trem-

blante, et les rideaux fermés du petit berceau faisaient comme une hutte blanche qui se bombait dans l'ombre, au bord du lit. Charles les regardait. Il croyait entendre l'haleine légère de son enfant. Elle allait grandir maintenant ; chaque saison, vite, amènerait un progrès.

3945 Il la voyait déjà revenant de l'école à la tombée du jour, toute rieuse, avec sa brassière tachée d'encre, et portant au bras son panier ; puis il faudrait la mettre en pension, cela coûterait beaucoup ; comment faire ? Alors il réfléchissait. Il pensait à louer une petite ferme aux environs, et qu'il surveillerait lui-même, tous les matins, en allant

3950 voir ses malades. Il en économiserait le revenu, il le placerait à la caisse d'épargne ; ensuite il achèterait des actions, quelque part, n'importe où ; d'ailleurs, la clientèle augmenterait ; il y comptait, car il voulait que Berthe fût bien élevée, qu'elle eût des talents, qu'elle apprît le piano. Ah ! qu'elle serait jolie, plus tard, à quinze ans,

3955 quand, ressemblant à sa mère, elle porterait comme elle, dans l'été, de grands chapeaux de paille ! on les prendrait de loin pour les deux sœurs. Il se la figurait travaillant le soir auprès d'eux, sous la lumière de la lampe ; elle lui broderait des pantoufles ; elle s'occuperait du ménage ; elle emplirait toute la maison de sa gentillesse et de sa

3960 gaieté. Enfin, ils songeraient à son établissement : on lui trouverait quelque brave garçon ayant un état solide ; il la rendrait heureuse ; cela durerait toujours.

Emma ne dormait pas, elle faisait semblant d'être endormie ; et, tandis qu'il s'assoupissait à ses côtés, elle se réveillait en d'autres rêves.

3965 Au galop de quatre chevaux, elle était emportée depuis huit jours vers un pays nouveau, d'où ils ne reviendraient plus. Ils allaient, ils allaient, les bras enlacés, sans parler. Souvent, du haut d'une montagne, ils apercevaient tout à coup quelque cité splendide avec des dômes, des ponts, des navires, des forêts de citronniers et des cathé-

3970 drales de marbre blanc, dont les clochers aigus portaient des nids de cigogne. On marchait au pas, à cause des grandes dalles, et il y avait par terre des bouquets de fleurs que vous offraient des femmes habillées en corset rouge. On entendait sonner des cloches, hennir les mulets, avec le murmure des guitares et le bruit des fontaines,

3975 dont la vapeur s'envolant rafraîchissait des tas de fruits, disposés en pyramide au pied des statues pâles, qui souriaient sous les jets d'eau. Et puis ils arrivaient, un soir, dans un village de pêcheurs, où des filets bruns séchaient au vent, le long de la falaise et des cabanes. C'est là qu'ils s'arrêteraient pour vivre ; ils habiteraient une maison

3980 basse, à toit plat, ombragée d'un palmier, au fond d'un golfe, au bord de la mer. Ils se promèneraient en gondole, ils se balanceraient en

hamac ; et leur existence serait facile et large comme leurs vêtements de soie, toute chaude et étoilée comme les nuits douces qu'ils
contempleraient. Cependant, sur l'immensité de cet avenir qu'elle
se faisait apparaître, rien de particulier ne surgissait ; les jours, tous
magnifiques, se ressemblaient comme des flots ; et cela se balançait
à l'horizon, infini, harmonieux, bleuâtre et couvert de soleil. Mais
l'enfant se mettait à tousser dans son berceau, ou bien Bovary ronflait plus fort, et Emma ne s'endormait que le matin, quand l'aube
blanchissait les carreaux et que déjà le petit Justin, sur la place,
ouvrait les auvents de la pharmacie.

Elle avait fait venir M. Lheureux et lui avait dit :

– J'aurais besoin d'un manteau, un grand manteau, à long collet, doublé.

– Vous partez en voyage ? demanda-t-il.

– Non ! mais…, n'importe, je compte sur vous, n'est-ce pas ? et vivement !
Il s'inclina.

– Il me faudrait encore, reprit-elle, une caisse…, pas trop lourde…,
commode.

– Oui, oui, j'entends, de quatre-vingt-douze centimètres environ sur
cinquante, comme on les fait à présent.

– Avec un sac de nuit.

– Décidément, pensa Lheureux, il y a du grabuge là-dessous.

– Et tenez, dit madame Bovary en tirant sa montre de sa ceinture,
prenez cela ; vous vous payerez dessus.

Mais le marchand s'écria qu'elle avait tort ; ils se connaissaient ;
est-ce qu'il doutait d'elle ? Quel enfantillage ! Elle insista cependant
pour qu'il prît au moins la chaîne, et déjà Lheureux l'avait mise dans
sa poche et s'en allait, quand elle le rappela.

– Vous laisserez tout chez vous. Quant au manteau, – elle eut l'air de
réfléchir, – ne l'apportez pas non plus ; seulement, vous me donnerez
l'adresse de l'ouvrier et avertirez qu'on le tienne à ma disposition.

C'était le mois prochain qu'ils devaient s'enfuir. Elle partirait d'Yonville comme pour aller faire des commissions à Rouen. Rodolphe
aurait retenu les places, pris des passeports, et même écrit à Paris, afin
d'avoir la malle entière jusqu'à Marseille, où ils achèteraient une calè-
che et, de là, continueraient sans s'arrêter, par la route de Gênes. Elle
aurait eu soin d'envoyer chez Lheureux son bagage, qui serait directement porté à *l'Hirondelle*, de manière que personne ainsi n'aurait de
soupçons ; et, dans tout cela, jamais il n'était question de son enfant.
Rodolphe évitait d'en parler ; peut-être qu'elle n'y pensait pas.

Il voulut avoir encore deux semaines devant lui, pour terminer
quelques dispositions ; puis, au bout de huit jours, il en demanda

quinze autres ; puis il se dit malade ; ensuite il fit un voyage ; le mois d'août se passa, et, après tous ces retards, ils arrêtèrent que ce serait irrévocablement pour le 4 septembre, un lundi.

Enfin le samedi, l'avant-veille, arriva.

Rodolphe vint le soir, plus tôt que de coutume.

– Tout est-il prêt ? lui demanda-t-elle.

– Oui.

Alors ils firent le tour d'une plate-bande, et allèrent s'asseoir près de la terrasse, sur la margelle du mur.

– Tu es triste, dit Emma.

– Non, pourquoi ?

Et cependant il la regardait singulièrement, d'une façon tendre.

– Est-ce de t'en aller ? reprit-elle, de quitter tes affections, ta vie ?. Ah ! je comprends… Mais, moi, je n'ai rien au monde ! tu es tout pour moi. Aussi je serai tout pour toi, je te serai une famille, une patrie ; je te soignerai, je t'aimerai.

– Que tu es charmante ! dit-il en la saisissant dans ses bras.

– Vrai ? fit-elle avec un rire de volupté. M'aimes-tu ? Jure-le donc !

– Si je t'aime ! si je t'aime ! mais je t'adore, mon amour !

La lune, toute ronde et couleur de pourpre, se levait à ras de terre, au fond de la prairie. Elle montait vite entre les branches des peupliers, qui la cachaient de place en place, comme un rideau noir, troué. Puis elle parut, éclatante de blancheur, dans le ciel vide qu'elle éclairait ; et alors, se ralentissant, elle laissa tomber sur la rivière une grande tache, qui faisait une infinité d'étoiles ; et cette lueur d'argent semblait s'y tordre jusqu'au fond, à la manière d'un serpent sans tête couvert d'écailles lumineuses. Cela ressemblait aussi à quelque monstrueux candélabre, d'où ruisselaient, tout du long, des gouttes de diamant en fusion. La nuit douce s'étalait autour d'eux ; des nappes d'ombre emplissaient les feuillages. Emma, les yeux à demi clos, aspirait avec de grands soupirs le vent frais qui soufflait. Ils ne se parlaient pas, trop perdus qu'ils étaient dans l'envahissement de leur rêverie. La tendresse des anciens jours leur revenait au cœur, abondante et silencieuse comme la rivière qui coulait, avec autant de mollesse qu'en apportait le parfum des seringas, et projetait dans leur souvenir des ombres plus démesurées et plus mélancoliques que celles des saules immobiles qui s'allongeaient sur l'herbe. Souvent quelque bête nocturne, hérisson ou belette, se mettant en chasse, dérangeait les feuilles, ou bien on entendait par moments une pêche mûre qui tombait toute seule de l'espalier.

– Ah ! la belle nuit ! dit Rodolphe.

– Nous en aurons d'autres ! reprit Emma.

Et, comme se parlant à elle-même :

4065 – Oui, il fera bon voyager... Pourquoi ai-je le cœur triste, cependant ? Est-ce l'appréhension de l'inconnu..., l'effet des habitudes quittées..., ou plutôt... ? Non, c'est l'excès du bonheur ! Que je suis faible, n'est-ce pas ? Pardonne-moi !

– Il est encore temps ! s'écria-t-il. Réfléchis, tu t'en repentiras peut-être.

4070 – Jamais ! fit-elle impétueusement.

Et, en se rapprochant de lui :

– Quel malheur donc peut-il me survenir ? Il n'y a pas de désert, pas de précipice ni d'océan que je ne traverserais avec toi. À mesure que nous vivrons ensemble, ce sera comme une étreinte chaque jour

4075 plus serrée, plus complète ! Nous n'aurons rien qui nous trouble, pas de soucis, nul obstacle ! Nous serons seuls, tout à nous, éternellement... Parle donc, réponds-moi.

Il répondait à intervalles réguliers : « Oui... oui !... » Elle lui avait passé les mains dans ses cheveux, et elle répétait d'une voix enfan-

4080 tine, malgré de grosses larmes qui coulaient :

– Rodolphe ! Rodolphe !... Ah ! Rodolphe, cher petit Rodolphe !

Minuit sonna.

– Minuit ! dit-elle. Allons, c'est demain ! encore un jour !

Il se leva pour partir ; et, comme si ce geste qu'il faisait eût été le

4085 signal de leur fuite, Emma, tout à coup, prenant un air gai :

– Tu as les passeports ?

– Oui.

– Tu n'oublies rien ?

– Non.

4090 – Tu en es sûr ?

– Certainement.

– C'est à l'hôtel de Provence, n'est-ce pas, que tu m'attendras ?... à midi ?

Il fit un signe de tête.

4095 – À demain, donc ! dit Emma dans une dernière caresse.

Et elle le regarda s'éloigner.

Il ne se détournait pas. Elle courut après lui, et, se penchant au bord de l'eau entre des broussailles :

– À demain ! s'écria-t-elle.

4100 Il était déjà de l'autre côté de la rivière et marchait vite dans la prairie.

Au bout de quelques minutes, Rodolphe s'arrêta ; et, quand il la vit avec son vêtement blanc peu à peu s'évanouir dans l'ombre comme un fantôme, il fut pris d'un tel battement de cœur, qu'il s'appuya contre un arbre pour ne pas tomber.

4105 — Quel imbécile je suis ! fit-il en jurant épouvantablement. N'importe, c'était une jolie maîtresse !

Et, aussitôt, la beauté d'Emma, avec tous les plaisirs de cet amour, lui réapparurent. D'abord il s'attendrit, puis il se révolta contre elle.

— Car enfin, exclamait-il en gesticulant, je ne peux pas m'expatrier,
4110 avoir la charge d'une enfant.

Il se disait ces choses pour s'affermir davantage.

— Et, d'ailleurs, les embarras, la dépense... Ah ! non, non, mille fois non ! cela eût été trop bête !

XIII

À PEINE arrivé chez lui, Rodolphe s'assit brusquement à son bureau,
4115 sous la tête de cerf faisant trophée contre la muraille. Mais, quand il eut la plume entre les doigts, il ne sut rien trouver, si bien que, s'appuyant sur les deux coudes, il se mit à réfléchir. Emma lui semblait être reculée dans un passé lointain, comme si la résolution qu'il avait prise venait de placer entre eux, tout à coup, un immense intervalle.
4120 Afin de ressaisir quelque chose d'elle, il alla chercher dans l'armoire, au chevet de son lit, une vieille boîte à biscuits de Reims où il enfermait d'habitude ses lettres de femmes, et il s'en échappa une odeur de poussière humide et de roses flétries. D'abord il aperçut un mouchoir de poche, couvert de gouttelettes pâles. C'était un mou-
4125 choir à elle, une fois qu'elle avait saigné du nez, en promenade ; il ne s'en souvenait plus. Il y avait auprès, se cognant à tous les angles, la miniature donnée par Emma ; sa toilette lui parut prétentieuse et son regard *en coulisse*[1] du plus pitoyable effet ; puis, à force de considérer cette image et d'évoquer le souvenir du modèle, les traits d'Emma peu
4130 à peu se confondirent en sa mémoire, comme si la figure vivante et la figure peinte, se frottant l'une contre l'autre, se fussent réciproquement effacées. Enfin il lut de ses lettres ; elles étaient pleines d'explications relatives à leur voyage, courtes, techniques et pressantes comme des billets d'affaires. Il voulut revoir les longues, celles d'autrefois ;
4135 pour les trouver au fond de la boîte, Rodolphe dérangea toutes les

---

1. *En coulisse :* à la dérobée.

autres ; et machinalement il se mit à fouiller dans ce tas de papiers et de choses, y retrouvant pêle-mêle des bouquets, une jarretière, un masque noir, des épingles et des cheveux – des cheveux ! de bruns, de blonds ; quelques-uns même, s'accrochant à la ferrure de la boîte, se cassaient quand on l'ouvrait.

Ainsi flânant parmi ses souvenirs, il examinait les écritures et le style des lettres, aussi variés que leurs orthographes. Elles étaient tendres ou joviales, facétieuses, mélancoliques ; il y en avait qui demandaient de l'amour et d'autres qui demandaient de l'argent. À propos d'un mot, il se rappelait des visages, de certains gestes, un son de voix ; quelquefois pourtant il ne se rappelait rien.

En effet, ces femmes, accourant à la fois dans sa pensée, s'y gênaient les unes les autres et s'y rapetissaient, comme sous un même niveau d'amour qui les égalisait. Prenant donc à poignée les lettres confondues, il s'amusa pendant quelques minutes à les faire tomber en cascades, de sa main droite dans sa main gauche. Enfin, ennuyé, assoupi, Rodolphe alla reporter la boîte dans l'armoire en se disant :

– Quel tas de blagues !...

Ce qui résumait son opinion ; car les plaisirs, comme des écoliers dans la cour d'un collège, avaient tellement piétiné sur son cœur, que rien de vert n'y poussait, et ce qui passait par là, plus étourdi que les enfants, n'y laissait pas même, comme eux, son nom gravé sur la muraille.

– Allons, se dit-il, commençons !

Il écrivit :

« Du courage, Emma ! du courage ! Je ne veux pas faire le malheur de votre existence… »

– Après tout, c'est vrai, pensa Rodolphe ; j'agis dans son intérêt ; je suis honnête.

« Avez-vous mûrement pesé votre détermination ? Savez-vous l'abîme où je vous entraînais, pauvre ange ? Non, n'est-ce pas ? Vous alliez confiante et folle, croyant au bonheur, à l'avenir… Ah ! malheureux que nous sommes ! insensés ! »

Rodolphe s'arrêta pour trouver ici quelque bonne excuse.

– Si je lui disais que toute ma fortune est perdue ?... Ah ! non, et d'ailleurs, cela n'empêcherait rien. Ce serait à recommencer plus tard. Est-ce qu'on peut faire entendre raison à des femmes pareilles !

Il réfléchit, puis ajouta :

« Je ne vous oublierai pas, croyez-le bien, et j'aurai continuellement pour vous un dévouement profond ; mais, un jour, tôt ou tard,

cette ardeur (c'est là le sort des choses humaines) se fût diminuée, sans doute ! Il nous serait venu des lassitudes, et qui sait même si je n'aurais pas eu l'atroce douleur d'assister à vos remords et d'y parti
4180 ciper moi-même, puisque je les aurais causés. L'idée seule des chagrins qui vous arrivent me torture, Emma ! Oubliez-moi ! Pourquoi faut-il que je vous aie connue ? Pourquoi étiez-vous si belle ? Est-ce ma faute ? O mon Dieu ! non, non, n'en accusez que la fatalité ! »
– Voilà un mot qui fait toujours de l'effet, se dit-il.

4185 « Ah ! si vous eussiez été une de ces femmes au cœur frivole comme on en voit, certes, j'aurais pu, par égoïsme, tenter une expérience alors sans danger pour vous. Mais cette exaltation délicieuse, qui fait à la fois votre charme et votre tourment, vous a empêchée de comprendre, adorable femme que vous êtes, la fausseté de notre
4190 position future. Moi non plus, je n'y avais pas réfléchi d'abord, et je me reposais à l'ombre de ce bonheur idéal, comme à celle du mancenillier[1], sans prévoir les conséquences. »
– Elle va peut-être croire que c'est par avarice que j'y renonce... Ah !
4195 n'importe ! tant pis, il faut en finir !

« Le monde est cruel, Emma. Partout où nous eussions été, il nous aurait poursuivis. Il vous aurait fallu subir les questions indiscrètes, la calomnie, le dédain, l'outrage peut-être. L'outrage à vous ! Oh !...
Et moi qui voudrais vous faire asseoir sur un trône ! moi qui emporte
4200 votre pensée comme un talisman ! Car je me punis par l'exil de tout le mal que je vous ai fait. Je pars. Où ? Je n'en sais rien, je suis fou ! Adieu ! Soyez toujours bonne ! Conservez le souvenir du malheureux qui vous a perdue. Apprenez mon nom à votre enfant, qu'il le redise dans ses prières. »

4205 La mèche des deux bougies tremblait. Rodolphe se leva pour aller fermer la fenêtre, et, quand il se fut rassis :
– Il me semble que c'est tout. Ah ! encore ceci, de peur qu'elle ne vienne à me relancer :
« Je serai loin quand vous lirez ces tristes lignes ; car j'ai voulu
4210 m'enfuir au plus vite afin d'éviter la tentation de vous revoir. Pas de faiblesse ! Je reviendrai ; et peut-être que, plus tard, nous causerons ensemble très froidement de nos anciennes amours. Adieu ! »
Et il y avait un dernier adieu, séparé en deux mots : À Dieu ! ce qu'il jugeait d'un excellent goût.

---

1. **Mancenillier :** arbre d'Amérique produisant un latex vénéneux et dont même l'ombre passait pour mortelle.

₄₂₁₅ — Comment vais-je signer, maintenant ? se dit-il. Votre tout dévoué ?...
Non. Votre ami ?... Oui, c'est cela.

« Votre ami. »

Il relut sa lettre. Elle lui parut bonne.

— Pauvre petite femme ! pensa-t-il avec attendrissement. Elle va
₄₂₂₀ me croire plus insensible qu'un roc ; il eût fallu quelques larmes
là-dessus ; mais, moi, je ne peux pas pleurer ; ce n'est pas ma faute.
Alors, s'étant versé de l'eau dans un verre, Rodolphe y trempa son
doigt et il laissa tomber de haut une grosse goutte, qui fit une tache
pâle sur l'encre ; puis, cherchant à cacheter la lettre, le cachet *Amor
₄₂₂₅ nel cor* se rencontra.

— Cela ne va guère à la circonstance... Ah bah ! n'importe !

Après quoi, il fuma trois pipes et s'alla coucher.

Le lendemain, quand il fut debout (vers deux heures environ,
il avait dormi tard), Rodolphe se fit cueillir une corbeille d'abricots.
₄₂₃₀ Il disposa la lettre dans le fond, sous des feuilles de vigne, et ordonna
tout de suite à Girard, son valet de charrue, de porter cela délicatement chez madame Bovary. Il se servait de ce moyen pour correspondre
avec elle, lui envoyant, selon la saison, des fruits ou du gibier.

— Si elle te demande de mes nouvelles, dit-il, tu répondras que je
₄₂₃₅ suis parti en voyage. Il faut remettre le panier à elle-même, en mains
propres... Va, et prends garde !

Girard passa sa blouse neuve, noua son mouchoir autour des
abricots, et marchant à grands pas lourds dans ses grosses galoches
ferrées, prit tranquillement le chemin d'Yonville.

₄₂₄₀ Madame Bovary, quand il arriva chez elle, arrangeait avec Félicité,
sur la table de la cuisine, un paquet de linge.

— Voilà, dit le valet, ce que notre maître vous envoie.

Elle fut saisie d'une appréhension, et, tout en cherchant quelque
monnaie dans sa poche, elle considérait le paysan d'un œil hagard,
₄₂₄₅ tandis qu'il la regardait lui-même avec ébahissement, ne comprenant
pas qu'un pareil cadeau pût tant émouvoir quelqu'un. Enfin il sortit.
Félicité restait. Elle n'y tenait plus, elle courut dans la salle comme
pour y porter les abricots, renversa le panier, arracha les feuilles, trouva
la lettre, l'ouvrit, et, comme s'il y avait eu derrière elle un effroyable
₄₂₅₀ incendie, Emma se mit à fuir vers sa chambre, tout épouvantée.

Charles y était, elle l'aperçut ; il lui parla, elle n'entendit rien, et
elle continua vivement à monter les marches ; haletante, éperdue,
ivre, et toujours tenant cette horrible feuille de papier, qui lui cla-
quait dans les doigts comme une plaque de tôle. Au second étage,
₄₂₅₅ elle s'arrêta devant la porte du grenier, qui était fermée.

Alors elle voulut se calmer ; elle se rappela la lettre ; il fallait la finir, elle n'osait pas. D'ailleurs, où ? comment ? on la verrait.

– Ah ! non, ici, pensa-t-elle, je serai bien.

Emma poussa la porte et entra.

4260 Les ardoises laissaient tomber d'aplomb une chaleur lourde, qui lui serrait les tempes et l'étouffait ; elle se traîna jusqu'à la mansarde close, dont elle tira le verrou, et la lumière éblouissante jaillit d'un bond.

En face, par-dessus les toits, la pleine campagne s'étalait à perte de vue. En bas, sous elle, la place du village était vide ; les cailloux du 4265 trottoir scintillaient, les girouettes des maisons se tenaient immobiles ; au coin de la rue, il partit d'un étage inférieur une sorte de ronflement à modulations stridentes. C'était Binet qui tournait.

Elle s'était appuyée contre l'embrasure de la mansarde, et elle relisait la lettre avec des ricanements de colère. Mais plus elle y 4270 fixait d'attention, plus ses idées se confondaient. Elle le revoyait, elle l'entendait, elle l'entourait de ses deux bras ; et des battements de cœur, qui la frappaient sous la poitrine comme à grands coups de bélier, s'accéléraient l'un après l'autre, à intermittences inégales. Elle jetait les yeux tout autour d'elle avec l'envie que la terre croulât. 4275 Pourquoi n'en pas finir ? Qui la retenait donc ? Elle était libre. Et elle s'avança, elle regarda les pavés en se disant :

– Allons ! allons !

Le rayon lumineux qui montait d'en bas directement tirait vers l'abîme le poids de son corps. Il lui semblait que le sol de la place 4280 oscillant s'élevait le long des murs, et que le plancher s'inclinait par le bout, à la manière d'un vaisseau qui tangue. Elle se tenait tout au bord, presque suspendue, entourée d'un grand espace. Le bleu du ciel l'envahissait, l'air circulait dans sa tête creuse, elle n'avait qu'à céder, qu'à se laisser prendre ; et le ronflement du tour ne disconti- 4285 nuait pas, comme une voix furieuse qui l'appelait.

– Ma femme ! ma femme ! cria Charles.

Elle s'arrêta.

– Où es-tu donc ? Arrive !

L'idée qu'elle venait d'échapper à la mort faillit la faire s'évanouir 4290 de terreur ; elle ferma les yeux ; puis elle tressaillit au contact d'une main sur sa manche : c'était Félicité.

– Monsieur vous attend, Madame ; la soupe est servie.

Et il fallut descendre ! il fallut se mettre à table !

Elle essaya de manger. Les morceaux l'étouffaient. Alors elle déplia 4295 sa serviette comme pour en examiner les reprises et voulut réelle-ment s'appliquer à ce travail, compter les fils de la toile. Tout à coup, le souvenir de la lettre lui revint. L'avait-elle donc perdue ? Où la retrouver ? Mais elle éprouvait une telle lassitude dans l'esprit, que jamais elle ne put inventer un prétexte à sortir de table. Puis elle était devenue lâche ; elle avait peur de Charles ; il savait tout, c'était sûr ! En effet, il prononça ces mots, singulièrement :

– Nous ne sommes pas près, à ce qu'il paraît, de voir M. Rodolphe.

– Qui te l'a dit ? fit-elle en tressaillant.

– Qui me l'a dit ? répliqua-t-il un peu surpris de ce ton brusque ; c'est Girard, que j'ai rencontré tout à l'heure à la porte du café Français. Il est parti en voyage, ou il doit partir.

Elle eut un sanglot.

– Quoi donc t'étonne ? Il s'absente ainsi de temps à autre pour se distraire, et, ma foi ! je l'approuve. Quand on a de la fortune et que l'on est garçon !... Du reste, il s'amuse joliment, notre ami ! c'est un farceur. M. Langlois m'a conté…

Il se tut par convenance, à cause de la domestique qui entrait.

Celle-ci replaça dans la corbeille les abricots répandus sur l'étagère ; Charles, sans remarquer la rougeur de sa femme, se les fit apporter, en prit un et mordit à même.

– Oh ! parfait ! disait-il. Tiens, goûte.

Et il tendit la corbeille, qu'elle repoussa doucement.

– Sens donc : quelle odeur ! fit-il en la lui passant sous le nez à plusieurs reprises.

– J'étouffe ! s'écria-t-elle en se levant d'un bond.

Mais, par un effort de volonté, ce spasme disparut ; puis :

– Ce n'est rien ! dit-elle, ce n'est rien ! c'est nerveux ! Assieds-toi, mange !

Car elle redoutait qu'on ne fût à la questionner, à la soigner, qu'on ne la quittât plus.

Charles, pour obéir, s'était rassis, et il crachait dans sa main les noyaux des abricots, qu'il déposait ensuite dans son assiette.

Tout à coup, un tilbury bleu passa au grand trot sur la place. Emma poussa un cri et tomba roide par terre, à la renverse.

En effet, Rodolphe, après bien des réflexions, s'était décidé à partir pour Rouen. Or, comme il n'y a, de la Huchette à Buchy, pas d'autre chemin que celui d'Yonville, il lui avait fallu traverser le village, et Emma l'avait reconnu à la lueur des lanternes qui coupaient comme un éclair le crépuscule.

Le pharmacien, au tumulte qui se faisait dans la maison, s'y précipita. La table, avec toutes les assiettes, était renversée ; de la sauce, de la viande, les couteaux, la salière et l'huilier jonchaient l'appartement ; Charles appelait au secours ; Berthe, effarée, criait ; et Félicité, dont les mains tremblaient, délaçait Madame, qui avait le long du corps des mouvements convulsifs.

4340

– Je cours, dit l'apothicaire, chercher dans mon laboratoire, un peu de vinaigre aromatique.

Puis, comme elle rouvrait les yeux en respirant le flacon :

– J'en étais sûr, fit-il ; cela vous réveillerait un mort.

4345 – Parle-nous ! disait Charles, parle-nous ! Remets-toi ! C'est moi, ton Charles qui t'aime ! Me reconnais-tu ? Tiens, voilà ta petite fille : embrasse-la donc !

L'enfant avançait les bras vers sa mère pour se pendre à son cou. Mais, détournant la tête, Emma dit d'une voix saccadée :

4350 – Non, non… personne !

Elle s'évanouit encore. On la porta sur son lit.

Elle restait étendue, la bouche ouverte, les paupières fermées, les mains à plat, immobile, et blanche comme une statue de cire. Il sortait de ses yeux deux ruisseaux de larmes qui coulaient lentement

4355 sur l'oreiller.

Charles, debout, se tenait au fond de l'alcôve, et le pharmacien, près de lui, gardait ce silence méditatif qu'il est convenable d'avoir dans les occasions sérieuses de la vie.

– Rassurez-vous, dit-il en lui poussant le coude, je crois que le

4360 paroxysme est passé.

– Oui, elle repose un peu maintenant ! répondit Charles, qui la regardait dormir. Pauvre femme !… pauvre femme !… la voilà retombée !

Alors Homais demanda comment cet accident était survenu. Charles répondit que cela l'avait saisie tout à coup, pendant qu'elle

4365 mangeait des abricots.

– Extraordinaire !… reprit le pharmacien. Mais il se pourrait que les abricots eussent occasionné la syncope ! Il y a des natures si impressionnables à l'encontre de certaines odeurs ! et ce serait même une belle question à étudier, tant sous le rapport pathologique que sous

4370 le rapport physiologique. Les prêtres en connaissaient l'importance, eux qui ont toujours mêlé des aromates à leurs cérémonies. C'est pour vous stupéfier l'entendement et provoquer des extases, chose d'ailleurs facile à obtenir chez les personnes du sexe, qui sont plus délicates que les autres. On en cite qui s'évanouissent à l'odeur de la

4375 corne brûlée, du pain tendre…

– Prenez garde de l'éveiller ! dit à voix basse Bovary.

– Et non seulement, continua l'apothicaire, les humains sont en butte à ces anomalies, mais encore les animaux. Ainsi, vous n'êtes

pas sans savoir l'effet singulièrement aphrodisiaque que produit
le *nepeta cataria*, vulgairement appelé herbe-au-chat, sur la gent
féline ; et d'autre part, pour citer un exemple que je garantis authentique, Bridoux (un de mes anciens camarades, actuellement établi
rue Malpalu[1]) possède un chien qui tombe en convulsions dès qu'on
lui présente une tabatière. Souvent même il en fait l'expérience
devant ses amis, à son pavillon du bois Guillaume. Croirait-on qu'un
simple sternutatoire pût exercer de tels ravages dans l'organisme
d'un quadrupède ? C'est extrêmement curieux, n'est-il pas vrai ?
– Oui, dit Charles, qui n'écoutait pas.
– Cela nous prouve, reprit l'autre en souriant avec un air de suffisance
bénigne, les irrégularités sans nombre du système nerveux. Pour
ce qui est de Madame, elle m'a toujours paru, je l'avoue, une vraie
sensitive[2]. Aussi ne vous conseillerai-je point, mon bon ami, aucun de
ces prétendus remèdes qui, sous prétexte d'attaquer les symptômes,
attaquent le tempérament. Non, pas de médicamentation oiseuse ! du
régime, voilà tout ! des sédatifs, des émollients, des dulcifiants[3]. Puis,
ne pensez-vous pas qu'il faudrait peut-être frapper l'imagination ?
– En quoi ? comment ? dit Bovary.
– Ah ! c'est là la question ! Telle est effectivement la question : *That
is the question* ! comme je lisais dernièrement dans le journal.
Mais Emma, se réveillant, s'écria :
– Et la lettre ? et la lettre ?
On crut qu'elle avait le délire ; elle l'eut à partir de minuit : une
fièvre cérébrale s'était déclarée.
Pendant quarante-trois jours, Charles ne la quitta pas. Il abandonna tous ses malades ; il ne se couchait plus, il était continuellement à lui tâter le pouls, à lui poser des sinapismes[4], des
compresses d'eau froide. Il envoyait Justin jusqu'à Neufchâtel
chercher de la glace ; la glace se fondait en route ; il le renvoyait. Il
appela M. Canivet en consultation ; il fit venir de Rouen le docteur
Larivière, son ancien maître ; il était désespéré. Ce qui l'effrayait le
plus, c'était l'abattement d'Emma ; car elle ne parlait pas, n'entendait
rien et même semblait ne point souffrir, – comme si son corps et son
âme se fussent ensemble reposés de toutes leurs agitations.

---

1. **Rue Malpalu :** rue du centre de Rouen.
2. **Sensitive :** « personne que les moindres choses blessent ou effarouchent » (Littré).
3. **Sédatifs, émollients, dulcifiants :** médicaments pour personnes nerveuses.
4. **Sinapismes :** cataplasmes à la farine de moutarde.

Vers le milieu d'octobre, elle put se tenir assise dans son lit, avec des oreillers derrière elle. Charles pleura quand il la vit manger sa première tartine de confitures. Les forces lui revinrent ; elle se levait quelques heures pendant l'après-midi, et, un jour qu'elle se sentait mieux, il essaya de lui faire faire, à son bras, un tour de promenade dans le jardin. Le sable des allées disparaissait sous les feuilles mortes ; elle marchait pas à pas, en traînant ses pantoufles, et, s'appuyant de l'épaule contre Charles, elle continuait à sourire.

Ils allèrent ainsi jusqu'au fond, près de la terrasse. Elle se redressa lentement, se mit la main devant ses yeux, pour regarder ; elle regarda au loin, tout au loin ; mais il n'y avait à l'horizon que de grands feux d'herbe, qui fumaient sur les collines.

– Tu vas te fatiguer, ma chérie, dit Bovary.

Et, la poussant doucement pour la faire entrer sous la tonnelle :

– Assieds-toi donc sur ce banc : tu seras bien.

– Oh ! non, pas là, pas là ! fit-elle d'une voix défaillante.

Elle eut un étourdissement, et dès le soir, sa maladie recommença, avec une allure plus incertaine, il est vrai, et des caractères plus complexes. Tantôt elle souffrait au cœur, puis dans la poitrine, dans le cerveau, dans les membres ; il lui survint des vomissements où Charles crut apercevoir les premiers symptômes d'un cancer.

Et le pauvre garçon, par là-dessus, avait des inquiétudes d'argent !

XIV

D'ABORD, il ne savait comment faire pour dédommager M. Homais de tous les médicaments pris chez lui ; et, quoiqu'il eût pu, comme médecin, ne pas les payer, néanmoins il rougissait un peu de cette obligation. Puis la dépense du ménage, à présent que la cuisinière était maîtresse, devenait effrayante ; les notes pleuvaient dans la maison ; les fournisseurs murmuraient ; M. Lheureux, surtout, le harcelait. En effet, au plus fort de la maladie d'Emma, celui-ci, profitant de la circonstance pour exagérer sa facture, avait vite apporté le manteau, le sac de nuit, deux caisses au lieu d'une, quantité d'autres choses encore. Charles eut beau dire qu'il n'en avait pas besoin, le marchand répondit arrogamment qu'on lui avait commandé tous ces articles et qu'il ne les reprendrait pas ; d'ailleurs, ce serait contra-

rier Madame dans sa convalescence ; Monsieur réfléchirait ; bref, il
était résolu à le poursuivre en justice plutôt que d'abandonner ses
450 droits et que d'emporter ses marchandises. Charles ordonna par la
suite de les renvoyer à son magasin ; Félicité oublia ; il avait d'autres
soucis ; on n'y pensa plus ; M. Lheureux revint à la charge, et, tour à
tour menaçant et gémissant, manœuvra de telle façon, que Bovary
finit par souscrire un billet à six mois d'échéance. Mais à peine eut-il
455 signé ce billet, qu'une idée audacieuse lui surgit : c'était d'emprunter
mille francs à M. Lheureux. Donc, il demanda, d'un air embarrassé,
s'il n'y avait pas moyen de les avoir, ajoutant que ce serait pour un
an et au taux que l'on voudrait. Lheureux courut à sa boutique, en
rapporta les écus et dicta un autre billet, par lequel Bovary déclarait
460 devoir payer à son ordre, le Ier septembre prochain, la somme de
mille soixante et dix francs ; ce qui, avec les cent quatre-vingts déjà
stipulés, faisait juste douze cent cinquante. Ainsi, prêtant à six pour
cent, augmenté d'un quart de commission, et les fournitures lui
rapportant un bon tiers pour le moins, cela devait, en douze mois,
465 donner cent trente francs de bénéfice ; et il espérait que l'affaire ne
s'arrêterait pas là, qu'on ne pourrait payer les billets, qu'on les renou-
vellerait, et que son pauvre argent, s'étant nourri chez le médecin
comme dans une maison de santé, lui reviendrait, un jour, considérablement plus dodu, et gros à faire craquer le sac.
470 Tout, d'ailleurs, lui réussissait. Il était adjudicataire d'une fourniture
de cidre pour l'hôpital de Neufchâtel ; M. Guillaumin lui promettait
des actions dans les tourbières de Grumesnil, et il rêvait d'établir un
nouveau service de diligences entre Argueil et Rouen, qui ne tarderait
pas, sans doute, à ruiner la guimbarde du *Lion d'or*, et qui, marchant
475 plus vite, étant à prix plus bas et portant plus de bagages, lui mettrait
ainsi dans les mains tout le commerce d'Yonville.
Charles se demanda plusieurs fois par quel moyen, l'année prochaine, pouvoir rembourser tant d'argent ; et il cherchait, imaginait des expédients, comme de recourir à son père ou de vendre
480 quelque chose. Mais son père serait sourd, et il n'avait, lui, rien à
vendre. Alors il découvrait de tels embarras, qu'il écartait vite de
sa conscience un sujet de méditation aussi désagréable. Il se reprochait d'en oublier Emma ; comme si, toutes ses pensées appartenant
à cette femme, c'eût été lui dérober quelque chose que de n'y pas
485 continuellement réfléchir.
L'hiver fut rude. La convalescence de Madame fut longue. Quand
il faisait beau, on la poussait dans son fauteuil auprès de la fenêtre,
celle qui regardait la Place ; car elle avait maintenant le jardin en

antipathie, et la persienne de ce côté restait constamment fermée. Elle
4490 voulut que l'on vendît le cheval ; ce qu'elle aimait autrefois, à présent
lui déplaisait. Toutes ses idées paraissaient se borner au soin d'elle-
même. Elle restait dans son lit à faire de petites collations, sonnait sa
domestique pour s'informer de ses tisanes ou pour causer avec elle.
Cependant la neige sur le toit des halles jetait dans la chambre un
4500 reflet blanc, immobile ; ensuite ce fut la pluie qui tombait. Et Emma
quotidiennement attendait, avec une sorte d'anxiété, l'infaillible retour
d'événements minimes, qui pourtant ne lui importaient guère. Le plus
considérable était, le soir, l'arrivée de *l'Hirondelle*. Alors l'aubergiste
criait et d'autres voix répondaient, tandis que le falot[1] d'Hippolyte, qui
4505 cherchait des coffres sur la bâche, faisait comme une étoile dans l'obscurité. À midi, Charles rentrait ; ensuite il sortait ; puis elle prenait un
bouillon, et, vers cinq heures, à la tombée du jour, les enfants qui s'en
revenaient de la classe, traînant leurs sabots sur le trottoir, frappaient
tous avec leurs règles la cliquette des auvents, les uns après les autres.
4510 C'était à cette heure-là que M. Bournisien venait la voir. Il s'enqué-
rait de sa santé, lui apportait des nouvelles et l'exhortait à la religion
dans un petit bavardage câlin qui ne manquait pas d'agrément. La
vue seule de sa soutane la réconfortait.
Un jour qu'au plus fort de sa maladie elle s'était crue agonisante,
4515 elle avait demandé la communion ; et, à mesure que l'on faisait dans
sa chambre les préparatifs pour le sacrement, que l'on disposait
en autel la commode encombrée de sirops et que Félicité semait
par terre des fleurs de dahlia, Emma sentait quelque chose de fort
passant sur elle, qui la débarrassait de ses douleurs, de toute percep-
4520 tion, de tout sentiment. Sa chair allégée ne pesait plus, une autre vie
commençait ; il lui sembla que son être, montant vers Dieu, allait
s'anéantir dans cet amour comme un encens allumé qui se dissipe
en vapeur. On aspergea d'eau bénite les draps du lit ; le prêtre retira
du saint ciboire la blanche hostie ; et ce fut en défaillant d'une joie
4525 céleste qu'elle avança les lèvres pour accepter le corps du Sauveur
qui se présentait. Les rideaux de son alcôve se gonflaient mollement,
autour d'elle, en façon de nuées, et les rayons des deux cierges
brûlant sur la commode lui parurent être des gloires éblouissantes.
Alors elle laissa retomber sa tête, croyant entendre dans les espaces
4530 le chant des harpes séraphiques et apercevoir en un ciel d'azur, sur
un trône d'or, au milieu des saints tenant des palmes vertes, Dieu

1. **Falot** : grande lanterne.

le Père tout éclatant de majesté, et qui d'un signe faisait descendre vers la terre des anges aux ailes de flamme pour l'emporter dans leurs bras.

4535 Cette vision splendide demeura dans sa mémoire comme la chose la plus belle qu'il fût possible de rêver ; si bien qu'à présent elle s'efforçait d'en ressaisir la sensation, qui continuait cependant, mais d'une manière moins exclusive et avec une douceur aussi profonde. Son âme, courbatue d'orgueil, se reposait enfin dans l'humilité chré-
4540 tienne ; et, savourant le plaisir d'être faible, Emma contemplait en elle-même la destruction de sa volonté, qui devait faire aux enva-hissements de la grâce une large entrée. Il existait donc à la place du bonheur des félicités plus grandes, un autre amour au-dessus de tous les amours, sans intermittence ni fin, et qui s'accroîtrait éter-
4545 nellement ! Elle entrevit, parmi les illusions de son espoir, un état de pureté flottant au-dessus de la terre, se confondant avec le ciel, et où elle aspira d'être. Elle voulut devenir une sainte. Elle acheta des cha-pelets, elle porta des amulettes ; elle souhaitait avoir dans sa chambre, au chevet de sa couche, un reliquaire enchâssé d'émeraudes, pour le
4550 baiser tous les soirs.

Le curé s'émerveillait de ces dispositions, bien que la religion d'Emma, trouvait-il, pût, à force de ferveur ; finir par friser l'hérésie et même l'extravagance. Mais, n'étant pas très versé dans ces matières sitôt qu'elles dépassaient une certaine mesure, il écrivit à
4555 M. Boulard, libraire de Monseigneur, de lui envoyer *quelque chose de fameux pour une personne du sexe, qui était pleine d'esprit.* Le libraire, avec autant d'indifférence que s'il eût expédié de la quincaillerie à des nègres, vous emballa pêle-mêle tout ce qui avait cours pour lors dans le négoce des livres pieux. C'étaient de petits manuels par
4560 demandes et par réponses, des pamphlets d'un ton rogue dans la manière de M. de Maistre[1], et des espèces de romans à cartonnage rose et à style douceâtre, fabriqués par des séminaristes troubadours ou des bas bleus[2] repenties. Il y avait le *Pensez-y bien* ; *l'Homme du monde aux pieds de Marie, par M. de, décoré de plusieurs ordres* ; *des*
4565 *Erreurs de Voltaire, à l'usage des jeunes gens,* etc.

Madame Bovary n'avait pas encore l'intelligence assez nette pour s'appliquer sérieusement à n'importe quoi ; d'ailleurs, elle entreprit ces lectures avec trop de précipitation. Elle s'irrita contre les pres-

---

1. **M. de Maistre :** Joseph de Maistre (1753-1821), maître à penser de la Contre-Révolution.
2. **Bas bleus :** personnes qui ont des prétentions littéraires, des ambitions d'auteur.

criptions du culte ; l'arrogance des écrits polémiques lui déplut par leur acharnement à poursuivre des gens qu'elle ne connaissait pas ; et les contes profanes relevés de religion lui parurent écrits dans une telle ignorance du monde, qu'ils l'écartèrent insensiblement des vérités dont elle attendait la preuve. Elle persista pourtant, et, lorsque le volume lui tombait des mains, elle se croyait prise par la plus fine mélancolie catholique qu'une âme éthérée pût concevoir.

Quant au souvenir de Rodolphe, elle l'avait descendu tout au fond de son cœur ; et il restait là, plus solennel et plus immobile qu'une momie de roi dans un souterrain. Une exhalaison s'échappait de ce grand amour embaumé et qui, passant à travers tout, parfumait de tendresse l'atmosphère d'immaculation où elle voulait vivre. Quand elle se mettait à genoux sur son prie-Dieu gothique, elle adressait au Seigneur les mêmes paroles de suavité qu'elle murmurait jadis à son amant, dans les épanchements de l'adultère. C'était pour faire venir la croyance ; mais aucune délectation ne descendait des cieux, et elle se relevait, les membres fatigués, avec le sentiment vague d'une immense duperie. Cette recherche, pensait-elle, n'était qu'un mérite de plus ; et dans l'orgueil de sa dévotion, Emma se comparait à ces grandes dames d'autrefois, dont elle avait rêvé la gloire sur un portrait de la Vallière, et qui, traînant avec tant de majesté la queue chamarrée de leurs longues robes, se retiraient en des solitudes pour y répandre aux pieds du Christ toutes les larmes d'un cœur que l'existence blessait.

Alors, elle se livra à des charités excessives. Elle cousait des habits pour les pauvres ; elle envoyait du bois aux femmes en couches ; et Charles, un jour en rentrant, trouva dans la cuisine trois vauriens attablés qui mangeaient un potage. Elle fit revenir à la maison sa petite fille, que son mari, durant sa maladie, avait renvoyée chez la nourrice. Elle voulut lui apprendre à lire ; Berthe avait beau pleurer, elle ne s'irritait plus. C'était un parti pris de résignation, une indulgence universelle. Son langage, à propos de tout, était plein d'expressions idéales. Elle disait à son enfant :

– Ta colique est-elle passée, mon ange ?

Madame Bovary mère ne trouvait rien à blâmer, sauf peut-être cette manie de tricoter des camisoles pour les orphelins, au lieu de raccommoder ses torchons. Mais, harassée de querelles domestiques, la bonne femme se plaisait en cette maison tranquille, et même elle y demeura jusques après Pâques, afin d'éviter les sarcasmes du père Bovary, qui ne manquait pas, tous les vendredis saints, de se commander une andouille.

4610 Outre la compagnie de sa belle-mère, qui la raffermissait un peu par sa rectitude de jugement et ses façons graves, Emma, presque tous les jours, avait encore d'autres sociétés. C'était madame Langlois, madame Caron, madame Dubreuil, madame Tuvache et, régulièrement, de deux à cinq heures, l'excellente madame Homais, qui n'avait jamais voulu

4615 croire, celle-là, à aucun des cancans que l'on débitait sur sa voisine. Les petits Homais aussi venaient la voir ; Justin les accompagnait. Il montait avec eux dans la chambre, et il restait debout près de la porte, immobile, sans parler. Souvent même, madame Bovary, n'y prenant garde, se mettait à sa toilette. Elle commençait par retirer son peigne,

4620 en secouant sa tête d'un mouvement brusque ; et, quand il aperçut la première fois cette chevelure entière qui descendait jusqu'aux jarrets en déroulant ses anneaux noirs, ce fut pour lui, le pauvre enfant, comme l'entrée subite dans quelque chose d'extraordinaire et de nouveau dont la splendeur l'effraya.

4625 Emma, sans doute, ne remarquait pas ses empressements silencieux ni ses timidités. Elle ne se doutait point que l'amour, disparu de sa vie, palpitait là, près d'elle, sous cette chemise de grosse toile, dans ce cœur d'adolescent ouvert aux émanations de sa beauté. Du reste, elle enveloppait tout maintenant d'une telle indifférence,

4630 elle avait des paroles si affectueuses et des regards si hautains, des façons si diverses, que l'on ne distinguait plus l'égoïsme de la charité, ni la corruption de la vertu. Un soir, par exemple, elle s'emporta contre sa domestique, qui lui demandait à sortir et balbutiait en cherchant un prétexte ; puis tout à coup :

4635 — Tu l'aimes donc ? dit-elle.

Et, sans attendre la réponse de Félicité, qui rougissait elle ajouta d'un air triste :

— Allons, cours-y ! amuse-toi !

Elle fit, au commencement du printemps, bouleverser le jardin

4640 d'un bout à l'autre, malgré les observations de Bovary ; il fut heureux, cependant de lui voir enfin manifester une volonté quelconque. Elle en témoigna davantage à mesure qu'elle se rétablissait. D'abord, elle trouva moyen d'expulser la mère Rolet, la nourrice, qui avait pris l'habitude, pendant sa convalescence, de venir trop souvent à la cui-

4645 sine avec ses deux nourrissons et son pensionnaire, plus endenté[1] qu'un cannibale. Puis elle se dégagea de la famille Homais, congédia

---

1. **Plus endenté :** avec meilleur appétit.

successivement toutes les autres visites et même fréquenta l'église avec moins d'assiduité, à la grande approbation de l'apothicaire, qui lui dit alors amicalement :

4650 — Vous donniez un peu dans la calotte !

M. Bournisien, comme autrefois, survenait tous les jours, en sortant du catéchisme. Il préférait rester dehors, à prendre l'air *au milieu du bocage*, il appelait ainsi la tonnelle. C'était l'heure où Charles rentrait. Ils avaient chaud ; on apportait du cidre doux, et ils
4655 buvaient ensemble au complet rétablissement de Madame.

Binet se trouvait là, c'est-à-dire un peu plus bas, contre le mur de la terrasse, à pêcher des écrevisses. Bovary l'invitait à se rafraîchir, et il s'entendait parfaitement à déboucher les cruchons.

— Il faut, disait-il en promenant autour de lui et jusqu'aux extrémités
4660 du paysage un regard satisfait, tenir ainsi la bouteille d'aplomb sur la table, et, après que les ficelles sont coupées, pousser le liège à petits coups, doucement, doucement, comme on fait, d'ailleurs, à l'eau de Seltz, dans les restaurants.

Mais le cidre, pendant sa démonstration, souvent leur jaillissait en
4665 plein visage, et alors l'ecclésiastique, avec un rire opaque, ne manquait jamais cette plaisanterie :

— Sa bonté saute aux yeux !

Il était brave homme, en effet, et même, un jour, ne fut point scandalisé du pharmacien, qui conseillait à Charles, pour distraire
4670 Madame, de la mener au théâtre de Rouen voir l'illustre ténor Lagardy. Homais s'étonnant de ce silence, voulut savoir son opinion, et le prêtre déclara qu'il regardait la musique comme moins dangereuse pour les mœurs que la littérature.

Mais le pharmacien prit la défense des lettres. Le théâtre, prétendait-il,
4675 servait à fronder les préjugés, et, sous le masque du plaisir, enseignait la vertu.

— *Castigat ridendo mores*[1], monsieur Bournisien ! Ainsi, regardez la plupart des tragédies de Voltaire ; elles sont semées habilement de réflexions philosophiques qui en font pour le peuple une véritable
4680 école de morale et de diplomatie.

— Moi, dit Binet, j'ai vu autrefois une pièce intitulée *le Gamin de Paris*, où l'on remarque le caractère d'un vieux général qui est vraiment tapé[2] ! Il rembarre un fils de famille qui avait séduit une ouvrière, qui à la fin…

---

1. *Castigat ridendo mores :* elle châtie les mœurs par le rire (devise latine de la comédie au XVIIᵉ siècle).
2. **Tapé :** bien rendu.

– Certainement ! continuait Homais, il y a la mauvaise littérature
4685 comme il y a la mauvaise pharmacie, mais condamner en bloc le plus
important des beaux arts me paraît une balourdise, une idée gothique,
digne de ces temps abominables où l'on enfermait Galilée[2].

– Je sais bien, objecta le Curé, qu'il existe de bons ouvrages, de bons
auteurs ; cependant, ne serait-ce que ces personnes de sexe diffé-
4690 rent réunies dans un appartement enchanteur, orné de pompes mondaines, et puis ces déguisements païens, ce fard, ces flambeaux, ces
voix efféminées, tout cela doit finir par engendrer un certain libertinage d'esprit et vous donner des pensées déshonnêtes, des tentations
impures. Telle est du moins l'opinion de tous les Pères. Enfin, ajouta-
4695 t-il en prenant subitement un ton de voix mystique, tandis qu'il roulait
sur son pouce une prise de tabac, si l'Église a condamné les spectacles,
c'est qu'elle avait raison ; il faut nous soumettre à ses décrets.

– Pourquoi, demanda l'apothicaire, excommunie-t-elle les comé-
diens ? car, autrefois, ils concouraient ouvertement aux cérémonies
4700 du culte. Oui, on jouait, on représentait au milieu du chœur des
espèces de farces appelées mystères, dans lesquelles les lois de la
décence souvent se trouvaient offensées.

L'ecclésiastique se contenta de pousser un gémissement, et le
pharmacien poursuivit :
4705 – C'est comme dans la Bible ; il y a... savez-vous..., plus d'un détail...
piquant, des choses... vraiment... gaillardes !

Et, sur un geste d'irritation que faisait M. Bournisien :
– Ah ! vous conviendrez que ce n'est pas un livre à mettre entre les
mains d'une jeune personne, et je serais fâché qu'Athalie...
4710 – Mais ce sont les protestants, et non pas nous, s'écria l'autre impatienté, qui recommandent la Bible !

– N'importe ! dit Homais, je m'étonne que, de nos jours, en un siècle
de lumières, on s'obstine encore à proscrire un délassement intellec-
tuel qui est inoffensif, moralisant et même hygiénique quelquefois,
4715 n'est-ce pas, docteur ?

– Sans doute, répondit le médecin nonchalamment, soit que, ayant
les mêmes idées, il voulût n'offenser personne, ou bien qu'il n'eût
pas d'idées.

La conversation semblait finie, quand le pharmacien jugea conve-
4720 nable de pousser une dernière botte.

---

1. **Galilée (1564-1642)** : il fut condamné par l'Inquisition pour avoir soutenu les théories
de Copernic sur le mouvement de la Terre.

– J'en ai connu, des prêtres, qui s'habillaient en bourgeois pour aller voir gigoter des danseuses.

– Allons donc ! fit le curé.

– Ah ! j'en ai connu !

4725   Et, séparant les syllabes de sa phrase, Homais répéta :

– J'en – ai – connu.

– Eh bien ! ils avaient tort, dit Bournisien résigné à tout entendre.

– Parbleu ! ils en font bien d'autres ! exclama l'apothicaire.

– Monsieur !... reprit l'ecclésiastique avec des yeux si farouches, que

4730   le pharmacien en fut intimidé.

– Je veux seulement dire, répliqua-t-il alors d'un ton moins brutal, que la tolérance est le plus sûr moyen d'attirer les âmes à la religion.

– C'est vrai ! c'est vrai ! concéda le bonhomme en se rasseyant sur sa chaise.

4735   Mais il n'y resta que deux minutes. Puis, dès qu'il fut parti, M. Homais dit au médecin :

– Voilà ce qui s'appelle une prise de bec ! Je l'ai roulé, vous avez vu, d'une manière !... Enfin, croyez-moi, conduisez Madame au spectacle, ne serait-ce que pour faire une fois dans votre vie enrager un

4740   de ces corbeaux-là, saprelotte ! Si quelqu'un pouvait me remplacer, je vous accompagnerais moi-même. Dépêchez-vous ! Lagardy ne donnera qu'une seule représentation ; il est engagé en Angleterre à des appointements considérables. C'est, à ce qu'on assure, un fameux lapin ! il roule sur l'or ! il mène avec lui trois maîtresses et

4745   son cuisinier ! Tous ces grands artistes brûlent la chandelle par les deux bouts ; il leur faut une existence dévergondée qui excite un peu l'imagination. Mais ils meurent à l'hôpital, parce qu'ils n'ont pas eu l'esprit, étant jeunes, de faire des économies. Allons, bon appétit ; à demain !

4750   Cette idée de spectacle germa vite dans la tête de Bovary ; car aussitôt il en fit part à sa femme, qui refusa tout d'abord, alléguant la fatigue, le dérangement, la dépense ; mais, par extraordinaire, Charles ne céda pas, tant il jugeait cette récréation lui devoir être profitable. Il n'y voyait aucun empêchement ; sa mère leur avait

4755   expédié trois cents francs sur lesquels il ne comptait plus, les dettes courantes n'avaient rien d'énorme, et l'échéance des billets à payer au sieur Lheureux était encore si longue, qu'il n'y fallait pas songer. D'ailleurs, imaginant qu'elle y mettait de la délicatesse, Charles insista davantage ; si bien qu'elle finit, à force d'obsessions,

4760   par se décider. Et, le lendemain, à huit heures, ils s'emballèrent dans *l'Hirondelle*.

L'apothicaire, que rien ne retenait à Yonville, mais qui se croyait contraint de n'en pas bouger, soupira en les voyant partir.

– Allons, bon voyage ! leur dit-il, heureux mortels que vous êtes !

Puis, s'adressant à Emma, qui portait une robe de soie bleue à quatre falbalas :

– Je vous trouve jolie comme un Amour ! Vous allez *faire florès*[1] à Rouen.

La diligence descendait à l'hôtel de la *Croix rouge*, sur la place Beauvoisine. C'était une de ces auberges comme il y en a dans tous les faubourgs de province, avec de grandes écuries et de petites chambres à coucher, où l'on voit au milieu de la cour des poules picorant l'avoine sous les cabriolets crottés des commis voyageurs ; – bons vieux gîtes à balcon de bois vermoulu qui craquent au vent dans les nuits d'hiver, continuellement pleins de monde, de vacarme et de mangeaille, dont les tables noires sont poissées par les *glorias*[2], les vitres épaisses jaunies par les mouches, les serviettes humides tachées par le vin bleu ; et qui, sentant toujours le village, comme des valets de ferme habillés en bourgeois, ont un café sur la rue, et du côté de la campagne un jardin à légumes. Charles immédiatement se mit en courses. Il confondit l'avant-scène avec les galeries, le *parquet* avec les loges, demanda des explications, ne les comprit pas, fut renvoyé du contrôleur au directeur, revint à l'auberge, retourna au bureau, et, plusieurs fois ainsi, arpenta toute la longueur de la ville, depuis le théâtre jusqu'au boulevard.

Madame s'acheta un chapeau, des gants, un bouquet. Monsieur craignait beaucoup de manquer le commencement ; et, sans avoir eu le temps d'avaler un bouillon, ils se présentèrent devant les portes du théâtre, qui étaient encore fermées.

---

1. *Faire florès :* avoir du succès.
2. *Glorias :* cafés alcoolisés.

XV

LA FOULE stationnait contre le mur, parquée symétriquement entre des balustrades. À l'angle des rues voisines, de gigantesques affiches répétaient en caractères baroques : « *Lucie de Lammermoor*[1]... Lagardy... Opéra..., etc. » Il faisait beau ; on avait chaud ; la sueur
4795 coulait dans les frisures, tous les mouchoirs tirés épongeaient les fronts rouges ; et parfois un vent tiède, qui soufflait de la rivière, agitait mollement la bordure des tentes en coutil suspendues à la porte des estaminets. Un peu plus bas, cependant, on était rafraîchi par un courant d'air glacial qui sentait le suif, le cuir et l'huile. C'était l'ex-
4800 halaison de la rue des Charrettes, pleine de grands magasins noirs où l'on roule des barriques.

De peur de paraître ridicule, Emma voulut, avant d'entrer, faire un tour de promenade sur le port, et Bovary, par prudence, garda les billets à sa main, dans la poche de son pantalon, qu'il appuyait
4805 contre son ventre.

Un battement de cœur la prit dès le vestibule. Elle sourit involontairement de vanité, en voyant la foule qui se précipitait à droite par l'autre corridor, tandis qu'elle montait l'escalier des *premières*. Elle eut plaisir, comme un enfant, à pousser de son doigt les larges
4810 portes tapissées ; elle aspira de toute sa poitrine l'odeur poussiéreuse des couloirs, et, quand elle fut assise dans sa loge, elle se cambra la taille avec une désinvolture de duchesse.

La salle commençait à se remplir, on tirait les lorgnettes de leurs étuis, et les abonnés, s'apercevant de loin, se faisaient des saluta-
4815 tions. Ils venaient se délasser dans les beaux-arts des inquiétudes de la vente ; mais, n'oubliant point les *affaires*, ils causaient encore cotons, trois-six[2] ou indigo[3]. On voyait là des têtes de vieux, inexpressives et pacifiques, et qui, blanchâtres de chevelure et de teint, ressemblaient à des médailles d'argent ternies par une vapeur de
4820 plomb. Les jeunes beaux se pavanaient au parquet, étalant, dans

---

1. *Lucie de Lammermoor :* opéra de Donizetti, créé à Naples en 1835 et à Paris en 1837.
2. **Trois-six :** alcool à 36 degrés (selon le système Cartier), équivalent de nos 90 degrés actuels.
3. **Indigo :** teinture pour tissu.

l'ouverture de leur gilet, leur cravate rose ou vert pomme ; et madame Bovary les admirait d'en haut, appuyant sur des badines à pomme d'or la paume tendue de leurs gants jaunes.

4825 Cependant, les bougies de l'orchestre s'allumèrent ; le lustre descendit du plafond, versant, avec le rayonnement de ses facettes, une gaieté subite dans la salle ; puis les musiciens entrèrent les uns après les autres, et ce fut d'abord un long charivari de basses ronflant, de violons grinçant, de pistons trompettant, de flûtes et de flageolets qui piaulaient. Mais on entendit trois coups sur la scène ; un roule-
4830 ment de timbales commença, les instruments de cuivre plaquèrent des accords, et le rideau, se levant, découvrit un paysage.

C'était le carrefour d'un bois, avec une fontaine, à gauche, ombragée par un chêne. Des paysans et des seigneurs, le plaid sur l'épaule, chantaient tous ensemble une chanson de chasse ; puis il survint
4835 un capitaine qui invoquait l'ange du mal en levant au ciel ses deux bras ; un autre parut ; ils s'en allèrent, et les chasseurs reprirent.

Elle se retrouvait dans les lectures de sa jeunesse, en plein Walter Scott. Il lui semblait entendre, à travers le brouillard, le son des cornemuses écossaises se répéter sur les bruyères. D'ailleurs, le souvenir du roman
4840 facilitant l'intelligence du libretto[1], elle suivait l'intrigue phrase à phrase, tandis que d'insaisissables pensées qui lui revenaient, se dispersaient, aussitôt, sous les rafales de la musique. Elle se laissait aller au bercement des mélodies et se sentait elle-même vibrer de tout son être comme si les archets des violons se fussent promenés sur ses nerfs. Elle n'avait pas
4845 assez d'yeux pour contempler les costumes, les décors, les personnages, les arbres peints qui tremblaient quand on marchait, et les toques de velours, les manteaux, les épées, toutes ces imaginations qui s'agitaient dans l'harmonie comme dans l'atmosphère d'un autre monde. Mais une jeune femme s'avança en jetant une bourse à un écuyer vert. Elle resta
4850 seule, et alors on entendit une flûte qui faisait comme un murmure de fontaine ou comme des gazouillements d'oiseau. Lucie entama d'un air brave sa cavatine en sol majeur ; elle se plaignait d'amour, elle demandait des ailes. Emma, de même, aurait voulu, fuyant la vie, s'envoler dans une étreinte. Tout à coup, Edgar-Lagardy[2] parut.
4855 Il avait une de ces pâleurs splendides qui donnent quelque chose de la majesté des marbres aux races ardentes du Midi. Sa taille vigou-

---

1. **Libretto :** livret, en italien ; il fut composé à partir du célèbre roman de Walter Scott, *La Fiancée de Lammermoor* (1819).
2. **Edgar-Lagardy :** il s'agit du nom du personnage, puis de celui de son interprète.

reuse était prise dans un pourpoint de couleur brune ; un petit poi-
gnard ciselé lui battait sur la cuisse gauche, et il roulait des regards
langoureusement en découvrant ses dents blanches. On disait qu'une
4860 princesse polonaise, l'écoutant un soir chanter sur la plage de Biarritz,
où il radoubait des chaloupes, en était devenue amoureuse. Elle
s'était ruinée à cause de lui. Il l'avait plantée là pour d'autres femmes,
et cette célébrité sentimentale ne laissait pas que de servir à sa réputation artistique. Le cabotin diplomate avait même soin de faire tou-
4865 jours glisser dans les réclames une phrase poétique sur la fascination
de sa personne et la sensibilité de son âme. Un bel organe, un imper-
turbable aplomb, plus de tempérament que d'intelligence et plus
d'emphase que de lyrisme, achevaient de rehausser cette admirable
nature de charlatan, où il y avait du coiffeur et du toréador.
4870 Dès la première scène, il enthousiasma. Il pressait Lucie dans ses
bras, il la quittait, il revenait, il semblait désespéré : il avait des éclats
de colère, puis des râles élégiaques d'une douceur infinie, et les notes
s'échappaient de son cou nu, pleines de sanglots et de baisers. Emma
se penchait pour le voir, égratignant avec ses ongles le velours de sa
4875 loge. Elle s'emplissait le cœur de ces lamentations mélodieuses qui
se traînaient à l'accompagnement des contrebasses, comme des cris
de naufragés dans le tumulte d'une tempête. Elle reconnaissait tous
les enivrements et les angoisses dont elle avait manqué mourir. La
voix de la chanteuse ne lui semblait être que le retentissement de sa
4880 conscience, et cette illusion qui la charmait quelque chose même de
sa vie. Mais personne sur la terre ne l'avait aimée d'un pareil amour.
Il ne pleurait pas comme Edgar, le dernier soir, au clair de lune,
lorsqu'ils se disaient : « À demain ; à demain !… » La salle craquait
sous les bravos ; on recommença la strette[1] entière ; les amoureux
4885 parlaient des fleurs de leur tombe, de serments, d'exil, de fatalité,
d'espérances, et quand ils poussèrent l'adieu final, Emma jeta un cri
aigu, qui se confondit avec la vibration des derniers accords.
– Pourquoi donc, demanda Bovary, ce seigneur est-il à la persécuter ?
– Mais non, répondit-elle ; c'est son amant.
4890 – Pourtant il jure de se venger sur sa famille, tandis que l'autre, celui
qui est venu tout à l'heure, disait :
« J'aime Lucie et je m'en crois aimé. » D'ailleurs, il est parti avec
son père, bras dessus, bras dessous. Car c'est bien son père, n'est-ce
pas, le petit laid qui porte une plume de coq à son chapeau ?

---

1. **Strette :** partie finale d'un ensemble, où le rythme s'accélère et les voix se mêlent.

Malgré les explications d'Emma, dès le duo récitatif où Gilbert expose à son maître Ashton ses abominables manœuvres, Charles, en voyant le faux anneau de fiançailles qui doit abuser Lucie, crut que c'était un souvenir d'amour envoyé par Edgar. Il avouait, du reste, ne pas comprendre l'histoire, – à cause de la musique – qui nuisait beaucoup aux paroles.

– Qu'importe ? dit Emma ; tais-toi !

– C'est que j'aime, reprit-il en se penchant sur son épaule, à me rendre compte, tu sais bien.

– Tais-toi ! tais-toi ! fit-elle impatientée.

Lucie s'avançait, à demi soutenue par ses femmes, une couronne d'oranger dans les cheveux, et plus pâle que le satin blanc de sa robe. Emma rêvait au jour de son mariage ; et elle se revoyait là-bas, au milieu des blés, sur le petit sentier, quand on marchait vers l'église. Pourquoi donc n'avait-elle pas, comme celle-là, résisté, supplié ? Elle était joyeuse, au contraire, sans s'apercevoir de l'abîme où elle se précipitait... Ah ! si, dans la fraîcheur de sa beauté, avant les souillures du mariage et la désillusion de l'adultère, elle avait pu placer sa vie sur quelque grand cœur solide, alors la vertu, la tendresse, les voluptés et le devoir se confondant, jamais elle ne serait descendue d'une félicité si haute. Mais ce bonheur-là, sans doute, était un mensonge imaginé pour le désespoir de tout désir. Elle connaissait à présent la petitesse des passions que l'art exagérait. S'efforçant donc d'en détourner sa pensée, Emma voulait ne plus voir dans cette reproduction de ses douleurs qu'une fantaisie plastique bonne à amuser les yeux, et même elle souriait intérieurement d'une pitié dédaigneuse, quand au fond du théâtre, sous la portière de velours, un homme apparut en manteau noir.

Son grand chapeau à l'espagnole tomba dans un geste qu'il fit ; et aussitôt les instruments et les chanteurs entonnèrent le sextuor. Edgar, étincelant de furie, dominait tous les autres de sa voix plus claire. Ashton lui lançait en notes graves des provocations homicides, Lucie poussait sa plainte aiguë, Arthur modulait à l'écart des sons moyens, et la basse-taille[1] du ministre ronflait comme un orgue, tandis que les voix de femmes, répétant ses paroles, reprenaient en chœur, délicieusement. Ils étaient tous sur la même ligne à gesticuler ; et la colère, la vengeance, la jalousie, la terreur, la miséricorde et la stupéfaction s'exhalaient à la fois de leurs bouches

---

1. **Basse-taille :** voix d'homme, un peu plus élevée que la voix de basse, et que l'on appelle aujourd'hui baryton.

entr'ouvertes. L'amoureux outragé brandissait son épée nue ; sa collerette de guipure se levait par saccades, selon les mouvements de
sa poitrine, et il allait de droite et de gauche, à grands pas, faisant
4935 sonner contre les planches les éperons vermeils de ses bottes molles,
qui s'évasaient à la cheville. Il devait avoir, pensait-elle, un intarissa-
ble amour, pour en déverser sur la foule à si larges effluves. Toutes
ses velléités de dénigrement s'évanouissaient sous la poésie du rôle
qui l'envahissait, et, entraînée vers l'homme par l'illusion du person-
4940 nage, elle tâcha de se figurer sa vie, cette vie retentissante, extraordinaire, splendide, et qu'elle aurait pu mener cependant, si le hasard
l'avait voulu. Ils se seraient connus, ils se seraient aimés ! Avec lui,
par tous les royaumes de l'Europe, elle aurait voyagé de capitale en
capitale, partageant ses fatigues et son orgueil, ramassant les fleurs
4945 qu'on lui jetait, brodant elle-même ses costumes ; puis, chaque soir,
au fond d'une loge, derrière la grille à treillis d'or, elle eût recueilli,
béante, les expansions de cette âme qui n'aurait chanté que pour
elle seule ; de la scène, tout en jouant, il l'aurait regardée. Mais une
folie la saisit : il la regardait, c'est sûr ! Elle eut envie de courir dans
4950 ses bras pour se réfugier en sa force, comme dans l'incarnation de
l'amour même, et de lui dire, de s'écrier : « Enlève-moi, emmène-
moi, partons ! À toi, à toi ! toutes mes ardeurs et tous mes rêves ! »
    Le rideau se baissa.
    L'odeur du gaz se mêlait aux haleines ; le vent des éventails ren-
4955 dait l'atmosphère plus étouffante. Emma voulut sortir ; la foule
encombrait les corridors, et elle retomba dans son fauteuil avec des
palpitations qui la suffoquaient. Charles, ayant peur de la voir s'évanouir, courut à la buvette lui chercher un verre d'orgeat.
    Il eut grand-peine à regagner sa place, car on lui heurtait les
4960 coudes à tous les pas, à cause du verre qu'il tenait entre ses mains,
et même il en versa les trois quarts sur les épaules d'une Rouennaise
en manches courtes, qui, sentant le liquide froid lui couler dans les
reins, jeta des cris de paon, comme si on l'eût assassinée. Son mari,
qui était un filateur, s'emporta contre le maladroit ; et, tandis qu'avec
4965 son mouchoir elle épongeait les taches sur sa belle robe de taffetas[1]
cerise, il murmurait d'un ton bourru les mots d'indemnité, de frais,
de remboursement. Enfin, Charles arriva près de sa femme, en lui
disant tout essoufflé :
    – J'ai cru, ma foi, que j'y resterais ! Il y a un monde !… un monde !…

---

1. **Taffetas :** étoffe de soie.

970 Il ajouta :
– Devine un peu qui j'ai rencontré là-haut ? M. Léon !
– Léon ?
– Lui-même ! Il va venir te présenter ses civilités.
Et, comme il achevait ces mots, l'ancien clerc d'Yonville entra dans
975 la loge.

Il tendit sa main avec un sans-façon de gentilhomme : et madame
Bovary machinalement avança la sienne, sans doute obéissant à l'attraction d'une volonté plus forte. Elle ne l'avait pas sentie depuis ce
soir de printemps où il pleuvait sur les feuilles vertes, quand ils se
980 dirent adieu, debout au bord de la fenêtre. Mais, vite, se rappelant
à la convenance de la situation, elle secoua dans un effort cette torpeur de ses souvenirs et se mit à balbutier des phrases rapides.
– Ah ! bonjour… Comment ! vous voilà ?
– Silence ! cria une voix du parterre, car le troisième acte commençait.
985 – Vous êtes donc à Rouen ?
– Oui.
– Et depuis quand ?
– À la porte ! à la porte !
On se tournait vers eux ; ils se turent.
990 Mais, à partir de ce moment, elle n'écouta plus ; et le chœur des conviés,
la scène d'Ashton et de son valet, le grand duo en ré majeur, tout passa
pour elle dans l'éloignement, comme si les instruments fussent devenus
moins sonores et les personnages plus reculés ; elle se rappelait les parties de cartes chez le pharmacien, et la promenade chez la nourrice, les
995 lectures sous la tonnelle, les tête-à-tête au coin du feu, tout ce pauvre
amour si calme et si long, si discret, si tendre, et qu'elle avait oublié cependant. Pourquoi donc revenait-il ? quelle combinaison d'aventures le replaçait dans sa vie ? Il se tenait derrière elle, s'appuyant de l'épaule contre la
cloison ; et, de temps à autre, elle se sentait frissonner sous le souffle tiède
1000 de ses narines qui lui descendait dans la chevelure.

– Est-ce que cela vous amuse ? dit-il en se penchant sur elle de si
près, que la pointe de sa moustache lui effleura la joue.
Elle répondit nonchalamment :
– Oh ! mon Dieu, non ! pas beaucoup.
1005 Alors il fit la proposition de sortir du théâtre, pour aller prendre
des glaces quelque part.
– Ah ! pas encore ! restons ! dit Bovary. Elle a les cheveux dénoués :
cela promet d'être tragique.
Mais la scène de la folie n'intéressait point Emma, et le jeu de la
1010 chanteuse lui parut exagéré.

Deuxième partie

— Elle crie trop fort, dit-elle en se tournant vers Charles, qui écoutait.
— Oui… peut-être… un peu, répliqua-t-il, indécis entre la franchise de son plaisir et le respect qu'il portait aux opinions de sa femme.

Puis Léon dit en soupirant

5015 — Il fait une chaleur…
— Insupportable ! c'est vrai.
— Es-tu gênée ? demanda Bovary.
— Oui, j'étouffe ; partons.

M. Léon posa délicatement sur ses épaules son long châle de
5020 dentelle, et ils allèrent tous les trois s'asseoir sur le port, en plein air, devant le vitrage d'un café.

Il fut d'abord question de sa maladie, bien qu'Emma interrompît Charles de temps à autre, par crainte, disait-elle, d'ennuyer M. Léon ; et celui-ci leur raconta qu'il venait à Rouen passer deux
5025 ans dans une forte étude, afin de se rompre aux affaires, qui étaient différentes en Normandie de celles que l'on traitait à Paris. Puis il s'informa de Berthe, de la famille Homais, de la mère Lefrançois ; et, comme ils n'avaient, en présence du mari, rien de plus à se dire, bientôt la conversation s'arrêta.

5030 Des gens qui sortaient du spectacle passèrent sur le trottoir, tout fredonnant ou braillant à plein gosier : *Ô bel ange, ma Lucie !* Alors Léon, pour faire le dilettante, se mit à parler musique. Il avait vu Tamburini, Rubini, Persiani, Grisi[1] ; et à côté d'eux, Lagardy, malgré ses grands éclats, ne valait rien.

5035 — Pourtant, interrompit Charles qui mordait à petits coups son sorbet au rhum, on prétend qu'au dernier acte il est admirable tout à fait ; je regrette d'être parti avant la fin, car ça commençait à m'amuser.

— Au reste, reprit le clerc, il donnera bientôt une autre représentation.
5040 Mais Charles répondit qu'ils s'en allaient dès le lendemain.
— À moins, ajouta-t-il en se tournant vers sa femme, que tu ne veuilles rester seule, mon petit chat ?

Et, changeant de manœuvre devant cette occasion inattendue qui s'offrait à son espoir, le jeune homme entama l'éloge de Lagardy
5045 dans le morceau final. C'était quelque chose de superbe, de sublime ! Alors Charles insista :

— Tu reviendrais dimanche. Voyons, décide-toi ! tu as tort, si tu sens le moins du monde que cela te fait du bien.

---

1. **Tamburini, Rubini, Persiani, Grisi :** célèbres chanteurs d'opéra italiens du moment.

Cependant les tables, alentour, se dégarnissaient ; un garçon vint
discrètement se poster près d'eux ; Charles qui comprit, tira sa
bourse ; le clerc le retint par le bras, et même n'oublia point de laisser,
en plus, deux pièces blanches, qu'il fit sonner contre le marbre.

– Je suis fâché, vraiment, murmura Bovary, de l'argent que vous...

L'autre eut un geste dédaigneux plein de cordialité, et, prenant son
chapeau :

– C'est convenu, n'est-ce pas, demain, à six heures ?

Charles se récria encore une fois qu'il ne pouvait s'absenter plus
longtemps ; mais rien n'empêchait Emma...

– C'est que..., balbutia-t-elle avec un singulier sourire, je ne sais pas
trop...

– Eh bien ! tu réfléchiras, nous verrons, la nuit porte conseil...

Puis à Léon, qui les accompagnait :

– Maintenant que vous voilà dans nos contrées, vous viendrez, j'espère
de temps à autre, nous demander à dîner ?

Le clerc affirma qu'il n'y manquerait pas, ayant d'ailleurs besoin de
se rendre à Yonville pour une affaire de son étude. Et l'on se sépara
devant le passage Saint-Herbland, au moment où onze heures et
demie sonnaient à la cathédrale.

Troisième partie

I

M. LÉON, tout en étudiant son droit, avait passablement fréquenté la *Chaumière*, où il obtint même de fort jolis succès près des grisettes, qui lui trouvaient *l'air distingué*. C'était le plus convenable des étudiants : il ne portait les cheveux ni trop longs ni trop courts, ne mangeait pas le 1ᵉʳ du mois l'argent de son trimestre, et se maintenait en de bons termes avec ses professeurs. Quant à faire des excès, il s'en était toujours abstenu, autant par pusillanimité que par délicatesse.

Souvent, lorsqu'il restait à lire dans sa chambre, ou bien assis le soir sous les tilleuls du Luxembourg[1], il laissait tomber son Code par terre, et le souvenir d'Emma lui revenait. Mais peu à peu ce sentiment s'affaiblit, et d'autres convoitises s'accumulèrent par-dessus, bien qu'il persistât cependant à travers elles ; car Léon ne perdait pas toute espérance, et il y avait pour lui comme une promesse incertaine qui se balançait dans l'avenir, tel qu'un fruit d'or suspendu à quelque feuillage fantastique.

Puis, en la revoyant après trois années d'absence, sa passion se réveilla. Il fallait, pensa-t-il, se résoudre enfin à la vouloir posséder. D'ailleurs, sa timidité s'était usée au contact des compagnies folâtres, et il revenait en province, méprisant tout ce qui ne foulait pas d'un pied verni l'asphalte du boulevard. Auprès d'une Parisienne en dentelles, dans le salon de quelque docteur illustre, personnage à décorations et à voiture, le pauvre clerc, sans doute, eût tremblé comme un enfant ; mais ici, à Rouen, sur le port, devant la femme de ce petit médecin, il se sentait à l'aise, sûr d'avance qu'il éblouirait. L'aplomb dépend des milieux où il se pose : on ne parle pas à l'entresol comme au quatrième étage, et la femme riche semble avoir autour d'elle, pour garder sa vertu, tous ses billets de banque, comme une cuirasse, dans la doublure de son corset.

En quittant la veille au soir M. et madame Bovary, Léon, de loin, les avait suivis dans la rue ; puis les ayant vus s'arrêter à la *Croix rouge*[2], il avait tourné les talons et passé toute la nuit à méditer un plan.

---

1. **Luxembourg :** jardin du Luxembourg, à Paris.
2. **La *Croix rouge* :** nom d'un hôtel.

Le lendemain donc, vers cinq heures, il entra dans la cuisine de l'auberge, la gorge serrée, les joues pâles, et avec cette résolution des poltrons que rien n'arrête.

35 – Monsieur n'y est point, répondit un domestique.

Cela lui parut de bon augure. Il monta.

Elle ne fut pas troublée à son abord ; elle lui fit, au contraire, des excuses pour avoir oublié de lui dire où ils étaient descendus.

– Oh ! je l'ai deviné, reprit Léon.

40 – Comment ?

Il prétendit avoir été guidé vers elle, au hasard, par un instinct. Elle se mit à sourire, et aussitôt, pour réparer sa sottise, Léon raconta qu'il avait passé sa matinée à la chercher successivement dans tous les hôtels de la ville.

45 – Vous vous êtes donc décidée à rester ? ajouta-t-il.

– Oui, dit-elle, et j'ai eu tort. Il ne faut pas s'accoutumer à des plaisirs impraticables, quand on a autour de soi mille exigences...

– Oh ! je m'imagine...

– Eh ! non, car vous n'êtes pas une femme, vous.

50 Mais les hommes avaient aussi leurs chagrins, et la conversation s'engagea par quelques réflexions philosophiques. Emma s'étendit beaucoup sur la misère des affections terrestres et l'éternel isolement où le cœur reste enseveli.

Pour se faire valoir, ou par une imitation naïve de cette mélancolie
55 qui provoquait la sienne, le jeune homme déclara s'être ennuyé prodigieusement tout le temps de ses études. La procédure l'irritait, d'autres vocations l'attiraient, et sa mère ne cessait, dans chaque lettre, de le tourmenter. Car ils précisaient de plus en plus les motifs de leur douleur, chacun, à mesure qu'il parlait, s'exaltant un peu
60 dans cette confidence progressive. Mais ils s'arrêtaient quelquefois devant l'exposition complète de leur idée, et cherchaient alors à imaginer une phrase qui pût la traduire cependant. Elle ne confessa point sa passion pour un autre ; il ne dit pas qu'il l'avait oubliée.

Peut-être ne se rappelait-il plus ses soupers après le bal avec des
65 débardeuses ; et elle ne se souvenait pas sans doute, des rendez-vous d'autrefois, quand elle courait le matin dans les herbes, vers le château de son amant. Les bruits de la ville arrivaient à peine jusqu'à eux ; et la chambre semblait petite, tout exprès pour resserrer davantage leur solitude. Emma, vêtue d'un peignoir en basin[1], appuyait

---

1. **Basin :** étoffe de fil et de coton.

70 son chignon contre le dossier du vieux fauteuil ; le papier jaune de la muraille faisait comme un fond d'or derrière elle ; et sa tête nue se répétait dans la glace avec la raie blanche au milieu, et le bout de ses oreilles dépassant sous ses bandeaux.

– Mais pardon, dit-elle, j'ai tort ! je vous ennuie avec mes éternelles
75 plaintes !

– Non, jamais ! jamais !

– Si vous saviez, reprit-elle, en levant au plafond ses beaux yeux qui roulaient une larme, tout ce que j'avais rêvé !

– Et moi, donc ! Oh ! j'ai bien souffert ! Souvent je sortais, je m'en
80 allais, je me traînais le long des quais, m'étourdissant au bruit de la foule sans pouvoir bannir l'obsession qui me poursuivait. Il y a sur le boulevard, chez un marchand d'estampes, une gravure italienne qui représente une Muse. Elle est drapée d'une tunique et elle regarde la lune, avec des myosotis sur sa chevelure dénouée. Quelque chose
85 incessamment me poussait là ; j'y suis resté des heures entières.

Puis, d'une voix tremblante :

– Elle vous ressemblait un peu.

Madame Bovary détourna la tête, pour qu'il ne vît pas sur ses lèvres l'irrésistible sourire qu'elle y sentait monter.

90 – Souvent, reprit-il, je vous écrivais des lettres qu'ensuite je déchirais.

Elle ne répondait pas. Il continua :

– Je m'imaginais quelquefois qu'un hasard vous amènerait. J'ai cru vous reconnaître au coin des rues ; et je courais après tous les fiacres où flottait à la portière un châle, un voile pareil au vôtre...

95 Elle semblait déterminée à le laisser parler sans l'interrompre. Croisant les bras et baissant la figure, elle considérait la rosette de ses pantoufles, et elle faisait dans leur satin de petits mouvements, par intervalles, avec les doigts de son pied.

Cependant, elle soupira :

100 – Ce qu'il y a de plus lamentable, n'est-ce pas, c'est de traîner, comme moi, une existence inutile ? Si nos douleurs pouvaient servir à quelqu'un, on se consolerait dans la pensée du sacrifice !

Il se mit à vanter la vertu, le devoir et les immolations silencieuses, ayant lui-même un incroyable besoin de dévouement qu'il ne pouvait assouvir.

105 – J'aimerais beaucoup, dit-elle, à être une religieuse d'hôpital.

– Hélas ! répliqua-t-il, les hommes n'ont point de ces missions saintes, et je ne vois nulle part aucun métier..., à moins peut-être que celui de médecin...

Avec un haussement léger de ses épaules, Emma l'interrompit
110 pour se plaindre de sa maladie où elle avait manqué mourir ; quel

222

dommage ! elle ne souffrirait plus maintenant. Léon tout de suite envia le calme du tombeau, et même, un soir, il avait écrit son testament en recommandant qu'on l'ensevelît dans ce beau couvre-pied, à bandes de velours, qu'il tenait d'elle ; car c'est ainsi qu'ils auraient
115 voulu avoir été, l'un et l'autre se faisant un idéal sur lequel ils ajustaient à présent leur vie passée. D'ailleurs, la parole est un laminoir qui allonge toujours les sentiments.

Mais à cette invention du couvre-pied :

— Pourquoi donc ? demanda-t-elle.

120 — Pourquoi ?

Il hésitait.

— Parce que je vous ai bien aimée !

Et, s'applaudissant d'avoir franchi la difficulté, Léon, du coin de l'œil, épia sa physionomie.

125 Ce fut comme le ciel, quand un coup de vent chasse les nuages. L'amas des pensées tristes qui les assombrissaient parut se retirer de ses yeux bleus ; tout son visage rayonna.

Il attendait. Enfin elle répondit :

— Je m'en étais toujours doutée...

130 Alors, ils se racontèrent les petits événements de cette existence lointaine, dont ils venaient de résumer, par un seul mot, les plaisirs et les mélancolies. Il se rappelait le berceau de clématite, les robes qu'elle avait portées, les meubles de sa chambre, toute sa maison.

— Et nos pauvres cactus, où sont-ils ?

135 — Le froid les a tués cet hiver.

— Ah ! que j'ai pensé à eux, savez-vous ? Souvent je les revoyais comme autrefois, quand, par les matins d'été, le soleil frappait sur les jalousies... et j'apercevais vos deux bras nus qui passaient entre les fleurs.

140 — Pauvre ami ! fit-elle en lui tendant la main.

Léon, bien vite, y colla ses lèvres. Puis, quand il eut largement respiré :

— Vous étiez, dans ce temps-là, pour moi, je ne sais quelle force incompréhensible qui captivait ma vie. Une fois, par exemple, je suis
145 venu chez vous ; mais vous ne vous en souvenez pas, sans doute ?

— Si, dit-elle. Continuez.

— Vous étiez en bas, dans l'antichambre, prête à sortir, sur la dernière marche ; — vous aviez même un chapeau à petites fleurs bleues ; et, sans nulle invitation de votre part, malgré moi, je vous ai accompagnée.
150 À chaque minute, cependant, j'avais de plus en plus conscience de ma sottise, et je continuais à marcher près de vous, n'osant vous suivre

tout à fait, et ne voulant pas vous quitter. Quand vous entriez dans une boutique, je restais dans la rue, je vous regardais par le carreau défaire vos gants et compter la monnaie sur le comptoir. Ensuite vous avez
155 sonné chez madame Tuvache, on vous a ouvert, et je suis resté comme un idiot devant la grande porte lourde, qui était retombée sur vous.

Madame Bovary, en l'écoutant, s'étonnait d'être si vieille ; toutes ces choses qui réapparaissaient lui semblaient élargir son existence ; cela faisait comme des immensités sentimentales où elle se reportait ; et elle
160 disait de temps à autre, à voix basse et les paupières à demi fermées :
– Oui, c'est vrai !... c'est vrai !... c'est vrai...

Ils entendirent huit heures sonner aux différentes horloges du quartier Beauvoisine, qui est plein de pensionnats, d'églises et de grands hôtels abandonnés. Ils ne se parlaient plus ; mais ils sen-
165 taient, en se regardant, un bruissement dans leurs têtes, comme si quelque chose de sonore se fût réciproquement échappé, de leurs prunelles fixes. Ils venaient de se joindre les mains ; et le passé, l'avenir, les réminiscences et les rêves, tout se trouvait confondu dans la douceur de cette extase. La nuit s'épaississait sur les murs, où
170 brillaient encore, à demi perdues dans l'ombre, les grosses couleurs de quatre estampes représentant quatre scènes de *la Tour de Nesle*[1], avec une légende au bas, en espagnol et en français. Par la fenêtre à guillotine, on voyait un coin de ciel noir entre des toits pointus.

Elle se leva pour allumer deux bougies sur la commode, puis elle
175 vint se rasseoir.
– Eh bien... fit Léon.
– Eh bien ? répondit-elle.

Et il cherchait comment renouer le dialogue, interrompu, quand elle lui dit :
180 – D'où vient que personne, jusqu'à présent, ne m'a jamais exprimé des sentiments pareils ?

Le clerc se récria que les natures idéales étaient difficiles à comprendre. Lui, du premier coup d'œil, il l'avait aimée ; et il se désespérait en pensant au bonheur qu'ils auraient eu si, par une grâce du
185 hasard, se rencontrant plus tôt, ils se fussent attachés l'un à l'autre d'une manière indissoluble.
– J'y ai songé quelquefois, reprit-elle.
– Quel rêve ! murmura Léon.

---

1. *La Tour de Nesle :* drame de Dumas, créé en 1832, qui connut un grand succès et inspira une abondante imagerie populaire.

Et, maniant délicatement le liséré bleu de sa longue ceinture blanche, il ajouta :

– Qui nous empêche donc de recommencer ?

– Non, mon ami, répondit-elle. Je suis trop vieille... vous êtes trop jeune... oubliez-moi ! D'autres vous aimeront... vous les aimerez.

– Pas comme vous ! s'écria-t-il.

– Enfant que vous êtes ! Allons, soyons sage je le veux !

Elle lui représenta les impossibilités de leur amour, et qu'ils devaient se tenir, comme autrefois, dans les simples termes d'une amitié fraternelle.

Était-ce sérieusement qu'elle parlait ainsi ? Sans doute qu'Emma n'en savait rien elle-même, tout occupée par le charme de la séduction et la nécessité de s'en défendre ; et, contemplant le jeune homme d'un regard attendri, elle repoussait doucement les timides caresses que ses mains frémissantes essayaient.

– Ah ! pardon, dit-il en se reculant.

Et Emma fut prise d'un vague effroi, devant cette timidité, plus dangereuse pour elle que la hardiesse de Rodolphe quand il s'avançait les bras ouverts. Jamais aucun homme ne lui avait paru si beau. Une exquise candeur s'échappait de son maintien. Il baissait ses longs cils fins qui se recourbaient. Sa joue à l'épiderme suave rougissait – pensait-elle : – du désir de sa personne, et Emma sentait une invincible envie d'y porter ses lèvres. Alors, se penchant vers la pendule comme pour regarder l'heure :

– Qu'il est tard, mon Dieu ! dit-elle ; que nous bavardons !

Il comprit l'allusion et chercha son chapeau.

– J'en ai même oublié le spectacle ! Ce pauvre Bovary qui m'avait laissée tout exprès ! M. Lormeaux, de la rue Grand-Pont, devait m'y conduire avec sa femme.

Et l'occasion était perdue, car elle partait dès le lendemain.

– Vrai ? fit Léon.

– Oui.

– Il faut pourtant que je vous voie encore, reprit-il ; j'avais à vous dire...

– Quoi ?

– Une chose... grave, sérieuse. Eh ! non, d'ailleurs, vous ne partirez pas, c'est impossible ! Si vous saviez... Écoutez-moi... Vous ne m'avez donc pas compris ? vous n'avez pas deviné ?...

– Cependant vous parlez bien, dit Emma.

– Ah ! des plaisanteries ! Assez, assez ! Faites, par pitié, que je vous revoie... une fois... une seule.

– Eh bien...

230   Elle s'arrêta ; puis, comme se ravisant :
– Oh ! pas ici !
– Où vous voudrez.
– Voulez-vous…
Elle parut réfléchir, et, d'un ton bref :
235   – Demain, à onze heures, dans la cathédrale.
– J'y serai ! s'écria-t-il en saisissant ses mains, qu'elle dégagea.
Et, comme ils se trouvaient debout tous les deux, lui placé derrière
elle et Emma baissant la tête, il se pencha vers son cou et la baisa longuement à la nuque.
240   – Mais vous êtes fou ! ah ! vous êtes fou ! disait-elle avec de petits
rires sonores, tandis que les baisers se multipliaient.
Alors, avançant la tête par-dessus son épaule, il sembla chercher
le consentement de ses yeux. Ils tombèrent sur lui, pleins d'une
majesté glaciale.
245   Léon fit trois pas en arrière, pour sortir. Il resta sur le seuil. Puis
il chuchota d'une voix tremblante :
– À demain.
Elle répondit par un signe de tête, et disparut comme un oiseau dans
la pièce à côté.
250   Emma, le soir, écrivit au clerc une interminable lettre où elle se
dégageait du rendez-vous : tout maintenant était fini, et ils ne devaient plus, pour leur bonheur, se rencontrer. Mais, quand la lettre fut
close, comme elle ne savait pas l'adresse de Léon, elle se trouva fort
embarrassée.
255   – Je la lui donnerai moi-même, se dit-elle ; il viendra.
Léon, le lendemain, fenêtre ouverte et chantonnant sur son balcon,
vernit lui-même ses escarpins, et à plusieurs couches. Il passa un
pantalon blanc, des chaussettes fines, un habit vert, répandit dans son
mouchoir tout ce qu'il possédait de senteurs, puis, s'étant fait friser, se
260   défrisa, pour donner à sa chevelure plus d'élégance naturelle.
– Il est encore trop tôt ! pensa-t-il en regardant le coucou du perruquier, qui marquait neuf heures.
Il lut un vieux journal de modes, sortit, fuma un cigare, remonta
trois rues, songea qu'il était temps et se dirigea lestement vers le
265   parvis Notre-Dame.
C'était par un beau matin d'été. Des argenteries reluisaient aux
boutiques des orfèvres, et la lumière qui arrivait obliquement sur la
cathédrale posait des miroitements à la cassure des pierres grises ;
une compagnie d'oiseaux tourbillonnaient dans le ciel bleu, autour
270   des clochetons à trèfles ; la place, retentissante de cris, sentait les

fleurs qui bordaient son pavé, roses, jasmins, œillets, narcisses et tubéreuses, espacés inégalement par des verdures humides, de l'herbe-au-chat et du mouron pour les oiseaux ; la fontaine, au milieu, gargouillait, et, sous de larges parapluies, parmi des canta-
275 loups[1] s'étageant en pyramides, des marchandes, nu-tête, tournaient dans du papier des bouquets de violettes.

Le jeune homme en prit un. C'était la première fois qu'il achetait des fleurs pour une femme ; et sa poitrine, en les respirant, se gonfla d'orgueil, comme si cet hommage qu'il destinait à une autre se fût retourné vers lui.
280 Cependant il avait peur d'être aperçu ; il entra résolument dans l'église.

Le Suisse, alors, se tenait sur le seuil, au milieu du portail à gauche, au-dessous de la *Marianne dansant*[2] plumet en tête, rapière au mollet, canne au poing, plus majestueux qu'un cardinal et reluisant comme un saint ciboire[3].

285 Il s'avança vers Léon, et, avec ce sourire de bénignité pateline que prennent les ecclésiastiques lorsqu'ils interrogent les enfants :
– Monsieur, sans doute, n'est pas d'ici ? Monsieur désire voir les curiosités de l'église ?
– Non, dit l'autre.

290 Et il fit d'abord le tour des bas-côtés. Puis il vint regarder sur la place. Emma n'arrivait pas. Il remonta jusqu'au chœur.

La nef se mirait dans les bénitiers pleins, avec le commencement des ogives et quelques portions de vitrail. Mais le reflet des peintures, se brisant au bord du marbre, continuait plus loin, sur les
295 dalles, comme un tapis bariolé. Le grand jour du dehors s'allongeait dans l'église en trois rayons énormes, par les trois portails ouverts. De temps à autre, au fond, un sacristain passait en faisant devant l'autel l'oblique génuflexion des dévots pressés. Les lustres de cristal pendaient immobiles. Dans le chœur, une lampe d'argent brûlait ; et,
300 des chapelles latérales, des parties sombres de l'église, il s'échappait quelquefois comme des exhalaisons de soupirs, avec le son d'une grille qui retombait, en répercutant son écho sous les hautes voûtes.

Léon, à pas sérieux, marchait auprès des murs. Jamais la vie ne lui avait paru si bonne. Elle allait venir tout à l'heure, charmante,
305 agitée, épiant derrière elle les regards qui la suivaient, – et avec sa robe à volants, son lorgnon d'or, ses bottines minces, dans toute sorte

---

1. **Cantaloups :** melons.
2. *Marianne dansant :* motif représenté sur le portail.
3. **Ciboire :** vase sacré en forme de coupe contenant les hosties consacrées, à la messe.

d'élégances dont il n'avait pas goûté, et dans l'ineffable séduction de la vertu qui succombe. L'église, comme un boudoir gigantesque, se disposait autour d'elle ; les voûtes s'inclinaient pour recueillir dans
310 l'ombre la confession de son amour ; les vitraux resplendissaient pour illuminer son visage, et les encensoirs allaient brûler pour qu'elle apparût comme un ange, dans la fumée des parfums.

Cependant elle ne venait pas. Il se plaça sur une chaise et ses yeux rencontrèrent un vitrage bleu où l'on voit des bateliers qui portent
315 des corbeilles. Il le regarda longtemps, attentivement, et il comptait les écailles des poissons et les boutonnières des pourpoints, tandis, que sa pensée vagabondait à la recherche d'Emma.

Le Suisse, à l'écart, s'indignait intérieurement contre cet individu, qui se permettait d'admirer seul la cathédrale. Il lui semblait se conduire
320 d'une façon monstrueuse, le voler en quelque sorte, et presque commettre un sacrilège.

Mais un froufrou de soie sur les dalles, la bordure d'un chapeau, un camail[1] noir... C'était elle ! Léon se leva et courut à sa rencontre.

Emma était pâle. Elle marchait vite.
325 – Lisez ! dit-elle en lui tendant un papier... Oh non !

Et brusquement elle retira sa main, pour entrer dans la chapelle de la Vierge, où, s'agenouillant contre une chaise, elle se mit en prière.

Le jeune homme fut irrité de cette fantaisie bigote ; puis il éprouva pourtant un certain charme à la voir, au milieu du rendez-vous, ainsi
330 perdue dans les oraisons comme une marquise andalouse ; puis il ne tarda pas à s'ennuyer, car elle n'en finissait.

Emma priait, ou plutôt s'efforçait de prier, espérant qu'il allait lui descendre du ciel quelque résolution subite ; et, pour attirer le secours divin, elle s'emplissait les yeux des splendeurs du tabernacle,
335 elle aspirait le parfum des juliennes[2] blanches épanouies dans les grands vases, et prêtait l'oreille au silence de l'église, qui ne faisait qu'accroître le tumulte de son cœur.

Elle se relevait, et ils allaient partir, quand le Suisse s'approcha vivement, en disant :
340 – Madame, sans doute, n'est pas d'ici ? Madame désire voir les curiosités de l'église ?

– Eh non ! s'écria le clerc.

– Pourquoi pas ? reprit-elle.

---

1. **Camail :** petit manteau.

2. **Juliennes :** plantes ornementales à fleurs en grappes.

Car elle se raccrochait de sa vertu chancelante à la Vierge, aux
sculptures, aux tombeaux, à toutes les occasions.

Alors, afin de procéder dans l'ordre, le Suisse les conduisit jusqu'à
l'entrée près de la place, où, leur montrant avec sa canne un grand
cercle de pavés noirs, sans inscriptions ni ciselures :

– Voilà, fit-il majestueusement, la circonférence de la belle cloche
d'Amboise. Elle pesait quarante mille livres. Il n'y avait pas sa pareille
dans toute l'Europe. L'ouvrier qui l'a fondue en est mort de joie...

– Partons, dit Léon.

Le bonhomme se remit en marche ; puis, revenu à la chapelle de
la Vierge, il étendit les bras dans un geste synthétique de démonstration, et, plus orgueilleux qu'un propriétaire campagnard vous
montrant ses espaliers :

– Cette simple dalle recouvre Pierre de Brézé, seigneur de la
Varenne et de Brissac, grand maréchal de Poitou et gouverneur de
Normandie, mort à la bataille de Montlhéry, le 16 juillet 1465.

Léon, se mordant les lèvres, trépignait.

– Et, à droite, ce gentilhomme tout bardé de fer, sur un cheval qui
se cabre, est son petit-fils Louis de Brézé, seigneur de Breval et de
Montchauvet, comte de Maulevrier, baron de Mauny, chambellan du
roi, chevalier de l'Ordre[1] et pareillement gouverneur de Normandie,
mort le 23 juillet 1531, un dimanche, comme l'inscription porte ; et,
au-dessous, cet homme prêt à descendre au tombeau vous figure
exactement le même. Il n'est point possible, n'est-ce pas, de voir une
plus parfaite représentation du néant ?

Madame Bovary prit son lorgnon. Léon, immobile, la regardait,
n'essayant même plus de dire un seul mot, de faire un seul geste,
tant il se sentait découragé devant ce double parti pris de bavardage
et d'indifférence.

L'éternel guide continuait :

– Près de lui, cette femme à genoux qui pleure est son épouse
Diane de Poitiers, comtesse de Brézé, duchesse de Valentinois, née
en 1499, morte en 1566 ; et, à gauche, celle qui porte un enfant, la
sainte Vierge. Maintenant, tournez-vous de ce côté : voici les tombeaux d'Amboise. Ils ont été tous les deux cardinaux et archevêques
de Rouen. Celui-là était ministre du roi Louis XII. Il a fait beaucoup
de bien à la Cathédrale. On a trouvé dans son testament trente mille
écus d'or pour les pauvres.

---

1. **L'Ordre :** l'ordre de Malte, ordre chrétien militaire.

Troisième partie

Et, sans s'arrêter, tout en parlant, il les poussa dans une chapelle encombrée par des balustrades, en dérangea quelques-unes, et découvrit une sorte de bloc, qui pouvait bien avoir été une statue mal faite.

385 – Elle décorait autrefois, dit-il avec un long gémissement, la tombe de Richard Cœur de Lion, roi d'Angleterre et duc de Normandie. Ce sont les calvinistes, monsieur, qui vous l'ont réduite en cet état. Ils l'avaient, par méchanceté, ensevelie dans de la terre, sous le siège épiscopal de Monseigneur. Tenez, voici la porte par où il se

390 rend à son habitation, Monseigneur. Passons voir les vitraux de la Gargouille.

Mais Léon tira vivement une pièce blanche de sa poche et saisit Emma par le bras. Le Suisse demeura tout stupéfait, ne comprenant point cette munificence intempestive, lorsqu'il restait encore à

395 l'étranger tant de choses à voir. Aussi, le rappelant :
– Eh ! monsieur. La flèche ! la flèche !...
– Merci, fit Léon.
– Monsieur a tort ! Elle aura quatre cent quarante pieds, neuf de moins que la grande pyramide d'Égypte. Elle est toute en fonte, elle...

400 Léon fuyait ; car il lui semblait que son amour, qui, depuis deux heures bientôt, s'était immobilisé dans l'église comme les pierres, allait maintenant s'évaporer, telle qu'une fumée, par cette espèce de tuyau tronqué, de cage oblongue, de cheminée à jour, qui se hasarde si grotesquement sur la cathédrale comme la tentative extravagante

405 de quelque chaudronnier fantaisiste.
– Où allons-nous donc ? disait-elle.

Sans répondre, il continuait à marcher d'un pas rapide, et déjà madame Bovary trempait son doigt dans l'eau bénite, quand ils entendirent derrière eux un grand souffle haletant, entrecoupé régu-

410 lièrement par le rebondissement d'une canne. Léon se détourna.
– Monsieur !
– Quoi ?

Et il reconnut le Suisse, portant sous son bras et maintenant en équilibre contre son ventre une vingtaine environ de forts volumes

415 brochés. C'étaient les ouvrages qui traitaient de la cathédrale.
– Imbécile ! grommela Léon s'élançant hors de l'église.

Un gamin polissonnait sur le parvis :
– Va me chercher un fiacre !

L'enfant partit comme une balle, par la rue des Quatre-Vents ;

420 alors ils restèrent seuls quelques minutes, face à face et un peu embarrassés.
– Ah ! Léon !... Vraiment..., je ne sais... si je dois... !

Elle minaudait. Puis, d'un air sérieux :

– C'est très inconvenant, savez-vous ?

425 – En quoi ? répliqua le clerc. Cela se fait à Paris !

Et cette parole, comme un irrésistible argument, la détermina.

Cependant le fiacre n'arrivait pas. Léon avait peur qu'elle ne rentrât dans l'église. Enfin le fiacre parut.

– Sortez du moins par le portail du nord ! leur cria le Suisse, qui
430 était resté sur le seuil, pour voir la Résurrection, le Jugement dernier, le Paradis, le Roi David, et les Réprouvés dans les flammes d'enfer.

– Où Monsieur va-t-il ? demanda le cocher.

– Où vous voudrez ! dit Léon poussant Emma dans la voiture.

Et la lourde machine se mit en route

435 Elle descendit la rue Grand-Pont, traversa la place des Arts, le quai Napoléon, le pont Neuf et s'arrêta court devant la statue de Pierre Corneille.

– Continuez ! fit une voix qui sortait de l'intérieur.

La voiture repartit, et, se laissant, dès le carrefour La Fayette,
440 emporter par la descente, elle entra au grand galop dans la gare du chemin de fer[1].

– Non, tout droit ! cria la même voix.

Le fiacre sortit des grilles, et bientôt, arrivé sur le Cours, trotta doucement, au milieu des grands ormes. Le cocher s'essuya le front,
445 mit son chapeau de cuir entre ses jambes et poussa la voiture en dehors des contre-allées, au bord de l'eau, près du gazon.

Elle alla le long de la rivière, sur le chemin de halage pavé de cailloux secs, et, longtemps, du côté d'Oyssel, au delà des îles.

Mais tout à coup, elle s'élança d'un bond à travers Quatremares,
450 Sotteville, la Grande-Chaussée, la rue d'Elbeuf, et fit sa troisième halte devant le jardin des plantes.

– Marchez donc ! s'écria la voix plus furieusement.

Et aussitôt, reprenant sa course, elle passa par Saint-Sever, par le quai des Curandiers, par le quai aux Meules, encore une fois par le pont, par
455 la place du Champ-de-Mars et derrière les jardins de l'hôpital, où des vieillards en veste noire se promènent au soleil, le long d'une terrasse toute verdie par des lierres. Elle remonta le boulevard Bouvreuil, parcourut le boulevard Cauchoise, puis tout le Mont-Riboudet jusqu'à la côte de Deville.

---

1. **Chemin de fer :** le chemin de fer est une invention très récente. Une des premières lignes fut la ligne Paris-Rouen, ouverte en 1843.

Troisième partie

460   Elle revint ; et alors, sans parti pris ni direction, au hasard, elle vaga-
bonda. On la vit à Saint-Pol, à Lescure, au mont Gargan, à la Rouge-
Mare, et place du Gaillard-bois ; rue Maladrerie, rue Dinanderie,
devant Saint-Romain, Saint-Vivien, Saint-Maclou, Saint-Nicaise,
– devant la Douane, – à la basse Vieille-Tour, aux Trois-Pipes et au
465 Cimetière Monumental. De temps à autre, le cocher sur son siège
jetait aux cabarets des regards désespérés. Il ne comprenait pas quelle
fureur de la locomotion poussait ces individus à ne vouloir point
s'arrêter. Il essayait quelquefois, et aussitôt il entendait derrière lui
partir des exclamations de colère. Alors il cinglait de plus belle ses
470 deux rosses tout en sueur, mais sans prendre garde aux cahots, accrochant par-ci par-là, ne s'en souciant, démoralisé, et presque pleurant
de soif, de fatigue et de tristesse.

    Et sur le port, au milieu des camions et des barriques, et dans les
rues, au coin des bornes, les bourgeois ouvraient de grands yeux
475 ébahis devant cette chose si extraordinaire en province, une voiture
à stores tendus, et qui apparaissait ainsi continuellement, plus close
qu'un tombeau et ballottée comme un navire.

    Une fois, au milieu du jour, en pleine campagne, au moment où le
soleil dardait le plus fort contre les vieilles lanternes argentées, une main
480 nue passa sous les petits rideaux de toile jaune et jeta des déchirures de
papier, qui se dispersèrent au vent et s'abattirent plus loin, comme des
papillons blancs, sur un champ de trèfles rouges tout en fleur.

    Puis, vers six heures, la voiture s'arrêta dans une ruelle du quar-
tier Beauvoisine, et une femme en descendit qui marchait le voile
485 baissé, sans détourner la tête.

II

EN ARRIVANT à l'auberge, madame Bovary fut étonnée de ne pas
apercevoir la diligence. Hivert, qui l'avait attendue cinquante-trois
minutes, avait fini par s'en aller.

    Rien pourtant ne la forçait à partir ; mais elle avait donné sa
490 parole qu'elle reviendrait le soir même. D'ailleurs, Charles l'attendait ; et déjà elle se sentait au cœur cette lâche docilité qui est,
pour bien des femmes, comme le châtiment tout à la fois et la
rançon de l'adultère.

Vivement elle fit sa malle, paya la note, prit dans la cour un
cabriolet, et, pressant le palefrenier, l'encourageant, s'informant
à toute minute de l'heure et des kilomètres parcourus, parvint
à rattraper *l'Hirondelle* vers les premières maisons de Quincampoix.

À peine assise dans son coin, elle ferma les yeux et les rouvrit
au bas de la côte, où elle reconnut de loin Félicité, qui se tenait en
vedette[1] devant la maison du maréchal[2]. Hivert retint ses chevaux,
et la cuisinière, se haussant jusqu'au vasistas, dit mystérieusement :
– Madame il faut que vous alliez tout de suite chez M. Homais. C'est
pour quelque chose de pressé.

Le village était silencieux comme d'habitude. Au coin des rues,
il y avait de petits tas roses qui fumaient l'air, c'était le moment des
confitures, et tout le monde à Yonville, confectionnait sa provision le
même jour. Mais on admirait devant la boutique du pharmacien, un
tas beaucoup plus large, et qui dépassait les autres de la supériorité
qu'une officine doit avoir sur les fourneaux bourgeois, un besoin
général sur des fantaisies individuelles.

Elle entra. Le grand fauteuil était renversé, et même *le Fanal de
Rouen* gisait par terre, étendu entre les deux pilons. Elle poussa la
porte du couloir ; et, au milieu de la cuisine, parmi les jarres brunes
pleines de groseilles égrenées, du sucre râpé, du sucre en morceaux,
des balances sur la table, des bassines sur le feu, elle aperçut tous
les Homais, grands et petits, avec des tabliers qui leur montaient
jusqu'au menton et tenant dans leurs fourchettes à la main. Justin, debout,
baissait la tête, et le pharmacien criait :
– Qui t'avait dit de l'aller chercher dans le capharnaüm ?
– Qu'est-ce donc ? qu'y a-t-il ?
– Ce qu'il y a ? répondit l'apothicaire. On fait des confitures : elles
cuisent ; mais elles allaient déborder à cause du bouillon trop fort, et
je commande une autre bassine. Alors, lui, par mollesse, par paresse,
a été prendre, suspendue à son clou dans mon laboratoire, la clef du
capharnaüm !

L'apothicaire appelait ainsi un cabinet, sous les toits, plein des
ustensiles et des marchandises de sa profession. Souvent il y
passait seul de longues heures à étiqueter, à transvaser, à reficeler ;
et il le considérait non comme un simple magasin, mais comme un
véritable sanctuaire, d'où s'échappaient ensuite, élaborées par ses

---

1. **Se tenait en vedette :** guettait.
2. **Maréchal :** maréchal-ferrant.

mains, toutes sortes de pilules, bols, tisanes, lotions et potions, qui allaient répandre aux alentours sa célébrité. Personne au monde n'y mettait les pieds ; et il le respectait si fort, qu'il le balayait lui-même. Enfin, si la pharmacie, ouverte à tout venant, était
535 l'endroit où il étalait son orgueil, le capharnaüm était le refuge où, se concentrant égoïstement, Homais se délectait dans l'exercice de ses prédilections ; aussi l'étourderie de Justin lui paraissait-elle monstrueuse d'irrévérence ; et, plus rubicond que les groseilles, il répétait :
540 – Oui, du capharnaüm ! La clef qui enferme les acides avec les alcalis caustiques[1] ! Avoir été prendre une bassine de réserve ! une bassine à couvercle ! et dont jamais peut-être je ne me servirai ! Tout a son importance dans les opérations délicates de notre art ! Mais que diable ! il faut établir des distinctions et ne pas employer à des
545 usages presque domestiques ce qui est destiné pour les pharmaceutiques ! C'est comme si on découpait une poularde avec un scalpel, comme si un magistrat...

– Mais calme-toi ! disait madame Homais.

Et Athalie, le tirant par sa redingote
550 – Papa ! papa !

– Non, laissez-moi ! reprenait l'apothicaire, laissez-moi ! fichtre ! Autant s'établir, épicier, ma parole d'honneur ! Allons, va ! ne respecte rien ! casse ! brise ! lâche les sangsues ! brûle la guimauve ! marine des cornichons dans les bocaux ! lacère les bandages !
555 – Vous aviez pourtant... dit Emma.

– Tout à l'heure ! – Sais-tu à quoi tu t'exposais ?... N'as-tu rien vu, dans le coin, à gauche, sur la troisième tablette ? Parle, réponds, articule quelque chose !

– Je ne... sais pas, balbutia le jeune garçon.
560 – Ah ! tu ne sais pas ! Eh bien, je sais, moi ! Tu as vu une bouteille, en verre bleu, cachetée avec de la cire jaune, qui contient une poudre blanche, sur laquelle même j'avais écrit : *Dangereux !* et sais-tu ce qu'il y avait dedans ? De l'arsenic ! et tu vas toucher à cela ! prendre une bassine qui est à côté !
565 – À côté ! s'écria madame Homais en joignant les mains. De l'arsenic ? Tu pouvais nous empoisonner tous !

Et les enfants se mirent à pousser des cris, comme s'ils avaient déjà senti dans leurs entrailles d'atroces douleurs.

---

1. **Alcalis caustiques :** l'un des métaux alcalins ; terme de chimie datant de Lavoisier.

– Ou bien empoisonner un malade ! continuait l'apothicaire. Tu voulais
570 donc que j'allasse sur le banc des criminels, en cour d'assises ? me voir
traîner à l'échafaud ? Ignores-tu le soin que j'observe dans les manu-
tentions, quoique j'en aie cependant une furieuse habitude. Souvent je
m'épouvante moi-même, lorsque je pense à ma responsabilité ! car le
gouvernement nous persécute, et l'absurde législation qui nous régit
575 est comme une véritable épée de Damoclès suspendue sur notre tête !
Emma ne songeait plus à demander ce qu'on lui voulait, et le
pharmacien poursuivait en phrases haletantes :
– Voilà comme tu reconnais les bontés qu'on a pour toi ! voilà
comme tu me récompenses des soins tout paternels que je te pro-
580 digue ! Car, sans moi, où serais-tu ? que ferais-tu ? Qui te fournit la
nourriture, l'éducation, l'habillement, et tous les moyens de figurer
un jour, avec honneur dans les rangs de la société ! Mais il faut pour
cela suer ferme sur l'aviron, et acquérir, comme on dit, du cal aux
mains. *Fabricando fit faber, age quod agis*[1].
585 Il citait du latin, tant il était exaspéré. Il eût cité du chinois et du
groënlandais, s'il eût connu ces deux langues ; car il se trouvait dans
une de ces crises où l'âme entière montre indistinctement ce qu'elle
enferme, comme l'Océan, qui, dans les tempêtes, s'entrouvre depuis
les fucus[2] de son rivage jusqu'au sable de ses abîmes.
590 Et il reprit
– Je commence à terriblement me repentir de m'être chargé de ta
personne ! J'aurais certes mieux fait de te laisser autrefois croupir
dans ta misère et dans la crasse où tu es né ! Tu ne seras jamais bon
qu'à être un gardeur de bêtes à cornes ! Tu n'as nulle aptitude pour
595 les sciences ! à peine si tu sais coller une étiquette ! Et tu vis là, chez
moi, comme un chanoine, comme un coq en pâte, à te goberger !
Mais Emma, se tournant vers madame Homais :
– On m'avait fait venir…
– Ah ! mon Dieu ! interrompit d'un air triste la bonne dame, com-
600 ment vous dirai-je bien ?… C'est un malheur !
Elle n'acheva pas. L'apothicaire tonnait :
Vide-la ! écure-la ! reporte-la ! dépêche-toi donc !
Et, secouant Justin par le collet de son bourgeron, il fit tomber un
livre de sa poche.

---

1. *Fabricando fit faber, age quod agis :* en latin, « c'est en forgeant qu'on devient forgeron »,
« sois pleinement à ce que tu fais ».
2. **Fucus :** algue brune, varech.

Troisième partie

605 L'enfant se baissa. Homais fut plus prompt, et, ayant ramassé le volume, il le contemplait, les yeux écarquillés, la mâchoire ouverte.
– *L'amour... conjugal*[1] ! dit-il en séparant lentement ces deux mots. Ah ! très bien ! très bien ! très joli ! Et des gravures !... Ah ! c'est trop fort !
Madame Homais s'avança.
610 – Non ! n'y touche pas !
Les enfants voulurent voir les images.
– Sortez ! fit-il impérieusement.
Et ils sortirent.
Il marcha d'abord de long en large, à grands pas, gardant le
615 volume ouvert entre ses doigts, roulant les yeux, suffoqué, tuméfié, apoplectique. Puis il vint droit à son élève, et, se plantant devant lui les bras croisés :
– Mais tu as donc tous les vices, petit malheureux ?... Prends garde, tu es sur une pente !... Tu n'as donc pas réfléchi qu'il pouvait, ce
620 livre infâme, tomber entre les mains de mes enfants, mettre l'étincelle dans leur cerveau, ternir la pureté d'Athalie, corrompre Napoléon ! Il est déjà formé comme un homme. Es-tu bien sûr, au moins, qu'ils ne l'aient pas lu ? peux-tu me certifier... ?
– Mais enfin, monsieur, fit Emma, vous aviez à me dire... ?
625 – C'est vrai, madame... Votre beau-père est mort !
En effet, le sieur Bovary père venait de décéder l'avant-veille, tout à coup, d'une attaque d'apoplexie, au sortir de table ; et, par excès de précaution pour la sensibilité d'Emma, Charles avait prié M. Homais de lui apprendre avec ménagement cette horrible nouvelle.
630 Il avait médité sa phrase, il l'avait arrondie, polie, rythmée ; c'était un chef-d'œuvre de prudence et de transitions, de tournures fines et de délicatesse ; mais la colère avait emporté la rhétorique.
Emma, renonçant à avoir aucun détail, quitta donc la pharmacie ; car M. Homais avait repris le cours de ses vitupérations. Il se calmait
635 cependant, et, à présent, il grommelait d'un ton paterne, tout en s'éventant avec son bonnet grec :
– Ce n'est pas que je désapprouve entièrement l'ouvrage ! L'auteur était médecin. Il y a là-dedans certains côtés scientifiques qu'il n'est pas mal à un homme de connaître et, j'oserais dire, qu'il faut qu'un
640 homme connaisse. Mais plus tard, plus tard ! Attends du moins que tu sois homme toi-même et que ton tempérament soit fait.

---

1. **L'amour... conjugal :** le *Tableau de l'amour conjugal* (1688) de Nicolas Venette est un ouvrage anatomique et d'éducation sexuelle maintes fois réédité.

II

Au coup de marteau[1] d'Emma, Charles, qui l'attendait, s'avança les bras ouverts et lui dit avec des larmes dans la voix :
– Ah ! ma chère amie…

645 Et il s'inclina doucement pour l'embrasser. Mais, au contact de ses lèvres, le souvenir de l'autre la saisit, et elle se passa la main sur son visage en frissonnant.
Cependant elle répondit :
– Oui, je sais…, je sais…

650 Il lui montra la lettre où sa mère narrait l'événement, sans aucune hypocrisie sentimentale. Seulement, elle regrettait que son mari n'eût pas reçu les secours de la religion, étant mort à Doudeville, dans la rue, sur le seuil d'un café, après un repas patriotique avec d'anciens officiers.
Emma rendit la lettre ; puis, au dîner, par savoir-vivre, elle affecta
655 quelque répugnance. Mais comme il la reforçait, elle se mit résolument à manger, tandis que Charles, en face d'elle, demeurait immobile, dans une posture accablée.
De temps à autre, relevant la tête, il lui envoyait un long regard tout plein de détresse. Une fois il soupira :
660 – J'aurais voulu le revoir encore !
Elle se taisait. Enfin, comprenant qu'il fallait parler :
– Quel âge avait-il, ton père ?
– Cinquante-huit ans !
– Ah !
665 Et ce fut tout.
Un quart d'heure après, il ajouta :
– Ma pauvre mère ?… que va-t-elle devenir, à présent ?
Elle fit un geste d'ignorance.
À la voir si taciturne, Charles la supposait affligée et il se contrai-
670 gnait à ne rien dire, pour ne pas aviver cette douleur qui l'attendris-
sait. Cependant, secouant la sienne :
– T'es-tu bien amusée hier ? demanda-t-il.
– Oui.
Quand la nappe fut ôtée, Bovary ne se leva pas, Emma non plus ; et,
675 à mesure qu'elle l'envisageait, la monotonie de ce spectacle bannissait peu à peu tout apitoiement de son cœur. Il lui semblait chétif, faible, nul, enfin être un pauvre homme, de toutes les façons. Comment se débarrasser de lui ? Quelle interminable soirée ! Quelque chose de stupéfiant comme une vapeur d'opium l'engourdissait.

1. **Marteau :** marteau de porte, qui servait à annoncer sa venue.

680 Ils entendirent dans le vestibule le bruit sec d'un bâton sur les planches. C'était Hippolyte qui apportait les bagages de Madame. Pour les déposer, il décrivit péniblement un quart de cercle avec son pilon.

– Il n'y pense même plus ! se disait-elle en regardant le pauvre diable, dont la grosse chevelure rouge dégouttait de sueur.

685 Bovary cherchait un patard[1] au fond de sa bourse ; et, sans paraître comprendre tout ce qu'il y avait pour lui d'humiliation dans la seule présence de cet homme qui se tenait là, comme le reproche personnifié de son incurable ineptie :

– Tiens ! tu as un joli bouquet ! dit-il en remarquant sur la cheminée
690 les violettes de Léon.

– Oui, fit-elle avec indifférence ; c'est un bouquet que j'ai acheté tantôt... à une mendiante.

Charles prit les violettes, et, rafraîchissant dessus ses yeux tout rouges de larmes, il les humait délicatement. Elle les retira vite de sa
695 main, et alla les porter dans un verre d'eau.

Le lendemain, madame Bovary mère arriva. Elle et son fils pleurèrent beaucoup. Emma, sous prétexte d'ordres à donner, disparut.

Le jour d'après, il fallut aviser ensemble aux affaires de deuil. On alla s'asseoir, avec les boîtes à ouvrage, au bord de l'eau, sous la tonnelle.
700 Charles pensait à son père, et il s'étonnait de sentir tant d'affection pour cet homme qu'il avait cru jusqu'alors n'aimer que très médiocrement. Madame Bovary mère pensait à son mari. Les pires jours d'autrefois lui réapparaissaient enviables. Tout s'effaçait sous le regret instinctif d'une si longue habitude ; et, de temps à autre, tandis qu'elle
705 poussait son aiguille, une grosse larme descendait le long de son nez et s'y tenait un moment suspendue. Emma pensait qu'il y avait quarante-huit heures à peine, ils étaient ensemble, loin du monde, tout en ivresse, et n'ayant pas assez d'yeux pour se contempler. Elle tâchait de ressaisir les plus imperceptibles détails de cette journée
710 disparue. Mais la présence de la belle-mère et du mari la gênait. Elle aurait voulu ne rien entendre, ne rien voir, afin de ne pas déranger le recueillement de son amour qui allait se perdant, quoi qu'elle fît, sous les sensations extérieures.

Elle décousait la doublure d'une robe, dont les bribes s'épar-
715 pillaient autour d'elle ; la mère Bovary, sans lever les yeux, faisait crier ses ciseaux, et Charles, avec ses pantoufles de lisière et sa

---

1. **Patard** : pièce de deux sous au XIXe siècle ; mot couramment utilisé pour désigner une petite somme de monnaie.

vieille redingote brune qui lui servait de robe de chambre, restait les deux mains dans ses poches et ne parlait pas non plus ; près d'eux, Berthe, en petit tablier blanc, raclait avec sa pelle le sable des allées.

720 Tout à coup, ils virent entrer par la barrière M. Lheureux, le marchand d'étoffes.

Il venait offrir ses services, *eu égard à la fatale circonstance*. Emma répondit qu'elle croyait pouvoir s'en passer. Le marchand ne se tint pas pour battu.

725 — Mille excuses, dit-il ; je désirerais avoir un entretien particulier.

Puis, d'une voix basse :

— C'est relativement à cette affaire..., vous savez ?

Charles devint cramoisi jusqu'aux oreilles.

— Ah ! oui..., effectivement.

730 Et, dans son trouble, se tournant vers sa femme :

— Ne pourrais-tu pas..., ma chérie... ?

Elle parut le comprendre, car elle se leva, et Charles dit à sa mère :

— Ce n'est rien ! Sans doute quelque bagatelle de ménage.

Il ne voulait point qu'elle connût l'histoire du billet, redoutant ses
735 observations.

Dès qu'ils furent seuls, M. Lheureux se mit, en termes assez nets, à féliciter Emma sur la succession, puis à causer de choses indifférentes, des espaliers, de la récolte et de sa santé à lui, qui allait toujours *couci-couci, entre le zist et le zest*. En effet, il se donnait un mal de cinq cents
740 diables, bien qu'il ne fît pas, malgré les propos du monde, de quoi avoir seulement du beurre sur son pain.

Emma le laissait parler. Elle s'ennuyait si prodigieusement depuis deux jours !

— Et vous voilà tout à fait rétablie ? continuait-il. Ma foi, j'ai vu votre
745 pauvre mari dans de beaux états ! C'est un brave garçon, quoique nous ayons eu ensemble des difficultés.

Elle demanda lesquelles, car Charles lui avait caché la contestation des fournitures.

— Mais vous le savez bien ! fit Lheureux. C'était pour vos petites fan-
750 taisies, les boîtes de voyage.

Il avait baissé son chapeau sur ses yeux, et, les deux mains derrière le dos, souriant et sifflotant, il la regardait en face, d'une manière insupportable. Soupçonnait-il quelque chose ? Elle demeu- rait perdue dans toutes sortes d'appréhensions. À la fin pourtant,
755 il reprit :

— Nous nous sommes rapatriés, et je venais encore lui proposer un arrangement.

Troisième partie

C'était de renouveler le billet signé par Bovary. Monsieur, du reste,
agirait à sa guise ; il ne devait point se tourmenter, maintenant surtout qu'il allait avoir une foule d'embarras.
— Et même il ferait mieux de s'en décharger sur quelqu'un, sur vous,
par exemple ; avec une procuration, ce serait commode, et alors
nous aurions ensemble de petites affaires…

Elle ne comprenait pas. Il se tut. Ensuite, passant à son négoce,
Lheureux déclara que Madame ne pouvait se dispenser de lui prendre
quelque chose. Il lui enverrait un barège[1] noir, douze mètres, de quoi
faire une robe.
— Celle que vous avez là est bonne pour la maison. Il vous en
faut une autre pour les visites. J'ai vu ça, moi, du premier coup en
entrant. J'ai l'œil américain[2].

Il n'envoya point d'étoffe, il l'apporta. Puis il revint pour l'aunage[3] ;
il revint sous d'autres prétextes, tâchant chaque fois, de se rendre
aimable, serviable, s'inféodant, comme eût dit Homais, et toujours
glissant à Emma quelques conseils sur la procuration. Il ne parlait point du billet. Elle n'y songeait pas ; Charles, au début de sa
convalescence, lui en avait bien conté quelque chose ; mais tant
d'agitations avaient passé dans sa tête, qu'elle ne s'en souvenait plus.
D'ailleurs, elle se garda d'ouvrir aucune discussion d'intérêt ; la mère
Bovary en fut surprise, et attribua son changement d'humeur aux
sentiments religieux qu'elle avait contractés étant malade.

Mais, dès qu'elle fut partie, Emma ne tarda pas à émerveiller
Bovary par son bon sens pratique. Il allait falloir prendre des informations, vérifier les hypothèques, voir s'il y avait lieu à une lici-
tation ou à une liquidation. Elle citait des termes techniques, au
hasard, prononçait les grands mots d'ordre, d'avenir, de prévoyance,
et continuellement exagérait les embarras de la succession ; si bien
qu'un jour elle lui montra le modèle d'une autorisation générale
pour « gérer et administrer ses affaires, faire tous emprunts, signer
et endosser tous billets, payer toutes sommes, etc. » Elle avait profité
des leçons de Lheureux.

Charles, naïvement, lui demanda d'où venait ce papier.
— De M. Guillaumin.

---

1. **Barège** : tissu précieux.
2. **J'ai l'œil américain** : je suis vigilant.
3. **Aunage** : calcul du métrage pour un tissu.

240

Et, avec le plus grand sang-froid du monde, elle ajouta :

– Je ne m'y fie pas trop. Les notaires ont si mauvaise réputation ! Il faudrait peut-être consulter... Nous ne connaissons que... Oh ! personne.

– À moins que Léon..., répliqua Charles, qui réfléchissait.

Mais il était difficile de s'entendre par correspondance. Alors elle s'offrit à faire ce voyage. Il la remercia. Elle insista. Ce fut un assaut de prévenances. Enfin, elle s'écria d'un ton de mutinerie factice :

– Non, je t'en prie, j'irai.

– Comme tu es bonne ! dit-il en la baisant au front.

Dès le lendemain, elle s'embarqua dans *l'Hirondelle* pour aller à Rouen consulter M. Léon ; et elle y resta trois jours.

III

CE FURENT trois jours pleins, exquis, splendides, une vraie lune de miel.

Ils étaient à l'hôtel de *Boulogne*, sur le port. Et ils vivaient là, volets fermés, portes closes, avec des fleurs par terre et des sirops à la glace, qu'on leur apportait dès le matin.

Vers le soir, ils prenaient une barque couverte et allaient dîner dans une île.

C'était l'heure où l'on entend, au bord des chantiers, retentir le maillet des calfats[1] contre la coque des vaisseaux. La fumée du goudron s'échappait d'entre les arbres, et l'on voyait sur la rivière de larges gouttes grasses, ondulant inégalement sous la couleur pourpre du soleil, comme des plaques de bronze florentin, qui flottaient.

Ils descendaient au milieu des barques amarrées, dont les longs câbles obliques frôlaient un peu le dessus de la barque.

Les bruits de la ville insensiblement s'éloignaient, le roulement des charrettes, le tumulte des voix, le jappement des chiens sur le pont des navires. Elle dénouait son chapeau et ils abordaient à leur île.

Ils se plaçaient dans la salle basse d'un cabaret, qui avait à sa porte des filets noirs suspendus. Ils mangeaient de la friture d'éperlans, de la crème et des cerises. Ils se couchaient sur l'herbe ; ils s'embrassaient à l'écart sous les peupliers ; et ils auraient voulu, comme deux

---

1. **Calfats :** ouvriers qui calfatent, rendent étanches les bateaux.

Troisième partie

825 Robinsons, vivre perpétuellement dans ce petit endroit, qui leur semblait, en leur béatitude, le plus magnifique de la terre. Ce n'était pas la première fois qu'ils apercevaient des arbres, du ciel bleu, du gazon, qu'ils entendaient l'eau couler et la brise soufflant dans le feuillage ; mais ils n'avaient sans doute jamais admiré tout cela, comme si la nature n'existait pas auparavant, ou qu'elle n'eût com-
830 mencé à être belle que depuis l'assouvissement de leurs désirs.

À la nuit, ils repartaient. La barque suivait le bord des îles. Ils restaient au fond, tous les deux cachés par l'ombre, sans parler. Les avirons carrés sonnaient entre les tolets de fer ; et cela marquait dans le silence comme un battement de métronome, tandis qu'à l'arrière la
835 bauce[1] qui traînait ne discontinuait pas son petit clapotement doux dans l'eau.

Une fois, la lune parut ; alors ils ne manquèrent pas à faire des phrases, trouvant l'astre mélancolique et plein de poésie ; même elle se mit à chanter :
840 *Un soir, t'en souvient-il ? nous voguions, etc.*[2]

Sa voix harmonieuse et faible se perdait sur les flots ; et le vent emportait les roulades que Léon écoutait passer, comme des battements d'ailes, autour de lui.

Elle se tenait en face, appuyée contre la cloison de la chaloupe, où
845 la lune entrait par un des volets ouverts. Sa robe noire, dont les draperies s'élargissaient en éventail, l'amincissait, la rendait plus grande. Elle avait la tête levée, les mains jointes, et les deux yeux vers le ciel. Parfois l'ombre des saules la cachait en entier, puis elle réapparaissait tout à coup, comme une vision, dans la lumière de la lune.
850 Léon, par terre, à côté d'elle, rencontra sous sa main un ruban de soie ponceau[3].

Le batelier l'examina et finit par dire :
– Ah ! c'est peut-être à une compagnie que j'ai promenée l'autre jour. Ils sont venus un tas de farceurs, messieurs et dames, avec des
855 gâteaux, du champagne, des cornets à pistons, tout le tremblement ! Il y en avait un surtout, un grand bel homme, à petites moustaches, qui était joliment amusant ! et ils disaient comme ça : « Allons, conte-nous quelque chose…, Adolphe…, Dodolphe…, je crois. »

---

1. **Bauce :** cordage pour amarrer le bateau.
2. *Un soir … voguions, etc. :* vers du poème romantique de Lamartine, « Le lac », souvent mis en musique, notamment par le compositeur Niedermeyer (1802-1861).
3. **Ponceau :** de couleur rouge vif.

Elle frissonna.

860 — Tu souffres ? fit Léon en se rapprochant d'elle.

— Oh ! ce n'est rien. Sans doute, la fraîcheur de la nuit.

— Et qui ne doit pas manquer de femmes, non plus, ajouta doucement le vieux matelot, croyant dire une politesse à l'étranger.

Puis, crachant dans ses mains, il reprit ses avirons.

865 Il fallut pourtant se séparer ! Les adieux furent tristes. C'était chez la mère Rolet qu'il devait envoyer ses lettres ; et elle lui fit des recommandations si précises à propos de la double enveloppe, qu'il admira grandement son astuce amoureuse.

— Ainsi, tu m'affirmes que tout est bien ? dit-elle dans le dernier baiser.

870 — Oui certes ! — Mais pourquoi donc, songea-t-il après, en s'en revenant seul par les rues, tient-elle si fort à cette procuration ?

IV

Léon, bientôt, prit devant ses camarades un air de supériorité ; s'abstint de leur compagnie, et négligea complètement les dossiers.

Il attendait ses lettres ; il les relisait. Il lui écrivait. Il l'évoquait de
875 toute la force de son désir et de ses souvenirs. Au lieu de diminuer par l'absence, cette envie de la revoir s'accrut, si bien qu'un samedi matin il s'échappa de son étude.

Lorsque, du haut de la côte, il aperçut dans la vallée le clocher de l'église avec son drapeau de fer-blanc qui tournait au vent, il sentit
880 cette délectation mêlée de vanité triomphante et d'attendrissement égoïste que doivent avoir les millionnaires, quand ils reviennent visiter leur village.

Il alla rôder autour de sa maison. Une lumière brillait dans la cuisine. Il guetta son ombre derrière les rideaux. Rien ne parut.

885 La mère Lefrançois, en le voyant, fit de grandes exclamations, et elle le trouva « grandi et minci », tandis qu'Artémise, au contraire, le trouva « forci et bruni ».

Il dîna dans la petite salle, comme autrefois, mais seul, sans le percepteur ; car Binet, *fatigué* d'attendre *l'Hirondelle*, avait défini-
890 tivement avancé son repas d'une heure, et, maintenant, il dînait à cinq heures juste, encore prétendait-il le plus souvent que *la vieille patraque* retardait.

Troisième partie

Léon pourtant se décida ; il alla frapper à la porte du médecin :
Madame était dans sa chambre, d'où elle ne descendit qu'un quart
895 d'heure après. Monsieur parut enchanté de le revoir ; mais il ne bougea
de la soirée, ni de tout le jour suivant.

Il la vit seule, le soir, très tard, derrière le jardin, dans la ruelle ; –
dans la ruelle, comme avec l'autre ! Il faisait de l'orage, et ils causaient
sous un parapluie à la lueur des éclairs.

900 Leur séparation devenait intolérable.
– Plutôt mourir ! disait Emma.
Elle se tordait sur son bras, tout en pleurant.
– Adieu !... adieu !... Quand te reverrai-je ?

Ils revinrent sur leurs pas pour s'embrasser encore ; et ce fut là qu'elle
905 lui fit la promesse de trouver bientôt, par n'importe quel moyen, l'occasion
permanente de se voir en liberté, au moins une fois la semaine. Emma n'en
doutait pas. Elle était, d'ailleurs, pleine d'espoir. Il allait lui venir de l'argent.

Aussi, elle acheta pour sa chambre une paire de rideaux jaunes à
larges raies, dont M. Lheureux lui avait vanté le bon marché ; elle rêva
910 un tapis, et Lheureux, affirmant « que ce n'était pas la mer à boire »,
s'engagea poliment à lui en fournir un. Elle ne pouvait plus se passer
de ses services. Vingt fois dans la journée elle l'envoyait chercher, et
aussitôt il plantait là ses affaires, sans se permettre un murmure. On
ne comprenait point davantage pourquoi la mère Rolet déjeunait chez
915 elle tous les jours, et même lui faisait des visites en particulier.

Ce fut vers cette époque, c'est-à-dire vers le commencement de
l'hiver, qu'elle parut prise d'une grande ardeur musicale.

Un soir que Charles l'écoutait, elle recommença quatre fois de
suite le même morceau, et toujours en se dépitant, tandis que, sans
920 y remarquer de différence, il s'écriait :
– Bravo !..., très bien !... Tu as tort ! va donc !
– Eh non ! c'est exécrable ! j'ai les doigts rouillés.
Le lendemain, il la pria *de lui jouer encore quelque chose.*
– Soit, pour te faire plaisir !
925 Et Charles avoua qu'elle avait un peu perdu. Elle se trompait de portée,
barbouillait ; puis, s'arrêtant court :
– Ah ! c'est fini ! il faudrait que je prisse des leçons ; mais...
Elle se mordit les lèvres et ajouta :
– Vingt francs par cachet, c'est trop cher !
930 – Oui, en effet..., un peu..., dit Charles tout en ricanant niaisement.
Pourtant, il me semble que l'on pourrait peut-être à moins ; car il y a
des artistes sans réputation qui souvent valent mieux que les célébrités.
– Cherche-les, dit Emma.

244

Le lendemain, en rentrant, il la contempla d'un œil finaud, et ne
935 put à la fin retenir cette phrase :
— Quel entêtement tu as quelquefois ! J'ai été à Barfeuchères aujourd'hui.
Eh bien, madame Liégeard m'a certifié que ses trois demoiselles, qui sont
à la Miséricorde, prenaient des leçons moyennant cinquante sous la
séance, et d'une fameuse maîtresse encore !
940 Elle haussa les épaules, et ne rouvrit plus son instrument.

Mais, lorsqu'elle passait auprès (si Bovary se trouvait là), elle soupirait :
— Ah ! mon pauvre piano !

Et quand on venait la voir, elle ne manquait pas de vous apprendre
qu'elle avait abandonné la musique et ne pouvait maintenant s'y remettre,
945 pour des raisons majeures. Alors on la plaignait. C'était dommage ! elle qui
avait un si beau talent ! On en parla même à Bovary. On lui faisait honte, et
surtout le pharmacien :
— Vous avez tort ! il ne faut jamais laisser en friche les facultés de la
nature. D'ailleurs, songez, mon bon ami, qu'en engageant Madame
950 à étudier, vous économisez pour plus tard sur l'éducation musicale
de votre enfant ! Moi, le trouve que les mères doivent instruire elles-
mêmes leurs enfants. C'est une idée de Rousseau, peut-être un peu
neuve encore, mais qui finira par triompher, j'en suis sûr, comme
l'allaitement maternel et la vaccination.
955 Charles revint donc encore une fois sur cette question du piano. Emma
répondit, avec aigreur qu'il valait mieux le vendre. Ce pauvre piano, qui
lui avait causé tant de vaniteuses satisfactions, le voir s'en aller, c'était
pour Bovary comme l'indéfinissable suicide d'une partie d'elle-même !
— Si tu voulais…, disait-il, de temps à autre, une leçon, cela ne serait
960 pas, après tout, extrêmement ruineux.
— Mais les leçons, répliquait-elle, ne sont profitables que suivies.

Et voilà comme elle s'y prit pour obtenir de son époux la permission
d'aller à la ville, une fois la semaine, voir son amant. On trouva même,
au bout d'un mois, qu'elle avait fait des progrès considérables.

V

965 C'ÉTAIT LE JEUDI. Elle se levait, et elle s'habillait silencieusement
pour ne point éveiller Charles qui lui aurait fait des observations
sur ce qu'elle s'apprêtait de trop bonne heure. Ensuite elle marchait

de long en large ; elle se mettait devant les fenêtres, elle regardait la
Place. Le petit jour circulait entre les piliers des halles, et la maison
970 du pharmacien, dont les volets étaient fermés, laissait apercevoir
dans la couleur pâle de l'aurore les majuscules de son enseigne.

Quand la pendule marquait sept heures et un quart, elle s'en allait
au *Lion d'or*, dont Artémise, en bâillant, venait lui ouvrir la porte.
Celle-ci déterrait pour Madame les charbons enfouis sous les cen-
975 dres. Emma restait seule dans la cuisine. De temps à autre, elle sortait. Hivert attelait sans se dépêcher, et en écoutant d'ailleurs la mère
Lefrançois, qui, passant par un guichet sa tête en bonnet de coton,
le chargeait de commissions et lui donnait des explications à troubler un tout autre homme. Emma battait la semelle de ses bottines
980 contre les pavés de la cour.

Enfin, lorsqu'il avait mangé sa soupe, endossé sa limousine[1],
allumé sa pipe et empoigné son fouet, il s'installait tranquillement
sur le siège.

L'Hirondelle partait au petit trot, et, durant trois quarts de lieue,
985 s'arrêtait de place en place pour prendre des voyageurs, qui la guet-
taient debout, au bord du chemin, devant la barrière des cours. Ceux
qui avaient prévenu la veille se faisaient attendre ; quelques-uns
même étaient encore au lit dans leur maison ; Hivert appelait, – criait,
sacrait[2], puis il descendait de son siège et allait frapper de grands
990 coups contre les portes. Le vent soufflait par les, vasistas fêlés.

Cependant les quatre banquettes se garnissaient, la voiture roulait, les
pommiers à la file se succédaient ; et la route, entre ses deux longs fossés
pleins d'eau jaune, allait continuellement se rétrécissant vers l'horizon.

Emma la connaissait d'un bout à l'autre ; elle savait qu'après un her-
995 bage il y avait un poteau, ensuite un orme, une grange ou une cahute
de cantonnier ; quelquefois même, afin de se faire des surprises, elle
fermait les yeux. Mais elle ne perdait jamais le sentiment net de la
distance à parcourir.

Enfin, les maisons de briques se rapprochaient, la terre résonnait
1000 sous les roues, *l'Hirondelle* glissait entre des jardins où l'on apercevait, par une claire-voie, des statues, un vignot[3], des ifs taillés et une
escarpolette. Puis, d'un seul coup d'œil, la ville apparaissait.

---

1. **Limousine :** manteau à pèlerine.
2. **Sacrait :** disait des jurons.
3. **Vignot :** sorte de tertre, avec un sentier en hélice et couronné d'une treille, comme
on en voyait en Normandie.

Descendant tout en amphithéâtre et noyée dans le brouillard, elle s'élargissait au delà des ponts, confusément. La pleine campagne remontait ensuite d'un mouvement monotone, jusqu'à toucher au loin la base indécise du ciel pâle. Ainsi vu d'en haut, le paysage tout entier avait l'air immobile comme une peinture ; les navires à l'ancre se tassaient dans un coin ; le fleuve arrondissait sa courbe au pied des collines vertes, et les îles, de forme oblongue, semblaient sur l'eau de grands poissons noirs arrêtés. Les cheminées des usines poussaient d'immenses panaches bruns qui s'envolaient par le bout. On entendait le ronflement des fonderies avec le carillon clair des églises qui se dressaient dans la brume. Les arbres des boulevards, sans feuilles, faisaient des broussailles violettes au milieu des maisons, et les toits, tout reluisants de pluie, miroitaient inégalement, selon la hauteur des quartiers. Parfois un coup de vent emportait les nuages vers la côte Sainte-Catherine, comme des flots aériens qui se brisaient en silence contre une falaise.

Quelque chose de vertigineux se dégageait pour elle de ces existences amassées, et son cœur s'en gonflait abondamment, comme si les cent vingt mille âmes qui palpitaient là lui eussent envoyé toutes à la fois la vapeur des passions qu'elle leur supposait. Son amour s'agrandissait devant l'espace, et s'emplissait de tumulte aux bourdonnements vagues qui montaient. Elle le reversait au dehors, sur les places, sur les promenades, sur les rues, et la vieille cité normande s'étalait à ses yeux comme une capitale démesurée, comme une Babylone où elle entrait. Elle se penchait des deux mains par le vasistas, en humant la brise ; les trois chevaux galopaient, les pierres grinçaient dans la boue, la diligence se balançait, et Hivert, de loin, hélait les carrioles sur la route, tandis que les bourgeois qui avaient passé la nuit au bois Guillaume descendaient la côte tranquillement, dans leur petite voiture de famille.

On s'arrêtait à la barrière ; Emma débouclait ses socques[1], mettait d'autres gants, rajustait son châle, et, vingt pas plus loin, elle sortait de *l'Hirondelle*.

La ville alors s'éveillait. Des commis, en bonnet grec, frottaient la devanture des boutiques, et des femmes qui tenaient des paniers sur la hanche poussaient par intervalles un cri sonore, au coin des rues. Elle marchait les yeux à terre, frôlant les murs, et souriant de plaisir sous son voile noir baissé.

---

1. **Socques :** gros sabots que l'on mettait par-dessus les chaussures pour les protéger.

Troisième partie

Par peur d'être vue, elle ne prenait pas ordinairement le chemin le plus court. Elle s'engouffrait dans les ruelles sombres, et elle arrivait tout en sueur vers le bas de la rue Nationale, près de la fontaine qui est là. C'est le quartier du théâtre, des estaminets et des filles. Souvent une charrette passait près d'elle, portant quelque décor qui tremblait. Des garçons en tablier versaient du sable sur les dalles, entre des arbustes verts. On sentait l'absinthe, le cigare et les huîtres.

Elle tournait une rue ; elle le reconnaissait à sa chevelure frisée qui s'échappait de son chapeau.

Léon, sur le trottoir, continuait à marcher. Elle le suivait jusqu'à l'hôtel ; il montait, il ouvrait la porte, il entrait... Quelle étreinte !

Puis les paroles, après les baisers, se précipitaient. On se racontait les chagrins de la semaine, les pressentiments, les inquiétudes pour les lettres ; mais à présent tout s'oubliait, et ils se regardaient face à face, avec des rires de volupté et des appellations de tendresse.

Le lit était un grand lit d'acajou en forme de nacelle. Les rideaux de levantine[1] rouge, qui descendaient du plafond, se cintraient trop bas vers le chevet évasé ; – et rien au monde n'était beau comme sa tête brune et sa peau blanche se détachant sur cette couleur pourpre, quand, par un geste de pudeur, elle fermait ses deux bras nus, en se cachant la figure dans les mains.

Le tiède appartement, avec son tapis discret, ses ornements folâtres et sa lumière tranquille, semblait tout commode pour les intimités de la passion. Les bâtons se terminant en flèche, les patères de cuivre et les grosses boules de chenets reluisaient tout à coup, si le soleil entrait. Il y avait sur la cheminée, entre les candélabres, deux de ces grandes coquilles roses où l'on entend le bruit de la mer quand on les applique à son oreille.

Comme ils aimaient cette bonne chambre pleine de gaieté, malgré sa splendeur un peu fanée ! Ils retrouvaient toujours les meubles à leur place, et parfois des épingles à cheveux qu'elle avait oubliées, l'autre jeudi, sous le socle de la pendule. Ils déjeunaient au coin du feu, sur un petit guéridon incrusté de palissandre. Emma découpait, lui mettait les morceaux dans son assiette en débitant toutes sortes de chatteries ; et elle riait d'un rire sonore et libertin quand la mousse du vin de Champagne débordait du verre léger sur les bagues de ses doigts. Ils étaient si complètement perdus en la possession d'eux-mêmes, qu'ils se croyaient là dans leur maison particulière, et

---

1. **Levantine :** étoffe de soie unie.

248

devant y vivre jusqu'à la mort, comme deux éternels jeunes époux.
1080 Ils disaient notre chambre, notre tapis, nos fauteuils, même elle disait
mes pantoufles, un cadeau de Léon, une fantaisie qu'elle avait eue.
C'étaient des pantoufles en satin rose, bordées de cygne. Quand elle
s'asseyait sur ses genoux, sa jambe, alors trop courte, pendait en l'air ;
et la mignarde chaussure, qui n'avait pas de quartier[1], tenait seule-
1085 ment par les orteils à son pied nu.

Il savourait pour la première fois l'inexprimable délicatesse des
élégances féminines. Jamais il n'avait rencontré cette grâce de langage, cette réserve du vêtement, ces poses de colombe assoupie. Il
admirait l'exaltation de son âme et les dentelles de sa jupe. D'ailleurs,
1090 n'était-ce pas *une femme du monde*, et une femme mariée ! une vraie
maîtresse enfin ?

Par la diversité de son humeur, tour à tour mystique ou joyeuse,
babillarde, taciturne, emportée, nonchalante, elle allait rappelant en
lui mille désirs, évoquant des instincts ou des réminiscences. Elle
1095 était l'amoureuse de tous les romans, l'héroïne de tous les drames, le
vague *elle* de tous les volumes de vers. Il retrouvait sur ses épaules
la couleur ambrée de *l'odalisque au bain*[2] ; elle avait le corsage long
des châtelaines féodales ; elle ressemblait aussi à la *femme pâle de
Barcelone*, mais elle était par-dessus tout Ange !

1100 Souvent, en la regardant, il lui semblait que son âme, s'échappant
vers elle, se répandait comme une onde sur le contour de sa tête, et
descendait entraînée dans la blancheur de sa poitrine.

Il se mettait par terre, devant elle ; et, les deux coudes sur ses
genoux, il la considérait avec un sourire, et le front tendu.

1105 Elle se penchait vers lui et murmurait, comme suffoquée d'enivrement :
– Oh ! ne bouge pas ! ne parle pas ! regarde-moi ! Il sort de tes yeux
quelque chose de si doux, qui me fait tant de bien !

Elle l'appelait enfant
– Enfant, m'aimes-tu ?
1110 Et elle n'entendait guère sa réponse, dans la précipitation de ses
lèvres qui lui, montaient à la bouche.

Il y avait sur la pendule un petit Cupidon de bronze, qui minaudait
en arrondissant les bras sous une guirlande dorée. Ils en rirent bien
des fois ; mais, quand il fallait se séparer, tout leur semblait sérieux.

---

1. **Quartier** : morceau de cuir qui entoure le talon.
2. ***L'odalisque au bain*** *:* le motif de l'odalisque renvoie aux célèbres tableaux d'Ingres
(1780-1867).

Troisième partie

1115   Immobiles l'un devant l'autre, ils se répétaient
– À jeudi !... à jeudi !
Tout à coup elle lui prenait la tête dans les deux mains, le baisait
vite au front en s'écriant : « Adieu ! » et s'élançait dans l'escalier.
Elle allait rue de la Comédie, chez un coiffeur, se faire arranger ses
1120 bandeaux. La nuit tombait ; on allumait le gaz dans la boutique.
Elle entendait la clochette du théâtre qui appelait les cabotins à la
représentation ; et elle voyait, en face, passer des hommes à figure
blanche et des femmes en toilette fanée, qui entraient par la porte
des coulisses.
1125 Il faisait chaud dans ce petit appartement trop bas, où le poêle
bourdonnait au milieu des perruques et des pommades. L'odeur des
fers[1], avec ces mains grasses qui lui maniaient la tête, ne tardait pas
à l'étourdir, et elle s'endormait un peu sous son peignoir. Souvent le
garçon, en la coiffant, lui proposait des billets pour le bal masqué.
1130 Puis elle s'en allait ! Elle remontait les rues ; elle arrivait à la *Croix
rouge* ; elle reprenait ses socques, qu'elle avait cachés le matin sous
une banquette, et se tassait à sa place parmi les voyageurs impatientés.
Quelques-uns descendaient au bas de la côte. Elle restait seule dans la
voiture.
1135 À chaque tournant, on apercevait de plus en plus tous les éclairages
de la ville qui faisaient une large vapeur lumineuse au-dessus des
maisons confondues. Emma se mettait à genoux sur les coussins, et
elle égarait ses yeux dans cet éblouissement. Elle sanglotait, appelait
Léon, et lui envoyait des paroles tendres et des baisers qui se per-
1140 daient au vent.
Il y avait dans la côte un pauvre diable vagabondant avec son
bâton, tout au milieu des diligences. Un amas de guenilles lui
recouvrait les épaules, et un vieux castor[2] défoncé, s'arrondissant en
cuvette, lui cachait la figure ; mais, quand il le retirait, il découvrait,
1145 à la place des paupières, deux orbites béantes tout ensanglantées. La
chair s'effiloquait par lambeaux rouges ; et il en coulait des liquides
qui se figeaient en gales vertes jusqu'au nez, dont les narines noires
reniflaient convulsivement. Pour vous parler, il se renversait la tête
avec un rire idiot ; – alors ses prunelles bleuâtres, roulant d'un mou-
1150 vement continu, allaient se cogner, vers les tempes, sur le bord de la
plaie vive.

---

1. **Fers :** fers à friser
2. **Castor :** chapeau en poils de castor.

Il chantait une petite chanson en suivant les voitures :
Souvent la chaleur d'un beau jour
Fait rêver fillette à l'amour.[1]
Et il y avait dans tout le reste des oiseaux, du soleil et du feuillage.
Quelquefois, il apparaissait tout à coup derrière Emma, tête nue.
Elle se retirait avec un cri. Hivert venait le plaisanter. Il l'engageait à
prendre une baraque à la foire Saint-Romain, ou bien lui demandait,
en riant, comment se portait sa bonne amie.

Souvent, on était en marche, lorsque son chapeau, d'un mouvement
brusque entrait dans la diligence par le vasistas, tandis qu'il se crampon-
nait, de l'autre bras, sur le marchepied, entre l'éclaboussure des roues.
Sa voix, faible d'abord et vagissante, devenait aiguë. Elle se traînait dans
la nuit, comme l'indistincte lamentation d'une vague détresse ; et, à
travers la sonnerie des grelots, le murmure des arbres et le ronflement
de la boîte creuse, elle avait quelque chose de lointain qui boulever-
sait Emma. Cela lui descendait au fond de l'âme comme un tourbillon
dans un abîme, et l'emportait parmi les espaces d'une mélancolie sans
bornes. Mais Hivert, qui s'apercevait d'un contrepoids, allongeait
à l'aveugle de grands coups avec son fouet. La mèche le cinglait sur ses
plaies, et il tombait dans la boue en poussant un hurlement.

Puis les voyageurs de *l'Hirondelle* finissaient par s'endormir, les uns la
bouche ouverte, les autres le menton baissé, s'appuyant sur l'épaule de
leur voisin, ou bien le bras passé dans la courroie, tout en oscillant régulièrement au branle de la voiture ; et le reflet de la lanterne qui se balançait
en dehors, sur la croupe des limoniers[2], pénétrant dans l'intérieur par les
rideaux de calicot chocolat, posait des ombres sanguinolentes sur tous ces
individus immobiles. Emma, ivre de tristesse, grelottait sous ses vêtements ;
et se sentait de plus en plus froid aux pieds, avec la mort dans l'âme.

Charles, à la maison, l'attendait ; *l'Hirondelle* était toujours en
retard le jeudi. Madame arrivait enfin ! à peine si elle embrassait la
petite. Le dîner n'était pas prêt, n'importe ! elle excusait la cuisinière.
Tout maintenant semblait permis à cette fille.

Souvent son mari, remarquant sa pâleur, lui demandait si elle ne
se trouvait point malade.

– Non, disait Emma.

– Mais, répliquait-il, tu es toute drôle ce soir ?

– Eh ! ce n'est rien ! ce n'est rien !

---

1. *Souvent... amour :* vers d'une chanson de Restif de La Bretonne (1734-1806).
2. **Limoniers :** chevaux mis aux limons, ou brancards de la voiture.

Troisième partie

Il y avait même des jours où, à peine rentrée, elle montait dans
sa chambre ; et Justin, qui se trouvait là, circulait à pas muets, plus
ingénieux à la servir qu'une excellente camériste. Il plaçait les allu-
mettes, le bougeoir, un livre, disposait sa camisole, ouvrait les draps.
– Allons, disait-elle, c'est bien, va-t'en !

Car il restait debout, les mains pendantes et les yeux ouverts,
comme enlacé dans les fils innombrables d'une rêverie soudaine.

La journée du lendemain était affreuse, et les suivantes étaient
plus intolérables encore par l'impatience qu'avait Emma de ressaisir
son bonheur, – convoitise âpre, enflammée d'images connues, et qui,
le septième jour, éclatait tout à l'aise dans les caresses de Léon. Ses
ardeurs, à lui, se cachaient sous des expansions d'émerveillement et
de reconnaissance. Emma goûtait cet amour d'une façon discrète et
absorbée, l'entretenait par tous les artifices de sa tendresse, et tremblait un peu qu'il ne se perdît plus tard.

Souvent elle lui disait, avec des douceurs de voix mélancolique :
– Ah ! tu me quitteras, toi... tu te marieras !... tu seras comme les autres.
Il demandait :
– Quels autres ?
– Mais les hommes, enfin, répondait-elle.
Puis, elle ajoutait en le repoussant d'un geste langoureux :
– Vous êtes tous des infâmes !

Un jour qu'ils causaient philosophiquement des désillusions
terrestres, elle vint à dire (pour expérimenter sa jalousie ou cédant
peut-être à un besoin d'épanchement trop fort) qu'autrefois, avant
lui, elle avait aimé quelqu'un, « pas comme toi ! » reprit-elle vite,
protestant sur la tête de sa fille *qu'il ne s'était rien passé.*

Le jeune homme la crut, et néanmoins la questionna pour savoir
ce qu'il faisait.
– Il était capitaine de vaisseau, mon ami.

N'était-ce pas prévenir toute recherche, et en même temps se
poser très haut, par cette prétendue fascination exercée sur un
homme qui devait être de nature belliqueuse et accoutumé, à des
hommages ?

Le clerc sentit alors l'infimité de sa position ; il envia des épaulettes,
des croix, des titres. Tout cela devait lui plaire : il s'en doutait à ses
habitudes dispendieuses.

Cependant Emma taisait quantité de ses extravagances, telle que
l'envie d'avoir, pour l'amener à Rouen, un tilbury bleu, attelé d'un
cheval anglais, et conduit par un groom en bottes à revers. C'était
Justin qui lui en avait inspiré le caprice, en la suppliant de le prendre

¹²³⁰ chez elle comme valet de chambre ; et, si cette privation n'atténuait pas à chaque rendez-vous le plaisir de l'arrivée, elle augmentait certainement l'amertume du retour.

Souvent lorsqu'ils parlaient ensemble de Paris, elle finissait par murmurer :

¹²³⁵ — Ah ! que nous serions bien là pour vivre !

— Ne sommes-nous pas heureux ? reprenait doucement le jeune homme, en lui passant la main sur ses bandeaux.

— Oui, c'est vrai, disait-elle, le suis folle ; embrasse-moi !

Elle était pour son mari plus charmante que jamais, lui faisait des ¹²⁴⁰ crèmes à la pistache et jouait des valses après dîner. Il se trouvait donc le plus fortuné des mortels, et Emma vivait sans inquiétude, lorsqu'un soir, tout à coup :

— C'est mademoiselle Lempereur, n'est-ce pas, qui te donne des leçons ?

— Oui.

¹²⁴⁵ — Eh bien, je l'ai vue tantôt, reprit Charles, chez madame Liégeard. Je lui ai parlé de toi ; elle ne te connaît pas.

Ce fut comme un coup de foudre. Cependant elle répliqua d'un air naturel :

— Ah ! sans doute, elle aura oublié mon nom ?

¹²⁵⁰ — Mais il y a peut-être à Rouen, dit le médecin, plusieurs demoiselles Lempereur qui sont maîtresses de piano ?

— C'est possible !

Puis, vivement :

— J'ai pourtant ses reçus, tiens ! regarde.

¹²⁵⁵ Et elle alla au secrétaire, fouilla tous les tiroirs, confondit les papiers et finit si bien par perdre la tête, que Charles l'engagea fort à ne point se donner tant de mal pour ces misérables quittances.

— Oh ! je les trouverai, dit-elle.

En effet, dès le vendredi suivant, Charles, en passant une de ses ¹²⁶⁰ bottes dans le cabinet noir où l'on serrait ses habits, sentit une feuille de papier entre le cuir et sa chaussette, il la prit et lut :

« Reçu, pour trois mois de leçons, plus diverses fournitures, la somme de soixante-cinq francs. FÉLICIE LEMPEREUR, professeur de musique. »

¹²⁶⁵ — Comment diable est-ce dans mes bottes ?

— Ce sera, sans doute, répondit-elle, tombé du vieux carton aux factures, qui est sur le bord de la planche.

À partir de ce moment, son existence ne fut plus qu'un assemblage de mensonges, où elle enveloppait son amour comme dans ¹²⁷⁰ des voiles, pour le cacher.

Troisième partie

C'était un besoin, une manie, un plaisir, au point que, si elle disait avoir passé, hier par le côté droit d'une rue, il fallait croire qu'elle avait pris par le côté gauche.

Un matin qu'elle venait de partir, selon sa coutume, assez légèrement vêtue, il tomba de la neige tout à coup ; et comme Charles regardait le temps à la fenêtre, il aperçut M. Bournisien dans le i du sieur Tuvache qui le conduisait à Rouen. Alors il descendit confier à l'ecclésiastique un gros châle pour qu'il le remît à Madame, sitôt qu'il arriverait à la *Croix rouge*. À peine fut-il à l'auberge que Bournisien demanda où était la femme du médecin d'Yonville. L'hôtelière répondit qu'elle fréquentait fort peu son établissement. Aussi, le soir, en reconnaissant madame Bovary dans *l'Hirondelle*, le curé lui conta son embarras, sans paraître, du reste y attacher de l'importance ; car il entama l'éloge d'un prédicateur qui pour lors faisait merveilles à la cathédrale, et que toutes les dames couraient entendre.

N'importe s'il n'avait point demandé d'explications, d'autres plus tard pourraient se montrer moins discrets. Aussi jugea-t-elle utile de descendre chaque fois à la *Croix rouge*, de sorte que les bonnes gens de son village qui la voyaient dans l'escalier ne se doutaient de rien.

Un jour pourtant, M. Lheureux la rencontra qui sortait de l'hôtel de *Boulogne* au bras de Léon ; et elle eut peur, s'imaginant qu'il bavarderait. Il n'était pas si bête.

Mais trois jours après, il entra dans sa chambre, ferma la porte et dit :
– J'aurais besoin d'argent.

Elle déclara ne pouvoir lui en donner. Lheureux se répandit en gémissements, et rappela toutes les complaisances qu'il avait eues.

En effet, des deux billets souscrits par Charles, Emma jusqu'à présent n'en avait payé qu'un seul. Quant au second, le marchand, sur sa prière, avait consenti à le remplacer par deux autres, qui même avaient été renouvelés à une fort longue échéance. Puis il tira de sa poche une liste de fournitures non soldées, à savoir : les rideaux, le tapis, l'étoffe pour les fauteuils, plusieurs robes et divers articles de toilette, dont la valeur se montait à la somme de deux mille francs environ.

Elle baissa la tête ; il reprit :
– Mais, si vous n'avez pas d'espèces, vous avez *du bien*.

Et il indiqua une méchante masure sise à Barneville, près d'Aumale, qui ne rapportait pas grand-chose. Cela dépendait autrefois d'une petite ferme vendue par M. Bovary père, car Lheureux savait tout, jusqu'à la contenance d'hectares, avec le nom des voisins.

– Moi, à votre place, disait-il, je me libérerais, et j'aurais encore le surplus de l'argent.

Elle objecta la difficulté d'un acquéreur ; il donna l'espoir d'en trouver ; mais elle demanda comment faire pour qu'elle pût vendre.

– N'avez-vous pas la procuration ? répondit-il.

1315 Ce mot lui arriva comme une bouffée d'air frais.

– Laissez-moi la note, dit Emma.

– Oh ! ce n'est pas la peine ! reprit Lheureux.

Il revint la semaine suivante, et se vanta d'avoir, après force démarches, fini par découvrir un certain Langlois qui, depuis long-

1320 temps, guignait la propriété sans faire connaître son prix.

– N'importe le prix ! s'écria-t-elle.

Il fallait attendre, au contraire, tâter ce gaillard-là. La chose valait la peine d'un voyage, et, comme elle ne pouvait faire ce voyage, il offrir de se rendre sur les lieux, pour s'aboucher avec Langlois. Une

1325 fois revenu, il annonça que l'acquéreur proposait quatre mille francs.

Emma s'épanouit à cette nouvelle.

– Franchement, ajouta-t-il, c'est bien payé.

Elle toucha la moitié de la somme immédiatement, et, quand elle fut pour solder son mémoire, le marchand lui dit :

1330 – Cela me fait de la peine, parole d'honneur, de vous voir vous dessaisir tout d'un coup d'une somme aussi *conséquente* que celle-là.

Alors, elle regarda les billets de banque ; et, rêvant au nombre illimité de rendez-vous que ces deux mille francs représentaient :

1335 – Comment ! comment ! balbutia-t-elle.

– Oh ! reprit-il en riant d'un air bonhomme, on met tout ce que l'on veut sur les factures. Est-ce que je ne connais pas les ménages ?

Et il la considérait fixement, tout en tenant à sa main deux longs papiers qu'il faisait glisser entre ses ongles. Enfin, ouvrant son

1340 portefeuille, il étala sur la table quatre billets à ordre, de mille francs chacun.

– Signez-moi cela, dit-il, et gardez tout.

Elle se récria, scandalisée.

– Mais, si je vous donne le surplus, répondit effrontément M. Lheureux,

1345 n'est-ce pas vous rendre service, à vous ?

Et, prenant une plume, il écrivit au bas du mémoire : « Reçu de madame Bovary quatre mille francs. »

– Qui vous inquiète, puisque vous toucherez dans six mois l'arriéré de votre baraque, et que je vous place l'échéance du dernier billet

1350 pour après le payement ?

Emma s'embarrassait un peu dans ses calculs, et les oreilles lui tintaient comme si des pièces d'or, s'éventrant de leurs sacs, eussent

sonné tout autour d'elle sur le parquet. Enfin Lheureux expliqua
qu'il avait un sien ami Vinçart, banquier à Rouen, lequel allait
1355 escompter ces quatre billets, puis il remettrait lui-même à Madame
le surplus de la dette réelle.

Mais au lieu de deux mille francs, il n'en apporta que dix-huit
cents, car l'ami Vinçart (comme *de juste*) en avait prélevé deux cents,
pour frais de commission et d'escompte.

1360 Puis il réclama négligemment une quittance.

– Vous comprenez…, dans le commerce…, quelquefois… Et avec la
date, s'il vous plaît, la date.

Un horizon de fantaisies réalisables s'ouvrit alors devant Emma.
Elle eut assez de prudence pour mettre en réserve mille écus, avec
1365 quoi furent payés, lorsqu'ils échurent, les trois premiers billets ; mais
le quatrième, par hasard, tomba dans la maison un jeudi, et Charles,
bouleversé, attendit patiemment le retour de sa femme pour avoir
des explications.

Si elle ne l'avait point instruit de ce billet, c'était afin de lui épar-
1370 gner des tracas domestiques ; elle s'assit sur ses genoux, le caressa,
roucoula, fit une longue énumération de toutes les choses indispensables prises à crédit.

– Enfin, tu conviendras que, vu la quantité, ce n'est pas trop cher.

Charles, à bout d'idées, bientôt eut recours à l'éternel Lheureux,
1375 qui jura de calmer les choses, si Monsieur lui signait deux billets,
dont l'un de sept cents francs, payable dans trois mois. Pour se
mettre en mesure, il écrivit à sa mère une lettre pathétique. Au lieu
d'envoyer la réponse, elle vint elle-même ; et, quand Emma voulut
savoir s'il en avait tiré quelque chose :

1380 – Oui, répondit-il. Mais elle demande à connaître la facture.

Le lendemain, au point du jour, Emma courut chez M. Lheureux
le prier de refaire une autre note, qui ne dépassât point mille francs ;
car pour montrer celle de quatre mille, il eût fallu dire qu'elle
en avait payé les deux tiers, avouer conséquemment la vente de
1385 l'immeuble, négociation bien conduite par le marchand, et qui ne
fut effectivement connue que plus tard.

Malgré le prix très bas de chaque article, madame Bovary mère ne
manqua point de trouver la dépense exagérée.

– Ne pouvait-on se passer d'un tapis ? Pourquoi avoir renou-
1390 velé l'étoffe des fauteuils ? De mon temps, on avait dans une
maison un seul fauteuil, pour les personnes âgées, – du moins,
c'était comme cela chez ma mère, qui était une honnête femme, je
vous assure.

– Tout le monde ne peut être riche ! Aucune fortune ne tient contre
1395 le coulage[1] ! Je rougirais de me dorloter comme vous faites ! et pourtant, moi, je suis vieille, j'ai besoin de soins… En voilà ! en voilà, des
ajustements[2] ! des flaflas[3] ! Comment ! de la soie pour doublure, à
deux francs !… tandis qu'on trouve du jaconas[4] à dix sous, et même
à huit sous qui fait parfaitement l'affaire.

1400 Emma, renversée sur la causeuse, répliquait le plus tranquillement
possible :
– Eh ! madame, assez ! assez !…
L'autre continuait à la sermonner, prédisant qu'ils finiraient à l'hôpital.
D'ailleurs, c'était la faute de Bovary. Heureusement qu'il avait promis
1405 d'anéantir cette procuration…
– Comment ?
– Ah ! il me l'a juré, reprit la bonne femme.
Emma ouvrit la fenêtre, appela Charles, et le pauvre garçon fut
contraint d'avouer la parole arrachée par sa mère.
1410 Emma disparut, puis rentra vite en lui tendant majestueusement
une grosse feuille de papier.
– Je vous remercie, dit la vieille femme.
Et elle jeta dans le feu la procuration.
Emma se mit à rire d'un rire strident, éclatant, continu : elle avait
1415 une attaque de nerfs.
– Ah ! mon Dieu ! s'écria Charles. Eh ! tu as tort aussi toi ! tu viens
lui faire des scènes !…
Sa mère, en haussant les épaules, prétendait que *tout cela c'étaient
des gestes*[5].
1420 Mais Charles, pour la première fois se révoltant, prit la défense de sa
femme, si bien que madame Bovary mère voulut s'en aller. Elle partit dès
le lendemain, et, sur le seuil, comme il essayait à la retenir, elle répliqua :
– Non, non ! Tu l'aimes mieux que moi, et tu as raison, c'est dans
l'ordre. Au reste, tant pis ! tu verras !… Bonne santé !… car je ne suis
1425 pas près, comme tu dis, de venir lui faire des scènes.
Charles n'en resta pas moins fort penaud vis-à-vis d'Emma, celle-ci
ne cachant point la rancune qu'elle lui gardait pour avoir manqué de

---

1. **Coulage :** gaspillage.
2. **Ajustements :** arrangements, décoration d'un appartement.
3. **Flaflas :** chichis.
4. **Jaconas :** étoffe de coton légère.
5. *Des gestes :* des simagrées.

confiance ; il fallut bien des prières avant qu'elle consentît à reprendre
sa procuration, et même il l'accompagna chez M. Guillaumin pour lui
1430 en faire faire une seconde, toute pareille.

– Je comprends cela, dit le notaire ; un homme de science ne peut
s'embarrasser aux détails pratiques de la vie.

Et Charles se sentit soulagé par cette réflexion pateline, qui donnait à sa faiblesse les apparences flatteuses d'une préoccupation
1435 supérieure.

Quel débordement, le jeudi d'après, à l'hôtel, dans leur chambre,
avec Léon ! Elle rit, pleura, chanta, dansa, fit monter des sorbets,
voulut fumer des cigarettes, lui parut extravagante, mais adorable,
superbe.

1440 Il ne savait pas quelle réaction de tout son être la poussait davantage à se précipiter sur les jouissances de la vie. Elle devenait irri-
table, gourmande, et voluptueuse ; et elle se promenait avec lui
dans les rues, tête haute, sans peur, disait-elle, de se compromettre.
Parfois, cependant, Emma tressaillait à l'idée soudaine de rencontrer
1445 Rodolphe ; car il lui semblait, bien qu'ils fussent séparés pour toujours, qu'elle n'était pas complètement affranchie de sa dépendance.

Un soir, elle ne rentra point à Yonville. Charles en perdait la tête,
et la petite Berthe, ne voulant pas se coucher sans sa maman, sanglotait à se rompre la poitrine. Justin était parti au hasard sur la
1450 route. M. Homais en avait quitté sa pharmacie.

Enfin, à onze heures, n'y tenant plus, Charles attela son boc, sauta
dedans, fouetta sa bête et arriva vers deux heures du matin à la
Croix rouge. Personne. Il pensa que le clerc peut-être l'avait vue ;
mais où demeurait-il ? Charles, heureusement, se rappela l'adresse
1455 de son patron. Il y courut.

Le jour commençait à paraître. Il distingua des panonceaux au-dessus
d'une porte ; il frappa. Quelqu'un, sans ouvrir, lui cria le renseignement
demandé, tout en ajoutant force injures contre ceux qui dérangeaient
le monde pendant la nuit.

1460 La maison que le clerc habitait n'avait ni sonnette, ni marteau, ni
portier. Charles donna de grands coups de poing contre les auvents :
Un agent de police vint à passer ; alors il eut peur et s'en alla.

– Je suis fou, se disait-il ; sans doute, on l'aura retenue à dîner chez
M. Lormeaux.

1465 La famille Lormeaux n'habitait plus Rouen.

– Elle sera restée à soigner madame Dubreuil. Eh ! madame Dubreuil
est morte depuis dix mois !...

Où est-elle donc ?

Une idée lui vint. Il demanda, dans un café, *l'Annuaire* ; et chercha
vite le nom de mademoiselle Lempereur, qui demeurait rue de la
Renelle-des-Maroquiniers, n° 74.

Comme il entrait dans cette rue, Emma parut elle-même à l'autre
bout ; il se jeta sur elle plutôt qu'il ne l'embrassa, en s'écriant :
– Qui t'a retenue hier ?
– J'ai été malade.
– Et de quoi ?... Où ?... Comment ?...
Elle se passa la main sur le front, et répondit :
– Chez mademoiselle Lempereur.
– J'en étais sûr ! J'y allais.
– Oh ! ce n'est pas la peine, dit Emma. Elle vient de sortir tout à
l'heure ; mais, à l'avenir, tranquillise-toi. Je ne suis pas libre, tu com-
prends, si je sais que le moindre retard te bouleverse ainsi.

C'était une manière de permission qu'elle se donnait de ne point
se gêner dans ses escapades. Aussi en profita-t-elle tout à son aise,
largement. Lorsque l'envie la prenait de voir Léon, elle partait sous
n'importe quel prétexte, et, comme il ne l'attendait pas ce jour-là,
elle allait le chercher à son étude.

Ce fut un grand bonheur les premières fois ; mais bientôt il ne
cacha plus la vérité, à savoir : que son patron se plaignait fort de ces
dérangements.
– Ah bah ! viens donc, disait-elle.
Et il s'esquivait.

Elle voulut qu'il se vêtît tout en noir et se laissât pousser une
pointe au menton, pour ressembler aux portraits de Louis XIII. Elle
désira connaître son logement, le trouva médiocre ; il en rougit, elle
n'y prit garde, puis lui conseilla d'acheter des rideaux pareils aux
siens, et comme il objectait la dépense :
– Ah ! ah ! tu tiens à tes petits écus ! dit-elle en riant.

Il fallait que Léon, chaque fois, lui racontât toute sa conduite,
depuis le dernier rendez-vous. Elle demanda des vers, des vers pour
elle, *une pièce d'amour* en son honneur ; jamais il ne put parvenir à
trouver la rime du second vers, et il finit par copier un sonnet dans
un keepsake.

Ce fut moins par vanité que dans le seul but de lui complaire. Il
ne discutait pas ses idées ; il acceptait tous ses goûts ; il devenait sa
maîtresse plutôt qu'elle n'était la sienne. Elle avait des paroles tendres avec des baisers qui lui emportaient l'âme. Où donc avait-elle
appris cette corruption, presque immatérielle à force d'être profonde
et dissimulée ?

VI

1510 DANS LES VOYAGES qu'il faisait pour la voir, Léon souvent avait dîné chez le pharmacien, et s'était cru contraint, par politesse, de l'inviter à son tour.

– Volontiers ! avait répondu M. Homais ; il faut, d'ailleurs, que je me retrempe un peu, car je m'encroûte ici. Nous irons au spectacle, au 1515 restaurant, nous ferons des folies !

– Ah ! bon ami ! murmura tendrement madame Homais, effrayée des périls vagues qu'il se disposait à courir.

– Eh bien, quoi ? tu trouves que je ne ruine pas assez ma santé à vivre parmi les émanations continuelles de la pharmacie ! Voilà, 1520 du reste, le caractère des femmes : elles sont jalouses de la Science, puis s'opposent à ce que l'on prenne les plus légitimes distractions. N'importe, comptez sur moi ; un de ces jours, je tombe à Rouen et nous ferons sauter ensemble les *monacos*[1].

L'apothicaire, autrefois, se fût bien gardé d'une telle expression ; 1525 mais il donnait maintenant dans un genre folâtre et parisien qu'il trouvait du meilleur goût ; et, comme madame Bovary, sa voisine, il interrogeait le clerc curieusement sur les mœurs de la capitale, même il parlait argot afin d'éblouir... les bourgeois, disant *turne, bazar, chicard, chicandard, Breda-street*, et *Je me la casse*, pour : Je m'en vais.

1530 Donc, un jeudi, Emma fut surprise de rencontrer, dans la cuisine du *Lion d'or*, M. Homais en costume de voyageur, c'est-à-dire couvert d'un vieux manteau qu'on ne lui connaissait pas, tandis qu'il portait d'une main une valise, et, de l'autre, la chancelière[2] de son établissement. Il n'avait confié son projet à personne, dans la crainte 1535 d'inquiéter le public par son absence.

L'idée de revoir les lieux où s'était passée sa jeunesse l'exaltait sans doute, car tout le long du chemin il n'arrêta pas de discourir ; puis, à peine arrivé, il sauta vivement de la voiture pour se mettre en quête de Léon ; et le clerc eut beau se débattre, M. Homais l'entraîna vers le grand 1540 café de *Normandie*, où il entra majestueusement sans retirer son chapeau, estimant fort provincial de se découvrir dans un endroit public.

---

1. **Nous ferons sauter ensemble les *monacos*** : expression signifiant « nous dépenserons sans compter ».
2. **Chancelière** : boîte ou sac fourré où l'on mettait les pieds pour se réchauffer.

Emma attendit Léon trois quarts d'heure. Enfin elle courut à son étude, et, perdue dans toute sorte de conjectures, l'accusant d'indifférence et se reprochant à elle-même sa faiblesse, elle passa l'après-midi le front collé contre les carreaux.

Ils étaient encore à deux heures attablés l'un devant l'autre. La grande salle se vidait ; le tuyau du poêle, en forme de palmier, arrondissait au plafond blanc sa gerbe dorée ; et près d'eux, derrière le vitrage, en plein soleil, un petit jet d'eau gargouillait dans un bassin de marbre où, parmi du cresson et des asperges, trois homards engourdis s'allongeaient jusqu'à des cailles, toutes couchées en pile, sur le flanc.

Homais se délectait. Quoiqu'il se grisât de luxe encore plus que de bonne chère, le vin de Pomard, cependant, lui excitait un peu les facultés, et, lorsque apparut l'omelette au rhum, il exposa sur les femmes des théories immorales. Ce qui le séduisait par-dessus tout, c'était le chic. Il adorait une toilette élégante dans un appartement bien meublé, et, quant aux qualités corporelles, ne détestait pas le *morceau*[1].

Léon contemplait la pendule avec désespoir. L'apothicaire buvait, mangeait, parlait.

– Vous devez être, dit-il tout à coup, bien privé à Rouen. Du reste, vos amours ne logent pas loin.

Et, comme l'autre rougissait :

– Allons, soyez franc ! Nierez-vous qu'à Yonville… ?

Le jeune homme balbutia.

– Chez madame Bovary, vous ne courtisiez point… ?

– Et qui donc ?

– La bonne !

Il ne plaisantait pas ; mais, la vanité l'emportant sur toute prudence, Léon, malgré lui, se récria. D'ailleurs, il n'aimait que les femmes brunes.

– Je vous approuve, dit le pharmacien ; elles ont plus de tempérament.

Et se penchant à l'oreille de son ami, il indiqua les symptômes auxquels on reconnaissait qu'une femme avait du tempérament. Il se lança même dans une digression ethnographique : l'Allemande était vaporeuse, la Française libertine, l'Italienne passionnée.

– Et les négresses ? demanda le clerc.

– C'est un goût d'artiste, dit Homais. – Garçon ! deux demi-tasses !

– Partons-nous ? reprit à la fin Léon s'impatientant.

– Yes.

---

1. *Morceau :* femme bien en chair.

Troisième partie

1580   Mais il voulut, avant de s'en aller, voir le maître de l'établissement et lui adressa quelques félicitations.

Alors le jeune homme, pour être seul, allégua qu'il avait affaire.

– Ah ! je vous escorte ! dit Homais.

Et, tout en descendant les rues avec lui, il parlait de sa femme, de
1585 ses enfants, de leur avenir et de sa pharmacie, racontait en quelle décadence elle était autrefois, et le point de perfection où il l'avait montée.

Arrivé devant l'hôtel de *Boulogne*, Léon le quitta brusquement, escalada l'escalier, et trouva sa maîtresse en grand émoi.

1590   Au nom du pharmacien, elle s'emporta. Cependant, il accumulait de bonnes raisons ; ce n'était pas sa faute, ne connaissait-elle pas M. Homais ? pouvait-elle croire qu'il préférât sa compagnie ? Mais elle se détournait ; il la retint ; et, s'affaissant sur les genoux, il lui entoura la taille de ses deux bras, dans une pose langoureuse toute
1595 pleine de concupiscence et de supplication.

Elle était debout ; ses grands yeux enflammés le regardaient sérieusement et presque d'une façon terrible. Puis des larmes les obscurcirent, ses paupières roses s'abaissèrent, elle abandonna ses mains, et Léon les portait à sa bouche lorsque parut un domestique,
1600 avertissant Monsieur qu'on le demandait.

– Tu vas revenir ? dit-elle.

– Oui.

– Mais quand ?

– Tout à l'heure.

1605   – C'est un *truc*, dit le pharmacien en apercevant Léon. J'ai voulu interrompre cette visite qui me paraissait vous contrarier. Allons chez Bridoux prendre un verre de garus[1].

Léon jura qu'il lui fallait retourner à son étude. Alors l'apothicaire fit des plaisanteries sur les paperasses, la procédure.

1610   – Laissez donc un peu Cujas et Bartole[2], que diable ! Qui vous empêche ? Soyez un brave ! Allons chez Bridoux ; vous verrez son chien. C'est très curieux !

Et comme le clerc s'obstinait toujours :

– J'y vais aussi. Je lirai un journal en vous attendant, ou je feuilletterai
1615 un Code.

---

1. **Garus :** élixir employé contre les maux d'estomac.
2. **Cujas et Bartole :** célèbres juristes, respectivement du xvie et du xive siècle.

Léon, étourdi par la colère d'Emma, le bavardage de M. Homais et peut-être les pesanteurs du déjeuner, restait indécis et comme sous la fascination du pharmacien qui répétait :

– Allons chez Bridoux ! c'est à deux pas, rue Malpalu.

Alors, par lâcheté, par bêtise, par cet inqualifiable sentiment qui nous entraîne aux actions les plus antipathiques, il se laissa conduire chez Bridoux ; et ils le trouvèrent dans sa petite cour, surveillant trois garçons qui haletaient à tourner la grande roue d'une machine pour faire de l'eau de Seltz... Homais leur donna des conseils ; il embrassa Bridoux ; on prit le garus. Vingt fois Léon voulut s'en aller ; mais l'autre l'arrêtait par le bras en lui disant :

– Tout à l'heure ! je sors. Nous irons au *Fanal de Rouen*, voir ces messieurs. Je vous présenterai à Thomassin.

Il s'en débarrassa pourtant et courut d'un bond jusqu'à l'hôtel. Emma n'y était plus.

Elle venait de partir, exaspérée. Elle le détestait maintenant. Ce manque de parole au rendez-vous lui semblait un outrage, et elle cherchait encore d'autres raisons pour s'en détacher : il était incapable d'héroïsme, faible, banal, plus mou qu'une femme, avare d'ailleurs et pusillanime.

Puis, se calmant, elle finit par découvrir qu'elle l'avait sans doute calomnié. Mais le dénigrement de ceux que nous aimons toujours nous en détache quelque peu. Il ne faut pas toucher aux idoles : la dorure en reste aux mains.

Ils en vinrent à parler plus souvent de choses indifférentes à leur amour ; et, dans les lettres qu'Emma lui envoyait, il était question de fleurs, de vers, de la lune et des étoiles, ressources naïves d'une passion affaiblie, qui essayait de s'aviver à tous les secours extérieurs. Elle se promettait continuellement, pour son prochain voyage, une félicité profonde ; puis elle s'avouait ne rien sentir d'extraordinaire. Cette déception s'effaçait vite sous un espoir nouveau, et Emma revenait à lui plus enflammée, plus avide. Elle se déshabillait brutalement, arrachant le lacet mince de son corset, qui sifflait autour de ses hanches comme une couleuvre qui glisse. Elle allait sur la pointe de ses pieds nus regarder encore une fois si la porte était fermée, puis elle faisait d'un seul geste tomber ensemble tous ses vêtements ; – et, pâle, sans parler, sérieuse, elle s'abattait contre sa poitrine, avec un long frisson.

Cependant, il y avait sur ce front couvert de gouttes froides, sur ces lèvres balbutiantes, dans ces prunelles égarées, dans l'étreinte de ces bras, quelque chose d'extrême, de vague et de lugubre, qui semblait à Léon se glisser entre eux, subtilement, comme pour les séparer.

Troisième partie

Il n'osait lui faire des questions ; mais, la discernant si expérimentée, elle avait dû passer, se disait-il, par toutes les épreuves de la souffrance et du plaisir. Ce qui le charmait autrefois l'effrayait un peu maintenant. D'ailleurs, il se révoltait contre l'absorption, chaque jour plus grande, de sa personnalité. Il en voulait à Emma de cette victoire permanente. Il s'efforçait même à ne pas la chérir ; puis, au craquement de ses bottines, il se sentait lâche, comme les ivrognes à la vue des liqueurs fortes.

Elle ne manquait point, il est vrai, de lui prodiguer toute sorte d'attentions, depuis les recherches de table jusqu'aux coquetteries du costume et aux langueurs du regard. Elle apportait d'Yonville des roses dans son sein, qu'elle lui jetait à la figure, montrait des inquiétudes pour sa santé, lui donnait des conseils sur sa conduite ; et, afin de le retenir davantage, espérant que le ciel peut-être s'en mêlerait, elle lui passa autour du cou une médaille de la Vierge. Elle s'informait, comme une mère vertueuse, de ses camarades. Elle lui disait :

– Ne les vois pas, ne sors pas, ne pense qu'à nous ; aime-moi !

Elle aurait voulu pouvoir surveiller sa vie, et l'idée lui vint de le faire suivre dans les rues. Il y avait toujours, près de l'hôtel, une sorte de vagabond qui accostait les voyageurs et qui ne refuserait pas... Mais sa fierté se révolta.

– Eh ! tant pis ! qu'il me trompe, que m'importe ! est-ce que j'y tiens ?

Un jour qu'ils s'étaient quittés de bonne heure, et qu'elle s'en revenait seule par le boulevard, elle aperçut les murs de son couvent ; alors elle s'assit sur un banc, à l'ombre des ormes. Quel calme dans ce temps-là ! comme elle enviait les ineffables sentiments d'amour qu'elle tâchait, d'après des livres, de se figurer !

Les premiers mois de son mariage, ses promenades à cheval dans la forêt, le Vicomte qui valsait, et Lagardy chantant, tout repassa devant ses yeux... Et Léon lui parut soudain dans le même éloignement que les autres.

– Je l'aime pourtant ! se disait-elle.

N'importe ! elle n'était pas heureuse, ne l'avait jamais été. D'où venait donc cette insuffisance de la vie, cette pourriture instantanée des choses où elle s'appuyait ?... Mais, s'il y avait quelque part un être fort et beau, une nature valeureuse, pleine à la fois d'exaltation et de raffinements, un cœur de poète sous une forme d'ange, lyre aux cordes d'airain, sonnant vers le ciel des épithalames[1] élégiaques, pourquoi, par hasard, ne le trouverait-elle pas ? Oh ! quelle impossibilité !

---

1. **Épithalames :** poème en l'honneur de nouveaux mariés.

Rien, d'ailleurs, ne valait la, peine d'une recherche ; tout mentait ! Chaque sourire cachait un bâillement d'ennui, chaque joie une malédiction, tout plaisir son dégoût, et les meilleurs baisers ne vous laissaient sur la lèvre qu'une irréalisable envie d'une volupté plus haute.

Un râle métallique se traîna dans les airs et, quatre coups se firent entendre à la cloche du couvent. Quatre heures ! et il lui semblait qu'elle était là, sur ce banc, depuis l'éternité. Mais un infini de passions peut tenir dans une minute, comme une foule dans un petit espace.

Emma vivait tout occupée des siennes, et ne s'inquiétait pas plus de l'argent qu'une archiduchesse.

Une fois pourtant, un homme d'allure chétive, rubicond et chauve, entra chez elle, se déclarant envoyé par M. Vinçart, de Rouen. Il retira les épingles qui fermaient la poche latérale de sa longue redingote verte, les piqua sur sa manche et tendit poliment un papier.

C'était un billet de sept cents francs, souscrit par elle, et que Lheureux, malgré toutes ses protestations, avait passé à l'ordre de Vinçart.

Elle expédia chez lui sa domestique. Il ne pouvait venir.

Alors, l'inconnu, qui était resté debout, lançant de droite et de gauche des regards curieux que dissimulaient ses gros sourcils blonds, demanda d'un air naïf :

– Quelle réponse apporter à M. Vinçart ?

– Eh bien, répondit Emma, dites-lui… que je n'en ai pas… Ce sera la semaine prochaine… Qu'il attende… oui, la semaine prochaine.

Et le bonhomme s'en alla sans souffler mot.

Mais, le lendemain, à midi, elle reçut un protêt[1] ; et la vue du papier timbré, où s'étalait à plusieurs reprises et en gros caractères : « Maître Hareng, huissier à Buchy », l'effraya si fort, qu'elle courut en toute hâte chez le marchand d'étoffes.

Elle le trouva dans sa boutique, en train de ficeler un paquet.

– Serviteur ! dit-il, je suis à vous.

Lheureux n'en continua pas moins sa besogne, aidé par une jeune fille de treize ans environ, un peu bossue, et qui lui servait à la fois de commis et de cuisinière.

Puis, faisant claquer ses sabots sur les planches de la boutique, il monta devant Madame au premier étage, et l'introduisit dans un étroit cabinet, où un gros bureau en bois de sape[2] supportait quelques registres, défendus transversalement par une barre de fer cadenassée.

---

1. **Protêt :** acte officiel qui constate qu'une dette n'a pas été payée à la date prévue.
2. **Sape :** sapin.

Troisième partie

Contre le mur, sous des coupons d'indienne, on entrevoyait un coffre-fort, mais d'une telle dimension, qu'il devait contenir autre chose que des billets et de l'argent. M. Lheureux, en effet, prêtait sur gages, et c'est là qu'il avait mis la chaîne en or de madame Bovary, avec les boucles d'oreilles du pauvre père Tellier, qui, enfin contraint de vendre, avait acheté à Quincampoix un maigre fonds d'épicerie, où il se mourait de son catarrhe, au milieu de ses chandelles moins jaunes que sa figure.

Lheureux s'assit dans son large fauteuil de paille, en disant :

— Quoi de neuf ?

— Tenez.

Et elle lui montra le papier.

— Eh bien, qu'y puis-je ?

Alors, elle s'emporta, rappelant la parole qu'il avait donnée de ne pas faire circuler ses billets ; il en convenait.

— Mais j'ai été forcé moi-même, j'avais le couteau sur la gorge.

— Et que va-t-il arriver, maintenant ? reprit-elle.

— Oh ! c'est bien simple : un jugement du tribunal, et puis la saisie… ; *bernique* !

Emma se retenait pour ne pas le battre. Elle lui demanda doucement s'il n'y avait pas moyen de calmer M. Vinçart.

— Ah bien, oui ! calmer Vinçart ; vous ne le connaissez guère ; il est plus féroce qu'un Arabe.

Pourtant il fallait que M. Lheureux s'en mêlât.

— Écoutez donc ! il me semble que, jusqu'à présent, j'ai été assez bon pour vous.

Et, déployant un de ses registres :

— Tenez !

Puis, remontant la page avec son doigt :

— Voyons…, voyons… Le 3 août, deux cents francs… Au 17 juin, cent cinquante… 23 mars, quarante-six… En avril…

Il s'arrêta, comme craignant de faire quelque sottise.

— Et je ne dis rien des billets souscrits par Monsieur, un de sept cents francs, un autre de trois cents ! Quant à vos petits acomptes, aux intérêts, ça n'en finit pas, on s'y embrouille. Je ne m'en mêle plus !

Elle pleurait, elle l'appela même « son bon monsieur Lheureux ». Mais il se rejetait toujours sur ce « mâtin de Vinçart ». D'ailleurs, il n'avait pas un centime, personne à présent ne le payait, on lui mangeait la laine sur le dos[1], un pauvre boutiquier comme lui ne pouvait faire d'avances.

---

1. **On lui mangeait la laine sur le dos :** on l'exploitait.

770 Emma se taisait ; et M. Lheureux, qui mordillonnait les barbes d'une plume, sans doute s'inquiéta de son silence, car il reprit :

– Au moins, si un de ces jours j'avais quelques rentrées... Je pourrais...

– Du reste, dit-elle, dès que l'arriéré de Barneville...

– Comment ?...

775 Et, en apprenant que Langlois n'avait pas encore payé, il parut fort surpris. Puis, d'une voix mielleuse :

– Et nous convenons, dites-vous... ?

– Oh ! de ce que vous voudrez !

Alors, il ferma les yeux pour réfléchir, écrivit quelques chiffres, 780 et, déclarant qu'il aurait grand mal, que la chose était scabreuse et qu'il se *saignait*, il dicta quatre billets de deux cent cinquante francs, chacun, espacés les uns des autres à un mois d'échéance.

– Pourvu que Vinçart veuille m'entendre ! Du reste c'est convenu, je ne lanterne pas, je suis rond comme une pomme.

785 Ensuite il lui montra négligemment plusieurs marchandises nouvelles, mais dont pas une, dans son opinion, n'était digne de Madame.

– Quand je pense que voilà une robe à sept sous le mètre, et certifiée bon teint ! Ils gobent cela pourtant ! on ne leur conte pas ce qui en est, vous pensez bien, voulant par cet aveu de coquinerie envers 790 les autres la convaincre tout à fait de sa probité.

Puis il la rappela, pour lui montrer trois aunes de guipure qu'il avait trouvées dernièrement « dans une *vendue*[1] ».

– Est-ce beau ! disait Lheureux ; on s'en sert beaucoup maintenant, comme têtes de fauteuils, c'est le genre.

795 Et, plus prompt qu'un escamoteur, il enveloppa la guipure de papier bleu et la mit dans les mains d'Emma.

– Au moins, que je sache... ?

– Ah ! plus tard, reprit-il en lui tournant les talons.

Dès le soir, elle pressa Bovary d'écrire à sa mère pour qu'elle leur 800 envoyât bien vite tout l'arriéré de l'héritage. La belle-mère répondit n'avoir plus rien ; la liquidation était close, et il leur restait, outre Barneville, six cents livres de rente, qu'elle leur servirait exactement.

Alors Madame expédia des factures chez deux ou trois clients, et bientôt usa largement de ce moyen, qui lui réussissait. Elle avait tou-805 jours soin d'ajouter en post-scriptum : « N'en parlez pas à mon mari, vous savez comme il est fier... Excusez-moi... Votre servante... » Il y eut quelques réclamations ; elle les intercepta.

---

1. Une *vendue* : vente sur saisie.

Pour se faire de l'argent, elle se mit à vendre ses vieux gants, ses vieux chapeaux, la vieille ferraille ; et elle marchandait avec rapacité, – son sang de paysanne la poussant au gain. Puis, dans ses voyages à la ville, elle brocanterait des babioles, que M. Lheureux, à défaut d'autres, lui prendrait certainement. Elle s'acheta des plumes d'autruche, de la porcelaine chinoise et des bahuts ; elle empruntait à Félicité, à madame Lefrançois, à l'hôtelière de la *Croix rouge*, à tout le monde, n'importe où. Avec l'argent qu'elle reçut enfin de Barneville, elle paya deux billets ; les quinze cents autres francs s'écoulèrent. Elle s'engagea de nouveau, et toujours ainsi !

Parfois, il est vrai, elle tâchait de faire des calculs ; mais elle découvrait des choses si exorbitantes, qu'elle n'y pouvait croire. Alors elle recommençait, s'embrouillait vite, plantait tout là et n'y pensait plus.

La maison était bien triste, maintenant ! On en voyait sortir les fournisseurs avec des figures furieuses. Il y avait des mouchoirs traînant sur les fourneaux ; et la petite Berthe, au grand scandale de madame Homais, portait des bas percés. Si Charles, timidement, hasardait une observation, elle répondait avec brutalité que ce n'était point sa faute !

Pourquoi ces emportements ? Il expliquait tout par son ancienne maladie nerveuse ; et, se reprochant d'avoir pris pour des défauts ses infirmités, il s'accusait d'égoïsme, avait envie de courir l'embrasser.

– Oh ! non, se disait-il, je l'ennuierais !

Et il restait.

Après le dîner, il se promenait seul dans le jardin ; il prenait la petite Berthe sur ses genoux, et, déployant son journal de médecine, essayait de lui apprendre à lire. L'enfant, qui n'étudiait jamais, ne tardait pas à ouvrir de grands yeux tristes et se mettait à pleurer. Alors il la consolait ; il allait lui chercher de l'eau dans l'arrosoir pour faire des rivières sur le sable, ou cassait les branches des troènes pour planter des arbres dans les plates-bandes, ce qui gâtait peu le jardin ; tout encombré de longues herbes ; on devait tant de journées à Lestiboudois ! Puis l'enfant avait froid et demandait sa mère.

– Appelle ta bonne, disait Charles. Tu sais bien, ma petite, que ta maman ne veut pas qu'on la dérange.

L'automne commençait et déjà les feuilles tombaient, – comme il y a deux ans, lorsqu'elle était malade ! – Quand donc tout cela finira-t-il !... Et il continuait à marcher, les deux mains derrière le dos.

Madame était dans sa chambre. On n'y montait pas. Elle restait là tout le long du jour, engourdie, à peine vêtue, et, de temps à autre, faisant fumer des pastilles du sérail qu'elle avait achetées à Rouen,

dans la boutique d'un Algérien. Pour ne pas avoir la nuit auprès
1850 d'elle, cet homme étendu qui dormait, elle finit, à force de grimaces,
par le reléguer au second étage ; et elle lisait jusqu'au matin des
livres extravagants où il y avait des tableaux orgiaques avec des
situations sanglantes. Souvent une terreur la prenait, elle poussait
un cri, Charles accourait.

1855 – Ah ! va-t'en ! disait-elle.

Ou, d'autres fois, brûlée plus fort par cette flamme intime que
l'adultère avivait, haletante, émue, tout en désir, elle ouvrait sa
fenêtre, aspirait l'air froid, éparpillait au vent sa chevelure trop
lourde, et, regardant les étoiles, souhaitait des amours de prince. Elle
1860 pensait à lui, à Léon. Elle eût alors tout donné pour un seul de ces
rendez-vous, qui la rassasiaient.

C'était ses jours de gala. Elle les voulait splendides ! et, lorsqu'il
ne pouvait payer seul la dépense, elle complétait le surplus libérale-
ment, ce qui arrivait à peu près toutes les fois. Il essaya de lui faire
1865 comprendre qu'ils seraient aussi bien ailleurs, dans quelque hôtel
plus modeste ; mais elle trouva des objections.

Un jour, elle tira de son sac six petites cuillers en vermeil (c'était
le cadeau de noces du père Rouault), en le priant d'aller immédiatement porter cela, pour elle, au mont-de-piété ; et Léon obéit, bien
1870 que cette démarche lui déplût. Il avait peur de se compromettre.

Puis, en y réfléchissant, il trouva que sa maîtresse prenait des allures
étranges, et qu'on n'avait peut-être pas tort de vouloir l'en détacher.

En effet, quelqu'un avait envoyé à sa mère une longue lettre
anonyme, pour la prévenir qu'il *se perdait avec une femme mariée* ;
1875 et aussitôt la bonne dame, entrevoyant l'éternel épouvantail des
familles, c'est-à-dire la vague créature pernicieuse, la sirène, le mons-
tre, qui habite fantastiquement les profondeurs de l'amour, écrivit à
maître Dubocage son patron, lequel fut parfait dans cette affaire.
Il le tint durant trois quarts d'heure, voulant lui dessiller les yeux,
1880 l'avertir du gouffre. Une telle intrigue nuirait plus tard à son établissement. Il le supplia de rompre, et, s'il ne faisait ce sacrifice dans son
propre intérêt, qu'il le fît au moins pour lui, Dubocage !

Léon enfin avait juré de ne plus revoir Emma ; et il se reprochait
de n'avoir pas tenu sa parole, considérant tout ce que cette femme
1885 pourrait encore lui attirer d'embarras et de discours, sans compter les
plaisanteries de ses camarades, qui se débitaient le matin, autour du
poêle. D'ailleurs, il allait devenir premier clerc : c'était le moment d'être
sérieux. Aussi renonçait-il à la flûte, aux sentiments exaltés, à l'imagination ; – car tout bourgeois, dans l'échauffement de sa jeunesse, ne

1890 fût-ce qu'un jour, une minute, s'est cru capable d'immenses passions, de hautes entreprises. Le plus médiocre libertin a rêvé des sultanes ; chaque notaire porte en soi les débris d'un poète.

Il s'ennuyait maintenant lorsque Emma, tout à coup, sanglotait sur sa poitrine ; et son cœur, comme les gens qui ne peuvent endurer
1895 qu'une certaine dose de musique, s'assoupissait d'indifférence au vacarme d'un amour dont il ne distinguait plus les délicatesses.

Ils se connaissaient trop pour avoir ces ébahissements de la possession qui en centuplent la joie. Elle était aussi dégoûtée de lui qu'il était fatigué d'elle. Emma retrouvait dans l'adultère toutes les plati-
1900 tudes du mariage.

Mais comment pouvoir s'en débarrasser ? Puis, elle avait beau se sentir humiliée de la bassesse d'un tel bonheur, elle y tenait par habitude ou par corruption ; et, chaque jour, elle s'y acharnait davantage, tarissant toute félicité à la vouloir trop grande. Elle accusait Léon de
1905 ses espoirs déçus, comme s'il l'avait trahie ; et même elle souhaitait une catastrophe qui amenât leur séparation, puisqu'elle n'avait pas le courage de s'y décider.

Elle n'en continuait pas moins à lui écrire des lettres amoureuses, en vertu de cette idée, qu'une femme doit toujours écrire à son amant.

1910 Mais, en écrivant, elle percevait un autre homme, un fantôme fait de ses plus ardents souvenirs, de ses lectures les plus belles, de ses convoitises les plus fortes ; et il devenait à la fin si véritable, et accessible, qu'elle en palpitait émerveillée, sans pouvoir néanmoins le nettement imaginer, tant il se perdait, comme un dieu, sous l'abondance
1915 de ses attributs. Il habitait la contrée bleuâtre où les échelles de soie se balancent à des balcons, sous le souffle des fleurs, dans la clarté de la lune. Elle le sentait près d'elle, il allait venir et l'enlèverait tout entière dans un baiser. Ensuite elle retombait à plat, brisée ; car ces élans d'amour vague la fatiguaient plus que de grandes débauches.

1920 Elle éprouvait maintenant une courbature incessante et universelle. Souvent même, Emma recevait des assignations, du papier timbré qu'elle regardait à peine. Elle aurait voulu ne plus vivre, ou continuellement dormir.

Le jour de la mi-carême, elle ne rentra pas à Yonville ; elle alla le
1925 soir au bal masqué. Elle mit un pantalon de velours et des bas rouges, avec une perruque à catogan et un lampion sur l'oreille. Elle sauta toute la nuit au son furieux des trombones ; on faisait cercle autour d'elle ; et elle se trouva le matin sur le péristyle du théâtre parmi cinq ou six masques, débardeuses et matelots, des camarades de Léon, qui
1930 parlaient d'aller souper.

Les cafés d'alentour étaient pleins. Ils avisèrent sur le port un restaurant des plus médiocres, dont le maître leur ouvrit, au quatrième étage, une petite chambre.

Les hommes chuchotèrent dans un coin, sans doute se consultant sur la dépense. Il y avait un clerc, deux carabins et un commis : quelle société pour elle ! Quant aux femmes Emma s'aperçut vite, au timbre de leurs voix, qu'elles devaient être, presque toutes, du dernier rang. Elle eut peur alors, recula sa chaise et baissa les yeux.

Les autres se mirent à manger. Elle ne mangea pas ; elle avait le front en feu, des picotements aux paupières et un froid de glace à la peau. Elle sentait dans sa tête le plancher du bal, rebondissant encore sous la pulsation rythmique des mille pieds qui dansaient. Puis, l'odeur du punch avec la fumée des cigares l'étourdit. Elle s'évanouissait ; on la porta devant la fenêtre.

Le jour commençait à se lever, et une grande tache de couleur pourpre s'élargissait dans le ciel pâle, du côté de Sainte-Catherine. La rivière livide frissonnait au vent ; il n'y avait personne sur les ponts ; les réverbères s'éteignaient.

Elle se ranima cependant, et vint à penser à Berthe, qui dormait là-bas, dans la chambre de sa bonne. Mais une charrette pleine de longs rubans de fer passa, en jetant contre le mur des maisons une vibration métallique assourdissante.

Elle s'esquiva brusquement, se débarrassa de son costume, dit à Léon qu'il lui fallait s'en retourner, et enfin resta seule à l'hôtel de *Boulogne*. Tout et elle-même lui étaient insupportables. Elle aurait voulu, s'échappant comme un oiseau, aller se rajeunir quelque part, bien loin, dans les espaces immaculés.

Elle sortit, elle traversa le boulevard, la place Cauchoise et le faubourg, jusqu'à une rue découverte qui dominait des jardins. Elle marchait vite, le grand air la calmait : et peu à peu les figures de la foule, les masques, les quadrilles, les lustres, le souper, ces femmes, tout disparaissait comme des brumes emportées. Puis, revenue à la *Croix rouge*, elle se jeta sur son lit, dans la petite chambre du second, où il y avait les images de *la Tour de Nesle*[1]. À quatre heures du soir, Hivert la réveilla.

En rentrant chez elle, Félicité lui montra derrière la pendule un papier gris. Elle lut :

« En vertu de la grosse[2], en forme exécutoire d'un jugement... »

---

1. *La Tour de Nesle :* drame romantique de Dumas.
2. **Grosse :** acte notarié ou compte rendu de jugement, écrit en caractère plus gros que la « minute ».

Troisième partie

Quel jugement ? La veille, en effet, on avait apporté un autre papier qu'elle ne connaissait pas ; aussi fut-elle stupéfaite de ces mots :

1970 « Commandement de par le roi, la loi et justice, à madame Bovary... »

Alors, sautant plusieurs lignes, elle aperçut :

« Dans vingt-quatre heures pour tout délai. » – Quoi donc ? « Payer la somme totale de huit mille francs. » Et même il y avait plus bas : « Elle y sera contrainte par toute voie de droit, et notamment par la

1975 saisie exécutoire de ses meubles et effets. »

Que faire ?... C'était dans vingt-quatre heures ; demain ! Lheureux, pensa-t-elle, voulait sans doute l'effrayer encore ; car elle devina du coup toutes ses manœuvres, le but de ses complaisances. Ce qui la rassurait, c'était l'exagération même de la somme.

1980 Cependant, à force d'acheter, de ne pas payer, d'emprunter, de souscrire des billets, puis de renouveler ces billets, qui s'enflaient à chaque échéance nouvelle, elle avait fini par préparer au sieur Lheureux un capital, qu'il attendait impatiemment pour ses spéculations.

Elle se présenta chez lui d'un air dégagé.

1985 – Vous savez ce qui m'arrive ? C'est une plaisanterie sans doute !

– Non.

– Comment cela ?

Il se détourna lentement, et lui dit en se croisant les bras :

– Pensiez-vous, ma petite dame, que j'allais, jusqu'à la consommation

1990 des siècles, être votre fournisseur et banquier pour l'amour de Dieu ? Il faut bien que je rentre dans mes déboursés, soyons justes !

Elle se récria sur la dette.

– Ah ! tant pis ! le tribunal l'a reconnue ! il y a jugement ! on vous l'a signifié ! D'ailleurs, ce n'est pas moi, c'est Vinçart.

1995 – Est-ce que vous ne pourriez... ?

– Oh ! rien du tout.

– Mais..., cependant..., raisonnons.

Et elle battit la campagne[1] ; elle n'avait rien su... c'était une surprise...

– À qui la faute ? dit Lheureux en la saluant ironiquement. Tandis que je

2000 suis, moi, à bûcher comme un nègre, vous vous repassez du bon temps.

– Ah ! pas de morale !

– Ça ne nuit jamais, répliqua-t-il.

Elle fut lâche, elle le supplia ; et même elle appuya sa jolie main blanche et longue, sur les genoux du marchand.

2005 – Laissez-moi donc ! On dirait que vous voulez me séduire !

---

1. **Elle battit la campagne :** elle divagua.

– Vous êtes un misérable ! s'écria-t-elle.

– Oh ! oh ! comme vous y allez ! reprit-il en riant.

– Je ferai savoir qui vous êtes. Je dirai à mon mari...

– Eh bien, moi, je lui montrerai quelque chose, à votre mari !

Et Lheureux tira de son coffre-fort le reçu de dix-huit cents francs, qu'elle lui avait donné lors de l'escompte Vinçart.

– Croyez-vous, ajouta-t-il, qu'il ne comprenne pas votre petit vol, ce pauvre cher homme ?

Elle s'affaissa, plus assommée qu'elle n'eût été par un coup de massue.

Il se promenait depuis la fenêtre jusqu'au bureau, tout en répétant :

– Ah ! je lui montrerai bien... je lui montrerai bien...

Ensuite il se rapprocha d'elle, et, d'une voix douce :

– Ce n'est pas amusant, je le sais ; personne, après tout n'en est mort, et, puisque c'est le seul moyen qui vous reste de me rendre mon argent...

– Mais où en trouverai-je ? dit Emma en se tordant les bras.

– Ah bah ! quand on a comme vous des amis !

Et il la regardait d'une façon si perspicace et si terrible, qu'elle en frissonna jusqu'aux entrailles.

– Je vous promets, dit-elle, je signerai...

– J'en ai assez, de vos signatures !

– Je vendrai encore...

– Allons donc ! fit-il en haussant les épaules, vous n'avez plus rien.

Et il cria dans le judas qui s'ouvrait sur la boutique :

– Annette ! n'oublie pas les trois coupons du n° 14.

La servante parut ; Emma comprit, et demanda « ce qu'il faudrait d'argent pour arrêter toutes les poursuites ».

– Il est trop tard !

– Mais si je vous apportais plusieurs mille francs, le quart de la somme, le tiers, presque tout ?

– Eh ! non, c'est inutile !

Il la poussait doucement vers l'escalier.

– Je vous en conjure, monsieur Lheureux, quelques jours encore !

Elle sanglotait.

– Allons, bon ! des larmes !

– Vous me désespérez !

– Je m'en moque pas mal ! dit-il en refermant la porte.

VII

ELLE FUT stoïque, le lendemain, lorsque maître Hareng, l'huissier, avec deux témoins, se présenta chez elle pour faire le procès-verbal de la saisie.

Ils commencèrent par le cabinet de Bovary et n'inscrivirent point la tête phrénologique, qui fut considérée comme *instrument de sa profession* ; mais ils comptèrent dans la cuisine les plats, les marmites, les chaises, les flambeaux, et, dans sa chambre à coucher, toutes les babioles de l'étagère. Ils examinèrent ses robes, le linge, le cabinet de toilette ; et son existence, jusque dans ses recoins les plus intimes, fut, comme un cadavre que l'on autopsie, étalée tout du long aux regards de ces trois hommes.

Maître Hareng, boutonné dans un mince habit noir, en cravate blanche, et portant des sous-pieds fort tendus, répétait de temps à autre :

– Vous permettez, madame ? vous permettez ?

Souvent il faisait des exclamations :

– Charmant !... fort joli !

Puis il se remettait à écrire, trempant sa plume dans l'encrier de corne qu'il tenait de la main gauche.

Quand ils en eurent fini avec les appartements, ils montèrent au grenier.

Elle y gardait un pupitre où étaient enfermées les lettres de Rodolphe. Il fallut l'ouvrir.

– Ah ! une correspondance ! dit maître Hareng avec un sourire discret. Mais permettez ! car je dois m'assurer si la boîte ne contient pas autre chose.

Et il inclina les papiers, légèrement, comme pour en faire tomber des napoléons. Alors l'indignation la prit, à voir cette grosse main, aux doigts rouges et mous comme des limaces, qui se posait sur ces pages où son cœur avait battu.

Ils partirent enfin ! Félicité rentra. Elle l'avait envoyée aux aguets pour détourner Bovary ; et elles installèrent vivement sous les toits le gardien de la saisie, qui jura de s'y tenir.

Charles, pendant la soirée, lui parut soucieux. Emma l'épiait d'un regard plein d'angoisse, croyant apercevoir dans les rides de son visage des accusations. Puis, quand ses yeux se reportaient sur la cheminée garnie d'écrans chinois, sur les larges rideaux, sur les

2080 fauteuils, sur toutes ces choses enfin qui avaient adouci l'amertume de sa vie, un remords la prenait, ou plutôt un regret immense et qui irritait la passion, loin de l'anéantir. Charles tisonnait avec placidité, les deux pieds sur les chenets.

Il y eut un moment où le gardien, sans doute s'ennuyant dans sa
2085 cachette, fit un peu de bruit.

– On marche là-haut ? dit Charles.

– Non ! reprit-elle, c'est une lucarne restée ouverte que le vent remue.

Elle partit pour Rouen, le lendemain dimanche, afin d'aller chez tous les banquiers dont elle connaissait le nom. Ils étaient à la cam-
2090 pagne ou en voyage. Elle ne se rebuta pas ; et ceux qu'elle put rencontrer, elle leur demandait de l'argent, protestant qu'il lui en fallait, qu'elle le rendrait. Quelques-uns lui rirent au nez ; tous la refusèrent.

À deux heures, elle courut chez Léon, frappa contre sa porte. On n'ouvrit pas. Enfin il parut.
2095 – Qui t'amène ?

– Cela te dérange ?

– Non..., mais...

Et il avoua que le propriétaire n'aimait point que l'on reçût « des femmes ».
2100 – J'ai à te parler, reprit-elle.

Alors il atteignit sa clef. Elle l'arrêta.

– Oh ! non, là-bas, chez nous.

Et ils allèrent dans leur chambre, à l'hôtel de *Boulogne*.

Elle but en arrivant un grand verre d'eau. Elle était très pâle. Elle
2105 lui dit :

– Léon, tu vas me rendre un service.

Et, le secouant par ses deux mains, qu'elle serrait étroitement, elle ajouta :

– Écoute, j'ai besoin de huit mille francs !
2110 – Mais tu es folle !

– Pas encore !

Et, aussitôt, racontant l'histoire de la saisie, elle lui exposa sa détresse ; car Charles ignorait tout, sa belle-mère la détestait, le père Rouault ne pouvait rien ; mais lui, Léon, il allait se mettre en course
2115 pour trouver cette indispensable somme...

– Comment veux-tu... ?

– Quel lâche tu fais ! s'écria-t-elle.

Alors il dit bêtement :

– Tu t'exagères le mal. Peut-être qu'avec un millier d'écus ton bon-
2120 homme se calmerait.

Troisième partie

Raison de plus pour tenter quelque démarche ; il n'était pas possible que l'on ne découvrît point trois mille francs. D'ailleurs, Léon pouvait s'engager à sa place.

– Va ! essaye ! il le faut ! cours !... Oh ! tâche ! tâche ! je t'aimerai bien !

Il sortit, revint au bout d'une heure, et dit avec une figure solennelle :

– J'ai été chez trois personnes... inutilement !

Puis ils restèrent assis l'un en face de l'autre, aux deux coins de la cheminée, immobiles, sans parler. Emma haussait les épaules, tout en trépignant. Il l'entendit qui murmurait :

– Si j'étais à ta place, moi, j'en trouverais bien !

– Où donc ?

– À ton étude !

Et elle le regarda.

Une hardiesse infernale s'échappait de ses prunelles enflammées, et les paupières se rapprochaient d'une façon lascive et encourageante ; – si bien que le jeune homme se sentit faiblir sous la muette volonté de cette femme qui lui conseillait un crime. Alors il eut peur, et pour éviter tout éclaircissement, il se frappa le front en s'écriant :

– Morel doit revenir cette nuit ! il ne me refusera pas, j'espère (c'était un de ses amis, le fils d'un négociant fort riche), et je t'apporterai cela demain, ajouta-t-il.

Emma n'eut point l'air d'accueillir cet espoir avec autant de joie qu'il l'avait imaginé. Soupçonnait-elle le mensonge ? Il reprit en rougissant :

– Pourtant, si tu ne me voyais pas à trois heures, ne m'attends plus, ma chérie. Il faut que je m'en aille, excuse-moi. Adieu !

Il serra sa main, mais il la sentit tout inerte. Emma n'avait plus la force d'aucun sentiment.

Quatre heures sonnèrent ; et elle se leva pour s'en retourner à Yonville, obéissant comme un automate à l'impulsion des habitudes.

Il faisait beau ; c'était un de ces jours du mois de mars clairs et âpres, où le soleil reluit dans un ciel tout blanc. Des Rouennais endimanchés se promenaient d'un air heureux. Elle arriva sur la place du Parvis. On sortait des vêpres ; la foule s'écoulait par les trois portails, comme un fleuve par les trois arches d'un pont, et, au milieu, plus immobile qu'un roc, se tenait le suisse.

Alors elle se rappela ce jour où, tout anxieuse et pleine d'espérances, elle était entrée sous cette grande nef qui s'étendait devant elle moins profonde que son amour ; et elle continua de marcher, en pleurant sous son voile, étourdie, chancelante, près de défaillir.

– Gare ! cria une voix sortant d'une porte cochère qui s'ouvrait.

Elle s'arrêta pour laisser passer un cheval noir, piaffant dans les brancards d'un tilbury que conduisait un gentleman en fourrure de zibeline[1]. Qui était-ce donc ? Elle le connaissait... La voiture s'élança et disparut.

Mais c'était lui, le Vicomte ! Elle se détourna : la rue était déserte. Et elle fut si accablée, si triste, qu'elle s'appuya contre un mur pour ne pas tomber.

Puis elle pensa qu'elle s'était trompée. Au reste, elle n'en savait rien. Tout, en elle-même et au dehors, l'abandonnait. Elle se sentait perdue, roulant au hasard dans des abîmes indéfinissables ; et ce fut presque avec joie qu'elle aperçut, en arrivant à la *Croix rouge*, ce bon Homais qui regardait charger sur *l'Hirondelle* une grande boîte pleine de provisions pharmaceutiques. Il tenait à sa main, dans un foulard, six *cheminots* pour son épouse.

Madame Homais aimait beaucoup ces petits pains lourds, en forme de turban, que l'on mange dans le carême avec du beurre salé : dernier échantillon des nourritures gothiques, qui remonte peut-être au siècle des croisades, et dont les robustes Normands s'emplissaient autrefois, croyant voir sur la table, à la lueur des torches jaunes, entre les brocs d'hypocras[2] et les gigantesques charcuteries, des têtes de Sarrasins à dévorer. La femme de l'apothicaire les croquait comme eux, héroï-quement, malgré sa détestable dentition ; aussi, toutes les fois que M. Homais faisait un voyage à la ville, il ne manquait pas de lui en rap-porter, qu'il prenait toujours chez le grand faiseur, rue Massacre.

— Charmé de vous voir ! dit-il en offrant la main à Emma pour l'aider à monter dans *l'Hirondelle*.

Puis il suspendit les *cheminots* aux lanières du filet, et resta nu-tête et les bras croisés, dans une attitude pensive et napoléonienne.

Mais, quand l'Aveugle, comme d'habitude, apparut au bas de la côte, il s'écria :

— Je ne comprends pas que l'autorité tolère encore de si coupables industries ! On devrait enfermer ces malheureux, que l'on forcerait à quelque travail ! Le Progrès, ma parole d'honneur, marche à pas de tortue ! nous pataugeons en pleine barbarie !

L'Aveugle tendait son chapeau, qui ballottait au bord de la por-tière, comme une poche de la tapisserie déclouée.

— Voilà, dit le pharmacien, une affection scrofuleuse !

---

1. **Zibeline :** fourrure très précieuse.
2. **Hypocras :** vin mélangé d'épices, boisson médiévale.

Troisième partie

Et, bien qu'il connût ce pauvre diable, il feignit de le voir pour la
première fois, murmura les mots de *cornée, cornée opaque, sclérotique*[1],
facies, puis lui demanda d'un ton paterne :

– Y a-t-il longtemps, mon ami, que tu as cette épouvantable infirmité ?
Au lieu de t'enivrer au cabaret, tu ferais mieux de suivre un régime.

Il l'engageait à prendre de bon vin, de bonne bière, de bons rôtis.
L'Aveugle continuait sa chanson ; il paraissait, d'ailleurs, presque
idiot. Enfin, M. Homais ouvrit sa bourse.

– Tiens, voilà un sou, rends-moi deux liards ; et n'oublie pas mes recommandations, tu t'en trouveras bien.

Hivert se permit tout haut quelque doute sur leur efficacité. Mais
l'apothicaire certifia qu'il le guérirait lui-même, avec une pommade
antiphlogistique[2] de sa composition, et il donna son adresse :

– M. Homais, près des halles, suffisamment connu.

– Eh bien, pour la peine, dit Hivert, tu vas nous *montrer la comédie.*

L'Aveugle s'affaissa sur ses jarrets, et, la tête renversée, tout en roulant
ses yeux verdâtres et tirant la langue, il se frottait l'estomac à deux mains,
tandis qu'il poussait une sorte de hurlement sourd, comme un chien
affamé. Emma, prise de dégoût, lui envoya, par-dessus l'épaule, une pièce
de cinq francs. C'était toute sa fortune. Il lui semblait beau de la jeter ainsi.

La voiture était repartie, quand soudain M. Homais se pencha en
dehors du vasistas et cria :

– Pas de farineux ni de laitage ! Porter de la laine sur la peau et
exposer les parties malades à la fumée de baies de genièvre !

Le spectacle des objets connus qui défilaient devant ses yeux peu à
peu détournait Emma de sa douleur présente. Une intolérable fatigue
l'accablait, et elle arriva chez elle hébétée, découragée, presque endormie.

– Advienne que pourra ! se disait-elle.

Et puis, qui sait ? pourquoi, d'un moment à l'autre, ne surgirait-il
pas un événement extraordinaire ? L'heureux même pouvait mourir.

Elle fut, à neuf heures du matin, réveillée par un bruit de voix sur la
place. Il y avait un attroupement autour des halles pour lire une grande
affiche collée contre un des poteaux, et elle vit Justin qui montait sur
une borne et qui déchirait l'affiche. Mais, à ce moment, le garde champêtre lui posa la main sur le collet. M. Homais sortit de la pharmacie, et
la mère Lefrançois, au milieu de la foule, avait l'air de pérorer.

– Madame ! madame ! s'écria Félicité en entrant, c'est une abomination !

---

1. *Cornée, cornée opaque, sclérotique :* diverses parties de l'œil.
2. **Antiphlogistique :** anti-inflammatoire.

Et la pauvre fille, émue, lui tendit un papier jaune qu'elle venait d'arracher à la porte. Emma lut d'un clin d'œil que tout son mobilier était à vendre.

Alors elles se considérèrent silencieusement. Elles n'avaient, la servante et la maîtresse, aucun secret l'une pour l'autre. Enfin Félicité soupira :

– Si j'étais de vous, madame, j'irais chez M. Guillaumin.

– Tu crois ?...

Et cette interrogation voulait dire :

– Toi qui connais la maison par le domestique, est-ce que le maître quelquefois aurait parlé de moi ?

– Oui, allez-y, vous ferez bien.

Elle s'habilla, mit sa robe noire avec sa capote à grains de jais[1] ; et, pour qu'on ne la vît pas (il y avait toujours beaucoup de monde sur la place), elle prit en dehors du village, par le sentier au bord de l'eau.

Elle arriva tout essoufflée devant la grille du notaire ; le ciel était sombre et un peu de neige tombait.

Au bruit de la sonnette, Théodore, en gilet rouge, parut sur le perron ; il vint lui ouvrir presque familièrement, comme à une connaissance, et l'introduisit dans la salle à manger.

Un large poêle de porcelaine bourdonnait sous un cactus qui emplissait la niche, et, dans des cadres de bois noir, contre la tenture de papier chêne, il y avait la Esméralda de Steuben[2], avec la Putiphar de Schopin[3]. La table servie, deux réchauds d'argent, le bouton des portes en cristal, le parquet et les meubles, tout reluisait d'une propreté méticuleuse, anglaise ; les carreaux étaient décorés, à chaque angle, par des verres de couleur.

– Voilà une salle à manger, pensait Emma, comme il m'en faudrait une.

Le notaire entra, serrant du bras gauche contre son corps sa robe de chambre à palmes, tandis qu'il ôtait et remettait vite de l'autre main sa toque de velours marron, prétentieusement posée sur le côté droit, où retombaient les bouts de trois mèches blondes qui, prises à l'occiput, contournaient son crâne chauve.

---

1. **Jais :** petites pierres noires, utilisées pour orner des vêtements élégants.
2. **La Esméralda de Steuben (1788-1856) :** Charles de Steuben (1788-1856) est un peintre d'histoire russe, qui exposa régulièrement au Salon à Paris, de 1812 à 1843. Esméralda est l'héroïne du célèbre roman de Hugo, *Notre-Dame de Paris*.
3. **La Putiphar de Schopin :** Frédéric Schopin (1804-1880) est un peintre relativement connu dans la première moitié du xixe siècle. La (femme de) Putiphar est un personnage de la Bible qui tente de séduire Joseph ; de dépit, elle le fait condamner par son mari.

Troisième partie

Après qu'il eut offert un siège, il s'assit pour déjeuner, tout en s'excusant beaucoup de l'impolitesse.

2270 — Monsieur, dit-elle, je vous prierais…
— De quoi, madame ? J'écoute.
Elle se mit à lui exposer sa situation.

Maître Guillaumin la connaissait, étant lié secrètement avec le marchand d'étoffes, chez lequel il trouvait toujours des capitaux
2275 pour les prêts hypothécaires qu'on lui demandait à contracter.

Donc, il savait (et mieux qu'elle) la longue histoire de ces billets, minimes d'abord, portant comme endosseurs des noms divers, espacés à de longues échéances et renouvelés continuellement, jusqu'au jour où, ramassant tous les protêts, le marchand avait chargé son ami Vinçart
2280 de faire en son nom propre les poursuites qu'il fallait, ne voulant point passer pour un tigre parmi ses concitoyens.

Elle entremêla son récit de récriminations contre Lheureux, récriminations auxquelles le notaire répondait de temps à autre par une parole insignifiante. Mangeant sa côtelette et buvant son thé, il bais-
2285 sait le menton dans sa cravate bleu de ciel, piquée par deux épingles de diamants que rattachait une chaînette d'or ; et il souriait d'un singulier sourire, d'une façon douceâtre et ambiguë. Mais, s'apercevant qu'elle avait les pieds humides :
— Approchez-vous donc du poêle… plus haut…, contre la porcelaine.
2290 Elle avait peur de la salir. Le notaire reprit d'un ton galant :
— Les belles choses ne gâtent rien.

Alors elle tâcha de l'émouvoir, et, s'émotionnant elle-même, elle vint à lui conter l'étroitesse de son ménage, ses tiraillements, ses besoins. Il comprenait cela : une femme élégante ! et, sans s'interrompre de
2295 manger, il s'était tourné vers elle complètement, si bien qu'il frôlait du genou sa bottine, dont la semelle se recourbait tout en fumant contre le poêle.

Mais, lorsqu'elle lui demanda mille écus, il serra les lèvres, puis se déclara très peiné de n'avoir pas eu autrefois la direction de sa fortune, car il y avait cent moyens fort commodes, même pour une
2300 dame, de faire valoir son argent. On aurait pu, soit dans les tourbières de Grumesnil ou les terrains du Havre, hasarder presque à coup sûr d'excellentes spéculations ; et il la laissa se dévorer de rage à l'idée des sommes fantastiques qu'elle aurait certainement gagnées.
— D'où vient, reprit-il, que vous n'êtes pas venue chez moi ?
2305 — Je ne sais trop, dit-elle.
— Pourquoi, hein ?… Je vous faisais donc bien peur ? C'est moi, au contraire, qui devrais me plaindre ! À peine si nous nous connaissons ! Je vous suis pourtant très dévoué ; vous n'en doutez plus, j'espère ?

Il tendit sa main, prit la sienne, la couvrit d'un baiser vorace, puis
2310 la garda sur son genou ; et il jouait avec ses doigts délicatement,
tout en lui contant mille douceurs.

Sa voix fade susurrait, comme un ruisseau qui coule ; une étincelle jaillissait de sa pupille à travers le miroitement de ses lunettes,
et ses mains s'avançaient dans la manche d'Emma, pour lui palper le
2315 bras. Elle sentait contre sa joue le souffle d'une respiration haletante.
Cet homme la gênait horriblement.

Elle se leva d'un bond et lui dit :
— Monsieur, j'attends !
— Quoi donc ? fit le notaire, qui devint tout à coup extrêmement pâle.
2320 — Cet argent.
— Mais...

Puis, cédant à l'irruption d'un désir trop fort :
— Eh bien, oui !...

Il se traînait à genoux vers elle, sans égard pour sa robe de chambre.
2325 — De grâce, restez ! je vous aime !

Il la saisit par la taille.

Un flot de pourpre monta vite au visage de madame Bovary. Elle
se recula d'un air terrible, en s'écriant :
— Vous profitez impudemment de ma détresse, monsieur ! Je suis à
2330 plaindre, mais pas à vendre !

Et elle sortit.

Le notaire resta fort stupéfait, les yeux fixés sur ses belles pantoufles
en tapisserie. C'était un présent de l'amour. Cette vue à la fin le consola.
D'ailleurs, il songeait qu'une aventure pareille l'aurait entraîné trop loin.
2335 — Quel misérable ! quel goujat !... quelle infamie ! se disait-elle, en
fuyant d'un pied nerveux sous les trembles de la route. Le désappointement de l'insuccès renforçait l'indignation de sa pudeur outragée ;
il lui semblait que la Providence s'acharnait à la poursuivre, et, s'en
rehaussant d'orgueil, jamais elle n'avait eu tant d'estime pour elle-
2340 même ni tant de mépris pour les autres. Quelque chose de belliqueux
la transportait. Elle aurait voulu battre les hommes, leur cracher
au visage, les broyer tous ; et elle continuait à marcher rapidement
devant elle, pâle, frémissante, enragée, furetant d'un œil en pleurs
l'horizon vide, et comme se délectant à la haine qui l'étouffait.

2345 Quand elle aperçut sa maison, un engourdissement la saisit. Elle
ne pouvait avancer ; il le fallait cependant ; d'ailleurs, où fuir ?

Félicité l'attendait sur la porte.
— Eh bien ?
— Non ! dit Emma.

Troisième partie

²³⁵⁰ Et, pendant un quart d'heure, toutes les deux, elles avisèrent les différentes personnes d'Yonville disposées peut-être à la secourir. Mais, chaque fois que Félicité nommait quelqu'un, Emma répliquait :

– Est-ce possible ! Ils ne voudront pas !

– Et monsieur qui va rentrer !

²³⁵⁵ – Je le sais bien... Laisse-moi seule.

Elle avait tout tenté. Il n'y avait plus rien à faire maintenant ; et, quand Charles paraîtrait, elle allait donc lui dire :

– Retire-toi. Ce tapis où tu marches n'est plus à nous. De ta maison, tu n'as pas un meuble, une épingle, une paille, et c'est moi qui t'ai
²³⁶⁰ ruiné, pauvre homme !

Alors ce serait un grand sanglot, puis il pleurerait abondamment, et enfin, la surprise passée, il pardonnerait.

– Oui, murmurait-elle en grinçant des dents, il me pardonnera, lui qui n'aurait pas assez d'un million à m'offrir pour que je l'excuse de
²³⁶⁵ m'avoir connue... Jamais ! jamais !

Cette idée de la supériorité de Bovary sur elle l'exaspérait. Puis, qu'elle avouât ou n'avouât pas, tout à l'heure, tantôt, demain, il n'en saurait pas moins la catastrophe ; donc, il fallait attendre cette horrible scène et subir le poids de sa magnanimité. L'envie lui vint de retourner chez Lheureux :
²³⁷⁰ à quoi bon ? d'écrire à son père ; il était trop tard ; et peut-être qu'elle se repentait maintenant de n'avoir pas cédé à l'autre, lorsqu'elle entendit le trot d'un cheval dans l'allée. C'était lui, il ouvrait la barrière, il était plus blême que le mur de plâtre. Bondissant dans l'escalier, elle s'échappa vivement par la place ; et la femme du maire, qui causait devant l'église
²³⁷⁵ avec Lestiboudois, la vit entrer chez le percepteur.

Elle courut le dire à madame Caron. Ces deux dames montèrent dans le grenier ; et cachées par du linge étendu sur des perches, se postèrent commodément pour apercevoir tout l'intérieur de Binet.

Il était seul, dans sa mansarde, en train d'imiter, avec du bois, une de
²³⁸⁰ ces ivoireries indescriptibles, composées de croissants, de sphères creusées les unes dans les autres, le tout droit comme un obélisque et ne servant à rien ; et il entamait la dernière pièce, il touchait au but ! Dans le clair-obscur de l'atelier, la poussière blonde s'envolait de son outil, comme une aigrette d'étincelles sous les fers d'un cheval au galop ;
²³⁸⁵ les deux roues tournaient, ronflaient ; Binet souriait, le menton baissé, les narines ouvertes, et semblait enfin perdu dans un de ces bonheurs complets, n'appartenant sans doute qu'aux occupations médiocres, qui amusent l'intelligence par des difficultés faciles, et l'assouvissent en une réalisation au delà de laquelle il n'y a pas à rêver.

²³⁹⁰ – Ah ! la voici ! fit madame Tuvache.

Mais il n'était guère possible, à cause du tour, d'entendre ce qu'elle disait.

Enfin, ces dames crurent distinguer le mot *francs*, et la mère Tuvache souffla tout bas :

395 – Elle le prie, pour obtenir un retard à ses contributions.

– D'apparence ! reprit l'autre.

Elles la virent qui marchait de long en large, examinant contre les murs les ronds de serviette, les chandeliers, les pommes de rampe, tandis que Binet se caressait la barbe avec satisfaction.

400 – Viendrait-elle lui commander quelque chose ? dit madame Tuvache.

– Mais il ne vend rien ! objecta sa voisine.

Le percepteur avait l'air d'écouter, tout en écarquillant les yeux, comme s'il ne comprenait pas. Elle continuait d'une manière tendre, suppliante. Elle se rapprocha ; son sein haletait ; ils ne par-
405 laient plus.

– Est-ce qu'elle lui fait des avances ? dit madame Tuvache.

Binet était rouge jusqu'aux oreilles. Elle lui prit les mains.

– Ah ! c'est trop fort !

Et sans doute qu'elle lui proposait une abomination ; car le per-
410 cepteur, – il était brave pourtant, il avait combattu à Bautzen et à Lutzen[1], fait la campagne de France, et même été *porté pour la croix* ; – tout à coup, comme à la vue d'un serpent, se recula bien loin en s'écriant :

– Madame ! y pensez-vous ?...

415 – On devrait fouetter ces femmes-là ! dit madame Tuvache.

– Où est-elle donc ? reprit madame Caron.

Car elle avait disparu durant ces mots ; puis, l'apercevant qui enfi-
lait la Grande-Rue et tournait à droite comme pour gagner le cimetière, elles se perdirent en conjectures.

420 – Mère Rolet, dit-elle en arrivant chez la nourrice, j'étouffe !...
délacez-moi.

Elle tomba sur le lit ; elle sanglotait. La mère Rolet la couvrit d'un jupon et resta debout près d'elle. Puis, comme elle ne répondait pas, la bonne femme s'éloigna, prit son rouet et se mit à filer du lin.

425 – Oh ! finissez ! murmura-t-elle, croyant entendre le tour de Binet.

– Qui la gêne ? se demandait la nourrice. Pourquoi vient-elle ici ?

Elle y était accourue, poussée par une sorte d'épouvante qui la chassait de sa maison.

---

1. **À Bautzen et à Lutzen :** deux victoires napoléoniennes.

Troisième partie

Couchée sur le dos, immobile et les yeux fixes, elle discernait vaguement les objets, bien qu'elle y appliquât son attention avec une persistance idiote. Elle contemplait les écaillures de la muraille, deux tisons fumant bout à bout, et une longue araignée qui marchait au-dessus de sa tête, dans la fente de la poutrelle. Enfin, elle rassembla ses idées. Elle se souvenait... Un jour, avec Léon... Oh ! comme c'était loin... Le soleil brillait sur la rivière et les clématites embaumaient... Alors, emportée dans ses souvenirs comme dans un torrent qui bouillonne, elle arriva bientôt à se rappeler la journée de la veille.

– Quelle heure est-il ? demanda-t-elle.

La mère Rolet sortit, leva les doigts de sa main droite du côté que le ciel était le plus clair, et rentra lentement en disant :

– Trois heures, bientôt.

– Ah ! merci ! merci !

Car il allait venir. C'était sûr ! Il aurait trouvé de l'argent. Mais il irait peut-être là-bas, sans se douter qu'elle fût là ; et elle commanda à la nourrice de courir chez elle pour l'amener.

– Dépêchez-vous !

– Mais, ma chère dame, j'y vais ! j'y vais !

Elle s'étonnait, à présent, de n'avoir pas songé à lui tout d'abord ; hier, il avait donné sa parole, il n'y manquerait pas ; et elle se voyait déjà chez Lheureux, étalant sur son bureau les trois billets de banque. Puis il faudrait inventer une histoire qui expliquât les choses à Bovary. Laquelle ?

Cependant la nourrice était bien longue à revenir. Mais, comme il n'y avait point d'horloge dans la *Chaumière*, Emma craignait de s'exagérer peut-être la longueur du temps. Elle se mit à faire des tours de promenade dans le jardin, pas à pas ; elle alla dans le sentier le long de la haie, et s'en retourna vivement, espérant que la bonne femme serait rentrée par une autre route. Enfin, lasse d'attendre, assaillie de soupçons qu'elle repoussait, ne sachant plus si elle était là depuis un siècle ou une minute, elle s'assit dans un coin et ferma les yeux, se boucha les oreilles. La barrière grinça : elle fit un bond ; avant qu'elle eût parlé, la mère Rolet lui avait dit :

– Il n'y a personne chez vous !

– Comment ?

– Oh ! personne ! Et monsieur pleure. Il vous appelle. On vous cherche.

Emma ne répondit rien. Elle haletait, tout en roulant les yeux autour d'elle, tandis que la paysanne, effrayée de son visage, se reculait instinctivement, la croyant folle. Tout à coup elle se frappa

2470 le front, poussa un cri, car le souvenir de Rodolphe, comme un grand éclair dans une nuit sombre, lui avait passé dans l'âme. Il était si bon, si délicat, si généreux ! Et, d'ailleurs, s'il hésitait à lui rendre ce service, elle saurait bien l'y contraindre en rappelant d'un seul clin d'œil leur amour perdu. Elle partit donc vers la Huchette, sans
2475 s'apercevoir qu'elle courait s'offrir à ce qui l'avait tantôt si fort exaspérée, ni se douter le moins du monde de cette prostitution.

VIII

ELLE SE DEMANDAIT tout en marchant : « Que vais-je dire ? Par où commencerai-je ? » Et à mesure qu'elle avançait, elle reconnaissait les buissons, les arbres, les joncs marins sur la colline, le château là-bas.
2480 Elle se retrouvait dans les sensations de sa première tendresse, et son pauvre cœur comprimé s'y dilatait amoureusement. Un vent tiède lui soufflait au visage ; la neige, se fondant, tombait goutte à goutte des bourgeons sur l'herbe.

Elle entra, comme autrefois, par la petite porte du parc, puis arriva à la
2485 cour d'honneur, que bordait un double rang de tilleuls touffus. Ils balançaient, en sifflant, leurs longues branches. Les chiens au chenil aboyèrent tous, et l'éclat de leurs voix retentissait sans qu'il parût personne.

Elle monta le large escalier droit, à balustres de bois, qui conduisait au corridor pavé de dalles poudreuses où s'ouvraient plusieurs chambres
2490 à la file, comme dans les monastères ou les auberges. La sienne était au bout, tout au fond, à gauche. Quand elle vint à poser les doigts sur la serrure, ses forces subitement l'abandonnèrent. Elle avait peur qu'il ne fût pas là, le souhaitait presque, et c'était pourtant son seul espoir, la dernière chance de salut. Elle se recueillit une minute, et, retrempant son courage
2495 au sentiment de la nécessité présente, elle entra.

Il était devant le feu, les deux pieds sur le chambranle, en train de fumer une pipe.

– Tiens ! c'est vous ! dit-il en se levant brusquement.

– Oui, c'est moi !… je voudrais, Rodolphe, vous demander un conseil.
2500 Et malgré tous ses efforts, il lui était impossible de desserrer la bouche.

– Vous n'avez pas changé, vous êtes toujours charmante !

– Oh ! reprit-elle amèrement, ce sont de tristes charmes, mon ami, puisque vous les avez dédaignés.

Troisième partie

Alors il entama une explication de sa conduite, s'excusant en
termes vagues, faute de pouvoir inventer mieux.

Elle se laissa prendre à ses paroles, plus encore à sa voix et par le
spectacle de sa personne ; si bien qu'elle fit semblant de croire, ou
crut-elle peut-être, au prétexte de leur rupture ; c'était un secret d'où
dépendaient l'honneur et même la vie d'une troisième personne.

– N'importe ! fit-elle en le regardant tristement, j'ai bien souffert !

Il répondit d'un ton philosophique :

– L'existence est ainsi !

– A-t-elle du moins, reprit Emma, été bonne pour vous depuis notre
séparation ?

– Oh ! ni bonne... ni mauvaise.

– Il aurait peut-être mieux valu ne jamais nous quitter.

– Oui..., peut-être !

– Tu crois ? dit-elle en se rapprochant.

Et elle soupira.

– O Rodolphe ! si tu savais... Je t'ai bien aimé !

Ce fut alors qu'elle prit sa main, et ils restèrent quelque temps
les doigts entrelacés, – comme le premier jour, aux Comices ! Par
un geste d'orgueil, il se débattait sous l'attendrissement. Mais,
s'affaissant contre sa poitrine, elle lui dit :

– Comment voulais-tu que je vécusse sans toi ? On ne peut pas se
déshabituer du bonheur ! J'étais désespérée ! j'ai cru mourir ! Je te
conterai tout cela, tu verras. Et toi... tu m'as fuie !...

Car, depuis trois ans, il l'avait soigneusement évitée par suite de
cette lâcheté naturelle qui caractérise le sexe fort ; et Emma continuait avec des gestes mignons de tête, plus câline qu'une chatte
amoureuse :

– Tu en aimes d'autres, avoue-le. Oh ! je les comprends, va ! je les
excuse ; tu les auras séduites, comme tu m'avais séduite. Tu es un
homme, toi ! tu as tout ce qu'il faut pour te faire chérir. Mais nous
recommencerons, n'est-ce pas ? nous nous aimerons ! Tiens, je ris, je
suis heureuse !... parle donc !

Et elle était ravissante à voir, avec son regard où tremblait une
larme, comme l'eau d'un orage dans un calice bleu.

Il l'attira sur ses genoux, et il caressait du revers de la main ses
bandeaux lisses, où, dans la clarté du crépuscule, miroitait comme
une flèche d'or un dernier rayon du soleil. Elle penchait le front ;
il finit par la baiser sur les paupières, tout doucement, du bout de
ses lèvres.

– Mais tu as pleuré ! dit-il. Pourquoi ?

2545 Elle éclata en sanglots. Rodolphe crut que c'était l'explosion de son amour ; comme elle se taisait, il prit ce silence pour une dernière pudeur, et alors il s'écria :

– Ah ! pardonne-moi ! tu es la seule qui me plaise. J'ai été imbécile et méchant ! Je t'aime, je t'aimerai toujours !... Qu'as-tu ? dis-le donc !

2550 Il s'agenouillait.

– Eh bien !... je suis ruinée, Rodolphe ! Tu vas me prêter trois mille francs !

– Mais..., mais..., dit-il en se relevant peu à peu, tandis que sa physionomie prenait une expression grave.

2555 – Tu sais, continuait-elle vite, que mon mari avait placé toute sa fortune chez un notaire ; il s'est enfui. Nous avons emprunté ; les clients ne payaient pas. Du reste la liquidation n'est pas finie ; nous en aurons plus tard. Mais, aujourd'hui, faute de trois mille francs, on va nous saisir ; c'est à présent, à l'instant même ; et, comptant sur ton amitié, je suis venue.

2560 – Ah ! pensa Rodolphe, qui devint très pâle tout à coup, c'est pour cela qu'elle est venue !

Enfin il dit d'un air calme :

– Je ne les ai pas, chère madame.

Il ne mentait point. Il les eût eus qu'il les aurait donnés, sans

2565 doute, bien qu'il soit généralement désagréable de faire de si belles actions : une demande pécuniaire, de toutes les bourrasques qui tombent sur l'amour, étant la plus froide et la plus déracinante.

Elle resta d'abord quelques minutes à le regarder.

– Tu ne les as pas !

2570 Elle répéta plusieurs fois :

– Tu ne les as pas !... J'aurais dû m'épargner cette dernière honte. Tu ne m'as jamais aimée ! tu ne vaux pas mieux que les autres !

Elle se trahissait, elle se perdait.

Rodolphe l'interrompit, affirmant qu'il se trouvait « gêné » lui-même.

2575 – Ah ! je te plains ! dit Emma. Oui, considérablement !...

Et, arrêtant ses yeux sur une carabine damasquinée qui brillait dans la panoplie :

– Mais, lorsqu'on est si pauvre, on ne met pas d'argent à la crosse de son fusil ! On n'achète pas une pendule avec des incrustations d'écaille !

2580 continuait-elle en montrant l'horloge de Boulle[1] ; ni des sifflets de vermeil pour ses fouets – elle les touchait ! – ni des breloques pour sa

---

1. **Boulle (1642-1732)** : célèbre ébéniste qui donna son nom à un style de meubles très prisé.

montre ! Oh ! rien ne lui manque ! Jusqu'à un porte-liqueurs dans sa chambre ; car tu t'aimes, tu vis bien, tu as un château, des fermes, des bois ; tu chasses à courre, tu voyages à Paris... Eh ! quand ce ne serait 2585 que cela, s'écria-t-elle en prenant sur la cheminée ses boutons de manchettes, que la moindre de ces niaiseries ! on en peut faire de l'argent !...

Oh ! je n'en veux pas ! garde-les !

Et elle lança bien loin les deux boutons, dont la chaîne d'or se rompit en cognant contre la muraille.

2590 – Mais, moi, je t'aurais tout donné, j'aurais tout vendu, j'aurais travaillé de mes mains, j'aurais mendié sur les routes, pour un sourire, pour un regard, pour t'entendre dire : « Merci ! » Et tu restes là tranquillement dans ton fauteuil, comme si déjà tu ne m'avais pas fait assez souffrir ? Sans toi, sais-tu bien, j'aurais pu vivre heureuse ! 2595 Qui t'y forçait ? Était-ce une gageure ? Tu m'aimais cependant, tu le disais... Et tout à l'heure encore... Ah ! il eût mieux valu me chasser ! J'ai les mains chaudes de tes baisers, et voilà la place, sur le tapis, où tu jurais à mes genoux une éternité d'amour. Tu m'y as fait croire : tu m'as pendant deux ans, traînée dans le rêve le plus 2600 magnifique et le plus suave !... Hein ! nos projets de voyage, tu te rappelles ? Oh ! ta lettre, ta lettre ! elle m'a déchiré le cœur !... Et puis, quand je reviens vers lui, vers lui, qui est riche, heureux, libre ! pour implorer un secours que le premier venu rendrait, suppliante et lui rapportant toute ma tendresse, il me repousse, parce que ça lui 2605 coûterait trois mille francs !

– Je ne les ai pas ! répondit Rodolphe avec ce calme parfait dont se recouvrent comme d'un bouclier les colères résignées.

Elle sortit. Les murs tremblaient, le plafond l'écrasait ; et elle repassa par la longue allée, en trébuchant contre les tas de feuilles 2610 mortes que le vent dispersait. Enfin elle arriva au saut-de-loup devant la grille ; elle se cassa les ongles contre la serrure, tant elle se dépêchait pour l'ouvrir. Puis, cent pas plus loin, essoufflée, près de tomber, elle s'arrêta. Et alors, se détournant, elle aperçut encore une fois l'impassible château, avec le parc, les jardins, les trois cours, et 2615 toutes les fenêtres de la façade.

Elle resta perdue de stupeur, et n'ayant plus conscience d'elle-même que par le battement de ses artères, qu'elle croyait entendre s'échapper comme une assourdissante musique qui emplissait la campagne. Le sol sous ses pieds était plus mou qu'une onde, et les 2620 sillons lui parurent d'immenses vagues brunes, qui déferlaient. Tout ce qu'il y avait dans sa tête de réminiscences, d'idées, s'échappait à la fois, d'un seul bond, comme les mille pièces d'un feu d'arti-

fice. Elle vit son père, le cabinet de Lheureux, leur chambre là-bas,
un autre paysage. La folie la prenait, elle eut peur, et parvint à se
ressaisir, d'une manière confuse, il est vrai ; car elle ne se rappelait
point la cause de son horrible état, c'est-à-dire la question d'argent.
Elle ne souffrait que de son amour, et sentait son âme l'abandonner
par ce souvenir, comme les blessés, en agonisant, sentent l'existence
qui s'en va par leur plaie qui saigne.

La nuit tombait, des corneilles volaient.

Il lui sembla tout à coup que des globules couleur de feu éclataient dans l'air comme des balles fulminantes en s'aplatissant,
et tournaient, tournaient, pour aller se fondre sur la neige, entre
les branches des arbres. Au milieu de chacun d'eux, la figure de
Rodolphe apparaissait. Ils se multiplièrent, et ils se rapprochaient, la
pénétraient ; tout disparut. Elle reconnut les lumières des maisons,
qui rayonnaient de loin dans le brouillard.

Alors sa situation, telle qu'un abîme, se représenta. Elle haletait
à se rompre la poitrine. Puis, dans un transport d'héroïsme qui la
rendait presque joyeuse, elle descendit la côte en courant, traversa
la planche aux vaches, le sentier, l'allée, les halles, et arriva devant la
boutique du pharmacien.

Il n'y avait personne. Elle allait entrer ; mais, au bruit de la sonnette, on pouvait venir ; et, se glissant par la barrière, retenant son
haleine, tâtant les murs, elle s'avança jusqu'au seuil de la cuisine, où
brûlait une chandelle posée sur le fourneau. Justin, en manches de
chemise, emportait un plat.

– Ah ! ils dînent. Attendons.

Il revint. Elle frappa contre la vitre. Il sortit.

– La clef ! celle d'en haut, où sont les…

– Comment ?

Et il la regardait, tout étonné par la pâleur de son visage, qui tran-
chait en blanc sur le fond noir de la nuit. Elle lui apparut extraordinai-
rement belle, et majestueuse comme un fantôme ; sans comprendre
ce qu'elle voulait, il pressentait quelque chose de terrible.

Mais elle reprit vivement, à voix basse, d'une voix douce, dissolvante :
– Je la veux ! donne-la-moi.

Comme la cloison était mince, on entendait le cliquetis des fourchettes sur les assiettes dans la salle à manger.

Elle prétendit avoir besoin de tuer les rats qui l'empêchaient de
dormir.

– Il faudrait que j'avertisse monsieur.

– Non ! reste !

Puis, d'un air indifférent :

2665 – Eh ! ce n'est pas la peine, je lui dirai tantôt. Allons, éclaire-moi !

Elle entra dans le corridor où s'ouvrait la porte du laboratoire. Il y avait contre la muraille une clef étiquetée *capharnaüm*.

– Justin ! cria l'apothicaire, qui s'impatientait.

– Montons !

2670 Et il la suivit.

La clef tourna dans la serrure, et elle alla droit vers la troisième tablette, tant son souvenir la guidait bien, saisit le bocal bleu, en arracha le bouchon, y fourra sa main, et, la retirant pleine d'une poudre blanche, elle se mit à manger à même.

2675 – Arrêtez ! s'écria-t-il en se jetant sur elle.

– Tais-toi ! on viendrait…

Il se désespérait, voulait appeler.

– N'en dis rien, tout retomberait sur ton maître !

Puis elle s'en retourna subitement apaisée, et presque dans la séré-
2680 nité d'un devoir accompli.

Quand Charles, bouleversé par la nouvelle de la saisie, était rentré à la maison, Emma venait d'en sortir. Il cria, pleura, s'évanouit, mais elle ne revint pas. Où pouvait-elle être ? Il envoya Félicité chez Homais, chez M. Tuvache, chez Lheureux, au *Lion d'or*, partout ; et, dans les
2685 intermittences de son angoisse, il voyait sa considération anéantie, leur fortune perdue, l'avenir de Berthe brisé ! Par quelle cause ?… pas un mot ! Il attendit jusqu'à six heures du soir. Enfin, n'y pouvant plus tenir, et imaginant qu'elle était partie pour Rouen, il alla sur la grande route, fit une demi-lieue, ne rencontra personne, attendit encore et s'en revint.
2690 Elle était rentrée.

– Qu'y avait-il ?… Pourquoi ?… Explique-moi !…

Elle s'assit à son secrétaire, et écrivit une lettre qu'elle cacheta lentement, ajoutant la date du jour et l'heure.

Puis elle dit d'un ton solennel :

2695 – Tu la liras demain ; d'ici là, je t'en prie, ne m'adresse pas une seule question !… Non, pas une !

– Mais…

– Oh ! laisse-moi !

Et elle se coucha tout du long sur son lit.

2700 Une saveur âcre qu'elle sentait dans sa bouche la réveilla. Elle entrevit Charles et referma les yeux.

Elle s'épiait curieusement, pour discerner si elle ne souffrait pas. Mais non ! rien encore. Elle entendait le battement de la pendule, le bruit du feu, et Charles, debout près de sa couche, qui respirait.

2705 – Ah ! c'est bien peu de chose, la mort ! Pensait-elle ; je vais m'endormir,
et tout sera fini !

Elle but une gorgée d'eau et se tourna vers la muraille.

Cet affreux goût d'encre continuait.

– J'ai soif !... oh ! j'ai bien soif ! soupira-t-elle.

2710 – Qu'as-tu donc ? dit Charles, qui lui tendait un verre.

– Ce n'est rien !... Ouvre la fenêtre..., j'étouffe !

Et elle fut prise d'une nausée si soudaine, qu'elle eut à peine le
temps de saisir son mouchoir sous l'oreiller.

– Enlève-le ! dit-elle vivement ; jette-le !

2715 Il la questionna ; elle ne répondit pas. Elle se tenait immobile, de
peur que la moindre émotion ne la fît vomir. Cependant, elle sentait
un froid de glace qui lui montait des pieds jusqu'au cœur.

– Ah ! voilà que ça commence ! murmura-t-elle.

– Que dis-tu ?

2720 Elle roulait sa tête avec un geste doux plein d'angoisse, et tout en
ouvrant continuellement les mâchoires, comme si elle eût porté sur
sa langue quelque chose de très lourd. À huit heures, les vomissements reparurent.

Charles observa qu'il y avait au fond de la cuvette une sorte de
2725 gravier blanc, attaché aux parois de la porcelaine.

– C'est extraordinaire ! c'est singulier ! répéta-t-il.

Mais elle dit d'une voix forte :

– Non, tu te trompes !

Alors, délicatement et presque en la caressant, il lui passa la main
2730 sur l'estomac. Elle jeta un cri aigu. Il se recula tout effrayé.

Puis elle se mit à geindre, faiblement d'abord. Un grand frisson
lui secouait les épaules, et elle devenait plus pâle que le drap où
s'enfonçaient ses doigts crispés. Son pouls inégal était presque insen-
sible maintenant.

2735 Des gouttes suintaient sur sa figure bleuâtre, qui semblait comme
figée dans l'exhalaison d'une vapeur métallique. Ses dents claquaient, ses yeux agrandis regardaient vaguement autour d'elle, et à
toutes les questions elle ne répondait qu'en hochant la tête ; même
elle sourit deux ou trois fois. Peu à peu, ses gémissements furent
2740 plus forts. Un hurlement sourd lui échappa ; elle prétendit qu'elle
allait mieux et qu'elle se lèverait tout à l'heure. Mais les convulsions
la saisirent ; elle s'écria :

– Ah ! c'est atroce, mon Dieu !

Il se jeta à genoux contre son lit.

2745 – Parle ! qu'as-tu mangé ? Réponds, au nom du ciel !

Troisième partie

Et il la regardait avec des yeux d'une tendresse comme elle n'en avait jamais vu.

– Eh bien, là..., là !... dit-elle d'une voix défaillante.

Il bondit au secrétaire, brisa le cachet et lut tout haut : *Qu'on n'accuse*
2750 *personne...* Il s'arrêta, se passa la main sur les yeux, et relut encore.

– Comment !... Au secours ! à moi !

Et il ne pouvait que répéter ce mot : « Empoisonnée ! empoisonnée ! » Félicité courut chez Homais, qui l'exclama sur la place ; madame Lefrançois l'entendit au *Lion d'or* ; quelques-uns se levèrent
2755 pour l'apprendre à leurs voisins, et toute la nuit le village fut en éveil.

Éperdu, balbutiant, près de tomber, Charles tournait dans la chambre. Il se heurtait aux meubles, s'arrachait les cheveux, et jamais le pharmacien n'avait cru qu'il pût y avoir de si épouvantable spectacle.

Il revint chez lui pour écrire à M. Canivet et au docteur Larivière.
2760 Il perdait la tête ; il fit plus de quinze brouillons. Hippolyte partit à Neufchâtel, et Justin talonna si fort le cheval de Bovary, qu'il le laissa dans la côte du bois Guillaume, fourbu et aux trois quarts crevé.

Charles voulut feuilleter son dictionnaire de médecine ; il n'y
2765 voyait pas, les lignes dansaient.

– Du calme ! dit l'apothicaire. Il s'agit seulement d'administrer quelque puissant antidote. Quel est le poison ?

Charles montra la lettre. C'était de l'arsenic.

– Eh bien, reprit Homais, il faudrait en faire l'analyse.

Car il savait qu'il faut, dans tous les empoisonnements, faire une
2770 analyse ; et l'autre, qui ne comprenait pas, répondit :

– Ah ! faites ! faites ! sauvez-la...

Puis, revenu près d'elle, il s'affaissa par terre sur le tapis, et il restait la tête appuyée contre le bord de sa couche, à sangloter.

– Ne pleure pas ! lui dit-elle. Bientôt je ne te tourmenterai plus !
2775 – Pourquoi ? Qui t'a forcée ?

Elle répliqua :

– Il le fallait, mon ami.

– N'étais-tu pas heureuse ? Est-ce ma faute ? J'ai fait tout ce que j'ai pu pourtant !
2780 – Oui..., c'est vrai..., tu es bon, toi !

Et elle lui passait la main dans les cheveux, lentement. La douceur de cette sensation surchargeait sa tristesse ; il sentait tout son être s'écrouler de désespoir à l'idée qu'il fallait la perdre, quand, au contraire, elle avouait pour lui plus d'amour que jamais ; et il ne
2785 trouvait rien ; il ne savait pas, il n'osait, l'urgence d'une résolution immédiate achevant de le bouleverser.

Elle en avait fini, songeait-elle, avec toutes les trahisons, les bassesses et les innombrables convoitises qui la torturaient. Elle ne
haïssait personne, maintenant ; une confusion de crépuscule s'abattait en sa pensée, et de tous les bruits de la terre Emma n'entendait
plus que l'intermittente lamentation de ce pauvre cœur, douce et
indistincte, comme le dernier écho d'une symphonie qui s'éloigne.

— Amenez-moi la petite, dit-elle en se soulevant du coude.

— Tu n'es pas plus mal, n'est-ce pas ? demanda Charles.

— Non ! non !

L'enfant arriva sur le bras de sa bonne, dans sa longue chemise de
nuit, d'où sortaient ses pieds nus, sérieuse et presque rêvant encore. Elle
considérait avec étonnement la chambre tout en désordre, et clignait des
yeux, éblouie par les flambeaux qui brûlaient sur les meubles. Ils lui rappelaient sans doute les matins du jour de l'an ou de la mi-carême, quand,
ainsi réveillée de bonne heure à la clarté des bougies, elle venait dans le
lit de sa mère pour y recevoir ses étrennes, car elle se mit à dire :

— Où est-ce donc, maman ?

Et comme tout le monde se taisait :

— Mais je ne vois pas mon petit soulier !

Félicité la penchait vers le lit, tandis qu'elle regardait toujours du
côté de la cheminée.

— Est-ce nourrice qui l'aurait pris ? demanda-t-elle.

Et, à ce nom, qui la reportait dans le souvenir de ses adultères
et de ses calamités, madame Bovary détourna sa tête, comme au
dégoût d'un autre poison plus fort qui lui remontait à la bouche.
Berthe, cependant, restait posée sur le lit.

— Oh ! comme tu as de grands yeux, maman ! comme tu es pâle !
comme tu sues !...

Sa mère la regardait.

— J'ai peur ! dit la petite en se reculant.

Emma prit sa main pour la baiser ; elle se débattait.

— Assez ! qu'on l'emmène ! s'écria Charles, qui sanglotait dans l'alcôve.

Puis les symptômes s'arrêtèrent un moment ; elle paraissait moins
agitée ; et, à chaque parole insignifiante, à chaque souffle de sa poitrine un peu plus calme, il reprenait espoir. Enfin, lorsque Canivet
entra, il se jeta dans ses bras en pleurant.

— Ah ! c'est vous ! merci ! vous êtes bon ! Mais tout va mieux. Tenez,
regardez-la...

Le confrère ne fut nullement de cette opinion, et, n'y allant pas,
comme il le disait lui-même, par quatre chemins, il prescrivit de
l'émétique, afin de dégager complètement l'estomac.

Troisième partie

Elle ne tarda pas à vomir du sang. Ses lèvres se serrèrent davantage. Elle avait les membres crispés, le corps couvert de taches brunes, et son pouls glissait sous les doigts comme un fil tendu, comme une corde de harpe près de se rompre.

Puis elle se mettait à crier, horriblement. Elle maudissait le poison, l'invectivait, le suppliait de se hâter, et repoussait de ses bras roidis tout ce que Charles, plus agonisant qu'elle, s'efforçait de lui faire boire. Il était debout, son mouchoir sur les lèvres, râlant, pleurant, et suffoqué par des sanglots qui le secouaient jusqu'aux talons ; Félicité courait çà et là dans la chambre ; Homais, immobile, poussait de gros soupirs, et M. Canivet, gardant toujours son aplomb, commençait néanmoins à se sentir troublé.

— Diable !… cependant… elle est purgée, et, du moment que la cause cesse…

— L'effet doit cesser, dit Homais ; c'est évident.

— Mais sauvez-la ! exclamait Bovary.

Aussi, sans écouter le pharmacien, qui hasardait encore cette hypothèse : « C'est peut-être un paroxysme salutaire », Canivet allait administrer de la thériaque[1], lorsqu'on entendit le claquement d'un fouet ; toutes les vitres frémirent, et, une berline de poste qu'enlevaient à plein poitrail trois chevaux crottés jusqu'aux oreilles, déboucha d'un bond au coin des halles. C'était le docteur Larivière.

L'apparition d'un dieu n'eût pas causé plus d'émoi. Bovary leva les mains, Canivet s'arrêta court, et Homais retira son bonnet grec bien avant que le docteur fût entré.

Il appartenait à la grande école chirurgicale sortie du tablier de Bichat[2], à cette génération, maintenant disparue, de praticiens philosophes qui, chérissant leur art d'un amour fanatique, l'exerçaient avec exaltation et sagacité ! Tout tremblait dans son hôpital quand il se mettait en colère, et ses élèves le vénéraient si bien, qu'ils s'efforçaient, à peine établis, de l'imiter le plus possible ; de sorte que l'on retrouvait sur eux, par les villes d'alentour, sa longue douillette de mérinos et son large habit noir, dont les parements déboutonnés couvraient un peu ses mains charnues, de fort belles mains, et qui n'avaient jamais de gants, comme pour être plus promptes à plonger dans les misères. Dédaigneux des croix, des titres et des académies,

---

1. **Thériaque :** médicament opiacé.
2. **Bichat (1771-1802) :** célèbre anatomiste et physiologiste, qui renouvela l'approche de la médecine.

hospitalier, libéral, paternel avec les pauvres et pratiquant la vertu sans y croire, il eût presque passé pour un saint si la finesse de son esprit ne l'eût fait craindre comme un démon. Son regard, plus tranchant que ses bistouris, vous descendait droit dans l'âme et désarticulait tout mensonge à travers les allégations et les pudeurs. Et il allait ainsi, plein de cette majesté débonnaire que donnent la conscience d'un grand talent, de la fortune, et quarante ans d'une existence laborieuse et irréprochable.

Il fronça les sourcils dès la porte, en apercevant la face cadavéreuse d'Emma, étendue sur le dos, la bouche ouverte. Puis, tout en ayant l'air d'écouter Canivet, il se passait l'index sous les narines et répétait :
– C'est bien, c'est bien.

Mais il fit un geste lent des épaules. Bovary l'observa : ils se regardèrent ; et cet homme, si habitué pourtant à l'aspect des douleurs, ne put retenir une larme qui tomba sur son jabot.

Il voulut emmener Canivet dans la pièce voisine. Charles le suivit.
– Elle est bien mal, n'est-ce pas ? Si l'on posait des sinapismes ? je ne sais quoi ! Trouvez donc quelque chose, vous qui en avez tant sauvé !

Charles lui entourait le corps de ses deux bras, et il le contemplait d'une manière effarée, suppliante, à demi pâmé contre sa poitrine.
– Allons, mon pauvre garçon, du courage ! Il n'y a plus rien à faire.

Et le docteur Larivière se détourna.
– Vous partez ?
– Je vais revenir.

Il sortit comme pour donner un ordre au postillon, avec le sieur Canivet, qui ne se souciait pas non plus de voir Emma mourir entre ses mains.

Le pharmacien les rejoignit sur la place. Il ne pouvait, par tempérament, se séparer des gens célèbres. Aussi conjura-t-il M. Larivière de lui faire cet insigne honneur d'accepter à déjeuner.

On envoya bien vite prendre des pigeons au *Lion d'or*, tout ce qu'il y avait de côtelettes à la boucherie, de la crème chez Tuvache, des œufs chez Lestiboudois, et l'apothicaire aidait lui-même aux préparatifs, tandis que madame Homais disait, en tirant les cordons de sa camisole :
– Vous ferez excuse, monsieur ; car dans notre malheureux pays, du moment qu'on n'est pas prévenu la veille…
– Les verres à patte ! ! ! souffla Homais.
– Au moins, si nous étions à la ville, nous aurions la ressource des pieds farcis.
– Tais-toi !… À table, docteur !

Troisième partie

²⁹⁰⁵ Il jugea bon, après les premiers morceaux, de fournir quelques détails sur la catastrophe :

– Nous avons eu d'abord un sentiment de siccité[1] au pharynx, puis des douleurs intolérables à l'épigastre, superpurgation, coma.

– Comment s'est-elle donc empoisonnée ?

²⁹¹⁰ – Je l'ignore, docteur, et même je ne sais pas trop où elle a pu se procurer cet acide arsénieux.

Justin, qui apportait alors une pile d'assiettes, fut saisi d'un tremblement.

– Qu'as-tu ? dit le pharmacien.

Le jeune homme, à cette question, laissa tout tomber par terre, avec ²⁹¹⁵ un grand fracas.

– Imbécile ! s'écria Homais, maladroit ! lourdaud ! fichu âne !

Mais, soudain, se maîtrisant :

– J'ai voulu, docteur, tenter une analyse, et *primo*, j'ai délicatement introduit dans un tube…

²⁹²⁰ – Il aurait mieux valu, dit le chirurgien, lui introduire vos doigts dans la gorge.

Son confrère se taisait, ayant tout à l'heure reçu confidentiellement une forte semonce à propos de son émétique, de sorte que ce bon Canivet, si arrogant et verbeux lors du pied bot, était très modeste ²⁹²⁵ aujourd'hui ; il souriait sans discontinuer, d'une manière approbative.

Homais s'épanouissait dans son orgueil d'amphitryon, et l'affligeante idée de Bovary contribuait vaguement à son plaisir, par un retour égoïste qu'il faisait sur lui-même. Puis la présence du Docteur le transportait. Il étalait son érudition, il citait pêle-mêle les cantharides, l'upas[2], le ²⁹³⁰ mancenillier, la vipère.

– Et même j'ai lu que différentes personnes s'étaient trouvées intoxiquées, docteur, et comme foudroyées par des boudins qui avaient subi une trop véhémente fumigation ! Du moins, c'était dans un fort beau rapport, composé par une de nos sommités pharmaceutiques, ²⁹³⁵ un de nos maîtres, l'illustre Cadet de Gassicourt[3] !

Madame Homais réapparut, portant une de ces vacillantes machines que l'on chauffe avec de l'esprit-de-vin ; car Homais tenait à faire son café sur la table, l'ayant d'ailleurs torréfié lui-même, porphyrisé lui-même, mixtionné lui-même.

²⁹⁴⁰ – *Saccharum*, docteur, dit-il en offrant du sucre.

---

1. **Siccité** : sécheresse.
2. **Upas** : poison végétal des îles de la Sonde.
3. **Cadet de Gassicourt** : pharmacien réputé, qui se distingua par son dévouement lors de l'épidémie de choléra en 1832.

Puis il fit descendre tous ses enfants, curieux d'avoir l'avis du chirurgien sur leur constitution.

Enfin, M. Larivière allait partir, quand madame Homais lui
demanda une consultation pour son mari. Il s'épaississait le sang à
s'endormir chaque soir après le dîner.

– Oh ! ce n'est pas le sens qui le gêne.

Et, souriant un peu de ce calembour inaperçu, le docteur ouvrit
la porte. Mais la pharmacie regorgeait de monde ; et il eut grand-
peine à pouvoir se débarrasser du sieur Tuvache, qui redoutait pour
son épouse une fluxion de poitrine, parce qu'elle avait coutume de
cracher dans les cendres ; puis de M. Binet, qui éprouvait parfois
des fringales, et de madame Caron, qui avait des picotements ; de
Lheureux, qui avait des vertiges ; de Lestiboudois, qui avait un rhu-
matisme ; de madame Lefrançois, qui avait des aigreurs. Enfin les
trois chevaux détalèrent, et l'on trouva généralement qu'il n'avait
point montré de complaisance.

L'attention publique fut distraite par l'apparition de M. Bournisien,
qui passait sous les halles avec les saintes huiles.

Homais, comme il le devait à ses principes, compara les prêtres à
des corbeaux qu'attire l'odeur des morts ; la vue d'un ecclésiastique
lui était personnellement désagréable, car la soutane le faisait rêver
au linceul, et il exécrait l'une un peu par épouvante de l'autre.

Néanmoins, ne reculant pas devant ce qu'il appelait sa *mission*, il
retourna chez Bovary en compagnie de Canivet, que M. Larivière,
avant de partir, avait engagé fortement à cette démarche ; et même,
sans les représentations de sa femme, il eût emmené avec lui ses deux
fils, afin de les accoutumer aux fortes circonstances, pour que ce fût
une leçon, un exemple, un tableau solennel qui leur restât plus tard
dans la tête.

La chambre, quand ils entrèrent, était toute pleine d'une solennité
lugubre. Il y avait sur la table à ouvrage, recouverte d'une serviette
blanche, cinq ou six petites boules de coton dans un plat d'argent,
près d'un gros crucifix, entre deux chandeliers qui brûlaient. Emma,
le menton contre sa poitrine, ouvrait démesurément les paupières ; et
ses pauvres mains se traînaient sur les draps, avec ce geste hideux et
doux des agonisants qui semblent vouloir déjà se recouvrir du suaire.
Pâle comme une statue, et les yeux rouges comme des charbons,
Charles, sans pleurer, se tenait en face d'elle, au pied du lit, tandis que
le prêtre, appuyé sur un genou, marmottait des paroles basses.

Elle tourna sa figure lentement, et parut saisie de joie à voir
tout à coup l'étole violette, sans doute retrouvant au milieu d'un

apaisement extraordinaire la volupté perdue de ses premiers élancements mystiques, avec des visions de béatitude éternelle qui commençaient.

2985 Le prêtre se releva pour prendre le crucifix ; alors elle allongea le cou comme quelqu'un qui a soif, et, collant ses lèvres sur le corps de l'Homme-Dieu, elle y déposa de toute sa force expirante le plus grand baiser d'amour qu'elle eût jamais donné. Ensuite il récita le *Misereatur et l'Indulgentiam*[1], trempa son pouce droit dans l'huile

2990 et commença les onctions : d'abord sur les yeux, qui avaient tant convoité toutes les somptuosités terrestres ; puis sur les narines, friandes de brises tièdes et de senteurs amoureuses ; puis sur la bouche, qui s'était ouverte pour le mensonge, qui avait gémi d'orgueil et crié dans la luxure ; puis sur les mains, qui se délectaient

2995 aux contacts suaves, et enfin sur la plante des pieds, si rapides autrefois quand elle courait à l'assouvissance de ses désirs, et qui maintenant ne marcheraient plus.

Le curé s'essuya les doigts, jeta dans le feu les brins de coton trempés d'huile, et revint s'asseoir près de la moribonde pour lui

3000 dire qu'elle devait à présent joindre ses souffrances à celles de Jésus-Christ et s'abandonner à la miséricorde divine.

En finissant ses exhortations, il essaya de lui mettre dans la main un cierge bénit, symbole des gloires célestes dont elle allait tout à l'heure être environnée. Emma, trop faible, ne put fermer les doigts,

3005 et le cierge, sans M. Bournisien, serait tombé à terre.

Cependant elle n'était plus aussi pâle, et son visage avait une expression de sérénité, comme si le sacrement l'eût guérie.

Le prêtre ne manqua point d'en faire l'observation ; il expliqua, même à Bovary que le Seigneur, quelquefois, prolongeait l'existence

3010 des personnes lorsqu'il le jugeait convenable pour leur salut ; et Charles se rappela un jour où, ainsi près de mourir, elle avait reçu la communion.

– Il ne fallait peut-être pas se désespérer, pensa-t-il.

En effet, elle regarda tout autour d'elle, lentement, comme quelqu'un

3015 qui se réveille d'un songe ; puis, d'une voix distincte, elle demanda son miroir, et elle resta penchée dessus quelque temps, jusqu'au moment où de grosses larmes lui découlèrent des yeux. Alors elle se renversa la tête en poussant un soupir et retomba sur l'oreiller.

---

1. Le *Misereatur* et *l'Indulgentiam* : prières dites lors de l'extrême-onction, sacrement donné aux mourants.

Sa poitrine aussitôt se mit à haleter rapidement. La langue tout
entière lui sortit hors de la bouche ; ses yeux, en roulant, pâlissaient
comme deux globes de lampe qui s'éteignent, à la croire déjà morte,
sans l'effrayante accélération de ses côtes, secouées par un souffle
furieux, comme si l'âme eût fait des bonds pour se détacher. Félicité
s'agenouilla devant le crucifix, et le pharmacien lui-même fléchit
un peu les jarrets, tandis que M. Canivet regardait vaguement sur
la place. Bournisien s'était remis en prière, la figure inclinée contre
le bord de la couche, avec sa longue soutane noire qui traînait derrière lui dans l'appartement. Charles était de l'autre côté, à genoux,
les bras étendus vers Emma. Il avait pris ses mains et il les serrait,
tressaillant à chaque battement de son cœur, comme au contrecoup
d'une ruine qui tombe. À mesure que le râle devenait plus fort,
l'ecclésiastique précipitait ses oraisons ; elles se mêlaient aux sanglots étouffés de Bovary, et quelquefois tout semblait disparaître
dans le sourd murmure des syllabes latines, qui tintaient comme un
glas de cloche.

Tout à coup, on entendit sur le trottoir un bruit de gros sabots,
avec le frôlement d'un bâton ; et une voix s'éleva, une voix rauque,
qui chantait :

> *Souvent la chaleur d'un beau jour*
> *Fait rêver fillette à l'amour.*

Emma se releva comme un cadavre que l'on galvanise, les cheveux
dénoués, la prunelle fixe, béante.

> *Pour amasser diligemment*
> *Les épis que la faux moissonne,*
> *Ma Nanette va s'inclinant*
> *Vers le sillon qui nous les donne.*

– L'Aveugle ! s'écria-t-elle.

Et Emma se mit à rire, d'un rire atroce, frénétique, désespéré,
croyant voir la face hideuse du misérable, qui se dressait dans les
ténèbres éternelles comme un épouvantement.

> *Il souffla bien fort ce jour-là,*
> *Et le jupon court s'envola !*

Une convulsion la rabattit sur le matelas. Tous s'approchèrent. Elle
n'existait plus.

IX

3055 IL Y A toujours après la mort de quelqu'un comme une stupéfaction qui se dégage, tant il est difficile de comprendre cette survenue du néant et de se résigner à y croire. Mais, quand il s'aperçut pourtant de son immobilité, Charles se jeta sur elle en criant :

— Adieu ! adieu !

3060 Homais et Canivet l'entraînèrent hors de la chambre.

— Modérez-vous !

— Oui, disait-il en se débattant, je serai raisonnable, je ne ferai pas de mal. Mais laissez-moi ! je veux la voir ! c'est ma femme !

Et il pleurait.

3065 — Pleurez, reprit le pharmacien, donnez cours à la nature, cela vous soulagera !

Devenu plus faible qu'un enfant, Charles se laissa conduire en bas, dans la salle, et M. Homais bientôt s'en retourna chez lui.

Il fut sur la Place accosté par l'Aveugle, qui, s'étant traîné jusqu'à 3070 Yonville dans l'espoir de la pommade antiphlogistique, demandait à chaque passant où demeurait l'apothicaire.

— Allons, bon ! comme si je n'avais pas d'autres chiens à fouetter ! Ah ! tant pis, reviens plus tard !

Et il entra précipitamment dans la pharmacie.

3075 Il avait à écrire deux lettres, à faire une potion calmante pour Bovary, à trouver un mensonge qui pût cacher l'empoisonnement et à le rédiger en article pour *le Fanal*, sans compter les personnes qui l'attendaient, afin d'avoir des informations ; et, quand les Yonvillais eurent tous entendu son histoire d'arsenic qu'elle avait pris pour 3080 du sucre, en faisant une crème à la vanille, Homais, encore une fois, retourna chez Bovary.

Il le trouva seul (M. Canivet venait de partir), assis dans le fauteuil, près de la fenêtre, et contemplant d'un regard idiot les pavés de la salle.

— Il faudrait à présent, dit le pharmacien, fixer vous-même l'heure 3085 de la cérémonie.

— Pourquoi ? quelle cérémonie ?

Puis d'une voix balbutiante et effrayée :

— Oh ! non, n'est-ce pas ? non, je veux la garder.

Homais, par contenance ; prit une carafe sur l'étagère pour arroser 3090 les géraniums.

— Ah ! merci, dit Charles, vous êtes bon !

Et il n'acheva pas, suffoquant sous une abondance de souvenirs que ce geste du pharmacien lui rappelait.

Alors, pour le distraire, Homais jugea convenable de causer un peu horticulture ; les plantes avaient besoin d'humidité. Charles baissa la tête en signe d'approbation.

– Du reste, les beaux jours maintenant vont revenir.

– Ah ! fit Bovary.

L'apothicaire, à bout d'idées, se mit à écarter doucement les petits rideaux du vitrage.

– Tiens, voilà M. Tuvache qui passe.

Charles répéta comme une machine :

– M. Tuvache qui passe.

Homais n'osa lui reparler des dispositions funèbres ; ce fut l'ecclésiastique qui parvint à l'y résoudre.

Il s'enferma dans son cabinet, prit une plume, et, après avoir sangloté quelque temps, il écrivit :

« *Je veux qu'on l'enterre dans sa robe de noces, avec des souliers blancs, une couronne. On lui étalera les cheveux sur les épaules ; trois cercueils, un de chêne, un d'acajou, un de plomb. Qu'on ne me dise rien, j'aurai de la force. On lui mettra par-dessus tout une grande pièce de velours vert. Je le veux. Faites-le.* »

Ces messieurs s'étonnèrent beaucoup des idées romanesques de Bovary, et aussitôt le pharmacien alla lui dire :

– Ce velours me paraît une superfétation. La dépense, d'ailleurs…

– Est-ce que cela vous regarde ? s'écria Charles. Laissez-moi ! vous ne l'aimiez pas ! Allez-vous-en !

L'ecclésiastique le prit par-dessous le bras pour lui faire faire un tour de promenade dans le jardin. Il discourait sur la vanité des choses terrestres. Dieu était bien grand, bien bon ; on devait sans murmure se soumettre à ses décrets, même le remercier.

Charles éclata en blasphèmes.

– Je l'exècre, votre Dieu !

– L'esprit de révolte est encore en vous, soupira l'ecclésiastique.

Bovary était loin. Il marchait à grands pas, le long du mur, près de l'espalier, et il grinçait des dents, il levait au ciel des regards de malédiction ; mais pas une feuille seulement n'en bougea.

Une petite pluie tombait. Charles, qui avait la poitrine nue, finit par grelotter ; il rentra s'asseoir dans la cuisine.

À six heures ; on entendit un bruit de ferraille sur la Place : c'était *l'Hirondelle* qui arrivait ; et il resta le front contre les carreaux, à voir descendre les uns après les autres tous les voyageurs. Félicité lui étendit un matelas dans le salon ; il se jeta dessus et s'endormit.

Troisième partie

Bien que philosophe, M. Homais respectait les morts. Aussi, sans garder rancune au pauvre Charles, il revint le soir pour faire la
3135 veillée du cadavre, apportant avec lui trois volumes, et un portefeuille afin de prendre des notes.

M. Bournisien s'y trouvait, et deux grands cierges brûlaient au chevet du lit, que l'on avait tiré hors de l'alcôve.

L'apothicaire, à qui le silence pesait, ne tarda pas à formuler quelques
3140 plaintes sur cette « infortunée jeune femme » ; et le prêtre répondit qu'il ne restait plus maintenant qu'à prier pour elle.

— Cependant, reprit Homais, de deux choses l'une : ou elle est morte en état de grâce (comme s'exprime l'Église), et alors elle n'a nul besoin de nos prières ; ou bien elle est décédée impénitente (c'est, je
3145 crois, l'expression ecclésiastique), et alors...

Bournisien l'interrompit, répliquant d'un ton bourru qu'il n'en fallait pas moins prier.

— Mais, objecta le pharmacien, puisque Dieu connaît tous nos besoins, à quoi peut servir la prière ?
3150 — Comment ! fit l'ecclésiastique, la prière ! Vous n'êtes donc pas chrétien ?

— Pardonnez ! dit Homais. J'admire le christianisme. Il a d'abord affranchi les esclaves, introduit dans le monde une morale...

— Il ne s'agit pas de cela ! Tous les textes...
3155 — Oh ! oh ! quant aux textes, ouvrez l'histoire ; on sait qu'ils ont été falsifiés par les jésuites.

Charles entra, et, s'avançant vers le lit, il tira lentement les rideaux.

Emma avait la tête penchée sur l'épaule droite. Le coin de sa bouche, qui se tenait ouverte, faisait comme un trou noir au bas de
3160 son visage ; les deux pouces restaient infléchis dans la paume des mains ; une sorte de poussière blanche lui parsemait les cils, et ses yeux commençaient à disparaître dans une pâleur visqueuse qui ressemblait à une toile mince, comme si des araignées avaient filé dessus. Le drap se creusait depuis ses seins jusqu'à ses genoux, se
3165 relevant ensuite à la pointe des orteils ; et il semblait à Charles que des masses infinies, qu'un poids énorme pesait sur elle.

L'horloge de l'église sonna deux heures. On entendait le gros murmure de la rivière qui coulait dans les ténèbres, au pied de la terrasse. M. Bournisien, de temps à autre, se mouchait bruyamment,
3170 et Homais faisait grincer sa plume sur le papier.

— Allons, mon bon ami, dit-il, retirez-vous, ce spectacle vous déchire !

Charles une fois parti, le pharmacien et le curé recommencèrent leurs discussions.

— Lisez Voltaire ! disait l'un ; lisez d'Holbach[1], lisez l'*Encyclopédie* !

3175 — Lisez les *Lettres de quelques juifs portugais* disait l'autre ; lisez *la Raison du christianisme*[2], par Nicolas, ancien magistrat !

Ils s'échauffaient, ils étaient rouges, ils parlaient à la fois sans s'écouter ; Bournisien se scandalisait d'une telle audace ; Homais s'émerveillait d'une telle bêtise ; et ils n'étaient pas loin de s'adresser

3180 des injures, quand Charles, tout à coup, reparut. Une fascination l'attirait. Il remontait continuellement l'escalier.

Il se posait en face d'elle pour la mieux voir, et il se perdait en cette contemplation, qui n'était plus douloureuse à force d'être profonde.

Il se rappelait des histoires de catalepsie[3], les miracles du magné-

3185 tisme ; et il se disait qu'en le voulant extrêmement, il parviendrait peut-être à la ressusciter. Une fois même il se pencha vers elle, et il cria tout bas : « Emma ! Emma ! » Son haleine, fortement poussée, fit trembler la flamme des cierges contre le mur.

Au petit jour, madame Bovary mère arriva ; Charles en l'embras-

3190 sant, eut un nouveau débordement de pleurs. Elle essaya, comme avait tenté le pharmacien, de lui faire quelques observations sur les dépenses de l'enterrement. Il s'emporta si fort qu'elle se tut, et même il la chargea de se rendre immédiatement à la ville pour acheter ce qu'il fallait.

3195 Charles resta seul toute l'après-midi : on avait conduit Berthe chez madame Homais ; Félicité se tenait en haut, dans la chambre, avec la mère Lefrançois.

Le soir, il reçut des visites. Il se levait, vous serrait les mains sans pouvoir parler, puis l'on s'asseyait auprès des autres, qui faisaient

3200 devant la cheminée un grand demi-cercle. La figure basse et le jarret sur le genou, ils dandinaient leur jambe, tout en poussant par intervalles un gros soupir ; et chacun s'ennuyait d'une façon démesurée ; c'était pourtant à qui ne partirait pas.

Homais, quand il revint à neuf heures (on ne voyait que lui sur la

3205 Place depuis deux jours), était chargé d'une provision de camphre, de benjoin et d'herbes aromatiques. Il portait aussi un vase plein de chlore, pour bannir les miasmes. À ce moment, la domestique,

---

1. **D'Holbach (1723-1789)** : philosophe qui fut l'un des rédacteurs de l'*Encyclopédie*.
2. *Lettres de quelques juifs portugais* **(1769)**, *la Raison du christianisme* **(1842-1845)** : deux défenses de la religion catholique ; le second ouvrage eut une influence considérable et fut réédité maintes fois, notamment en 1855.
3. **Catalepsie** : brusque et complète paralysie musculaire.

madame Lefrançois et la mère Bovary tournaient autour d'Emma, en achevant de l'habiller ; et elles abaissèrent le long voile raide, qui la recouvrit jusqu'à ses souliers de satin.

Félicité sanglotait :

– Ah ! ma pauvre maîtresse ! ma pauvre maîtresse !

– Regardez-la, disait en soupirant l'aubergiste, comme elle est mignonne encore ! Si l'on ne jurerait pas qu'elle va se lever tout à l'heure.

Puis elles se penchèrent, pour lui mettre sa couronne.

Il fallut soulever un peu la tête, et alors un flot de liquides noirs sortit, comme un vomissement, de sa bouche.

-Ah ! mon Dieu ! la robe, prenez garde ! s'écria madame Lefrançois. Aidez-nous donc ! disait-elle au pharmacien. Est-ce que vous avez peur, par hasard ?

– Moi, peur ? répliqua-t-il en haussant les épaules. Ah bien, oui ! J'en ai vu d'autres à l'Hôtel-Dieu, quand j'étudiais la pharmacie ! Nous faisions du punch dans l'amphithéâtre aux dissections ! Le néant n'épouvante pas un philosophe ; et même, je le dis souvent, j'ai l'intention de léguer mon corps aux hôpitaux, afin de servir plus tard à la Science.

En arrivant, le Curé demanda comment se portait Monsieur ; et, sur la réponse de l'apothicaire, il reprit :

– Le coup, vous comprenez, est encore trop récent !

Alors Homais le félicita de n'être pas exposé, comme tout le monde, à perdre une compagne chérie ; d'où s'ensuivit une discussion sur le célibat des prêtres.

– Car, disait le pharmacien, il n'est pas naturel qu'un homme se passe de femmes ! On a vu des crimes…

– Mais, sabre de bois ! s'écria l'ecclésiastique, comment voulez-vous qu'un individu pris dans le mariage puisse garder, par exemple, le secret de la confession ?

Homais attaqua la confession. Bournisien la défendit ; il s'étendit sur les restitutions qu'elle faisait opérer. Il cita différentes anecdotes de voleurs devenus honnêtes tout à coup. Des militaires, s'étant approchés du tribunal de la pénitence, avaient senti les écailles leur tomber des yeux. Il y avait à Fribourg un ministre…

Son compagnon dormait. Puis, comme il étouffait un peu dans l'atmosphère trop lourde de la chambre, il ouvrit la fenêtre, ce qui réveilla le pharmacien.

– Allons, une prise ! lui dit-il. Acceptez, cela dissipe.

Des aboiements continus se traînaient au loin, quelque part.

– Entendez-vous un chien qui hurle ? dit le pharmacien.

– On prétend, qu'ils sentent les morts, répondit l'ecclésiastique. C'est comme les abeilles : elles s'envolent de la ruche au décès des personnes. Homais ne releva pas ces préjugés, car il s'était rendormi.

M. Bournisien, plus robuste, continua quelque temps à remuer tout bas les lèvres ; puis, insensiblement, il baissa le menton, lâcha son gros livre noir et se mit à ronfler.

Ils étaient en face l'un de l'autre, le ventre en avant, la figure bouffie, l'air renfrogné, après tant de désaccord se rencontrant enfin dans la même faiblesse humaine ; et ils ne bougeaient pas plus que le cadavre à côté d'eux, qui avait l'air de dormir.

Charles, en entrant, ne les réveilla point. C'était la dernière fois. Il venait lui faire ses adieux.

Les herbes aromatiques fumaient encore, et des tourbillons de vapeur bleuâtre se confondaient au bord de la croisée avec le brouillard qui entrait. Il y avait quelques étoiles, et la nuit était douce.

La cire des cierges tombait par grosses larmes sur les draps du lit. Charles les regardait brûler, fatiguant ses yeux contre le rayonnement de leur flamme jaune.

Des moires frissonnaient sur la robe de satin, blanche comme un clair de lune. Emma disparaissait dessous ; et il lui semblait que, s'épandant au dehors d'elle-même, elle se perdait confusément dans l'entourage des choses, dans le silence, dans la nuit, dans le vent qui passait, dans les senteurs humides qui montaient.

Puis, tout à coup, il la voyait dans le jardin de Tostes, sur le banc, contre la haie d'épines, ou bien à Rouen dans les rues, sur le seuil de leur maison, dans la cour des Bertaux. Il entendait encore le rire des garçons en gaieté qui dansaient sous les pommiers ; la chambre était pleine du parfum de sa chevelure, et sa robe lui frissonnait dans les bras avec un bruit d'étincelles. C'était la même, celle-là !

Il fut longtemps à se rappeler ainsi toutes les félicités disparues, ses attitudes, ses gestes, le timbre de sa voix. Après un désespoir, il en venait un autre, et toujours, intarissablement, comme les flots d'une marée qui déborde.

Il eut une curiosité terrible : lentement, du bout des doigts, en palpitant, il releva son voile. Mais il poussa un cri d'horreur qui réveilla les deux autres. Ils l'entraînèrent en bas, dans la salle.

Puis Félicité vint dire qu'il demandait des cheveux.

– Coupez-en ! répliqua l'apothicaire.

Et, comme elle n'osait, il s'avança lui-même, les ciseaux à la main. Il tremblait si fort, qu'il piqua la peau des tempes en plusieurs places.

3290 Enfin, se raidissant contre l'émotion, Homais donna deux ou trois grands coups au hasard, ce qui fit des marques blanches dans cette belle chevelure noire.

Le pharmacien et le curé se replongèrent dans leurs occupations, non sans dormir de temps à autre, ce dont ils s'accusaient récipro-
3295 quement à chaque réveil nouveau. Alors M. Bournisien aspergeait la chambre d'eau bénite et Homais jetait un peu de chlore par terre.

Félicité avait eu soin de mettre pour eux, sur la commode, une bouteille d'eau-de-vie, un fromage et une grosse brioche. Aussi l'apothicaire, qui n'en pouvait plus, soupira, vers quatre heures du matin :
3300 – Ma foi, je me sustenterais avec plaisir !

L'ecclésiastique ne se fit point prier ; il sortit pour aller dire sa messe, revint ; puis ils mangèrent et trinquèrent, tout en ricanant un peu, sans savoir pourquoi, excités par cette gaieté vague qui vous prend après des séances de tristesse ; et, au dernier petit verre, le
3305 prêtre dit au pharmacien, tout en lui frappant sur l'épaule :
– Nous finirons par nous entendre !

Ils rencontrèrent en bas, dans le vestibule, les ouvriers qui arrivaient. Alors Charles, pendant deux heures, eut à subir le supplice du marteau qui résonnait sur les planches. Puis on la descendit
3310 dans son cercueil de chêne, que l'on emboîta dans les deux autres ; mais, comme la bière était trop large, il fallut boucher les interstices avec la laine d'un matelas. Enfin, quand les trois couvercles furent rabotés, cloués, soudés, on l'exposa devant la porte ; on ouvrit toute grande la maison, et les gens d'Yonville commencèrent à affluer.
3315 Le père Rouault arriva. Il s'évanouit sur la Place en apercevant le drap noir.

X

IL N'AVAIT reçu la lettre du pharmacien que trente-six heures après l'événement ; et, par égard pour sa sensibilité, M. Homais l'avait rédigée de telle façon qu'il était impossible de savoir à quoi s'en tenir.
3320 Le bonhomme tomba d'abord comme frappé d'apoplexie. Ensuite il comprit qu'elle n'était pas morte. Mais elle pouvait l'être… Enfin il avait passé sa blouse, pris son chapeau, accroché un éperon à son soulier et était parti ventre à terre ; et, tout le long de la route, le

père Rouault, haletant, se dévora d'angoisses. Une fois même, il fut obligé de descendre. Il n'y voyait plus, il entendait des voix autour de lui, il se sentait devenir fou.

Le jour se leva. Il aperçut trois poules noires qui dormaient dans un arbre ; il tressaillit, épouvanté de ce présage. Alors il promit à la sainte Vierge trois chasubles pour l'église, et qu'il irait pieds nus depuis le cimetière des Bertaux jusqu'à la chapelle de Vassonville.

Il entra dans Maromme en hélant les gens de l'auberge, enfonça la porte d'un coup d'épaule, bondit au sac d'avoine, versa dans la mangeoire une bouteille de cidre doux, et renfourcha son bidet, qui faisait feu des quatre fers.

Il se disait qu'on la sauverait sans doute ; les médecins découvriraient un remède, c'était sûr. Il se rappela toutes les guérisons miraculeuses qu'on lui avait contées.

Puis elle lui apparaissait morte. Elle était là, devant lui, étendue sur le dos, au milieu de la route. Il tirait la bride et l'hallucination disparaissait.

À Quincampoix, pour se donner du cœur, il but trois cafés l'un sur l'autre.

Il songea qu'on s'était trompé de nom en écrivant. Il chercha la lettre dans sa poche, l'y sentit, mais il n'osa pas l'ouvrir.

Il en vint à supposer que c'était peut-être une farce, une vengeance de quelqu'un, une fantaisie d'homme en goguette ; et, d'ailleurs, si elle était morte, on le saurait ? Mais non ! la campagne n'avait rien d'extraordinaire : le ciel était bleu, les arbres se balançaient ; un troupeau de moutons passa. Il aperçut le village ; on le vit accourant tout penché sur son cheval, qu'il bâtonnait à grands coups, et dont les sangles dégouttelaient de sang.

Quand il eut repris connaissance, il tomba tout en pleurs dans les bras de Bovary :

– Ma fille ! Emma ! mon enfant ! expliquez-moi… ?

Et l'autre répondait avec des sanglots :

– Je ne sais pas, je ne sais pas ! c'est une malédiction !

L'apothicaire les sépara.

– Ces horribles détails sont inutiles. J'en instruirai monsieur. Voici le monde qui vient. De la dignité, fichtre ! de la philosophie !

Le pauvre garçon voulut paraître fort, et. il répéta plusieurs fois :

– Oui…, du courage !

– Eh bien, s'écria le bonhomme, j'en aurai, nom d'un tonnerre de Dieu ! Je m'en vas la conduire jusqu'au bout.

La cloche tintait. Tout était prêt. Il fallut se mettre en marche.

Troisième partie

3365 Et, assis dans une stalle du chœur, l'un près de l'autre, ils virent passer, devant eux et repasser continuellement les trois chantres qui psalmodiaient. Le serpent[1] soufflait à pleine poitrine. M. Bournisien, en grand appareil, chantait d'une voix aiguë ; il saluait le tabernacle, élevait les mains, étendait les bras. Lestiboudois circulait dans l'église 3370 avec sa latte de baleine ; près du lutrin, la bière reposait entre quatre rangs de cierges. Charles avait envie de se lever pour les éteindre.

Il tâchait cependant de s'exciter à la dévotion, de s'élancer dans l'espoir d'une vie future où il la reverrait. Il imaginait qu'elle était partie en voyage, bien loin, depuis longtemps. Mais, quand il pensait 3375 qu'elle se trouvait là-dessous, et que tout était fini, qu'on l'emportait dans la terre, il se prenait d'une rage farouche, noire, désespérée. Parfois il croyait ne plus rien sentir ; et il savourait cet adoucissement de sa douleur, tout en se reprochant d'être un misérable.

On entendit sur les dalles comme le bruit sec d'un bâton ferré 3380 qui les frappait à temps égaux. Cela venait du fond, et s'arrêta court dans les bas-côtés de l'église. Un homme en grosse veste brune s'agenouilla péniblement. C'était Hippolyte, le garçon du *Lion d'or*. Il avait mis sa jambe neuve.

L'un des chantres vint faire le tour de la nef pour quêter, et les 3385 gros sous, les uns après les autres, sonnaient dans le plat d'argent.

– Dépêchez-vous donc ! Je souffre, moi ! s'écria Bovary tout en lui jetant avec colère une pièce de cinq francs.

L'homme d'église le remercia par une longue révérence.

On chantait, on s'agenouillait, on se relevait, cela n'en finissait 3390 pas ! Il se rappela qu'une fois, dans les premiers temps, ils avaient ensemble assisté à la messe, et ils s'étaient mis de l'autre côté, à droite, contre le mur. La cloche recommença. Il y eut un grand mouvement de chaises. Les porteurs glissèrent leurs trois bâtons sous la bière, et l'on sortit de l'église.

3395 Justin alors parut sur le seuil de la pharmacie. Il y rentra tout à coup, pâle, chancelant.

On se tenait aux fenêtres pour voir passer le cortège. Charles, en avant, se cambrait la taille. Il affectait un air brave et saluait d'un signe ceux qui, débouchant des ruelles ou des portes, se rangeaient 3400 dans la foule.

Les six hommes, trois de chaque côté, marchaient au petit pas et en haletant un peu. Les prêtres, les chantres et les deux enfants

---

1. **Serpent :** nom d'un instrument à vent, donné aussi à celui qui en joue.

de chœur récitaient le *De profundis*[1] ; et leurs voix s'en allaient sur la campagne, montant et s'abaissant avec des ondulations. Parfois ils disparaissaient aux détours du sentier ; mais la grande croix d'argent se dressait toujours entre les arbres.

Les femmes suivaient, couvertes de mantes noires à capuchon rabattu ; elles portaient à la main un gros cierge qui brûlait, et Charles se sentait défaillir à cette continuelle répétition de prières et de flambeaux, sous ces odeurs affadissantes de cire et de soutane. Une brise fraîche soufflait, les seigles et les colzas verdoyaient, des gouttelettes de rosée tremblaient au bord du chemin, sur les haies d'épines. Toutes sortes de bruits joyeux emplissaient l'horizon : le claquement d'une charrette roulant au loin dans les ornières, le cri d'un coq qui se répétait ou la galopade d'un poulain que l'on voyait s'enfuir sous les pommiers. Le ciel pur était tacheté de nuages roses ; des fumignons[2] bleuâtres se rabattaient sur les *Chaumières* couvertes d'iris ; Charles, en passant, reconnaissait les cours. Il se souvenait de matins comme celui-ci, où, après avoir visité quelque malade, il en sortait, et retournait vers elle.

Le drap noir, semé de larmes blanches, se levait de temps à autre en découvrant la bière. Les porteurs fatigués se ralentissaient, et elle avançait par saccades continues, comme une chaloupe qui tangue à chaque flot.

On arriva.

Les hommes continuèrent jusqu'en bas, à une place dans le gazon où la fosse était creusée.

On se rangea tout autour ; et, tandis que le prêtre parlait, la terre rouge, rejetée sur les bords, coulait par les coins, sans bruit, continuellement.

Puis, quand les quatre cordes furent disposées, on poussa la bière dessus. Il la regarda descendre. Elle descendait toujours.

Enfin on entendit un choc ; les cordes en grinçant remontèrent. Alors Bournisien prit la bêche que lui tendait Lestiboudois ; de sa main gauche, tout en aspergeant de la droite, il poussa vigoureusement une large pelletée ; et le bois du cercueil, heurté par les cailloux, fit ce bruit formidable qui nous semble être le retentissement de l'éternité.

L'ecclésiastique passa le goupillon à son voisin. C'était M. Homais. Il le secoua gravement, puis le tendit à Charles, qui s'affaissa jus-

---

1. *De profundis :* chant funèbre.
2. **Fumignons :** petites fumées.

Troisième partie

3440 qu'aux genoux dans la terre, et il en jetait à pleines mains tout en criant : « Adieu ! » Il lui envoyait des baisers ; il se traînait vers la fosse pour s'y engloutir avec elle.

On l'emmena ; et il ne tarda pas à s'apaiser, éprouvant peut-être, comme tous les autres, la vague satisfaction d'en avoir fini.

3445 Le père Rouault, en revenant, se mit tranquillement à fumer une pipe ; ce que Homais, dans son for intérieur, jugea peu convenable. Il remarqua de même que M. Binet s'était abstenu de paraître, que Tuvache « avait filé » après la messe, et que Théodore, le domestique du notaire, portait un habit bleu, « comme si l'on ne pouvait pas 3450 trouver un habit noir, puisque c'est l'usage, que diable ! » Et pour communiquer ses observations, il allait d'un groupe à l'autre. On y déplorait la mort d'Emma, et surtout Lheureux, qui n'avait point manqué de venir à l'enterrement.

– Cette pauvre petite dame ! quelle douleur pour son mari !

3455 L'apothicaire reprenait :

– Sans moi, savez-vous bien, il se serait porté sur lui-même à quelque attentat funeste !

– Une si bonne personne ! Dire pourtant que je l'ai encore vue samedi dernier dans ma boutique !

3460 – Je n'ai pas eu le loisir, dit Homais, de préparer quelques paroles que j'aurais jetées sur sa tombe.

En rentrant, Charles se déshabilla, et le père Rouault repassa sa blouse bleue. Elle était neuve, et, comme il s'était, pendant la route, souvent essuyé les yeux avec les manches, elle avait déteint sur sa 3465 figure ; et la trace des pleurs y faisait des lignes dans la couche de poussière qui la salissait.

Madame Bovary mère était avec eux. Ils se taisaient tous les trois. Enfin le bonhomme soupira :

– Vous rappelez-vous, mon ami, que je suis venu à Tostes une fois, 3470 quand vous veniez de perdre votre première défunte. Je vous consolais dans ce temps-là ! Je trouvais quoi dire ; mais à présent…

Puis, avec un long gémissement qui souleva toute sa poitrine :

– Ah ! c'est la fin pour moi, voyez-vous ! J'ai vu partir ma femme…, mon fils après…, et voilà ma fille, aujourd'hui !

3475 Il voulut s'en retourner tout de suite aux Bertaux, disant qu'il ne pourrait pas dormir dans cette maison-là. Il refusa même de voir sa petite-fille.

– Non ! Non ! ça me ferait trop de deuil. Seulement, vous l'embrasserez bien ! Adieu !… vous êtes un bon garçon ! Et puis, jamais je n'oublierai ça, dit-il en se frappant la cuisse, n'ayez peur ! vous rece-3480 vrez toujours votre dinde.

Mais, quand il fut au haut de la côte, il se détourna, comme autrefois il s'était détourné sur le chemin de Saint-Victor, en se séparant d'elle. Les fenêtres du village étaient tout en feu sous les rayons obliques du soleil, qui se couchait dans la prairie. Il mit sa main devant ses yeux ; et il aperçut à l'horizon un enclos de murs où des arbres, çà et là, faisaient des bouquets noirs entre des pierres blanches, puis il continua sa route, au petit trot, car son bidet boitait.

Charles et sa mère restèrent le soir, malgré leur fatigue, fort longtemps à causer ensemble. Ils parlèrent des jours d'autrefois et de l'avenir. Elle viendrait habiter Yonville, elle tiendrait son ménage, ils ne se quitteraient plus. Elle fut ingénieuse et caressante, se réjouissant intérieurement à ressaisir une affection qui depuis tant d'années lui échappait. Minuit sonna. Le village, comme d'habitude, était silencieux, et Charles, éveillé, pensait toujours à elle.

Rodolphe, qui, pour se distraire, avait battu le bois toute la journée, dormait tranquillement dans son château ; et Léon, là-bas, dormait aussi.

Il y en avait un autre qui, à cette heure-là, ne dormait pas.

Sur la fosse, entre les sapins, un enfant pleurait agenouillé, et sa poitrine, brisée par les sanglots, haletait dans l'ombre, sous la pression d'un regret immense plus doux que la lune et plus insondable que la nuit. La grille tout à coup craqua. C'était Lestiboudois ; il venait chercher sa bêche qu'il avait oubliée tantôt. Il reconnut Justin escaladant le mur, et sut alors à quoi s'en tenir sur le malfaiteur qui lui dérobait ses pommes de terre.

XI

CHARLES, le lendemain, fit revenir la petite. Elle demanda sa maman. On lui répondit qu'elle était absente, qu'elle lui rapporterait des joujoux. Berthe en reparla plusieurs fois ; puis, à la longue, elle n'y pensa plus. La gaieté de cette enfant navrait Bovary, et il avait à subir les intolérables consolations du pharmacien.

Les affaires d'argent bientôt recommencèrent, M. Lheureux excitant de nouveau son ami Vinçart, et Charles s'engagea pour des sommes exorbitantes ; car jamais il ne voulut consentir à laisser vendre le moindre des meubles ni lui avaient appartenu. Sa mère en fut exaspérée. Il s'indigna plus fort qu'elle. Il avait changé tout à fait. Elle abandonna la maison.

Troisième partie

3515   Alors chacun se mit à *profiter*. Mademoiselle Lempereur réclama six mois de leçons, bien qu'Emma n'en eût jamais pris une seule (malgré cette facture acquittée qu'elle avait fait voir à Bovary) : c'était une convention entre elles deux ; le loueur de livres réclama trois ans d'abonnement ; la mère Rolet réclama le port d'une ving-
3520   taine de lettres ; et, comme Charles demandait des explications, elle eut la délicatesse de répondre :

— Ah ! je ne sais rien ! c'était pour ses affaires.

À chaque dette qu'il payait, Charles croyait en avoir fini. Il en survenait d'autres, continuellement.

3525   Il exigea l'arriéré d'anciennes visites. On lui montra les lettres que sa femme avait envoyées. Alors il fallut faire des excuses.

Félicité portait maintenant les robes de Madame ; non pas toutes, car il en avait gardé quelques-unes, et il les allait voir dans son cabinet de toilette, où il s'enfermait ; elle était à peu près de sa
3530   taille, souvent Charles, en l'apercevant par derrière, était saisi d'une illusion, et s'écriait :

— Oh ! reste ! reste !

Mais, à la Pentecôte, elle décampa d'Yonville, enlevée par Théodore, et en volant tout ce qui restait de la garde-robe.

3535   Ce fut vers cette époque que madame veuve Dupuis eut l'honneur de lui faire part du « mariage de M. Léon Dupuis, son fils, notaire à Yvetot, avec mademoiselle Léocadie Lebœuf, de Bondeville ». Charles, parmi les félicitations qu'il lui adressa, écrivit cette phrase :

« Comme ma pauvre femme aurait été heureuse ! »

3540   Un jour qu'errant sans but dans la maison, il était monté jusqu'au grenier, il sentit sous sa pantoufle une boulette de papier fin. Il l'ouvrit et il lut : « Du courage, Emma ! du courage ! Je ne veux pas faire le malheur de votre existence. » C'était la lettre de Rodolphe, tombée à terre entre des caisses, qui était restée là, et que le vent de
3545   la lucarne venait de pousser vers la porte. Et Charles demeura tout immobile et béant à cette même place où jadis, encore plus pâle que lui, Emma, désespérée, avait voulu mourir. Enfin, il découvrit un petit R au bas de la seconde page. Qu'était-ce ? il se rappela les assiduités de Rodolphe, sa disparition soudaine et l'air contraint qu'il avait eu en
3550   la rencontrant depuis, deux ou trois fois. Mais le ton respectueux de la lettre l'illusionna.

— Ils se sont peut-être aimés platoniquement, se dit-il.

D'ailleurs, Charles n'était pas de ceux qui descendent au fond des choses : il recula devant les preuves, et sa jalousie incertaine se perdit
3555   dans l'immensité de son chagrin.

312

On avait dû, pensait-il, l'adorer. Tous les hommes, à coup sûr, l'avaient convoitée. Elle lui en parut plus belle ; et il en conçut un désir permanent, furieux, qui enflammait son désespoir et qui n'avait pas de limites, parce qu'il était maintenant irréalisable.

3560 Pour lui plaire, comme si elle vivait encore, il adopta ses prédilections, ses idées ; il s'acheta des bottes vernies, il prit l'usage des cravates blanches. Il mettait du cosmétique à ses moustaches, il souscrivit comme elle des billets à ordre. Elle le corrompait par delà le tombeau.

3565 Il fut obligé de vendre l'argenterie pièce à pièce, ensuite il vendit les meubles du salon. Tous les appartements se dégarnirent ; mais la chambre, sa chambre à elle, était restée comme autrefois. Après son dîner, Charles montait là. Il poussait devant le feu la table ronde, et il approchait son fauteuil. Il s'asseyait en face. Une chandelle brûlait dans
3570 un des flambeaux dorés. Berthe, près de lui, enluminait des estampes.

Il souffrait, le pauvre homme, à la voir si mal vêtue, avec ses brodequins sans lacet et l'emmanchure de ses blouses déchirée jusqu'aux hanches, car la femme de ménage n'en prenait guère de souci. Mais elle était si douce, si gentille, et sa petite tête se penchait
3575 si gracieusement en laissant retomber sur ses joues roses sa bonne chevelure blonde, qu'une délectation infinie l'envahissait, plaisir tout mêlé d'amertume comme ces vins mal faits qui sentent la résine. Il raccommodait ses joujoux, lui fabriquait des pantins avec du carton, ou recousait le ventre déchiré de ses poupées. Puis, s'il rencontrait
3580 des yeux la boîte à ouvrage, un ruban qui traînait ou même une épingle restée dans une fente de la table, il se prenait à rêver, et il avait l'air si triste, qu'elle devenait triste comme lui.

Personne à présent ne venait les voir ; car Justin s'était enfui à Rouen, où il est devenu garçon épicier, et les enfants de l'apothicaire fréquen-
3585 taient de moins en moins la petite, M. Homais ne se souciant pas, vu la différence de leurs conditions sociales, que l'intimité se prolongeât.

L'Aveugle, qu'il n'avait pu guérir avec sa pommade, était retourné dans la côte du Bois-Guillaume, où il narrait aux voyageurs la vaine tentative du pharmacien, à tel point que Homais, lorsqu'il
3590 allait à la ville, se dissimulait derrière les rideaux de *l'Hirondelle*, afin d'éviter sa rencontre. Il l'exécrait ; et, dans l'intérêt de sa propre réputation, voulant s'en débarrasser à toute force, il dressa contre lui une batterie[1] cachée, qui décelait la profondeur de son

---

1. **Une batterie :** un dispositif de combat.

intelligence et la scélératesse de sa vanité. Durant six mois consé
3595 cutifs, on put donc lire dans *le Fanal de Rouen* des entrefilets ainsi
conçus :

« Toutes les personnes qui se dirigent vers les fertiles contrées de la
Picardie auront remarqué sans doute, dans la côte du Bois-Guillaume,
un misérable atteint d'une horrible plaie faciale. Il vous importune,
3600 vous persécute et prélève un véritable impôt sur les voyageurs.
Sommes-nous encore à ces temps monstrueux du Moyen Age, où il
était permis aux vagabonds d'étaler par nos places publiques la lèpre
et les scrofules qu'ils avaient rapportées de la croisade ? »

Ou bien :

3605 « Malgré les lois contre le vagabondage, les abords de nos grandes
villes continuent à être infestés par des bandes de pauvres. On en
voit qui circulent isolément, et qui, peut-être, ne sont pas les moins
dangereux. À quoi songent nos édiles ? »

Puis Homais inventait des anecdotes :

3610 « Hier, dans la côte du Bois-Guillaume, un cheval ombrageux... » Et
suivait le récit d'un accident occasionné par la présence de l'Aveugle.

Il fit si bien, qu'on l'incarcéra. Mais on le relâcha. Il recommença,
et Homais aussi recommença. C'était une lutte. Il eut la victoire ;
car son ennemi fut condamné à une réclusion perpétuelle dans un
3615 hospice.

Ce succès l'enhardit ; et dès lors il n'y eut plus dans l'arrondissement un chien écrasé, une grange incendiée, une femme battue,
dont aussitôt il ne fît part au public, toujours guidé par l'amour du
progrès et la haine des prêtres. Il établissait des comparaisons entre
3620 les écoles primaires et les frères ignorantins[1], au détriment de ces
derniers, rappelait la Saint-Barthélemy à propos d'une allocation
de cent francs faite à l'église, et dénonçait des abus, lançait des boutades. C'était son mot. Homais sapait ; il devenait dangereux.

Cependant il étouffait dans les limites étroites du journalisme,
3625 et bientôt il lui fallut le livre, l'ouvrage ! Alors il composa une
Statistique générale du canton d'Yonville, suivie d'observations climatologiques, et la statistique le poussa vers la philosophie. Il se préoccupa des grandes questions : problème social, moralisation des classes pauvres, pisciculture, caoutchouc, chemins de fer, etc. Il en vint
3630 à rougir d'être un bourgeois. Il affectait le *genre artiste*, il fumait ! Il
s'acheta deux statuettes *chic* Pompadour, pour décorer son salon.

---

1. **Frères ignorantins :** ordre religieux qui dirigeait les écoles chrétiennes.

Il n'abandonnait point la pharmacie ; au contraire ! il se tenait au courant des découvertes. Il suivait le grand mouvement des chocolats. C'est le premier qui ait fait venir dans la Seine-Inférieure du *cho-ca* et de la *revalentia*. Il s'éprit d'enthousiasme pour les chaînes hydro-électriques Pulvermacher ; il en portait une lui-même ; et, le soir, quand il retirait son gilet de flanelle, madame Homais restait tout éblouie devant la spirale d'or sous laquelle il disparaissait, et sentait redoubler ses ardeurs pour cet homme plus garrotté qu'un Scythe et splendide comme un mage.

Il eut de belles idées à propos du tombeau d'Emma. Il proposa d'abord un tronçon de colonne avec une draperie, ensuite une pyramide, puis un temple de Vesta, une manière de rotonde... ou bien « un amas de ruines ». Et, dans tous les plans, Homais ne démordait point du saule pleureur, qu'il considérait comme le symbole obligé de la tristesse.

Charles et lui firent ensemble un voyage à Rouen, pour voir des tombeaux, chez un entrepreneur de sépultures, – accompagnés d'un artiste peintre, un nommé Vaufrylard, ami de Bridoux, et qui, tout le temps, débita des calembours. Enfin, après avoir examiné une centaine de dessins, s'être commandé un devis et avoir fait un second voyage à Rouen, Charles se décida pour un mausolée qui devait porter sur ses deux faces principales « un génie tenant une torche éteinte ».

Quant à l'inscription, Homais ne trouvait rien de beau comme : *Sta viator*, et il en restait là ; il se creusait l'imagination ; il répétait continuellement : Sta viator... Enfin, il découvrit : *amabilem conjugem calcas*[1] ! qui fut adopté.

Une chose étrange, c'est que Bovary, tout en pensant à Emma continuellement, l'oubliait ; et il se désespérait à sentir cette image lui échapper de la mémoire au milieu des efforts qu'il faisait pour la retenir. Chaque nuit pourtant, il la rêvait ; c'était toujours le même rêve : il s'approchait d'elle ; mais, quand il venait à l'étreindre, elle tombait en pourriture dans ses bras.

On le vit pendant une semaine entrer le soir à l'église. M. Bournisien lui fit même deux ou trois visites, puis l'abandonna. D'ailleurs, le bonhomme tournait à l'intolérance, au fanatisme, disait Homais ; il fulminait contre l'esprit du siècle, et ne manquait pas, tous les quinze jours, au sermon, de raconter l'agonie de Voltaire, lequel mourut en dévorant ses excréments, comme chacun sait.

---

1. *Sta viator... amabilem conjugem calcas* : « Arrête-toi, voyageur, tu marches sur une épouse digne d'amour. »

Troisième partie

Malgré l'épargne où vivait Bovary, il était loin de pouvoir amortir
ses anciennes dettes. Lheureux refusa de renouveler aucun billet. La
saisie devint imminente. Alors il eut recours à sa mère, qui consentit
à lui laisser prendre une hypothèque sur ses biens, mais en lui envoyant
force récriminations contre Emma ; et elle demandait, en retour de
son sacrifice, un châle, échappé aux ravages de Félicité. Charles le lui
refusa. Ils se brouillèrent.

Elle fit les premières ouvertures de raccommodement, en lui propo-
sant de prendre chez elle la petite, qui la soulagerait dans sa maison.
Charles y consentit. Mais, au moment du départ, tout courage l'abandonna. Alors, ce fut une rupture définitive, complète.

À mesure que ses affections disparaissaient, il se resserrait plus
étroitement à l'amour de son enfant. Elle l'inquiétait cependant ; car
elle toussait quelquefois, et avait des plaques rouges aux pommettes.

En face de lui s'étalait, florissante et hilare, la famille du pharmacien, que tout au monde contribuait à satisfaire. Napoléon l'aidait au
laboratoire, Athalie lui brodait un bonnet grec, Irma découpait des
rondelles de papier pour couvrir les confitures, et Franklin récitait
tout d'une haleine la table de Pythagore. Il était le plus heureux des
pères, le plus fortuné des hommes.

Erreur ! une ambition sourde le rongeait : Homais désirait la croix.
Les titres ne lui manquaient point :

1° S'être, lors du choléra, signalé par un dévouement sans bornes ;
2° avoir publié, et à mes frais, différents ouvrages d'utilité publique, tels
que... (et il rappelait son mémoire intitulé : Du cidre, de sa fabrication
et de ses effets ; plus, des observations sur le puceron laniger[1], envoyées
à l'Académie ; son volume de statistique, et jusqu'à sa thèse de pharmacien) ; sans compter que je suis membre de plusieurs sociétés savantes
(il l'était d'une seule).

– Enfin, s'écriait-il, en faisant une pirouette, quand ce ne serait que
de me signaler aux incendies !

Alors Homais inclina vers le Pouvoir. Il rendit secrètement à M. le
préfet de grands services dans les élections. Il se vendit enfin, il se
prostitua. Il adressa même au souverain une pétition où il le suppliait de *lui faire justice* ; il l'appelait notre bon roi et le comparait à
Henri IV.

Et chaque matin, l'apothicaire se précipitait sur le journal pour y
découvrir sa nomination ; elle ne venait pas. Enfin, n'y tenant plus,

---

1. **Puceron laniger :** puceron des pommiers.

316

il fit dessiner dans son jardin un gazon figurant l'étoile de l'honneur, avec deux petits tordillons d'herbe qui partaient du sommet pour imiter le ruban. Il se promenait autour, les bras croisés, en méditant sur l'ineptie du gouvernement et l'ingratitude des hommes.

Par respect, ou par une sorte de sensualité qui lui faisait mettre de la lenteur dans ses investigations, Charles n'avait pas encore ouvert le compartiment secret d'un bureau de palissandre dont Emma se servait habituellement. Un jour, enfin, il s'assit devant, tourna la clef et poussa le ressort. Toutes les lettres de Léon s'y trouvaient. Plus de doute, cette fois ! Il dévora jusqu'à la dernière, fouilla dans tous les coins, tous les meubles, tous les tiroirs, derrière les murs, sanglotant, hurlant, éperdu, fou. Il découvrit une boîte, la défonça d'un coup de pied. Le portrait de Rodolphe lui sauta en plein visage, au milieu des billets doux bouleversés.

On s'étonna de son découragement. Il ne sortait plus, ne recevait personne, refusait même d'aller voir ses malades. Alors on prétendit qu'il *s'enfermait pour boire.*

Quelquefois pourtant, un curieux se haussait par-dessus la haie du jardin, et apercevait avec ébahissement cet homme à barbe longue, couvert d'habits sordides, farouche, et qui pleurait tout haut en marchant.

Le soir, dans l'été, il prenait avec lui sa petite fille et la conduisait au cimetière. Ils s'en revenaient à la nuit close, quand il n'y avait plus d'éclairé sur la Place que la lucarne de Binet.

Cependant la volupté de sa douleur était incomplète, car il n'avait autour de lui personne qui la partageât ; et il faisait des visites à la mère Lefrançois afin de pouvoir parler d'elle. Mais l'aubergiste ne l'écoutait que d'une oreille, ayant comme lui des chagrins, car M. Lheureux venait enfin d'établir les *Favorites du commerce*, et Hivert, qui jouissait d'une grande réputation pour les commissions, exigeait un surcroît d'appointements et menaçait de s'engager « à la Concurrence ».

Un jour qu'il était allé au marché d'Argueil pour y vendre son cheval, – dernière ressource, – il rencontra Rodolphe.

Ils pâlirent en s'apercevant. Rodolphe, qui avait seulement envoyé sa carte, balbutia d'abord quelques excuses, puis s'enhardit et même poussa l'aplomb (il faisait très chaud, on était au mois d'août), jusqu'à l'inviter à prendre une bouteille de bière au cabaret.

Accoudé en face de lui, il mâchait son cigare tout en causant, et Charles se perdait en rêveries devant cette figure qu'elle avait aimée. Il lui semblait revoir quelque chose d'elle. C'était un émerveillement. Il aurait voulu être cet homme.

Troisième partie

L'autre continuait à parler culture, bestiaux, engrais, bouchant avec des phrases banales tous les interstices où pouvait se glisser une allusion. Charles ne l'écoutait pas ; Rodolphe s'en apercevait, et il suivait sur la mobilité de sa figure le passage des souvenirs. Elle s'empourprait peu à peu, les narines battaient vite, les lèvres frémissaient ; il y eut même un instant où Charles, plein d'une fureur sombre, fixa ses yeux contre Rodolphe qui, dans une sorte d'effroi, s'interrompit. Mais bientôt la même lassitude funèbre réapparut sur son visage.

– Je ne vous en veux pas, dit-il.

Rodolphe était resté muet. Et Charles, la tête dans ses deux mains, reprit d'une voix éteinte et avec l'accent résigné des douleurs infinies :

– Non, je ne vous en veux plus !

Il ajouta même un grand mot, le seul qu'il ait jamais dit :

– C'est la faute de la fatalité !

Rodolphe, qui avait conduit cette fatalité, le trouva bien débonnaire pour un homme dans sa situation, comique même, et un peu vil.

Le lendemain, Charles alla s'asseoir sur le banc, dans la tonnelle. Des jours passaient par le treillis ; les feuilles de vigne dessinaient leurs ombres sur le sable, le jasmin embaumait, le ciel était bleu, des cantharides bourdonnaient autour des lis en fleur, et Charles suffoquait comme un adolescent sous les vagues effluves amoureux qui gonflaient son cœur chagrin.

À sept heures, la petite Berthe, qui ne l'avait pas vu de toute l'après-midi, vint le chercher pour dîner.

Il avait la tête renversée contre le mur, les yeux clos, la bouche ouverte, et tenait dans ses mains une longue mèche de cheveux noirs.

– Papa, viens donc ! dit-elle.

Et, croyant qu'il voulait jouer, elle le poussa doucement. Il tomba par terre. Il était mort.

Trente-six heures après, sur la demande de l'apothicaire, M. Canivet accourut. Il l'ouvrit et ne trouva rien.

Quand tout fut vendu, il resta douze francs soixante et quinze centimes qui servirent à payer le voyage de mademoiselle Bovary chez sa grand-mère. La bonne femme mourut dans l'année même ; le père Rouault étant paralysé, ce fut une tante qui s'en chargea. Elle est pauvre et l'envoie, pour gagner sa vie, dans une filature de coton.

Depuis la mort de Bovary, trois médecins se sont succédé à Yonville sans pouvoir y réussir, tant M. Homais les a tout de suite battus en brèche. Il fait une clientèle d'enfer ; l'autorité le ménage et l'opinion publique le protège.

Il vient de recevoir la croix d'honneur.

La mort de Madame Bovary.
Gravure de Daniel Mordant.

Valentine Tessier dans *Madame Bovary*, de Jean Renoir, 1934.

Isabelle Hupert dans *Madame Bovary* de Claude Chabrol, 1991.

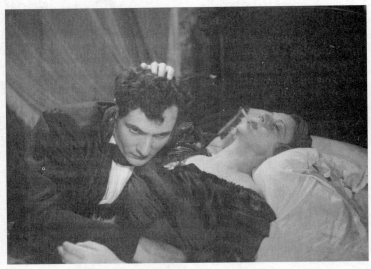

Valentine Tessier et Daniel Lecourtois (Léon) dans *Madame Bovary* de Jean Renoir, 1934.

Isabelle Huppert et Christophe Malavoy (Rodolphe) dans *Madame Bovary*
de Claude Chabrol, 1991.

Flaubert faisant l'autopsie d'Emma Bovary.
Parue dans *La Parodie* du 5/12/1869, par Lemot.

POUR
APPROFONDIR

Clefs de lecture

Charles Bovary, un personnage sans qualité

Première partie,
Chapitre I à IV

p. 21 à 47

Compréhension

Un regard masculin ?

- Observer le point de vue adopté au début du récit, puis le changement opéré à partir de « Sa mère lui choisit une chambre » (chapitre I).
- Observer la description de la casquette de Charles, l'énoncé de son nom, les indices du caractère de son propriétaire (chapitre I).

Charles et Emma, scènes de la vie de province

- Observer la découverte progressive, sans notation sentimentale, que Charles fait d'Emma et de l'amour (chapitres II et III).
- Observer la précision de la vision sociale donnée par les descriptions, les dialogues et les paroles rapportées : évocation de la campagne, de l'habitat, des questions d'argent, des différents personnages, de la noce (chapitres I à IV).

Analyse

Un début révélateur

- Analyser la façon dont Flaubert fait de Charles un personnage faible à tous égards (chapitres I à IV).

Réalisme, distance et décalages

- Analyser le mélange d'objectivité et d'ironie dans le récit de la succession des événements et les descriptions (chapitres I à IV).
- Analyser les éléments qui montrent le décalage entre les ambitions de Madame Bovary mère pour son fils et la réalité (chapitres I et II), entre les rêves d'Emma et la réalité (chapitres III et IV).

Pour approfondir

À retenir :

Dès les premiers chapitres, Flaubert s'attache à prendre le contre-pied de la tradition romanesque : rien d'exceptionnel dans le cadre, les personnages ou les événements. Les protagonistes sont des individus décalés, plongés dans une réalité des plus prosaïques, guettés par l'ennui et par la déception.

Un mariage décevant

Première partie,
Chapitre V à VI

p. 48 à 56

Compréhension

Un couple mal assorti

- Observer le regard porté par Emma sur la maison et le jardin, et son impression de banalité et de mauvais goût.
- Observer le point de vue de Charles sur le corps, les attitudes et les tenues d'Emma, notamment sur ses yeux.
- Relever les détails qui montrent le décalage entre le bonheur amoureux de Charles et l'indifférence exaspérée d'Emma.

L'éducation d'Emma

- Observer les clichés religieux et littéraires qui constituent le monde idéal d'Emma.

Analyse

L'art des contrastes

- Analyser l'efficacité du contraste entre le prosaïsme de la réalité décrite au chapitre V et les visions romantiques évoquées dans le chapitre VI.

Pour approfondir

Clefs de lecture

Une ironie omniprésente

• Analyser l'ironie avec laquelle Flaubert évoque le tempérament d'Emma, son besoin d'exaltation, ses élans mélancoliques et son absence de profondeur (chapitre VI).

> **À retenir :**
>
> *À l'ironie mordante de Flaubert vis-à-vis de ses personnages et des excès de la littérature romantique, se mêle une forme discrète de sympathie. On le décèle dans l'évocation poétique de l'amour de Charles pour Emma, mais également dans la description de la condition féminine de l'époque. Moins qu'une faiblesse personnelle, c'est une éducation des filles qui est aussi en question.*

Le mirage de la vie de château

Première partie,
Chapitres VII à IX.

p. 56 à 81

Pour approfondir

Compréhension

Dégradation et monotonie

• Observer les principales étapes et les principaux signes de la dégradation progressive d'Emma dans les chapitres VII, VIII et IX.

• Observer les effets de répétition dans les chapitres VII et IX : rêveries romanesques d'Emma, habitudes de Charles, obsessions de plus en plus noires d'Emma.

• Observer le contraste entre les talents divers d'Emma et l'absence de dons de Charles, leur rapport au réel (chapitre VII).

Le château de la Vaubyessard, un lieu de rêve

• Étudier la description du château, son opposition à la maison et au jardin des Bovary (chapitre VIII).

• Relever l'importance des références à la vie aristocratique, le rappel des lectures de jeunesse (chapitre VIII).

Des notations significatives

• Relever les occurrences significatives des mots « pâle » et « pâleur » dans les chapitres VIII et IX.

Analyse

Précision et ironie

• Étudier l'alliance d'objectivité et d'ironie dans les descriptions, notamment celles du dîner, du vieux duc de Laverdière et des jeunes fats du bal (chapitre VIII).

Contrepoints efficaces

• Analyser l'importance des oppositions répétées entre la rusticité de la vie des Bovary et le raffinement aristocratique.

Dénonciation du mythe parisien

• Analyser le caractère convenu et simpliste de la vision parisienne d'Emma.

À retenir :

La progression du roman fait un mouvement circulaire, comme le tour de Binet, mais de façon pernicieuse. Les mêmes motifs, les mêmes contrastes et des situations comparables réapparaissent, mais chaque fois de manière plus dure.

Pour approfondir

Yonville ou la platitude de la vie de province

Deuxième partie,
Chapitres I à VI.

p. 82 à 129

Compréhension

▌ *Une précision de topographe*
- Observer, au début du chapitre I, la précision des indications géographiques et la succession des points de vue sur le village.

▌ *Une figure de la vie provinciale*
- Observer le caractère prétentieux et calculateur du personnage du pharmacien Homais (chapitres I à VI).

▌ *Une scène de rencontre insolite*
- Observer le contraste entre la description d'Emma et le silence sur la réaction de Léon au moment de leur première rencontre (chapitre I).

Analyse

▌ *Un amour romantique ?*
- Interpréter le style recherché et l'abondance de lieux communs romantiques dans les dialogues entre Léon et Emma (chapitres I et II), puis la pauvreté de leurs échanges plus tard (chapitre V).

▌ *Deux personnages antinomiques*
- Étudier les éléments qui accentuent encore l'écart entre la sollicitude débonnaire de Charles et les excès maladifs du tempérament d'Emma.

▌ *Une enfant sacrifiée*
- Étudier le rejet que subit la petite fille Berthe dès sa naissance (chapitre III), et la façon dont le récit même l'exclut.

Pour approfondir

L'impossibilité de communiquer

- Analyser l'échec de la communication et ses différentes formes dans ces chapitres.

Une vision de la société

- Analyser le regard dépréciatif porté par Flaubert sur la société d'Yonville.

> **À retenir :**
>
> *Flaubert donne une vision impitoyable de la société. D'un côté, un anticlérical sans nuance, de l'autre un curé incapable d'écoute et de compassion, une bourgeoisie prétentieuse et médisante, des paysans alcooliques et répugnants, et une femme, Emma, mal mariée et mère indifférente.*

Rodolphe ou la séduction vulgaire

Deuxième partie, Chapitres VII à X.

p. 129 à 172

Pour approfondir

Compréhension

Portrait d'un don Juan de province

- Relever les marques de désinvolture du personnage de Rodolphe Boulanger (attitude, vêtements), et les marques de vulgarité dans ses propos (chapitre VII).

La coïncidence comique de deux discours convenus

- Observer la façon dont les discours des administrateurs, emphatiques et convenus, alternent avec les propos séducteurs de Rodolphe, émaillés de lieux communs romantiques.

Clefs de lecture

Analyse

Une idylle dérisoire et éphémère

- Analyser l'effet produit par le mélange de poésie et d'ironie dans la description de l'équipée en forêt et dans les visites d'Emma à Rodolphe (chapitre IX).

- Étudier les diverses formes de désenchantement qui succèdent à l'idylle : crainte des bavardages de Binet, lassitude de Rodolphe et remords d'Emma (chapitre X).

À retenir :

Ces chapitres poursuivent l'entreprise de démolition du romantisme amorcée au début du roman. S'étant crue un moment l'héroïne d'une des romances de son enfance, Emma déchante vite. Le système de Flaubert se répète en s'accentuant : aux mirages d'une vie plus conforme à ses rêves succède chaque fois pour Emma une réalité plus noire.

Pour approfondir

Opération d'Hippolyte et rechute d'Emma

Deuxième partie,
Chapitres XI à XV.

p. 172 à 219

Compréhension

Un épisode atroce

- Observer les intérêts en jeu dans le projet d'opération du pied bot d'Hippolyte, l'inhumanité dont est entouré le malade, l'égoïsme final d'Emma (chapitre XI).

Les indices d'une dégradation

- Relever les indices significatifs d'une dégradation morale du personnage d'Emma après ses brèves velléités de repentir : dépenses, allure, attitude envers sa bonne (chapitre XII).

L'art de rapporter des paroles

- Observer la façon dont Flaubert fait alterner les citations de la lettre et les réflexions de Rodolphe pour mieux montrer sa mauvaise foi et son cynisme (chapitre XIII).

Analyse

Vraie sollicitude et exaltation factice

- Analyser les sentiments contradictoires suscités par l'épisode de la maladie d'Emma : pitié et sympathie pour le dévouement de Charles, méfiance envers l'exaltation mystique et les élans charitables d'Emma.

Une satire universelle

- Étudier l'importance de la satire dans la description d'Homais et de Bournisien, comme dans celle des bourgeois de Rouen, ou de Lagardy.

Constance et inconstance fatales

- Analyser la précision avec laquelle Flaubert souligne la versatilité des humeurs d'Emma, opposée à la constante complaisance de Charles pour sa femme.

> **À retenir :**
>
> À travers l'épisode horrible de l'opération d'Hippolyte, Flaubert stigmatise le pouvoir dévastateur de l'ambition jointe à la bêtise. Il montre l'importance d'une documentation médicale, en relation possible avec son milieu d'enfance.

Pour approfondir

Clefs de lecture

L'aventure avec Léon, une parodie d'amour

Troisième partie,
Chapitres I à VI.

p. 220 à 273

Compréhension

Une aventure grotesque

- Observer la façon dont Emma et Léon rejouent les élans romantiques de leur première rencontre (Deuxième partie, chapitres I et II) au chapitre I.
- Relever les effets mécaniques et comiques de la visite dans la cathédrale et de la promenade en fiacre (chapitre I).

Une scène de théâtre

- Étudier les effets théâtraux de la scène chez l'apothicaire : rhétorique d'Homais, effets de double énonciation dans la mention de *L'Amour conjugal* et de l'arsenic, ironie tragique de l'annonce de la mort du père Bovary (chapitre II).

Une situation dégradée

- Relever le contraste entre la succession des lieux communs romantiques et les épisodes prosaïques (allusions du batelier, relâchement professionnel de Léon, folie dépensière, duplicité d'Emma, accumulation des dettes et des procédures).

Analyse

Un parfum délétère

- Analyser l'importance croissante des éléments morbides et sataniques (mention de l'arsenic, montée en puissance de Lheureux, apparition de l'aveugle, signes de maladie ou de pourrissement) dans ces six chapitres.

Pour approfondir

Le cycle infernal de l'exaltation à la folie

• Analyser l'effet produit par la répétition inquiétante d'un cycle qui mène Emma de l'euphorie de la domination sur Léon à la déception, à la rage, à la tentative d'évasion et, enfin, à un égarement proche de la folie (chapitres V et VI).

> **À retenir :**
>
> *La troisième partie se signale par un net changement d'atmosphère. Au réalisme ironique de la narration et à la rigueur des descriptions, se mêlent des visions fantastiques et presque épiques. Le romantisme, chez Flaubert, n'est pas tout à fait mort.*

De la catastrophe financière au suicide

Troisième partie,
Chapitres VII à VIII.

p. 274 à 299

Compréhension

La catastrophe financière

• Noter la succession des démarches d'Emma pour trouver de l'argent et échapper à la saisie, la dégradation du personnage et la bassesse des interlocuteurs.

Un suspens savamment entretenu

• Observer l'importance des interventions d'Homais, le ridicule odieux du personnage.

• Observer la mise en scène sociale du drame : regard curieux et réprobateur des voisines (chapitre VII).

Emma, entre calcul et folie grandissante

• Observer l'alternance de lucidité et d'égarement croissant (pulsions criminelles, tentation de la « prostitution », hallucinations, suicide de sang froid) chez l'héroïne.

Pour approfondir

335

Clefs de lecture

- Relever la réapparition du fantastique et du monstrueux (animaux, personnage de l'aveugle, lieux, éléments naturels) dans ces deux chapitres.

La mort, vision clinique et drame humain

- Observer la façon dont la mort d'Emma est décrite : précision médicale de la description, évocation de la douleur de Charles.

Analyse

Une ironie persistante

- Analyser l'ironie diffuse dans ces chapitres, même dans les moments les plus tragiques (baiser amoureux d'Emma sur le crucifix au moment de son agonie).

Un personnage admirable

- Analyser les éléments qui contribuent à faire de Charles un personnage pathétique.

> **À retenir :**
> *Cette fin tragique met en valeur à la fois l'efficacité narrative du récit, où le suspens est savamment ménagé, la férocité de la satire et l'émotion qui se dégage d'une écriture elliptique mais très suggestive.*

Pour approfondir

Tout est mal qui finit très mal

Troisième partie,
Chapitres IX à XI.

p. 300 à 318

Compréhension

De l'égarement à l'apaisement

- Observer comment Charles et le père Rouault font leur deuil, passant de l'égarement et de visions quasi hallucinatoires à l'apaisement.

Un tableau mortuaire atroce

- Observer le caractère scandaleux de la veillée mortuaire, avec le curé et le pharmacien envahissants.

Une cérémonie absurde

- Relever les expressions qui dénotent l'absurdité du rituel religieux, l'exaspération de Charles, l'indifférence de la nature au cortège funèbre (chapitre IX).

Un peu de sincérité dans un monde de brutes

- Observer les brèves notations concernant la douleur de Justin et le contrepoint qu'elles constituent par rapport aux autres réactions (chapitre X).

Analyse

Deux destins opposés

- Étudier le contraste entre l'anéantissement progressif de Charles, la déchéance de sa famille, et l'épanouissement d'Homais et des siens.

Une accélération dans l'épilogue

- Étudier l'accélération du temps dans la dernière page, et l'effet produit.

La chronique finale de la bêtise triomphante

- Étudier la dernière phrase, le sens de cette décoration et du présent immédiat.

> **À retenir :**
>
> *Comment susciter l'émotion tout en bannissant l'effusion romantique ? Comment faire d'une satire impitoyable une œuvre d'art ? Comment écrire une tragédie dans un milieu mesquin, corrompu et dénué de tout idéal ? C'est le défi relevé par Flaubert.*

Pour approfondir

Genre, action, personnages

Le genre

▌Un roman débarrassé du romanesque

Madame Bovary a permis de redéfinir le roman. On pouvait se contenter, jusqu'en 1857, de définir le genre par des traits de forme – récit de fiction en prose d'une certaine étendue – mais surtout par des traits de contenu : la présentation d'aventures palpitantes de personnages imaginaires, reproduits sur le modèle de personnes réelles. S'il s'en tient toujours à l'imitation de personnes réelles dans la fiction, Flaubert retire au roman toute la charge dramatique attendue : les amours sont pitoyables, les exploits sont manqués (opération du pied bot), l'enlèvement n'a pas lieu, les grandes évasions restent rêvées, les morts elles-mêmes paraissent dérisoires : ce n'est pas à la suite du rejet violent de son mari ou d'un désespoir amoureux que l'héroïne se donne la mort... mais parce qu'elle ne trouve plus d'argent ! Bref, Flaubert ôte au roman tout ce qu'on appelle le « romanesque », qu'on trouvait encore, dans la première moitié du XIXe siècle, dans la chasse au bonheur des héros de Stendhal ou les passions ambitieuses de ceux de Balzac. Flaubert assume ainsi, dans une lettre de 1852, le discrédit de ses personnages et de leurs aspirations : « Ce sera, je crois, la première fois que l'on verra un livre qui se moque de sa jeune première et de son jeune premier ».

▌Une redéfinition de la littérature elle-même

Au lieu de présenter un personnage idéalisé auquel on pourrait s'identifier positivement, le romancier dépeint l'exemple cruel d'une femme que l'idéalisation de ses lectures conduit au fiasco. En ce sens, ce n'est pas seulement le roman qui se redéfinit, mais la littérature tout entière : elle ne réside plus dans un grand sujet, dans le déploiement de grands sentiments et de grandes aventures ou dans ce qui est dit, mais dans la façon même de le présenter, de le sentir et de le dire. Flaubert l'exprime ainsi à Louise Colet en 1852 : « C'est pourquoi il n'y a ni beaux ni vilains sujets, et qu'on pourrait presque établir comme axiome, en se posant du point de vue de l'Art pur, qu'il n'y en a aucun, le style étant à lui tout seul une manière absolue de voir les choses ». Désormais la littérature n'est plus dans le « dit » mais dans le fait de dire ; ce ne sera plus considéré comme la manière ordinaire de dire des choses extraordinaires, mais bien, au contraire, comme l'art de dire des choses ordinaires... de manière extraordinaire. Car la grande intensité dramatique appartient aux lectures – souvent médiocres – de l'héroïne, plus qu'à sa vie ; en d'autres termes, c'est souvent la littérature de second ordre qui repose exclusivement sur le déroulement de la fable, l'attente d'une histoire haletante, l'espoir d'événements inattendus... et, somme toute, bien conventionnels.

Un roman de mœurs atypique

On peut dire qu'un groupe de romans, comme un groupe d'élèves, obéit à des règles communes, ce qu'on trouve en italiques dans les premières pages du roman : « C'était là le *genre* ». Charles Bovary est celui qui s'exclut du groupe parce qu'il méconnaît les lois du genre – jeter sa casquette dans une classe. *Madame Bovary* est un roman qui s'exclut aussi, mais délibérément, du genre auquel on pourrait le rattacher, le roman de mœurs sur la dérive d'une femme fautive, inauguré, par exemple, par *La Femme de trente ans* de Balzac. L'histoire est trop ténue et insignifiante ; elle décrit un personnage qui s'abandonne à la faute, non par passion (attrait irrésistible pour un homme, horreur de vieillir sans être aimée) mais par ennui, par souci de retrouver un monde imaginaire et livresque qui n'existe pas, par envie d'échapper à la médiocrité de sa condition sociale (simple fille de paysan, femme d'un médecin subalterne, « officier de santé »). En outre, la leçon « morale » de cette déchéance est loin d'apparaître avec netteté – au point d'avoir suscité le procès d'un roman suspect de complaisance envers l'adultère. Comme toutes les grandes œuvres de notre littérature, *Madame Bovary* est énigmatique et ambigu et ne correspondait pas pleinement à l'horizon d'attente de son époque. Les lecteurs étaient familiers des « romans de l'adultère », mais ceux-ci devaient comporter une condamnation explicite de l'épouse, doublement coupable aux yeux de la morale religieuse et de la loi au XIXe siècle.

Pour approfondir

Genre, action, personnages

▌*Un roman impersonnel ?*

L'ambiguïté de *Madame Bovary* tient au choix d'impersonnalité de Flaubert. À aucun moment ce dernier n'intervient pour porter un jugement explicite sur ses personnages. Dans une lettre de 1854, l'auteur fait un parallèle resté célèbre avec Dieu : « C'est un de mes principes qu'il ne faut pas *s'écrire*. L'artiste doit être dans son œuvre comme Dieu dans la création, invisible et tout-puissant ; qu'on le sente partout mais qu'on ne le voie pas. » L'artiste qu'est Flaubert n'apparaît pas comme un Dieu bienveillant. Il laisse ses créatures se disqualifier sous nos yeux sans apporter la moindre note d'espoir ou de réconfort. Et ce pessimisme lui est aussi reproché. Sainte-Beuve s'en désole, dès 1857 : « un reproche que je fais à son livre est que le bien est trop absent [...]. Pourquoi ne pas avoir mis là un seul personnage qui soit de nature à consoler, à reposer le lecteur par un bon spectacle, ne pas lui avoir ménagé un seul ami ? » L'impersonnalité de Flaubert est cruelle en effet : elle ne flatte ni les personnages ni le lecteur et alimente une satire constante des illusions, de la vanité ou de la bêtise triomphante.

▌*Un roman polyphonique*

Le roman apparaît comme une critique impitoyable non pas parce qu'il juge les personnages, mais au contraire parce qu'il ne les juge pas, parce qu'il se contente de les montrer et de les faire parler... Les actions, les paroles, les pensées des personnages les jugent – aux yeux du lecteur, avec lequel le romancier établit une connivence subtile. En ce sens, le roman est bien polyphonique. Il est ce genre qui permet de tisser tous les discours – narratif, descriptif, argumentatif –, tous les types de textes, du portrait au dialogue, toutes les paroles sociales – savantes ou pseudo-savantes, amoureuses, religieuses, cyniques... Flaubert prend un soin particulier à entrelacer ses paroles pour la plus grande jubilation du lecteur : alternance de la parole sociale, publique, pompeuse des notables, et de la parole privée, séductrice, menteuse de Rodolphe à Emma, par exemple dans l'épisode des Comices agricoles (Deuxième partie, chapitre VIII). Flaubert a mis un soin particulier à cette orchestration des propos, comme il l'explique dans une lettre de 1853 : « Il faut que ça hurle par l'ensemble, qu'on entende à la fois des beuglements de taureaux, des soupirs d'amour et des phrases d'administrateurs. » L'entrelacement de la parole officieuse, chuchotée, et de la parole officielle, tonitruante, n'en fait que mieux ressortir le caractère manipulateur et ridicule de l'une et de l'autre : « Oh ! non, n'est-ce pas, je serai quelque chose dans votre pensée, dans votre vie ?/ Race porcine, prix *ex æquo*... ».

L'action et la structure du roman
Un début et une fin décalés

Le traitement de l'énonciation et de la présence des personnages fait de la construction de *Madame Bovary* une trame étonnante : l'énonciation est très particulière au début comme à la fin du roman. Le texte débute par un « nous » comme s'il s'agissait d'un roman à la première personne : « Nous étions à l'étude... ». Or ce « nous » disparaît très vite et le roman devient un roman à la troisième personne, comme si ce narrateur témoin initial n'était apparu que pour disparaître plus vite. De plus, un traitement étonnant du temps nous fait revenir au présent dans la dernière phrase du roman : « Il vient de recevoir... », comme si un chroniqueur assistait en direct aux événements et les rapportait dans un compte rendu final. Le « Nous » initial et le présent final encadrent un récit au passé par la présence discrète d'un témoin qui tait son nom.

Le deuxième motif d'étonnement est la présence des personnages. Le roman porte le nom de l'héroïne, l'histoire semble être la sienne. Et pourtant, elle n'est présente ni dans les chapitres d'ouverture, où on ne la voit pas encore, ni dans les chapitres de clôture qui suivent sa mort, comme si un prologue et un épilogue devaient encadrer son histoire. Jean Rousset y voit là le choix du « regard étranger » : « une entrée et une sortie où règne souverainement le point de vue de qui se met en lisière du spectacle, le considère de haut et à distance ». On n'entre pas dans le roman avec le point de vue ou la connaissance de l'héroïne ; on en sort après l'avoir apparemment oubliée.

Pour approfondir

Genre, action, personnages

Un changement de point de vue

Aux changements initial et final, qui déplacent le regard aux deux extrémités du roman (regard extérieur de spectateurs sur un intrus dans une classe au début, d'un témoin sur la vie de Yonville à la fin), s'ajoute un autre déplacement de point de vue, cette fois interne au récit. Le personnage de Charles Bovary est d'abord perçu extérieurement comme enfant, jusqu'au souvenir quasi inexistant que ses camarades ont de lui, dans une dernière occurrence du pronom de la première personne du pluriel : « Il serait maintenant impossible à aucun d'entre nous de se rien rappeler de lui ». Du « rien » du souvenir sur le personnage, on passe alors au « rien »... de la compréhension de ses cours : « Il n'y comprit rien » (Première partie, chapitre I). Mais, cette fois, on se trouve dans la conscience, très peu affective et très peu intellectuelle, du personnage. Et on y reste, la plupart du temps, en découvrant ainsi à travers son regard le personnage d'Emma (Première partie, chapitre II). Le lecteur partage encore, la plupart du temps, le champ de vision du personnage jusqu'au mariage et à l'installation du couple, dans un chapitre qui montre un personnage enfin heureux, dans un énoncé au style indirect libre : « Jusqu'à présent, qu'avait-il eu de bon dans l'existence ? » (Première partie, chapitre V). C'est au moment où l'on fait enfin le bilan positif d'une conscience heureuse que l'on bascule vers un autre point de vue, le bilan plus négatif d'une déception : on entre alors dans l'intériorité de l'héroïne et dans un autre énoncé au style indirect libre (« le bonheur qui aurait dû résulter de cet amour n'étant pas venu... »). En soulignant ce basculement, le romancier marque l'écart et le malentendu de ce mariage. Désormais, on ne quitte presque plus la conscience de l'héroïne, confrontée à ses désillusions. On n'abandonne le point de vue d'Emma que dans son agonie (Troisième partie, chapitre VIII), pour retrouver l'intériorité de Charles – comme si une conscience n'était intéressante que dans la douleur –, puis pour s'éloigner des personnages avec le point de vue extérieur final.

Des masses successives

La composition du roman obéit à une sorte de symétrie : regard extérieur au début et à la fin, point de vue de Charles dans ses premières années et dans les premiers chapitres, point de vue de Charles dans ses dernières années et dans les derniers chapitres, désillusion d'Emma à Tostes dans la première partie, à Yonville dans la deuxième partie, avec sa liaison décevante avec Rodolphe dans la deuxième partie, désespoir après une liaison décevante avec Léon et suicide final. Le roman est ainsi scandé par une série d'échecs : échec avéré du mariage dans la première partie, échec de l'amour adultère dans la deuxième partie, fin des ultimes illusions sentimentales ainsi que de la sécurité matérielle et physique dans la dernière partie. Flaubert dit qu'il a composé son roman par blocs, par grandes scènes centrales qui orientent chaque partie du roman : scène à la Vaubyessard dans la première partie (le rêve d'une vie de château), des comices et de la séduction près de l'étang dans la deuxième partie (les étapes de l'adultère), des rendez-vous à Rouen et de l'empoisonnement d'Emma (des derniers rêves et de l'agonie). Cependant, ces grandes scènes sont prises dans le flux d'un temps morne où il ne se passe pas grand-chose, et que souligne l'usage inhabituel de l'imparfait, ce temps qui ne délimite pas les événements dans le temps d'une action qui aurait un début, un milieu et une fin – le grand « trottoir roulant des imparfaits », selon l'expression proustienne. Proust et la critique signalent là qu'un changement radical intervient avec Flaubert : ce qui était action n'est plus qu'impression, ou le reflet de ce qui se passe dans une conscience.

L'univers en double

Madame Bovary est un roman où tout se présente en double. Il en résulte un comique de la répétition et de la symétrie, l'impression d'une mécanique (ce qui est vivant ne se répète jamais à l'identique, d'où le rire que fait naître la duplication) : « (les lieux) : Tostes/Yonville, ferme des Bertaux/Maison Rollet » ; les scènes : deux mariages successifs de Charles, deux scènes mondaines, « bal à la Vaubyessard/opéra à Rouen » ; les personnages : « Vicomte/Léon ; Léon/Rodolphe ; vicomte/ténor ; ténor/Léon », selon l'analyse de Claude Duchet. De manière ironique, l'image même de l'Amour et de sa personnification ridicule se répète, en haut de la pièce montée

Genre, action, personnages

du mariage (Première partie, chapitre IV), sur un rond de gazon dans la maison du notaire (Deuxième partie, chapitre I). Les objets dédoublés ont une valeur comique et dérisoire, dès l'entrée dans la nouvelle demeure des époux : « entre deux flambeaux d'argent plaqué », « entre deux murs de bauge » (Première partie, chapitre V). Claude Duchet résume ainsi l'effet produit : « Flaubert met un soin lancinant à signaler les objets doubles, qui reçoivent dès lors des connotations de bêtise lancinante, de monotonie itérative ».

Une dégradation cyclique

La répétition est signe de dégradation tragique : les objets, les lieux, les scènes se répètent, mais en pire. Un temps cyclique de la dégradation vient ainsi se superposer au temps linéaire et morne. Mécaniquement, chaque phase d'exaltation est suivie d'une retombée encore plus dure, dans la cyclothymie de l'héroïne : intimité douce avec Charles (Première partie, chapitres II et III) et déception du mariage (Première partie, chapitres V à VII), exaltation du bal (Première partie, chapitre VIII) et désenchantement (Première partie, chapitre IX), intimité tendre avec Léon (Deuxième partie, chapitres II à VI) et jour « funèbre » qui suit son départ (Deuxième partie, chapitre VII), griserie avec Rodolphe (Deuxième partie, chapitres VIII à IX) et désillusion (Deuxième partie, chapitre XIII), enchantement avec Léon (Troisième partie, chapitres I à V) et désabusement, suivi des dettes fatales (Troisième partie, chapitres VI à VII)... Les choses semblent se passer d'abord avec réussite, puis sous le signe du fiasco. L'opération de la jambe est de ce point de vue exemplaire : c'est en réparant celle du Père Rouault (Première partie, chapitre III) que Charles obtient l'attention, puis la main d'Emma ; c'est en manquant l'opération de la jambe d'Hippolyte que le même personnage perd définitivement l'intérêt de l'héroïne (Deuxième partie, chapitre XI). La gradation est très nette dans les trois parties du roman : dans la première partie, l'héroïne ne croit plus au mariage ; dans la deuxième partie, elle renonce à l'amour ; dans la troisième partie, elle sacrifie sa vie. Charles est tout d'abord un jeune marié, puis un mari trompé, enfin un homme accablé par les dettes, la souffrance, la trahison et la mort.

Pour approfondir

344

La variété des registres

▌*Le comique, la satire et l'ironie*

Madame Bovary est un roman sombre, mais c'est paradoxalement aussi un roman très drôle et très amusant. Le rire y est souvent cruel, à l'image de celui des élèves qui se moquent du nouveau dans les premières pages. L'art de mener une critique par la dérision constitue l'art du mélange, propre au registre satirique. La satire est cependant complexe dans le roman, puisque sont parfois ridicules – et méchants – ceux-là mêmes qui se moquent. Ainsi le professeur au début du roman, humiliant *le nouveau* devant ses camarades. « Débarrassez-vous donc de votre casque, dit le professeur qui était un homme d'esprit ». Le terme héroï-comique de « casque », image militaire et ici grotesque, est un effet facile pour faire rire un auditoire acquis d'avance (les élèves qui se moquent de leur camarade). L'incise « dit le professeur qui était un homme d'esprit », si elle traduit l'admiration de la classe, n'emporte pas l'adhésion du lecteur, qui trouve cet esprit bien facile – et l'on comprend autre chose que ce qui est dit dans cet énoncé, qui traduit la méchanceté démagogique du professeur. C'est un des exemples parmi d'autres du registre plus largement ironique du texte : l'auteur n'intervient pas mais il fait sentir au lecteur autre chose que ce qui est dit. Nombre de dissonances marquent cette ironie. Il en est ainsi de l'association incongrue du médicament et du sentiment, chez la première femme de Charles, phrase finale du premier chapitre : « et elle finissait en lui demandant quelque sirop pour sa santé et un peu plus d'amour » (Première partie, chapitre I). L'ironie se rapproche parfois du comique, dont l'effet est de provoquer le rire du lecteur, devant la perte de sens : mécanisation de l'humain, des paroles, des comportements. La mort de la première femme de Charles donne ainsi lieu à un constat comique (humour noir du romancier), dont la naïveté donne une très grande platitude voulue à l'acte de décès, une sorte de grotesque macabre au style indirect libre : « Elle était morte ! Quel étonnement ! » (Première partie, chapitre II).

Pour approfondir

Genre, action, personnages

▌ Le lyrisme et l'émotion

Il n'y a pas de contradiction dans l'esprit de Flaubert entre le sarcasme, d'une part, et la poésie et l'émotion, d'autre part. La dérision permet de délivrer des idées reçues et des images toutes faites : elle n'en fait parfois que mieux ressortir les bouleversements authentiques, les images douloureuses et vraies – l'exigence de vérité étant primordiale pour l'écrivain. Le romancier peut ainsi à la fois dénoncer la platitude de Charles, les illusions d'Emma, et nous faire entrer en sympathie avec les déceptions et les souffrances de ses personnages. Flaubert s'en explique dans sa correspondance de 1852 : « L'ironie n'enlève rien au pathétique ; elle l'outre au contraire. Dans ma troisième partie qui sera pleine de choses farces, je veux qu'on pleure. » Terrible, le désespoir d'Emma : « Alors sa situation, telle qu'un abîme se représenta. Elle haletait à se rompre la poitrine » (Troisième partie, chapitre VIII). Pathétique, la douleur de Charles : « Oh, non, n'est-ce pas ? non, je veux la garder. » (Troisième partie, chapitre IX). Très émouvante, la mort d'amour du personnage, qui « tenait, entre ses mains, une longue mèche de cheveux noirs » (Troisième partie, chapitre XI). Attendrissante, la douleur du petit Justin, qui contraste avec l'indifférence des amants de l'héroïne. C'est là où certaines descriptions discrètes du texte relèvent du registre lyrique en montrant une intensité particulière de rythme et d'images : « Sur la fosse, entre les sapins, un enfant pleurait agenouillé, et sa poitrine, brisée par les sanglots, haletait dans l'ombre, sous la pression d'un regret immense plus doux que la lune et plus insondable que la nuit » (Troisième partie, chapitre X).

▌ Le tragique particulier

Madame Bovary est un roman qui dessine un autre tragique que celui de la tragédie, non pas par la majesté des héros et leur sort exceptionnel, mais par celui du caractère implacable du quotidien et de la vie vécue comme un lent pourrissement, selon une image récurrente : « D'où venait donc cette insuffisance de la vie, cette pourriture instantanée des choses où elle s'appuyait ? » (Troisième partie, chapitre VI). La décomposition finale du corps d'Emma apparaît comme l'achèvement morbide d'une vie elle-même décomposée. Le tragique se tisse des signes prémonitoires d'une dégradation en marche : évocation répétée du deuil et de la mort, dès la scène de la noce et les souvenirs mêlés du Père Rouault – le rappel de la mort se superposant déjà à la vision du mariage (Première partie, chapitre IV) –, bouquet de mariée défunte jeté par Emma qu'accompagne une prémonition lourde : « (Emma) se demandait, en rêvant, ce qu'on en ferait si par hasard elle venait à mourir » (Première partie, chapitre V). Dans la troisième partie, le lecteur assiste à l'avancée progressive et inéluctable des forces de destruction (Lheureux, au nom lourd d'ironie tragique), à la venue répétée de figures prémonitoires et macabres, comme celle de l'aveugle. Victor Brombert a ainsi résumé le tragique particulier de *Madame Bovary* : « Au-delà de cette histoire de médiocrité, c'est l'existence elle-même qui est en cause. La véritable tragédie pour Flaubert, c'est l'absence de tragédie : la vie n'est jamais au diapason de la souffrance qu'elle inflige ». Le mot « fatalité » est répété dans le roman de façon grinçante et dérisoire. Le séducteur Rodolphe l'utilise comme un mot « qui fait toujours de l'effet » à l'intérieur de sa lettre de rupture : « non, non, n'en accusez que la fatalité ! » (Deuxième partie, chapitre XIII). À la fin du roman, Charles Bovary dédouane ce séducteur avec ce même mot, « un grand mot, le seul qu'il ait jamais dit » : « C'est la faute de la fatalité ! » (Troisième partie, chapitre XI). Le terme tragique de « fatalité » scande ainsi son roman entre son usage parodique et sa vérité douloureuse.

Les personnages
Emma Bovary

Emma Bovary est l'un des personnages les plus célèbres du roman français. L'héroïne se compose d'un nom, qui scelle la contradiction du personnage : Emma, prénom romanesque, mariée à Bovary – bref à un nom aux consonances bovines, qui détruit cet idéal (et Flaubert s'amuse avec cette onomastique des bestiaux

347

dans le roman : Tuvache, Lebœuf, avant d'imaginer Bouvard dans un roman futur). Ce nom de femme mariée est perçu comme aliénation – d'après la présentation orientée de Rodolphe, le titre éponyme prend alors une valeur exemplaire : « Madame Bovary ! Eh ! tout le monde vous appelle comme cela !... Ce n'est pas votre nom, d'ailleurs ; c'est le nom d'un autre ! ». C'est une première lecture du personnage : la dépossession de sa vie de femme par le mariage et les frustrations qu'il provoque. Emma s'inscrit dans un type balzacien, celui de la « mal-mariée ». Deuxième compréhension, la plus fréquente, du « bovarysme » : l'aliénation par la fiction. L'héroïne, nourrie de lectures romanesques, est condamnée à ne jamais retrouver leur image idéale dans le réel – et se voue à une perpétuelle déception. Troisième lecture : celle d'un corps de femme en souffrance. Flaubert ne cesse d'insister d'abord par le regard de Charles sur la dimension physique et même érotique de ce corps désirable, ses mains, ses lèvres, ses cheveux, ses yeux... Le portrait d'Emma ne cesse de se faire et de se refaire dans le roman, selon les jeux de lumière, les différents regards posés sur l'héroïne. Ce personnage féminin est objet de désirs – et ceux-ci sont même multipliés dans le fantasme final de Charles : « Tous les hommes à coup sûr l'avaient convoitée » (Troisième partie, chapitre XI). Mais ce corps sensuel et désiré est aussi présenté comme un corps malade : la pathologie nerveuse d'Emma, ses évanouissements, ses crises doivent sans doute beaucoup à des travaux médicaux du XIXe siècle sur l'hystérie, mais aussi à la propre pathologie de Flaubert, qui a sans doute transposé beaucoup de ses troubles nerveux dans son héroïne. Le procès a reproché à l'auteur une trop grande complaisance avec la sensualité malade de l'héroïne, cherchant le remède dans le luxe, le confort, le matérialisme, mais confondant aussi le sacré et le voluptueux : les crises mystiques de l'héroïne, jusque dans son agonie, ressemblent à des convulsions érotiques : « collant ses lèvres sur le corps de l'Homme-Dieu » (Troisième partie, chapitre VIII). Enfin, le personnage obéit à des déterminations sociales. C'est une fille de paysan riche – qui épouse un médecin, ce qui représente déjà au XIXe siècle une promotion par le mariage. Mais le personnage rêve toujours et encore d'élévation sociale et n'a de cesse de renier ses origines rurales, comme le fait remarquer sa première rivale : « La fille au père Rouault, une demoiselle de ville ! Allons donc ! Leur grand-père était berger... » (Première partie, chapitre II). Le bovarysme signe l'impossible rêve d'accession à une condition sociale à laquelle on n'appartient pas. Protestation contre l'asservissement conjugal, aliénation par les lectures romanesques, revendication d'un désir brimé par les hommes ou aspiration féminine à une ascension sociale impossible (celle de l'imaginaire, de la « bergère » épousée par un prince...), la figure d'Emma Bovary est donc devenue symbolique de bien des insatisfactions. Elle est rendue particulièrement complexe par sa médiatisation : absente au début et à la fin du roman, introduite par le regard de Charles, l'héroïne nous présente une intériorité sujette à l'ironie du romancier – et pourtant, ultime paradoxe, ce personnage complexe est sans doute le plus intense du roman. Cette héroïne manquée est l'un des personnages les plus réussis de notre littérature.

Charles Bovary

De quel couleur sont les yeux de Charles Bovary ? On ne le saura jamais... Ceux d'Emma brillent de couleurs diverses au gré de la lumière. Ceux de Charles ne sont pas caractérisés, pas plus que ses cheveux... C'est sa coiffe qui est apparentée dans une première description du texte aux traits d'un « visage » (celui d'un « imbécile »), mais le personnage lui-même n'a pas droit au portrait de son propre visage. Personnage réduit à des signes sociaux, ceux de ses vêtements qui trahissent d'emblée son inadaptation et son malaise. Il restera « il » quand les autres disent « nous », l'exclu d'un groupe puis même du couple, sans même s'en rendre compte. L'ironie de Flaubert en fait ensuite un benêt et un mari trompé complaisant : « Charles écrivit à M. Boulanger que sa femme était à sa disposition... » (Deuxième partie, chapitre IX). Il restera celui qui n'est pas digne d'être médecin – « officier de santé » étant le grade en dessous –, ni digne d'être le mari d'Emma, à en croire le discours de l'héroïne et de ses séducteurs. Tous les éléments de l'étiquette du personnage sont tirés de sa

Genre, action, personnages

première apparition : la description de son corps est éclipsée par celle de ses vêtements, son nom est ridiculisé en une déformation bruyante : « Charbovari » (Première partie, chapitre I). Son itinéraire est celui d'une suite d'échecs et de douleurs pitoyables : scolarité laborieuse, infantilisation par une mère possessive, veuvage, second mariage jalonné par des tromperies, humiliation professionnelle (opération du pied bot), endettement insurmontable, deuil atroce, mort dans la solitude. Le personnage est placé sous le signe du grotesque – sa casquette, ses lignes *Ridiculus sum* – et du néant. Le mot « rien » scande son itinéraire, de son apparition oubliée à sa disparition par son autopsie : « se rappeler rien de lui » (Première partie, chapitre I) ; « Il [M. Canivet] l'ouvrit et ne trouva rien » (Troisième partie, chapitre XI). Le narrateur n'est pas tendre avec ce personnage quand il le montre incapable de faire même sa demande en mariage : « Père Rouault…, Père Rouault…, balbutia Charles » (Première partie, chapitre III), ou quand il le figure ensuite épanoui dans le mariage à la faveur d'une comparaison bovine, alimentaire et triviale : « il s'en allait, ruminant son bonheur, comme ceux qui mâchent encore, après dîner, les truffes qu'ils digèrent » (Première partie, chapitre V). Mais, très souvent, la sévérité vient du regard posé sur lui, et qui le condamne, celui de ses camarades au début (Première partie, chapitre I), et, très vite, celui d'Emma : « La conversation de Charles était plate comme un trottoir de rue… » (Première partie, chapitre VII). Pourtant ce personnage n'est pas un fantoche comme les autres. Il assure une fonction narrative et émotive si importante qu'on ne peut pas le considérer comme un simple pantin. Après avoir été vu par autrui, il devient le porte-regard du lecteur dans les premiers chapitres et on retrouve son intériorité après la mort d'Emma. Finalement, ce personnage, tout médiocre qu'il peut paraître, est sauvé, semble-t-il, par l'amour qu'il éprouve pour Emma, et par la souffrance qui l'habite dans les derniers chapitres. Ce personnage ambivalent, de grotesque devient *in fine*, étonnamment, une figure lyrique de celui qui, à l'écart d'une tonnelle, meurt lentement d'amour (Troisième partie, chapitre XI). Ce personnage, en apparence trop simple, est l'exemple même de la complexité insoupçonnée qui hante l'univers d'un grand roman.

Pour approfondir

▎*Les fantoches*

Dans l'œuvre de Flaubert, placée sous le signe du double, les fantoches, ou marionnettes comiques, vont par paires : amis et sortes de frères ennemis, Frédéric et Deslauriers dans *L'Éducation sentimentale* ; Bouvard et Pécuchet dans le dernier roman inachevé. Cette vision dédoublée déshumanise les êtres en les répétant de manière inversée – contrairement au vivant humain, qui se veut singulier. *Madame Bovary* ne fait pas exception à la règle : Emma et Charles y sont, malgré leurs faiblesses, singuliers, tout en formant un couple mal assorti. La plupart des autres personnages constituent des paires risibles.

▎*Le duo grotesque*

On pense d'abord au duo idéologique et comique du roman, l'anticlérical et la figure du clergé, éreintés pour leur égale bêtise.

Homais est la caricature de l'anticléricalisme – ce qui n'est pas la « laïcité » d'aujourd'hui, en principe respectueuse des croyances. Il est l'image déformée de la philosophie des Lumières et de l'adhésion au savoir dont il se réclame. Son nom vient de « l'homme », *homo* en latin, mais son pseudo-humanisme ridiculise l'humain : se réclamant des valeurs de raison, de tolérance, de progrès, il n'a de cesse de déraisonner avec narcissisme, d'exclure (l'aveugle, Justin), de faire triompher la régression de l'imposture triomphante (l'exercice illégal de la médecine que pratique ce pharmacien). Tyran domestique, charlatan et bavard vaniteux, le personnage est sans doute le plus maltraité par le romancier. Flaubert le fait parler pour dénoncer le vide de la parole d'une bourgeoisie satisfaite, suffisante et sûre de ses valeurs. Il avait ainsi imaginé avec des camarades l'image du Garçon, porte-parole de tous les lieux communs de son époque dans sa jeunesse. Homais est l'apothéose de cette médiocrité fustigée, et son triomphe final est riche de sens sur la société qu'il représente.

Son adversaire, l'abbé Bournisien, « la figure rubiconde et le corps athlétique » (Deuxième partie, chapitre I), n'est guère mieux loti ;

Pour approfondir

les disputes perpétuelles des deux fantoches, jusque devant la dépouille funéraire d'Emma (Troisième partie, chapitre IX), traduisent l'égal ridicule du personnage. Flaubert renvoie ainsi dos à dos l'adversaire et le représentant de l'Église. Comme Homais ridiculise en prétendant les défendre les valeurs des Lumières, l'abbé Bournisien avilit le christianisme qu'il est censé représenter, tant le personnage, aussi conformiste dans sa piété que son adversaire l'est dans sa « libre pensée », trahit l'idéal spirituel qu'il incarne. Preuve en est, le quiproquo avec Emma, lorsque la jeune femme veut parler de sa souffrance morale et s'adresse à lui, qui n'entend le mot que dans son acception physique : « Mal, répondit Emma ; je souffre. / – Eh bien, moi aussi, reprit l'ecclésiastique. Ces premières chaleurs, n'est-ce pas… » (Deuxième partie, chapitre VI).

La paire d'amants

La satire conjuguée du bourgeois pseudo-rationaliste et du prêtre matérialiste est un héritage romantique. Mais les valeurs refuges du romantisme, telles que les sentiments et l'amour, ne sont pas plus épargnées par Flaubert, à travers les personnages qui l'incarnent, que l'amour sentimental ou l'amour charnel. L'autre duo masculin, perceptible, s'installe, cette fois, de manière alternée, gouverné par une égale symétrie. Le romancier donne deux amants antithétiques à Emma, comme il a donné deux épouses antithétiques à Charles…

L'amour lyrique et sentimental est porté par Léon – dont la profession est aux antipodes de la vocation lyrique puisqu'il est clerc de notaire. Le personnage pourrait être un jeune héros balzacien : des études de droit, l'ambition vers la grande ville (Rouen seulement et fugitivement Paris), même des yeux bleus comme Rastignac, l'attrait pour une femme mariée à un notable. Comme, plus tard, Frédéric Moreau, Léon Dupuis est cependant un Rastignac manqué, englué dans les mêmes lieux communs lyriques qu'Emma – ce qui permet à Flaubert de présenter, de manière ironique, les « affinités électives » entre les deux personnages sur fond d'idées reçues (Deuxième partie). La liaison entre les personnages n'est plus qu'une parodie d'amour où les rôles s'inversent – le narrateur soulignant à l'envie la virilité cachée d'Emma et la faiblesse toute féminine de son amant (Troisième partie, chapitres I à VI).

Si Léon manifeste le ridicule de l'amour sentimental, son double viril et plus expérimenté, Rodolphe, souligne le ridicule inverse de l'amour charnel et séducteur. Flaubert ne cesse d'insister sur le cynisme, la vulgarité et la mauvaise foi de ce chasseur de province – gentilhomme campagnard, Don Juan au petit pied, incapable d'élégance, jusque dans la muflerie de sa lettre de rupture (Deuxième partie, chapitre XIII) ou dans son refus de prêter comme Léon de l'argent à une maîtresse désespérée (Troisième partie, chapitre VIII) ou la moindre attention à sa mémoire (Troisième partie, chapitre X). Le dédoublement des deux amants se signale particulièrement dans leur premier rapport physique avec Emma, à proximité de chevaux – d'étalons ? – mais dans deux situations différentes : Rodolphe entraîne de manière préméditée l'héroïne dans une « baisade », selon l'expression crue de la correspondance de Flaubert, en pleine nature (Deuxième partie, chapitre IX) ; homme des confinements, c'est à l'intérieur d'un fiacre, dans une scène suggestive et qui fit scandale, que Léon, excédé, passe enfin à l'acte avec l'amoureuse consentante (Troisième partie, chapitre I).

Les parents

Comme dans les comédies, les parents n'ont pas le beau rôle dans *Madame Bovary*. Si l'on excepte Charles, père attendri devant sa petite fille, fruit de son union avec Emma, les parents sont indifférents, tyranniques ou, au mieux, maladroits. Indifférente, Emma avec sa fille Berthe, qui ne lui sert que de pis-aller dans ses moments de souffrance. Tyrannique, on l'a vu, Homais, figure grotesque du *pater-familias*, avec une épouse soumise – antithèse d'Emma. Despotique, la mère de Charles, « mère castratrice » selon l'expression de la psychanalyse, qui éprouve tous les désirs à la place de son fils, le marie de force, et trouve en une autre femme virile qui lui ressemble, par ses rêves inassouvis, ses frustrations et son énergie, Emma, sa bru,

353

Genre, action, personnages

une rivale inévitable (qui lui a pris son fils). Maladroit enfin, le père Rouault, qui cherche le bonheur de sa fille et la condamne, sans le savoir, à la souffrance d'un mariage obligé et, indirectement, à la mort qui l'afflige, finalement, de manière pathétique (Troisième partie, chapitre X) avant sa paralysie définitive (Troisième partie, chapitre XI).

Les silhouettes

Les silhouettes enfin portent aux extrêmes, tantôt du côté négatif de la répétition lancinante – Binet –, de l'infirmité et de la mutilation – Hippolyte – de la mise à mort et de ses avertissements répétés – Lheureux, créancier au nom terrible, Maître Guillaume, l'Aveugle –, tantôt du côté positif de la seule rédemption possible, celle de l'amour pur, sincère et caché, mais aussi de la jeunesse sacrifiée : la petite Berthe, enfant des Bovary, finit misérable ouvrière dans une « filature de coton » ; Justin, adolescent émouvant, épris de l'héroïne, est chassé. Et Sainte-Beuve, soucieux de beaux sentiments, se désolera que Flaubert n'ait pas mieux promu ce seul personnage sympathique : « Le seul dévoué, désintéressé, amoureux en silence, le petit Justin, apprenti de M. Homais, est imperceptible. » C'est oublier que le seul personnage positif du roman est l'instrument indirect... de la mort de l'héroïne puisque sa maladresse révèle la place de l'arsenic puis en permet l'accès (Troisième partie, chapitre VIII). Dans ce roman impitoyable, Flaubert aura même empoisonné la vision idéale de l'innocence.

Illustration pour *Madame Bovary*.
Gravure de Alfred de Richemond.

Emma Bovary chez le pharmacien Homais.
Gravure de Alfred de Richemont.

Monsieur Homais dans sa pharmacie.
Gravure de Bertholommé Saint-André, 1936.

Gravure d'Émile Boilvin pour Madame Bovary.

Gravure à l'eau forte de Abot et Mordant, 1885.

Gravure de Abot pour *Madame Bovary*, 1885.

Madame Bovary et le curé.
Gravure de Mordant.

L'œuvre : origines et prolongements

Le foisonnement initial

Le roman *Madame Bovary* est né d'un très curieux foisonnement originel. Flaubert avait en tête une triple idée très disparate de roman, qu'il évoque crûment dans une lettre à Louis Bouilhet, en 1850 : « À propos de sujets, j'en ai trois [...] : 1° *Une nuit de Don Juan* à laquelle j'ai pensé au Lazaret de Rhodes ; 2° L'histoire d'Anubis, la femme qui veut se faire baiser par le Dieu [...] ; 3° mon roman flamand de la jeune fille qui meurt vierge et mystique entre son père et sa mère, dans une petite ville de province... » Cette triple variation, très contrastée, obéit pour l'auteur à une complémentarité complexe, celle des conceptions possibles de l'amour : « Dans le premier, l'amour inassouvissable sous les deux formes de l'amour terrestre et de l'amour mystique. Dans le second, même histoire, seulement on s'y baise et l'amour terrestre est moins élevé en ce qu'il est moins précis. Dans le troisième, ils sont réunis dans le même personnage et l'un mène à l'autre... ». La première idée de Flaubert était bien une mise en rapport de l'amour sacré et de l'amour profane – et même un mélange des deux, ce qui lui sera reproché dans *Madame Bovary*. L'ébauche des réflexions diverses sur l'amour porte des germes du roman futur : la séduction et la punition – Don Juan, que l'on retrouvera dégradé sous les traits de Rodolphe –, la confusion de l'amour érotique et de l'amour mystique – Anubis et les lectures d'Emma au couvent –, la frustration, la sublimation et la mort dans une petite ville de province – la jeune fille flamande réincarnée en Emma. Comme dans les rêves, le travail de l'écriture semble avoir suivi ici un très curieux mouvement de condensation et de déplacement.

L'influence des amis de Flaubert

Flaubert mène une vie retirée à partir de la fin des années 1840. Il vit dans sa maison de Croisset – au point d'y entretenir sa réputation d'« ermite » – et se consacre entièrement à l'écriture. Son œuvre de jeunesse avait une forte coloration autobiographique et lyrique –, *Novembre* en 1842, la première *Éducation sentimentale*, histoire de deux amis très éloignée du roman futur et publiée en 1845. En 1848-1849, il lâche la bride à son penchant lyrique en composant *La Tentation de saint Antoine*, défilé de figures paroxystiques sous le regard d'un saint retiré. Il essuie tout de suite les critiques de ses amis, Maxime Du Camp et Louis Bouilhet à qui il montre son texte, jugé trop exalté. Ceux-ci l'invitent à s'en tenir à un sujet plus prosaïque, qui lui permette d'« extirper » son « cancer du lyrisme » : « un sujet terre à terre, un de ces incidents dont la vie bourgeoise est pleine... » De 1849 à 1851, à l'occasion d'un voyage en Orient, Flaubert tient enfin son sujet « terre à terre ». Maxime Du Camp relate cette révélation dans ses souvenirs : « il jeta un cri : "J'ai trouvé ! *Eurêka ! Eurêka !* Je l'appellerai Emma Bovary", et, plusieurs fois, il répéta, il dégusta le nom de Bovary en prononçant l'*o* très bref. »

La matière du fait divers

L'HISTOIRE de *Madame Bovary* est largement empruntée aux faits divers de l'époque, ainsi que quelques autres grands romans du XIXᵉ siècle comme *Le Rouge et le Noir* de Stendhal. Sous la pression de ses amis, Flaubert s'est intéressé à la chronique judiciaire de son temps, sans savoir encore que son roman lui-même allait s'inscrire dans la mémoire des annales judiciaires... En 1849, Maxime Du Camp lui aurait d'abord suggéré de s'emparer de « l'histoire de Delaunay ». Delaunay, de son vrai nom Delamare, officier de santé, élève du père de Flaubert, était alors connu du groupe d'amis – et l'on pourrait y voir le modèle du « nouveau » entrant dans la salle de classe sous les yeux des camarades moqueurs. Son histoire ressemble à celle de Charles Bovary : établi à Ry, près de Rouen, veuf d'une femme plus âgée, il s'était remarié avec la fille d'un paysan, Delphine Couturier ; celle-ci eut une fille, cultiva des rêves de luxe, multiplia les dettes, eut des liaisons successives avec un gentilhomme campagnard, avec un clerc de notaire, puis mourut de manière mystérieuse ; son mari, honorant la mémoire de sa femme, mourut de désespoir peu après. L'univers normand, la perdition d'une femme,

L'œuvre : origines et prolongements

l'attachement inconditionnel d'un mari, la morne histoire de vies manquées, tous ces éléments allaient pouvoir fournir la matière du roman. Flaubert a sans doute enrichi ce canevas par la lecture d'autres affaires judiciaires telles que la mort brutale d'une femme s'empoisonnant après avoir empoisonné son mari et ses enfants, relatée dans *Le Fanal de Rouen* en 1837 et qui avait déjà inspiré le jeune écrivain (*Passion et vertu* en 1837). Les *Mémoires* de Marie Capelle, qui empoisonna son mari, et sans doute aussi l'histoire de Louise Pradier, qui ruina son mari sculpteur, furent autant de sources d'inspiration pour Flaubert.

Les sources littéraires et anciennes

Dans l'élaboration imaginaire de *Madame Bovary*, des données fictives ont dû se mêler aux données réelles, tout comme les lieux véritables de Normandie (Rouen) et les lieux inventés (Yonville) se combinent dans le roman. Flaubert a puisé aussi l'idée de son roman dans ses lectures de fiction : la fiction qui met en garde contre la fiction elle-même (le *Don Quichotte* de Cervantès), la fiction importante de l'amour en dehors du mariage – fondement des mythes amoureux de l'Occident, où les grandes histoires d'amour sont adultères, de *Tristan et Yseut* de Béroul à *La Princesse de Clèves* de Madame de La Fayette, ou de *La Nouvelle Héloïse* de Rousseau au roman *Le Rouge et le Noir* de Stendhal. Selon une généralisation ironique de Montesquieu, « tous les maris sont laids ».

Le modèle balzacien

Ce n'est pas tant la présentation d'amours adultères qui enracine le roman dans son époque mais la figure de la femme tentée parce que « mal mariée ». En ce sens, la filiation du roman est balzacienne : Balzac s'est essayé à éclairer l'échec conjugal dans *La Physiologie du mariage* en 1829 ; dans *La Muse du département*, en 1843, il fait le portrait d'une femme rêveuse et empêtrée dans une vie provinciale qui n'est pas à la hauteur de son idéal. C'est un modèle tout balzacien que ses amis proposent à Flaubert lorsqu'ils lui suggèrent l'idée du roman apparenté au cycle des « scènes de la vie de province » (« Mœurs de province » : le sous-titre de *Madame Bovary* est un clin d'œil significatif) ; « quelque chose comme *La Cousine Bette* ou *Le Cousin Pons* de Balzac », avait suggéré à l'origine Maxime Du Camp. Mais là où Balzac, même dans les *Scènes de la vie de province*, montre un grand déploiement d'énergie de ses héros, Flaubert va s'employer à peindre l'enfermement et le délabrement. Même lorsqu'il campe le type du provincial qui « monte à Paris » dans *L'Éducation sentimentale*, il fait de Frédéric un personnage aux antipodes des jeunes héros conquérants de Balzac.

La documentation soignée

L**E ROMAN** est le fruit d'un immense travail de documentation, ce qui ne signifie pas que Flaubert ait recopié les faits « à l'identique ». En 1857, il proteste auprès d'Émile Cailteaux : « Non, Monsieur, aucun modèle n'a posé devant moi. *Madame Bovary* est une pure invention. Tous les personnages de ce livre sont complètement imaginés, et Yonville-l'Abbaye lui-même est un pays qui n'existe pas, ainsi que la Rieulle, etc. Ce qui n'empêche pas qu'ici en Normandie on ait voulu découvrir dans mon livre une foule d'allusions ». L'auteur accumule une foule de documents et de témoignages pour rédiger des scènes comme celle des Comices agricoles (Deuxième partie, chapitre VIII) ou celle de l'opération du pied bot, où l'information médicale est d'une rigoureuse précision (Deuxième partie, chapitre XI). Il n'est jusqu'à l'empoisonnement d'Emma, suivi des transformations de son corps jusqu'à sa décomposition macabre, qui ne soit le fruit d'un réel travail de documentation et d'observation sur la symptomatologie du poison. Dans sa correspondance, l'auteur avoue une sorte d'expérience vécue par procuration qui retentit sur son expérience propre. L'affreux « goût d'encre » qu'Emma a dans la bouche est celui de l'écriture, mais l'écrivain l'éprouve lui-même au sens propre, comme il le confie à Louise Colet dans sa correspondance : « Quand j'écrivais l'empoisonnement de Mme Bovary, j'avais si bien le goût d'arsenic dans la bouche, j'étais si bien empoisonné moi-même que je me suis donné deux indigestions coup sur coup – deux indigestions réelles car j'ai vomi tout mon dîner. »

Les scénarios successifs de Madame Bovary

Le ROMAN garde la trace de son travail, dont Flaubert n'a caché ni le temps ni les efforts qu'il lui a consacrés, gardant tous ses brouillons et exprimant sans cesse dans sa correspondance ses affres d'écrivain. La rédaction s'est étendue sur près de cinq ans, de 1851 à 1856. Le premier scénario de 1851 encadrait déjà l'histoire par un prologue et un épilogue consacré à l'officier de santé Charles Bovary, suivi jusqu'à sa mort. Ce veuf se remariait à une femme nommé Marie (ce sera le prénom de Mme Arnoux dans L'Éducation sentimentale) et cette épouse insatisfaite le poussait à déménager, prenait deux amants successifs, un clerc de notaire et un « homme d'expérience », le couvrait de dettes, se désespérait et se donnait la mort, ce qui constituait déjà le cœur de l'histoire. Le deuxième scénario, étoffé, insère déjà des scènes décisives : l'entrée du nouveau dans la salle de classe au début, le bal au château alimentant les rêves de l'héroïne ; il déterminait aussi le prénom de l'héroïne, Emma, le nom de ses amants, le nom des lieux normands de l'histoire. Et c'est dans le troisième scénario que Flaubert introduit tous les contrepoints grotesques et grinçants, l'abbé Bournisien, Binet, Lheureux (pour la gradation des dettes) et donne toute son ampleur au personnage d'Homais, chantre de la Bêtise, sur le triomphe duquel s'achève enfin le roman. On peut dire ainsi que le premier scénario fixe la matrice de l'histoire ; le deuxième établit les précisions de noms, de lieux et les grandes scènes décisives ; le troisième détermine la tonalité du roman et son savant mélange des registres.

Le travail de l'écriture

Après CES PLANS successifs intervient le travail souvent douloureux et épuisant de l'écriture, que Flaubert commente beaucoup dans sa correspondance, entre l'identification ironique, exaltée (« J'en ai pour quinze jours encore à naviguer sur ces lacs bleus, après quoi j'irai au bal... »), et les phases de découragement et de dégoût (« Je ne fais que doser de la merde »). Pendant cette rédaction, son travail acharné sur chacune de ses phrases est resté célèbre : Flaubert, selon l'expression de Roland Barthes, a donné la « valeur-travail » à ce qui est écrit – ce qu'il en coûte pour réaliser une belle phrase. L'écrivain, pour qui c'est resté la valeur essentielle, considère que c'est le fondement caché des accusations dont il a été l'objet : avoir somme toute fait passer par-dessus tout la réussite de l'écriture (par-delà toute préoccupation morale ou humanitaire), avoir commis « le crime d'écrire en français ». Flaubert l'écrira encore en 1871 : « D'ailleurs, le style, l'art en soi paraît toujours insurrectionnel aux gouvernements et immoral au bourgeois. »

Une publication en plusieurs étapes

Au milieu du XIXe siècle, la mode est à la parution en feuilleton de grands romans populaires : c'est le cas des *Mystères de Paris* d'Eugène Sue (1842-1843) ou des *Trois Mousquetaires* d'Alexandre Dumas (1844). Faute de rebondissements multiples (toute une première partie sur l'initiation laborieuse d'un homme, l'ennui d'une femme), le roman de Flaubert ne pouvait guère se prêter à une parution haletante en « feuilleton » ! Il n'empêche que la première publication intervient par voie de presse, en plusieurs étapes. *La Revue de Paris*, dirigée notamment par l'ami de Flaubert Maxime Du Camp, fait paraître *Madame Bovary* en six numéros à la fin de l'automne 1856. Les éditeurs procèdent déjà à un certain nombre de coupures, moins pour des raisons d'encombrement que de décence, en pressentant l'hostilité de certains censeurs – suppression, par exemple, de la scène allusive et licencieuse du fiacre. Malgré cette prudence, le roman, pourtant expurgé, fait l'objet d'un procès pendant l'hiver 1856-1857. Après l'acquittement, il paraît enfin en deux volumes en avril 1857, et connaît un succès immédiat couronné par deux nouveaux tirages. Le roman n'est publié dans l'état complet et définitif voulu par Flaubert, chez Charpentier, qu'en 1873, après la fin du second Empire.

Pour approfondir

Le procès et l'acquittement

Le ROMAN a immédiatement choqué l'opinion dès sa parution dans *La Revue de Paris* et a fait l'objet d'un procès en correctionnelle pour ce qu'on appelait à l'époque « délit d'outrage à la morale publique et religieuse et aux bonnes mœurs ». En 1857, l'ordre moral se durcissait sous le second Empire (Baudelaire et Eugène Sue en faisaient les frais cette même année et devaient s'acquitter de sévères amendes). Un grief majeur adressé à *Madame Bovary* : « la couleur lascive » du livre, sa complaisance pour les élans érotiques de l'héroïne, d'autant plus sulfureux qu'ils mêlent un mysticisme dévoyé à la sensualité qui s'exprime. Flaubert est coupable de complaisance envers l'adultère, envers la dégradation des piliers de l'ordre social (la famille, la morale publique) et de ses fondements religieux (la foi chrétienne, les sacrements). Le procureur Pinard, qui n'est pas un mauvais lecteur du roman, a beau jeu de montrer que l'« impersonnalité » chez Flaubert ne protège aucune valeur civique ou sacrée, que le romancier ne condamne en aucune manière explicitement les choix de son héroïne, et qu'il ridiculise tous les représentants de l'ordre social (notables, médecins, prêtres, notaires). Quatre épisodes sont particulièrement mis en accusation : la séduction par Rodolphe, le quiproquo avec l'abbé Bournisien, la liaison avec Léon, la mort d'Emma. Les formules du procureur nous paraissent même tout à fait justes : « Peinture admirable sous le rapport du talent, mais exécrable du point de vue de la morale ». Nous y souscrivons parce que nous estimons aujourd'hui que la liberté du talent doit l'emporter dans une œuvre sur tout message moral (ou immoral) – et que la littérature n'est pas affaire d'édification. Mais l'avocat de Flaubert, Maître Senard, a l'habileté de s'en tenir au plan moral pour montrer que Emma, somme toute, est finalement punie, que la morale est sauve et que le regard ironique du romancier le tient continuellement à distance de son héroïne. Le roman est acquitté le 7 février 1857 et va bénéficier de la publicité que lui aura donnée ce procès. Flaubert le dédie à son défenseur efficace : « En passant par votre magnifique plaidoirie, mon œuvre a acquis pour moi-même comme une autorité imprévue. Acceptez donc ici l'hommage de ma gratitude... »

Les reprises dans l'œuvre de Flaubert

Madame Bovary est un tournant dans l'œuvre de Flaubert. Le romancier ne récrira pas ce livre qui l'a rendu célèbre, mais il en prendra le contre-pied en 1862 dans *Salammbô*, grande fresque historique relatant l'histoire d'une femme et dont la couleur « pourpre » sera comme une antithèse voulue à la couleur grise de *Madame Bovary*. Et pourtant, certains motifs érotiques apparaîtront comme de discrets échos à des scènes du roman antérieur. La danse troublante de l'héroïne avec un serpent renvoie au motif inauguré avec Emma : « Elle se déshabillait brutalement, arrachait le lacet mince de son corset qui sifflait autour de ses hanches comme une couleuvre qui glisse » (Troisième partie, chapitre VI). Cette ondulation préfigure elle-même la danse toute sensuelle dans *Hérodias*, l'un des *Trois Contes* (1877). La figure de la servante normande comme celle des Comices agricoles dans *Madame Bovary* répond à celle des *Trois Contes*, la servante Félicité, dans *Un cœur simple*. Bien des lieux communs du « savoir » d'Homais mais aussi de la « sentimentalité » d'Emma, de Léon, de Rodolphe (l'« ange ») ne vont pas tarder à subir le jeu de massacre explicite du *Dictionnaire des idées reçues*. Enfin, le type du jeune homme transi d'amour devant une femme mariée et plus âgée que lui – thème omniprésent dans l'œuvre de Flaubert, fil conducteur de *Madame Bovary*, de la timidité initiale de Léon à l'amour caché de Justin – nous renvoie vraisemblablement à un substrat autobiographique : le coup de foudre du jeune Flaubert pour Élisa Schlésinger. Il annonce, de manière très visible, le grand amour platonique de Frédéric Moreau pour Marie Arnoux dans *L'Éducation sentimentale* (1869).

L'influence sur les contemporains et d'abord sur Maupassant

Flaubert n'a jamais voulu faire école. Pourtant, son influence a été immense et *Madame Bovary* est devenu un roman de référence pour tous ses admirateurs, Maupassant, Zola, les Goncourt, qui lui ont témoigné leur intérêt à la fin de sa vie. Si l'on cherche à mesurer l'influence immédiate de ce roman, on la trouve sans doute d'abord chez le premier disciple de Flaubert, Maupassant, dont les deux grands romans peuvent être référés à *Madame Bovary*. *Une vie* décrit le parcours de Jeanne, une femme d'origine aristocratique, trahie par son mari, dont l'environnement normand et le lent désenchantement évoquent la vie d'Emma. De manière moins centrale peut-être, un autre héros, cynique, vulgaire et séducteur de Maupassant, Georges Duroy dans *Bel-Ami*, n'est pas sans évoquer Rodolphe dans *Madame Bovary*. Le jeu de l'onomastique – Duroy devient Du Roy – joue sur la représentation sociale du personnage, comme le gentilhomme campagnard au nom artisanal et en forme de calembour – Boulanger de la Huchette. Les aspects de la « farce » ainsi que la peinture impitoyable du devenir des êtres et de leurs relations mutuelles sont des similitudes entre Flaubert et Maupassant, ce dernier faisant preuve d'un pessimisme accru. Chez Maupassant, tout se passe comme si l'on ne pouvait trouver, comme chez Flaubert, que des victimes un peu naïves (Jeanne, mais dès la première nouvelle, l'héroïne prostituée de *Boule-de-Suif*), des grotesques satisfaits et odieux (les voyageurs dans *Boule-de-Suif*) et des cyniques prédateurs (Georges Duroy).

La solidarité de Baudelaire

Victime la même année d'un procès conduit par le même procureur Pinard contre *Les Fleurs du mal*, et moins chanceux que Flaubert puisque ses pièces furent condamnées, Baudelaire ne pouvait que retrouver dans les mésaventures de *Madame Bovary* un écho à sa propre conception de l'écriture. Les deux auteurs, l'un dans le roman, l'autre en poésie, dissocient la recherche du beau et la morale et inaugurent une vision moderne de la littérature. On ne s'étonnera pas de l'adhésion d'un auteur pourtant si différent au roman de Flaubert et qui écrit dans le journal *L'Artiste* en 1857, dans un « nous » solidaire : « Nous étendons un style nerveux, pittoresque, subtil, exact sur un canevas banal. Nous enfermerons les sentiments les plus chauds et les plus bouillants dans l'aventure la plus triviale. Les paroles les plus solennelles, les plus décisives, s'échapperont des bouches les plus sottes ».

La postérité de l'œuvre et ses multiples adaptations

ON NE COMPTERAIT plus les « suites » cherchées à *Madame Bovary*, tant des écrivains divers ont voulu imaginer l'histoire, en la poursuivant du point de vue d'un autre personnage : *Madame Homais, Mademoiselle Bovary, La Fille d'Emma, Monsieur Bovary* sont autant de tentatives publiées depuis une vingtaine d'années, comme si le texte entretenait dès lors ses propres « continuations ». Le cinéma lui-même n'est pas en reste, qui a cherché à donner corps à Emma et à Charles à l'écran, sous les traits de Valentine Tessier et de Pierre Renoir dans le film *Madame Bovary* de Jean Renoir, en 1934, ou sous ceux d'Isabelle Huppert et de Jean-François Balmer dans le film de Claude Chabrol, en 1991. Le nom désormais suffixé dans la mémoire populaire, le « bovarysme », avec la multitude de ses compréhensions, montre que l'histoire de ce personnage est désormais un mythe dans la mémoire populaire, une fiction chargée d'un sens constamment à redécouvrir. Écrit par un homme, ce roman du féminin n'en finit pas de questionner un idéal inaccessible de bonheur prêté à une femme, et considéré comme universel.

Pour approfondir

L'œuvre : son courant, ses tendances

Le courant romantique à l'envers

Dans *Madame Bovary*, Flaubert s'empare d'un héritage romantique pour le démystifier. La poésie romantique du début du XIXᵉ siècle a voulu retrouver les accents sincères de l'émotion humaine, de l'harmonie avec la nature dans les vers de Lamartine. Flaubert se sert ainsi des méditations lyriques les plus célèbres de Lamartine, comme « Le Lac », pour placer ironiquement ces vers dans la bouche d'Emma : « Un soir, t'en souvient-il ? Nous voguions, etc. » (Troisième partie, chapitre III). Le « etc. » montre le caractère convenu de la citation... Plus généralement, le mouvement romantique a exprimé, après Chateaubriand, l'insatisfaction humaine, le mal d'être dans un univers étriqué, dont les seules échappées possibles résidaient dans les sphères de l'imaginaire, du rêve et de l'amour sacré ou profane. Emma Bovary est porteuse d'un idéal qui a dégénéré en clichés et d'un ennui qui est devenu une pose. Son histoire pourrait ressembler à celle de l'héroïne romantique d'*Indiana* de George Sand, une femme mal mariée finalement sauvée par la passion. Mais Emma se perd dans des passions parodiques. Le romantisme a promu les épisodes forts, dramatiques et pathétiques, voyages, déchirements, adieux bouleversants. L'héroïne de Flaubert se contente de voyages rêvés et son empoisonnement est à mille lieues de la belle mélancolie exotique qui entoure l'agonie de l'héroïne, son modèle sans doute ici, *Atala* de Chateaubriand. Le caractère théâtral d'Emma n'est pas sans rappeler celui, spectaculaire, de la dramaturgie romantique d'un Hugo, par exemple. Mais le poison absorbé par Emma donne lieu à une scène clinique, aux antipodes des éléments pathétiques des empoisonnements dans les dénouements hugoliens d'*Hernani* ou de *Ruy Blas*. Le romantisme avait déjà épinglé des duos de grotesques, faux savants et faux religieux, empêtrés dans leur bavardage stérile. Ainsi Blazius et Bridaine dans *On ne badine pas avec l'amour* de Musset. Mais Flaubert reprend et tourne en dérision les figures romantiques du sentiment – qui différenciait chez Musset et chez Stendhal les jeunes héros des fantoches. Or, les hommes amoureux ou prétendument amoureux – comme Rodolphe dans *Madame Bovary* – deviennent eux aussi des fantoches et personne n'échappe plus à la satire. Le roman flaubertien réinvente la littérature en manifestant une distance critique par rapport à la littérature antérieure et à toutes les formes figées d'expression auxquelles Flaubert s'attaque dans la rédaction de son *Dictionnaires des idées reçues*.

Le choix d'un réalisme critique et critiqué

Flaubert a été promu grand maître du « réalisme » romanesque par ses successeurs Maupassant et Zola, et ce, un peu malgré lui. Plus paradoxalement encore, Flaubert n'a cessé de se défendre contre cette étiquette, comme il l'a écrit à George Sand : « J'exècre ce qu'il est convenu d'appeler le réalisme, bien qu'on m'en fasse un des pontifes ». Encore faudrait-il savoir ce qu'on appelle le « réalisme ». À l'origine c'est une école, fortement liée à la peinture. Champfleury invente ce mot pour caractériser les tableaux de Courbet, le choix de scènes de genre, de sujets simples, la reproduction fidèle et vigoureuse d'activité de petites gens et d'éléments de la vie quotidienne. En 1856, le « réalisme » devient une étiquette littéraire avec Duranty, qui fonde une revue vite éteinte, *Réalisme*. Duranty, comme Champfleury, cherche à promouvoir une double vérité : celle de la chose observée – minutie du détail, exactitude de la représentation –, celle de l'artiste, de la restitution authentique de son expérience. C'est au nom de cette deuxième exigence que, dans le 5e numéro de la revue, Duranty juge sévèrement *Madame Bovary*. Certes le roman s'attache scrupuleusement à la peinture des milieux sociaux et à la description de la vie de province, mais il ne semble pas traduire une « vérité » de l'implication du romancier, trop détaché de son œuvre, soucieux du style plus que de l'authenticité d'une expression personnelle et affective : « *Madame Bovary*, roman par Gustave Flaubert, représente l'obstination de la description. Ce roman est un de ceux qui rappellent le dessin linéaire, tant il est fait au compas, avec minutie ; calculé, travaillé, tout à angles droits, et en définitive sec et aride [...] *Trop d'étude* ne remplace pas la spontanéité qui vient du sentiment ». Le paradoxe est donc que Flaubert, promu « réaliste » par sa postérité, n'a pas été considéré comme tel par les représentants du « réalisme » de son temps : son choix du style avant tout n'était pas en accord avec la doctrine. Trop « réaliste » aux yeux de ses censeurs – puisque la crudité des précisions choque le procureur Sénard –, Flaubert n'apparaissait pas cependant comme un « réaliste » officiel en 1857. Son « réalisme subjectif » – qui consiste à n'adopter en apparence que le point de vue de ses personnages, à ne jamais faire entendre sa voix propre –, sa préférence pour l'écriture plutôt que pour ce qu'elle raconte, l'éloignait de ce qui s'appelait « le réalisme » au moment de la parution de *Madame Bovary*.

L'affirmation de la primauté du style

On sait l'enjeu majeur qu'est le « style » pour Flaubert. Et l'on considère, depuis *Madame Bovary,* qu'un écrivain est quelqu'un qui a d'abord du « style » – sans que ce « style » soit l'émanation spontanée d'une personnalité mais le résultat réussi d'un travail. Proust nous a aidés à cerner certains éléments caractéristiques du style de Flaubert. Il réside dans un usage nouveau du temps : l'imparfait fond toutes les données d'ordinaire séparées. Il est à la fois ce qui se passe et ce qu'on en dit – l'imparfait a une valeur narrative et commentative. L'imparfait de Flaubert mêle ainsi sans cesse l'action et son reflet dans la conscience ou la parole des personnages. Il est un instrument privilégié du style indirect libre qui restitue des propos ou des pensées sans qu'ils soient explicitement attribués à un personnage. Ainsi dans les songes et les histoires communiquées à Emma : « Ce n'étaient qu'amours, amantes, dames persécutées... » (Première partie, chapitre VI). C'est un des arts flaubertiens de l'ironie, qui consiste en une distance du romancier par rapport à tout ce qui se dit. Mais l'imparfait a une autre valeur, celle de créer une continuité temporelle, sans distinguer un événement au premier plan et un arrière-plan, dès l'entrée en classe du nouveau : « Resté derrière la porte si bien qu'on l'apercevait à peine... » (Première partie, chapitre I). Narration et description effacent ainsi leurs limites respectives : faute d'événement majeur, tout devient descriptif. Cette attention au détail produit des « effets de réel ». On a l'impression de l'intégration d'éléments de réalité : l'entrée simultanée du *nouveau* « habillé en bourgeois » (c'est-à-dire en civil, sans sa blouse d'écolier) et « d'un garçon de classe qui portait un grand pupitre ». Mais, simultanément, cela produit des « effets de sens » – le dédoublement comique dès l'entrée du *nouveau*. Les italiques soulignent tout ce langage cité, pris en mention, qui est un autre aspect de l'ironie du romancier. Les énumérations sont complexes : elles montrent le détail, font entendre différents langages, créent aussi des rythmes et des harmonies musicales : le pas du personnage dans la double allitéra-tion en explosives et en dentales de « portait un grand pupitre ».

Proust a encore attiré notre attention sur d'autres traits du style flaubertien : l'ouverture des phrases par la conjonction « et » comme pour les étirer davantage ; il en est ainsi dans les dernières pages consacrées à la souffrance de Charles : « Et Charles, la tête dans ses deux mains, reprit d'une voix éteinte et avec l'accent résigné des douleurs infinies... » (Troisième partie, chapitre XI) ; témoin encore, l'usage étonnant des adverbes clôturant les phrases comme celle où Berthe découvre son père mort : « Et, croyant, qu'il voulait jouer, elle le poussa doucement. » (Troisième partie, chapitre XI). La phrase de Flaubert, objet de tant de souffrances et de culte pour son auteur, est restée une référence absolue pour la postérité.

Pour approfondir

Vers le bac

À l' **écrit**

Objet d'étude : le roman et ses personnages ;
vision de l'homme et du monde (première, toutes
sections).

**Corpus bac : premières rencontres
de personnages dans les romans de Flaubert.**

TEXTE 1

Flaubert, *Madame Bovary* (1857), Première partie,
chapitre II, première rencontre de Charles et d'Emma,
de : « La fracture était simple... » à : « ... un lorgnon
d'écaille ».

TEXTE 2

Flaubert, *Madame Bovary* (1857), Deuxième partie,
chapitre II, première rencontre de Charles et de Léon,
de : « Emma descendit la première » à : « quand
on le peut, ajouta-t-il. »

TEXTE 3

Flaubert, *L'Éducation sentimentale* (1869), Première
partie, chapitre I.

*Frédéric Moreau, jeune homme de dix-huit ans, vient d'embarquer sur le
bateau* La Ville-de-Montereau. *C'est là qu'intervient soudain une rencontre.*

Ce fut comme une apparition :

Elle était assise, au milieu du banc, toute seule ; ou du moins il ne distingua personne, dans l'éblouissement que lui envoyèrent ses yeux. En
même temps qu'il passait, elle leva la tête ; il fléchit involontairement
les épaules ; et, quand il se fut mis plus loin, du même côté, il la regarda.
Elle avait un large chapeau de paille, avec des rubans roses qui
palpitaient au vent, derrière elle. Ses bandeaux noirs, contournant
la pointe de ses grands sourcils, descendaient très bas et semblaient
presser amoureusement l'ovale de sa figure. Sa robe de mousseline

claire, tachetée de petits pois, se répandait à plis nombreux.
Elle était en train de broder quelque chose ; et son nez droit,
toute sa personne, se découpait sur le fond de l'air bleu.

Comme elle gardait la même attitude, il fit plusieurs tours de droite
et de gauche pour dissimuler sa manœuvre ; puis il se planta tout
près de son ombrelle, posée contre le banc, et il affectait d'observer
une chaloupe sur la rivière.

Jamais il n'avait vu cette splendeur de sa peau brune, la séduction
de sa taille, ni cette finesse des doigts que la lumière traversait.
Il considérait son panier à ouvrage avec ébahissement, comme une
chose extraordinaire. Quels étaient son nom, sa demeure, sa vie, son
passé ? Il souhaitait connaître les meubles de sa chambre, toutes les
robes qu'elle avait portées, les gens qu'elle fréquentait ; et le désir
de la possession physique même disparaissait sous une envie plus
profonde, dans une curiosité douloureuse qui n'avait pas de limites.

TEXTE 4

❚ Flaubert, **Bouvard et Pécuchet** (1881), I, 1.

Cette promenade dans Paris et cette rencontre constituent la première
page du roman.

Comme il faisait une chaleur de trente-trois degrés, le boulevard
Bourdon se trouvait absolument désert.

Plus bas, le canal Saint-Martin, fermé par les deux écluses, étalait en
ligne droite son eau couleur d'encre. Il y avait au milieu un bateau
plein de bois, et sur la berge deux rangs de barriques.

Au-delà du canal, entre les maisons que séparent des chantiers, le grand ciel
pur se découpait en plaques d'outremer, et sous la réverbération du soleil,
les façades blanches, les toits d'ardoise, les quais de granit éblouissaient. Une
rumeur confuse montait au loin dans l'atmosphère tiède ; et tout semblait
engourdi par le désœuvrement du dimanche et la tristesse des jours d'été.
Deux hommes parurent.

L'un venait de la Bastille, l'autre du Jardin des Plantes. Le plus grand,
vêtu de toile, marchait le chapeau en arrière, le gilet déboutonné et
sa cravate à la main. Le plus petit, dont le corps disparaissait dans une
redingote marron, baissait la tête sous une casquette à visière pointue.
Quand ils furent assis au milieu du boulevard, ils s'assirent à la
même minute, sur le même banc.

Pour s'essuyer le front, ils retirèrent leurs coiffures, que chacun posa près de soi ; et le petit homme aperçut, écrit dans le chapeau de son voisin : Bouvard ; pendant que celui-ci distinguait aisément dans la casquette du particulier en redingote le mot : Pécuchet.

« Tiens, dit-il, nous avons eu la même idée, celle d'inscrire notre nom dans nos couvre-chefs.

– Mon Dieu, oui, on pourrait prendre le mien à mon bureau !

– C'est, comme moi, je suis employé. »

Alors ils se considérèrent.

L'aspect aimable de Bouvard charma de suite Pécuchet.

TEXTE COMPLÉMENTAIRE

Pour l'analyse de ces pages, on pourra se référer à :

Jean Rousset, *Leur yeux se rencontrèrent. La scène de première vue dans le roman,* José Corti, 1981.

a. Question préliminaire (sur 4 points)

Quelles sont les différences de situation et de registres dans ces quatre pages de Flaubert, qui montrent une première rencontre ?

Vous vous fonderez sur des références précises aux textes précédents.

b. Travaux d'écriture (sur 16 points) – au choix

Sujet 1. Commentaire.

Vous ferez le commentaire de la première page de *Bouvard et Pécuchet* (texte 4).

Sujet 2. Dissertation.

Quand on voit un personnage dans un roman, le choix d'un point de vue nous informe-t-il davantage sur celui qu'on regarde ou sur celui qui regarde ? Vous discuterez cette question en vous fondant sur les quatre pages précédentes de Flaubert et sur d'autres romans de votre connaissance, où un personnage en voit un autre.

Sujet 3. Écriture d'invention.

Vous récrirez la page célèbre de *L'Éducation sentimentale* en prenant le point de vue de la femme sur le bateau (Marie Arnoux) et en suivant précisément les indications de Flaubert. Vous ferez suivre ce récit d'un monologue où l'héroïne commente intérieurement l'attitude du jeune homme qui la regarde.

Documentation et compléments d'analyse sur :

www.petitsclassiqueslarousse.com

Vers le bac

Vers le bac

À l' **oral**

SUJET 1
Objet d'étude : le roman
et ses personnages ; vision de l'homme
et du monde (première, toutes sections).

**Madame Bovary (1857), première rencontre
de Charles et d'Emma, de : « La fracture était
simple... » à : « ... un lorgnon d'écaille ».**

Sujet : quelle vision des personnages nous offre cette page de première rencontre ?

RAPPEL

Une lecture analytique peut suivre les étapes suivantes :
I. Mise en situation du passage, puis lecture à haute voix
II. Projet de lecture
III. Composition du passage
IV. Analyse précise du passage
**V. Conclusion – remarques à regrouper un jour d'oral
en fonction de la question posée.**

I. Situation du passage

Au début du roman *Madame Bovary* de Flaubert, après des études laborieuses, le personnage de Charles Bovary devient « officier de santé », c'est-à-dire médecin subalterne. Sa vie est assez monotone auprès d'une vieille femme que sa mère lui a fait épouser. Il est appelé une nuit en urgence auprès d'un riche fermier, le Père Rouault, qui s'est cassé la jambe. Cette intervention nocturne va lui permettre de faire la connaissance de « Mlle Emma », la fille de son patient.

II. Projet de lecture

La page constitue une scène déterminante de « première vue »
puisque le héros et l'héroïne se rencontrent pour la première
fois – et on sait qu'ils se marieront. Il est intéressant cependant de
remarquer que, dans ce qui pourrait être une scène de coup de foudre,
Flaubert ne nous livre aucune notation affective mais simplement
un jeu de regard, du médecin sur son patient, la fille de celui-ci, la
ferme et l'esprit qui y règnent. Il s'agit de voir comment une description minutieuse tient lieu ici à la fois de conscience et de sentiment
d'un personnage. Le lecteur devine que, derrière le regard neutre,
technique et médical, se cache le début d'une fascination. Flaubert
nous « fait voir » ses personnages, aux deux sens de l'expression : il
nous les montre (grâce à un regard attentif posé sur eux), et il nous
pousse à adopter, le cas échéant, leur regard. C'est le « réalisme subjectif » de l'auteur, nous voyons toujours le monde à travers un point
de vue particulier et le romancier n'est absolument pas omniscient :
nous ne recevons des personnages que ce qu'ils montrent et ce qu'ils
disent ici. Tout cela relève apparemment de la « scène de genre »,
d'une urgence de nuit dans une ferme normande, pour un médecin
de campagne, que son hôte accueille avec gratitude et qui engage la
conversation avec la jeune fille de la maison, selon les lieux communs
d'usage (le quotidien, « le temps qu'il faisait »). Rien de plus ordinaire
en somme que cette première rencontre, pourtant décisive.

III. Composition du passage

On peut distinguer quatre moments, tous à caractère descriptif,
dans ce passage :

1. Le récit de l'intervention médicale.

2. Le glissement sur les mains et sur les yeux d'Emma.

3. L'invitation et la description de la maison.

4. La conversation et le portrait d'Emma.

IV. Analyse précise du passage

1. Le récit de l'intervention médicale

Le récit nous fait entrer dans la conscience du médecin par l'évaluation
de la fracture de la jambe au style indirect libre : « La fracture était simple... »

Il nous fait partager aussi la technique du praticien, dont le lecteur comprend qu'il est ici à l'aise parce qu'il ne s'agit pour lui que de reproduire ce qui a déjà été fait, jusque dans le langage approprié de réconfort imagé de manière triviale : « Alors, se rappelant les allures de ses maîtres... », « bons mots, caresses chirurgicales qui sont comme l'huile des bistouris ». Charles est bien présenté comme celui qui ne sait que répéter une pratique, des paroles récitées. Sa seule réussite médicale importante mentionnée dans le roman restera celle d'une reproduction conforme de gestes et de mots méthodiquement appris. Il ne saura jamais rien inventer ou improviser (l'échec de l'opération « neuve » du pied bot dans le texte fera écho à ce succès initial d'intervention sur une jambe). En somme, on entre dans les pensées d'un personnage que le récit ne flatte guère (effet d'ironie fréquent dans le roman).

La suite du récit est strictement technique, de l'ordre de l'impersonnel « on » et des comportements extérieurement perçus : « Charles en choisit une, la coupa... » Pourtant l'expression « Charles en choisit une » pourra prendre un autre sens rétrospectif, toute la page étant une variation ironique sur le verbe « prendre » : « prendre une latte », *« prendre un morceau »*... Pour la première fois surgit, dans la page alors, en bout de phrase comme enfin énoncé de manière suspensive et familière le nom de la fille du blessé dans son activité de couture : « Mlle Emma », qui n'avait été jusqu'alors qu'une silhouette dans l'ombre : « Une jeune femme en robe de mérinos bleu... » Dans des phrases courtes et nerveuses, coupées par des points-virgules, on distingue alors le rapport d'une fille et d'un père – autoritarisme de celui qui gronde sa fille pour sa lenteur, silence résigné et sensualité enfantine de celle qui se piquait les doigts et les « portait ensuite à sa bouche pour les sucer ». Apparaît discrètement cette jeune fille muette, dont la succion d'enfant colore charnellement le texte et montre surtout l'intérêt nouveau du médecin.

2. Le glissement sur les mains et sur les yeux d'Emma

C'est sur le motif des mains de la jeune fille que s'attarde ensuite le texte suivant le regard du médecin. On peut lire de quatre manières cette description minutieuse des doigts.

a. C'est dans l'ordre de la logique narrative. Toute l'activité précédente était bien manuelle : réparer une jambe, coudre des tissus. Le tissu du texte passe logiquement de la texture de l'attelle à celle des doigts qui la confectionnent et qui se piquent.

b. C'est dans l'ordre de la logique médicale. La description de la main suit le regard de Charles par une observation très anatomique d'une partie du corps (ongles, phalanges...). Cependant le constat ne reste pas strictement clinique ici : il entre dans des considérations esthétiques montrant du discours indirect libre dans l'esprit du médecin, qui concède que « sa main pourtant n'était pas belle... ». C'est bien à une estimation autre que conduit cette description d'autant que cette image de la main a une forte valeur sociale : ongles soignés et taillés, mais main, malgré tout, de paysanne (c'est la contradiction d'Emma).

c. C'est dans l'ordre de la logique psychologique du personnage de Charles. Ce regard qui s'attarde sur les doigts s'avoue implicitement être un regard baissé, de timide, qui n'ose pas regarder les yeux. La remontée vers les yeux n'intervient que très lentement – alors que ses yeux changeant de couleur au gré de la lumière, eux, n'affichent aucune timidité. Et Flaubert semble prendre ici à témoin son lecteur (« vous »), dans une clausule marquée par des assonances éclatantes en a et des allitérations sonores en r, en v et en d : « et son regard arrivait franchement à vous avec une hardiesse candide ». Voilà le lecteur transpercé avec Charles par ce regard hardi, qu'il n'oubliera plus.

d. Enfin, c'est dans l'ordre de la logique symbolique à venir. Que va demander (ou ne pas oser demander mais obtenir... Charles), sinon précisément la main d'Emma ? Signe prémonitoire glissé par le romancier dès la première rencontre.

3. L'invitation et la description de la maison

Preuve, malgré sa blessure, de son autorité sur les lieux – mais aussi d'une gratitude d'usage –, le personnage, un moment oublié, du Père Rouault reparaît ici : il apparaît comme la puissance invitante et propose au médecin de rester se nourrir un peu avant de repartir. L'expression *« prendre un morceau »* en italiques est triplement intéressante. Elle montre le souci flaubertien de reproduire précisément les expressions toutes faites de ses personnages. Elle témoigne de cet art de la restitution triviale chez Flaubert : les repas de campagne tiennent une place importante dans le roman et ce « morceau » préfigure les noces campagnardes à venir. Enfin, le lecteur ne peut manquer d'entendre cette invitation à « prendre un morceau » sans ironie lorsque le texte lui-même vient de lui présenter ce qui se nomme en rhétorique une synecdoque, un « morceau » longuement détaillé, le blason des mains d'Emma...

En réponse à cette invitation, le personnage de Charles est montré en mouvement descendant au rez-de-chaussée, ce qui permet de suivre son regard sur la salle basse de la ferme. Trois caractéristiques de la description se dégagent vite.

a. D'abord sa minutie. On note le goût flaubertien pour l'énumération des objets ici hétéroclites et des éléments d'ameublement : table, lit, armoire en bois de chêne, sacs de blé. Les quelques éléments de raffinement supposé – réminiscences « orientales », on sait que le roman a été conçu en Orient – comme les figures de « Turcs », les parfums se mêlent à un environnement très rustique ; et le romancier s'amuse de la juxtaposition d'objets composites, dès les premières descriptions du texte.

b. Ensuite son ironie. L'attention extrême du personnage pour un intérieur banal de ferme fait l'objet d'un traitement amusé – et l'on observe par exemple la présentation des objets en double, marque comique répétée du dédoublement mécanique dans le texte mais aussi annonce d'un couple virtuel dans le couvert mis, avec la vaisselle de luxe requise : « Deux couverts, avec des timbales d'argent... ». Tous les présentatifs : « C'était... », « Il y avait... » scandent une description progressive et émerveillée.

c. Enfin son caractère métonymique d'un personnage : les lieux disent la présence d'Emma, exaltent un raffinement inattendu, à tout le moins pour Charles Bovary, une féminité douce dans un intérieur rustique (« une odeur d'iris et de drap humide »), une tendresse filiale dont on lit le débordement dans un objet dédié à son père (la tête de Minerve, la dédicace « en lettres gothiques », « à mon cher papa ») – affection d'une manifestation ostentatoire – ce que Milan Kundera appelle l'essence du « kitsch », et Charles d'emblée semble fasciné par ce « kitsch »).

4. La conversation et le portrait d'Emma

Par le biais de cette écriture « à mon cher papa », Emma est représentée dans le texte : elle est celle qui s'attache aux signes et aux mots, que les signes et les mots désignent. Sans transition, le récit, sous forme de paroles d'abord narrativisées, relate la conversation entre le médecin et la jeune fille de la maison : « On parla d'abord… ». Les sujets relèvent des lieux communs de la vie campagnarde (« malade », « temps », « froid », « loups », « chien »…). Au style indirect libre arrive alors la « psychologie » déterminante de l'héroïne, son ennui et, en filigranes, son rêve d'évasion (« Mlle Rouault ne s'amusait guère à la campagne… »). L'extrait se clôt sur un deuxième portrait de l'héroïne dont la sensualité s'accuse, comme pour traduire le désir naissant qui se porte sur les parties de son corps : ses lèvres (« charnues, qu'elle avait coutume de mordillonner… »), son cou (qui « sort » comme pour échapper au « col »), ses cheveux qui font l'objet d'une attention voluptueuse (on connaît la « mèche de cheveux » que gardera le médecin dans l'agonie), ses pommettes dont la « roseur » est une autre notation sensuelle, de couleur, de chaleur. Le détail final de l'extrait, vestimentaire, ne manque pas d'intriguer : le « lorgnon d'écaille », « passé entre deux boutons de son corsage ». Cette pièce d'habillement traduit l'androgynie curieuse du personnage, cette énergie virile, que souligne le romancier : « comme un homme ». Mais, dans la mesure aussi où l'on suit le regard de Charles (« que le médecin de campagne remarqua là pour la première fois de sa vie… »), le détail en dit peut-être moins long sur cette féminité trouble qui est décrite que sur le trouble du spectateur lui-même (que viennent faire ses propres yeux sur les « boutons » du « corsage » ?). Avec timidité, on sent un regard qui regarde l'interlocutrice de haut en bas – au moins à mi-corps –, signe d'une recherche d'intimité érotique dont la suite, le contact furtif des corps autour de la cravache, va souligner la sensualité muette et inconsciente.

V. Quelques éléments de conclusion

C'est une très curieuse vision des personnages que nous offre cette page de première rencontre. On pourrait classer cette scène, selon l'analyse de Jean Rousset, comme une « scène de première vue » décisive – dans un héritage poétique du regard « coup de foudre ». Mais le paradoxe est que la page n'en dit rien, ou plutôt le romancier fait confiance à son lecteur pour comprendre ici ce que les personnages ne semblent même pas comprendre eux-mêmes : l'ambiguïté sensuelle à la faveur de la visite nocturne d'un médecin.

La jeune femme rencontrée reste perçue extérieurement à travers son activité et ses gestes (la couture maladroite), ses mains et son regard, les lieux qui désignent sa présence, ses mots qui restent convenus et disent son ennui, le portrait de sa chevelure, de sa carnation, des détails de son corps et de son habillement – c'est plus tard seulement qu'on pourra entrer dans son intériorité.

Paradoxalement, le portrait sous forme de blasons successifs (descriptions poétiques de parties du corps d'une femme pour la célébrer) reste donc faussement neutre, objectif, médical : il n'en dit pas moins l'attention soutenue qui se porte sur elle, et qui préfigure la suite du récit. Les sensations ici remplacent une conscience apparemment inexistante du désir et les mots du désir qui manqueront toujours à Charles (d'emblée la conversation entre les deux personnages est très plate, et retourne d'ailleurs vite au silence). Le travail de l'écriture consiste, ici comme ailleurs, à saisir le rien pour dire le tout – des vies qui vont se nouer dans cette rencontre apparemment si banale.

SUJET 2

Objet d'étude : le roman et ses personnages ; vision de l'homme et du monde (première, toutes sections).

Madame Bovary **(1857), Deuxième partie, chapitre II, première rencontre de Charles**
et de Léon, de : « Emma descendit la première... » à : « ... quand on le peut, ajouta-t-il. »

Sujet : quelle importance narrative offre cette page de confrontation ?

I. Situation du passage

Le couple de Charles et d'Emma Bovary déménage et quitte Tostes. Les personnages arrivent ici dans le nouveau lieu d'habitation, Yonville, avec quelques autres passagers d'une diligence inconfortable. Ils sont accueillis dans une auberge, ce qui les met en relation notamment avec le pharmacien Homais, notable du village, et un jeune homme qui n'a pas encore été présenté et qui se tient à l'écart. La conversation s'engage.

II. Projet de lecture

Le texte relève à nouveau de ce que la peinture appellerait la « scène de genre », une scène de la vie quotidienne, l'arrivée dans une auberge et la prise de contact avec les futurs voisins. Il est intéressant de voir tous les indices que Flaubert sème ici pour montrer que ce déménagement va accroître la distance entre les deux personnages de Charles et d'Emma, et éveiller un intérêt nouveau, celui du jeune homme de l'auberge, mêlé à la conversation et au repas. La scène du trio comique, le mari, la femme, le jeune futur amant, est traitée ici par allusion, d'autant qu'un autre personnage occupe le devant de la scène et entend accaparer la parole, dans le rôle du bavard intempestif qu'on lui connaît déjà, Homais.

III. Composition du passage

1. L'arrivée à l'auberge.

2. Le portrait d'Emma près du feu.

3. L'inclusion du témoin à l'écart.

4. L'engagement de la conversation.

IV. Analyse précise du passage

1. L'arrivée à l'auberge

L'ordre de descente de la diligence par les passagers est en même temps une caractérisation implicite et successive. Emma se signale par sa préséance hiérarchique mais aussi par son énergie, son impatience, son exaspération (elle vient de perdre sa chienne préférée), et sa curiosité ravivée : « Emma descendit la première... » Un curieux jeu d'onomastique la fait suivre par des personnages dont le nom évoque le bonheur : « Félicité », « Lheureux » (or on sait le faible rôle de la servante et Lheureux, usurier caché, va incarner au contraire le malheur des dettes futures contractées par l'héroïne). Le faux bonheur des noms est comme un signal d'ironie tragique, de démenti immédiat apporté aux espérances. Caractérisation fortement négative pour Charles Bovary, « endormi » prématurément dans son coin, qu'il faut réveiller, et qui est précédé par la nourrice, comme si la torpeur du personnage en faisait indéfiniment un nourrisson endormi, en retard et décalé par rapport aux aspirations de son

Vers le bac

épouse. Le trait satirique se porte ensuite sur l'instance d'accueil, Homais, dont le chapitre précédent a révélé la manie du verbiage. La parole est d'abord racontée dans un premier trait qui rappelle la vanité du personnage : « se présenta » ; le conformisme éclate dans l'énumération des salutations toutes faites : « ses hommages à Madame, ses civilités à Monsieur » ; l'infatuation du personnage se confirme dans la mise en avant de sa serviabilité : « charmé d'avoir pu leur rendre quelque service » ; enfin le sans-gêne du fâcheux se dévoile dans son art final de s'imposer : « il avait osé s'inviter lui-même ». En quelques lignes, un dictionnaire vivant des idées reçues de la fausse politesse mécanique et de la vraie grossièreté irrépressible s'est étalé sous les yeux du lecteur – sans le moindre jugement explicite du romancier.

2. Le portrait d'Emma près du feu

Quatre phrases dessinent ensuite un portrait d'Emma près de l'âtre. Julien Gracq, par référence à des épisodes comme celui-ci, définit l'héroïne positivement dans *En lisant, en écrivant,* comme une « flamme vive [...] au milieu du sommeil épais d'un trou de Normandie ». La première phrase donne le mouvement de cette flamme vive au passé simple : « s'approcha de la cheminée ». Mouvement qui scande les déplacements du personnage, jeune fille élevée dans une ferme et prompte à y retrouver les repères (elle était décrite près de la cheminée dans sa première apparition). Mouvement symbolique aussi d'une femme enceinte alanguie, victime d'un froid intérieur, qui cherche la chaleur, qui va jouer aussi avec le feu. La deuxième phrase, plus longue, désigne une pose étonnante où le personnage rapproche trivialement son membre de la viande (humour du romancier sur la proximité de la jambe et du gigot !) mais où la coquetterie, le geste gracieux de remontée de la robe, la pirouette du pied suggèrent, au XIXe siècle, quelque fétichisme érotique, cher à Flaubert : « son pied chaussé d'une bottine noire » – *L'Éducation sentimentale* fera dire à Frédéric : « La vue de votre pied me trouble ». La troisième phrase montre les reflets du feu sur le corps d'Emma, qui littéralement la déshabille et la pénètre, lui donne un air d'extase dans des accents érotiques avec lesquels Flaubert joue, au grand scandale de ses censeurs : « pénétrant d'une lumière crue la trame de sa robe ». Enfin dans une vision sacrilège de Pentecôte ou de révélation plus charnelle que mystique, passent une lumière rouge et un grand vent – soulignant l'incandescence du désir : « Une grande couleur rouge passait sur elle... ». La nature de ce portrait, qui vire au fantasme sous un regard voyeur, s'éclaire, si l'on ose dire, par la mention d'un témoin masculin au paragraphe suivant dans une phrase haletante, composée de trois segments d'environ dix syllabes chacun : « De l'autre côté de la cheminée,/ un jeune homme à chevelure blonde/ la regardait silencieusement ». Ce témoin confessera plus tard : « Lui, du premier coup d'œil, il l'avait aimée » (Troisième partie, chapitre I). C'est bien ce regard fasciné, aimant et aimanté, que ce lecteur a partagé sans le savoir.

3. L'inclusion du témoin à l'écart

À Homais qui s'était présenté indiscrètement lui-même et de manière tonitruante – et inutile pour le lecteur qui le connaissait déjà – s'oppose ce second personnage, qui est présenté, lui, discrètement (et dans une parenthèse qui l'identifie) par le narrateur. Le romancier décline alors l'ennui du personnage (qui l'apparente aussitôt à Emma), sa fonction (clerc), son nom, son emploi du temps, sa disponibilité (la recherche d'une rencontre) – autant de précisions qui s'ajoutent aux deux seules informations connotées de manière « romantique », préalablement données, le jeune âge et la chevelure remarquable (blonde ici). Caractérisation qui préfigure à bien des égards celle de Frédéric Moreau au début de *L'Éducation sentimentale*. La sympathie ironique avec ce personnage de jeune homme en quête de distraction s'exprime au style indirect libre dans le partage de ses pensées : « il lui fallait bien... », la mention de son affectivité : « Ce fut donc avec joie... ». La rencontre prend une allure de fête – ce que souligne le narrateur dans l'hyperbole ironique du couvert mis « par pompe ».

4. L'engagement de la conversation

a. La trivialité d'Homais

Le dialogue autour de la table s'engage par une nouvelle grossièreté d'Homais sollicitant la permission de garder son bonnet (couvre-chef impudemment gardé à l'intérieur et devant une dame) au nom de sa prétention hygiénique et médicale : « de peur des coryzas »

– des rhumes de cerveau (manière d'afficher son savoir et sa crainte des maladies, le lecteur commençant à douter du reste du fait que ce personnage ait même un cerveau...). Le personnage se trouve ridiculement coiffé dès sa première apparition au chapitre précédent (« bonnet de velours à gland d'or », la manie de la coiffe et le gland d'or étant deux signaux flaubertiens du ridicule – qu'on pense à la casquette initiale de Charles). Quant à la peur des « coryzas », c'est une constante du ridicule hygiénique du bourgeois : chez Joseph Prudhomme d'Henri Monnier, ou la variation qu'en propose satiriquement Verlaine dans ses *Poèmes saturniens* : « son éternel coryza ». Le personnage – qui « fait la conversation » – engage le dialogue avec sa voisine sur le thème du confort ou plutôt de l'inconfort du voyage, avec les cahots de *L'Hirondelle* (le nom de volatile étant un autre jeu de Flaubert pour désigner cette diligence peu légère qui a amené les voyageurs, qui emmènera Emma vers ses amours futures, et qui est conduite – autre jeu de mots – par un homme s'appelant « Hiver », l'oiseau évoquant la saison). On observe ce goût de Flaubert pour la restitution au style direct des paroles les plus communes ou familières (comment faire du langage commun une œuvre d'art ? c'est le questionnement constant du romancier...).

b. Les points communs d'Emma et de Léon

C'est une protestation également présentée au style direct qu'exprime Emma, soucieuse de marquer son « éthos », l'image d'elle-même dans sa parole, son goût de la nouveauté et de l'aventure : « changer de place ». C'est sur ce goût que s'insinue lentement dans le texte la connivence avec le jeune homme dont les paroles font écho à la pensée d'Emma : l'ennui de « vivre cloué au même endroit » (et donc le désir d'évasion). Cela permet ce que Nathalie Sarraute nomme plus tard une « sous-conversation » – un jeu tacite d'accord ou de désaccord, ici de connivence cachée, par-delà les propos banals échangés (les deux personnages rêvent d'un ailleurs ensemble). Ce lieu commun romantique et partagé s'oppose très nettement alors dans la conversation à d'autres lieux communs, notamment le lieu commun pratique du personnage du mari qui affirme prosaïquement la lourdeur des déplacements professionnels (Flaubert nous montre par là ironiquement, et par anticipation, qu'il n'a pas tout à fait la même conception de l'équitation ou de l'usage des déplacements que les futurs amants d'Emma...).

Il nous montre surtout un propos qui est bas (« sans cesse obligé d'être à cheval »), et qui, à tous les sens du mot, n'est pas « relevé », puisque la conversation se poursuit entre le jeune homme et Emma, comme si le mari n'avait rien dit. Il est clair que sa parole ne compte pas. La prudence, la modalisation, la recherche de finesse des propos de Léon sont autant de manières de s'opposer au mari, et de tisser une complicité avec une femme admirée près du feu : « s'adressant à Madame Bovary, rien n'est plus agréable, il me semble… ». Très vite ici, la conversation en aparté va être interrompue par le bavardage d'Homais – Homais, le fâcheux, est celui qui coupera la parole et les élans de Léon de la première à la dernière entrevue amoureuse avec Emma.

V. Quelques éléments de conclusion

L'importance narrative de cette page de confrontation est double.

a. C'est d'abord la disqualification de personnages qui confirment leur exclusion dans la considération d'Emma ou du lecteur : Charles, endormi au début de la page, écarté du dialogue sentimental à la fin de l'extrait ; Homais, grossier, vaniteux et péremptoire, de son accueil zélé à sa manière discourtoise d'accaparer la parole dans la conversation qui s'engage.

b. L'importance narrative est aussi l'inclusion, en retour, d'un personnage qui se découvre discrètement et tacitement, dans un jeu nouveau d'entente avec Emma : fascination d'un regard sur la jeune femme offerte au coin du feu, conversation où les personnages, selon un modèle romantique parodié, se découvrent des « affinités électives » (ils sont faits pour se parler et s'aimer).

Le grand art de Flaubert est de jouer ici sur des lieux communs, ceux de la civilité et de l'incivilité (l'accueil dans une auberge, le discours d'hospitalité tonitruante d'Homais), mais aussi ceux de l'héritage romantique (l'ennui, le goût du voyage et de l'évasion) pour faire de tout ce discours convenu une scène de genre qui présente un caractère ironique, subtil et nouveau.

Vers le bac

• ***Objet d'étude de seconde : le narratif, le récit, le roman***
– *Quelle est l'originalité des techniques narratives utilisées dans la première page de* Madame Bovary *(Première partie, chapitre I) ? (de : « Nous étions à l'étude... » à : « C'était là le* genre ».)

• ***Objet d'étude de seconde : un mouvement d'histoire littéraire du XIXe siècle, le réalisme***
– *Quel est le « réalisme » de la fin de l'agonie d'Emma dans* Madame Bovary *(Troisième partie, chapitre VIII) ? (de « En effet, elle regarda tout autour d'elle... » à : « ... Elle n'existait plus »).*

• ***Objet d'étude de seconde : l'éloge et le blâme***
– *Quels sont le sens et la fonction de la dédicace à Maître Senard, seuil du roman, si on met ce texte en rapport avec les circonstances du procès de* Madame Bovary *? (De : « À Marie-Antoine-Jules Senard... » à : « Paris, le 12 avril 1857. »)*

Documentation et compléments d'analyse sur :
www.petitsclassiqueslarousse.com

Vers le bac

Outils de lecture

Allégorie

Figuration visible d'une grande idée abstraite (ainsi les allégories de l'Amour dans *Madame Bovary* font-elles l'objet de l'ironie du romancier).

Asyndète

Juxtaposition sèche des phrases ou des segments de phrase sans lien logique explicite (une forme en français de la parataxe ou absence de subordination, mais on peut subordonner par asyndète dans d'autres langues).

Effet de réel

Expression proposée par le critique Roland Barthes pour rendre compte de morceaux de réel apparents de réel (précision, date, nom de lieux, etc.) qui donnent la simple illusion d'avoir affaire à de purs morceaux de réalité dans la fiction (il se trouve que ces « effets de réel » sont souvent aussi des « effets de sens », c'est-à-dire qu'ils ne figurent pas seulement le réel mais suggère une interprétation, comique, ironique, tragique au lecteur – ainsi de la fréquence de tout ce qui va par deux dans *Madame Bovary*).

Énonciation

Acte d'utilisation de la parole (son résultat étant l'énoncé), et qui suppose des interlocuteurs, un lieu et un moment partagés (la fin de *Madame Bovary*, avec le passage au présent, marque un changement d'énonciation).

Focalisation

Point de vue adopté dans le roman pour rendre compte de ce qui se passe (le témoin tantôt disposant d'une information complète – focalisation zéro –, tantôt ne disposant d'aucune information sur les personnages, sur ce qu'ils ont vécu, pensent, sentent – focalisation externe –, tantôt disposant d'une information propre à un personnage seulement, sa vision et sa conscience, « regard avec » ou focalisation interne – c'est le parti pris du « réalisme subjectif » de Flaubert).

Histoire

Contenu d'événements rapportés dans le roman – ce qu'a voulu réduire Flaubert dans *Madame Bovary*.

Ironie

Étymologiquement, art de questionner ; du point de vue de l'énonciation, c'est l'art de faire entendre plusieurs paroles en une seule (polyphonie), de ne pas adhérer totalement au propos que l'on tient et d'en faire entendre un autre – art constant dans *Madame Bovary* de Flaubert, qui sollicite ainsi en permanence la participation du lecteur.

Outils de lecture

Métaphore

Rapprochement par analogie de deux éléments sans lien logique explicite, la comparaison posant le lien explicite, et étant souvent préférée par Flaubert, qui se méfie des belles images lyriques : « sa conversation était plate comme un trottoir de rue... » dans *Madame Bovary*.

Métonymie

Rapprochement par contiguïté de deux éléments dont l'un touche l'autre par une proximité physique, etc. (ainsi la casquette de Charles peut-elle apparaître comme une métonymie du personnage au début de *Madame Bovary*).

Modalisation

Marques d'une subjectivité dans le discours : verbes d'opinion, d'impression (« surpris ») ou d'apparence comme paraître, sembler, adjectifs ou adverbes portant un avis (« pas belle »), etc.

Narrateur

Instance fictive qui raconte l'histoire (le « nous » célèbre de *Madame Bovary*, qui disparaît vite, Flaubert aspirant à l'impersonnalité apparente de la narration).

Onomastique

Technique des noms propres (souvent ridiculisés ou déshumanisés dans *Madame Bovary* : Homais, Lheureux ou Bovary, Lebœuf, Tuvache, etc.).

Scène

Moment du roman où le temps des pages (du récit) semble suivre instant par instant le temps de l'histoire racontée (le « sommaire » accélère le récit des événements, l'ellipse en supprime même la mention).

Style

Au sens de Flaubert, c'est le travail constant et inlassable sur la phrase. Au sens des grammairiens, c'est la manière de rapporter la parole. Elle peut être citée (style direct), rapportée avec un verbe introducteur de discours (style indirect), rapportée sans verbe introducteur explicite de discours (ce qui crée un flottement de l'énonciation – qui dit cela exactement –, « style indirect libre » cher à Flaubert). La parole peut être aussi racontée : « il se présenta » ; c'est le « discours narrativisé ».

Synecdoque

Figure de rhétorique qui consiste à désigner une partie pour le tout ou inversement (« demander la main » d'une jeune fille – voir « Vers le bac », p. 376).

Bibliographie et filmographie

Sur l'ensemble de l'œuvre de Flaubert et son écriture

- Victor Brombert, *Flaubert par lui-même,* Seuil, 1971.
- Marcel Proust, « À propos du style de Flaubert », dans le *Contre Sainte-Beuve, Essais et articles,* Pléiade, Gallimard, 1971.
- Jean-Pierre Richard, *Stendhal et Flaubert,* « Points », Seuil, 1970.
- Jean-Paul Sartre, *L'Idiot de la famille,* Gallimard, 1971.

Sur *Madame Bovary*

- Pierre-Louis Rey, *Madame Bovary,* « Foliothèque », Gallimard, 1996.
- Jean Rousset, « *Madame Bovary* ou le livre sur rien », *Forme et signification,* Corti, 1962.

Filmographie française (et disponible en DVD)

- Jean Renoir, *Madame Bovary,* avec Valentine Tessier dans le rôle-titre, 1934.
- Claude Chabrol, *Madame Bovary,* avec Isabelle Huppert dans le rôle-titre, 1991.

Direction de la collection : Carine Girac-Marinier

Direction éditoriale : Jacques Florent
avec le concours de Romain Lancrey-Javal

Édition : Marie-Hélène Christensen

Lecture-correction : service lecture-correction Larousse

Recherche iconographique : Valérie Perrin, Marie-Annick Reveillon

Direction artistique : Uli Meindl

Couverture et maquette intérieures : Serge Cortesi, Sylvie Sénéchal,
Uli Meindl

Responsable de fabrication : Marlène Delbeken

Crédits photographiques

Couverture Dessin: Alain Boyer

Photocomposition : CGI
Imprimé chez Rotolito Lombarda (Italie)
Dépôt légal : février 2007 - 306865
N° Projet : 11018241 – Avril 2012